COURS & ENTRAÎNEMENT

1re GÉNÉRALE

BAC 2023

prépabac

Tout le TRONC COMMUN

Français PROGRAMME 2022-2023

Hélène Bernard • Denise Maréchal • Bérangère Touet • Sophie Saulnier • Swann Spies

Histoire-géographie

Christophe Clavel • Grégoire Gueilhers • Florence Holstein • Jean-Philippe Renaud • Nathalie Renault • Matthieu de Sauvage

Enseignement scientifique & mathématique NOUVEAU PROGRAMME

Michel Abadie • Isabelle Bednarek-Maitrepierre • Guillaume Ehret • Laurent Le Floch • Alain Le Grand • Arnaud Mamique • Martine Salmon • Bruno Semelin

Anglais

Sophie Béthery-Dostes • Sylvie Collard-Rebeyrolle • Martine Guigue

Hatier

Le site de vos révisions

L'achat de ce Prépabac vous permet de bénéficier d'un **ACCÈS GRATUIT*** à toutes les ressources d'annabac.com (fiches, quiz, sujets corrigés...) et à ses parcours de révision personnalisés.

Pour profiter de cette offre, rendez-vous sur www.annabac.com dans la rubrique « J'ai acheté un ouvrage Hatier ou Foucher ».

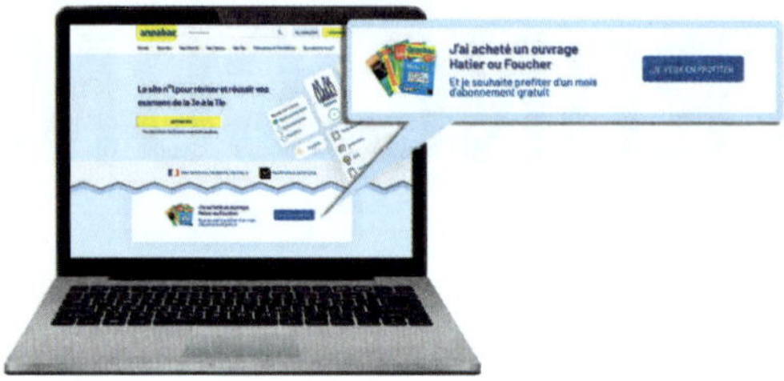

* Selon les conditions précisées sur le site.

Maquette de principe : Frédéric Jély
Mise en pages : STDI
Schémas : Nord Compo, Domino, STDI
Cartographie : Claire Levasseur
Iconographie : Hatier illustration

ISBN 978-2-401-08676-0

SOMMAIRE GÉNÉRAL

Pour trouver un chapitre précis dans une matière, reportez-vous au sommaire de chaque partie.

FRANÇAIS PROGRAMME 2022-2023

HISTOIRE-GÉOGRAPHIE

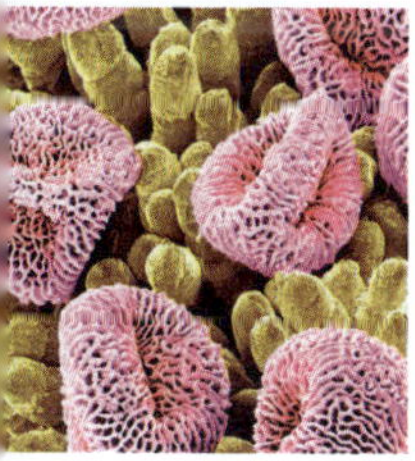

ENSEIGNEMENT SCIENTIFIQUE & MATHÉMATIQUE NOUVEAU PROGRAMME

ANGLAIS

FRANÇAIS

TOUT LE PROGRAMME BAC 2023

- 52 fiches de cours
- Exercices et sujets corrigés

SOMMAIRE

Quand vous avez révisé un chapitre, cochez la case ☐ correspondante !

La poésie, du XIXe au XXIe siècle

1 La poésie : histoire littéraire et outils d'analyse

2 Les recueils poétiques au programme

La littérature d'idées, du XVIe au XVIIIe siècle

3 La littérature d'idées : histoire littéraire et outils d'analyse

4 Les œuvres de littérature d'idées au programme

FRANÇAIS | HISTOIRE GÉOGRAPHIE | ENS. SCIENTIFIQUE & MATHÉMATIQUE | ANGLAIS

SOMMAIRE

Le roman du Moyen Âge au XXIe siècle

5 Le roman et le récit : histoire littéraire et outils d'analyse

6 Les romans et récits au programme

Le théâtre, du XVIIe siècle à nos jours

7 Le théâtre : histoire littéraire et outils d'analyse

8 Les pièces de théâtre au programme

Quand vous avez révisé un chapitre, cochez la case ☐ correspondante !

Réussir les épreuves du bac de français

1 Le genre poétique

En bref *La poésie est avant tout un travail sur les mots, sur le langage : est poète celui qui réinvente la langue. Ce faisant, la poésie réinvente le monde : elle nous le donne à voir autrement.*

I Réinventer la langue

1 L'usage courant de la langue

- Un mot a une face matérielle, le signifiant (ensemble de sons et de lettres), et une face immatérielle qui est dotée d'un sens : le signifié.
- Signifié et signifiant sont indissociables l'un de l'autre et renvoient à un objet du monde (le référent), qu'il soit concret « la table » ou abstrait « le bien ». Qu'on le nomme « table » ou *tavola*, l'objet table ne change pas. On dit que le mot est arbitraire ou immotivé : il n'y a pas de lien direct entre le mot et l'objet qu'il désigne.

2 L'usage poétique de la langue

- Le poète Stéphane Mallarmé regrette que les mots de la langue soient si mal assortis à ce qu'ils désignent (leur référent). Ainsi, il considère que les sonorités des mots « jour » et « nuit » ne correspondent pas à la réalité qu'ils désignent : alors que le mot « nuit » a un timbre clair, le mot « jour » a un timbre sombre.
- C'est alors à la poésie de « rémunérer le défaut des langues » : chercher à ce que les mots arrivent à être plus près des choses. Dans l'usage poétique de la langue, le poète cherche à faire correspondre forme et sens, à remotiver les mots.
- « Manier savamment une langue, c'est pratiquer une espèce de *sorcellerie évocatoire.* » Comme l'écrit Baudelaire, c'est donc bien le travail sur la langue qui permet de créer un monde. C'est ce que fait la **poésie**.

À NOTER
Le mot « **poésie** » vient du verbe grec *poiein* qui signifie « faire, créer ». Le poète est celui qui, à l'aide de la matière des mots, crée un monde.

3 Le poète, un être à part ?

- Le poète est souvent pensé comme un être à part, qui a accès à une autre vérité, au-delà du langage de tous les jours.
- Le poète « pareil aux prophètes [...] voit, quand les peuples végètent ! », c'est ainsi que Victor Hugo le définit dans un poème intitulé « Fonction du poète » (1829). Plus tard, en 1871, Arthur Rimbaud écrit que « Le Poète se fait voyant par un long, immense et raisonné dérèglement de tous les sens ».

II L'apport des contraintes

On pourrait penser que les nombreuses contraintes de la versification (→ FICHE 4) brident l'imagination. Or, comme l'écrit Baudelaire à propos du sonnet « parce que la forme est contraignante, l'idée jaillit plus intense ». On peut, à partir de là, donner quelques caractéristiques de la poésie.

- **L'intensité**. Les formes sont souvent brèves, l'idée doit se mouler dans le mètre du vers. Cela oblige à chercher l'intensité plutôt que la longueur, ce que permet la métonymie : « la pâle mort » = la mort qui rend pâle.
- **La suggestion.** La poésie n'est pas explicative, elle montre, elle suggère. Pour cela, elle se sert d'images. Toutes les figures de l'analogie sont privilégiées : comparaison, métaphore, allégorie, personnification.
- **Les rapprochements**. Les mots mis à la rime ont du poids, ils sont mis en relation, et cette relation peut créer du sens. Ainsi, il n'est pas anodin de mettre à la rime « tyrannique » et « république » (La Fontaine).
- **Les mises en relief**. Anaphores, parallélisme, chiasmes se jouent des structures du vers. L'alexandrin et sa césure à l'hémistiche peuvent renforcer le poids d'une antithèse : « Qui produit la richesse/en créant la misère. » (Victor Hugo)

À NOTER
On qualifie d'**art poétique** un poème dans lequel le poète expose sa conception de la poésie et la met en pratique (ex. : Verlaine, « Art poétique »).

zoOm

Le poète et sa muse

La figure du poète est souvent associée à une muse. Dans ce tableau, Le Douanier-Rousseau (1844-1910) représente Guillaume Apollinaire accompagné de Marie Laurencin dont le poète fut amoureux. Elle le tient par l'épaule et lui montre le chemin de la poésie.

Le Douanier Rousseau,
La Muse inspirant le poète, 1909.

2 La poésie au XIXe siècle

En bref *Le XIXe siècle révolutionne la poésie de l'âge classique, tant dans son contenu que dans ses formes.*

I Trois influences

1 Le romantisme

- Le courant romantique, qui marque l'histoire des idées au cours de la première partie du XIXe siècle, trouve dans la poésie un genre particulièrement adapté à l'expression des sentiments.

- Les *Méditations poétiques* d'Alphonse de Lamartine, parues en 1820, sonnent le début de la poésie romantique marquée par le lyrisme : l'amour, la fuite du temps, la nature en sont les principaux thèmes.

- Après l'échec des révolutions de 1830 et de 1848, certains poètes se tournent vers une écriture repliée sur le « je » et ses souffrances. Ainsi Alfred de Musset écrit : « Faire une perle d'une larme, / Du poète ici-bas voilà la passion ». D'autres prolongent leur action politique dans la poésie, comme Victor Hugo avec son recueil *Les Châtiments* (1852).

2 Le Parnasse

Lassés du lyrisme romantique, ainsi que du réalisme et du naturalisme, certains poètes (Théophile Gautier, Leconte de Lisle, José-Maria de Hérédia, Banville, Villiers de l'Isle-Adam) revendiquent une poésie qui cherche le Beau et non l'utile. Ils prônent une poésie impersonnelle. La beauté de la forme l'emporte sur le sens. C'est l'Art pour l'Art.

3 Le symbolisme

- D'accord avec le Parnasse pour se positionner contre le naturalisme qui prétend expliquer mécaniquement l'homme, le symbolisme s'en démarque néanmoins.

- Le sens est restauré, mais il n'est pas donné d'emblée : il est suggéré par des images, le symbole, mystère à déchiffrer dont le poète peut donner les clés ; c'est ce que fait Charles Baudelaire dans les « Correspondances ». D'autres, comme Stéphane Mallarmé s'engagent dans une poésie plus hermétique.

À NOTER
Il est souvent difficile de réduire un poète à un seul mouvement littéraire ; ainsi, le recueil *Les Fleurs du mal* de Baudelaire relève aussi bien du romantisme, du réalisme que du symbolisme.

- La recherche des harmonies musicales (Paul Verlaine) et d'un langage inédit, derrière lequel le « je » s'efface pour laisser parler le monde (Arthur Rimbaud), en est aussi une caractéristique.

II L'exploration des formes

1 Reprise de formes anciennes

- Les poètes empruntent à la poésie médiévale et à celle du XVIe siècle l'ode et la ballade. Ils sont aussi séduits par la musicalité de la chanson. Victor Hugo fait paraître *Odes et ballades* en 1822, Laforgue reprend les rythmes des chansons populaires dans ses *Complaintes*.
- Les poètes n'oublient pas le sonnet mais le retravaillent de multiples façons.

2 La libération du vers

- Victor Hugo, chef de file du romantisme, prône la libération du vers : il s'agit de casser la monotone cadence de l'alexandrin par l'utilisation du **trimètre romantique** et des enjambements.

> **MOT CLÉ**
> Le **trimètre romantique** refuse la césure à l'hémistiche (6//6) : *Je suis banni !/je suis proscrit !/ je suis funeste !* (Hugo)

- L'alexandrin n'est plus la règle ; bien souvent les poètes lui préfèrent l'octosyllabe, ou même des vers de trois ou quatre syllabes. Paul Verlaine revendique le vers impair : « De la musique avant toute chose, / Et pour cela préfère l'Impair ».
- Aloysius Bertrand (*Gaspard de la nuit*, 1842), innove avec le poème en prose. Charles Baudelaire (*Le Spleen de Paris*, 1869) et Arthur Rimbaud (*Illuminations*, 1872-1875) s'y essayent également.
- Gérard de Nerval (*Les Filles du feu*) mêle prose poétique et poèmes en vers

zoOm

Les « Vilains Bonshommes »

Henri Fantin-Latour, *Un coin de table*, 1872.

Fantin-Latour immortalise une réunion de poètes parnassiens, surnommés par la critique les « Vilains Bonshommes ». On reconnaît, assis à gauche, Paul Verlaine et Arthur Rimbaud.

3 La poésie aux XXe et XXIe siècles

En bref *Aux XXe et XXIe siècles, les poètes explorent les voies ouvertes par la poésie de la fin du XIXe siècle et multiplient expériences et expérimentations.*

I La première moitié du XXe siècle

1 L'esprit nouveau

- Guillaume Apollinaire (*Alcools*, 1912) et Blaise Cendrars (*Du monde entier*, 1912-1924) conservent les grands thèmes de la poésie lyrique, mais introduisent des éléments de la **modernité** : la ville, la « rue industrielle », le quotidien prosaïque.
- Ils recherchent aussi une **écriture nouvelle**, suppriment toute ponctuation, utilisent le vers libre, travaillent les calligrammes. Ils sont fortement **influencés par la peinture** qui connaît elle aussi de grandes évolutions avec les débuts du cubisme. C'est la surprise qui, pour Apollinaire, est le « ressort de la poésie nouvelle ».

2 Le surréalisme

- La poésie est le genre littéraire privilégié du surréalisme. L'amour et l'éloge de la femme sont les thèmes principaux. *Capitale de la douleur* de Paul Éluard en est une bonne illustration.
- L'acte poétique est conçu comme **un acte révolutionnaire**. Les procédés du **rêve** (association d'idées, images, contradictions, images saugrenues...) sont pris comme modèle de l'écriture.
- La période de la Seconde Guerre mondiale et la Résistance sont propices à la **poésie engagée**. Paul Éluard écrit « Liberté », lancé sous forme de tract par l'aviation britannique. C'est « L'honneur des poètes » (anthologie publiée clandestinement en 1943) que de résister avec leurs armes : les mots. Les poètes Robert Desnos, René Char, s'engagent dans la Résistance.

3 La diversité

La poésie de cette période ne se réduit pas au courant surréaliste, d'autant que de nombreux poètes, comme Louis Aragon (*Les Yeux d'Elsa*), quittent ce mouvement.

- Paul Valéry et Paul Claudel redonnent un **souffle lyrique** au monde dans de grandes odes ou de longs poèmes. Paul Claudel adopte la forme du verset.
- Jacques Prévert, dans *Paroles* (1945) adopte un **ton plus léger** et une **langue plus populaire** qui se rapproche parfois de la chanson.

II De l'après-guerre à aujourd'hui

1 Expérimentations du langage

MOT CLÉ
L'**OuLiPo** (Ouvroir de Littérature Potentielle), né en 1960, explore les potentialités de la littérature par le jeu des contraintes et la recherche de formes nouvelles.

- L'OuLiPo retrouve la joie de la forme et des contraintes. Raymond Queneau publie *Cent mille milliards de poèmes*, 12 sonnets dont les 14 vers découpés peuvent se combiner entre eux.
- Dans la lignée de Guillaume Apollinaire, les poèmes se font plus graphiques, les poètes travaillent sur son aspect visuel, suppriment la ponctuation, jouent à confondre prose et poésie et adoptent le poème en prose.

2 Expérimentations du monde et expérimentations intérieures

- Les descriptions attentives des objets du quotidien, de l'anodin, sont en même temps un retour aux réalités du monde et une réflexion sur ce que peut en dire la poésie (Francis Ponge, *Le Parti pris des choses*, 1942 ; Yves Bonnefoy, *Les Planches courbes*, 2001).
- Aimé Césaire et Léopold Sédar Senghor, hommes politiques et poètes, créent une poésie de la « négritude » qui dit l'identité africaine et les malheurs dus à la colonisation.
- Les poètes se livrent également à des explorations intérieures : Henri Michaux, poète, voyageur et peintre, mêle écriture et dessin sous l'influence de la mescaline ; Bernard Noël mêle expérience intérieure, expérience du corps et prise de position politique dans une écriture dénuée de tout lyrisme.

zoOm

Le surréalisme en peinture

La peinture surréaliste, comme la poésie surréaliste, explore le monde du rêve et les images étranges qui l'habitent.

Salvador Dalí, *Rêve causé par le vol d'une abeille autour d'une pomme-grenade une seconde avant l'éveil*, 1944.

4 La versification

En bref *S'il faut toujours lier analyse du sens et analyse de la forme, c'est encore plus vrai en poésie. Vous devez maîtriser les principes de la versification.*

I Formes fixes et formes libres

1 Les formes fixes

■ Les poèmes à forme fixe reposent sur une division en **vers** et en **strophes**.

• Le vers est reconnaissable graphiquement (retour à la ligne) et auditivement par le retour de la rime qui délimite un **mètre**, défini par le **nombre de syllabes** du vers. Les plus courants sont **l'octosyllabe, le décasyllabe et l'alexandrin**.

• Les vers sont regroupés en strophes : les plus fréquentes sont le **distique** (2 vers), le **tercet** (3 vers) et le **quatrain** (4 vers).

À NOTER
Le [ə] n'est prononcé ni en fin de vers, ni devant une voyelle. Il est prononcé (et compté) quand il précède une consonne ou un *h* aspiré : [muvəmã].

■ Les formes fixes les plus utilisées jusqu'au XIXe siècle sont :
• la **ballade**, composée de trois strophes et un envoi (une demi-strophe) ;
• l'**ode**, poème lyrique, chanté à l'origine, et alternant trois strophes correspondant à un mouvement de danse ;
• le **sonnet**, constitué de deux quatrains et deux tercets.

2 Les formes libres

À partir du milieu du XIXe siècle, les poètes s'affranchissent des contraintes formelles. Se développent ainsi :
• le **poème en prose**, qui joue sur les sonorités, les rythmes et les images sans s'astreindre aux contraintes du vers.
• le **calligramme**, dont la disposition des lettres tente de représenter sur l'espace de la page l'objet même qui en est le thème.

II Les jeux sur les sonorités

■ Dans les poèmes à forme fixe, les vers sont associés deux à deux par des **rimes**. Celles-ci peuvent être **plates** ou suivies (aabb), **embrassées** (abba), ou **croisées** (abab). La rime est dite **pauvre** si un seul phonème est répété, **suffisante** (2 phonèmes), ou **riche** (3 et plus).

■ Pour qualifier la répétition d'un son ailleurs qu'à la rime, on parle d'**allitération** (sons consonantiques) ou d'**assonance** (sons vocaliques).

■ Selon le mètre, les sons [j], [je], [jœ], [jɛ]... peuvent se prononcer en une seule syllabe (**synérèse** -ion-, -ier-...) ou en deux syllabes (**diérèse** -i-on-, -i-er- ...).

III Le rythme des vers

■ La **césure** (//) est la coupe principale du vers. Dans un alexandrin, la césure 6//6 est dite « à l'hémistiche ».

■ Les **coupes** (/) sont des rythmes secondaires.

Dieux d'argent/qui tenaient//des saphirs/dans leurs mains. (Éluard)
3/3//3/3 : il s'agit d'un tétramètre régulier.

■ Il arrive que la syntaxe ne s'assujettisse pas au moule du vers, créant un effet de discordance. On distingue trois cas :

• l'**enjambement** : la phrase court sur deux vers :

Les vibrantes douleurs dans ton cœur plein d'effroi
Se planteront bientôt comme dans une cible. (Baudelaire)

• le **rejet** : une partie du groupe syntaxique est rejeté dans le vers suivant :

Trois mille six cent fois par heure, la Seconde
Chuchote : souviens-toi !-[...] (Baudelaire)

• le **contre-rejet** : la partie brève est en fin de vers et la suite du groupe syntaxique est dans le vers suivant :

Les minutes, mortel folâtre, sont des gangues
Qu'il ne faut pas lâcher sans en extraire l'or ! (Baudelaire)

zoOm

Peinture ou poème ?

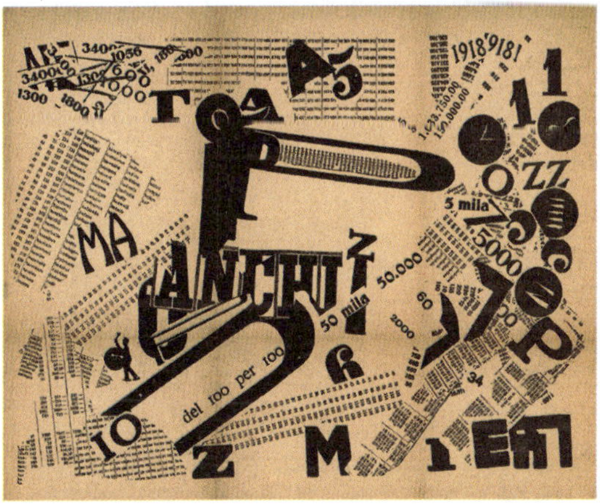

Le peintre futuriste Marinetti se sert du potentiel graphique et sonore des lettres pour composer une page visuellement rythmée et bruyante.

Filippo Tommaso Marinetti, *Les Mots en liberté*, 1919.

5 Analyser un poème

En bref *Un poème est une forme souvent brève et parfois déroutante. Comment procéder pour l'appréhender ?*

Étape 1 Identifier les caractéristiques du poème

■ Même si l'analyse d'un poème ne peut se réduire à l'étude de sa forme, il est nécessaire de commencer par repérer les caractéristiques formelles.

• Comment s'inscrit le poème sur le blanc de la page ? A-t-il une forme ramassée, allongée ? Est-ce en relation avec son sens ? Veut-il mimer le thème dont il parle, comme un calligramme par exemple ?

• Quel est le système de strophes ? Peut-on reconnaître une **forme fixe** ? Si oui, le poète respecte-il les règles ou les retravaille-t-il à sa manière ?

• Quel est le type de rimes (plates, embrassées, croisées) ? Y a-t-il une alternance dans le choix des rimes ? Au contraire, le poème est-il tout en rimes suivies, par exemple ?

> **CONSEIL**
> Pour analyser un **sonnet**, rappelez-vous que les quatrains ont un contenu plus abstrait que les tercets, dont le rôle est illustratif. Le dernier vers (la chute) peut donner la clé du poème.

• Quel est le mètre employé (octosyllabes, décasyllabes, alexandrins...) ? Le poème est-il hétérométrique (utilisation de divers mètres) ou isométrique (utilisation d'un seul mètre) ? Où se font les césures (pauses) ? Quel rythme donnent-elles au poème ? Y a-t-il des enjambements ?

■ Toutes ces caractéristiques vous permettent-elles de reconnaître l'influence d'un courant littéraire auquel le poète appartiendrait ou duquel il se démarquerait ? Faites appel à vos connaissances et aux informations données par le paratexte.

Étape 2 Cerner le propos du poète

1 L'énonciation et les thématiques

■ Le poème est-il à la première personne ? Est-il adressé à quelqu'un (la femme aimée, le lecteur, une allégorie...) ? Est-il situé dans le temps et dans l'espace ?

■ On retrouve, à travers l'histoire de la poésie, des grandes thématiques comme l'amour (rencontre amoureuse, coup de foudre), le passage du temps, le deuil, la beauté, la poésie elle-même. Mais n'oubliez pas que tout est permis à l'écriture poétique, il n'y a pas de thème interdit : laissez parler le texte et laissez-vous surprendre.

2 Les tonalités

■ La poésie est généralement associée au **lyrisme**, qu'il soit expression du bonheur ou du malheur (dans ce cas on parle de lyrisme élégiaque). Mais il peut être aussi épique, didactique, satirique, burlesque (→ FICHE 38).

À NOTER
Si le **poème lyrique** célèbre la beauté de la nature, il peut aussi célébrer la beauté de la ville, son mouvement, son bruit, ses couleurs (ex. : « Zone » d'Apollinaire).

■ Le poème défend-il une cause, une opinion ? S'inscrit-il dans un débat d'idées ? Incite-t-il à l'action comme les poèmes de la Résistance, par exemple ? On parle alors de poésie engagée.

Étape 3 Affiner la lecture

1 Musicalité

■ Une fois repéré le type de rimes, on doit regarder quels mots elles servent à mettre en écho. Cet écho provoque-t-il la surprise ?

■ Il faut être attentif à tous les jeux d'allitérations et d'assonances (→ FICHE 4) qui tendent à mimer ce dont le poème parle.

■ Pour l'analyse des poèmes en prose, il faut mettre en évidence les rimes internes, les alexandrins cachés, etc., tout ce qui relève de la musicalité poétique.

À NOTER
Le **vers libre** est un vers libéré de la régularité du mètre, des césures et des coupes. Il remplace souvent les rimes par des assonances.

2 Images

■ En tant qu'art du langage, la poésie en utilise toutes les possibilités. Il est nécessaire d'analyser les images, métaphores, analogies, comparaisons et d'en exploiter le sens, voire la multiplicité des sens.

■ Les images peuvent aussi être suggérées par le jeu des connotations, par la description d'une atmosphère : le lecteur semble percevoir ce que décrit le poème.

3 Jeux de langages

Un poème possède souvent plusieurs sens : soyez particulièrement attentif à la polysémie des mots pour comprendre toutes les dimensions du poème.

> Nos pieds glissaient d'un pur et large mouvement. (Verlaine)
>
> [« pied » renvoie à la fois à la partie du corps et à l'ancienne unité de mesure du mètre poétique : ce qui semblait le récit d'une anecdote devient ainsi un poème sur la poésie]

S'ENTRAÎNER

Les Fleurs du mal, Charles Baudelaire (1857-1861) → FICHE 2

1 Complétez ce texte avec les mots proposés.

Spleen et idéal • sérénité • romantisme noir • mélancolie • tension • procès

- *Les Fleurs du mal* s'ouvrent sur « .... », la première des cinq sections du recueil. Les deux mots s'opposent : le premier tend vers la ...., le désespoir, l'obscurité ; le second tend vers la lumière, le bonheur, la .... Cette .... entre deux mouvements contraires caractérise la poésie de Baudelaire. Son écriture parfois violente choque la morale bourgeoise : le recueil est accueilli par un ....

- *Les Fleurs du mal*, composées de 1840 à 1860, traversent l'histoire littéraire : le recueil porte la marque du romantisme et particulièrement du .... (Baudelaire traduit les nouvelles d'Edgar Allan Poe), mais aussi du Parnasse et du symbolisme.

2 Lisez l'extrait et répondez aux questions.

Spleen LXXVII

Je suis comme le roi d'un pays pluvieux,
Riche, mais impuissant, jeune et pourtant très vieux,
Qui, de ses précepteurs méprisant les courbettes,
S'ennuie avec ses chiens comme avec d'autres bêtes.
Rien ne peut l'égayer, ni gibier, ni faucon,
Ni son peuple mourant en face du balcon.
Du bouffon favori la grotesque ballade
Ne distrait plus le front de ce cruel malade ;
Son lit fleurdelisé se transforme en tombeau,
Et les dames d'atour, pour qui tout prince est beau,
Ne savent plus trouver d'impudique toilette
Pour tirer un souris de ce jeune squelette.
Le savant qui lui fait de l'or n'a jamais pu
De son être extirper l'élément corrompu,
Et dans ces bains de sang qui des Romains nous viennent,
Et dont sur leurs vieux jours les puissants se souviennent,
Il n'a su réchauffer ce cadavre hébété
Où coule au lieu de sang l'eau verte du Léthé[1].

Charles Baudelaire, *Les Fleurs du mal*, 1857-1861.

(jaune)	lexique de l'idéal
(rose)	lexique du spleen

1. « Fleuve de l'oubli » dans les Enfers grecs (on le retrouve dans le mot *léthargie*, synonyme de torpeur, apathie, incapacité d'agir).

1. Observez les mots surlignés : comment Baudelaire oppose-t-il spleen et idéal ?
2. Quel portrait le poète dresse-t-il de lui-même ?

Les Amours jaunes, Tristan Corbière (1873)

→ FICHE 2

3 Lisez la présentation de l'œuvre, puis cochez les affirmations correctes.

Poète mort très jeune, classé par Paul Verlaine parmi les « poètes maudits », Tristan Corbière publie un seul recueil, *Les Amours jaunes*, composé de 101 poèmes. Ce recueil mêle les thèmes amoureux à l'ironie, à l'autodérision, au détournement des formes poétiques dites « classiques ».

- ☐ a. Corbière est un poète sentimental.
- ☐ b. Il a été reconnu par ses pairs et a connu le succès.
- ☐ c. Poète habile, il se joue des formes fixes.
- ☐ d. Le titre du recueil est un éloge de la couleur.
- ☐ e. La tonalité principale est le lyrisme.

4 Lisez l'extrait et répondez aux questions.

Le crapaud

Un chant dans une nuit sans air…
La lune plaque en métal clair
Les découpures du vert sombre.

… Un chant ; comme un écho, tout vif
Enterré, là, sous le massif…
– Ça se tait : Viens, c'est là, dans l'ombre…

– Un crapaud ! – Pourquoi cette peur,
Près de moi, ton soldat fidèle !
Vois-le, poète tondu, sans aile,
Rossignol de la boue… – Horreur ! –

… Il chante. – Horreur !! – Horreur pourquoi ?
Vois-tu pas son œil de lumière…
Non : il s'en va, froid, sous sa pierre.
……………………………………………………
Bonsoir – ce crapaud-là c'est moi.

Tristan Corbière, « Le Crapaud », *Les Amours jaunes*, 1873.

CONSEIL
Un poème s'appréhende par le regard — il faut être attentif à sa forme graphique — et par l'oreille : le lire à haute voix permet d'en comprendre les subtilités et effets.

(surligné) marques d'énonciation

1. En vous aidant du repérage effectué et des signes de ponctuation, montrez que ce poème a un destinataire.
2. Quelle forme fixe Tristan Corbière détourne-t-il ici ? Quel est l'effet produit ?

5 **Prolongement artistique et culturel.**

En 1819, le poète anglais Keats écrit une « Ode à un rossignol ». Le peintre Joseph Severn s'inspire du poème pour le représenter à l'écoute de l'oiseau chanteur.

Joseph Severn, *Keats Listening to a Nightingale on Hampstead Heath* (*Keats écoutant un rossignol à Hamptsead Heath*), 1851.

1. Décrivez brièvement le tableau.

2. En quoi cette représentation du poète s'oppose-t-elle à la lecture que vous avez faite du « Crapaud » de Tristan Corbière ?

CORRIGÉS

Les Fleurs du mal, Charles Baudelaire (1857-1861)

1 ▸ *Les Fleurs du mal* s'ouvrent sur « **Spleen et idéal** », la première des cinq sections du recueil. Les deux mots s'opposent : le premier tend vers la **mélancolie**, le désespoir, l'obscurité ; le second tend vers la lumière, le bonheur, la **sérénité**. Cette **tension** entre deux mouvements contraires caractérise la poésie de Baudelaire. Son écriture parfois violente choque la morale bourgeoise : le recueil est accueilli par un **procès.**

> **MOT CLÉ**
> ***Spleen* :** mot anglais signifiant ennui, profonde mélancolie proche de la dépression.

▸ *Les Fleurs du mal*, composées de 1840 à 1860, traversent l'histoire littéraire : le recueil porte la marque du romantisme et particulièrement du **romantisme noir** (Baudelaire traduit les nouvelles d'Edgar Allan Poe), mais aussi du Parnasse et du symbolisme.

2 **1.** Le poème est construit sur une **opposition** entre des termes appartenant au lexique du **spleen** (surlignés en rose) et d'autres relevant du lexique de l'**idéal** (surlignés en jaune). Cette opposition est particulièrement marquée dans le vers 2, à travers deux hémistiches construits en parallèle (adjectif mélioratif/connecteur d'opposition/adjectif péjoratif).

2. Le portrait est **désespéré**. La contradiction est interne : le poète est en même temps riche et impuissant, jeune et vieux. Sa mélancolie ne peut être imputée aux éléments extérieurs puisque tout est là pour le divertir : il la porte en lui-même, elle est donc sans espoir de guérison. Le choix des rimes plates, les énumérations négatives, la cadence de l'alexandrin, **tout mime l'ennui**.

Les Amours jaunes, Tristan Corbière (1873)

3 Les affirmations **c** et **e** sont correctes.

- L'affirmation **a** est fausse : Tristan Corbière se garde de tout sentimentalisme, il s'en protège par l'ironie et l'autodérision. Mais cela n'interdit pas un certain lyrisme par le choix des thèmes et l'expression des sentiments.
- L'affirmation **b** est fausse : il n'a pas connu le succès, il est l'un des « poètes maudits ».
- L'affirmation **d** est fausse : la couleur jaune fait référence à l'expression « rire jaune » et à des amours ratés.

4 **1.** Les tirets, associés à l'impératif du vers 9, à la présence du « je », et à la formule interrogative du vers 12 sont la marque d'un **dialogue**. Les points de suspension des vers 6, 11, 12, indiquent que la parole de l'un est interrompue par celle de l'autre. Dans le dernier vers, l'identification du poète au crapaud est adressée à la personne à qui il dit « bonsoir ».

2. Il s'agit d'un **sonnet inversé** qui commence par les deux tercets et finit par les deux quatrains, la ligne de points de suspension détachant le dernier vers. Ce système invite à une **double lecture**, du premier vers au dernier vers, mais aussi du dernier vers au premier vers : le dernier vers devient alors comme la première phrase d'une lettre. Les deux lectures, celle qui va du paysage à la découverte de l'horrible animal et celle qui commence par présenter le poète en crapaud, montrent la **solitude du poète** dont la laideur physique empêche de faire entendre la beauté de la parole amoureuse.

5 **1.** Il s'agit d'un **paysage romantique**, en clair obscur qui va s'obscurcissant vers la gauche. Le beau visage du poète éclairé fait écho en diagonale à la Lune vers laquelle il tourne son regard à l'écoute du rossignol, perché dans les hauteurs des arbres.

2. Le rossignol, porteur du **chant poétique**, est transformé en crapaud qu'il ne faut plus chercher dans les hauteurs des arbres, mais sous les pierres. Le paysage dessiné par le poète évoque les ombres chinoises, les couleurs sont froides et métalliques. Tout le mouvement du poème est l'exact inverse de celui du tableau.

6 Hugo, *Les Contemplations*, livres I à IV

Parcours : « Les Mémoires d'une âme »

En bref *L'autobiographie se définit comme un récit rétrospectif en prose qu'une personne réelle fait de sa propre existence. Pourtant, c'est dans un recueil de poèmes que Hugo rappelle les souvenirs et les impressions de sa destinée. Qu'apporte la poésie à ces « Mémoires d'une âme » ?*

I Connaître l'œuvre

1 L'auteur et le contexte

- Victor Hugo (1802-1885) a traversé les nombreux bouleversements de l'histoire de son siècle. Comme les romantiques, il est marqué par la chute de Napoléon Ier, il s'engage dans l'action politique et finit par s'opposer à Napoléon III, ce qui le conduit à l'exil.
- Il est l'auteur d'œuvres variées - romans (*Les Misérables*), pièces de théâtre (*Ruy Blas*) et recueils poétiques (*Les Contemplations*) - qui apportent un souffle nouveau à la littérature de son époque.

2 Composition et tonalité du recueil

- *Les Contemplations*, publiées en 1856, sont composées de deux volumes : *Autrefois* et *Aujourd'hui*. Hugo écrit qu'« un abîme les sépare, le tombeau ». En effet, si *Autrefois* couvre les années 1830-1843, *Aujourd'hui* s'ouvre le 4 septembre 1843, date de la mort de sa fille Léopoldine.
- Les deux volumes sont composés chacun de trois parties dont les titres suivent l'itinéraire intellectuel du poète : I. Aurore, II. L'âme en fleur, III. Les luttes et les rêves, IV. *Pauca meae* (« quelques mots pour ma fille »), V. En marche, VI. Au bord de l'infini.
- La plupart des poèmes sont écrits entre 1841 et 1856, ce qui donne aux quatre premiers livres une tonalité nostalgique marquée par les souvenirs des jours heureux, et assombrie par le deuil.

II Comprendre le parcours

1 Une temporalité subjective et éclatée

- Si Hugo revendique le caractère autobiographique des *Contemplations*, le sous-titre « Mémoires d'une âme » suggère qu'il s'agit non pas de la narration des événements d'une vie mais d'une âme qui se souvient de ses états intérieurs.
- Bien que datés, les poèmes ne se présentent pas toujours dans l'ordre chronologique. En outre, les dates sont souvent fictives. Le recueil suit donc plutôt l'ordre des sentiments que l'ordre du temps de l'écriture ou des événements.

■ Ce trouble dans la linéarité temporelle est accentué par le choix de la poésie qui conduit au **discontinu** : chaque pièce vaut pour elle-même et a sa propre thématique. Le recueil devient un **kaléidoscope** des reflets des états d'âme du poète.

2 Un miroir tendu au lecteur : « Ah, insensé, qui crois que je ne suis pas toi. »

■ Si Rousseau, dans ses *Confessions*, justifie son projet autobiographique en clamant sa différence, le projet de Hugo est tout autre : *Homo sum*, écrit-il, « je suis un homme » comme les autres. Tout homme pourra ainsi contempler sa propre destinée dans celle de Hugo.

CITATION
« Je veux montrer à mes semblables un homme dans toute la vérité de la nature ; et cet homme, ce sera moi. Moi seul. [...] Je ne suis fait comme aucun de ceux que j'ai vus ; j'ose croire n'être fait comme aucun de ceux qui existent. » (Rousseau, *Les Confessions*)

■ Au seuil des *Fleurs du mal*, **Baudelaire** apostrophe son lecteur « Hypocrite lecteur, - mon semblable -, mon frère ! ». « Je est un autre » écrira **Rimbaud** un peu plus tard. Pour Hugo, le « je » lyrique est semblable et différent car le « poète écoute en lui-même une lyre » (*Contemplations* I, 2) : le poète est seul capable de **parler le langage de l'âme**.

zoOm

Le paysage, miroir de l'âme

J. M. W. Turner, *Paysage avec une rivière et une baie dans le lointain*, c. 1840.

Pour Turner (1789-1851), « il convient de distinguer [...] ce qui s'adresse à l'imagination de ce qui s'adresse à l'œil... ». Il rejoint en cela le brouillage du temps opéré par Hugo dans *Les Contemplations*.

7 Baudelaire, *Les Fleurs du mal*

Parcours : Alchimie poétique : la boue et l'or

En bref *Baudelaire se réclame de l'alchimiste dont le rêve est de transmuter le fer en or. Comment la poésie lui permet-elle de réussir là où la chimie échoue ?*

I Connaître l'œuvre

1 L'auteur et le contexte

■ Charles Baudelaire (1821-1867), orphelin de père, refuse de suivre la carrière diplomatique qui lui est proposée, et n'a qu'un désir : être écrivain. Il fait figure de poète maudit par la vie qu'il mène et par son recueil poétique, *Les Fleurs du mal,* qui lui valent un procès à leur parution en 1857.

■ Il est aussi l'auteur de poèmes en prose : *Le Spleen de Paris* (1869). Ses *Curiosités esthétiques* (1860) font de lui un critique d'art et le premier théoricien de la Modernité. Traducteur de Poe, il trouve en lui un « destin jumeau ».

■ Baudelaire est au croisement de plusieurs mouvements littéraires : s'il dédicace son poème « Le Cygne » au poète romantique Hugo, c'est au Parnassien Théophile Gautier, qu'il dédie son recueil. Certains de ses poèmes relèvent d'une veine réaliste, tandis que « Correspondances » le pose comme précurseur du symbolisme.

2 Composition du recueil

■ *Les Fleurs du mal* rassemble 136 poèmes, répartis dans six sections : « Spleen et idéal » (85 poèmes), « Tableaux parisiens » (18), « Le Vin » (5), « Fleurs du mal » (9), « Révolte » (3), « La Mort » (6).

■ La composition du recueil a été longuement mûrie. Entre l'édition de 1857 et celle de 1861, l'ordre des sections change, mais « Spleen et Idéal » reste en ouverture et « La Mort » en clôture. On peut y voir l'histoire d'un itinéraire.

■ Une autre manière d'étudier la composition du recueil est d'observer l'alternance du **Spleen et de l'Idéal**, ou d'y retrouver des cycles correspondant aux femmes qui ont marqué sa vie (Jeanne Duval, Mme Sabatier, Marie Daubrun).

À NOTER
Les poèmes du Spleen (mélancolie) expriment le désespoir et la sensation d'écrasement, tandis que ceux de l'Idéal expriment le bonheur et la sensation d'élévation.

II Comprendre le parcours

1 La poésie comme alchimie

■ L'alchimie est au principe de tout langage qui transforme la matière en mots et en sons. Ce pouvoir est démultiplié par la poésie. C'est ainsi que Baudelaire peut écrire dans *L'Art romantique* :

> Manier savamment une langue, c'est pratiquer une espèce de sorcellerie évocatoire.
>
> Baudelaire, *L'Art romantique*, 1868.

Penser la poésie comme alchimie ne se réduit pas à dire qu'elle permet de rendre le réel plus poétique ; elle le transfigure dans un jeu de **métaphores**, d'**images** qui induisent des **correspondances** et jouent avec les **symboles**.

- C'est en ce sens que Rimbaud, dans son poème en prose, « Alchimie du verbe », affirme que le poète doit « **inventer un verbe poétique** accessible, un jour ou l'autre, **à tous les sens** », au risque de l'hallucination et de la folie.

2 La boue et l'or, l'alliance des contraires

> Ô vous, soyez témoins que j'ai fait mon devoir
> Comme un parfait chimiste et comme une âme sainte.
> Car j'ai de chaque chose extrait la quintessence,
> Tu m'as donné ta boue et j'en ai fait de l'or.
>
> Baudelaire, « Ébauche d'un épilogue pour la 2e édition des *Fleurs du mal* ».

- Baudelaire dépasse le romantisme de Musset qui prétend « faire d'une larme une perle ». Il ne s'agit pas seulement de bien manier la rime, « ce bijou d'un sou / Qui sonne creux et faux sous la lime » (Verlaine, « Art poétique »).

- La poésie de Baudelaire est **violente** : pour transformer la boue en or, il faut la dire dans toute son horreur, et **chanter la beauté du laid**. Comme le titre du recueil l'annonce, un des secrets de l'alchimie poétique est **l'alliance des contraires**.

À NOTER
On retrouve cette attirance pour le macabre et pour la provocation dans *Les Chants de Maldoror* de Lautréamont (1869).

zoOm

Le désespoir du « je » baudelairien vu par Rodin

En 1887-1888, le sculpteur Rodin illustre *Les Fleurs du mal*. Ce lavis (une seule couleur diluée pour obtenir des intensités différentes) traduit le sentiment de profond désespoir du « je » baudelairien.

Auguste Rodin, illustration du poème « L'irrémédiable », *Les Fleurs du mal*, 1857.

8 Apollinaire, *Alcools*

Parcours : Modernité poétique ?

En bref *Au début du XXe siècle, la poésie, comme la peinture, connaissent de profonds bouleversements. Guillaume Apollinaire s'enthousiasme pour les peintres cubistes et cherche dans sa poésie à effectuer la même révolution.*

I Connaître l'œuvre

1 L'auteur et le contexte

- Guillaume Apollinaire se trouve au cœur de la vie intellectuelle et artistique du début du XXe siècle. Il est surtout connu pour son recueil, *Alcools* (1913), pour ses *Calligrammes* (1918) et pour ses *Poèmes à Lou* écrits depuis le front pendant la Première Guerre mondiale.
- Proche des peintres cubistes, il a également publié *Méditations esthétiques* (1913), manifeste pour la peinture cubiste.
- En 1917, il crée le néologisme « surréalisme » pour décrire son drame féministe *Les Mamelles de Tirésias*, et signifier que créer n'est pas imiter la nature.

> J'ai pensé qu'il fallait revenir à la nature même, mais sans l'imiter à la manière des photographes. Quand l'homme a voulu imiter la marche, il a créé la roue qui ne ressemble pas à une jambe. Il a fait ainsi du surréalisme sans le savoir.
>
> Apollinaire, *Les Mamelles de Tirésias*, préface.

- Il est, un moment, proche du « futurisme », mouvement pictural italien qui prône la vitesse. Enfin, dans *L'Esprit nouveau et les Poètes* (1917), il explicite sa conception d'une poésie nouvelle, dont le ressort est la surprise.

2 Composition et thèmes du recueil

- *Alcools* rassemble une cinquantaine de poèmes, écrits entre 1898 et 1913. L'ordre n'est ni chronologique, ni thématique. Le poète privilégie un système d'échos (ainsi du premier et du dernier poème qui se répondent l'un l'autre) et d'alternance entre pièces longues et pièces courtes (ainsi du monostiche « Chantre », qui suit « Palais », composé de onze quatrains).
- Le poème d'ouverture, « Zone », écrit en 1913, a fonction de manifeste par le choix du vers libre, la forme longue, narrative, la coexistence du présent (la « rue industrielle ») et du passé (lieux traversés, expériences vécues...).
- Apollinaire affirme que chaque poème renvoie à des éléments de sa vie, à des événements tristes ou gais, alternant ainsi mélancolie et fantaisie.

II La modernité poétique

1 Entre tradition et modernité

■ Le passage entre le XIXe et le XXe siècle correspond à une période **d'innovations technologiques** : électricité, automobile, tour Eiffel, première ligne de métro, etc. Les éléments du monde moderne deviennent des **objets poétiques**.

■ Pour dire ces réalités nouvelles, Apollinaire, comme Cendrars, travaillent sur la forme : **absence de ponctuation**, **vers libres**, **poésie visuelle** qui tient compte de l'espace de la page et qui trouvera son aboutissement dans les *Calligrammes*.

■ Mais la modernité **ne signifie pas le rejet du passé** et des formes anciennes. Au contraire, le vers libre **côtoie** des formes plus classiques. De même, les thématiques **mêlent** références antiques ou bibliques aux tramways et aux rails.

CITATION
« Mais nos pieds ne se détachent qu'en vain du sol qui contient les morts. » (Apollinaire, *Les Méditations esthétiques*.)

2 Un nouveau lyrisme

■ Apollinaire se dit « en quête d'un **lyrisme neuf** et humaniste en même temps » (Lettre à Toussaint-Luca, 1908). Dans *L'Esprit nouveau et les Poètes*, il affirme que « les poètes modernes sont […] des créateurs, des inventeurs et des prophètes. »

■ Ce nouveau lyrisme est souvent celui d'un « je » **composite** à la manière des portraits cubistes qui donnent à voir plusieurs facettes d'un personnage en même temps. Il est aussi **polyphonique**, comme dans « Cortège » dans lequel le poète à la recherche de lui-même « connaî[t] les autres » et nous fait entendre leurs voix.

zoOm

La modernité picturale

La vivacité des couleurs, la nouveauté du trait, l'énergie qui se dégage de l'œuvre sont constitutifs de ce « lyrisme neuf » associé par Apollinaire à la modernité.

Fernand Léger, *Les Constructeurs*, 1941.

OBJECTIF BAC

1 Dissertation : Alchimie poétique : la boue et l'or

4 h

Ce sujet vous propose un entraînement à la question problématisée en histoire. Vous devrez analyser le sujet pour mobiliser les connaissances et les répartir dans le plan suggéré dans l'énoncé.

LE SUJET

Baudelaire, dans l'appendice aux *Fleurs du mal*, écrit : « Tu m'as donné ta boue et j'en ai fait de l'or. » En quoi ce vers éclaire-t-il votre lecture du recueil de Baudelaire ?

Vous répondrez à cette question dans un développement structuré. Votre travail s'appuiera essentiellement sur l'oeuvre de Baudelaire, mais aussi sur les textes et documents étudiés dans le cadre du parcours « Alchimie poétique : la boue et l'or », ainsi que sur votre culture personnelle.

LES CLÉS POUR RÉUSSIR

Dégager la problématique

Comment cette formule provocante permet-elle de mieux comprendre l'esthétique de Baudelaire et sa conception du rôle du poète ?

Construire le plan

1 La présence du mal	Analysez très précisément le titre du recueil. Cherchez les différentes formes du mal dans le recueil.
2 La beauté du mal	Demandez-vous ce qui pourrait caractériser une esthétique du mal, selon Baudelaire. Demandez-vous quels types de relations peuvent s'opérer entre l'or et la boue.
3 Il n'y a de poésie que celle qui transforme	Montrez pourquoi la poésie est un art qui permet cette transformation de la boue en or. Demandez-vous quelle est la fonction du poète, selon Baudelaire.

CORRIGÉS

Les titres en couleur ou entre crochets ne doivent pas figurer sur la copie.

Introduction

[amorce] La publication des Fleurs du mal de Baudelaire cause un scandale qui aboutira à un procès pour « outrage à la morale publique et aux bonnes mœurs ». **[citation du sujet]** Quand le poète, dans l'appendice aux *Fleurs du mal,* écrit « Tu m'as donné ta boue et j'en ai fait de l'or. », il développe le sens de l'oxymore du titre qu'il a choisi pour son recueil et nous ouvre son laboratoire. **[problématique]** Nous verrons comment cette formule provocante permet de mieux comprendre l'esthétique baudelairienne. **[annonce du plan]** Nous commencerons par étudier la présence du mal dans le recueil, puis nous nous demanderons ce qui fait la beauté du mal et provoque à la fois fascination et répulsion ; enfin, nous verrons que cette transmutation presque alchimique que suppose la formule baudelairienne est le propre de toute poésie.

I. La présence du mal

LE SECRET DE FABRICATION
Il s'agit de repérer, dans le recueil, les différentes expressions du mal.

1. Un titre explicite ?

Le titre d'une des six sections du recueil, devient le titre de l'ensemble et caractérise donc tous les poèmes, aussi bien ceux du Spleen que ceux de l'Idéal.

- Baudelaire « dédie ces fleurs maladives », à Théophile Gautier ; chaque poème serait alors une « **fleur maladive** » où s'exprime la souffrance du poète.
- Mais le titre *Les Fleurs du mal* dépasse l'expérience personnelle du poète pour **extraire** les fleurs hors du mal (sens local de la préposition « du ») : le mal devient susceptible de produire la beauté.
- La relation entre les fleurs et le mal peut aussi être une **relation de possession** : les fleurs appartiennent au mal dont le poète deviendrait **le porte-parole**.

CITATION
« Il m'a paru plaisant, et d'autant plus agréable que la tâche était plus difficile, d'extraire la Beauté du mal. » (Baudelaire, projet de préface, 1857)

2. La thématique du mal

La thématique du mal est présente sous différents aspects dans le recueil.

- Elle se glisse dans la section « Spleen et Idéal » sous la forme du **spleen**, ce mal qui ronge le poète et qui empêche toute action et toute élévation (voir les quatre poèmes intitulés « Spleen »).
- Le mal trouve sa **personnification** dans les appels à la figure de **Satan** : le Diable est associé à l'Ennui (« Au lecteur »), et de nombreux poèmes décrivent à plaisir des **lieux infernaux** et les supplices qui s'y pratiquent.

- Le mal présente la **double figure de la Débauche et de la Mort** offrant « de terribles plaisirs et d'affreuses douceurs » (« Les deux bonnes sœurs »).

[transition] Comment cette omniprésence de la mort, de la débauche, de figures infernales peut-elle être, paradoxalement, source de beauté ?

II. La beauté du mal

LE SECRET DE FABRICATION

Dans cette partie, il est nécessaire d'élucider le paradoxe : comment trouver de la beauté dans le mal ?

CITATION

« Ce livre, dont le titre *Fleurs du mal* dit tout, est revêtu, vous le verrez, d'une beauté sinistre et froide ; il a été fait avec fureur et patience. » (Lettre de Baudelaire à sa mère, le 9 juillet 1857)

1. Une beauté sinistre et froide

Comment dire la beauté du mal ? Quelles seraient les caractéristiques d'une esthétique du mal ?

- Baudelaire **refuse le sentimentalisme**, comme il l'écrit dans *L'Art romantique* : « La sensibilité du cœur n'est absolument pas favorable au travail poétique. »
- Il recherche au contraire **la violence du tragique** : « Ce qu'il faut à ce cœur profond comme un abîme, / c'est vous, Lady Macbeth, âme puissante au crime / Rêve d'Eschyle éclos au climat des autans » (« L'Idéal »).
- Certains de ses poèmes vont même jusqu'à **glorifier le sinistre** : « Et le ciel regardait la carcasse superbe / Comme une fleur s'épanouir. » (« La Charogne »)
- Mais l'effet de fascination et de répulsion vient certainement de **l'ambivalence du mal et du bien** : « Viens-tu du ciel profond ou sors-tu de l'abîme, / Ô Beauté ? ton regard infernal et divin, / verse confusément le bienfait et le crime » (« Hymne à la beauté »).

2. L'or et la boue

Quelle **dialectique** peut-on établir entre l'or et la boue ?

- **L'or de la boue.** Dans « Allégorie », une prostituée « femme belle et de riche encolure / Qui laisse dans son vin traîner sa chevelure », par sa beauté et sa fierté l'emporte sur la Débauche et la Mort : elle est présence (et victoire) de la beauté dans le monde du vice.
- **La boue sous l'or.** « Un Voyage à Cythère » dénonce l'illusion d'un beau et heureux lyrique et révèle l'omniprésence de la douleur et du macabre.
- **La boue et l'or.** Dans « L'Amour et le crâne », on voit l'Amour régner sur les hommes et leur faire croire à « un songe d'or » alors qu'il ne s'agit que d'un jeu « féroce et ridicule » mais dont les parties, l'Amour et les hommes, sont indissociables.

[transition] Ces transmutations qu'opère Baudelaire entre les deux matériaux que sont l'or et la boue, ne sont-elles pas le propre de toute poésie dont le rôle serait de transformer une matière informe en une forme porteuse de sens ?

III. Il n'y a de bonne poésie que celle qui transforme

LE SECRET DE FABRICATION
Après avoir dépassé la contradiction (beauté/mal), il faut interroger la métaphore de l'alchimie et se demander si toute poésie n'est pas, par définition, une opération de transformation, de transmutation.

1. De l'apport des contraintes

Comme le sculpteur **transforme** une forme (le marbre, la pierre) en une autre (la statue) grâce à des outils, la poésie transforme une matière (la langue) en une autre (le poème) grâce à ses outils (le rythme, la cadence, la versification…).

- Baudelaire écrit dans *L'Art romantique* : « C'est l'un des prodigieux privilèges de l'Art que l'horrible puisse devenir beauté et que la douleur rythmée et cadencée remplisse l'esprit d'une joie calme. » Or c'est bien la poésie, par son **rythme et sa cadence**, qui opère cette transformation. La poésie, parce qu'elle est une **forme brève**, est cet alambic qui permet d'extraire la quintessence du réel pour la mettre en mots, en images, en vers.
- C'est ainsi que le **parnassien Gautier** cherche un vers plus court que l'alexandrin, pour extraire encore plus de beauté : « Oui, l'œuvre sort plus belle / D'une forme au travail / Rebelle, / Vers, marbre, onyx, émail / Point de contraintes fausses ! / Mais que pour marcher droit / Tu chausses, / Muse, un cothurne étroit… » (« Art »)

2. La fonction du poète

Si le poète est à l'écart des hommes et malheureux dans un monde qui ne le comprend pas, c'est à lui qu'il revient de **donner du sens** à ce qui semble ne pas en avoir.

- « Le Poète est semblable au prince des nuées / Qui hante la tempête et se rit de l'archer ; / Exilé sur le sol au milieu des huées, / Ses ailes de géant l'empêchent de marcher. » Ce dernier quatrain de « L'albatros » explicite la conception de Baudelaire.
- « Et qui sait si les fleurs nouvelles que je rêve / Trouveront dans ce **sol lavé comme une grève** / Le **mystique aliment** qui ferait leur vigueur ? » (L'Ennemi). Tout le travail du poète, et l'ambition de Baudelaire, est bien de donner du sens à ce qui n'en a pas.
- Rimbaud, dans sa lettre à Demeny (1871) veut que le poète soit « vraiment un **voleur de feu** » tel Prométhée allant voler aux dieux le feu qui éclairera et nourrira les hommes, au propre et au figuré.

Conclusion

[synthèse] La formule Baudelairienne s'avère fondamentale pour comprendre son esthétique et ce travail de transmutation opéré dans *les Fleurs du mal*. Ce mal qui **envahit** les poèmes sous des formes diverses mais dont la **beauté**, à la fois fascinante et repoussante, violente parfois le lecteur, mais permet à Baudelaire d'explorer les **pouvoirs de la poésie. [ouverture]** C'est sans doute le **symbolisme**, dont Baudelaire est l'un des précurseurs, qui poussera encore plus loin cette **alchimie du sens**, au risque, parfois, de le rendre hermétique.

9 Qu'est-ce que la littérature d'idées ?

En bref *La littérature d'idées se définit comme l'ensemble des textes qui ne relèvent ni de la poésie, ni de la fiction narrative ou dramatique. Plus largement, la littérature d'idées désigne tout écrit dans lequel les ressources de la littérature sont au service de l'argumentation.*

I L'argumentation directe

Dans l'argumentation directe, l'auteur défend en son nom un point de vue.

1 Les textes à visée philosophique

- L'essai : il se présente comme un texte hybride, sans ordre apparent, embrassant avec subjectivité divers sujets. Ex. : *Essais* de Montaigne.
- Le traité : réflexion sur un sujet circonscrit, il vise l'exhaustivité.
- Le discours : mise en forme écrite de la pensée, il traite une question de manière ordonnée, suivant les règles de l'**art oratoire**. Ex. : *Discours sur l'origine et les fondements de l'inégalité parmi les hommes* de Rousseau.

> **À NOTER**
> L'**art oratoire**, né dans l'Antiquité, impose de distinguer l'invention (recherche des arguments), la disposition (agencement de ces arguments), l'élocution (mise en forme stylistique).

- Le dialogue : hérité de Platon, il permet la confrontation des points de vue sous la forme d'une conversation. Ex. : *Le Neveu de Rameau* de Diderot.
- La maxime : pensée exprimée de manière brève et incisive. Ex. : *Maximes et réflexions diverses* de La Rochefoucauld.

2 Les textes à dimension polémique

- Le pamphlet : sous-genre qui relève du discours épidictique, il verse couramment dans le blâme ou la satire.
- Le portrait : lié à l'esthétique de la conversation, il fait l'éloge ou le blâme d'une personne à travers une prose travaillée. Il se déploie aussi dans les oraisons funèbres et les mémoires.
- La lettre ouverte : écrit public, elle se prête à l'expression d'un débat et appelle parfois une réponse. Ex. : « J'accuse » de Zola.

3 Les textes à ambition esthétique

- Le manifeste littéraire : il constitue une déclaration par laquelle une personne ou un groupe présente ses conceptions esthétiques.
- La correspondance d'écrivains : destinée ou non à être publiée, elle offre un témoignage vivant sur la conception de la littérature des épistoliers.

II L'argumentation indirecte

1 L'apologue

À NOTER
Du grec *apologos*, « récit détaillé », le mot « **apologue** » désigne un court récit allégorique qui renferme un enseignement, une leçon de morale pratique.

- La fable : ce court récit de fiction illustre une morale par l'intermédiaire d'animaux ou d'humains.
- Le conte : merveilleux ou philosophique, il raconte une histoire qui illustre un précepte de sagesse.
- L'utopie : elle décrit une société idéale dont l'organisation est une critique indirecte de la société contemporaine de l'auteur.

2 Dans les genres narratif, dramatique et lyrique

- Le roman : « à thèse » ou non, on peut considérer que derrière la fiction qu'il élabore, il est porteur d'idées sur le monde réel. Les paroles rapportées des personnages, leur portrait ou les commentaires du narrateur peuvent avoir une dimension argumentative.
- Le théâtre : le dialogue constitue un lieu possible d'affrontements de points de vue ; le monologue, lorsqu'il se fait délibératif, peut offrir l'occasion d'une mise en balance d'arguments.
- La poésie : engagée ou lyrique, elle voit le sujet de l'énonciation prendre position, répondre aux attaques, dénoncer les torts.

zoOm

L'École d'Athènes de Raphaël

L'École d'Athènes, Raphaël, 1509-1510.

De Platon à Pythagore, ce tableau rassemble nombre de penseurs de l'Antiquité et des peintres de la Renaissance italienne. La représentation figure le dialogue des idées et des générations.

10 La littérature d'idées aux XVIe et XVIIe siècles

En bref *À la fin du Moyen Âge, l'humanisme voit s'épanouir une littérature d'idées en prise avec son époque. Au XVIIe siècle, l'instauration de l'absolutisme, sous le règne de Louis XIV, accompagne la fondation de nouvelles normes morales et littéraires incarnées par le classicisme.*

I L'humanisme : l'homme au cœur de la littérature d'idées

1 Montaigne : l'invention de l'essai

- Les *Essais* de Montaigne paraissent entre 1580 et 1595. Cette œuvre hybride, mêlant autobiographie et réflexions diverses, et composée de trois livres grossis au fil des ans par des ajouts successifs, fait entendre une voix singulière : celle d'un moi qui se prend comme matière de ses écrits, celle d'une conscience qui s'étudie elle-même, celle d'un humaniste qui voit en chaque individu un représentant de « l'humaine condition ».
- L'essayiste met à l'épreuve ses jugements loin de toute certitude. C'est qu'en effet l'optimisme confiant des débuts de l'humanisme, mis à mal par la conquête coloniale et les conflits religieux, a laissé place chez lui au scepticisme.

2 Rabelais : la pensée humaniste en acte

- Dans *Gargantua* (1535) et *Pantagruel* (1532), Rabelais met en scène la vie de deux géants, père et fils. L'accent est mis sur leur formation, occasion pour le romancier de livrer un exposé aussi comique que polémique sur les principes et valeurs de l'humanisme.
- Derrière le rire né du grotesque des personnages et des situations, le lecteur est invité à la réflexion et initié à une forme de sagesse.

MOT CLÉ
L'**humanisme** est un mouvement culturel né en Italie, qui s'épanouit au XVIe siècle en France. Les humanistes étudient les textes antiques et font de l'homme le centre de leurs réflexions.

3 La naissance d'une littérature engagée

- Les guerres de Religion (1562-1598) qui ravagent la France voient naître des textes dans lesquels les écrivains s'engagent et prennent parti pour leur camp.
- Ronsard, poète de la Pléiade, se fait le champion du parti catholique dans ses *Discours* (1562-1563). Du côté protestant, Agrippa d'Aubigné livre avec *Les Tragiques* (1616) une peinture pathétique et violente du royaume divisé.

II Le classicisme : le triomphe des moralistes

1 Les genres mondains

- Les **mémoires** sont écrits par ceux qui ont participé aux affaires du monde. La Rochefoucauld, le cardinal de Retz, Saint-Simon témoignent ainsi de leur expérience du pouvoir.

- Le genre du **portrait** se voit doté d'une grandeur particulière par La Bruyère et ses *Caractères* : il décrit des types et non des individus, et fait du portrait une peinture des mœurs.

- Nouvelle forme esthétique, le **fragment** accède à une véritable dignité littéraire. Les *Pensées* de Pascal ou les *Maximes* de La Rochefoucauld constituent des séries d'énoncés indépendants et lapidaires.

À NOTER
À côté des formes courtes persistent celles plus développées et continues, héritières de la rhétorique antique, dont le *Discours de la Méthode* de Descartes est l'illustration.

- Les **correspondances** accomplissent l'ambition classique d'une élégance sans artifice, d'une beauté non fabriquée. Au premier rang, les *Lettres* de Madame de Sévigné ont rapidement constitué un modèle du genre.

2 Instruire et plaire

- Le **théâtre comique** s'emploie lui aussi indirectement à **critiquer les mœurs**, comme chez Molière qui épingle les vices et défauts humains de son siècle. Le paratexte des pièces devient une tribune pour le dramaturge.

- La Fontaine préfère la **fable** et le **détour par la fiction allégorique** : derrière son monde d'animaux et de végétaux, c'est la société humaine et ses égoïsmes qui se voient mis en cause.

zoOm

Les salons littéraires

Au XVIIe siècle se multiplient les salons, souvent tenus par des femmes : on s'y entretient, entre personnes choisies, de littérature, on s'y nourrit de réflexions sur les mœurs. S'y développe un art de la conversation propre à l'honnête homme.

Gravure représentant le salon littéraire de la Marquise de Rambouillet (dont s'inspira Molière pour écrire les *Précieuses ridicules*), 1858.

11 La littérature d'idées au XVIIIe siècle

En bref *En relançant les persécutions contre les protestants, la révocation de l'édit de Nantes (1685) provoque un mouvement de réaction contre l'absolutisme et le fanatisme religieux. Les écrivains philosophes du XVIIIe siècle œuvrent pour lutter contre l'obscurantisme et faire de la raison la lumière qui guide le peuple.*

I Un contexte culturel propice

- Supports essentiels de la diffusion du savoir, les livres voient leur nombre multiplié par trois entre 1700 et 1779. La majorité des ouvrages restent cependant des textes de littérature populaire et religieuse.
- La diffusion des idées des Lumières est assurée autant par des écrits que par des lieux où les écrivains se rencontrent : des salons regroupent auteurs, savants et artistes autour de valeurs communes ; les cafés sont le théâtre de vives discussions politiques ou philosophiques ; les académies se multiplient en province.

II Les idées des Lumières

1 La question religieuse

- Au plan religieux, les philosophes des Lumières s'interrogent sur le rapport de l'homme à Dieu et à l'Église.
- Certains font le choix du déisme, comme Montesquieu et Voltaire, et affirment la croyance en un dieu créateur du monde tout en refusant de se soumettre à une institution et à ses prescriptions en matière de culte.
- D'autres professent un véritable athéisme : Diderot, par exemple, pense que la matière se transforme et s'organise elle-même sans intervention divine.

2 L'organisation politique

- Les penseurs du XVIIIe siècle sont unanimes dans leur condamnation de l'absolutisme ; c'est pourquoi leurs écrits préfigurent la Révolution française.
- Certains, Montesquieu en tête, se prononcent en faveur de la monarchie tempérée où le pouvoir du roi se trouve limité par celui de la noblesse et des parlements.
- D'autres, comme Voltaire et Diderot, soutiennent le principe du despotisme éclairé où la raison seule guide le gouvernement.
- Plus minoritaire, un courant défend l'idée de démocratie avec Rousseau.

ŒUVRE CLÉ

Œuvre majeure des Lumières, ***l'Encyclopédie*** travaille à la destruction des préjugés et des superstitions pour éclairer l'opinion.

III L'apparition de genres argumentatifs nouveaux

Le siècle des Lumières reprend des formes anciennes, comme en témoignent les titres de certaines œuvres : *Discours sur l'origine et les fondements de l'inégalité parmi les hommes* (Rousseau, 1755) ou *Lettres philosophiques* (Voltaire, 1734). Il en réinvente aussi certains.

1 Le conte philosophique

■ Sous l'impulsion de Voltaire, le conte philosophique devient une arme essentielle des Lumières. Merveilleux et imagé, il met à portée du plus grand nombre des théories scientifiques et métaphysiques jusque-là réservées aux lettrés.

■ Sa forme allégorique et ses formules souvent ironiques atténuent les atteintes portées aux institutions et au pouvoir, déjouant ainsi la censure.

2 Les écrits à dimension biographique

■ Rousseau donne avec *Les Confessions* le premier exemple d'autobiographie. À travers le récit de sa vie, il entreprend aussi de se justifier aux yeux de ses détracteurs.

■ En dynamisant les règles du genre, Diderot propose des dialogues qui donnent à voir les multiples facettes du moi (*Le Neveu de Rameau*, 1891).

zoOm

Un projet titanesque : l'*Encyclopédie*

L'*Encyclopédie* (1751-1772) souhaite faire la somme de toutes les connaissances de l'époque. Elle compte dix-sept volumes d'articles et onze volumes de planches d'illustrations. Près de deux-cents collaborateurs contribuent au projet, parmi lesquels Diderot et d'Alembert.

→ Consultez la version numérique en libre accès : bit.ly/enccre.

12 Les stratégies argumentatives

En bref *La littérature d'idées rassemble des textes dans lesquels un auteur expose et défend son point de vue, de manière directe ou par le détour d'une fiction. Dans tous les cas, une stratégie argumentative est mise en place par l'auteur qui vise à emporter l'adhésion du lecteur par la raison ou les sentiments.*

I Les éléments de l'écriture argumentative

Directe ou indirecte, l'argumentation met en jeu les éléments suivants :

- Le **thème** est le sujet du débat, de l'argumentation.
- La **thèse** est la proposition ou position que défend le locuteur.
- L'**argument** est une proposition reconnue ou donnée comme vraie, qui sert à prouver la thèse soutenue ou à réfuter la thèse rejetée (**contre-argument**).
- L'**exemple** vient à l'appui de l'argumentation logique et abstraite comme illustration concrète ; il permet ainsi d'adosser les arguments sur des faits. L'exemple est qualifié d'**argumentatif** lorsqu'il présente un cas si représentatif qu'il suffit à établir une proposition générale.

À NOTER
Dans la fable, le récit a valeur d'**exemple argumentatif** car il permet d'aboutir à la moralité.

II Les voies de l'argumentation

1 Le choix de la raison

- **Convaincre** consiste à amener le destinataire à reconnaître **rationnellement** que l'opinion défendue est vraie.
- Les textes qui cherchent à emporter la conviction se reconnaissent à la **présence d'arguments et d'exemples**, organisés de manière logique.
  - Le **raisonnement inductif** se fonde sur des faits particuliers pour s'élever à la loi générale.
  - Le **raisonnement déductif**, à l'inverse, prouve un fait particulier à partir d'un énoncé général.
  - Le **raisonnement concessif** permet de rendre raison en partie à l'adversaire avant de réfuter l'essentiel de son argumentation.
  - Le **raisonnement par l'absurde** feint d'adopter la thèse adverse pour en tirer par déduction des conséquences illogiques.

MOT CLÉ
Cas particulier de la déduction, le **syllogisme** propose une conclusion en apparence irréfutable à partir d'affirmations données comme vraies.

- L'**argument d'autorité**, par lequel un auteur cite les propos d'une personnalité à la légitimité incontestée, peut achever de convaincre l'interlocuteur.

2 Le biais des sentiments

■ Persuader consiste à amener le destinataire à admettre la thèse en faisant appel à ses émotions et non seulement à la raison.

■ L'auteur manifeste sa subjectivité grâce à divers procédés : écriture à la première personne, verbes d'opinion, recours à la modalisation et aux connotations. Il cherche à impliquer l'interlocuteur, à travers des apostrophes, des questions rhétoriques, des figures de style visant à susciter une émotion.

■ La persuasion passe également par l'implicite qui prend la forme du sous-entendu (dont l'interprétation dépend entièrement de la situation d'énonciation), du présupposé (qui suppose une déduction à la charge du destinataire) et de l'ironie (qui suppose que le lecteur inverse la valeur de l'énoncé pour en comprendre le sens réel).

■ Les arguments de mauvaise foi trouvent parfois leur place dans une stratégie persuasive : le prétexte invente de fausses raisons ; la tautologie redouble l'affirmation d'une évidence et l'argument *ad hominem* discrédite la personne de l'adversaire plus que ses arguments.

zoOm

Les types de discours argumentatifs

Les théoriciens de l'Antiquité grecque distinguaient trois grands genres oratoires selon la visée du discours.

	discours judiciaire	discours épidictique	discours délibératif
visée	accuse/défend	loue/blâme	pèse le pour et le contre, définit l'attitude à adopter
faits examinés	passés	présents	futurs
valeurs	juste/injuste	noble/vil, condamnable	utile/nuisible
genres	plaidoyer, réquisitoire	éloge, blâme, portrait, satire, pamphlet, oraison funèbre	monologue, dialogue, discours, essai, lettre
figures	interrogation oratoire	gradation, hyperbole, métaphore, métonymie	antithèse, chiasme, parallélisme

13 Analyser un texte d'idées

En bref *L'analyse d'un texte d'idées suppose qu'on ait préalablement identifié le type d'argumentation, directe ou indirecte, dont il relève. Dans tous les cas, il convient de porter une attention particulière aux marqueurs logiques, énonciatifs et stylistiques.*

Étape 1 Identifier le schéma argumentatif

1 Repérer les articulations logiques

- Relevez les **connecteurs** qui marquent les articulations de la pensée ; identifiez la valeur éventuelle de la ponctuation (les **deux-points** révèlent par exemple un rapport de cause à conséquence).
- Prêtez attention aux **adverbes** qui marquent la progression du discours (*d'abord, ainsi, finalement*...).
- Dans le cas de l'argumentation indirecte, cherchez à dégager la part narrative de la part discursive, qui transparaît dans les commentaires et l'énoncé éventuel d'une leçon par l'auteur.

2 Dégager la thèse défendue

- Si la thèse est **explicite**, il faut situer précisément dans le texte le passage où elle apparaît et la reformuler de manière à montrer qu'on l'a bien comprise.
- Si la thèse est **implicite**, il s'agit de la formuler avec ses propres mots à partir des arguments donnés dans le corps du texte.

3 Identifier la stratégie argumentative

- Le repérage des **types d'arguments mobilisés** permet de préciser **l'angle d'attaque** privilégié par le locuteur :

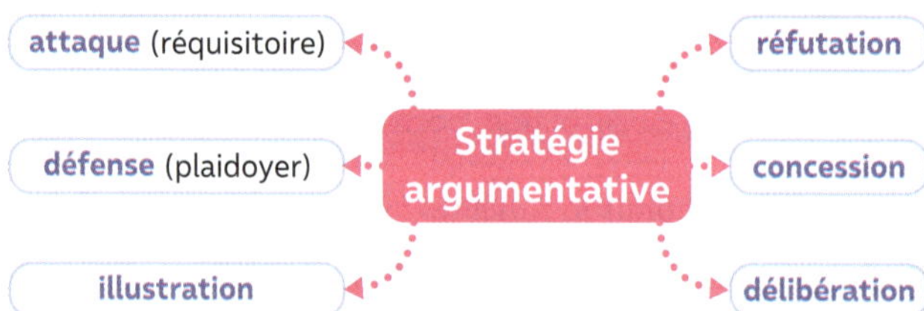

- La **démarche** d'ensemble peut choisir de privilégier l'adhésion du destinataire par la raison ou les sentiments ou l'inviter à mettre en balance plusieurs points de vue.
- Formes subjectives, l'**éloge** et le **blâme** doivent conduire à construire une image du locuteur et des valeurs auxquelles il adhère autant que de la personne visée.

Étape 2 Étudier la situation d'énonciation

1 Du côté du locuteur

- Il faut observer comment se manifeste celui qui soutient sa thèse. Cela revient à étudier les marques de présence de la première personne, à travers les pronoms et les déterminants possessifs.
- Il convient également de chercher la présence de la modalité exclamative, des marques de jugement, des termes modalisateurs.

2 Du côté du destinataire

- On peut déterminer l'identité et le rôle de l'interlocuteur (simple auditeur ou lecteur, adversaire, complice) et porter attention à la manière dont il est présenté, interpelé, cité.
- Demandez-vous si le lecteur est présent dans le texte, sous quelle forme et dans quel but.

CONSEIL
Le **lecteur** peut être désigné par le pronom de la deuxième personne mais il peut également se trouver inclus dans un *nous* ou un *on*.

Étape 3 Étudier le lexique et les procédés stylistiques

1 Le lexique

- Observez les champs lexicaux et les liens qui les unissent.
- Identifiez les connotations (lexique évaluatif, appréciatif).
- Déterminez la tonalité du texte (comique, satirique, polémique, lyrique…) et les procédés d'expression qui la soutiennent.

CONSEIL
Soyez également attentif à la **typographie** qui signale l'importance d'un mot avec les lettres capitales ou l'italique, l'ironie avec des guillemets.

2 Les procédés stylistiques

- Répertoriez les figures de style et cherchez à interpréter leur rôle dans l'argumentation :
  - figures d'insistance (répétition, parallélisme, énumération, gradation, prétérition) ;
  - figures d'exagération (hyperbole) ;
  - images (comparaison, métaphore).
- Détectez la présence possible d'ironie et envisagez-en les effets sur la lecture.

S'ENTRAÎNER

Les Caractères, La Bruyère (1688-1696)

→ FICHE 10

1 Complétez ce texte avec les mots proposés.

aphorismes • type • satire • remarques • classique • portraits • anecdotique • imitation • descriptions • moraliste

▸ Publiée à l'époque ………………, l'œuvre de La Bruyère intitulée *Les Caractères* relève de la ……………… Dans cette vaste galerie de ………………, les lecteurs de l'époque ont reconnu des contemporains sous les pseudonymes grecs empruntés à l'auteur antique Théophraste.

▸ Pourtant, il ne s'agit pas seulement d'……………… : La Bruyère cherche à dépasser l'……………… pour atteindre le ……………… éternel. Le ……………… fait varier les formes, plus que son prédécesseur, en proposant des ………………, des ……………… et des ………………

2 Lisez le texte puis répondez aux questions.

> Si je compare ensemble les deux conditions des hommes les plus opposées, je veux dire les Grands avec le peuple, ce dernier me paraît content du nécessaire, et les autres sont inquiets et pauvres avec le superflu. Un homme du peuple ne saurait faire aucun mal ; un Grand ne veut faire aucun bien, et est capable de grands maux. L'un ne se forme et ne s'exerce que dans les choses qui sont utiles ; l'autre y joint les pernicieuses[1]. Là se montrent ingénument la grossièreté et la franchise ; ici se cache une sève maligne[2] et corrompue sous l'écorce de la politesse. Le peuple n'a guère d'esprit, et les Grands n'ont point d'âme : celui-là a un bon fond et n'a point de dehors ; ceux-ci n'ont que des dehors et qu'une simple superficie[3]. Faut-il opter, je ne balance[4] pas, je veux être peuple.
>
> Jean de La Bruyère, *Les Caractères*, « Des Grands », 25, 1696.
>
> 1. dangereuses. 2. nuisible. 3. apparence. 4. hésite.

1. Étudiez la modalisation dans le texte : comment se marque la subjectivité de l'auteur ?

2. Relevez les antithèses contenues dans l'extrait.

3. Observez les mots surlignés : à quel champ lexical appartiennent-ils ? Comment se regroupent-ils ? Qu'est-ce qui oppose fondamentalement les Grands et le peuple ?

3 Prolongement culturel.

1. Quels autres moralistes du Grand Siècle connaissez-vous ? L'enseignement moral s'exprime-t-il chez eux de manière directe ou indirecte ?

2. L'œuvre de La Bruyère a inspiré une comédienne et scénariste de notre époque, Lison Daniel. Sur la scène virtuelle d'Instagram, celle-ci campe une série de personnages emblématiques de notre temps. De quelle manière la comédienne a-t-elle adapté la démarche de La Bruyère au monde contemporain ?

Lison Daniel, *Portraits*, © Instagram @les.caracteres

L'*Encyclopédie* (1751-1772)

→ FICHE 11

4 Choisissez les réponses qui conviennent parmi les affirmations proposées.

1. L'ambition des rédacteurs de l'*Encyclopédie* est de :

☐ **a.** donner une somme scientifique sur l'état des connaissances au XVIIIe siècle

☐ **b.** diffuser le savoir et encourager les lecteurs à se servir de leur raison

☐ **c.** livrer un ouvrage polémique sous couvert d'un titre général et didactique

2. Parmi les auteurs suivants, lesquels ont contribué à l'*Encyclopédie* ?

☐ **a.** Diderot ☐ **c.** Pascal ☐ **e.** Zola

☐ **b.** Montaigne ☐ **d.** D'Alembert ☐ **f.** Voltaire

3. Quelles disciplines y sont traitées ?

☐ **a.** les techniques et les sciences ☐ **b.** la philosophie

☐ **c.** tous les savoirs disponibles à l'époque

5 Lisez l'extrait puis répondez aux questions.

> « Réfugiés » (*Hist. mod. pol.*) C'est ainsi que l'on nomme les protestants français que la révocation de l'édit de Nantes a forcés de sortir de France et de chercher un asile dans les pays étrangers, afin de se soustraire aux persécutions qu'un zèle[1] aveugle et inconsidéré leur faisait éprouver dans leur patrie. Depuis ce temps, la France s'est vue privée d'un grand nombre de citoyens qui ont porté à ses ennemis des arts, des talents et des ressources dont ils ont souvent usé contre elle. [...] Louis XIV, en persécutant les protestants, a privé son royaume de près d'un million

FRANÇAIS HISTOIRE GÉOGRAPHIE ENS. SCIENTIFIQUE & MATHÉMATIQUE ANGLAIS

d'hommes industrieux qu'il a sacrifiés aux vues intéressées de quelques mauvais citoyens qui sont les ennemis de toute liberté de penser, parce qu'ils ne peuvent régner qu'à l'ombre de l'ignorance. L'esprit persécuteur devrait être réprimé par tout gouvernement éclairé : si l'on punissait les perturbateurs qui veulent sans cesse troubler les consciences de leurs concitoyens lorsqu'ils diffèrent dans leurs opinions, on verrait toutes les sectes[2] vivre dans une parfaite harmonie et fournir à l'envi des citoyens utiles à la patrie et fidèles à leur prince.

Article « Réfugiés » (anonyme), *Encyclopédie*, 1765.

1. soin excessif ; 2. religions.

1. Dégagez la thèse défendue par l'auteur de cet article et les raisons qu'il invoque pour la justifier.
2. Observez les mots surlignés : l'article est-il objectif ? Justifiez votre réponse.

CORRIGÉS

Les Caractères, La Bruyère (1688-1696)

1 ▸ Publiée à l'époque **classique**, l'œuvre de La Bruyère intitulée *Les Caractères* relève de la **satire**. Dans cette vaste galerie de **portraits**, les lecteurs de l'époque ont reconnu des contemporains sous les pseudonymes grecs empruntés à l'auteur antique Théophraste.

▸ Pourtant, il ne s'agit pas seulement d'**imitation** : La Bruyère cherche à dépasser l'**anecdotique** pour atteindre le **type** éternel. Le **moraliste** fait varier les formes, plus que son prédécesseur, en proposant des **descriptions**, des **remarques** et des **aphorismes**.

2 1. La modalisation recoupe l'ensemble des marqueurs de la subjectivité du locuteur : il s'agit des indices qui lui permettent de faire valoir son point de vue. Ils sont nombreux dans l'extrait : **pronoms personnels** de la première personne (« je », « me ») ; emploi du **conditionnel** à valeur modale (« saurait ») ; **négation exceptive** (« ne… que ») ; **lexique appréciatif** ; **adverbes** (« ingénument ») ; **question rhétorique** (« Faut-il opter ») à laquelle La Bruyère répond de lui-même sans « balance[r] ». La neutralité apparente de l'énoncé et l'absence d'hésitation laissent penser qu'il s'agit d'un choix objectif et évident. Pourtant, les modalisateurs soulignent bien le **parti pris paradoxal** de l'écrivain.

2. L'antithèse est une figure de style par laquelle on oppose deux termes de sens contraire. Elle est abondamment mobilisée dans le texte pour faire valoir l'écart des conditions, non tant sur le plan socio-économique que moral : « **Grands/peuple** » ; « **content/inquiets** », « **nécessaire/superflu** » ; « **mal/bien** » ;

« utiles/pernicieuses » ; « grossièreté/politesse » ; « sève/écorce » ; « esprit/âme » ; « fond/superficie ».

3. Les mots surlignés relèvent du champ lexical de la **morale**. Ils rendent compte des conditions respectives du peuple (mots surlignés en jaune) et des Grands (mots surlignés en bleu) : au peuple la sagesse, la bonté, la droiture, l'honnêteté ; aux Grands, la frivolité, la méchanceté voire la malignité, la superficialité. La Bruyère reconnaît au premier une sincérité qui n'exclut pas la « grossièreté » ; aux seconds une « politesse » au service des seules apparences. Ces deux conditions sociales reprennent donc l'**opposition métaphysique de l'être et du paraître**.

3 1. Parmi les moralistes du Grand Siècle les plus connus, on peut citer **Bossuet**, **La Rochefoucauld** et **Pascal**. Ces auteurs traitent des mœurs de l'homme sans passer par le détour de la fiction, au travers respectivement de leurs **sermons**, **maximes** et **pensées**. Chez **La Fontaine**, en revanche, l'enseignement moral est indirect : il recourt au récit allégorique qu'est la **fable**.

2. En s'inspirant de la démarche de La Bruyère, **Lison Daniel** propose des portraits, sous forme de courtes vidéos, dans lesquels les traits physiques des personnages se trouvent grossis par les **effets amplifiants** des filtres. Chaque caractère est individualisé par un prénom, mais les **références socio-culturelles** et les **tics de langage** permettent aux personnages de gagner en universalité et d'incarner des types contemporains.

L'*Encyclopédie* (1751-1772)

4 1. a, b, c ; 2. a, d, f ; 3. c.

5 1. ▸ En feignant de donner une définition du terme de « Réfugiés », l'auteur anonyme de l'article défend la **thèse** suivante : la révocation de l'édit de Nantes, qui a eu pour conséquences la transformation des protestants en réfugiés ou exilés, a été une erreur économique, sociale et politique.

▸ Les **arguments** qui soutiennent ce point de vue apparaissent ainsi : la France s'est privée du travail et des idées de nombreux citoyens ; ce travail et ces idées ont profité aux ennemis de la France ; en prenant cette décision, Louis XIV s'est soumis aux pressions de son entourage et, par conséquent, s'est déconsidéré ; le roi a favorisé l'intolérance et l'obscurantisme, ennemis de la liberté de penser et de croire, entraînant des troubles civils et des conflits à l'extérieur.

2. L'article prend formellement une apparence objective. Pourtant, le mot défini apparaît au pluriel, ce qui précise d'emblée son sens. La formulation initiale « c'est ainsi que l'on nomme » indique qu'il s'agit bien d'une définition mais non dans le sens dénoté, courant dans ce type d'ouvrage. L'emploi du verbe *nommer* et les références à la révocation de l'édit de Nantes confirment le **caractère historique et déterminé de la définition**. Celle-ci contient plusieurs **termes à connotation péjorative** — « forcés », « persécutions », « zèle aveugle et inconsidéré » — mettant l'accent sur la situation de contrainte et de violence dont sont victimes les protestants. Il s'agit ainsi d'un article subjectif qui refuse la neutralité du dictionnaire au profit d'une position dénonciatrice.

14 Rabelais, *Gargantua*

Parcours : Rire et savoir

En bref *Dans un premier roman, Rabelais a raconté l'existence de Pantagruel, le fils de Gargantua. Publié en 1534, le deuxième volume,* Gargantua, *narre les aventures du géant éponyme, roi d'Utopie, et approfondit le questionnement philosophique, sous une apparence toujours comique. Le rire profite ainsi à l'instruction du lecteur !*

I Connaître l'œuvre

1 L'auteur et le contexte

- **Érudit de la Renaissance**, François Rabelais a probablement vécu de 1483 à 1553. Il prend l'habit de moine puis devient médecin. Sa vocation littéraire s'affirme tardivement : son premier roman, *Pantagruel*, paraît en 1532, suivi en 1534 par *Gargantua*,qui fait l'objet d'une deuxième édition en 1542.
- Rabelais a acquis une très vaste culture en étudiant notamment les langues et les textes de l'Antiquité ainsi que le corps humain. L'écrivain illustre donc l'**idéal humaniste** qu'il préconise dans son œuvre.

À NOTER
C'est sous le **pseudonyme** d'Alcofribas Nasier (anagramme de ses prénom et nom) que François Rabelais signe *Gargantua*.

2 Structure de l'œuvre

- À l'instar de *Pantagruel*, *Gargantua* est construit comme une parodie d'épopée. Cependant, ce deuxième roman apparaît davantage marqué par l'**esprit satirique** : le comique raille la culture médiévale et promeut les idéaux de l'humanisme.
- *Gargantua* est découpé en **quatre ensembles** distincts (l'enfance, l'éducation, la guerre et l'abbaye de Thélème) : cette partition correspond à la composition des **romans de chevalerie** où étaient abordées successivement la formation, les prouesses et l'entrée en religion des héros.

II Comprendre le parcours

1 « Rire est le propre de l'homme »

- Dès l'« Avis aux lecteurs », Rabelais justifie son **parti pris comique** en se fondant sur une maxime empruntée au traité *Les Parties des animaux* d'Aristote. Mécanisme caractéristique de l'humain, le rire apparaît à l'auteur de *Gargantua* comme une panacée, c'est-à-dire un remède universel à la douleur et au chagrin auxquels l'homme est en proie au cours de sa vie.

■ Le rire rabelaisien s'abreuve à de multiples sources : il emprunte à la farce avec des effets de décalage ; puise dans le lexique populaire, voire grossier ; joue du gigantisme des personnages ; se fait parodie quand il imite le discours des doctes ; recourt aussi à l'ironie pour rendre le texte ambivalent.

CONSEIL
L'**ironie** appelle les lecteurs rabelaisiens à réfléchir : il faut parfois mettre en doute la parole même qui se déploie dans le roman et évaluer la valeur de vérité des énoncés.

■ Le comique n'est pas une fin en soi sous la plume de Rabelais. Il se comprend dans le cadre d'une pensée chrétienne et cherche à contrebalancer la faiblesse humaine en incitant au discernement.

2 Le « gai savoir »

■ Le « Prologue » de *Gargantua* se place sous l'autorité de Socrate, figure du sage antique dissimulé sous les traits d'un bon vivant : derrière l'apparence comique se cache un « divin savoir ». Rabelais, comme Socrate, amène son lecteur à devenir plus instruit et à se connaître soi-même.

■ Chez Rabelais, le rire s'attaque aux vices des institutions comme des individus : il met en cause et libère ; il corrige et invite à la délibération. La satire se met au service de la pédagogie : elle véhicule les idées humanistes.

■ Pour le lecteur, il s'agit moins d'être bon public qu'« entommeur » (briseur) de la « substantifique moelle » à l'image d'un chien de chasse qui ronge l'os jusqu'à en atteindre le meilleur morceau. Les aventures romanesques de Gargantua se lisent comme une chasse de vérité, un récit allégorique à décrypter.

zoOm

Gustave Doré illustre *Gargantua*

Dans sa gravure, Gustave Doré insiste sur le gigantisme des protagonistes à qui il donne une allure bonhomme. De leur côté, les doctes, en charge d'apprendre le monde à Gargantua, apparaissent diminués et peu avenants.

Gustave Doré, *L'Éducation de Gargantua*, 1851.

15 La Bruyère, *Les Caractères* (livres V à X)

Parcours : La comédie sociale

En bref *Publiés pour la première fois en 1688,* Les Caractères ou les Mœurs de ce siècle *présentent une collection de réflexions, maximes et portraits, qui s'est enrichie au fil des éditions successives. Au dessein initial de peindre l'être humain s'est substituée progressivement une représentation de la comédie sociale.*

I Connaître l'œuvre

1 L'auteur et le contexte

- Issu de la bourgeoisie, Jean de La Bruyère (1645-1696) acquiert une charge de trésorier après des études de droit. En 1684, sa carrière connaît une ascension notable : il devient précepteur du duc Louis de Bourbon, petit-fils du Grand Condé.
- La Bruyère entre à l'Académie française en 1693 et prend le parti des « Anciens », admirateurs et imitateurs de l'Antiquité, dans la « querelle » qui les oppose aux « Modernes », soucieux de renouveler les formes artistiques.

2 Structure de l'œuvre

- Inspirée des *Caractères* du Grec Théophraste (372-287 av J.-C.), l'œuvre de La Bruyère se présente comme une traduction de l'auteur antique, sorte de caution morale et littéraire. Au fil des éditions (1688-1696), La Bruyère y ajoute un mélange original de descriptions, remarques et aphorismes dans le goût de l'époque classique, qui rejoint l'esthétique de la conversation mondaine.
- Au-delà du désordre apparent de l'œuvre, de la fragmentation de ses énoncés, certains regroupements apparaissent : les livres I à IV dépeignent la psychologie de l'homme (son esprit, son mérite, son cœur) ; les livres V à X proposent une peinture de la société et du pouvoir ; les livres XI à XVI étudient l'homme dans une perspective morale et religieuse.

II Comprendre le parcours

1 Un miroir de la société : « Je rends au public ce qu'il m'a prêté »

- La Bruyère fait autant œuvre d'historien, à la manière de Saint-Simon, que de moraliste à l'instar de La Rochefoucauld.
- La société dépeinte dans *Les Caractères* n'est plus régie par l'ordre ancien : les « Grands » n'ont plus que les « dehors » de l'aristocratie et la bourgeoisie se hisse au rang de cette dernière par l'argent et les intrigues.

MOT CLÉ
Un **moraliste** observe et décrit le comportement de ses semblables. S'il cherche à instruire le lecteur, il ne se fait pas pour autant moralisateur.

■ Toutes les conditions – de l'artisan au souverain – et tous les profils psychologiques – de la coquette au distrait – sont décrits. Cet examen détaillé oppose ceux qui sont utiles au fonctionnement de la société à ceux dont le comportement n'est fondé que sur le paraître et l'artifice, et qui la dénaturent.

2 Divertir en corrigeant les mœurs

■ La Bruyère excelle dans l'art du portrait. Les caricatures qu'il dresse de ses contemporains visent à créer des « types » humains. La façon dont il met en scène les travers et les manies des hommes suscite le rire et fait écho, de manière efficace, au thème du ***theatrum mundi*** (théâtre du monde). Au-delà du traité rhétorique, l'œuvre s'apparente souvent à une comédie aux accents baroques.

MOT CLÉ
La notion de ***theatrum mundi*** est un héritage baroque. Au sein de la société, chacun joue un rôle, consciemment ou malgré lui, sur la grande scène du monde.

■ Le style de l'auteur s'attache à mettre au jour les défauts des êtres et les tares de la société : la précision des formules fouille les replis de l'âme humaine ; l'exagération et le goût de l'anecdote emportent le rire.

■ Le comique devient un instrument puissant au service de la critique des institutions et des préjugés dont se souviendront les philosophes des Lumières.

zoOm

L'art du portrait au Grand Siècle

Charles Le Brun, *Portrait équestre de Pierre Séguier (1588-1672), chancelier de France*, vers 1660.

Représentant du classicisme en peinture, Charles Le Brun réalise le portrait de son protecteur vers 1660. La mise en scène théâtrale et savamment chorégraphiée rappelle les procédés stylistiques utilisés par La Bruyère dans ses portraits.

16 O. de Gouges, *Déclaration des droits de la femme et de la citoyenne*

En bref

Parcours : Écrire et combattre pour l'égalité

Dans sa Déclaration des droits de la femme et de la citoyenne, *publiée en 1791, Olympe de Gouges revendique pour les femmes des droits égaux à ceux des hommes, au nom de la nature et de la raison. Femme engagée dans le débat politique, elle met sa plume au service du combat pour l'égalité des sexes et des citoyens.*

I Connaître l'œuvre

1 L'auteure et le contexte

■ Marie Gouze naît en 1748 dans une famille de la bourgeoisie provinciale. Jeune veuve, elle gagne Paris au début des années 1770, où elle prend le nom d'Olympe de Gouges. Grâce à son instruction, elle se fait une place dans les salons du temps.

■ Pendant la Révolution, Olympe de Gouges multiplie les écrits pour promouvoir les droits des opprimés. Sa position en faveur de la monarchie constitutionnelle et son hostilité au régime de la **Terreur** lui valent d'être guillotinée en 1793.

À NOTER
La **Terreur** désigne une période de la Révolution française située entre 1793 et 1794. Elle se caractérise notamment par une justice expéditive à l'égard des personnes suspectées de mettre en danger la République.

2 Structure de l'œuvre

■ Adressée à la reine Marie-Antoinette, la *Déclaration des droits de la femme et de la citoyenne* constitue un pastiche critique de la *Déclaration des droits de l'homme et du citoyen*, présentée au roi Louis XVI et votée le 26 août 1789.

■ L'œuvre d'Olympe de Gouges imite la forme juridique de la *Déclaration* de 1789 : comme le texte original, elle comporte un préambule (exposé d'intentions) et dix-sept articles de loi. L'auteure ajoute un postambule dans lequel elle appelle directement les femmes à s'emparer de leurs droits.

II Comprendre le parcours

1 L'écriture au service de l'égalité des sexes

■ La *Déclaration* rédigée par Olympe de Gouges apparaît d'abord comme le pendant absent de celle de 1789, qui semble ne concerner que les individus masculins. En effet, les femmes de l'époque ne pouvaient ni voter ni exercer de fonctions politiques.

■ Pourtant, le texte ne saurait se réduire à un simple contre-projet : c'est un plaidoyer en faveur de l'égalité des droits qui vise à faire reconnaître un **statut juridique**, **politique et social** aux femmes et à établir la concordance entre les sexes au sein de la nation.

■ Le projet est demeuré sans valeur légale, mais a marqué une étape dans l'histoire de la **pensée féministe**, qui le relie, un siècle plus tôt, au traité de Poullain de La Barre *De l'égalité des deux sexes* (1673) et, à l'époque contemporaine, à l'essai de Simone de Beauvoir, *Le Deuxième Sexe* (1949).

CITATION
« [...] La femme a le droit de monter sur l'échafaud ; elle doit avoir également celui de monter à la tribune [...] » (article X de la *Déclaration des droits de la femme et de la citoyenne*).

2 | Une femme engagée

■ À l'instar des écrivains des Lumières, Olympe de Gouges tente de détruire les préjugés. Son discours emprunte aux **ressources de l'art oratoire** : judiciaire, il prend en charge les faits passés en dénonçant les injustices faites aux femmes ; épidictique, il blâme les hommes pour leurs comportements quotidiens ; délibératif, il propose pour l'avenir un nouveau modèle de société égalitaire.

■ De nombreux écrits (pièces de théâtre, brochures...) témoignent des **positions avant-gardistes** de l'auteure sur des sujets variés. Elle réclame ainsi l'égalité des droits pour tous, sans distinction de sexe, de couleur et de revenu, et s'insurge particulièrement contre la traite des esclaves dans les colonies. Elle a également défendu avec énergie les enfants nés hors mariage et privés de droits.

zoOm

La lutte pour le droit de vote des femmes en Angleterre

Plus d'un siècle après Olympe de Gouges, les « suffragettes » militent en Angleterre pour le droit de vote des femmes et réclament d'être reconnues comme des citoyennes à part entière.

Sorti en 2015, le film de Sarah Gavron retrace leur combat, parfois violent, au cours des années 1912-1913.

Affiche du film *Les Suffragettes*, 2015.

OBJECTIF BAC

1 Dissertation : Rire et philosophie

4 h

Le sujet propose une réflexion sur l'idéal humaniste de la Renaissance et sur les liens entre rire et philosophie.

LE SUJET

Dans *La Renaissance et le rire* (1995), Daniel Ménager écrit : « Le rire dans ce qu'il a d'excessif est nécessaire à l'idéal philosophique ». Dans quelle mesure ce propos s'applique-t-il à *Gargantua* ?

Vous répondrez à cette question dans un développement organisé en vous appuyant sur le roman de Rabelais, sur les textes que vous avez étudiés dans le cadre du parcours associé et sur votre culture personnelle.

LES CLÉS POUR RÉUSSIR

Analyser les termes du sujet

- **« Le rire » :** les éléments comiques (humour grossier, effets grotesques, ironie…) qui suscitent le rire chez le lecteur
- **« excessif » :** qui dépasse la mesure, outrancier
- **« nécessaire » :** dont on ne peut se passer, indispensable
- **« idéal philosophique » :** modèle de pensée considéré comme parfait et vers lequel on tend. À mettre en relation avec la philosophie humaniste de Rabelais.

Dégager la problématique et les enjeux du sujet

Le comique outrancier dans *Gargantua* est-il, comme le suggère Daniel Ménager, un moyen indispensable pour accéder à l'idéal philosophique, tel que le conçoit Rabelais ? De quel idéal s'agit-il et de quelle manière le rire, avec ses excès, se met-il à son service ?

Construire le plan de la dissertation

1 Un rire libérateur	▸ Montrez que le comique rabelaisien a partie liée avec l'excès. ▸ Quelle est la visée des effets de grossissement ?
2 Un rire réflexif	▸ Intéressez-vous aux formes de la sagesse issues du comique. ▸ En quoi l'humour de Rabelais offre-il un accès à l'idéal philosophique ?
3 Un rire humaniste	▸ Montrez en quoi le rire est le propre de l'homme, d'après Rabelais. ▸ De quelle manière le rire conduit-il à penser par soi-même conformément à l'idéal humaniste ?

CORRIGÉS

Les titres en couleur ou entre crochets ne doivent pas figurer sur la copie.

Introduction

[amorce] De Rabelais, l'imaginaire collectif a volontiers gardé l'image d'un gourmand, buveur et farceur, à l'instar de ses personnages romanesques. **[citation du sujet]** Pourtant, dans *La Renaissance et le rire* (1995), Daniel Ménager écrit : « Le rire dans ce qu'il a d'excessif est nécessaire à l'idéal philosophique », nous invitant à voir le sage caché derrière le bon vivant. **[problématique]** Comment, dans *Gargantua*, le rire se met-il au service des valeurs intellectuelles et éthiques de l'auteur ? **[annonce du plan]** Pour le déterminer, nous étudierons d'abord en quoi le rire rabelaisien est effectivement excessif, avec des effets libérateurs, puis comment il conduit le lecteur à penser par lui-même. Enfin, nous montrerons qu'il est une initiation à la pensée humaniste.

I. Un rire démesuré aux effets libérateurs

1. Un comique gigantesque

▸ Dans *Gargantua*, Rabelais prend pour héros des géants, à qui il fait assimiler des sommes considérables de connaissances, des langues au maniement des armes en passant par l'arithmétique. Le **gigantisme** reflète l'immense soif de savoir qui caractérise l'humanisme naissant. Il est aussi la source de puissants effets grotesques : au chapitre IV, Gargamelle engloutit « seize muids, deux bussards et six tupins » de tripes, et le narrateur souligne que « trois cent soixante-sept mille quatorze » bœufs ont été abattus pour l'occasion. La précision incluse dans ses dimensions hors norme prête à rire.

◗ La figure de l'**hyperbole** met en évidence l'écriture parodique chez Rabelais : elle montre du doigt l'imitation et permet au lecteur de mesurer l'écart avec le modèle. Ainsi, lorsque Frère Jean des Entommeures prend la défense de l'abbaye de Seuilly (chapitre XXV), la scène de guerre reçoit un traitement démesuré : le moine triomphe seul de tous les assaillants picrocholins, traités de « porcs ». La vigueur du combattant évoque celle du héros épique et provoque un **décalage burlesque**.

2. Des cibles plurielles

◗ Le rire né de l'excès vise moins les individus que les institutions. L'emphase et la rhétorique accumulative ont ainsi à charge de dénoncer la **fausse science des doctes** : le discours de Janotus de Bragmardo, venu réclamer les cloches à Gargantua dans le chapitre XIX, se déploie dans une langue latine approximative. La satire vise la prétendue éloquence judicaire et savante.

◗ La **religion** fait aussi les frais de la raillerie rabelaisienne. La sérieuse Sorbonne et ses maîtres de théologie se trouvent ainsi pris à parti, au gré des aventures du géant : au chapitre I par la voix d'Alcofribas Nasier, au chapitre VII à propos de la mère de Gargantua réputée « hérétique », et dans les chapitres XVII à XX avec l'épisode des cloches volées. Les **croyances superstitieuses populaires** font aussi l'objet d'attaques récurrentes : le culte immodéré des saints, la manie des pèlerinages, les dévotions irraisonnées constituent autant d'occasions de rire.

[transition] Sous la plume de Rabelais, le rire naît de l'excès et brocarde les tenants prétendus du savoir. Comment peut-il alors simultanément permettre d'exprimer un idéal philosophique ?

II. Un rire qui invite à la réflexion

1. Le rire : expression de la sagesse

◗ Loin des prétentions élitistes, l'idéal philosophique rabelaisien renoue avec le bon sens populaire. Rabelais emprunte aux **contes** l'épisode de la jument monstrueuse (chapitre XXXVIII) ou la mésaventure des pèlerins (chapitre XXXVIII), rapportés dans les *Grandes Chroniques*, compilation contemporaine de *Gargantua*.

◗ Pourtant, plus que dans la sagesse collective du peuple dont il dénonce les préjugés, Rabelais s'en remet à la figure de **Socrate** pour incarner son idéal philosophique. En effet, le penseur grec dissimule, sous un « détachement incroyable », « son divin savoir ». S'il est « toujours riant, trinquant avec chacun, toujours se moquant », il détient également savoir et sagesse.

CONSEIL
Vous aurez sans doute lu *Gargantua* dans une **version modernisée** du texte de l'édition de 1542. Pour les citations empruntées à l'œuvre, vous pouvez donc utiliser cette version.

2. Le rire : une méthode

◗ Placé sous le signe de la sagesse socratique, le « Prologue » enjoint le lecteur du roman à ne pas se fier à son « enseigne extérieure » mais à dépasser « moqueries et folâtreries » pour découvrir « que les matières ici traitées ne sont pas si folâtres que le titre le prétendait ». Il s'agit d'extraire de la forme comique la « **substantifique moelle** ».

- Le rire dans ce qu'il a d'excessif n'est donc pas une fin en soi mais un moyen d'atteindre un idéal philosophique. Il est un adjuvant dans la quête d'un plus haut sens, un aiguillon dans la *venatio sapientae* ou **chasse de la sagesse**. Les effets de surenchère invitent à un décryptage des paroles des personnages et des événements, pour en dégager le sens allégorique.

[transition] Le rire outrancier de *Gargantua* permet à Rabelais d'inviter plaisamment ses lecteurs à penser par eux-mêmes. Quel est cet idéal philosophique auquel le comique exacerbé donne accès ?

III. Un rire à la mesure de l'idéal humaniste

1. « Le propre de l'homme »

- Dès l'« Avis aux lecteurs », Rabelais justifie son parti pris en se fondant sur une maxime d'**Aristote** : mécanisme caractéristique de l'humain, le rire lui apparaît comme une **panacée**, c'est-à-dire un remède universel aux misères et aléas de l'existence. De ce point de vue, les formes comiques les plus outrancières auraient la vertu de soulager les peines du lecteur et de le mettre en état de penser.
- Antidote à la misère de l'homme, le rire apparaît comme la condition de possibilité de l'**idéal philosophique**. Au reste, la Renaissance offre de nombreux exemples de ce mélange des genres : le lecteur du XVIe siècle ne voyait pas d'antinomie entre les bonnes paroles de Grandgousier, défenseur de la sagesse humaniste, et les plaisanteries grossières des pèlerins (chapitre XLV).

2. Le rire est un humanisme

- L'excès qui se manifeste dans le comique signe un **refus de toute pesanteur didactique**. Il ne s'agit pas d'assigner au lecteur un idéal philosophique mais de l'acheminer vers lui. Fruit d'une alliance entre l'antiphrase et l'hyperbole, l'ironie manifeste la confiance placée par Rabelais dans son lecteur : il le sait capable d'inverser la valeur d'un énoncé, alerté par la surenchère. Ainsi en va-t-il de la conclusion du chapitre XV : l'éducation reçue chez les sophistes se trouve finalement discréditée par une comparaison burlesque avec la cuisson du pain. Cela a pour effet de faire réfléchir le lecteur aux modèles d'instruction.
- La fin du roman elle-même laisse ouverte l'interprétation : l'énigme de la prophétie n'est pas résolue entre Frère Jean et Gargantua. Le « **haut sens** » n'est pas donné d'emblée, il est à construire avec humilité et prudence : le lecteur doit se méfier des formules de sagesse émanant du narrateur Alcofribas Nasier.

Conclusion

Gargantua de Rabelais apparaît comme un roman de la démesure : les aventures d'un géant y font naître des effets comiques aussi puissants qu'illimités ; le rire s'en prend de manière privilégiée aux tenants prétendus de la sagesse. La quête de l'idéal philosophique, humaniste en particulier, se trouve alors encouragée et rendue possible par le rire, avec tous ses excès, en ce qu'il libère la pensée, la soustrait à la force du préjugé et conforte l'humanité en l'homme. Chez Rabelais, s'affirme une nouvelle foi en l'homme dont le rire constitue l'épiphanie.

17 Les écritures narratives

En bref *Le terme récit englobe plusieurs genres qui correspondent à des formes d'écriture narrative différentes et qui dépendent étroitement du contexte historique et littéraire.*

I Les genres du récit

Il existe un grand nombre de genres et sous-genres du récit. On peut les répartir en quatre grandes catégories :

- **Le récit de fiction** dans lequel le narrateur (à ne pas confondre avec l'auteur) raconte une histoire fictive à la première ou à la troisième personne. Ce type de récit peut se présenter sous forme longue (roman) ou courte (nouvelle).
- **Les écritures narratives à la première personne**, dans lesquelles le « je » qui raconte est en même temps le narrateur, l'auteur et le personnage principal (autobiographie, journal intime) ou témoin prenant une part importante à l'histoire (mémoires).
- **La littérature de voyage**, qui relate un voyage réellement effectué par l'auteur.
- **Les chroniques**, qui rapportent chronologiquement des événements du réel.

II Les caractéristiques de l'écriture narrative

1 La structure

- Tout récit développe une intrigue qui a un début et une fin et se construit sur une **succession de péripéties**.
- Le récit de fiction respecte généralement les **cinq étapes du schéma narratif** : la situation initiale ; l'élément perturbateur ; les péripéties ; le dénouement ; la situation finale.

> **À NOTER**
> L'**enchâssement** de récits secondaires peut venir complexifier la structure du récit principal.

- Dans un roman, l'**incipit** introduit l'action, dresse le décor, donne le ton. Dans un récit non fictif, l'auteur crée un pacte de lecture, en énonçant plus ou moins clairement ses intentions (dire la vérité, relater des événements vécus, témoigner). Dans les deux cas, il s'agit d'instaurer une relation privilégiée avec le lecteur.

2 Les personnages

Le récit ne peut se passer de personnages, qu'ils soient fictifs ou réels.

- Dans un récit, les personnages tissent un réseau de relations. Le **schéma actantiel** en rend compte : le héros, ou **sujet**, cherche à atteindre un but, l'**objet**. Dans cette **quête**, il rencontre des aides, les **adjuvants**, et des obstacles, les **opposants**.

La quête est commanditée par un émetteur, le destinateur, au bénéfice d'un destinataire qui juge de sa réussite ou de son échec.

- On peut aussi étudier les personnages selon un système de valeurs.

À NOTER
Certains personnages sont tellement associés à la **valeur** qu'ils représentent que leur nom devient un nom commun. Ex. : *C'est un vrai rastignac.* (= un arriviste, du nom du héros de Balzac).

III L'importance du contexte

Les récits diffèrent en fonction de la réalité historique qui les voit naître. Mais ils ne donnent pas seulement à voir la réalité d'une époque, ils en proposent une interprétation. Ainsi, le voyageur dans la Lune de Cyrano de Bergerac, auteur français du XVIIe siècle, et les voyageurs interstellaires de Bradbury, auteur américain du XXe siècle, entreprennent un voyage bien différent : ils s'inscrivent dans des esthétiques distinctes et révèlent des interrogations humaines propres à leur époque respective.

zoOm

Le roman graphique

Le Rapport de Brodeck, Manu Larcenet, 2015.

Le roman graphique mêle littérature et bande dessinée. Le dessinateur Manu Larcenet met en images le roman de Philippe Claudel, *Le Rapport de Brodeck*.

FRANÇAIS | HISTOIRE GÉOGRAPHIE | ENS. SCIENTIFIQUE & MATHÉMATIQUE | ANGLAIS

18 Le récit, du Moyen Âge au XVIIIe siècle

En bref *Durant cette période, le récit connaît une grande évolution, de la chanson de geste au roman libertin, de la naissance du roman à l'anti-roman.*

I Du Moyen Âge au XVIe siècle : l'émergence du genre romanesque

1 Le Moyen Âge et la naissance du roman

- Le terme « roman » naît au XIIe siècle pour désigner un récit écrit en langue romane, et non plus en latin : il s'agit de chansons de geste, récits des aventures d'un chevalier.

- L'auteur le plus connu est alors Chrétien de Troyes : il s'inspire de la légende du Graal et du cycle arthurien pour écrire cinq romans en vers, dont *Perceval ou le Conte du Graal* qui raconte la quête spirituelle du chevalier Perceval.

2 Le XVIe siècle : le récit au service de l'humanisme

L'esprit de la Renaissance et de l'humanisme s'exprime dans les trois grands romans de Rabelais, *Pantagruel, Gargantua* et *Le Tiers Livre*. Derrière le burlesque et les aventures extraordinaires de deux géants, le lecteur est amené à réfléchir sur la guerre, la religion, l'accès au savoir…

II Au XVIIe siècle : préciosité, baroque et classicisme

- Le roman pastoral (*L'Astrée* d'Honoré d'Urfé, 1607-1628) met en scène des bergers et des bergères dont les conversations reprennent celles des salons précieux.

- Le roman héroïque et précieux montre des héros idéalisés impliqués dans des épopées et intrigues complexes. *Artamène ou le Grand Cyrus* (1649-1653) de Georges et Madeleine de Scudéry en est l'illustration.

> **MOT CLÉ**
> La **préciosité** se caractérise par un raffinement extrême du comportement, des idées et du langage.

- Le roman baroque foisonne d'exubérance et de rebondissements. On peut citer *L'Autre Monde ou les États et Empires de la Lune et du Soleil* (1657) de Cyrano de Bergerac, qui narre un voyage fantaisiste et philosophique dans la Lune et le Soleil.

- Le roman réaliste et satirique dresse le tableau des mœurs de l'époque. Il en va ainsi du *Roman comique* (1651-1657) de Paul Scarron.

- Le roman d'analyse s'attache à décrire les variations de la passion. Il relève d'une esthétique classique, à l'image de *La Princesse de Clèves* de Madame de Lafayette (1678), récit bref qui oppose passion et raison à la cour du roi Henri II vers 1550. L'analyse psychologique du personnage en fait un roman moderne.

III Au XVIIIe siècle : les écritures du « je » et l'esprit de provocation

1 Le récit à la première personne

■ **Le roman picaresque**, hérité d'un genre né en Espagne au XVIe siècle, raconte les aventures d'un *picaro* (personne en marge de la société). Lesage écrit *Les Aventures de Gil Blas de Santillane* (1715) dont le héros voyageur part à la recherche d'aventures plus ou moins honnêtes.

■ **Le roman-mémoires** donne la parole à des personnages de fiction qui racontent, à la première personne, les étapes de leur vie, et notamment leur ascension sociale (Marivaux, *Le Paysan parvenu,* 1735, et *La Vie de Marianne,* 1731-1741) ou leur déchéance (l'abbé Prévost, *L'Histoire de Des Grieux et de Manon Lescaut,* 1731).

■ **Le roman épistolaire** croise la correspondance de plusieurs épistoliers fictifs : deux voyageurs persans dans *Lettres persanes* de Montesquieu (1721), un couple de libertins et leurs « victimes » dans *Les Liaisons dangereuses* de Laclos (1782). L'absence de narrateur donne au récit une apparence d'objectivité.

2 L'anti-roman

Certains auteurs, tel Diderot dans *Jacques le fataliste* (1796), interrogent le genre romanesque pour le contester : on parle d'**anti-roman**. Le dialogue de Jacques et de son maître, sans cesse entrecoupé par des apostrophes au lecteur, rappelle l'illusion de la convention romanesque et empêche toute adhésion au récit.

zoOm

Le roman médiéval

Les « romans » du cycle arthurien, copiés à la main, sont richement illustrés : les illustrations viennent rehausser le texte pour rendre encore plus marquants actions et personnages. Dans ce manuscrit du XVe siècle, on voit Lancelot combattre les dragons gardant l'entrée du Val sans retour.

Lancelot combattant les dragons du Val sans retour, v. 1404-1460.

19 Le récit au XIXe siècle

En bref *Romantique, réaliste ou naturaliste, le XIXe siècle est le siècle du roman.*

I Les grands courants littéraires

1 Le temps du romantisme

- Le récit romantique met souvent en scène un héros en conflit avec la société, qui s'en exclut par l'exil, (*René*, Chateaubriand, 1801) ou par un caractère hors du commun (*Corinne*, Madame de Staël, 1807).
- Le héros romantique est le plus souvent un être passionné chez qui domine une souffrance intime qui s'exprime dans l'affirmation d'un « je » omniprésent.
- Le romantisme peut s'inspirer de l'Histoire : les troubles de 1789, les campagnes de Napoléon, le retour de la monarchie et ses épisodes révolutionnaires, fournissent une riche matière. *Les Misérables* (1862) de Victor Hugo lui donnent une dimension sociale.

2 Une réaction : le réalisme

- À la subjectivité du « je » romantique, le réalisme oppose la volonté d'observer et représenter le réel avec objectivité, scrutant la société et ses travers.
- Dans *La Comédie humaine* (1830-1856), Balzac dresse un panorama de la société de son temps en créant des personnages représentatifs de tous les milieux. Ceux de Stendhal sont pris dans l'histoire contemporaine (*Le Rouge et le Noir* est sous-titré *Chronique de 1830*). Ceux de Flaubert appartiennent à la bourgeoisie provinciale (*Madame Bovary*, 1857) ou parisienne (*L'Éducation sentimentale*, 1869).
- Les romans réalistes sont souvent romans d'apprentissage. Ils retracent des destins individuels de héros dans une société cruelle qui les refuse (Julien Sorel chez Stendhal), dont ils profitent (Bel-Ami chez Maupassant), ou dont ils ne comprennent pas le fonctionnement (Frédéric Moreau chez Flaubert).

CITATION
« Un roman est un miroir qui se promène sur une grande route. Tantôt il reflète à vos yeux l'azur des cieux, tantôt la fange des bourbiers… » (Stendhal)

3 Une prolongation : le naturalisme

- Dans le prolongement du réalisme, le récit naturaliste, qui a pour chef de file Émile Zola, se veut le compte-rendu méthodique et documenté de la réalité sociale de la fin du siècle.
- Le romancier pose un œil scientifique sur son personnage qui devient le cobaye d'une expérimentation visant à montrer que l'homme est déterminé par son contexte et son hérédité (*Le Roman expérimental*, Zola, 1893).

II Des influences transversales

1 Le rôle du progrès

- Dès 1836, les journaux, en plein essor, conquièrent un lectorat plus grand grâce à la publication de **romans-feuilletons**. De nombreux auteurs se prêtent à ce nouveau genre, parmi lesquels Alexandre Dumas, Eugène Sue, Balzac, Zola.
- L'**industrialisation** et les **découvertes scientifiques** fournissent de la matière aussi bien aux récits d'anticipation de Jules Verne qu'aux romans naturalistes de Zola.

2 L'attrait pour le voyage

- Que ce soit pour **découvrir un monde premier** (Chateaubriand, *Atala*, 1801), un **pays proche** (Stendhal, *Chroniques italiennes*, 1855), ou un **ailleurs exotique** (Flaubert, *Salammbô*, 1862), les romans du XIXe siècle font voyager les lecteurs.
- Tout au long du siècle, les écrivains publient leurs **carnets et récits de voyage** : *L'Itinéraire de Paris à Jérusalem* (Chateaubriand, 1811), *Voyage en Orient* (Nerval, 1851), *Le Désert* (Pierre Loti, 1895)...

3 Le goût du fantastique

Le goût du fantastique traverse le siècle : on le trouve aussi bien dans la période romantique (romantisme noir), que dans le réalisme (Balzac, Maupassant, Gautier, Mérimée). Le suspense et l'inquiétude suscités par le fantastique se coulent souvent dans le format bref de la **nouvelle**.

zoom

Le réalisme en peinture

Gustave Courbet, *Un enterrement à Ornans*, 1849-1850.

Le peintre Gustave Courbet est le chef de file du réalisme en peinture. Il fait de son tableau *Un Enterrement à Ornans* (1849-1850) le manifeste de ce mouvement, à la fois pictural et littéraire.

20 Le récit depuis le XXe siècle

En bref *Le XXe siècle remet en question les fondements et les codes du roman : le traitement de l'intrigue et du personnage romanesque est renouvelé.*

I Un renouveau

1 Repenser le roman

■ La vision subjective et le monologue intérieur renouvellent la forme du récit. Dans *À la Recherche du temps perdu* (1913-1927) de Marcel Proust, le personnage et son destin cèdent la place à un « je » intériorisé.

■ Certains auteurs interrogent la forme même du roman. Ainsi, dans *Les Faux-monnayeurs* (1925), André Gide met en abyme le travail de l'écrivain par une construction complexe faite d'emboîtements d'intrigues et d'une multiplicité de points de vue.

2 Interroger le sens de l'existence

■ Les romans prenant pour thème les deux Guerres mondiales révèlent un homme englué dans des événements qu'il ne maîtrise pas : c'est le cas de Bardamu chez Céline (*Voyage au bout de la nuit,* 1932).

■ L'homme dans toute sa détresse et le héros démythifié se rejoignent dans les personnages clochardisés de Beckett (*Molloy*, 1951), incapables d'action dans un monde dénué de sens.

■ Si les romans de Camus, *L'Étranger* (1942), et de Sartre, *La Nausée* (1938), sont porteurs du sentiment de l'absurde, d'autres s'interrogent sur la portée de l'engagement de l'homme dans le monde, comme *La Condition humaine* (Malraux 1933) ou *La Peste* (Camus 1947).

II Des expérimentations

1 Le Nouveau Roman

Dans les années 1950-1970, le Nouveau Roman veut se détacher de la représentation du réel et remet en cause les codes du roman.

■ Sarraute (*L'Ère du soupçon*, 1956) refuse l'effet « trompe-l'œil », qui, sous prétexte de vouloir rendre le réel, détourne le lecteur de la « vérité profonde » de l'être.

■ Robbe-Grillet (*Pour un nouveau roman*, 1963) refuse le personnage traditionnel et toute utilisation du réel comme support d'une intrigue.

■ Michel Butor (*L'Emploi du temps*, 1956) se joue de la chronologie par de constants allers et retours entre le passé et le présent.

2 | L'influence du surréalisme et de l'Oulipo

La vision surréaliste et le jeu avec les contraintes de l'Oulipo vivifient la création romanesque. André Breton (*Nadja*, 1928), Queneau (*Zazie dans le métro*, 1959), Boris Vian (*L'Écume des jours*, 1947), **poétisent le réel et se jouent des mots et de la langue.** Perec se donne comme contrainte d'écrire un récit de 300 pages (*La Disparition*, 1969) sans utiliser la lettre *e*.

III Le mélange de genres

■ **L'écriture autobiographique** reparaît mais dans des formes renouvelées : Nathalie Sarraute (*Enfance*, 1983) l'écrit sous forme de dialogue avec elle-même ; Georges Perec, (*W ou le souvenir d'enfance*, 1975) alterne une fiction écrite lors de son adolescence et le récit de son enfance écrit au présent.

■ **L'autofiction,** hybride de roman et d'autobiographie, utilise la fiction pour accéder à la connaissance de soi. De nombreux auteurs s'y essaient, parmi lesquels Modiano avec *Dora Bruder* (1997).

■ **La « non-fiction narrative »** tient à la fois du reportage, du documentaire et du récit romancé. *L'Adversaire* (1993), d'Emmanuel Carrère, récit d'un sinistre fait divers et du parcours de l'écrivain pour essayer de comprendre le criminel, en est un bon exemple.

CITATION
« Depuis dix ans, on ne cesse de m'interroger sur la part de fiction qui entre dans mes livres. Or cette part de fiction, elle est nulle. » (Emmanuel Carrère)

zoom

Marguerite Duras, de la littérature au cinéma

Marguerite Duras (1914-1996) se fait connaître par le roman autobiographique *Un Barrage contre le pacifique* (1950) et par *l'Amant*, prix Goncourt 1984. Passant d'un genre à l'autre, elle reprend son roman *Vice-consul* (1966) sous forme théâtrale, *India song* (1973), puis sous forme cinématographique en 1975.

Marguerite Duras, *India Song*, 1975.

21 Analyser un extrait de récit

En bref *Après une première lecture, quelles sont les questions à se poser pour mieux comprendre un extrait de récit et dégager des axes d'analyse ?*

Étape 1 Situer et caractériser l'extrait

1 | Quelle est la tonalité de l'extrait ?

Reconnaissez-vous une tonalité dominante (lyrique, comique, argumentative...) et des procédés d'écriture (choix du vocabulaire, syntaxe...) qui pourraient inscrire l'extrait dans un courant littéraire ou dans une époque ? Aidez-vous aussi des informations données par le paratexte.

2 | Quelle est la fonction de l'extrait ?

- Déterminez le rôle de l'extrait dans l'intrigue : s'agit-il de faire avancer l'action (scène d'action, de rencontre, dialogue...) ou de donner des informations sur le cadre ou les personnages (flashback, description...) ?

CONSEIL
Essayez de **résumer l'extrait** en une phrase pour faire ressortir l'enjeu principal : que se passe-t-il ?

- S'il s'agit du début du récit (incipit), vous devrez en tenir compte dans votre étude. Celui-ci joue en effet un rôle spécifique : il installe un cadre spatio-temporel, suggère une action à venir, ou présente un personnage.

Étape 2 Étudier la narration

1 | Qui raconte ?

Le narrateur est celui qui raconte : il peut être intérieur ou extérieur au récit.

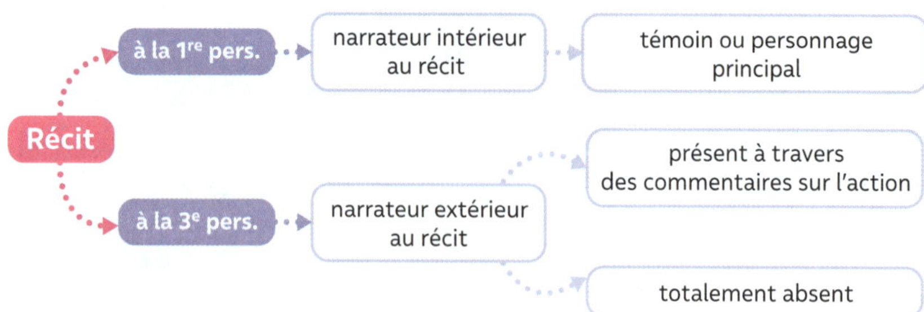

2 Quel est le point de vue du narrateur ?

Pour raconter l'histoire, le narrateur adopte un point de vue ou focalisation.

Focalisation externe	Le narrateur semble découvrir le personnage en même temps que le lecteur.
Focalisation zéro	Le narrateur est omniscient ; il connaît tout du personnage : son passé, son futur, ses pensées...
Focalisation interne	Le lecteur voit à travers le regard du personnage. Le narrateur s'efface pour laisser son personnage décrire, raconter...

Étape 3 Analyser le traitement du temps

■ Déterminez le moment de la narration par rapport au moment des faits. Le récit est souvent rétrospectif : les événements sont racontés au passé. Ils peuvent aussi être racontés au présent, au fur et à mesure de leur déroulement. Ils sont rarement racontés par anticipation avant leur déroulement effectif.

■ Demandez-vous également si l'ordre chronologique est respecté ou s'il est perturbé par des analepses (retours en arrière) ou des prolepses (anticipation).

■ Étudiez enfin le rythme du récit en comparant la durée des faits (F) et la durée de la narration (N). On distingue plusieurs cas de figures :
- N = F (scène) ;
- N > F (pause) ;
- N < F (sommaire) ;
- N = 0 (ellipse).

EXEMPLE

Un dialogue constitue une **scène**, tandis qu'une description constitue une **pause**. Une indication comme « Trois années s'écoulèrent » est une **ellipse** et « Elle voyagea pendant plusieurs mois » un **sommaire**.

Étape 4 Analyser les personnages et le cadre

■ Analysez les personnages et la manière dont ils sont présentés. Leur nom donne-t-il des informations (caractère, origine sociale, époque) ? Quels types de relations entretiennent-ils ? S'il s'agit d'un portrait, est-il physique et/ou moral, élogieux ou dépréciatif ?

■ Les éléments du décor apportent-ils une information sur le personnage, sur celui qui décrit ? La description des lieux a-t-elle une valeur symbolique ou réaliste ?

CONSEIL

Dans une description, soyez attentifs à **l'ordre** dans lequel les éléments sont décrits et aux **effets de zoom**.

S'ENTRAÎNER

Les Liaisons dangereuses, Laclos (1782)

→ FICHE 18

1 Lisez ce résumé de l'œuvre puis cochez les affirmations correctes.

La marquise de Merteuil et le vicomte de Valmont se donnent mutuellement comme but de pervertir les prudes, les innocentes, et les chevaliers naïfs. Dans les lettres qu'ils échangent, ils racontent leurs exploits amoureux et l'avancée de leurs stratagèmes. Mais le vicomte de Valmont, pris à son propre piège, tombe amoureux de celle que la marquise de Merteuil lui avait demandé de déshonorer.

- ☐ **a.** Il s'agit d'un roman épistolaire.
- ☐ **b.** Madame de Merteuil est la narratrice du roman.
- ☐ **c.** Les deux personnages principaux veulent pervertir les libertins.
- ☐ **d.** Le lecteur suit l'histoire à travers les récits des différents personnages.
- ☐ **e.** Les deux personnages principaux sont cyniques et manipulateurs.

2 Lisez l'extrait et répondez aux questions.

Le vicomte de Valmont est parvenu à ses fins : la prude Madame de Tourvel a cédé à ses avances. Il raconte sa victoire à la marquise de Merteuil.

> Ce n'est donc pas, comme dans mes autres aventures, une simple capitulation plus ou moins avantageuse, et dont il est plus facile de profiter que de s'enorgueillir ; c'est une victoire complète, achetée par une campagne pénible, et décidée par de savantes manœuvres. Il n'est donc pas surprenant que ce succès, dû à moi seul, m'en devienne plus précieux ; et le surcroît de plaisir que j'ai éprouvé dans mon triomphe, et que je ressens encore, n'est que la douce impression du sentiment de la gloire. Je chéris cette façon de voir, qui me sauve l'humiliation de penser que je puisse dépendre en quelque manière de l'esclave même que je me serais asservie ; que je n'aie pas en moi seul la plénitude de mon bonheur ; et que la faculté de m'en faire jouir dans toute son énergie soit réservée à telle ou telle femme, exclusivement à toute autre.
>
> Ces réflexions sensées régleront ma conduite dans cette importante occasion ; et vous pouvez être sûre que je ne me laisserai pas tellement enchaîner, que je ne puisse toujours briser ces nouveaux liens, en me jouant et à ma volonté.

Légende :
- champ lexical de la guerre (capitulation, victoire, campagne, décidée, manœuvres, succès, triomphe, gloire)
- surévaluation du « je » (dû à moi seul, en moi seul, en me jouant et à ma volonté)

Choderlos de Laclos, *Les Liaisons dangereuses*, lettre 125, 1782.

1. En vous aidant des repérages effectués, expliquez comment la métaphore guerrière est filée dans cet extrait.

2. Montrez que, malgré toutes ses dénégations, Valmont est conscient de la difficulté qu'il y a à rester en position de force dans la relation de séduction, relation qu'il compare au rapport maître/esclave.

À NOTER
Conquête amoureuse et conquête guerrière : la scène de séduction est souvent racontée en termes de victoire *versus* capitulation.

3 Faire des liens avec d'autres œuvres.

1. Cette conception conflictuelle de la relation amoureuse vous semble-t-elle propre à Valmont, ou en avez-vous rencontré d'autres exemples au cours de vos lectures ?

2. Le tableau de Fragonard intitulé *Le Verrou* est très souvent utilisé pour illustrer *Les Liaisons dangereuses* : pourriez-vous dire pourquoi ?

Fragonard, *Le Verrou*, 1777.

Le Rouge et le Noir, Stendhal (1830)

→ FICHE 19

4 Choisissez la proposition qui convient.

1. *Le Rouge et le Noir* raconte l'histoire de Julien Sorel, jeune homme pauvre et ambitieux que le narrateur suit dans ses conquêtes sociales et amoureuses.
On parle de ☐ roman picaresque ☐ roman d'analyse ☐ roman d'apprentissage.

2. *Le Rouge et le Noir* (sous-titré *Une chronique de 1830*) a pour cadre la France sous la Restauration. On y croise différents milieux : la bourgeoisie de province, l'aristocratie parisienne, le clergé. C'est une caractéristique du ☐ baroque ☐ romantisme ☐ réalisme.

3. *Le Rouge et le Noir* est aussi un grand roman sur l'amour contrarié qui finit de manière tragique. Cela fait de Julien Sorel ☐ **un héros romantique** ☐ **un anti-héros** ☐ **un héros burlesque.**

4. Julien Sorel voue une grande admiration à ☐ **Napoléon Ier** ☐ **Louis XIV** ☐ **Rousseau** ☐ **Camus.**

5 Lisez l'incipit du roman et répondez aux questions.

> La petite ville de Verrières peut passer pour l'une des plus jolies de la Franche-Comté. Ses maisons blanches avec leurs toits pointus de tuiles rouges, s'étendent sur la pente d'une colline, dont des touffes de vigoureux châtaigniers marquent les moindres sinuosités. Le Doubs coule à quelques centaines de pieds au-dessous de ses fortifications, bâties jadis par les Espagnols, et maintenant ruinées. [...]
>
> À peine entre-t-on dans la ville que l'on est étourdi par le fracas d'une machine bruyante et terrible en apparence. Vingt marteaux pesants, et retombant avec un bruit qui fait trembler le pavé, sont élevés par une roue que l'eau du torrent fait mouvoir. Chacun de ces marteaux fabrique, chaque jour, je ne sais combien de milliers de clous. Ce sont de jeunes filles fraîches et jolies qui présentent aux coups de ces marteaux énormes les petits morceaux de fer qui sont rapidement transformés en clous. Ce travail, si rude en apparence, est un de ceux qui étonnent le plus le voyageur qui pénètre pour la première fois dans les montagnes qui séparent la France de l'Helvétie. Si, en entrant à Verrières, le voyageur demande à qui appartient cette belle fabrique de clous qui assourdit les gens qui montent la grande rue, on lui répond avec un accent traînard : *Eh ! elle est à M. le maire.*
>
> Pour peu que le voyageur s'arrête quelques instants dans cette grande rue de Verrières, qui va en montant depuis la rive du Doubs jusque vers le sommet de la colline, il y a cent à parier contre un qu'il verra paraître un grand homme à l'air affairé et important.

adjectifs évaluatifs (surlignage)
expression répétée (soulignement)

Stendhal, *Le Rouge et le Noir* (incipit), 1830.

1. Montrez que cet incipit suit le cheminement du voyageur.

2. En vous aidant notamment des repérages effectués, analysez la description de la fabrique de clous : en quoi vous semble-t-elle caractéristique d'un récit réaliste ?

À NOTER

L'incipit, qui ouvre le récit, est un moment clé : il pose le décor, les personnages, donne le ton, situe l'action. Il doit toujours être analysé avec soin.

CORRIGÉS

Les Liaisons dangereuses, Laclos (1782)

1 Réponses **a**, **d**, **e**.

- La réponse **b** est fausse car il s'agit d'un roman épistolaire, il y a donc autant de narrateurs que d'épistoliers.
- La réponse **c** est fausse car les deux personnages principaux sont les libertins.

2 **1.** Deux antonymes réciproques (« capitulation » et « victoire ») précèdent deux termes techniques propres à la **stratégie militaire** accompagnés par les adjectifs attendus (les *manœuvres* sont toujours *savantes* et une victoire n'est belle que si la *campagne* a été *pénible*). La métaphore se termine par une belle gradation évoquant une **victoire militaire** : « succès », « triomphe », « gloire ».

2. La phrase complexe qui clôt le premier paragraphe énonce **trois pièges** dans lesquels pourrait tomber tout séducteur. Mais en même temps que Valmont explique la stratégie qu'il a mise au point pour s'en garder, il montre combien son garde-fou, « cette façon de voir », est factice car la raison (« ces réflexions sensées ») est pure construction intellectuelle ; elle se brisera contre la passion.

3 **1.** Passant du récit au théâtre, on ne peut que penser à la fameuse tirade de Dom Juan (Molière, *Dom Juan*, I, 2) dans laquelle il fait l'éloge de l'inconstance et se compare à Alexandre le Grand.

2. Le tableau de Fragonard donne lieu à deux interprétations différentes : scène amoureuse peignant le désir des deux amants, ou scène de viol, l'homme fermant le verrou et la femme essayant de l'en empêcher ? C'est cette **ambiguïté** même qui est au cœur de l'intrigue des *Liaisons dangereuses* : le libertin est celui qui révèle à la prude le désir qu'elle ressent mais qu'elle ne veut pas s'avouer.

Le Rouge et le Noir, Stendhal (1830)

4 **1.** roman d'apprentissage. **2.** réalisme. **3.** un héros romantique. **4.** Napoléon Ier et Rousseau.

5 **1.** Il suffit de suivre l'organisation du texte en trois paragraphes pour remarquer que le narrateur suit le chemin du « voyageur » qui découvre d'abord la ville de très loin (l. 1-6), puis se rapproche jusqu'à entendre les bruits de la fabrique de clous (l. 7-19). Il arrive enfin dans la grande rue, où il s'adresse à un des habitants (discours direct) et en aperçoit un autre (sans doute le maire). Le narrateur est-il ce voyageur (présence discrète du « je », l. 11) ?

2. La précision de la description et la répétition de l'expression « en apparence » traduisent le **souci d'exactitude** de l'auteur, caractéristique du roman réaliste. L'évocation du travail difficile des ouvrières ajoute une **dimension sociale**. Les adjectifs utilisés se répondent de manière antithétique (« bruyante et terrible » / « fraîches et jolies » ; « énormes » / « petits » ; « rude » / « belle »), apportant ainsi un **regard critique** propre au réalisme.

22 Abbé Prévost, *Manon Lescaut*

En bref *Ce roman propose l'une des plus célèbres histoires d'amour de la littérature française. Jugé « scandaleux » dans les années 1730, le récit connaît un véritable succès grâce au personnage éponyme, élevé au rang de mythe littéraire.*

I Premiers repères

1 L'auteur et le contexte

■ Antoine-François Prévost d'Exiles, dit l'abbé Prévost (1697-1763), eut une vie mouvementée. D'abord moine, il fut ordonné prêtre en 1726, mais abandonne dès 1728 l'état ecclésiastique et fuit à l'étranger. Endetté par amour pour une femme, il doit s'exiler à plusieurs reprises avant de revenir en France, en 1743.

■ Traducteur, historien, journaliste, il fut surtout un romancier prolifique et doit sa célébrité à son *Histoire du chevalier des Grieux et de Manon Lescaut* (tome VII des *Mémoires et aventures d'un homme de qualité qui s'est retiré du monde*). Le roman **fait scandale** lors de sa parution en 1731, mais connaît cependant un franc succès. Le personnage féminin est devenu un véritable mythe littéraire.

> **À NOTER**
> C'est exilé en Hollande que Prévost publie, en 1731, *Manon Lescaut*. L'œuvre est alors **interdite** en France et saisie, mais circule très vite sans autorisation.

2 L'histoire en résumé

■ Le chevalier des Grieux, jeune noble de dix-sept ans, destiné à une carrière ecclésiastique, s'éprend au premier regard d'une fille du peuple, Manon Lescaut. Pour elle, il quitte tout. Avide de plaisirs et de luxe, elle l'entraîne dans un milieu trouble.

■ Tous deux fuient et s'installent à Paris. Mais très vite, le couple manque d'argent. Accumulant les revers de fortune, ils enchaînent les vols pour alimenter leur train de vie et sont emprisonnés à plusieurs reprises. Leur amour est réprouvé par la société qui, rigide, ne tolère pas leurs transgressions.

■ Déportée en Louisiane, où Des Grieux la suit, Manon meurt d'épuisement. Éprouvé, Des Grieux finit par rentrer en France.

II Des clés pour l'analyse

1 Le regard subjectif et rétrospectif de Des Grieux

■ Des Grieux raconte ses aventures au marquis de Renoncour, le narrateur, qui, lui-même, retranscrit le récit du chevalier à la première personne. Le lecteur s'en remet donc à la seule perception et interprétation des faits par Des Grieux.

■ Près d'un an après la mort de Manon, Des Grieux analyse rétrospectivement ses propres sentiments et motivations. Le « je » examine ses tourments. Conscient de sa déchéance progressive, il décrit les ravages de la passion et les mécanismes qui l'ont fait basculer. Déchiré entre son aveuglement passionnel et une lucidité favorisée par le recul, il livre un témoignage très partial.

■ Le désir de rendre hommage à Manon le dispute au souci de plaider sa propre cause : « Je suis sûr qu'en me condamnant, vous ne pourrez pas vous empêcher de me plaindre. » Des Grieux se présente comme une victime de la « fatalité ».

2 Manon vue par Des Grieux : une héroïne ambiguë et fascinante

■ Des Grieux décrit Manon comme une « charmante et perfide créature », aimant l'abondance et les plaisirs, « fidèle » et « attachée » « dans la bonne fortune », mais sur laquelle « il ne fallait pas compter dans la misère ».

■ Tout en la rendant responsable de sa perte, le chevalier la défend, justifie son amoralité et prône son inconscience : « elle pèche sans malice ».

■ Manon est une véritable « énigme », le lecteur ne sait rien de ses propres motivations et peine à la saisir. Malgré ses infidélités, elle semble se repentir sincèrement au moment de sa mort, purifiée par son amour pour Des Grieux.

zoOm

La chronologie des événements

▶ **Première partie**

1712
- Rencontre des héros
- Fuite à Paris
- Trahison de Manon avec M. de B...
- Réclusion de Des Grieux chez son père

1714-1715
- Retrouvailles et installation à Chaillot
- Ruines, triches, vol du vieux M. de G... M...
- Prison Saint-Lazare (Des Grieux), hôpital de la Salpêtrière (Manon)
- Évasions, meurtre d'un gardien

▶ **Seconde partie**

1715
- Vol du fils de M. de G... M...
- Emprisonnement du couple au Châtelet
- Déportation de Manon en Louisiane
- **1re rencontre entre DG et Renoncour**

1716
- Vie en Louisiane
- Duel avec Synnelet
- Mort de Manon
- Retour de DG en France

1717
- **2de rencontre entre DG et Renoncour**
- Début du récit rétrospectif de DG

23 Personnages en marge, plaisirs du romanesque

En bref

Le roman met en scène des personnages marginaux mais attachants et questionne les normes sociales et morales de l'époque.

I Manon et Des Grieux : des héros en marge

1 La rupture avec une vie « rangée »

- Manon, « fille de rien » envoyée au couvent pour juguler un penchant précoce pour le plaisir, séduit d'emblée Des Grieux. Incapable de lui résister, ce fils issu d'une famille aristocratique abandonne sur-le-champ sa bonne éducation et son projet d'entrer dans l'ordre des chevaliers de Malte.
- Des Grieux refuse de mener l'existence vertueuse vantée par son ami Tiberge. Il fait le choix d'« une vie obscure et vagabonde » et sacrifie sa conscience, sa fortune et son honneur.

2 Des transgressions successives

- Malgré de brefs sursauts de lucidité, Des Grieux préfère le vice au risque de perdre Manon. Initié par un malfrat, Lescaut, le frère de Manon, il fréquente les milieux peu recommandables du jeu, enchaîne les vols et les tricheries, puis en vient à commettre un meurtre lors de son évasion.
- Manon et Des Grieux **transgressent** les codes sociaux et moraux de leur époque. Des Grieux renie ses valeurs religieuses, fait une mésalliance et rompt avec son père.

POUR ALLER + LOIN
Les Liaisons dangereuses (Choderlos de Laclos, 1782) proposent les échanges épistolaires de deux libertins immoraux qui mènent une vie de plaisir en manipulant leur entourage.

II Les sources du plaisir romanesque

1 Des protagonistes attachants

Le couple conserve néanmoins une pureté touchante. Manon émeut le lecteur par son insouciance et sa jeunesse. Des Grieux, âme délicate, ne s'arrache pas sans douleur à son sens de l'honneur et aux exigences de son milieu. Tels Tristan et Iseult, amants mythiques du Moyen Âge, ils vivent leur passion clandestinement.

2 Des péripéties multiples

- La narration tient en haleine le lecteur : les péripéties s'enchaînent à un rythme soutenu et empruntent au répertoire romanesque traditionnel (fuites, duels...).
- Le plaisir du récit l'emporte sur le souci de la vraisemblance, dans la veine du roman d'aventures et de la comédie d'intrigues. Prévost cherche bien, comme annoncé dans l'« Avis de l'auteur », à divertir son lecteur.

III Des héros porteurs d'une vision transgressive du monde ?

1 Une réflexion sur les valeurs

- L'auteur souhaite peindre un « exemple terrible de la force des passions » afin d'instruire le lecteur. Des Grieux donne libre cours à sa passion qui l'emporte sur la raison : « Après tout, l'amour est un bon maître ».
- Des débats philosophiques ou éthiques sur la nature de l'existence jalonnent le récit (échanges entre Des Grieux et son père, ou avec Tiberge). Entre passion et vertu, quel choix l'individu doit-il faire ? Suivre ce que lui dicte l'ordre social ou ses propres sens ? Le roman pose la question du droit au bonheur individuel.
- Par la fin tragique du roman, Prévost semble vouloir avertir le lecteur de la fatalité de la passion. Mais il plaide aussi pour disculper ses héros : la société, rigide, rend l'amour sincère impossible.

2 Une société sclérosée

- L'argent est un motif central du roman : il fait le bonheur ou le malheur du couple. Le lecteur est ainsi amené à s'interroger sur cette société corrompue qui érige l'argent en valeur suprême.
- La société de l'Ancien Régime sanctionne sévèrement ceux qui dérogent à ses codes – en particulier Manon, dénuée de tout appui social et condamnée d'autant plus durement. Sa mort paraît incarner son impossibilité à vivre dans une société fermée qui n'a accordé aucune légitimité à ses désirs.

POUR ALLER + LOIN

Les Misérables de Victor Hugo (1862), retracent les péripéties de Jean Valjean pour échapper à son passé de bagnard : sa rédemption morale est empêchée par une société injuste et brutale.

zoOm

Un couple de hors-la-loi

Le film s'inspire de la vie de Bonnie Parker et de Clyde Barrow, deux criminels américains des années 1930. Ces jeunes révoltés, qui braquent des banques pour échapper à l'ennui d'une société terne et oppressante, suscitent paradoxalement l'empathie du spectateur.

Photogramme tiré du film *Bonnie and Clyde*, réalisé par Arthur Penn en 1967.

24 Balzac, *La Peau de chagrin*

En bref *L'histoire de Raphaël, dont la vie dépend d'un étrange talisman, relève à la fois du roman réaliste et du conte fantastique. Par ce biais, Balzac donne à réfléchir sur l'existence humaine.*

I Premiers repères

1 L'auteur et le contexte

- Doté d'une énergie débordante, Honoré de Balzac (1799-1850) a écrit plus de quatre-vingt-dix romans.
- Pilier du mouvement réaliste, il développe une conception originale du roman. Dans *La Comédie humaine*, vaste fresque qui englobe son œuvre, il entend « faire l'inventaire de la société française » en trois grandes parties : *Études de mœurs*, *Études philosophiques* et *Études analytiques*. *La Peau de chagrin*, publiée en 1831, est son premier grand succès et figure au début de ses *Études philosophiques*.

2 L'histoire en résumé

- Première partie : « Le talisman ». Raphaël de Valentin, jeune aristocrate ruiné, au bord du suicide, s'empare d'« une peau de chagrin » chez un vieil antiquaire. Capable d'exaucer tous ses désirs, elle rétrécit à chaque vœu réalisé et écourte d'autant la vie de son propriétaire. Incrédule, Raphaël formule un premier souhait – participer à un luxueux banquet – qui se réalise aussitôt.
- Deuxième partie : « La femme sans cœur ». Raphaël fait alors le récit de sa jeunesse studieuse et de sa passion malheureuse pour Fœdora, la « femme sans cœur ». Son second vœu – disposer d'une fortune – se réalise mais la peau a rétréci. D'abord dubitatif, Raphaël est ensuite gagné par l'angoisse.
- Troisième partie : « L'agonie ». Devenu riche mais fragile, terrifié par la puissance maléfique de la peau, Raphaël vit reclus et tente de réfréner ses moindres désirs. Il trouve un bonheur éphémère dans son amour partagé pour Pauline Gaudin, mais ne peut éviter le rétrécissement de la peau. Il meurt dans les bras de la femme aimée, consumé par ses propres désirs.

II Des clés pour l'analyse

1 Un roman en prise avec la société de son temps

- L'histoire se déroule sous la monarchie de Juillet, d'octobre à décembre 1830. La bourgeoisie conservatrice, hostile à la République, a porté au pouvoir Louis-Philippe Ier, brisant l'élan de gloire qui a animé toute une génération.

■ Déçue par les soubresauts politiques du début du siècle, la jeunesse **romantique** des années 1830 peine à trouver sa place dans la société. Raphaël partage avec cette génération le malaise diffus que Musset nomme « mal du siècle ». Bridé dans ses rêves, solitaire, tourmenté, usé avant l'âge, il finit broyé par un monde qu'il abhorre : « En sondant mon âme, je la trouvais gangrenée, pourrie. Le démon m'avait imprimé son ergot au front. »

À NOTER
En marge de la société qui laisse difficilement sa chance à qui n'a ni nom ni fortune, le **héros romantique** se caractérise par une sensibilité exacerbée. Ses rêves se heurtent à une réalité décevante.

2 Une coloration fantastique

■ Balzac qualifie volontiers son roman de « conte fantastique », « oriental ». D'emblée, la peau s'impose comme un objet intrigant : d'aspect métallique, elle est nimbée de lumière et surmontée d'une inscription en arabe. Ses propriétés mystérieuses, qui la rendent capable d'accomplir tout désir, échappent à l'entendement des scientifiques que Raphaël appelle à son aide.

■ Obnubilé par ce talisman dont il ne mesure que trop tard le danger, Raphaël détermine sa vie et ses désirs en fonction de cette peau : « La Peau de chagrin était comme un tigre avec lequel il lui fallait vivre sans en réveiller la férocité. »

■ Le récit laisse planer un climat d'incertitude propre au **fantastique** : tantôt persuadé du pouvoir de ce talisman, tantôt incrédule, Raphaël se consume, comme la peau, pour avoir noué ce pacte faustien.

À NOTER
Pour le critique Tzvetan Todorov, le **fantastique** résulte d'une hésitation du lecteur sur la nature d'un événement inhabituel, qui peut être considéré comme réel ou illusoire.

zoOm

Pactiser avec le diable

La Peau de chagrin revisite le mythe de Faust. Vieillissant, le docteur Faust vend son âme au diable pour transcender sa condition de mortel et accéder à une jeunesse éternelle qui sera la source de son malheur.
Le diable offre ici à Faust la beauté et l'amour sous les traits de la jeune Marguerite.

Fabio Cipolla, *Marguerite, Faust et Mephisto*, huile sur toile, vers 1900.

FRANÇAIS HISTOIRE GÉOGRAPHIE ENS. SCIENTIFIQUE & MATHÉMATIQUE ANGLAIS

25 Les romans de l'énergie : création et destruction

En bref *Comment vivre, comment faire usage de notre énergie vitale ? C'est l'un des thèmes fondamentaux de* La Peau de chagrin.

I Qu'est-ce que l'énergie pour Balzac ?

1 Une force vitale en réserve

■ Dans le système balzacien, chaque homme est doté d'un capital d'énergie propre, de force vitale innée (intellectuelle, physique et morale) qui se consomme ou se préserve, selon ses choix de vie.

■ Figure de sagesse et de longévité (cent deux ans !), l'antiquaire livre le constat suivant : la nature humaine est réglée par deux forces, « Vouloir et Pouvoir », qui consument l'**énergie vitale** : « Vouloir nous brûle et Pouvoir nous détruit. »

À NOTER
Balzac est influencé par la **théorie vitaliste** de la médecine de l'époque qui estime que l'humain doit dépenser son énergie avec modération pour préserver son intégrité physique.

2 Une force aux usages variés selon les individus

■ Certains usent de cette force vitale en avares (Fœdora), d'autres en prodigues (Raphaël, les courtisanes du roman). Terrifié par la perspective d'une vie abrégée, Raphaël prend finalement le parti d'économiser sa force vitale en menant une vie végétative permettant de stopper le resserrement de la peau.

■ À l'instar de l'antiquaire qui choisit de vivre dans la sérénité, en se concentrant sur le Savoir, les hommes forts tirent parti d'une énergie canalisée et la placent au service d'une volonté supérieure.

II En quoi l'énergie est-elle une force ambivalente ?

1 L'énergie : une force créatrice…

■ Dans sa jeunesse, Raphaël met son **énergie** au service de ses études. Avide de gloire, brûlant d'amour, il a « la prétention d'escalader le ciel sans échelle » et se sent « né pour aimer ». Il rédige à corps perdu une *Théorie de la Volonté*.

■ Plus tard, il acquiert la peau de chagrin, qui peut d'abord apparaître comme une concrétisation de ce désir sans limite, de cette vitalité qui est une formidable force de création.

POUR ALLER + LOIN
Dans les ***Mémoires de deux jeunes mariées*** (1841) de Balzac, deux femmes fondent leur existence selon des principes opposés : Louise consacre son énergie à la passion amoureuse, tandis que Renée met la sienne au service de sa famille.

2 … et destructrice

- Raphaël est **porté à l'excès** dans tous les domaines, mais ses élans de jeunesse sont vite balayés par un père despotique, une société fermée et arc-boutée sur l'argent, et le cœur glacé de Fœdora. « Impuissante », son énergie « se dévor[e] elle-même ».

POUR ALLER + LOIN
Dans ***La Recherche de l'absolu*** (1834), Balthazar Claës, héros balzacien, est dominé par une obsession destructrice (trouver « l'absolu ») pour laquelle il sacrifie tout, jusqu'à sa famille.

- Si la peau semble à même de le délivrer d'une existence frustrante, Raphaël **n'a pas su user de son pouvoir** : il ne parvient ni à créer, ni à agir, ni véritablement à aimer. Le bonheur amoureux partagé avec Pauline finit par le consumer.
- La **dépense de l'énergie vitale** le conduit progressivement à la mort ; la peau révèle combien la mort hante une vie usée par les désirs et les émotions fortes.

III En quoi l'œuvre propose-t-elle une réflexion sur l'existence ?

1 Du bon usage de l'énergie

Balzac expose un **dilemme** : pour bien vivre, doit-on mener une vie courte, mais intense, ou une vie longue et paisible, mais proche de l'ennui ? Raphaël expérimente ces **deux extrêmes** sans succès : vivre sans dépenser son énergie semble illusoire.

2 Une réflexion complexe

Balzac **met en tension diverses manières d'être**. L'antiquaire est porteur d'une **voie modérée** : loin de gâcher sa force vitale par le « Vouloir » et le « Pouvoir », il mise sur le Savoir, gage de longévité. Cependant, s'il a longtemps privilégié une existence fondée sur la sagesse, il revient sur son choix de vie initial : « J'avais pris l'existence au rebours. Il y a toute une vie dans une heure d'amour. » L'auteur ne délivre **aucune leçon définitive** et renvoie le lecteur à ses propres réflexions.

zoOm

Un ambitieux énergique

Le Rouge et le Noir (1830), roman d'apprentissage de Stendhal, décrit le parcours de Julien Sorel, fils d'un charpentier, qui réussit à sortir de sa condition. Fervent admirateur de Napoléon, Julien place toute son énergie au service d'une ambition dévorante, avant de comprendre que le bonheur ne peut être trouvé qu'à l'écart de la société, dans la passion amoureuse.

Photogramme du téléfilm *Le Rouge et le Noir*, de Jean-Daniel Verhaeghe, 1997.

26 Colette, *Sido* suivi de *Les Vrilles de la vigne*

En bref *Dans ses récits inspirés de sa propre vie, Colette nous emmène sur les traces de ses souvenirs et de ses sensations.*

I Premiers repères

1 L'auteure et le contexte

■ Sidonie Gabrielle Colette, dite Colette (1873-1954), passe son enfance dans l'Yonne. Son premier mari, l'écrivain Henry Gauthier-Villars, dit Willy, l'introduit dans le Tout-Paris de la Belle Époque. Avec son aide, elle publie avec succès la série des *Claudine* (1900-1903).

> **À NOTER**
> **Willy** est relecteur et correcteur du roman *Claudine à l'école* et le signe lors de sa parution en 1900. L'œuvre finit par être attribuée à Colette, sa véritable auteure.

■ Séparée en 1906 de Willy, elle entame une relation avec Missy, la fille du duc de Morny. Colette mène une vie de femme libre et indépendante. Romancière, reporter, rédactrice de publicité, épistolière et journaliste, ses activités parallèles au music-hall font néanmoins scandale.

■ Les années 1920 lui apportent la gloire littéraire avec notamment des œuvres à tonalité autobiographique, telles que *La Maison de Claudine* (1922), *La Naissance du jour* (1928) et *Sido* (1930).

2 La composition

■ *Sido* est une œuvre de maturité. L'auteure y évoque son enfance dans sa maison natale à Saint-Sauveur-en-Puisaye, dans les années 1880. L'œuvre est divisée en trois parties : la première est consacrée à Sidonie, dite « Sido », la mère de Colette ; la deuxième, « Le Capitaine », à son père Jules ; la troisième, « Les Sauvages », à son demi-frère Achille, son frère Léo et sa demi-sœur Juliette.

■ *Les Vrilles de la vigne*, œuvre de jeunesse publiée en 1908, rassemblent des chroniques composées à une époque où Colette s'affirme, libérée du contrôle de Willy. Dans ces dix-huit courts récits oscillant entre fiction et réalité, elle revendique ses choix et sa propre liberté.

> **À NOTER**
> Le **recueil** a souvent été modifié par Colette qui a changé l'ordre des textes, en a supprimé ou ajouté.

II Des clés pour l'analyse

1 *Sido* : un portrait de famille autobiographique

■ L'œuvre est une mosaïque de souvenirs familiaux, constituée de « petites touches » échappant à toute linéarité chronologique et se succédant d'une façon aléatoire. L'auteure évoque ainsi les « parties de campagne », moments de communion familiale, marquées par les poèmes du père et les contes de la mère.

■ **Sido** est un **personnage central et omniprésent**, vers lequel chaque protagoniste converge. Le « regard gris voltigeant » de la mère, se posant sur les beautés insoupçonnées du monde, envoûte la fille et son père.

■ Colette souhaite rendre la vie à un **passé à jamais perdu**, en évoquant avec **nostalgie** les lieux et les figures disparues : Achille, « l'aîné sans rivaux », mort quinze ans plus tôt ; la « mystérieuse demi-sœur », suicidée en 1908 ; le vieillissant Léo, ce « sylphe de soixante-trois ans ».

2 | *Les Vrilles de la vigne* : des chroniques personnelles

■ Réunissant des chroniques parues dans des journaux de l'époque de 1905 à 1908, *Les Vrilles de la vigne* présentent une grande **variété de formes narratives** : des récits autobiographiques aux accents de poèmes en prose (« Nuit blanche », « Jour gris ») ; des « dialogues de bêtes » à l'écriture théâtrale (« Toby-Chien et la musique ») ; des extraits de journal intime (« Partie de pêche »).

■ Colette aborde des **thèmes divers**, notamment son **désir de liberté**. Elle proclame son indépendance (« Nonoche »), elle qui est parvenue à s'émanciper : « Mais j'ai rompu, d'un sursaut effrayé, tous ces fils tors qui déjà tenaient à ma chair, et j'ai fui... » (« Les Vrilles de la vigne »).

■ Les **tonalités** varient d'un récit à l'autre. L'auteure y livre ses **sentiments les plus intimes** comme le réconfort trouvé auprès de Missy (« Le Dernier Feu »). Colette fait aussi une **peinture satirique** de la bourgeoisie parisienne (« Belles-de-jour »).

zoOm

La géographie des récits de Colette

Sido et *Les Vrilles de la vigne* peignent différents lieux essentiels dans la création littéraire de Colette.

Le Crotoy, en baie de Somme

Le Paris de la Belle Époque : Colette et Missy au Moulin Rouge

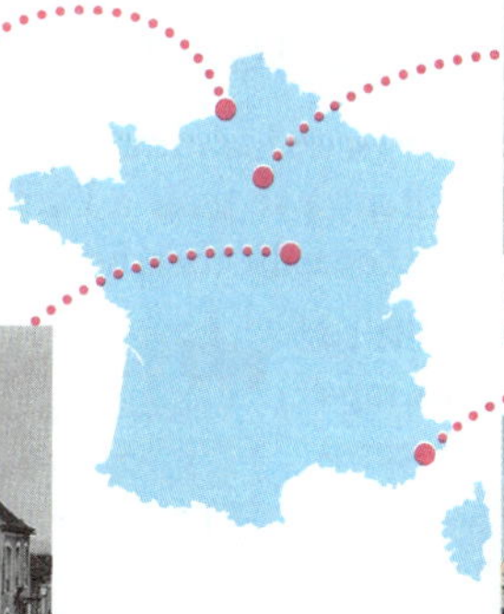

La maison natale en Bourgogne

Le Casino de Monte-Carlo

27 La célébration du monde

En bref *Dans* Sido *et dans* Les Vrilles de la vigne, *Colette chante le monde qui l'entoure et l'honore pour sa beauté.*

I Le monde célébré par Colette

1 Le jardin de l'enfance

- Le jardin de la maison familiale est au centre des souvenirs évoqués dans *Sido*. Colette vante l'« aimable vie policée » de ce **lieu de paix et de sérénité** aux mille et une merveilles. Sido est la figure centrale de ce **jardin édénique**. Elle y fait croître des fleurs par dizaines, qu'elle protège de tous les dangers.
- Ce jardin est un **lieu symbolique d'initiation et de transmission** entre Sido et sa fille. L'observation du merle qui mange les cerises, sans peur de l'épouvantail, est l'occasion d'une **contemplation de la nature sauvage**.

2 Les merveilles de l'âge adulte

- Les paysages de la **baie de Somme** (« En marge d'une plage blanche ») et de la **Côte d'Azur** (« Printemps de la Riviera ») sont aussi célébrés pour leur beauté et le **plaisir** auquel ils sont associés (l'amour avec Missy, l'insouciance des festivités).
- C'est aussi dans le monde des **music-halls** que la liberté de Colette s'épanouit : « Je veux faire ce que je veux. Je veux jouer la pantomime, même la comédie. Je veux danser nue [...]. »

II Le thème central de la nature

1 La nature, une source inépuisable de sensations

- Chaque **être vivant**, plante ou animal, suscite l'admiration. Les injonctions de Sido – « Regarde ! » et « Écoute ! » – invitent à se tenir à l'affût du **bruit** et des **formes**, et à faire sienne cette « solitaire ivresse du chercheur de trésor ».
- Les **souvenirs visuels, tactiles et auditifs** se mélangent dans un concert de **sensations** rappelant la **synesthésie** des « correspondances » baudelairiennes : « Les parfums, les couleurs et les sons se répondent » (*Les Fleurs du mal*, 1857). Les cris des animaux entrent en écho avec leurs couleurs sublimes.

POUR ALLER + LOIN
Dans ***La Première Gorgée de bière*** (1997), Philippe Delerm célèbre, par des évocations visuelles, auditives et gustatives, les « plaisirs minuscules » de l'existence comme celui d'« aller aux mûres ».

2 | La nature, un monde harmonieux et grandiose

■ Cette célébration des sensations exprime un vibrant bonheur d'être au monde : la petite Gabrielle de *Sido* vit l'aube comme une « récompense » accordée par sa mère : « c'est à cette heure que je prenais conscience de mon prix, d'un état de grâce indicible [...]. »

■ Ce monde prend une dimension panthéiste : Sido, à l'image d'une prêtresse antique, déchiffre les signes secrets de la nature en convoquant « les rumeurs, les souffles et les présages [...] ».

III L'écriture de la célébration

1 | La précision lexicale

La faune et la flore sont décrites précisément : ainsi en est-il du vol de l'oiseau, de la libellule, ou encore de la chauve-souris qui « nage en zigzag dans l'air ». La baie de Somme fait l'objet d'un reportage quasi journalistique (« En marge d'une plage blanche »).

POUR ALLER + LOIN
Dans ***Les Rêveries du promeneur solitaire*** (1782), Jean-Jacques Rousseau parcourt la nature en vue de recueillir des plantes, comme « le *Picris hieracioides* de la famille des composées ».

2 | Des procédés poétiques

■ La prose poétique de Colette célèbre le pays quitté par de saisissantes images : « Et si tu passais, en juin, entre les prairies fauchées, à l'heure où la lune ruisselle sur les meules rondes qui sont les dunes de mon pays [...]. » (« Jour gris »)

■ La syntaxe privilégie l'amplitude de longues phrases envoûtantes, aptes à recréer le souvenir, qui font écho à celles de Marcel Proust (*À la recherche du temps perdu*, 1913-1927).

■ L'écriture fait la part belle à la musicalité, comme en témoigne l'allitération des « trilles tremblés et cristallins » du rossignol.

zoOm

Un jardin merveilleux

L'art naïf du Douanier Rousseau s'inspire des environnements exotiques de la jungle américaine. Colorés et oniriques, ses tableaux sont de véritables odes à la nature, à l'instar des descriptions de Colette.

Le Douanier Rousseau, *Femme se promenant dans une forêt exotique*, 1905.

OBJECTIF BAC

1 *Manon Lescaut* : pourquoi ce roman plaît-il ?

4 h

Le roman de Prévost doit son succès à des protagonistes ambivalents. Pris dans les filets de leur passion, ne sont-ils pas à la fois immoraux et touchants ?

LE SUJET

Dans ses *Pensées*, Montesquieu évoque en ces termes *Manon Lescaut* : « Je ne suis pas étonné que ce roman, dont le héros est un fripon et l'héroïne une catin qui est menée à la Salpêtrière, plaise, parce que toutes les actions du héros, le chevalier Des Grieux, ont pour motif l'amour qui est toujours un motif noble, quoique la conduite soit basse. »
Ce point de vue de Montesquieu sur *Manon Lescaut* correspond-il à votre lecture du texte de l'abbé Prévost ?

Vous répondrez à cette question dans un développement argumenté, en vous appuyant sur votre lecture du roman *Manon Lescaut* de Prévost, sur les textes que vous avez étudiés dans le cadre du parcours associé et sur votre culture personnelle.

LES CLÉS POUR RÉUSSIR

Analyser les termes du sujet

- **que ce roman […] plaise :** qu'il suscite l'émotion, l'intérêt
- **fripon, catin, conduite […] basse :** termes dépréciatifs qui qualifient les héros d'immoraux
- **l'amour […] motif noble :** termes évoquant la grandeur de la passion qui sublime les actes

Dégager la problématique

Comment les deux héros du roman parviennent-ils à nous émouvoir malgré leur conduite condamnable ? Peut-on expliquer par d'autres raisons la séduction qu'exerce le roman ?

Construire le plan

1 Des héros peu fréquentables…

- Pourquoi Manon apparaît-elle comme une « catin » ?
- Montrez la nature des « friponneries » de Des Grieux.
- Démontrez que la société dans laquelle ils évoluent est elle-même corrompue.

2 … mais ennoblis par l'amour qu'ils se portent	◗ Étudiez l'amour plein d'insouciance de Manon et celui, passionnel, de Des Grieux. ◗ Étudiez en quoi ce couple, sous l'emprise d'un amour puissant, nous fait oublier ses bassesses et nous touche.
3 Un roman qui plaît pour plusieurs raisons	◗ En quoi les aventures romanesques des deux amants offrent-elles un vrai plaisir de lecture ? ◗ Au-delà du divertissement, quelle réflexion le roman suscite-t-il ? Quel débat éthique propose-t-il ?

CORRIGÉS

Les titres en couleur ou entre crochets ne doivent pas figurer sur la copie.

Introduction

[amorce] Au XVIIIe siècle, alors que le genre romanesque est souvent décrié pour ses invraisemblances, voire son immoralité, *Manon Lescaut* connaît un grand succès. **[citation du sujet]** L'écrivain Montesquieu, philosophe précurseur des Lumières, dit ne pas s'étonner que « ce roman dont le héros est un fripon et l'héroïne une catin [...] plaise » et avance une explication : « parce que toutes les actions du héros [...] ont pour motif l'amour ». **[problématique]** Comment ces amants parviennent-ils à nous émouvoir malgré leur conduite condamnable ? Peut-on expliquer par d'autres raisons la séduction qu'exerce le roman ? **[annonce du plan]** Dans le développement qui suit, nous nous attacherons à étayer le point de vue de Montesquieu, puis nous nous demanderons quels autres ressorts le roman met en œuvre pour nous plaire.

I. Des héros peu fréquentables…

1. Manon, une « catin »

◗ Manon Lescaut est présentée comme une **jeune fille pauvre, fort séduisante,** envoyée au couvent par ses parents « pour arrêter [...] son penchant au plaisir ».

◗ Malgré son très jeune âge, elle semble plus « expérimentée » que Des Grieux et se révèle progressivement comme un **être amoral**, usant de ses charmes et prête à se vendre au plus offrant, afin de s'assurer une vie confortable.

◗ Avide des divertissements que la société lui offre, Manon **détourne son amant** d'un « système de vie paisible et solitaire ». Aidée par son frère, elle lui fait fréquenter des milieux corrompus et le pousse à trouver des expédients douteux, pour assurer son train de vie.

> **POUR ALLER + LOIN**
> Le comportement de Manon fait écho à celui de la prostituée **Nana**, héroïne éponyme du roman d'Émile Zola (1880), qui exploite son amant, le comte Muffat, et le fait déchoir.

2. Des Grieux, un « fripon »

- Jeune gentilhomme de bonne éducation, Des Grieux **se métamorphose dès le premier regard échangé avec Manon** : il renonce sur-le-champ à sa vie studieuse et tranquille et abandonne la carrière ecclésiastique à laquelle il se destinait.
- Conscient des faiblesses de Manon (« il ne fallait pas compter sur elle dans la misère »), mais prêt à tout pour elle, le jeune homme tombe dans le « précipice des passions » : de mensonges en calculs puis en escroqueries, il **s'affranchit progressivement des règles sociales et morales**, jusqu'à commettre le meurtre d'un gardien dans le but de s'échapper de la prison où il est enfermé.

3. Une société pervertie par l'argent

- La bassesse des deux héros s'explique en partie par l'immoralité des milieux qu'ils fréquentent : Prévost décrit une **haute société dissolue, où l'argent règne en maître** et finit par corrompre tous les individus. Au sein de la Ligue de l'Industrie, Des Grieux apprend à devenir un **tricheur** professionnel. De son côté, le riche et « vieux voluptueux » M. de G... M... n'a aucun scrupule à acheter les faveurs de Manon.
- La perversion de la haute société touche les **autres catégories sociales** : les domestiques du couple dérobent l'argent de Des Grieux et le précipitent dans la pauvreté.

[transition] Ces héros font ainsi preuve d'une morale douteuse. Mais, le « motif noble » de l'amour, comme le décrit Montesquieu, grandit les deux personnages.

II... mais ennoblis par l'amour qu'ils se portent

1. L'amour insouciant de Manon, la passion de Des Grieux

- L'innocence de Manon et son **amour affectueux et léger** pour Des Grieux contrastent avec sa vie dissolue. C'est un personnage paradoxal et énigmatique, « une princesse parmi les filles de joie », qui ne correspond pas aux caractéristiques traditionnelles d'une « catin ». Déportée en Amérique, elle est touchée par l'infini dévouement de son amant et se convertit finalement à l'amour véritable, avant de mourir.
- Des Grieux, lui, éprouve d'emblée une **vive passion**. Les trahisons successives de Manon ne provoquent que des sursauts temporaires de lucidité : impuissant, aveuglé par son amour, il pardonne et revient à sa belle infidèle.

2. Des personnages émouvants

- Le couple inspire des **sentiments de sympathie** : tous – que ce soit Renoncour, l'aubergiste ou le Gouverneur de La Nouvelle-Orléans – succombent au charme de ces amants si bien assortis. Leurs fautes sont considérées comme des malheurs auxquels chacun compatit, y compris le lecteur.
- Les trahisons de Manon, motivées par un manque d'argent, peuvent se justifier par son **souci humain de s'arracher à la misère**.
- La passion de Des Grieux est présentée comme **tragique**, incitant le lecteur à l'indulgence. Au contraire des libertins des *Liaisons dangereuses* (Choderlos de Laclos, 1782) qui simulent l'amour pour mieux manipuler leurs proies, Des Grieux conserve une **pureté de cœur** touchante.

CITATION

« Le fil rouge de la tragédie reste tendu d'un bout à l'autre de cette œuvre légère et lui donne sa noblesse profonde. » Jean Cocteau, « Manon » dans *La Revue de Paris*, octobre 1947.

[transition] L'amour rend ainsi leur dignité à ces personnages, malgré leur « conduite [...] basse ». Mais d'autres raisons rendent le roman plaisant.

III. Un roman qui plaît pour plusieurs raisons

1. Une intrigue romanesque riche en rebondissements

- La conduite transgressive des héros est source de péripéties qui tiennent en haleine le lecteur. Les rebondissements s'enchaînent en effet à un rythme effréné : escroqueries, arrestations, enlèvements, évasions se succèdent et participent du **plaisir de la narration**.
- Le parcours des deux amants devient ainsi une **aventure rocambolesque** digne du **roman picaresque** : Prévost cherche à **divertir** le lecteur.

> **MOT CLÉ**
> Le **roman picaresque**, genre espagnol né au XVIe siècle, raconte les aventures d'un personnage de basse extraction – le *picaro* –, anti-héros désargenté qui se livre à des compromissions, en marge de la société.

2. Un questionnement moral intéressant

- Le roman n'est pas seulement distrayant ou touchant. Dans son « Avis de l'auteur », Prévost annonce son intention d'« instruire » le lecteur. Le récit est effectivement jalonné de **débats éthiques** sur le choix entre raison et vertu. La question est posée : ne faut-il pas préférer la passion, malgré ses désordres, à une conduite fondée sur la raison et le respect des conventions sociales ?
- Le couple ne parvient pas à trouver sa place dans ce **monde rigide**, marqué par l'**ordre moral** qui rejette leur mésalliance et leur union hors du cadre de l'Église. Tels Tristan et Iseult, les héros sont contraints de vivre en cachette.
- Le roman semble, à bien des égards, faire l'**apologie de la passion**. À travers Des Grieux, Prévost proclame le triomphe de la sensibilité innocente. Il soulève également le problème de la **liberté** et des droits au **bonheur de l'individu** dans la société des dernières années du règne de Louis XIV.

Conclusion

[synthèse] Ainsi, le lecteur se laisse charmer par ces héros peu fréquentables à qui il pardonne tout, car le puissant amour gagne toujours. Les péripéties s'accumulent jusqu'à la rédemption finale : à bien des égards, le roman semble inciter à cultiver la passion, malgré ses désordres. Il interroge ainsi les chemins qui mènent au bonheur, dans une société très normée.

[ouverture] Les héros sensibles et passionnés de Prévost annoncent le XIXe siècle romantique, qui fait triompher l'expression des émois individuels, comme dans *Adolphe* (1816) de Benjamin Constant.

28 Le genre théâtral

En bref *Étymologiquement, le mot* ***théâtre*** *renvoie à l'action de regarder. Dès l'Antiquité, il est conçu comme un spectacle qui requiert des acteurs pour endosser les rôles écrits par le dramaturge.*

I Le texte de théâtre

Le texte de théâtre est principalement composé des paroles des personnages effectivement prononcées sur scène (les répliques). Il comprend également les indications silencieuses (les didascalies, souvent signalées par une typographie particulière).

1 Une situation d'énonciation particulière

- On parle de double énonciation car :

– l'auteur et le personnage qui parle sont simultanément énonciateurs ;
– le personnage s'adresse aux autres personnages comme aux spectateurs.

- L'illusion théâtrale repose sur l'acceptation par le public de conventions dramatiques : il accepte de croire à ce qui se passe sur scène même s'il sait que tout est faux (personnages, décors, intrigue...).

2 Les différents types de répliques

Analyser le type de répliques permet notamment de caractériser les relations entre les personnages.

- Brève, la réplique prend le nom de répartie. La tirade, elle, se singularise par sa longueur et affiche souvent une dimension argumentative.
- La stichomythie institue un dialogue où les personnages se répondent vers par vers et met en valeur débats d'idées et conflits affectifs.
- Le monologue met en scène un personnage seul, délibérant avec lui-même.
- L'aparté, constitué de propos que le personnage tient pour lui-même à l'insu des autres, peut prendre la forme d'une adresse explicite au public.

3 La structure d'une pièce

- Une pièce est traditionnellement découpée en actes ; ceux-ci sont divisés en scènes, rythmées par les entrées et sorties des personnages.
- Trois temps forts s'enchaînent en général :

– l'exposition, qui permet de présenter l'action et ses protagonistes ;
– le nœud, où le conflit initial, nourri de **péripéties**, a pris sa pleine mesure ;
– le dénouement, qui intervient au dernier acte et a pour fonction de liquider le conflit.

MOT CLÉ

Les **péripéties** désignent les épisodes de l'action. Brutales, elles prennent le nom de coups de théâtre ; si elles viennent relancer l'action, on les appelle rebondissements.

II Du texte à la représentation

Écrit par le dramaturge, le texte de théâtre est co-créé par les artistes qui permettent sa représentation sur scène.

1 La mise en scène

- Elle est l'œuvre du metteur en scène qui dirige la transformation du texte en spectacle. Cette fonction, qui n'a pas toujours existé, est aujourd'hui jugée cardinale.
- C'est la **mise en scène**, en effet, qui apporte à la pièce sa dimension visuelle que les didascalies du texte – si abondantes soient-elles – ne peuvent suffire à suggérer. Par ses choix, le metteur en scène nous livre sa lecture de la pièce.

À NOTER
Le terme de **« mise en scène »** est utilisé pour la première fois pour qualifier le travail de Victor Hugo, qui supervise à grand renfort de dessins et de prescriptions de jeu l'adaptation de *Hernani* sur scène.

2 L'incarnation des personnages

- Les comédiens, eux, sont chargés d'incarner les êtres de fiction que sont les personnages de la pièce, simplement définis, dans le texte, par leurs paroles.
- L'interprétation qu'ils donnent de leur personnage – et qui se traduit par un ton, une gestuelle, des mouvements – est essentielle dans la perception du sens de la pièce par le spectateur.

zoOm

Tartuffe de Molière

Mise en scène de *Tartuffe* de Molière par Ariane Mnouchkine à Avignon en 1995.

Dans sa mise en scène de *Tartuffe* en 1995, Ariane Mnouchkine propose une lecture politique de la pièce : elle transforme le faux dévot en extrémiste se servant de la religion pour prendre le pouvoir.

29 Le théâtre au XVIIe siècle

En bref *Sous le règne de Louis XIII, la scène se trouve dominée par la pastorale et la tragi-comédie. Au milieu du siècle, l'esthétique classique consacre la tragédie et la comédie en les ramenant aux règles strictes de la dramaturgie antique.*

I Le théâtre baroque

S'affranchissant de toutes les règles et laissant cohabiter comique et tragique, le théâtre baroque affirme une grande liberté et promeut des formes nouvelles.

- La tragi-comédie convie à un spectacle que ne contraint nul précepte formel : les actions nombreuses et surprenantes se soucient peu de vraisemblance, comme c'est le cas dans *Le Cid* de Corneille.
- La pastorale plonge le spectateur dans le monde idyllique des amours chastes.
- La tragédie prend le nom de « poème dramatique » en référence aux longues tirades qui s'y enchaînent.

II Le théâtre classique

1 L'esthétique classique

Une pièce classique est traditionnellement découpée en actes, interrompus par des entractes et divisés en scènes que rythment les entrées et les sorties des personnages. En cours dès 1640, l'esthétique classique repose sur différents codes et règles inspirés de la *Poétique* d'Aristote.

- La règle des trois unités impose :
  - l'unité de temps : l'action de la pièce doit se dérouler dans la limite de vingt-quatre heures ;
  - l'unité de lieu : l'action doit se déployer dans un lieu unique (antichambre d'un palais, salon d'une demeure…) ;
  - l'unité d'action : l'action doit se concentrer autour d'une intrigue principale à laquelle peuvent néanmoins se soumettre des intrigues secondaires.
- La bienséance désigne un ensemble de règles qui garantissent le respect de la sensibilité esthétique et morale du public ; le sang ni la mort ne se peuvent représenter sur scène.
- La vraisemblance renvoie à la crédibilité de l'action : les évènements et les situations vécus par le personnage doivent paraître possibles dans la réalité.

EXEMPLE
Dans *Phèdre* de Racine, la mort violente d'Hippolyte est rapportée par le récit du confident Théramène pour ne pas heurter la sensibilité des spectateurs.

2 La tragédie

■ Aristote définit la tragédie comme imitation d'actions propres à inspirer terreur et pitié au spectateur. Elle se caractérise par :
- des personnages de haut rang ;
- un sujet noble, emprunté à la mythologie ou à l'Histoire ;
- un dénouement généralement malheureux ou funeste avec la mort du héros ;
- ses fonctions : plaire, émouvoir et provoquer la catharsis.

MOT CLÉ

La **catharsis** désigne chez Aristote la purgation des passions. Elle prévient *l'hybris* définie comme la démesure dont se rend coupable celui qui outrepasse sa condition d'humain.

■ Corneille et Racine sont les éminents représentants du théâtre tragique au XVIIe siècle : le premier fait incarner à ses personnages des valeurs héroïques tel Auguste dans *Cinna* ; le second s'intéresse davantage à la faiblesse humaine et aux passions rendues sensibles par la pureté du style comme dans *Phèdre*.

3 La comédie

■ La comédie est l'imitation du ridicule des hommes. Elle se caractérise par :
- des personnages issus de la bourgeoisie ou de catégories plus modestes ;
- des sujets empruntés au quotidien ;
- un dénouement heureux qui prend souvent la forme d'un mariage ;
- ses fonctions : faire rire le spectateur de manière à le corriger de ses travers.

■ Molière incarne à lui seul le théâtre comique au XVIIe siècle : de la farce avec *Les Fourberies de Scapin* à la grande comédie, telle *Le Misanthrope*, qui fustige l'hypocrisie des rapports sociaux, en passant par la comédie de caractère comme *Le Malade imaginaire*, qui donne le spectacle de l'hypocondrie d'Argan.

zoOm

Les différents types de comédies

Selon son propos et sa visée, la comédie offre plusieurs visages.

Types de comédie

- **Comédie de mœurs :** traite des défauts de certains groupes sociaux contemporains de l'auteur
- **Comédie d'intrigue :** multiplie les coups de théâtre et les quiproquos (méprises, malentendus)
- **Comédie ballet :** intègre des chorégraphies dans l'action en guise d'intermèdes
- **Comédie de caractère :** dresse le portrait d'un type humain à travers celui d'un personnage en action

30 Le théâtre aux XVIIIe et XIXe siècles

En bref *Souhaitant dépasser l'opposition classique entre la tragédie et la comédie, les dramaturges ont, dès le XVIIIe siècle, inventé un troisième genre, celui du drame. Dans la première moitié du XIXe siècle, celui-ci devient une des formes d'expression de la révolution romantique.*

I Le siècle des Lumières : un théâtre en transition

1 Entre permanence…

- Au XVIIIe siècle, le théâtre s'écrit en référence au classicisme : la tragédie reste l'étalon. Cependant, les auteurs comme Voltaire adaptent ce genre ancien aux combats philosophiques de leur temps.
- La comédie, de son côté, creuse le sillon dessiné par Molière : Marivaux, dans *Les Fausses Confidences* notamment, reprend le personnage du valet rusé et, dans *L'Île des esclaves*, il s'inspire de la ***commedia dell'arte*** pour affiner le comique moliéresque.

MOT CLÉ
La ***commedia dell'arte*** désigne un genre de théâtre comique né en Italie au XVIe siècle, où des acteurs improvisent, masqués, à partir de canevas déterminés et de rôles définis.

2 … et renouveau

- Face à la lassitude des spectateurs, un nouveau modèle dramatique apparaît, sous l'impulsion de Beaumarchais avec *Le Mariage de Figaro* et Diderot dans *Le Fils naturel*, qui prend le nom de « comédie sérieuse » ou « drame bourgeois », pièce en prose intermédiaire entre tragédie et comédie.
- Dans ce type de pièce, les personnages sont contemporains du public et se définissent avant tout par le statut qu'ils occupent à la fois dans la société et au sein de la famille.
- S'éloignant des intrigues historiques et politiques des tragédies, le théâtre entre dans l'intimité familiale et plante ses décors dans des intérieurs bourgeois.
- Le registre verse dans le pathétique : l'auteur cherche à susciter la compassion et à enseigner la vertu au spectateur.

II Le XIXe siècle : révolutions théâtrales

1 Le drame romantique

- Le drame romantique remet en question la définition stricte des genres issue du classicisme. En 1830, *Hernani*, de Victor Hugo, donne ainsi lieu à une véritable bataille entre les partisans du théâtre classique et ceux du théâtre romantique.

■ Le drame romantique se caractérise par :
- sa liberté de création qui s'affranchit des règles de temps et de lieu ;
- sa volonté de mélanger les genres et les registres en proposant une alliance de « grotesque » et de « sublime », en miroir de la vie humaine ;
- son souci d'ancrer la scène dans la temporalité historique en évoquant des détails caractéristiques d'une « couleur locale » ;
- sa préférence pour des héros passionnés, persévérants en dépit de la fatalité.

2 L'après-romantisme

■ À la fin du XIXe siècle, le drame symboliste se distingue de ceux, bourgeois ou romantique, qui l'ont précédé : il se fonde sur une certaine indétermination temporelle, privilégie les atmosphères mystérieuses et se rapproche, par son art de la suggestion, de la poésie. En 1892, *Pelléas et Mélisande* de Maeterlinck en donne une illustration.

■ Sur la même période, un théâtre « de boulevard » voit le jour sous la plume de Labiche et Feydeau : des comédies satiriques, anciennement appelées vaudevilles, mêlent quiproquos bouffons, situations grivoises et parfois chansons pour le seul plaisir des spectateurs.

■ L'avant-garde provocatrice incarnée par Alfred Jarry et son *Ubu Roi* (1896) renverse les codes du théâtre, préfigurant les grands bouleversements du XXe siècle. *Ubu Roi* raconte en effet, sur un mode outrancier, les tribulations d'un dictateur grotesque qui impose à ses sujets un régime qui s'apparente aux totalitarismes à venir.

zoOm

La bataille d'*Hernani*

Albert Besnard, *La Première d'Hernani*, huile sur toile, 1903.

Le spectacle se situe dans la salle, avant même le lever de rideau : la polémique divise les gradins entre « Classiques », partisans d'une stricte observance des règles et du respect de la hiérarchie des genres, et les « Romantiques » aspirant à une révolution dramaturgique.

31 Le théâtre aux XXe et XXIe siècles

En bref *En tournant le dos à la tradition, la dramaturgie contemporaine s'interroge sur son propre fonctionnement et s'attache à rendre compte des désordres de l'Histoire.*

I Le théâtre à l'épreuve des deux Guerres mondiales

1 La réécriture des mythes antiques

Les mythes antiques sont revisités par les dramaturges à la lumière des épisodes marquants du siècle : Cocteau avec *La Machine infernale* (1934), Giraudoux avec *Electre* (1937) et Anouilh avec *Antigone* (1944) livrent, sur un mode humoristique et anachronique, une méditation sur la condition humaine.

2 Les dramaturges engagés

- Philosophe existentialiste, Jean-Paul Sartre incarne dans ses pièces les concepts clés de sa pensée : le rapport à l'Autre et la responsabilité de chacun vis-à-vis de ses propres actes se trouvent littéralement dramatisés dans *Huis clos* (1944), par exemple.
- Fondateur de la philosophie de l'Absurde, qui procède du sentiment d'une existence injustifiée, Albert Camus réfléchit par la voix de ses personnages au drame de l'individu et leur fait jouer la révolte, seule issue à l'épreuve du non-sens, comme dans *Les Justes* (1949).

3 Le théâtre de l'Absurde

- À partir des années 1950, le sentiment de l'absurde gagne non seulement les thèmes du théâtre mais également ses formes. Entérinant une crise majeure des valeurs issues du rationalisme et de l'humanisme, le **Nouveau Théâtre** met en scène le problème de l'incommunicabilité entre les êtres et de la cruauté des rapports humains.

À NOTER
L'expression **« Nouveau Théâtre »** est une référence au mouvement du Nouveau Roman qui proposait de renouveler les codes de l'écriture romanesque en rupture avec le réalisme (→ FICHE 20).

- L'action se réduit alors à la seule expression, soutenue par la mise en scène. Dans *Pour un oui ou pour un non* de N. Sarraute, l'action se nourrit de tout ce que ne dit pas le dialogue, de tous les sous-entendus de la parole, de toutes les tensions cachées sous les mots.
- Le langage des corps se substitue souvent à la parole, qui apparaît comme vaine. Ainsi, dans *Rhinocéros* de Ionesco, la transformation progressive des personnages en pachydermes manifeste l'échec du discours rationnel.

- Le décor, les objets, l'inscription physique des comédiens dans l'espace, et plus largement **la scénographie**, prennent une place décisive en raison même de la mise en question de la parole et du sens. Chez Beckett, les didascalies prescrivent les moindres gestes, déplacements, mimiques, qui pourraient s'apparenter à des notes de mise en scène.

II Le théâtre au XXIe siècle

- Au XXIe siècle, le théâtre poursuit ses **réflexions métaphysiques sur le langage et les rapports humains** en proposant de nombreuses mises en scène de B.-M. Koltès (*La Solitude dans les champs de coton*, 1987) ou encore de J.-L. Lagarce (*Juste la fin du monde*, 1990). Il affirme aussi sa **dimension spectaculaire**, comme en témoignent les mises en scène que W. Mouawad a données de son œuvre (*Incendies*, 2003).
- Échappant aux dramaturges, **le théâtre devient l'affaire des metteurs en scène** qui puisent dans le répertoire légué par les siècles passés et le revisitent : **Ariane Mnouchkine** et sa troupe proposent ainsi depuis plus de quarante ans une nouvelle forme de création dramatique au **Théâtre du Soleil**, inspirée des formes antiques et nourrie d'influences étrangères.

zoOm

En attendant Godot de Beckett

Mise en scène d'*En attendant Godot* de Beckett par Joël Jouanneau au théâtre des Amandiers en 1992.

Alors que les nombreuses didascalies précisent que les personnages, Vladimir et Estragon, sont sur une « *Route à la campagne, avec arbre* », le metteur en scène s'affranchit du texte et renouvelle la scénographie en disposant les protagonistes dans un environnement industriel, autour d'un transformateur électrique.

32 Analyser un extrait de théâtre

En bref *Après une première lecture, quelles sont les questions à se poser pour mieux comprendre une scène de théâtre et dégager des axes d'analyse ?*

Étape 1 Caractériser l'extrait

1 Quelle est la fonction de la scène ?

- Appuyez-vous sur le paratexte ou les didascalies pour situer le passage dans l'économie générale de la pièce : se trouve-t-on dans l'exposition ? au cœur de l'intrigue ? au dénouement ?

> **MOT CLÉ**
> **L'économie** d'une œuvre désigne sa structure et l'organisation interne de ses parties.

- Identifiez l'enjeu de la scène sur le plan dramatique : est-elle collective ? Fait-elle avancer l'action ? Apporte-t-elle un éclairage psychologique nouveau sur un personnage ? Est-elle le lieu d'un affrontement, d'une méprise ?
- S'il s'agit d'un monologue, déterminez sa fonction : informatif ou lyrique, il marque une pause dans l'action ; délibératif, il crée une tension dramatique.

2 Quelle est la forme de la scène ?

- Le texte est-il en vers ou en prose ? Combien de personnages parlent ? Quel est le type de répliques utilisé ?
- Dans le cas d'un dialogue, pensez à analyser :

– son organisation (répartition de la parole, présence d'un meneur de jeu) ;
– son contenu (conflit, débat, déclaration amoureuse...) ;
– l'enchaînement des répliques (rapide, laborieux, fluide, illogique)...

Étape 2 Analyser la scène selon son genre

Le paratexte, les thèmes clés et la tonalité du texte permettent le plus souvent de déterminer le genre de l'extrait. Utilisez alors vos connaissances pour étudier comment le dramaturge s'approprie les codes de ce genre et dans quel but.

1 S'il s'agit d'une scène de tragédie

- Thèmes récurrents :

– la fatalité, force supérieure face à laquelle le héros ne peut rien ;
– les passions et leurs conséquences destructrices qui anéantissent la volonté humaine et se traduisent pas une souffrance tant morale que physique.

- Visée : inspirer de la crainte et de la pitié au spectateur ; susciter de la compassion pour le sort des personnages (tonalité pathétique).

2 S'il s'agit d'une scène de comédie

■ Éléments récurrents :
- situations du quotidien (tromperie, fâcherie, travestissement, mariage...) ;
- personnages-types : ingénue, servante rusée, valet entremetteur, vieux barbon...

■ Ressorts comiques :

Types de comiques	Situations associées
Comique de situation	Personnage caché, travestissement, quiproquo...
Comique de caractère	Satire d'un personnage qui présente un trait de caractère excessif (l'avare, le malade imaginaire...)
Comique de gestes	Gifles, coups de bâtons, mimiques...
Comique de mots	Jeux de mots, répétitions, mots déformés...

■ Visée : faire rire, tourner en dérision les défauts des personnages ou les vices de la société pour amener le public à les désapprouver et à se corriger.

3 S'il s'agit d'une scène du théâtre de l'Absurde

■ Thèmes récurrents :
- l'absence de progression de l'action : absence d'exposition, de nœud et de dénouement, impression d'éternelle répétition ;
- la contestation de la notion de personnage : protagonistes sans consistance, interchangeables et parfois anonymes, dénués de psychologie cohérente.

■ Visée : donner à réfléchir et susciter la pitié du spectateur devant l'impossible communication et la déchéance humaine.

Étape 3 Étudier les personnages

■ Prenez appui sur les didascalies pour déterminer la posture des personnages : costumes, gestuelles, mimiques, tons...

■ Interrogez-vous sur le rôle des personnages dans l'action : quelle place occupent-ils dans l'intrigue ? Sont-ils adjuvants ou opposants ?

■ Étudiez leur parole : que révèle-t-elle de leur personnalité ? du groupe social auquel ils appartiennent ? Dans quelle mesure véhicule-t-elle la pensée du dramaturge ?

Étape 4 Imaginer la mise en scène

■ Appuyez-vous sur les indications scéniques. Déduisez du dialogue théâtral les gestes et les déplacements des personnages, leur manière d'être et de parler, leur attitude par rapport aux autres, leur caractère.

■ Anticipez les réactions du public (le metteur en scène peut s'y conformer ou, au contraire, les déjouer).

S'ENTRAÎNER

Le Mariage de Figaro, Beaumarchais (1784)

→ FICHE 30

1 Choisissez la réponse qui convient parmi les affirmations proposées.

1. *Le Mariage de Figaro* est :
- [ ] a. la suite du *Barbier de Séville*, comédie de Beaumarchais
- [ ] b. un journal créé par Beaumarchais
- [ ] c. un opéra de Beaumarchais

2. Le titre laisse pressentir que la pièce relève du genre :
- [ ] a. du drame sérieux
- [ ] b. de la tragédie
- [ ] c. de la comédie

3. Le nom de Figaro laisse présager :
- [ ] a. un personnage aux origines espagnoles
- [ ] b. un personnage de valet
- [ ] c. un rôle type de la commedia dell'arte

2 Lisez l'extrait puis répondez aux questions.

Figaro croit que Suzanne, qu'il a épousée le jour même, a accordé un rendez-vous galant à son maître, le Comte Almaviva.

FIGARO, *seul, se promenant dans l'obscurité, dit du ton le plus sombre.* – Ô femme ! femme ! femme ! créature faible et décevante !... nul animal créé ne peut manquer à son instinct : le tien est-il donc de tromper ?... Après m'avoir obstinément refusé quand je l'en pressais devant sa maîtresse ; à l'instant qu'elle me donne sa parole, au milieu même de la cérémonie... Il riait en lisant, le perfide ! Et moi comme un benêt... Non, monsieur le Comte, vous ne l'aurez pas... vous ne l'aurez pas. Parce que vous êtes un grand seigneur, vous vous croyez un grand génie !... Noblesse, fortune, un rang, des places, tout cela rend si fier ! Qu'avez-vous fait pour tant de biens ? Vous vous êtes donné la peine de naître, et rien de plus. Du reste, homme assez ordinaire ; tandis que moi, morbleu ! perdu dans la foule obscure, il m'a fallu déployer plus de science et de calculs, pour subsister seulement qu'on en a mis depuis cent ans, à gouverner toutes les Espagnes : et vous voulez jouter... On vient... c'est elle...ce n'est personne. – La nuit est noire en diable, et me voilà faisant le sot métier de mari, quoique je ne le sois qu'à moitié ! (*Il s'assied sur un banc.*) Est-il rien de plus bizarre que ma destinée ? Fils de je ne sais pas qui, volé par des bandits, élevé dans leurs mœurs, je m'en dégoûte et veux courir une carrière honnête ; et partout je suis repoussé. [...]

Beaumarchais, *Le Mariage de Figaro* (V, 3), 1784.

1. À qui Figaro s'adresse-t-il successivement dans ce début de monologue particulièrement rythmé ?

2. Observez les mots surlignés : quelle image donnent-ils du personnage ? Quel est l'intérêt d'une telle présentation ?

À NOTER

Ce monologue de Figaro fait partie des plus longs de l'histoire du théâtre (il ne s'agit ici que d'un extrait).

3 Prolongement artistique et culturel.

1. Citez d'autres monologues qui font office d'autoportraits dans les pièces que vous avez lues.

2. Le peintre Jean-Marc Nattier a fait le portrait de Beaumarchais (ci-contre). Comment l'artiste insuffle-t-il un caractère naturel à son modèle ?

Jean-Marc Nattier, *Portrait de Beaumarchais*, 1755.

Rhinocéros, Ionesco (1959)

→ FICHE 31

4 Choisissez la ou les réponse(s) qui conviennent.

1. La date de création de *Rhinocéros* situe la pièce dans :

☐ a. le théâtre classique ☐ b. le théâtre symboliste ☐ c. le théâtre de l'Absurde

2. Le titre de la pièce :

☐ a. intrigue à cause de l'absence de déterminant.

☐ b. inquiète en raison du caractère dangereux du pachyderme.

☐ c. annonce une pièce allégorique.

5 Analysez l'extrait en répondant aux questions.

Dans Rhinocéros, *Ionesco met en scène la transformation progressive d'une population en animaux éponymes. Seul Bérenger, personnage atypique, résiste jusqu'au bout à l'épidémie et ne se transforme pas. C'est sur son monologue singulier que se clôt la pièce.*

> BÉRENGER : [...] Je n'ai pas de corne, hélas ! Que c'est laid, un front plat. Il m'en faudrait une ou deux, pour rehausser mes traits tombants. Ça viendra peut-être, et je n'aurai plus honte, je pourrai tous aller les retrouver. Mais ça ne pousse pas ! *(Il regarde les paumes de ses mains)* Mes mains sont moites. Deviendront-elles rugueuses ? *(Il enlève son veston, défait sa chemise, contemple sa poitrine dans la glace.)* J'ai la peau flasque. Ah, ce corps trop blanc et poilu ! Comme je voudrais avoir une peau

FRANÇAIS HISTOIRE GÉOGRAPHIE ENS. SCIENTIFIQUE & MATHÉMATIQUE ANGLAIS

dure et cette magnifique couleur d'un vert sombre, une nudité décente, sans poils, comme la leur ! *(Il écoute les barrissements.)* Leurs chants ont du charme, un peu âpre, mais un charme certain ! Si je pouvais faire comme eux. *(Il essaie de les imiter.)* Ahh, ahh, brr ! Non, ce n'est pas ça ! Essayons encore, plus fort ! Ahh, ahh, brr non, non, ce n'est pas ça, que c'est faible, comme cela manque de vigueur ! Je n'arrive pas à barrir. Je hurle seulement. Ahh, ahh, brr ! Les hurlements ne sont pas des barrissements ! Comme j'ai mauvaise conscience, j'aurais dû les suivre à temps. Trop tard maintenant ! Hélas, je suis un monstre, je suis un monstre. Hélas, jamais, je ne deviendrai rhinocéros, jamais, jamais ! Je ne peux plus changer. Je voudrais bien, je voudrais tellement, mais je ne peux pas. Je ne peux plus me voir. J'ai trop honte ! *(Il tourne le dos à la glace.)* Comme je suis laid ! Malheur à celui qui veut conserver son originalité ! *(Il a un brusque sursaut.)* Eh bien tant pis ! Je me défendrai contre tout le monde ! Ma carabine, ma carabine ! *(Il se retourne face au mur du fond où sont fixées les têtes de rhinocéros, tout en criant :)* Contre tout le monde, je me défendrai ! Je suis le dernier homme, je le resterai jusqu'au bout ! je ne capitule pas !

RIDEAU

Eugène Ionesco, *Rhinocéros* (III, monologue final), 1959.

1. Bérenger est englué dans un dilemme, à la manière des héros tragiques. En vous aidant notamment des éléments surlignés, expliquez quels procédés traduisent son affolement et le basculement dans l'absurde.

2. En vous appuyant sur les lignes 21 à 26, montrez que ce monologue final ne répond que partiellement aux attentes d'un dénouement.

CORRIGÉS

Le Mariage de Figaro, Beaumarchais (1784)

1 **1.** a. ; **2.** c ; **3.** a, b.

2 **1.** Bien que Figaro soit seul en scène, l'énonciation fait apparaître **plusieurs destinataires fictifs** : la **« femme »** triplement invoquée à l'ouverture, qui est en réalité son épouse Suzanne ; **« monsieur le Comte »**, apostrophé à plusieurs reprises par le pronom personnel de la deuxième personne du pluriel ; et **lui-même**, comme le révèle la question rhétorique finale où apparaît le déterminant possessif « ma ».

À NOTER
Ces changements de destinataire permettent de distinguer trois mouvements dans le texte (l. 1 à 15, l. 16 à 20 et l. 21 à 25).

2. ◗ Figaro apparaît **profondément désemparé.** Les interrogations oratoires manifestent sa désorientation. Se traitant de « benêt », il brosse un **portrait dévalorisé** de lui-même. Pourtant, le récit de sa destinée l'apparente aussi à un héros romanesque qui a bravé de nombreux obstacles (« Il m'a fallu déployer plus de science et de calculs pour subsister seulement... »).

◗ Une telle présentation facilite l'**identification du public** populaire au personnage et garantit, du moins, une forme de compassion pour Figaro de la part du spectateur qui ne peut être insensible à sa mélancolie. Le monologue devient un instrument pour révéler la psychologie du personnage en l'absence d'accès à son intériorité.

3 **1.** Parmi les **monologues** les plus célèbres, on peut citer : celui de Rodrigue à la scène 6 de l'acte I du *Cid* ; celui d'Hermione dans la scène 1 de l'acte V d'*Andromaque* ; celui d'Harpagon dans la scène 7 de l'acte IV de *L'Avare* de Molière, de Sosie dans la scène première d'*Amphitryon* ; celui de la reine dans la scène 2 de l'acte II de *Ruy Blas* de Hugo...

2. Sur un fond neutre et sombre, le visage du dramaturge **ressort avec force.** Par le caractère statique de la silhouette et la représentation de trois-quarts en habits simples, le peintre donne l'illusion de la personne de Beaumarchais, comme si ce dernier prenait la pose sous nos yeux. La direction du regard et son intensité confèrent au portrait une **dimension humaine**, encore rehaussée par la coloration rosée des pommettes.

Rhinocéros, Ionesco (1959)

4 **1.** c ; **2.** a, b et c.

5 **1.** Le lexique qu'emploie Béranger le donne englué dans une sorte de **dilemme** qui rappelle l'**univers de la tragédie.** L'éloge des rhinocéros transparaît à travers des termes mélioratifs (l. 10) et traduit la volonté du personnage de se conformer au modèle dominant. La transformation paraît souhaitée mais elle se trouve aussitôt frappée d'irréalité avec l'utilisation du conditionnel. Il n'est donc pas question de résignation chez Bérenger, ni d'acceptation de sa destinée à la manière des héros tragiques. Au contraire, l'**absurdité de sa condition** le submerge comme en témoigne l'affolement de son langage (répétitions, interjections, exclamations, cris...) et le caractère dérisoire de sa gestuelle.

2. Le spectateur s'attend à **comprendre**, dans ce monologue final, les origines de la rhinocérite et les raisons qui ont conduit le personnage central à opposer une résistance tout au long de la pièce. Pourtant, il n'en est rien. Dans le dernier mouvement, le lexique de la guerre (« ma carabine », « je me défendrai », « je ne capitule pas ») laisse présager un ultime face-à-face mais l'issue de la lutte demeure **en suspens** puisque le rideau tombe sur ce sursaut de révolte. Au reste, le geste de Bérenger apparaît bien dérisoire : que ferait-il d'une carabine face à une meute de rhinocéros ? La pièce donne l'impression de **se suspendre plus que de se clore ou se conclure.**

33 Molière, *Le Malade imaginaire*

Parcours : Spectacle et comédie

En bref *Dans* Le Malade imaginaire, *Molière nous fait rire d'Argan, qui se croit toujours malade, comme des médecins. Cette comédie-ballet mêle théâtre, chant et danse, créant un spectacle complet.*

I Connaître l'œuvre

1 L'auteur et le contexte

- Né en 1622 à Paris dans une famille bourgeoise, le jeune Jean-Baptiste Poquelin participe à la fondation de l'Illustre Théâtre en 1643. Au sein de cette troupe, il écrit et joue farces et comédies sous le pseudonyme de Molière. En 1658, il entre sous la protection de la famille royale.

- Il s'illustre dans le nouveau genre de la comédie-ballet en 1670 grâce au *Bourgeois gentilhomme*, puis en 1673 avec *Le Malade imaginaire*, destiné aux fêtes célébrant les victoires militaires de Louis XIV, et dont la musique est composée par Charpentier. C'est pendant l'une des représentations de cette pièce que Molière est pris du malaise qui lui sera fatal.

2 La composition et les enjeux

- La pièce se compose de trois actes ponctués d'intermèdes dansés et chantés, précédés d'un prologue précisant la volonté de « délasser [le roi] de ses nobles travaux ».

> **MOT CLÉ**
> Les **intermèdes** sont, au XVIIe siècle, de courts divertissements chorégraphiques qui interviennent entre les actes d'une comédie.

- Argan est un hypocondriaque, soumis à son médecin et à son apothicaire. Aussi veut-il contraindre sa fille Angélique à épouser un médecin, mais les manœuvres de cette dernière, de son amant Cléante et de la servante Toinette parviennent à lui ouvrir les yeux.

- Comique farcesque, quiproquos, travestissements rythment une pièce qui invite à recouvrer sa lucidité face aux abus d'une médecine moquée à travers des personnages grotesques.

II Comprendre le parcours

1 La comédie : un genre conçu pour le spectacle

- Plus que tout autre genre théâtral, la comédie trouve dans la mise en scène son aboutissement. Le lecteur de la pièce rit en imaginant Toinette se déguiser en médecin de pacotille pour asséner à Argan un diagnostic burlesque, mais moins que le spectateur qui la voit à l'œuvre sur scène.

C'est particulièrement vrai des comédies proches de la farce : on peut citer la scène des *Fourberies de Scapin* où le valet rusé enferme son maître dans un sac et le bastonne, évidemment beaucoup plus savoureuse quand elle est représentée.

■ Spectacle avant tout, la comédie utilise pleinement le principe de la **double énonciation**. Ainsi en est-il quand les personnages – pour parvenir à leurs fins – jouent la comédie, sous l'œil complice du public. Dans *Le Malade imaginaire*, Béline feint son affection conjugale, puis Argan simule la mort, pour le plus grand plaisir du spectateur qui voit clair dans le jeu de chacun.

MOT CLÉ
La **double énonciation** est une caractéristique essentielle du théâtre : les répliques d'un personnage sont destinées aux autres personnages, mais aussi au spectateur.

2 La comédie : un spectacle complet et varié

■ La comédie peut associer d'autres arts pour se transformer en un spectacle complet. Ainsi Molière, dans ses comédies-ballets, ajoute des parties chantées et dansées, qui offrent au public un divertissement réjouissant. Deux ans après la première représentation du *Mariage de Figaro* de Beaumarchais (1784), Mozart adapte la pièce en opéra, avec l'aide du librettiste Lorenzo Da Ponte, créant un spectacle dramatique et lyrique d'une grande puissance.

■ Genre plastique, la comédie peut réunir une grande variété de registres. La satire de la médecine atteint ainsi son apogée lors de la « cérémonie burlesque d'un homme qu'on fait médecin » qui clôt *Le Malade imaginaire*. Dans *Art* (2000), Yasmina Reza propose une réflexion incisive et pleine d'humour sur les affres de l'art contemporain, à partir d'un déconcertant tableau blanc.

zoOm

Éblouir le spectateur

Le Bourgeois gentilhomme, mise en scène de Jérôme Deschamps, 2019.

Dans cette mise en scène du *Bourgeois gentilhomme* de Molière, les couleurs éclatantes se mêlent aux codes traditionnels de la pantomime afin d'accentuer l'effet visuel et l'aspect onirique de ce divertissement burlesque.

34 Marivaux, *Les Fausses Confidences*

Parcours : Théâtre et stratagème

En bref *Dans* Les Fausses Confidences, *Dubois est un valet rompu à l'art du stratagème, qu'il met au service d'un ancien maître amoureux. Le spectateur devient complice de la machination qui se déploie sous ses yeux.*

I Connaître l'œuvre

1 L'auteur et le contexte

■ Journaliste fasciné par les mœurs de son époque, Marivaux se tourne rapidement vers le théâtre. S'inspirant de la ***commedia dell'arte***, il connaît le succès avec *Arlequin poli par l'amour* en 1720.

MOT CLÉ
La ***commedia dell'arte***, genre théâtral d'origine italienne, se fonde sur des types comiques (comme Arlequin) et sur l'improvisation.

■ **Dramaturge prolifique**, il collabore de manière fructueuse avec la troupe des Comédiens-Italiens : il leur fait notamment jouer *Le Jeu de l'amour et du hasard* en 1730 et *Les Fausses Confidences* en 1737.

2 La composition et les enjeux

■ L'intrigue se fonde sur l'amour que ressent Dorante, jeune homme ruiné, pour la jeune et belle veuve Araminte, dont il devient l'intendant.

■ L'astucieux **Dubois**, ancien valet de Dorante désormais au service d'Araminte, multiplie les menées afin de servir son ancien maître sous le manteau. Ses « **fausses confidences** » produisent l'effet escompté : Araminte accepte finalement l'amour sincère de Dorante.

■ L'œuvre interroge **l'authenticité des sentiments**, à travers un langage raffiné propre à exprimer les subtilités de la naissance de l'amour : c'est le **marivaudage**.

II Comprendre le parcours

1 Des stratagèmes pour faire triompher l'amour

■ Dans la comédie classique, le stratagème vient **au secours de l'amour sincère**. Ainsi, dans *L'Avare* de Molière (1668), Valère multiplie les ruses afin de conquérir Élise contre l'avis de son père. Dans *Le Barbier de Séville* (1775), Beaumarchais fait de Figaro l'adjuvant des amours du Comte et de Rosine face à Bartholo, véritable tyran domestique.

■ Chez Marivaux, le stratagème **permet aux cœurs de se révéler** : c'est le cas dans *Les Fausses Confidences* comme dans *Le Jeu de l'amour et du hasard*, où le travestissement réciproque des maîtres et des valets conduit les personnages à s'avouer leurs vrais sentiments.

■ La plupart des stratagèmes ont une issue heureuse. Ils peuvent cependant se retourner contre ceux qui les mettent en œuvre. Madame Argante, qui machine le mariage d'Araminte avec le Comte, subit avec colère la décision finale de sa fille.

2 L'art du stratagème

■ Dans la comédie classique, le stratagème est en général mis en œuvre par un domestique rusé. Dubois, meneur de jeu hors pair dans *Les Fausses Confidences*, est ainsi l'héritier d'une longue tradition de valets et de servantes qui, par leur habileté et leurs ruses, peuvent prétendre rivaliser avec leurs maîtres.

CITATION
« Plus de raisonnement : laissez-vous conduire, » lance Dubois à Dorante (acte III, sc. 1). Le valet se veut le maître de la machination.

■ Pour arriver à leurs fins, ces personnages se travestissent et jouent la comédie : ainsi Toinette se déguise en médecin dans *Le Malade imaginaire* (1673) afin de faire entendre raison à Argan ; dans *Les Fourberies de Scapin* (1671), le valet contrefait plusieurs accents afin de bastonner librement son maître.

■ Chez Marivaux, les détours du langage tout autant que le travestissement jouent un rôle clé : le spectateur complice prend plaisir à voir prendre corps le stratagème à travers un jeu de demi-mensonges et de « fausses confidences ».

zoOm

« Faisons à nous deux un héros de roman ! »

Cyrano de Bergerac, mise en scène de Jean Liermier, 2017.

Dans la pièce de Rostand (1897), l'éloquent Cyrano de Bergerac prête secrètement sa voix au beau Christian pour l'aider à séduire Roxane, dont il est lui-même amoureux. Jean Liermier met en scène le stratagème à grand renfort d'ombres et de lumière (2017).

35 J.-L. Lagarce, *Juste la fin du monde*

Parcours : Crise personnelle, crise familiale

En bref *La pièce met en scène les retrouvailles impossibles d'un personnage avec sa famille ; elle cherche à explorer l'intimité familiale à travers les méandres du langage. Depuis l'Antiquité, les dramaturges se servent des histoires de famille pour interroger la complexité des rapports humains.*

I Connaître l'œuvre

1 L'auteur et le contexte

- D'abord étudiant en philosophie, Jean-Luc Lagarce fonde le théâtre de la Roulotte à la fin des années 1970. Il met en scène des pièces contemporaines déjà reconnues (comme celles de Beckett ou Ionesco), puis ses propres créations.
- S'inspirant en partie de sa vie, il publie *Derniers Remords avant l'oubli* en 1987 puis *Juste la fin du monde* en 1990, alors qu'il se sait déjà atteint du sida et condamné par la maladie. Il meurt en 1995, à 38 ans.

2 La composition et les enjeux

- Ténue, l'intrigue se résume au retour de Louis auprès des siens après des années d'absence : celui-ci essaye d'annoncer sa mort prochaine – sans jamais y parvenir.
- Chacun des membres de la famille s'exprime tour à tour dans des interventions qui tournent au monologue, voire au soliloque. La tension atteint son paroxysme au cours du face-à-face final entre Louis et son frère cadet Antoine.
- L'écriture en versets, quasiment poétique, accentue la fragmentation du langage et souligne l'indicibilité des sentiments. En écho au **prologue**, l'**épilogue** clôt la pièce ; comme surgie d'outre-tombe, la voix de Louis regrette son éternel mutisme.

MOTS CLÉS
- Le **prologue** est la partie située au début de la pièce où l'on expose le sujet.
- L'**épilogue** permet au contraire de clore l'intrigue dramatique.

II Comprendre le parcours

1 Soi-même face aux autres

- *Juste la fin du monde* exhibe la solitude de personnages en décalage avec leur famille. Dans le théâtre antique déjà, c'est contre son oncle Créon qu'Antigone se dresse au nom de ses valeurs pour accorder des funérailles à son frère.
- La famille enferme l'individu dans un rôle dont il est difficile de s'affranchir. Louis est un avatar dégradé du « fils prodigue » de la Bible : il croit à tort pouvoir

renouer avec les siens et se faire pardonner son absence. Héros du *Voyageur sans bagages* d'Anouilh (1937), Gaston est un amnésique solitaire qui doit retrouver sa famille, mais choisit d'en intégrer une autre afin d'échapper à un passé qui l'écœure.

- **Chacun reste largement insondable** pour les autres comme pour lui-même. La tragédie *Incendies* de Mouawad (2003) repose sur la quête effroyable de leurs origines par deux jumeaux nés de l'inceste et du viol. Dans *Juste la fin du monde*, Louis repart sans avoir pu confier sa mort imminente.

CITATION
Au IVe siècle avant J.-C., dans sa *Poétique*, Aristote recommandait déjà de représenter des familles « dans lesquelles il s'est passé ou fait des choses terribles. »

2 Une communication difficile

- « Rien ici ne se dit facilement » déclare Antoine. Chacun **peine à trouver les mots justes** et scrute les failles de sa parole. Dans *Assoiffés* de Mouawad (2007), Murdoch, un adolescent tourmenté, se heurte au silence de parents incapables de lui accorder de l'attention.
- D'obscurs monologues témoignent des **confusions de l'histoire familiale** ; Louis subit les reproches de sa sœur et l'ironie de son frère. Dans *Le Retour au désert* (1988), Koltès donne également à voir la confrontation d'un frère et d'une sœur en proie au poids de leur passé.
- Les mots se heurtent à l'**hostilité** de qui les recueille : Antoine est convaincu que Louis l'inonde « d'histoires ». Dans *Papa doit manger* (2003), Marie NDiaye met en scène les mensonges misérables d'un père qui, après dix ans d'absence, cherche à reprendre sa place dans une famille qui s'est reconstruite sans lui.

zoOm

Le châtiment d'un fils ingrat

Dans cette scène où les gestes pathétiques traduisent l'intensité du désespoir familial, le père, désormais mort, n'a pas eu comme dans la parabole biblique la joie de retrouver le fils prodigue. Revenu trop tard, ce dernier est accablé de reproches par sa mère.

De la même façon, Louis semble également revenir bien trop tard auprès des siens.

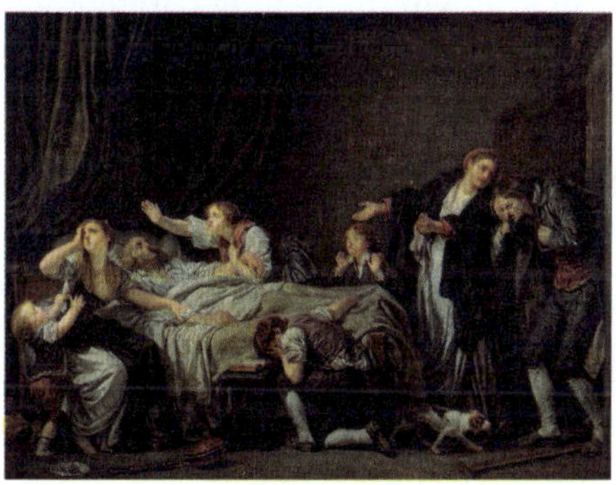

J.-B. Greuze, *Le Fils puni*, 1778.

OBJECTIF BAC

1 Dissertation : Pièges en scène

4 h

« Un noir complot prospère à l'air des catacombes » ironise le roi don Carlos, menacé d'assassinat, dans *Hernani* (Victor Hugo, 1830). Qu'est-ce qui rend ce type d'intrigues si fascinant au théâtre ?

LE SUJET

Au théâtre, en quoi le recours au stratagème peut-il éveiller l'intérêt du spectateur ?

Vous répondrez à cette question dans un développement structuré. Votre travail prendra appui sur *Les Fausses Confidences* de Marivaux, sur les textes et documents que vous avez étudiés en classe dans le cadre du parcours « Théâtre et stratagème » et sur votre culture personnelle.

LES CLÉS POUR RÉUSSIR

Analyser les termes du sujet

- **le théâtre :** le sujet est bien entendu centré sur le genre théâtral : il convient de citer uniquement des exemples qui en sont issus.
- **stratagème :** étymologiquement, « ruse de guerre » ; au théâtre, et notamment dans la comédie, le mot désigne une ruse efficace, permettant à un personnage de parvenir à ses fins.
- **l'intérêt du spectateur :** l'attention du spectateur, sa curiosité.

Dégager la problématique et les enjeux du sujet

Pourquoi et comment les stratagèmes sur lesquels sont construites certaines intrigues retiennent-ils l'attention du spectateur ?

Construire le plan de la dissertation

1 Stratagème et tension dramatique

- Expliquez comment certaines intrigues de comédies sont bâties sur un stratagème, intéressez-vous à sa visée (différente chez Molière et chez Marivaux, par exemple).
- Montrez que le spectateur souhaite connaître l'issue du stratagème.

2 Meneurs de jeu et victimes du stratagème	◗ Qu'est-ce qui rend les personnages stratèges particulièrement intéressants ? ◗ Montrez que leurs victimes peuvent faire rire ou bien émouvoir le spectateur.
3 Stratagème et plaisir théâtral	◗ Analysez la situation du spectateur, véritable complice du stratagème. ◗ Comment le stratagème peut-il renforcer l'illusion théâtrale ?

CORRIGÉS

Les titres en couleur ou entre crochets ne doivent pas figurer sur la copie.

Introduction

[amorce] L'intrigue d'une comédie est souvent construite autour d'un stratagème : grâce à sa ruse et ses manœuvres habiles, un personnage parvient à retourner une situation : ce motif figure déjà dans la comédie latine, par exemple dans *La Marmite* de Plaute (dont s'inspira Molière pour composer *L'Avare*), ou dans des farces médiévales, telle *La Farce de maître Pathelin*. **[reformulation du sujet]** Le stratagème apparaît ainsi comme un moteur dramaturgique puissant, qui provoque la curiosité du spectateur. **[problématique]** Pourquoi et comment les stratagèmes sur lesquels sont construites certaines intrigues retiennent-ils notre attention ? **[annonce du plan]** Nous verrons d'abord que le stratagème crée de la tension dramatique. Nous montrerons ensuite qu'il permet de mettre en scène des personnages ridicules ou attachants. Nous étudierons enfin la manière dont il renforce le plaisir théâtral.

I. Stratagème et tension dramatique

LE SECRET DE FABRICATION
On étudie, dans cette partie, comment le stratagème impulse l'intrigue dramatique et crée du ***suspense***.

1. Le stratagème, moteur dramaturgique

◗ La comédie traditionnelle est presque toujours bâtie sur le même schéma : un stratagème mis en œuvre par un valet rusé va permettre à des jeunes gens amoureux de **triompher d'un père tyrannique qui s'opposait à leur mariage**. Dans *L'Avare* (1668) de Molière, Cléante et Élise s'allient secrètement afin d'épouser ceux qu'ils aiment ; un coup de théâtre final permet la double union, tandis que leur père, le vieil Harpagon, se retrouve seul avec sa « chère cassette » remplie d'or. De même, dans *Les Fourberies de Scapin* (1671), les valets Scapin et Silvestre enchaînent mystifications, mensonges et déguisements pour duper Argante et Géronte, leur extorquer de l'argent et les amener à accepter les souhaits de mariage de leurs enfants.

- Chez Marivaux, le stratagème prend une dimension plus subtile, en permettant aux jeunes gens de **s'avouer leurs sentiments réciproques**. Dans *Le Jeu de l'amour et du hasard* (1730), c'est Silvia qui invente une ruse en inversant les rôles avec sa servante pour observer son prétendant, mais ce dernier a la même idée, avec son valet. Par chance, l'amour se révèle à l'épreuve du double travestissement : tandis que Silvia tombe amoureuse de Dorante en le prenant pour un valet, celui-ci se déclare prêt à épouser la servante de sa promise.

2. Le stratagème, source de *suspense*

La réussite du stratagème n'est pas assurée ; le spectateur attend avec impatience d'en connaître l'issue. Dans *Le Mariage de Figaro* de Beaumarchais (1784), il est ainsi soulagé de voir le **triomphe final** de Figaro, parvenu à déjouer les assauts libertins du Comte envers sa fiancée. Dans *Ruy Blas* (Hugo, 1838), il peut être surpris par le coup de théâtre qui **renverse la situation *in extremis*** : don Salluste, qui avait fait passer son valet pour un noble afin de séduire et déshonorer la reine d'Espagne, est finalement assassiné par lui.
[transition] Le stratagème est donc un élément essentiel par la tension dramatique qu'il engendre : va-t-il fonctionner ou va-t-il échouer ? Il permet également de camper des personnages hauts en couleurs.

II. Meneurs du jeu et victimes du stratagème

LE SECRET DE FABRICATION

Dans cette partie, on étudie les personnages auteurs des stratagèmes, et ceux qui en font les frais, et on met en évidence l'intérêt qu'ils suscitent.

1. Des stratèges fascinants

- Qui dit stratagème, dit **stratège** conduisant la ruse en virtuose. Dubois, **meneur de jeu** cynique des *Fausses Confidences*, en offre un bel exemple : c'est lui qui tire toutes les ficelles pour persuader Araminte d'épouser Dorante : « Plus de raisonnement : laissez-vous conduire. »

- Chez Beaumarchais, Figaro est désigné ironiquement par le Comte comme « l'homme aux expédients » : son intelligence et sa débrouillardise lui font trouver les moyens les plus ingénieux pour sortir de situations délicates.

INFO

Vous pouvez citer également d'**inquiétants manipulateurs** appartenant à l'univers du drame, tel Iago dans *Othello* de Shakespeare (1604), dont les fourberies conduisent le jaloux Othello à douter de la fidélité de son épouse.

2. Des victimes risibles ou émouvantes

- Dans les comédies de Molière, ces personnages stratèges – valets ou servantes pleins de bon sens et d'habileté – contrastent avec les personnages de pères autoritaires, **victimes des stratagèmes, et dont les travers excitent le rire**. Ainsi, dans *Le Malade imaginaire* (1673), on rit de l'hypocondriaque Argan, qui se laisse berner si facilement par sa servante Toinette déguisée en médecin.

▸ Dans le théâtre de Marivaux, les victimes du stratagème suscitent plutôt l'émotion. Le spectateur des *Fausses Confidences* est sensible à la souffrance d'Araminte : « Je suis si lasse d'avoir des gens qui me trompent. » La jeune veuve se sent manipulée de toute part ; même la confiance qu'elle mettait en Dubois se trouve trahie : « Je vous avais dit de ne plus vous en mêler ; vous m'avez jetée dans tous les désagréments que je voulais éviter. »

[transition] Le recours au stratagème permet donc de mettre en scène des personnages attachants, suscitant le rire ou l'émotion. Plus largement, on peut dire que le stratagème démultiplie le plaisir théâtral.

III. Stratagème et plaisir théâtral

LE SECRET DE FABRICATION
On étudie comment le stratagème crée de la complicité avec le spectateur et participe à l'illusion théâtrale.

1. Le spectateur complice du stratagème

▸ Le spectateur prend plaisir à suivre les menées et fausses confidences de Dubois : celui-ci invente une rivale à Araminte pour exciter sa jalousie, puis incite Marton à voler une lettre qu'il a lui-même dictée à son ancien maître… Le spectateur, par sa position singulière, **jouit d'une connaissance dont ne disposent pas les personnages de la pièce**, et peut ainsi apprécier la virtuosité tactique du valet pour venir à bout de ses adversaires.

▸ Dans *Ruy Blas*, le spectateur, à l'instar du sombre Gudiel, est **mis dans la confidence** du plan démoniaque de don Salluste dès la première scène : « Oh ! mais je vais construire, et sans en avoir l'air, / Une sape profonde, obscure et souterraine ! »

2. Le stratagème, levier de l'illusion théâtrale

▸ Mais revenons au personnage de Dubois : celui-ci apparaît comme un chef d'artillerie : « Allons faire jouer toutes nos batteries, » annonce-t-il au public, seul en scène, à la fin de l'acte I des *Fausses Confidences*. Véritable **metteur en scène**, il agit comme un double du dramaturge à l'intérieur même de la pièce.

▸ Dans *Hamlet* (vers 1600) de Shakespeare, la **mise en abyme** résulte du stratagème imaginé par le prince danois : ce dernier demande à une troupe de comédiens de reconstituer l'assassinat de son père sous les yeux de son oncle meurtrier, afin de l'amener à se trahir.

À NOTER
La **mise en abyme** (ou « théâtre dans le théâtre ») permet souvent de convoquer le *theatrum mundi*, l'idée que les spectateurs ne soient eux-mêmes que les acteurs du « grand théâtre du monde ».

Conclusion

[synthèse] Le stratagème est un motif central dans la tradition comique : on lui doit des intrigues riches en rebondissements, des personnages fascinants ou touchants, un plaisir théâtral accru.

[ouverture] Le genre romanesque fait lui aussi la part belle au stratagème, qui peut devenir un enjeu narratif de première importance. Le plaisir trouble du lecteur naît par exemple des plans machiavéliques des libertins Valmont et Merteuil dans *Les Liaisons dangereuses* de Laclos (1782).

36 Analyser le lexique

En bref *La connaissance d'un lexique adapté est nécessaire tant pour la compréhension et l'analyse des textes que pour la précision de l'expression écrite et orale.*

I Champ lexical et réseau lexical

Les mots du langage désignent des réalités du monde, qu'elles soient concrètes ou abstraites (les idées).

- On appelle **champ lexical** l'ensemble des termes désignant une même réalité : *guerre, arme*. Les termes peuvent être reliés entre eux par dérivation, *guerre, guerrier*. Attention, il ne suffit pas de relever un champ lexical, il faut l'analyser pour mettre à jour les **sous-thèmes** et les **relations de sens**.

- Le **réseau lexical** est un champ lexical étendu aux autres termes qui, par leur **connotation** ou leur emploi en contexte, relèvent de la même thématique. Ainsi *guerrier, armes, munition, fusil* font partie du champ lexical de la guerre et *mutilation, hôpital, panique* font partie de son réseau lexical.

MOT CLÉ

Connotation : charge affective et subjective ajoutée à la dénotation d'un terme (la définition du dictionnaire) en fonction de la culture personnelle du lecteur.

II Polysémie, synonymie, antonymie

- Un même terme peut avoir **plusieurs sens**, il est dit **polysémique.** La polysémie permet de jouer sur différents niveaux de sens.

  … formaient une **harmonie** telle qu'il n'y eut jamais en enfer (Voltaire)

  Voltaire utilise le double sens d'harmonie, « formation musicale » et « entente, paix », pour faire réfléchir le lecteur.

- Des termes différents peuvent recouvrir une même réalité, ils sont dits **synonymes**. Cependant, il y a toujours une nuance de sens entre les synonymes. Dans une **énumération** ou une **gradation**, on doit être attentif à l'apport de chacun des termes.

  Je vois partout […] la force, la brutalité, la cruauté, le sadisme (Césaire)

  Chaque terme de la gradation ajoute une nuance au précédent.

- Des termes peuvent avoir des relations **de sens opposé**, ils sont dits **antonymes** (*généreux, avare*). Ils sont employés dans les **antithèses** et les **oxymores**.

  Cette obscure clarté qui tombe des étoiles (Corneille)

  La juxtaposition des mots « obscure » et « clarté » constitue un oxymore.

III Les types de lexique

Les mots d'une langue sont multiples et il existe de nombreuses manières de les classer. Il faut savoir reconnaître et utiliser au moins quatre types de lexique.

■ Le lexique appréciatif permet d'exprimer une appréciation :

• si elle est positive, on parle de lexique mélioratif (*admirable, magnifique*) ;

• si elle est négative, on parle de lexique péjoratif (*fade, néfaste, borné*).

À NOTER
Les lexiques appréciatif et affectif se retrouvent dans l'expression de la subjectivité.

■ Le lexique évaluatif permet d'exprimer un jugement de valeur sur une échelle graduée (*grand/petit, chaud/froid*) dans divers domaines : esthétique (*beau*), moral (*bon*), etc.

■ Le lexique affectif permet d'exprimer la manière dont on est affecté par quelque chose. C'est le lexique des sentiments et des émotions (*admiration, souffrance, pitié, pitoyable...*).

■ Le lexique abstrait est le lexique des opérations de la pensée (*réfléchir, méditer, notion, concept, réflexion...*), du jugement (*apprécier, concéder, réfuter, rejeter...*), de la morale ou de la philosophie (*liberté, conscience, être, déterminisme, vertu, devoir...*), des catégories artistiques (*baroque, classique...*), du sentiment esthétique (*beau, sublime*), etc.

zoOm

Exemple d'analyse lexicale

« Le monocle du général, resté entre ses paupières comme un éclat d'obus dans sa figure vulgaire, balafrée et triomphale, au milieu du front qu'il éborgnait comme l'œil unique du cyclope, apparut à Swann comme une blessure monstrueuse qu'il pouvait être glorieux d'avoir reçue, mais qu'il était indécent d'exhiber. »

Proust, *Un amour de Swann*, 1914.

- champ lexical de la guerre
- réseau lexical de la guerre
- réseau lexical de l'œil

Dans ce passage, Proust associe deux réseaux lexicaux dans une double comparaison qui dévalorise le « général ». Tout ce qui relève de la guerre et qui pourrait être considéré comme « glorieux » devient « indécent », grâce à l'image qui associe le monocle à un éclat d'obus, puis à « l'œil unique du cyclope ».

37 Étudier l'énonciation

En bref *L'énonciation est l'acte individuel de production d'un énoncé par un locuteur. On peut chercher à analyser les textes en fonction de leur type d'énonciation.*

I La situation d'énonciation

Tout énoncé s'inscrit dans une situation d'énonciation. Un locuteur produit un énoncé, dans un lieu et temps donné, adressé à quelqu'un (l'allocutaire ou destinataire). On peut définir **deux types d'énonciation**.

- Quand il est nécessaire de connaître les conditions de l'énonciation pour comprendre l'énoncé, on parle d'**énoncé ancré dans la situation d'énonciation**. Pour comprendre l'énoncé *je suis ici*, l'allocutaire doit savoir qui est le « je » et où il se trouve, c'est-à-dire la situation dans laquelle l'énoncé a été produit.
- Quand il n'est pas nécessaire de connaître les conditions de l'énonciation, on parle d'**énoncé coupé ou d'énonciation historique**. Pour comprendre l'énoncé *Louis XIV est mort en 1715,* il n'est pas nécessaire de connaître les conditions de l'énonciation.

II L'énoncé ancré dans la situation d'énonciation

On le reconnaît à la présence des éléments suivants :

- Le **système de la 1re et de la 2e personne** : pronoms personnels (*je, me, tu, te, nous, vous*), déterminants et pronoms possessifs (*mon, ma, mes, notre, nos, le mien... ; ton, ta, tes, vos, votre, le tien...*).
- Les **déictiques** : termes qui ne se comprennent que s'ils sont accompagnés d'un geste. *Prends ce livre* ne se comprend que si le locuteur désigne du doigt le livre en question. Les déterminants et les pronoms démonstratifs (*ce, cet, cette, ces, celui-là*) et les adverbes de lieu (*ici*), et de temps (*maintenant*) sont typiquement des déictiques.

> **À NOTER**
> Certaines grammaires regroupent sous l'appellation « **déictiques** » tous les termes qui ne se comprennent qu'à l'intérieur d'une situation d'énonciation.

- Les temps verbaux : le **présent d'énonciation** correspond au moment même de l'énonciation ; le **passé composé** est utilisé pour évoquer un moment du passé.
- Les **modalisateurs** : ils indiquent le degré d'adhésion de l'énonciateur à son énoncé : *il pleuvra sans doute, peut-être, certainement...* Les modalisateurs peuvent être des adverbes (*probablement, certainement...*), des locutions adverbiales (*peut-être, sans doute...*), des auxiliaires de mode (*devoir, pouvoir, vouloir...*), certains adjectifs qualificatifs (*possible, certain, probable...*). Le conditionnel peut aussi indiquer une distance de l'énonciateur à son énoncé : *On pourrait dire qu'il a raison, mais...*

- Les marques de la subjectivité : utilisation d'un lexique appréciatif, évaluatif, affectif (→ FICHE 36).
- Les marques du jugement : verbes de jugement (*je pense, je crois, j'affirme…*).

III L'énoncé coupé de la situation d'énonciation

Il s'oppose point par point à l'énoncé ancré dans la situation d'énonciation. On le reconnaît à la présence des éléments suivants :

- Le système de la 3e personne : pronoms personnels (*il, ils*), déterminants possessifs (*son, sa, sien ; leurs*).
- Les temps verbaux : le présent de narration et le passé simple.
- Des indices spatio-temporels : dates et lieux précis qui permettent un repérage absolu dans le temps et dans l'espace.
- L'absence de modalisateurs et de marques de la subjectivité et du jugement.

CONSEIL

Dans un texte apparemment objectif, il faut être attentif à la présence de modalisateurs qui révèlent une prise de position de l'auteur, du narrateur, ou du locuteur.

zoom

L'implicite

On appelle *implicite* ce qui n'est pas énoncé clairement mais ce que le récepteur du message doit comprendre par lui-même. On distingue deux sortes d'implicite : le présupposé et le sous-entendu. En voici des exemples tirés de *À la Recherche du temps perdu* de Proust.

Implicite

Présupposé :
« Je savais maintenant que j'aimais Albertine »
- **posé** : le narrateur aime Albertine.
- **présupposé** : le narrateur aimait sans doute Albertine auparavant, mais il n'en avait pas conscience.

Sous-entendu :
« Vous ne tuez pas vos malades, vous au moins ! »
- **contexte** : phrase adressée par Madame Verdurin au docteur Cottard, qu'elle apprécie, à propos du docteur Potain qu'elle n'aime pas
- **sous-entendu** : le docteur Potain tue ses malades, il n'est pas un bon médecin.

38 Identifier la tonalité d'un texte

En bref *Tout texte fait ressentir un type d'émotion au lecteur. Analyser la tonalité, c'est chercher à identifier la nature de cette émotion et comprendre ce qui, dans le texte, la provoque.*

I Émouvoir

■ **Tonalité lyrique.** Expression forte des sentiments sur des thèmes comme l'amour, la mort la nature. Le texte est à la première personne. Le **lyrisme** peut être déploration (lyrisme élégiaque) ou hymne joyeux.

> **À NOTER**
> Le **lyrisme** est emblématique de la poésie, cependant tous les poèmes ne sont pas lyriques et on peut trouver du lyrisme dans tous les autres genres.

■ **Tonalité pathétique.** Caractérise un texte qui cherche à faire ressentir au lecteur le sentiment de la pitié et de la compassion. On le reconnaît à l'expression de la souffrance physique ou morale, à des images violentes, à des invocations. Il joue sur la capacité d'identification du lecteur.

■ **Tonalité tragique.** Le héros tragique est en prise au destin ou à des forces qui le dépassent. Le lexique, noble et solennel, fait référence aux dieux, au destin, à une fatalité. Il est évidemment à l'œuvre dans les tragédies. On parle d'ironie tragique, quand le héros, cherchant à trouver une issue favorable, prend des décisions qui vont se retourner contre lui et le mènent là où le destin l'attend.

■ **Tonalité épique.** En relation avec l'épopée, c'est une narration d'épisodes guerriers, qui tend à magnifier les combats et les exploits des héros jusqu'à les diviniser. L'exemple typique est l'*Iliade*, d'Homère. On emploie volontiers l'hyperbole et les procédés de l'amplification.

II Faire rire

■ **Tonalité comique.** La visée est le rire. Il joue sur le décalage entre ce qui est attendu et ce qui est produit. On le reconnaît précisément à trois types de comique : le comique de mots (jeux de mots, inventions langagières, répétitions), de gestes (gesticulations, poursuites, chutes…) et de situation (situations incongrues, quiproquos…). On le trouve dans les comédies, mais pas seulement.

■ **Tonalité satirique.** La visée est la critique. On se moque d'une catégorie professionnelle ou sociale, en la mettant en situation. Ainsi, Molière fait la satire des médecins dès qu'il en a l'occasion.

■ **Tonalité ironique.** L'ironie fait entendre le contraire de ce qui est énoncé. Jeu sur le second degré, elle suppose la complicité de l'interlocuteur qui accepte de décrypter le sens. L'ironie se définit par l'antiphrase. L'ironie peut servir une visée critique. Voltaire l'utilise beaucoup.

III Convaincre

■ **Tonalité didactique.** Sa visée est l'enseignement, la pédagogie. On le reconnaît à une argumentation claire qui cherche à guider le lecteur dans sa compréhension. On peut trouver des impératifs et tous les modes d'expression du conseil.

■ **Tonalité polémique.** Le mot vient du grec *polémos* qui veut dire « guerre ». Il caractérise un débat conflictuel, une argumentation menée de manière violente. Les mots servent d'armes. On cherche l'implication du destinataire.

IV Déstabiliser

■ **Le fantastique.** Irruption d'éléments surnaturels dans le réel. On ne sait pas si ces événements sont explicables rationnellement ou non. L'angoisse ressentie est due au doute qui est maintenu jusqu'à la fin du récit. Le lexique de l'étrangeté et de la peur est employé. Le texte est souvent à la première personne ou en focalisation interne, et le lecteur suit le narrateur dans ses doutes et ses peurs.

CITATION
« Le fantastique, c'est l'hésitation éprouvée par un être qui ne connaît que les lois naturelles, face à un événement en apparence surnaturel. » (Todorov)

■ **Le merveilleux.** C'est le monde des contes de fées. Dans le monde merveilleux, il est naturel que les humains côtoient fées, ogres et animaux qui parlent… Contrairement au fantastique, le surnaturel ne provoque pas l'angoisse.

zoOm

Les tonalités en peinture

Chagall, *Le Triomphe de la musique – Le concert*, 1957.

Les tonalités n'affectent pas seulement les textes, mais aussi les œuvres visuelles. Ainsi de ce tableau de Chagall, qui représente toutes les thématiques du lyrisme (l'amour, la nature, la ville, la musique), et dont les modes d'expression (la couleur, le mouvement, la composition) se mettent au service de la célébration du monde.

S'ENTRAÎNER

Analyser l'énonciation

→ FICHE 37

1 a. En vous appuyant sur l'étude des verbes et des pronoms personnels, dites à quel(s) type(s) d'énonciation ce texte appartient.

Après un court dialogue entre Jacques et son maître, le récit commence.

Jacques commença l'histoire de ses amours. C'était l'après-dîner : il faisait un temps lourd ; son maître s'endormit. La nuit les surprit au milieu des champs ; les voilà fourvoyés. Voilà le maître dans une colère terrible et tombant à grands coups de fouet sur son valet, et le pauvre diable disant à chaque coup : « Celui-là était apparemment encore écrit là-haut... »

Vous voyez, lecteur, que je suis en beau chemin et qu'il ne tiendrait qu'à moi de vous faire attendre un an, deux ans, trois ans, le récit des amours de Jacques, en le séparant de son maître et en leur faisant courir à chacun tous les hasards qu'il me plairait. Qu'est-ce qui m'empêcherait de marier le maître et de le faire cocu ? d'embarquer Jacques pour les îles ? d'y conduire son maître ? de les ramener tous les deux en France sur le même vaisseau ? Qu'il est facile de faire des contes ! mais ils en seront quittes l'un et l'autre pour une mauvaise nuit, et vous pour ce délai.

Diderot, *Jacques le fataliste*, 1875

- verbes au passé simple
- pronoms des première et deuxième personnes

b. Comment comprenez-vous l'utilisation de ce(s) type(s) d'énonciation dans ce début de roman ?

Identifier la tonalité d'un texte

→ FICHE 38

2 En vous aidant notamment des repérages effectués dans le texte, déterminez la tonalité du texte.

Aucun homme n'a reçu de la nature le droit de commander aux autres. La liberté est un présent du Ciel, et chaque individu de la même espèce a le droit d'en jouir aussitôt qu'il jouit de la raison. Si la nature a établi quelque autorité, c'est la puissance paternelle : mais la puissance paternelle a ses bornes ; et dans l'état de nature, elle finirait aussitôt que les enfants seraient en état de se conduire. Toute autre autorité vient d'une autre origine que la nature. Qu'on examine bien et on la fera toujours remonter à l'une de ces deux sources : ou la force et la violence de celui qui s'en est emparé ; ou le consentement de ceux qui s'y sont soumis par un contrat fait ou supposé entre eux et celui à qui ils ont déféré l'autorité.

Diderot, « Autorité politique », *Encyclopédie*, 1751

- connecteurs logiques
- parallélisme syntaxique

CORRIGÉS

Analyser l'énonciation

1 a. Les deux paragraphes du texte relèvent de deux types d'énonciation différents. L'utilisation du passé simple et l'emploi de la troisième personne montrent que le **premier paragraphe** est **coupé** de la situation d'énonciation. En revanche, le **second paragraphe** est un énoncé **ancré** dans la situation d'énonciation : l'utilisation de la première et de la deuxième personnes ainsi que l'apostrophe au lecteur le prouvent.

b. L'interruption du récit par le commentaire de l'auteur surprend le lecteur qui n'est pas habitué à se faire ainsi malmener. Elle a une double visée : **déjouer les règles du roman traditionnel** en empêchant toute identification du lecteur au personnage ; **mener une réflexion sur la relation entre auteur et personnages.** En effet, on dit parfois que ce sont les personnages qui sont les maîtres du récit, et que l'auteur, une fois ses personnages créés, est obligé de les suivre dans leur destin. Diderot, lui, affirme que l'auteur reste maître de son récit et joue à sa guise avec le destin de ses personnages.

Identifier la tonalité d'un texte

2 La tonalité est **didactique**. L'utilisation de connecteurs logiques est l'indice d'une argumentation qui démontre ce qu'elle énonce. La disjonction (*ou... ou*), accentuée par le parallélisme syntaxique (*ceux qui / celui qui*) et amplifiée par un jeu d'antithèses (*force et violence / consentement* ; *s'en est emparé / s'y sont soumis*), ne laisse pas de place à une contre argumentation. De plus, le subjonctif (*qu'on examine bien*) est une façon d'inviter le lecteur à suivre l'auteur dans sa démonstration.

À NOTER

Les expressions totalisantes (*aucun homme, chaque individu, toute autre autorité*), associées à l'utilisation du verbe *être* et du présent de vérité générale renforcent la tonalité didactique du texte.

39 Analyser le texte à commenter

En bref *Le commentaire consiste à interpréter un texte en identifiant son intérêt et ses enjeux. Il exige une phase de travail, au brouillon, au cours de laquelle vont être mis en relation les différents aspects formels du texte (mots, figures, structure...) et leur signification, de manière à bâtir le sens général.*

I Découvrir le texte

1 Les premières impressions

- Le **premier regard sur le texte** est une phase cruciale : il faut se mettre dans la peau du lecteur « normal » qui le lirait pour son plaisir et non pour l'examen.
- Le but est alors de **saisir l'effet que produit le texte sur le lecteur** pour commencer à en cerner les enjeux. Notez vos impressions au brouillon pour ne pas les perdre de vue.

2 La carte d'identité du texte

Avant d'entrer dans le détail du texte, établissez sa carte d'identité : elle vous évitera les contresens et offrira des pistes de réflexion pour l'explication linéaire.

- Le **paratexte** désigne tous les éléments qui se situent « à côté du texte » : nom d'auteur, titre d'ouvrage, section de l'œuvre, date de publication, chapeau introductif rédigé à l'attention des élèves par le concepteur du sujet livrent les informations essentielles sur le texte.
- Ces précisions liminaires permettent également d'identifier le **parcours** dans lequel s'inscrit l'extrait, son **genre**, le **mouvement littéraire** dont il dépend.

3 Les données du texte

Implicites pour la plupart, elles sont à déduire de la lecture.

- **Le thème** : de quoi parle le texte ?
- **La structure** : comment le texte progresse-t-il ?
- **La tonalité** (ou registre) : quels sentiments le texte nourrit-il chez le lecteur ?

II Approfondir sa lecture

1 Comprendre le texte

- Une **deuxième lecture**, plus littérale, doit vérifier la **bonne compréhension du texte** et dissiper les difficultés lexicales.

■ Pour cela, il faut s'attacher à reformuler les passages problématiques, clarifier le sens des éventuels mots inconnus en s'aidant des mots qui les entourent, se rendre capable de **résumer le sujet de l'extrait**.

■ Il faut aussi sonder le texte en lui posant des questions : **Qui parle ?** Il faut identifier le locuteur ou le narrateur du texte et établir son statut. **Où ?** Il s'agit de situer le lieu de l'énonciation ou de l'action. **Quand ?** Il faut cibler l'époque à laquelle le discours est proféré, le moment où se déroule l'action.

2 Analyser le texte

■ La troisième lecture se fait stylo en main : il s'agit d'annoter le texte. C'est l'occasion d'en souligner les articulations de manière à **dégager la structure**, de relever la présence de **champs lexicaux**, d'étudier les **marqueurs de genre** – temps verbaux, pronoms personnels, modalisateurs –, d'identifier les **figures de style**.

> **CONSEIL**
> Ne vous contentez pas de repérer les procédés : vous devez les interpréter et déterminer leur effet.

■ Il faut explorer le texte, ligne à ligne, mot à mot, en notant au brouillon tout ce que l'on peut dire. Repérez les **rapports qui se tissent entre les phrases** : champs lexicaux, métaphores filées, répétitions, entre autres, structurent le texte.

■ À partir de ces premiers éléments émerge un **projet de lecture** qui rend compte de l'intérêt du texte ; ces réflexions initiales constituent un **premier état de la problématique** formulée ensuite dans l'introduction.

zoOm

Exemple de « carte d'identité » d'un texte

Pour établir la carte d'identité d'un texte, vous devez en identifier les caractéristiques principales. Par exemple, pour la scène 5 de l'acte III du *Mariage de Figaro*, la carte d'identité pourrait se présenter ainsi :

Carte d'identité du texte

- **Genre :** comédie (texte dramatique)
- **Contexte :** Les Lumières (XVIIIe siècle)
- **Auteur :** Beaumarchais, dramaturge et théoricien du théâtre
- **Visée(s) :** donner un accès à l'intériorité du valet Figaro, lui conférer une épaisseur réaliste grâce au monologue
- **Tonalité(s) :** comique, dramatique et lyrique
- **Point de vue :** à travers la voix du personnage, c'est la pensée du dramaturge qui se dévoile en vertu de la double énonciation théâtrale.

40 Élaborer le plan et l'introduction d'un commentaire

En bref *Au premier contact avec le texte et à son exploration minutieuse, succède, toujours au brouillon, un temps de structuration qui doit conduire à édifier le plan détaillé du commentaire à venir et à rédiger l'introduction.*

I Construire le plan

1 La synthèse de l'explication linéaire

■ Une fois achevée l'analyse ligne à ligne du texte, il faut regrouper sur une feuille de brouillon séparée les informations recueillies au cours de l'exploration pour dresser une liste des principales caractéristiques de l'extrait.

■ Il s'agit d'opérer une sorte de résumé de tout le travail préparatoire, qui permet de synthétiser les analyses ponctuelles.

2 La définition des axes de lecture

■ À partir des résultats obtenus lors de la synthèse thématique, on regroupe les ensembles de remarques convergents de manière à dégager deux ou trois axes de lecture, qui deviendront les grandes parties du commentaire.

■ Ces axes ne sauraient se confondre avec des procédés littéraires (ex. : le champ lexical de la perte) ou des thèmes (ex. : la nostalgie) mais doivent **mettre en lien la forme et le sens** (ex. : une élégie). Chaque piste d'interprétation apporte un éclairage particulier sur l'extrait : c'est leur combinaison qui dévoile, de façon progressive, la signification profonde du texte.

À NOTER
Ne faites jamais un plan qui distingue le fond (thèmes, contenu...) de la forme (procédés, figures de style...) : l'un ne saurait aller sans l'autre.

■ Il suffit ensuite de reprendre la synthèse de l'analyse linéaire et de classer les différentes caractéristiques dégagées dans la partie qui leur correspond.

■ Reste à organiser chaque grande partie de façon cohérente, puis à déterminer l'ordre des parties : on va généralement du plus évident au plus complexe.

3 La recherche de la problématique

■ À partir du parcours de lecture dessiné par les axes définis auparavant, il est possible de formuler la problématique.

■ La problématique est une question qui soulève un problème, à laquelle le commentaire va s'attacher à répondre, auquel il va proposer une solution.

■ Interpréter un texte, ce n'est pas seulement le décrire, c'est avant tout se demander pourquoi il est écrit de cette façon, et donc quels sont le sens et les fonctions de ses caractéristiques principales.

II Rédiger l'introduction

L'introduction prend la forme d'un **paragraphe unique**, composée de **quatre points distincts** :

1. L'amorce	Elle sert à « accrocher » le lecteur : un thème littéraire repris par le texte, le mouvement dans lequel il s'inscrit... Il n'y a pas de règle, mais il faut éviter d'introduire l'extrait trop platement.
2. La présentation de l'œuvre et de l'extrait	Elle introduit l'œuvre en lien avec l'amorce, situe le texte dans l'œuvre et en résume les enjeux.
3. La problématique	Elle dirige l'explication. C'est le problème que le commentaire va essayer de résoudre. Elle peut être formulée sous forme d'une question.
4. L'annonce du plan	Elle doit être formulée très clairement et n'indiquer que le contenu des grandes parties (ex. : « Nous montrerons d'abord..., puis nous étudierons..., enfin, nous nous attacherons... »).

CONSEIL
L'introduction est la porte d'entrée dans la copie : il faut particulièrement la soigner afin de conditionner favorablement le lecteur !

zoOm

Un exemple d'introduction

Voici une introduction possible pour le monologue de Figaro dans la scène 5 de l'acte III du *Mariage de Figaro* de Beaumarchais.

amorce : Sur la scène du XVIIIe siècle, les valets mènent le jeu : ils cessent de graviter dans l'orbite de leur maître et ne se contentent plus d'en être les adjuvants ou les opposants ; ils se lancent à la conquête d'une autonomie que l'ordre social ne leur reconnaît pas encore mais dont le théâtre leur donne l'illusion.

présentation de l'œuvre et de l'extrait : C'est le cas de Figaro, personnage éponyme de la comédie de Beaumarchais écrite en 1778. L'issue incertaine de sa « folle journée » conduit le personnage à se lancer, à la scène 5 de l'acte III, dans un long monologue où il examine, non sans humour, sa sombre destinée.

problématique : Quelle est la fonction de ce monologue ?

annonce du plan : Nous nous attacherons d'abord à dégager la dimension psychologique et autobiographique de cette prise de parle ; puis, nous en analyserons le caractère satirique.

41 Rédiger un commentaire de texte

En bref *Après le travail au brouillon vient la mise au propre : il reste à rédiger le commentaire directement sur la copie en suivant le plan établi lors de la phase préparatoire.*

I Principes de mise en page

Il faut soigner la mise en page de la copie pour guider le correcteur dans sa lecture.

1 L'introduction

- On rédige d'abord l'introduction **au brouillon** (→ FICHE 40), puis on la recopie au propre en la présentant sous la forme d'**un seul paragraphe** en vérifiant qu'elle comporte bien les quatre points attendus.
- Après l'introduction, on saute deux lignes de manière à matérialiser le passage au développement.

2 Le développement des parties

- Chaque grande partie commence par une **brève introduction** rappelant son enjeu et annonçant les différentes sous-parties qu'elle comprend.
- On va ensuite à la ligne pour commencer la première sous-partie, puis à nouveau à la ligne pour la sous-partie suivante. Chaque grande partie est ainsi composée de **plusieurs paragraphes** entre lesquels on ne saute pas de ligne.

> **CONSEIL**
> Il faut marquer les paragraphes par un alinéa de trois à quatre carreaux : ce retrait introduit une respiration dans la copie et rythme la démonstration.

- Entre la première et la deuxième partie, comme entre la deuxième et la troisième partie, il faut sauter une ligne.

3 La conclusion

- Enfin, on saute deux lignes avant la conclusion. Comme l'introduction, elle est composée d'un **paragraphe unique**. Elle peut aussi faire l'objet d'une rédaction préalable au brouillon.
- Elle se présente comme un bilan qui **répond clairement à la question posée** en introduction et récapitule brièvement les grandes étapes du commentaire. Il n'est pas obligatoire de prévoir un élargissement de la problématique, appelée communément « ouverture ».

II Principes de rédaction

1 La structure du paragraphe

Les paragraphes du commentaire doivent être rédigés sur le même modèle.

- On énonce l'idée principale du paragraphe.
- On justifie cette idée par des arguments qui la développent et des exemples qui prouvent sa véracité.
- On conclut le paragraphe en ouvrant vers l'idée suivante.

2 L'insertion des citations

- Il faut d'abord s'assurer que la citation choisie illustre bien le propos et aille dans le sens de la démonstration opérée.
- On introduit la citation en la signalant par des guillemets et des verbes introducteurs de parole ou de pensée.

> Le discours autobiographique de Figaro s'ouvre sur une phrase exclamative qui convertit son expérience personnelle en aventure exemplaire : « Est-il rien de plus bizarre que ma destinée ! »

- Pour fondre la citation dans la rédaction, on peut procéder par juxtaposition, par subordination, ou en intégrant les éléments cités dans une phrase. Les modifications opérées pour respecter la syntaxe sont indiquées par des crochets.

> La didascalie qui précède la prise de parole du valet précise que « *Figaro [est] seul* » et désespéré : « *du ton le plus sombre* » indique la tonalité du discours tenu par le personnage.

zoom

La présentation du commentaire

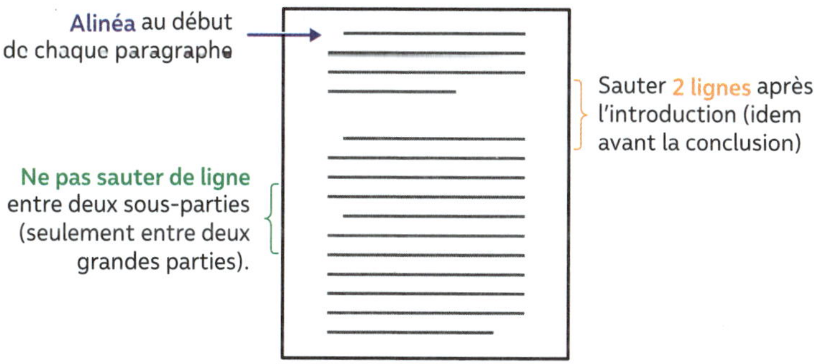

Attention, les copies fournies le jour du bac sont à petits carreaux : pensez à n'écrire qu'une ligne sur deux !

OBJECTIF BAC

1 Commentaire : Maupassant, *Bel-Ami* (1885)

4 h

Ce sujet va vous permettre d'analyser le portrait d'un personnage selon l'esthétique réaliste : il faut parvenir à interpréter les éléments de la description, sans se contenter de les énumérer.

LE SUJET

Vous commenterez le texte suivant tiré de *Bel-Ami* de Maupassant, roman de formation narrant l'ascension sociale de Georges Duroy.

Le personnage vient de faire la rencontre de Forestier, ancien camarade devenu journaliste, qui l'invite à dîner en compagnie de son patron. Il monte l'escalier qui le conduit chez son hôte où son destin devrait connaître un tournant décisif.

Mais voilà qu'en s'apercevant brusquement dans la glace, il ne s'était même pas reconnu ; il s'était pris pour un autre, un homme du monde, qu'il avait trouvé fort bien, fort chic, au premier coup d'œil.

Et maintenant, en se regardant avec soin, il reconnaissait que, vraiment, l'ensemble était satisfaisant.

Alors il s'étudia comme font les acteurs pour apprendre leurs rôles. Il se sourit, se tendit la main, fit des gestes, exprima des sentiments : l'étonnement, le plaisir, l'approbation ; et il chercha les degrés du sourire et les intentions de l'œil pour se montrer galant auprès des dames, leur faire comprendre qu'on les admire et qu'on les désire.

Une porte s'ouvrit dans l'escalier. Il eut peur d'être surpris et il se mit à monter fort vite et avec la crainte d'avoir été vu, minaudant ainsi, par quelque invité de son ami.

En arrivant au second étage, il aperçut une autre glace et il ralentit sa marche pour se regarder passer. Sa tournure lui parut vraiment élégante. Il marchait bien. Et une confiance immodérée en lui-même remplit son âme. Certes, il réussirait avec cette figure-là et son désir d'arriver, et la résolution qu'il se connaissait et l'indépendance de son esprit. Il avait envie de courir, de sauter en gravissant le dernier étage. Il s'arrêta devant la troisième glace, frisa sa moustache d'un mouvement qui lui était familier, ôta son chapeau pour rajuster sa chevelure, et murmura à mi-voix, comme il faisait souvent : « Voilà une excellente invention. » Puis, tendant la main vers le timbre, il sonna.

Guy de Maupassant, *Bel-Ami*, 1885.

LES CLÉS POUR RÉUSSIR

Définir le texte

Carte d'identité du texte

- **Genre :** roman
- **Tonalités :** réaliste, allégorique
- **Contexte :** XIXe siècle, Réalisme
- **Thème :** portrait d'un ambitieux
- **But de l'auteur :** donner corps à son personnage

Dégager la problématique

Georges Duroy est en train de s'inventer un personnage. La montée des escaliers et les différents paliers invitent à une lecture symbolique, tout comme la présence des différentes glaces. **Au-delà d'un portrait en mouvement du protagoniste, quelle est la portée métaphorique de cet extrait ?**

Construire le plan

1 De l'apparence à l'intériorité

- Montrez que le motif du regard court dans tout le texte.
- Étudiez l'évolution de la perception que le personnage a de lui-même.
- Déterminez l'image qui est donnée du protagoniste.

2 L'invention du personnage

- Relevez les éléments qui associent Duroy à un acteur.
- Montrez Duroy se laisse prendre à son propre jeu.
- Interprétez la mise en abyme de la fabrication du personnage.

CORRIGÉS

Introduction

[amorce] En réaction aux effusions romantiques, les romanciers de la seconde moitié du XIXe siècle cherchent à ramener le roman sur le terrain du réel. Pour cela, ils s'inspirent de faits divers et d'exemples empruntés à la réalité qu'ils fondent dans leur fiction pour leur donner toute l'apparence de la vérité. **[présentation de l'œuvre et situation de l'extrait]** Dans son roman de formation *Bel-Ami*, l'écrivain réaliste Maupassant retrace l'ascension du personnage de Georges Duroy : celui-ci vient de rencontrer un ancien camarade devenu journaliste qui l'a invité à dîner ; il se rend chez son hôte, impatient de tirer de ce moment le profit qu'il en espère pour sa carrière. La montée des escaliers par le personnage fournit au narrateur l'occasion de décrire à la fois son physique et sa psychologie. **[problématique]** Au-delà cependant d'un portrait en mouvement du protagoniste, quelle est la portée métaphorique de cet extrait ? **[annonce du plan]** Nous serons d'abord conduits analyser l'image renvoyée du personnage puis à interpréter la dimension symbolique de la description.

I. De l'apparence à l'intériorité

Le portrait du personnage de Duroy permet de donner vie au personnage de papier : il est saisi en mouvement, et la parade des apparences à laquelle il se livre apparaît tout à fait révélatrice de sa personnalité morale.

1. L'importance du regard

Le sens de la vue se trouve largement sollicité : il permet de **saisir l'extériorité du personnage** et simultanément son contentement.

- Champ lexical de la vue : « s'apercevant », « coup d'œil », « en se regardant » « aperçut », « se regarder ». Présence insistante des « glaces » à chaque étage.
- Motif de l'admiration : la contemplation de son reflet constitue une occasion pour le personnage de se rengorger de son physique (« fort bien, fort chic », « l'ensemble était satisfaisant », « sa tournure lui parut vraiment élégante »).

2. Soi-même comme un autre

Créature de papier, Duroy est en train de **s'inventer progressivement un personnage auquel il finit par adhérer.**

- Surprise initiale : « il s'était pris pour un autre, pour un homme du monde ».
- Dissociation de l'intériorité et de l'extériorité : Georges et son image renvoient à deux réalités distinctes, comme un comédien et son rôle (« il s'étudia comme font les acteurs [...] Il se sourit, se tendit la main, fit des gestes exprima des sentiments... »).
- Plongée dans l'intimité de ses pensées grâce au discours indirect libre (« Certes, il réussirait avec cette figure-là et son désir d'arriver... »).

3. L'affirmation de soi

Le regard permet à Duroy de **s'approprier pleinement son personnage** et de prendre confiance en lui.

- Rôle des miroirs qui, chez Duroy comme chez les jeunes enfants, ouvrent la voie à l'identification et la prise de conscience de soi.
- Confiance en soi : hyperbate (« et son désir d'arriver, et la résolution... ») qui souligne la haute estime dans laquelle le personnage se tient lui-même.
- **Narcisse** moderne : le motif du miroir et l'absence de spectateurs invitent à cette analogie et dénoncent la fatuité du personnage. (« Il eut peur d'être surpris et il se mit à monter fort vite et avec la crainte d'avoir été vu, minaudant ainsi... »).

À NOTER

Narcisse est un héros de la mythologie grecque qui meurt de s'être absorbé dans la contemplation de son reflet.

II. L'invention du personnage

Maupassant brosse le portrait d'un personnage en mouvement : il le peint ainsi de manière progressive et révèle, au gré des marches d'escalier, les traits de sa personnalité. Ce faisant, le romancier procède simultanément à une mise en abyme de son propre travail.

1. Un acteur né

Duroy semble doté des qualités requises pour **jouer un rôle dans la vaste comédie humaine** où il entend se faire une place.

- Il joue un rôle social : « un homme du monde ».
- C'est un comédien virtuose : jeu varié, allant de l'« étonnement » à « l'approbation » en passant par « le plaisir » (2e paragraphe).
- On suit son parcours avant l'entrée en scène : des coulisses au lever de rideau, avec le symbole de la sonnette qui marque l'entrée en scène de l'artiste (« Puis, tendant la main vers le timbre, il sonna »).

2. Un rôle qui devient une identité

Le rôle endossé par Duroy devient progressivement sa **seconde nature** : il adhère à l'apparence qu'il s'est donnée jusqu'à y confondre son être.

- L'acteur se prend au jeu : peu à peu, Georges oublie que ce n'est qu'un rôle (« Il [...] frisa sa moustache d'un mouvement qui lui était familier [...] et murmura à mi-voix, comme il faisait souvent »).
- Les frontières entre réalité et fiction deviennent perméables : « Voilà une excellente invention », c'est-à-dire susceptible de concurrencer la réalité.

3. La fabrique du personnage

Les miroirs de la scène ne réfléchissent pas seulement la figure de Duroy mais aussi **le geste de l'écrivain lui-même** qui prête vie à un être purement fictif.

- Artificialité du personnage que le romancier agite comme une marionnette : fabrication d'un personnage-type, celui de l'ambitieux, avide de reconnaissance (« une confiance immodérée en lui-même emplit son âme »).
- Critique sous-jacente du roman de formation : symbolique ironique de la montée des marches qui se rit des ascensions sociales fulgurantes dont les romans du XIXe siècle ont fait leur sujet.

Conclusion

Si le portrait de Gorges Duroy apparaît comme une sorte de passage obligé du roman réaliste, Maupassant lui donne aussi une dimension symbolique féconde. La description du personnage permet au romancier d'incarner sa figure de papier, de lui prêter vie et de donner un accès à son intériorité. Au-delà, ce **portrait physique et moral** apparaît porteur d'une réflexion sur le geste de l'écrivain : à l'image de sa créature, il est celui qui compose un rôle, brouille les frontières entre la fiction et la réalité et affirme sa toute-puissance.

DES POINTS EN +
Vous pouvez parler de **prosopographie** pour désigner un portrait physique et d'**éthopée** pour un portrait moral.

42 Analyser un sujet de dissertation

En bref *Exercice stimulant, la dissertation se révèle souvent fructueuse le jour de l'examen : elle met à profit le travail engagé sur une œuvre du programme et valorise la réflexion personnelle sur le parcours de lecture. Elle nécessite avant tout un décryptage précis du sujet.*

I Comprendre ce qui est demandé

Un sujet de dissertation peut être formulé de différentes façons : il importe d'en identifier la forme pour bien comprendre ce qui est demandé.

1 Le sujet interrogatif

■ Le sujet peut prendre l'apparence d'une question, souvent suivie d'une consigne demandant de développer l'argumentation en s'appuyant sur l'œuvre et le parcours.

■ Cette question peut s'adresser directement au candidat pour solliciter son opinion (« Selon vous... »). Elle peut aussi confronter deux points de vue en demandant de prendre parti.

■ Il faut veiller à la forme du libellé :
- *Expliquez et commentez* appelle le développement du sujet ;
- *Discutez…*, *Pensez-vous que…* invitent à la discussion ;
- *Montrez que…* impose une démonstration.

Ces consignes n'ont pas tout à fait le même sens et n'engagent pas la même réflexion. Attention au hors-sujet !

2 Le sujet affirmatif

■ Le sujet peut aussi prendre l'apparence d'une affirmation, d'un point de vue à discuter : au candidat, alors, de déterminer la position qui lui semble la plus juste.

À NOTER
Le sujet n'appelle jamais une réponse univoque et catégorique : vous devez toujours adopter une approche nuancée.

■ Il faut éviter d'exprimer sa position personnelle sur le sujet dans le développement de la copie. Vous pouvez toutefois la formuler de manière nuancée dans la conclusion si le sujet vous y invite (*Pensez-vous que…*). Vous n'êtes pas tant jugé sur votre opinion que sur la façon dont vous la démontrez.

■ Le sujet peut porter soit sur une affirmation formulée par les concepteurs du sujet, soit sur une citation d'un auteur.

II Formuler une problématique

1 L'explicitation des mots-clés

■ Pour faire l'analyse du sujet, on commence par **identifier les mots-clés** et les éventuels **présupposés** du sujet. Il faut d'emblée les mettre en relation avec l'œuvre et le parcours indiqués.

■ Il faut ensuite **reformuler le sujet**, c'est-à-dire le réécrire dans un langage courant. L'enjeu est d'**expliciter la thèse** contenue ou sous-entendue par le sujet : c'est elle qu'il conviendra de discuter dans la dissertation.

■ La reformulation doit permettre de vérifier la bonne compréhension du sujet, d'**éviter le contresens** (sujet mal compris) **et le hors-sujet** (limites du sujet mal définies et outrepassées).

2 La formulation de la problématique

■ Une fois le sujet explicité et reformulé, il faut essayer de **trouver ce qui pose problème**, ce qui ne va pas de soi dans la thèse qu'il défend.

■ Demandez-vous pourquoi la question se pose : quel est **l'intérêt du sujet** ?

À NOTER
Ne confondez pas la **problématique** et le **sujet** (même s'il s'agit d'une question) : la problématique, dégage les enjeux du sujet et ouvre la voie à la discussion.

zoOm

Du sujet à la problématique

■ Soit le sujet :
Dans la préface des Contemplations, *Victor Hugo affirme que « ce livre contient [...] autant l'individualité du lecteur que celle de l'auteur ». Dans quelle mesure cette affirmation peut-elle définir la poésie lyrique ?*

Analyse du sujet

- **Forme :** affirmative avec citation
- **Consigne :** discuter la thèse défendue par l'auteur
- **Présupposé :** *Les Contemplations* contiennent l'individualité de leur auteur : le lyrisme serait donc une poésie personnelle.
- **Mots-clés :**
  - *individualité* (personnalité)
  - *auteur/lecteur* (sujet lyrique/destinataire)
  - *poésie lyrique* (poésie qui privilégie l'expression de la subjectivité)

■ **Reformulation** : « Le poète parle de tous les hommes en parlant de lui-même. »

■ **Problématique** : « L'universalité du *je* est-elle un critère suffisant pour définir la poésie lyrique ? »

43 Construire le plan d'une dissertation

En bref *Au travail sur l'intitulé du sujet succède la phase capitale d'élaboration du plan qui garantit la qualité de la démonstration qui y sera opérée.*

I Trouver des idées

1 Interroger les mots-clés

- Pour trouver des idées, on peut commencer par interroger les mots-clés identifiés lors de l'analyse du sujet : il faut les questionner, se demander quel(s) sens leur donner et les replacer dans un contexte plus large.
- On peut aussi essayer d'apporter des réponses à la question posée et chercher des arguments ou des exemples qui les justifient.

2 Mobiliser ses connaissances

- La dissertation porte sur l'un des quatre parcours étudiés pendant l'année : vous disposez donc de connaissances propres à nourrir votre réflexion. Attention toutefois à ne retenir que les **éléments pertinents** pour le sujet en question.

> **À NOTER**
> Le sujet de dissertation n'est pas une question de cours ! Il ne s'agit pas de réciter une leçon apprise en amont mais bien d'engager une réflexion personnelle.

- Appuyez-vous bien sûr sur l'œuvre lue en classe : demandez-vous comment le problème soulevé par le sujet s'applique à celle-ci. Établissez également des liens avec les textes étudiés dans le cadre du parcours pour élargir la réflexion.
- Si le sujet porte sur une citation empruntée à l'auteur de l'œuvre étudiée, il faut replacer la citation dans un contexte historique et littéraire.

II Trouver des exemples

1 Une étape nécessaire

- L'identification d'exemples à mobiliser se fait en même temps que la recherche des idées : il faut trouver un exemple pour chaque idée avancée.
- Par *exemple*, on n'entend pas seulement la simple mention d'une œuvre et de son auteur, mais l'exploitation d'un passage précis.

2 Les sources à exploiter

- Le sujet est généralement suivi de la consigne suivante : « Vous développerez votre argumentation en vous appuyant sur les œuvres étudiées en classe et sur vos lectures personnelles. »

■ Cette consigne suggère plusieurs pistes d'illustrations à l'appui de la démonstration :
- l'œuvre étudiée en classe, qu'il convient absolument d'exploiter ;
- les autres lectures qui s'inscrivent dans le parcours associé (groupements de textes, lectures cursives…) ;
- vos lectures personnelles effectuées sur le conseil des enseignants, grâce aux manuels ou de votre propre initiative.

CONSEIL
Ne sélectionnez pas dans vos lectures des œuvres mineures, à valeur littéraire limitée : cela donnerait l'impression que vous n'avez pas de culture littéraire.

III Bâtir le plan

■ Une fois les idées répertoriées, il faut les ordonner. Pour y parvenir, on peut s'appuyer sur un certain nombre de plans-types.

■ Il faut cependant manier ces plans avec précaution : le plan doit s'adapter au sujet, et non l'inverse ! On évitera donc de plaquer un plan préfabriqué sur le sujet : le plus souvent, le plan adopté découle logiquement de l'analyse du sujet.

zoOm

Choisir un plan adapté au sujet

■ Les deux types de plans les plus fréquemment utilisés pour construire une dissertation littéraire sont le plan dialectique et le plan thématique.

	Plan dialectique	Plan thématique
Type de sujet	Discuter une thèse	Développer une thèse sous différents angles
Structure	I. Thèse (point de vue du sujet) II. Antithèse (point de vue opposé) III. Synthèse (surmonte l'opposition)	I. 1er aspect de la thèse II. 2e aspect de la thèse III. 3e aspect de la thèse
Inconvénients	• Risque de contradiction entre I et II • Risque de redite dans le III Pour éviter cela, mettez en relation les termes du sujet avec une notion connexe.	• Risque d'effet catalogue, sans problématisation • Risque de plan à tiroirs, sans continuité logique
Avantages	Plan dynamique, qui montre la pensée en train de s'élaborer	Saisit tous les aspects d'une question, dans des domaines variés.

■ Il existe un 3e type de plan, le plan analytique, plus adapté aux sujets d'histoire : il permet de développer une explication (contextualisation, approfondissement, élargissement).

44 Rédiger une dissertation

En bref *La rédaction de la dissertation prend appui sur le plan préalablement établi au brouillon et le déploie progressivement. Elle assure à la démonstration opérée sa fermeté et sa rigueur. La correction orthographique et la clarté lexicale sont des gages de bonne facture.*

I Principes de rédaction

1 L'introduction

- L'introduction fournit des indications précieuses au correcteur. Il est préférable de la rédiger intégralement au brouillon.
- Elle comprend un seul paragraphe composé des cinq points suivants : l'amorce, la citation du sujet, la reformulation et l'analyse du sujet, la problématique et l'annonce du plan.
- N'oubliez pas de mentionner l'œuvre du parcours concerné, dont vous prendrez soin de souligner le titre.

2 Le développement

- Le développement doit suivre le plan établi au brouillon.
- Chaque paragraphe de la dissertation introduit une nouvelle idée. Il est toujours rédigé sur le même modèle :

1. On énonce clairement l'idée principale du paragraphe.
2. On justifie cette idée par des arguments et des exemples qui la prouvent.
3. On conclut le paragraphe en ouvrant vers l'idée suivante.

3 La conclusion

- La conclusion fait le bilan de la réflexion : elle doit répondre clairement à la problématique posée en introduction, et, pour cela, récapituler rapidement les différentes étapes de la démonstration.
- Il n'est pas obligatoire de faire un élargissement de la problématique, une « ouverture » : celle-ci ne vaut que si elle a un rapport avec la démonstration qui vient d'être faite, ce qui est trop rarement le cas. Mieux vaut se dispenser d'ouverture que de passer du coq à l'âne.
- Comme l'introduction, la conclusion mérite un soin particulier. Il est judicieux de la rédiger au brouillon avant de vous mettre à écrire au propre : elle risque de perdre en qualité si elle est réalisée dans l'urgence en fin de copie.

CONSEIL
Prévoyez au moins dix minutes pour vous **relire** : la maîtrise de la langue (orthographe, grammaire, syntaxe) fait partie intégrante de l'évaluation.

II Principes de mise en page

■ L'introduction est formée d'un seul paragraphe à la suite duquel on saute deux lignes.

■ Chaque grande partie commence par une brève introduction rappelant son enjeu et annonçant les différentes sous-parties qui la forment. On va ensuite à la ligne pour la première sous-partie : chaque sous-partie correspond à **un paragraphe**.

> **CONSEIL**
> Marquez chaque paragraphe par un **alinéa** de trois ou quatre carreaux : ce retrait introduit de la respiration dans la copie et rythme la démonstration.

■ On ne saute pas de ligne entre les paragraphes d'une même grande partie. En revanche, on saute une ligne entre chaque grande partie.

■ Enfin, on saute deux lignes avant la conclusion. Comme l'introduction, elle prend la forme d'un paragraphe unique.

zoOm

Un exemple d'introduction

Voici une introduction possible pour une dissertation sur le sujet analysé dans la → FICHE 42.

amorce	Le lyrisme se définit traditionnellement comme une poésie personnelle fondée sur l'expression des sentiments les plus intimes du poète. En désignant son œuvre *Les Contemplations*
citation du sujet	par l'expression « mémoires d'une âme », Victor Hugo se situe dans cette lignée ; pourtant, il affirme dans la préface de l'ouvrage que « ce livre contient [...] autant l'individualité du
reformulation du sujet	lecteur que celle de l'auteur ». Si le poète romantique accepte bien que ce soit l'auteur qui s'exprime dans ses propres vers, il suggère aussi l'idée, originale, que le *je* du poème lyrique se rapporte aussi au lecteur : la subjectivité qui s'exprime dans le poème est donc aussi, selon Hugo, celle du lecteur, parce que le poète parle de tous les hommes en parlant de lui-même.
problématique	Il faudra donc se demander si l'universalité du *je* est un critère suffisant pour définir la poésie lyrique.
annonce du plan	Ainsi, nous nous intéresserons d'abord à l'omniprésence de la première personne dans les poèmes lyriques ; puis nous envisagerons que le *je* qui gouverne l'énonciation soit celui du lecteur, au nom de l'universalité des sentiments ; une troisième partie montrera en quoi la question de l'individualité ne saurait rendre compte de la dimension musicale du lyrisme, pourtant contenue dans son étymologie.

OBJECTIF BAC

1 Dissertation : La poésie lyrique

4 h

Le sujet porte spécifiquement sur *Les Contemplations* (livres I à IV), mais vous invite à élargir la réflexion aux œuvres lyriques que vous avez pu lire dans le cadre du parcours « Les Mémoires d'une âme ».

LE SUJET

Dans la préface des *Contemplations*, Victor Hugo affirme que « ce livre contient [...] autant l'individualité du lecteur que celle de l'auteur ». Dans quelle mesure cette affirmation peut-elle définir la poésie lyrique ?

Vous développerez votre argumentation en vous appuyant sur *Les Contemplations*, les textes du parcours et vos lectures personnelles.

LES CLÉS POUR RÉUSSIR

Analyser le sujet

Pour Victor Hugo, le lyrisme serait une poésie nécessairement personnelle où s'expriment la personnalité et les sentiments de l'auteur ; au-delà, il ajoute que la subjectivité qui imprègne le poème est autant celle de l'auteur que celle du lecteur. Autrement dit, le poète parle de tous les hommes même lorsqu'il ne semble parler que de lui-même.

Formuler une problématique

Si l'on convient de l'universalité du lyrisme, on peut néanmoins se demander si la subjectivité et l'énonciation sont les meilleurs critères pour définir ce type de poésie, et si son origine musicale n'est pas un critère plus efficace et acceptable : **l'universalité du *je* suffit-elle vraiment à définir la poésie lyrique ?**

Construire le plan

1 Le « je » lyrique, ou l'individualité de l'auteur ?

- Répertoriez les poèmes où s'expriment un « je » autobiographique.
- Cherchez des poèmes dans lesquels l'identité du « je » paraît plus problématique.

2 Le « je » lyrique, ou l'individualité du lecteur ?	▸ Montrez qu'une identification du lecteur à l'auteur est possible dans le poème lyrique. ▸ Demandez-vous dans quelle mesure le « je » du poème peut devenir celui du lecteur.
3 De l'énonciation au chant	▸ Interrogez-vous sur la possibilité d'une poésie non personnelle. ▸ Montrez que la définition du lyrisme ne se limite pas à sa dimension personnelle.

CORRIGÉS

Voici une proposition de corrigé sous forme de plan détaillé.

Introduction

[amorce] Le lyrisme se définit traditionnellement comme une poésie personnelle fondée sur l'expression des sentiments les plus intimes du poète. **[citation du sujet]** En désignant son œuvre *Les Contemplations* par l'expression « mémoires d'une âme », Victor Hugo se situe dans cette lignée ; pourtant, il affirme dans la préface de l'ouvrage que « ce livre contient […] autant l'individualité du lecteur que celle de l'auteur ». **[reformulation]** Si le poète romantique accepte bien que ce soit l'auteur qui s'exprime dans ses propres vers, il suggère aussi l'idée, originale, que le *je* du poème lyrique se rapporte aussi au lecteur : la subjectivité qui s'exprime dans le poème est donc aussi, selon Hugo, celle du lecteur, parce que le poète parle de tous les hommes en parlant de lui-même. **[problématique]** Il faudra donc se demander si l'universalité du *je* est un critère suffisant pour définir la poésie lyrique. **[annonce du plan]** Ainsi, nous nous intéresserons d'abord à l'omniprésence de la première personne dans les poèmes lyriques ; puis nous envisagerons que le *je* qui gouverne l'énonciation soit celui du lecteur, au nom de l'universalité des sentiments. Enfin, nous verrons que la définition du lyrisme ne saurait se réduire à la question de l'individualité.

DES POINTS EN +
L'**amorce** pose d'emblée les termes du débat en l'ancrant dans l'histoire littéraire : elle définit la notion centrale du sujet (le lyrisme) et montre ainsi au correcteur que les enjeux du sujet sont situés.

I. Le « je » lyrique ou l'individualité de l'auteur ?

Il s'agit d'abord d'examiner le *je* comme expression de la personnalité de l'auteur.

1. L'énonciation lyrique : omniprésence du « je »

- Le lyrisme se caractérise par **l'omniprésence de la première personne** comme en témoigne notamment la poésie romantique.

- L'énonciation lyrique se donne comme **une énonciation subjective** : c'est bien une individualité qui s'exprime, celle d'un père qui a perdu sa fille dans la section des *Contemplations* « *Pauca meae* » qu'on traduit par « le peu de choses qu'il me reste d'elle » / « le peu de choses que je peux faire pour elle ».

À NOTER
Les références à l'œuvre prescrite et étudiée en classe doivent être précises. N'hésitez pas à recourir à la citation.

2. L'auteur comme sujet lyrique

- Certains textes suggèrent que celui qui dit *je* est bien l'auteur : on peut vérifier cette hypothèse chez Ronsard ou Apollinaire : la consultation de leur biographie indique que le premier fut amoureux d'une suivante de la reine, Hélène de Surgères, à qui il dédia ses *Sonnets* ; quant au second, il écrivit le recueil *Poèmes à Lou* pour sa muse Louise de Coligny-Châtillon, dont il fut séparé par la mobilisation en 1914.

[transition] La poésie lyrique met donc la personnalité de l'auteur au centre, à travers un « je » omniprésent et le plus souvent autobiographique. Dans quelle mesure ce « je » est-il transférable au lecteur ?

II. Le « je » lyrique, ou l'individualité du lecteur ?

1. Le miroir lyrique

Des poètes soutiennent que **le lecteur peut se reconnaître** dans le poème lyrique.

- C'est, par exemple, ce qu'exprime **Victor Hugo** ailleurs dans la préface des *Contemplations* : « quand je vous parle de moi, je vous parle de vous [...] Ah ! insensé, qui crois que je ne suis pas toi ! ».

- C'est aussi le cas de **Baudelaire** dans l'avis « Au lecteur » des *Fleurs du mal* : « Hypocrite lecteur, – mon semblable, – mon frère ».

CONSEIL
Rapprochez l'œuvre prescrite des textes issus du parcours pour manifester votre bonne compréhension des enjeux du sujet.

2. L'énonciation lyrique

- L'énonciation subjective du lyrisme permettrait justement cette identification ; parce que le poème lyrique repose sur un *je* finalement assez vague, le lecteur peut s'approprier cette personne, la faire sienne.

- Ainsi, le poème **« Demain dès l'aube »** peut tout à fait se lire comme une pièce de poésie sentimentale que le lecteur peut reprendre à son compte, indépendamment de l'identité réelle du locuteur et de son interlocutrice, Léopoldine.

[transition] Le lyrisme apparaît donc comme un dialogue entre un sujet et un destinataire, entre l'auteur et son lecteur. C'est pour cette raison que l'on trouve un lien évident entre l'omniprésence du *je* et la forte prise en compte du *tu*. Cependant, le transfert d'individualité n'est pas seulement lié à la grammaire ; il semble devoir aussi beaucoup à **la forme chantée** par laquelle le destinataire s'approprie la parole du locuteur.

III. De l'énonciation au chant

1. La dialectique lyrique

- Finalement, plus le *je* est impersonnel, et plus le lecteur peut se l'approprier.
- On peut alors se demander si le lyrisme idéal n'est pas **une poésie impersonnelle**, « objective » selon l'expression de Rimbaud dans la lettre dite du voyant adressée par le poète à son ancien professeur Georges Izambard où « je est un autre ».

2. Le lyrisme, ou la poésie musicale

- Pour définir le lyrisme, il ne reste alors qu'un seul critère valable pour tous les textes, et présent dans l'origine même du mot lyrisme : **sa dimension musicale**.
- Jusqu'à la fin du Moyen Âge, la poésie lyrique était en effet chantée ; même si ce n'est plus le cas à partir du XVIe siècle, le chant reste un modèle métaphorique pour tout poème lyrique, comme l'atteste la présence du mot ***chanson*** dans certains titres de poèmes des *Contemplations*.
- Est lyrique, en définitive, le texte qui assume et recherche **une musicalité propre**, comme Verlaine dans son « Art poétique » (« De la musique avant toute chose, / Et pour cela préfère l'Impair »), ou Hugo au vers 7 de « Hier au soir » : « Où l'âme aime à chanter son hymne le plus doux ».

Conclusion

Dans la préface des *Contemplations*, Victor Hugo reconnaît la dimension volontiers autobiographique du lyrisme. L'examen des textes confirme la place réservée à l'individualité de l'auteur dans les poèmes lyriques mais fait également apparaître celle du « lecteur », selon les termes de l'écrivain romantique : le poème lyrique devient un espace où la subjectivité se trouve en partage entre le sujet et son destinataire. Pourtant, la raison de ce transfert d'individualité est tout autant à chercher dans l'énonciation que dans le chant lui-même : au-delà de la grammaire, l'universalité lyrique tient au chant que le poète fait reprendre à son lecteur. Le lyrisme retrouve là ses origines : dans l'Antiquité, la poésie était indissociable de la musique, les mots d'un accompagnement instrumental.

45 Les relations au sein de la phrase complexe

En bref *Une phrase simple comprend une seule proposition, quand une phrase complexe en comprend plusieurs.*

I Étudier une phrase complexe

1 Délimiter les propositions

Pour délimiter les propositions dans une phrase complexe, il faut **repérer les verbes** (associés à des sujets) et être attentif aux mots ou aux signes de ponctuation qui marquent les limites entre deux propositions.

> « [La mémoire de la plupart des hommes est un cimetière abandonné,] [**où** gisent sans honneurs des morts] [**qu'**ils ont cessé de chérir.] » (Yourcenar)
>
> Cette phrase complexe comprend 3 verbes, donc 3 propositions (entre crochets).

2 Analyser les liens entre deux propositions indépendantes

Des propositions conservant une certaine autonomie au sein de la phrase complexe sont dites **indépendantes**.

- Elles sont **juxtaposées** si elles sont séparées par une virgule, un point-virgule ou un deux-points.

> « Je le vis, je rougis, je pâlis à sa vue. » (Racine)

- Elles sont **coordonnées** si elles sont reliées par une conjonction de coordination (*mais, ou, et, donc, or, ni, car*) ou un adverbe de liaison (*puis, en effet, pourtant*...).

3 Reconnaître un lien de subordination

Ce lien existe quand on ne peut pas séparer deux propositions d'une phrase complexe. On distingue alors la **proposition principale** et la **proposition subordonnée**, en général introduite par un mot subordonnant.

> **À NOTER**
> On peut **juxtaposer ou coordonner** non seulement des propositions indépendantes, mais aussi des propositions subordonnées ayant la même fonction.

II Analyser une proposition subordonnée

1 Identifier la nature d'une subordonnée

Pour identifier la nature d'une subordonnée, il faut **observer le mot subordonnant**.

Mot subordonnant	Nature de la subordonnée
conjonction de subordination (*que, quand, comme*...)	subordonnée conjonctive « Je sais seulement [**qu'**il est l'homme du monde le plus malheureux et le plus à plaindre]. » (Lafayette)

Mot subordonnant	Nature de la subordonnée
mot interrogatif (*si, ce que, comment, pourquoi…*)	subordonnée interrogative indirecte « Je ne sais [**si** je m'abuse], mais il me semble que le véritable amour est le plus chaste de tous les liens. » (Rousseau)
pronom relatif (*qui, que, dont, où, lequel…*)	subordonnée relative « Et mon âme abattue Cède au coup [**qui** me tue]. » (Corneille)
pas de mot subordonnant	subordonnée participiale (sujet + participe) « Et [le souper fini], nous nous fûmes coucher. » (Molière)
	subordonnée infinitive (sujet + infinitif) « On entendait juste [l'eau du robinet s'écouler sur des fraises dans une passoire]. » (Ernaux)

À NOTER

Parmi les mots subordonnants, seul le **pronom relatif** exerce une fonction au sein de la proposition subordonnée.

2 Identifier la fonction d'une subordonnée

Pour identifier la fonction d'une subordonnée, il faut s'interroger sur son rôle. Voici les fonctions principales que peut remplir une subordonnée, selon sa nature.

Nature de la subordonnée	Fonction
conjonctive → FICHE 46	sujet, complément d'objet (= subordonnée complétive)
	complément circonstanciel (= subordonnée circonstancielle)
interrogative indirecte → FICHE 47	COD
relative	épithète ou apposée (dans le cas d'une relative adjective)
participiale	complément circonstanciel
infinitive	COD

46 La syntaxe des subordonnées conjonctives

En bref *Une proposition subordonnée conjonctive est introduite par une conjonction de subordination. Selon la fonction qu'elle occupe, elle est complétive ou circonstancielle.*

I Analyser une subordonnée conjonctive complétive

1 Reconnaître une conjonctive complétive

Une subordonnée conjonctive complétive est introduite par la conjonction de subordination ***que*** ou les locutions conjonctives ***à ce que***, ***de ce que***.

Il me semble parfois [**que** je n'existe pas vraiment].

Je m'attends [**à ce qu**'elle m'annonce une catastrophe].

2 Indiquer sa fonction

Comme son nom l'indique, la subordonnée conjonctive complétive est le plus souvent COD ou COI.

« Je sens [**que** des oiseaux sont ivres
D'être parmi l'écume inconnue et les cieux] ! » (Mallarmé)

La subordonnée est COD. On ne peut pas la supprimer, mais on peut la transformer en pronom personnel COD (« Je le sens ! »).

À NOTER
Une conjonctive complétive peut être aussi sujet (***Qu****'il vienne serait une belle surprise*.) ou complément d'une forme impersonnelle (*Il faut* ***que*** *tu viennes*.).

II Analyser une subordonnée conjonctive circonstancielle

1 Reconnaître une conjonctive circonstancielle

Une subordonnée conjonctive circonstancielle équivaut à un GN complément circonstanciel. Comme lui, elle peut être supprimée.

2 Préciser la circonstance exprimée

Circonstance	Conjonction de subordination	Exemple
temps	*quand, avant que…*	« Ah ! [**Quand** je vous parle de moi], je vous parle de vous. » (Hugo)
but	*pour que, afin que… de peur que…*	«… [**pour que** vous vous intéressiez à moi], il faut que je vous parle de vous. » (Duras)

Circonstance	Conjonction de subordination	Exemple
cause	*parce que, puisque, comme...*	« [**Parce que** vous êtes un grand seigneur], vous vous croyez un grand génie ! » (Beaumarchais)
conséquence	*de sorte que, si bien que, tellement... que,...*	« C'était **tellement** simple et probable [**que** tout le monde en fut d'accord]. » (Maupassant)
comparaison	*comme, autant que...*	« Il pleure dans mon cœur [**Comme** il pleut sur la ville] » (Verlaine)
opposition/ concession	*alors que, tandis que ; bien que, quoique...*	« [**Quoiqu**'elle fût dans une extrême jeunesse], l'on avait déjà proposé plusieurs mariages. » (Lafayette)
condition	*si, à condition que, à supposer que...*	« [**Si** mon ouvrage est bon], il vous fera plaisir ; [**s**'il est mauvais], il ne fera point de mal. » (Diderot)

CONSEIL
Distinguez la **conjonction *si*** introduisant une subordonnée CC de condition (***Si** elle vient, nous la verrons.*) et l'**adverbe interrogatif *si*** introduisant une interrogative indirecte (*Je me demande **si** elle vient.*).

III Étudier le mode dans une subordonnée conjonctive

■ Le verbe d'une subordonnée conjonctive est à l'indicatif ou au subjonctif. Le subjonctif apparaît pour signaler que l'action est seulement envisagée.

■ Pour justifier l'emploi du mode, on analyse – selon le type de conjonctive – le verbe principal ou le mot subordonnant.

Subordonnée	Mot observé	Exemple
conjonctive complétive	le verbe dont la subordonnée est complément	« Burrhus, dans ce palais je **veux** [qu'on la retienne]. » (Racine) [Le verbe principal exprime la volonté. → subordonnée au subjonctif]
conjonctive circonstancielle	le mot subordonnant	« Une minute plus tard, [**sans que** nous eussions échangé d'autres paroles], elle pleurait... » (Colette) [*Sans que* est suivi du subjonctif.]

47 L'interrogation

En bref *Une interrogation peut être directe ou indirecte (selon sa construction syntaxique), totale ou partielle (selon sa portée sémantique). Elle peut appeler une réponse ou non (quand on l'étudie sur le plan pragmatique).*

I Distinguer l'interrogation directe et l'interrogation indirecte

1 Reconnaître une interrogation directe

- On parle d'interrogation directe quand la phrase se termine par un **point d'interrogation**.
- Cette phrase présente alors souvent une **inversion de l'ordre sujet-verbe**.

Mais il faut distinguer deux types d'inversion :
- l'inversion simple (verbe + sujet inversé) ;

> « Comment peut-on être persan ? »
> (Montesquieu)

- l'inversion complexe (sujet + verbe + pronom de reprise du sujet).

> Comment Orgon peut-il être aveugle à ce point ?

À NOTER
On n'inverse pas le sujet dans les cas suivants :
- quand la question porte sur le sujet,
- avec la locution *est-ce que*,
- à l'oral, quand l'interrogation est simplement marquée par l'intonation.

2 Reconnaître une interrogation indirecte

On parle d'interrogation indirecte quand la question posée est **rapportée** sous la forme d'une **proposition subordonnée**. Celle-ci complète un verbe exprimant une demande d'information (*demander, ignorer, ne pas savoir*...).

> Je me demande [**quelles** sont ses intentions].

II Distinguer l'interrogation totale et l'interrogation partielle

1 L'interrogation totale

- L'interrogation est totale lorsque la question **porte sur l'ensemble de la phrase** et que la réponse attendue est oui ou non.

> Cet événement modifiera-t-il le cours des choses ?

- **Formulée de manière indirecte**, une interrogation totale devient une subordonnée interrogative indirecte introduite par l'adverbe interrogatif ***si***.

> On ne sait pas [**si** cet événement modifiera le cours des choses].

2 L'interrogation partielle

- L'interrogation est partielle lorsque la question **porte sur un élément de la phrase**. Elle est toujours introduite par un mot interrogatif, que l'interrogation soit directe ou indirecte.

  « **Qu'**entends-je ? **Qui** remue là entre les branches ? » (Musset)
  Je me demande **ce que** j'entends, **qui** remue là entre les branches.

- Les **mots interrogatifs** peuvent être classés selon leur nature.

Nature	Mots interrogatifs	Exemple
pronom	*qui, que, quoi, lequel…* *ce qui, ce que*	« Pour **qui** sont ces serpents qui sifflent sur vos têtes ? » (Racine)
déterminant	*quel* (accordé avec le nom auquel il se rapporte)	« J'ignore **quel** conseil prépara ma disgrâce » (Racine)
adverbe	*où, quand, comment* *pourquoi, combien*	« Je ne sais **pourquoi**/Mon esprit amer/D'une aile inquiète et folle vole sur la mer. » (Verlaine)

CONSEIL
Distinguez bien le pronom interrogatif (*Je me demande* ***qui*** *parle.*) et le pronom relatif (*Je ne connais pas la personne* ***qui*** *parle.*). La relative peut être plus facilement supprimée.

III Étudier la dimension pragmatique d'une interrogation

Il s'agit de se demander de quelle manière **l'interrogation agit** sur l'interlocuteur.

1 L'interrogation appelle une réponse

Une interrogation **peut demander une réponse**, de type oui/non pour l'interrogation totale, ou précisant une information pour l'interrogation partielle.

2 L'interrogation n'appelle pas de réponse

- Dans la question rhétorique, une **déclaration** est déguisée en interrogation.

  « Ah ! Fallait-il en croire une amante insensée ?
  Ne devais-tu pas lire au fond de ma pensée ? » (Racine)

- Un **ordre** peut aussi se présenter, de manière indirecte, sous forme de question.

  « – Êtes-vous de la rue ? – Oui, pourquoi ? – Pourriez-vous m'indiquer le numéro 7 ? » (Hugo)

  [Le locuteur n'attend pas qu'on lui réponde « oui » ou « non », mais que l'on lui donne l'indication demandée.]

48 L'expression de la négation

En bref *Il faut distinguer la négation lexicale de la négation syntaxique et savoir comment chacune se forme.*

I Distinguer la négation lexicale et la négation syntaxique

1 La négation lexicale

Elle consiste à former le contraire d'**un mot** (antonyme), en utilisant :
- un **préfixe** privatif (a**pesanteur**, **dé**plaisant, **il**logique, **mal**heureux...) ;
- l'adverbe **non** avec un trait d'union (la **non**-violence, le **non**-respect).

2 La négation de phrase (ou syntaxique)

Elle consiste à exprimer le **contraire d'une phrase positive**, à l'aide d'un adverbe négatif, associé ou non à d'autres mots.

Négation = un seul mot	adverbe ***ne*** dans des formules figées et avec les verbes *oser, pouvoir, savoir*... « Les vers chantent pour moi ce que dire je **n**'ose. » (Du Bellay)
	adverbe ***non*** utilisé comme noyau d'une proposition « VLADIMIR. – Et ce n'est pas fini. ESTRAGON. – On dirait que **non**. » (Beckett)
Négation = locution négative	*ne* + adverbe (*pas, point, plus, guère, jamais*...) « On **ne** naît **pas** femme : on le devient. » (Beauvoir)
	ne + pronom (*rien, personne*) ou déterminant (*aucun, nul*) « Mon oncle, il **ne** faut jurer de **rien**, et encore moins défier **personne**. » (Musset)
	ne + conjonction de coordination *ni* «... je **ne** me pique **ni** de fermeté, **ni** de philosophie ; mon cœur me mène et me conduit... » (Sévigné)

À NOTER
En langage soutenu, un ***ne*, dit explétif**, peut être employé sans valeur négative dans certaines propositions subordonnées.
Je crains qu'il ***ne*** *vienne. = Je crains qu'il vienne.*

II Indiquer la portée d'une négation (de phrase)

1 La négation totale

La négation est totale quand elle porte sur **l'ensemble** de la phrase.

« Va, je **ne** te hais **point**. » (Corneille)
[négation totale de la phrase « Je te hais. »]

2 La négation partielle

La négation est partielle quand elle porte sur **un des éléments** de la phrase.

Négation partielle portant sur…

- **un pronom**
  « Je **ne** demande **rien** à l'immense univers » (Lamartine)
  [négation de « Je demande quelque chose… »]
- **un déterminant**
  « **Aucun** homme **n'**a reçu de la nature le droit de commander aux autres. » (Diderot)
  [négation de « Certains hommes ont reçu… »]
- **un adverbe**
  « Rome **n'**est **plus** dans Rome, elle est toute où je suis » (Corneille) [négation de « Rome est encore dans Rome… »]

3 La négation restrictive

Construite avec **ne… que**, elle permet d'exprimer une exception.

« On **n'**est heureux **que** par des goûts et des passions satisfaites. » (Du Châtelet)

III Étudier les valeurs de la négation

On distingue trois valeurs.

- La négation **descriptive** consiste simplement à nier quelque chose (valeur la plus courante).
- La négation **polémique** répond à une phrase positive implicite ou présupposée.
  « La démocratie ce **n'**est **pas** la loi de la majorité **mais** la protection de la minorité. » (Camus)
  La phrase nie la définition traditionnelle « La démocratie est la loi de la majorité ».
- La négation **métalinguistique** conteste l'usage d'un terme non pour le nier mais pour l'accentuer.
  « Non, je **ne** t'aime **pas**. […] Je t'adore ! » (Rostand)

S'ENTRAÎNER

Analyser une sub. conjonctive circonstancielle → FICHE 46

1 Dans cette phrase, relevez et analysez une subordonnée circonstancielle.

Si, en entrant à Verrières, le voyageur demande à qui appartient cette belle fabrique de clous qui assourdit les gens qui montent la grande rue, on lui répond avec un accent trainard : *Eh ! elle est à M. le maire.*

Stendhal, *Le Rouge et le Noir*, 1830.

LES CLÉS POUR RÉUSSIR

1 Délimitez la subordonnée circonstancielle

- Autour de quel verbe est construite la subordonnée introduite par la conjonction de subordination *si* ?
- Citez-la en entier en tenant compte du fait qu'elle inclut deux autres subordonnées.

2 Précisez la circonstance

Cette subordonnée joue le rôle d'un complément circonstanciel : quelle circonstance exprime-t-elle ?

3 Commentez le mode et le temps du verbe

Le verbe est à l'indicatif présent. Déduisez-en sa valeur (potentiel, irréel du présent ou irréel du passé ?)

Analyser une interrogation directe → FICHE 47

2 Analysez la phrase interrogative ci-dessous.

Ainsi, toujours poussés vers de nouveaux rivages,
Dans la nuit éternelle emportés sans retour,
Ne pourrons-nous jamais sur l'océan des âges
Jeter l'ancre un seul jour ?

Alphonse de Lamartine, *Méditations poétiques*, 1820.

LES CLÉS POUR RÉUSSIR

1 Analysez le type de l'interrogation

Pour montrer que la phrase est une interrogative indirecte, observez la ponctuation et l'ordre sujet-verbe.

2 Analysez la portée de l'interrogation

- L'interrogation est-elle totale ou partielle ?
- Justifiez en indiquant quel type de réponse est attendu.

3 Commentez la forme interro-négative

Relevez la locution négative qui fait de cette interrogation une interro-négative. Analysez sa valeur pragmatique.

Analyser une interrogation indirecte

→ FICHE 47

3 Dans la phrase ci-dessous, relevez et analysez une interrogation indirecte.

Pangloss, qui était aussi curieux que raisonneur, lui demanda comment se nommait le muphti qu'on venait d'étrangler.

Voltaire, *Candide*, 1759.

LES CLÉS POUR RÉUSSIR

1 Repérez l'interrogation indirecte

Quel verbe exprime une demande d'information ? La proposition subordonnée qui le complète est une interrogative indirecte COD.

2 Analysez la portée de l'interrogation

- L'interrogative est-elle totale ou partielle ?
- Dans le cas d'une interrogation partielle, demandez-vous quelle est la nature du mot interrogatif.

3 Étudiez la concordance des temps

- Le verbe principal est-il au présent ou au passé ?
- À quel temps de l'indicatif est alors le verbe de la subordonnée pour exprimer un fait contemporain à celui exprimé par le verbe principal ?

Analyser l'expression de la négation

→ FICHE 48

4 Analysez l'expression de la négation dans les deux répliques ci-dessous.

ARGAN. – Angélique, tu ne veux pas m'arrêter cette coquine-là ?
ANGÉLIQUE. – Hé ! mon père, ne vous faites point malade.

Molière, *Le Malade imaginaire*, 1673.

LES CLÉS POUR RÉUSSIR

1 Distinguez négation lexicale et négation syntaxique

- Dans chacune des deux phrases, relevez une locution négative.
- Vous pouvez en déduire qu'il s'agit de négations syntaxiques et non de négations lexicales.

2 Analysez la portée de la négation

- La négation est-elle totale ou partielle ?
- Justifiez votre réponse en indiquant de quelle phrase positive la phrase négative exprime le contraire.

3 Étudiez la construction de la négation

- De quels mots est composée chaque locution négative ?
- *Ne* est un adverbe. Quelle est la nature du 2nd terme ?
- Commentez leur place dans la phrase.

CORRIGÉS

Analyser une subordonnée conjonctive circonstancielle

1 ◗ Dans cette phrase, on relève **une subordonnée conjonctive** organisée autour du verbe « demande » et introduite par la conjonction de subordination *si* :
« **Si**, en entrant à Verrières, le voyageur demande à qui appartient cette belle fabrique de clous qui assourdit les gens qui montent la grande rue, ».
Elle dépend de la proposition principale : « on lui répond avec un accent trainard ».

◗ Cette subordonnée exprime la **condition** : elle est CC de condition.

◗ Le verbe de cette subordonnée est au **présent de l'indicatif** ; la condition est présentée comme pouvant se réaliser (valeur de potentiel).

À NOTER
Dans un **système hypothétique** avec la conjonction *si*, le **verbe de la subordonnée** est toujours à l'indicatif : au présent, à l'imparfait ou au plus-que-parfait selon que la condition est présentée comme pouvant se réaliser ou non réalisée (dans le présent ou le passé).

Analyser une interrogation directe

2 ◗ La phrase se termine par un **point d'interrogation** : il s'agit donc bien d'une interrogation directe. On observe également que **l'ordre sujet-verbe** est **inversé** selon une inversion simple : « pourrons-nous ».

◗ L'interrogation est **totale**. En effet, la réponse attendue est du type : ***Si**, nous pourrons un jour…/**Non**, nous ne pourrons jamais…*

◗ Dans cette interrogation, le verbe est encadré par la locution négative *ne… jamais* : il s'agit d'une **interro-négative**.
La question n'appelle pas de réponse (pour le poète, il va de soi qu'elle est négative : « Non, nous ne pourrons jamais sur l'océan des âges jeter l'ancre un seul jour ») : il s'agit d'une **question rhétorique**.

Analyser une interrogation indirecte

3 ◗ Dans cette phrase complexe, le verbe principal « demanda » exprime une demande d'information ; il est suivi d'une subordonnée **interrogative indirecte COD**, introduite par « comment ». Celle-ci correspond à cette interrogation directe : *Comment se nomme le muphti qu'on vient d'étrangler ?*

◗ L'interrogation – **partielle** – porte sur le nom du muphti. Le mot qui l'introduit, « comment », est un adverbe interrogatif.

◗ Le verbe principal est au passé simple. Le verbe de la subordonnée est par conséquent à **l'imparfait** pour exprimer un **fait contemporain** à celui exprimé par le verbe principal : c'est ce qu'on appelle la concordance des temps.

Analyser l'expression de la négation

4 ▸ Les deux répliques sont des phrases négatives : on note dans chacune la présence d'une **locution négative** : *ne... pas* ou *ne... point*.
Il s'agit de **négations syntaxiques** et non de négations lexicales.

▸ Dans les deux cas, la négation est **totale**. Les phrases négatives expriment en effet le contraire de ces phrases positives :
- Angélique, tu veux m'arrêter cette coquine-là ?
- Hé ! mon père, faites-vous malade.

▸ La locution négative comprend dans chaque cas **deux mots** : l'adverbe *ne...* et l'adverbe *pas ou point*. Les deux mots encadrent le verbe conjugué.

À NOTER
On peut noter que la phrase interro-négative correspondant à la réplique d'Argan exprime un ordre déguisé.

49 Préparer l'épreuve orale

En bref *Le jour de l'oral, vous devez, en premier lieu, expliquer un des textes figurant sur votre récapitulatif. Ceci suppose une préparation de l'épreuve en amont.*

I Quelles sont les exigences ?

■ L'explication nécessite :
- d'avoir une **bonne compréhension du texte** et de ses enjeux ;
- d'inscrire l'extrait dans l'œuvre et/ou dans le parcours auquel il se rattache ;
- de repérer avec justesse les **procédés d'écriture** et surtout d'en étudier les effets ;
- d'employer un **lexique approprié**.

■ Même si elle a été préparée en cours, l'explication de texte n'en demeure pas moins un exercice personnel. Il est important d'apporter un regard original sur le texte et de montrer que vous vous l'êtes approprié.

II Comment se préparer pendant l'année ?

1 S'approprier les textes

■ Relisez **régulièrement** les cinq textes (3 extraits au minimum pour chaque œuvre, 2 extraits pour le parcours associé), et essayez d'approfondir le travail fait en classe en vous interrogeant sur **votre propre ressenti**.

■ Dégagez **l'intérêt du texte** : pourquoi vous en a-t-on proposé l'étude ?
- S'il s'agit d'un extrait d'une **œuvre au programme**, demandez-vous comment il s'inscrit dans l'œuvre : occupe-t-il une place particulière ?
- S'il s'agit d'un **texte complémentaire**, déterminez le rapport qu'il entretient avec l'œuvre et le parcours.

■ **Documentez-vous** sur le contexte, l'auteur, le courant littéraire…

> **CONSEIL**
> N'hésitez pas à prendre des notes à différentes périodes de l'année car les impressions de lecture peuvent évoluer.

2 Préparer des fiches efficaces

■ Pour se constituer de bons supports de révision, il est important de préparer sur chaque texte des fiches comportant les points-clés suivants :
- des **informations** sur le texte, l'œuvre, l'auteur, le courant littéraire…
- le ou les **enjeux** principaux du texte ;
- les **mouvements** du texte ;
- des **idée(s) d'amorce** et d'ouverture.

■ Relevez également les particularités grammaticales de chaque texte pour anticiper la question de grammaire, et faites-vous des fiches de révision sur les principales notions grammaticales (→ FICHES 45-48).

III Comment gérer son temps de préparation le jour J ?

■ Lisez le texte en soulignant les éventuelles difficultés de lecture (liaisons, noms propres...). Indiquez directement sur le texte les procédés que vous souhaitez commenter et adoptez un code couleur clair pour vous repérer facilement dans le texte.

■ Notez vos idées clés au brouillon. Pour ne pas vous perdre dans vos notes, il est judicieux de n'écrire qu'au recto et de consacrer une feuille à chaque mouvement du texte (chaque grande partie de votre explication).

CONSEIL
Le jour J, pensez à prendre une montre ou un réveil car votre téléphone portable sera interdit. Posez la montre sur la table et regardez-la régulièrement.

■ Rédigez intégralement l'introduction et la conclusion au brouillon, afin de ne rien oublier sous l'effet du stress lors de votre passage.

■ Vous pouvez consacrer 20 minutes à l'explication de texte afin de garder :
- 5 minutes pour répondre à la question de grammaire définie par le jury ;
- 5 minutes pour noter rapidement les éléments clés de votre présentation de l'œuvre choisie pour la seconde partie de l'oral.

zoOm

Le déroulement de l'épreuve orale

L'épreuve orale se déroule en deux parties : la première est notée sur 12 points, la seconde sur 8.

Première partie
1. Lecture expressive du passage
2. Explication linéaire
3. Réponse à la question de grammaire

Seconde partie
1. Présentation d'une œuvre lue pendant l'année
2. Entretien avec l'examinateur

50 Réussir la première partie de l'oral

En bref *La première partie de l'oral dure 12 minutes. Vous devez situer et lire le texte, puis expliquer l'extrait choisi par l'examinateur, et enfin répondre à la question de grammaire.*

I Lire le texte

Après avoir situé et contextualisé le texte, vous devez le lire à voix haute.

■ Lisez lentement, en marquant des pauses. Respectez les **liaisons** et la **ponctuation**, et adoptez une **intonation** qui souligne votre compréhension du texte et de ses nuances (l'ironie par exemple).

■ Tenez compte des **spécificités de chaque genre** :

Pour un texte poétique	• Respectez la versification, les diérèses ou synérèses et les enjambements. • Prononcez les *e* avant une consonne mais pas ceux avant une voyelle ou en fin de vers.
Pour un texte théâtral	• Ne lisez pas les didascalies mais tenez compte des indications données (*en criant, en chuchotant, à part*...). • Marquez une pause entre deux répliques.
Pour un texte d'idées	• Montrez-vous convaincant·e. • Soulignez l'enchaînement des idées (en insistant notamment sur les connecteurs logiques).

II Expliquer l'extrait

■ L'explication linéaire d'un texte consiste à **suivre l'ordre de l'extrait** et à l'analyser au fur et à mesure de son déroulement.

■ Le risque le plus évident est **la paraphrase**, c'est-à-dire la reformulation du texte sans analyse ni interprétation.

■ Pour éviter cet écueil, il est conseillé d'appliquer une **méthode rigoureuse**.
• Commencez par **définir les mouvements du texte** : cela permet d'en dégager la structure. Pour cela, appuyez-vous sur l'organisation en paragraphes, les connecteurs logiques, le repérage des thèmes abordés...
• Dégagez **l'enjeu** principal du texte, qui servira de fil conducteur à votre explication : que voulez-vous montrer ?
• N'analysez pas nécessairement phrase par phrase, mais **regroupez vos remarques** au sein d'un mouvement (métaphore filée ; champs lexicaux...).
• Justifiez vos impressions de lecture par **des relevés et des procédés précis**.
• Dressez des **bilans d'étape** pour expliciter la logique de votre démonstration.

III Répondre à la question de grammaire

■ La question de grammaire porte sur **l'analyse syntaxique d'une phrase** ou d'une partie de phrase du texte. Répondez de manière précise et complète à la question posée.

■ Voici les questions les plus fréquemment posées :

Thèmes	Questions et attendus
Phrase complexe	Analysez cette phrase complexe … [délimitation des propositions, analyse du type, de la nature et de la fonction de chacune] → FICHE 45
Subordonnée circonstancielle	Relevez et analysez une (les) subordonnée(s) circonstancielle(s) dans cette phrase … [relevé de la ou des subordonnée(s), du mot subordonnant, analyse de la circonstance exprimée, du mode du verbe] → FICHE 46
Expression de l'interrogation	Analysez l'expression de l'interrogation dans cette phrase... [analyse du type d'interrogation (directe ou indirecte ?), de sa valeur (totale ou partielle ?), de la nature du mot interrogatif] → FICHE 47
Expression de la négation	Analysez l'expression de la négation dans cette phrase... [relevé de la négation, analyse de sa construction, de sa valeur (totale ou partielle ?)] → FICHE 48

zoom

Un exemple d'explication linéaire

■ Voici la première strophe d'un poème d'Apollinaire (« Le Pont Mirabeau », *Alcools*, 1913) :

Sous le pont Mirabeau coule la Seine
Et nos amours
Faut-il qu'il m'en souvienne
La joie venait toujours après la peine.

décasyllabe fragmenté : rupture dans le rythme (= rupture amoureuse)

coule la Seine → inversion sujet/verbe : mise en valeur de la Seine

joie / peine → antithèse : amour compliqué, tumulte

venait → imparfait : amour révolu

■ À l'oral, vous pourriez proposer l'analyse suivante :

La strophe est formée de quatre vers : deux décasyllabes encadrent un tétramètre et un hexamètre. Le quatrain pourrait être un tercet car les deux vers centraux forment un décasyllabe rompu, à l'image de la rupture amoureuse qu'évoque Apollinaire.
Dans le premier vers, l'inversion du sujet et du verbe place « la Seine » en position finale : c'est une manière d'insister sur le rôle du fleuve, miroir du ressenti du poète. L'amour désormais révolu est évoqué avec l'emploi de l'imparfait « venait ».
Il s'agit d'un amour passé et tumultueux, comme le souligne l'antithèse entre « joie » et « peine ».

51 Présenter une œuvre à l'oral

En bref *La seconde partie de l'oral dure 8 minutes. L'examinateur vous invite à présenter brièvement une œuvre de votre choix, parmi celles que vous avez lues pendant l'année, avant de vous poser des questions. Vous devez donc choisir l'œuvre avec soin et bien la maîtriser.*

I Faire des fiches de lecture pendant l'année

Comme vous ne déciderez qu'à la fin de l'année quelle œuvre vous allez présenter, il est important de prendre des notes et de développer une opinion critique sur chaque œuvre que vous lisez.

■ Lors de votre lecture, pensez à **annoter l'œuvre** en indiquant vos impressions, vos questions ou vos réflexions, et soulignez les passages qui vous semblent les plus intéressants, notamment par rapport au parcours étudié.

■ Réalisez ensuite une **fiche de lecture** comprenant :
- un rapide **résumé** de l'œuvre ;
- quelques informations clés sur les **personnages** principaux ;
- les **thèmes** principaux, les idées développées par l'auteur ;
- des **remarques stylistiques** sur l'écriture de l'auteur ;
- un **bilan personnel** synthétisant vos impressions de lecture, les questions que vous vous posez et les réflexions que l'œuvre suscite en vous ;
- les **liens** que vous pouvez établir avec d'autres œuvres ou avec des faits historiques ou d'actualité ;
- vos **passages et citations** préférés (en justifiant les choix).

À NOTER
L'examinateur n'évalue pas l'œuvre que vous avez choisie mais votre capacité à justifier ce choix. Privilégiez donc l'œuvre qui vous a le plus touché·e ou interpellé·e.

II Préparer la présentation

■ Votre présentation doit être succincte (environ deux minutes) mais efficace. Il ne s'agit pas de restituer votre fiche de lecture mais d'en **faire ressortir les aspects les plus importants**, tout en livrant **un regard personnel** sur l'œuvre en question.

■ Vous devez donc :
- présenter l'œuvre, son auteur et son contexte de publication ;
- résumer l'œuvre et indiquer les principaux thèmes abordés ;
- donner votre avis et justifier votre choix.

■ Vous pouvez **faire des recherches** sur l'œuvre, l'auteur et le contexte, mais votre présentation doit être **personnelle** : il ne s'agit pas de faire un exposé complet sur l'œuvre mais de rendre compte de votre propre expérience de lecture.

III Pièges et astuces

■ **Les pièges à éviter**

✗ Commencer par résumer le livre, puis l'analyser d'une manière monotone.

✗ Se contenter de synthétiser des critiques que vous avez lues.

✗ Formuler son avis de manière simpliste ou banale : « J'ai bien aimé parce que… »

✗ Donner son avis sans le justifier.

✗ Oublier des aspects essentiels comme la fin de l'histoire, le nom des personnages ou l'époque de l'action.

> **CONSEIL**
> N'essayez pas de tout dire dans votre présentation : au contraire, donnez des pistes que vous pourrez approfondir pendant l'entretien.

■ **Les astuces à mettre en œuvre**

✓ Entremêler le résumé de l'œuvre et les aspects critiques.

✓ Montrer que vous avez compris les enjeux de l'œuvre.

✓ Prendre en compte les ressentis personnels et insister sur votre propre expérience de lecture.

✓ Expliquer pourquoi vous avez choisi cette œuvre.

✓ Montrer en quoi cette lecture a fait évoluer votre regard sur les thèmes abordés.

✓ Mentionner des éléments biographiques de l'auteur importants pour comprendre l'œuvre.

✓ Développer un avis critique s'appuyant sur la narration, les personnages, le style de l'auteur, etc.

zoOm

Un exemple de présentation

Présentation et résumé

J'ai choisi de lire *La Chartreuse de Parme* de Stendhal en lien avec *Le Rouge et le noir* étudié en cours. Il s'agit d'un roman écrit en sept semaines qui raconte l'histoire d'amour du jeune Fabrice Del Dongo et de Clélia, la fille de son geôlier. À l'instar de Julien Sorel, le héros de *La Chartreuse de Parme* est en quête d'idéal. Fervent admirateur de Napoléon, il est déçu des réalités de la vie et se heurte aux mesquineries de ses contemporains. L'intrigue se déroule une vingtaine d'années seulement avant l'écriture, ce qui permet à Stendhal, pionnier du réalisme, de décrire et de dénoncer les mœurs de son temps.

Avis personnel

D'abord découragé par l'ampleur de cette somme romanesque, j'ai finalement été captivé par les aventures du héros et le style de l'auteur qui oscille entre romantisme et réalisme. J'ai tout particulièrement apprécié le passage de la bataille de Waterloo dans lequel le point de vue interne permet une description à la fois réaliste et satirique du combat.

52 Dialoguer avec l'examinateur

En bref *L'entretien est un dialogue avec l'examinateur, et non un interrogatoire. Montrez-vous dynamique et de bonne volonté, et mettez tout en œuvre pour convaincre votre interlocuteur de votre intérêt pour l'œuvre et de votre bonne compréhension de celle-ci.*

I Les critères d'évaluation

■ Les éléments évalués lors de l'entretien sont :
- votre capacité à **défendre** une lecture personnelle ;
- votre capacité à **expliquer** et à justifier un choix ;
- votre aptitude au dialogue ;
- la **qualité** de votre **expression** orale ;
- vos **qualités d'analyse et d'argumentation**, de communication et de persuasion ;
- votre capacité à **établir des liens** entre la lecture littéraire et les autres champs du savoir.

■ Pour réussir, vous devez donc :
- **développer vos réponses**, sans attendre que l'examinateur renchérisse ;
- aller au-delà de la question posée par le jury ;
- **rebondir** sur les suggestions de l'examinateur ;
- utiliser si nécessaire des **exemples précis** (passages, citations…) ;
- **ouvrir** sur d'autres œuvres ou d'autres thèmes abordés en lien avec l'œuvre choisie.

II Anticiper les questions de l'examinateur

Voici quelques exemples de questions qui pourraient vous être posées.

Justifier ses choix	• Pourquoi avez-vous choisi cette lecture ? • Un personnage vous a-t-il particulièrement plu ? • Y a-t-il des aspects de cette œuvre que vous n'avez pas appréciés ? Pourquoi ?
Exprimer sa sensibilité artistique	• En quoi cette œuvre vous a-t-elle touché·e ? • Quels messages transmet-elle ? • Que pensez-vous du style de l'auteur ?
Développer un avis personnel	• En quoi a-t-elle fait évoluer votre regard sur telle thématique ? • Partagez-vous l'avis de l'auteur sur telle question ? • Les thématiques abordées vous semblent-elles encore d'actualité ? • Pouvez-vous rapprocher l'œuvre d'autres textes ?

III Quelques conseils pour réussir

■ **Mémorisez** quelques citations marquantes, ou ayez en tête certains passages auxquels vous pourrez faire référence pour développer votre analyse. Ces éléments doivent vous permettre de **justifier vos interprétations** ou de souligner ce que vous appréciez particulièrement dans l'œuvre.

■ N'hésitez pas à mentionner les **difficultés** que vous avez rencontrées et **l'évolution de votre perception** de l'œuvre : par exemple, un aspect que vous n'aviez pas compris lors de votre première lecture de l'œuvre et qui a été éclairé par votre travail en classe ou par une recherche personnelle.

CONSEIL
Les questions de l'examinateur seront volontairement ouvertes pour vous inviter à développer vos réponses : ne vous contentez donc pas de réponses minimales !

■ Si vous suggérez un rapprochement entre l'œuvre choisie et une autre œuvre ou un fait d'actualité, vous devez être capable de le justifier pendant l'entretien : faites donc quelques **recherches préalables** pour savoir de quoi vous parlez !

zoOm

Un exemple d'entretien

Vous avez choisi de présenter *La Chartreuse de Parme* de Stendhal. Voici quelques questions qui pourraient vous être posées, avec des pistes de réponse.

« Avez-vous des interrogations qui subsistent après votre lecture ? »

« Je continue à m'interroger sur le dénouement de l'intrigue et les raisons pour lesquelles un amour raisonnable et concret entre Fabrice et Clélia est impossible. Certains choix m'ont laissé perplexe : le dénouement semble exagérément tragique et on peut se demander si Stendhal souhaite que le lecteur adhère à cette hécatombe finale ou s'il s'agit d'un moyen de faire ressortir l'aspect fictionnel de son intrigue, d'échapper au réalisme. »

« Vous avez évoqué le caractère réaliste de *La Chartreuse de Parme*, pourriez-vous justifier cette affirmation ? »

« Tout d'abord, le cadre spatio-temporel du roman est réaliste : les lieux sont précisément décrits (Milan, Parme, le lac de Côme…). Des évènements historiques sont également retracés, comme la bataille de Waterloo. Stendhal évoque des lieux qui le fascinent et des épisodes qu'il a réellement vécus, comme les campagnes napoléoniennes. Cependant, contrairement au *Rouge et le Noir*, l'action de *La Chartreuse de Parme* n'est pas contemporaine de son écriture, ce qui limite en partie les effets de réalisme. »

OBJECTIF BAC

1 Explication de texte : Voltaire, « Le Nègre de Surinam », *Candide* (1759)

20 min

La rencontre entre Candide et l'esclave est l'occasion pour Voltaire de dénoncer l'esclavage en touchant le lecteur : votre explication doit rendre compte de ce double objectif.

LE SUJET

Lisez le texte à voix haute. Puis expliquez-le.

Dans le chapitre 19 de Candide, le héros et son valet Cacambo rencontrent un esclave aux portes de Surinam. Cet épisode conduit Candide à remettre en question la philosophie optimiste de son précepteur Pangloss.

En approchant de la ville, ils rencontrèrent un nègre étendu par terre, n'ayant plus que la moitié de son habit, c'est-à-dire d'un caleçon de toile bleue ; il manquait à ce pauvre homme la jambe gauche et la main droite.

« Eh, mon Dieu ! lui dit Candide en hollandais, que fais-tu là, mon ami, dans l'état horrible où je te vois ?

– J'attends mon maître, monsieur Vanderdendur, le fameux négociant, répondit le nègre.

– Est-ce M. Vanderdendur, dit Candide, qui t'a traité ainsi ?

– Oui, monsieur, dit le nègre, c'est l'usage. On nous donne un caleçon de toile pour tout vêtement deux fois l'année. Quand nous travaillons aux sucreries, et que la meule nous attrape le doigt, on nous coupe la main ; quand nous voulons nous enfuir, on nous coupe la jambe : je me suis trouvé dans les deux cas. C'est à ce prix que vous mangez du sucre en Europe. Cependant, lorsque ma mère me vendit dix écus patagons sur la côte de Guinée, elle me disait : « Mon cher enfant, bénis nos fétiches, adore-les toujours, ils te feront vivre heureux ; tu as l'honneur d'être esclave de nos seigneurs les blancs, et tu fais par là la fortune de ton père et de ta mère. »

Hélas ! je ne sais pas si j'ai fait leur fortune, mais ils n'ont pas fait la mienne. Les chiens, les singes, les perroquets sont mille fois moins malheureux que nous. Les fétiches hollandais qui m'ont converti me disent tous les dimanches que nous sommes tous enfants d'Adam, blancs et noirs. Je ne suis pas généalogiste ; mais si ces prêcheurs disent vrai, nous sommes tous cousins issus de germains. Or vous m'avouerez qu'on ne peut pas en user avec ses parents d'une manière plus horrible.

– Ô Pangloss ! s'écria Candide, tu n'avais pas deviné cette abomination ; c'en est fait, il faudra qu'à la fin je renonce à ton optimisme.

– Qu'est-ce qu'optimisme ? disait Cacambo.

– Hélas ! dit Candide, c'est la rage de soutenir que tout est bien quand on est mal. »

Et il versait des larmes en regardant son nègre, et, en pleurant, il entra dans le Surinam.

Voltaire, *Candide*, « Le Nègre de Surinam », chapitre 19.

■ **Question de grammaire** : Faites l'analyse grammaticale de la phrase soulignée.

LES CLÉS POUR RÉUSSIR

Présenter le texte

Présenter le texte

- **Auteur :** Voltaire, philosophe des Lumières
- **Œuvre :** Candide, conte philosophique qui retrace le parcours initiatique du héros éponyme, permettant à l'auteur de dénoncer les travers de la société
- **Situation du passage :** La rencontre avec l'esclave intervient juste après la description de l'Eldorado. Il s'agit, pour les deux personnages, Candide et Cacambo, d'un brusque retour à la réalité après un détour par l'utopie centrale du récit. La dénonciation n'en a que plus de force.

Formuler la problématique

En quoi ce texte constitue-t-il une dénonciation efficace de l'esclavage ?

Identifier les mouvements du texte

1 Lignes 1 à 5 : Présentation de la situation

- Sur quels aspects du personnage la description de l'esclave insiste-t-elle ?
- Quelles émotions l'auteur cherche-t-il à susciter ?

2 Lignes 6 à 24 : Le discours de l'esclave

- Qui est visé dans la prise de parole de l'esclave ?
- Par quels procédés d'écriture la dénonciation s'opère-t-elle ?

3 Lignes 25 à 32 : La dénonciation de l'optimisme

- Par quelle périphrase Candide résume-t-il l'optimisme ?
- En quoi ce passage illustre-t-il une remise en cause de cette philosophie ?

CORRIGÉS

Introduction

[présentation du texte] Philosophe des Lumières, Voltaire a recours à l'apologue avec le genre du conte philosophique pour dénoncer la société de son temps et remettre en cause l'absolutisme, les injustices et l'obscurantisme. À travers le périple de Candide, il lutte également contre l'optimisme incarné par Leibniz qui consiste à se satisfaire du monde tel qu'il existe. Après la découverte de l'Eldorado qui était une utopie idéalisée, Candide entre dans Surinam et y croise un esclave gisant au sol. **[problématique]** Nous allons voir comment l'auteur procède à une dénonciation subtile mais efficace. **[plan]** Dans un premier temps, nous verrons que la rencontre des deux personnages permet la présentation de la situation. Puis, nous étudierons le discours de l'esclave. Et enfin, nous aborderons la critique de l'optimisme par l'auteur.

Lignes 1 à 5 : présentation de la situation

Dans les premières lignes du texte, Voltaire présente la rencontre entre le héros éponyme et l'esclave. Il cherche à **accentuer l'aspect pathétique de la scène** et à **engendrer la pitié**.

- L'emploi du passé simple « rencontrèrent » fait plonger dans l'univers du conte et marque la rupture de la rencontre.
- La **description de l'esclave** vise à émouvoir le lecteur : sa posture inspire la pitié (« étendu par terre »), ainsi que l'adjectif « pauvre » dans le GN « pauvre homme ». Voltaire précise les mutilations que l'esclave a subies : « il manquait à ce pauvre homme la jambe gauche et la main droite ».
- La **pitié de Candide** est marquée par l'interjection « eh mon dieu » et le déterminant possessif « mon ami », ainsi que par l'adjectif « horrible » qui qualifie l'état du personnage.

Lignes 6 à 24 : le discours de l'esclave

La prise de parole de l'esclave est clairement **polémique**. Il se fait le porte-parole de l'auteur pour dénoncer les esclavagistes mais également la religion et les européens qui cautionnent le système existant.

1. La critique des esclavagistes et de ceux qui cautionnent le système

- Le nom du négociant, **« Vanderdendur »**, par son sens (« dents dures ») et l'allitération en [d], suggère son intérêt pour l'argent et son manque d'humanité. L'adjectif « fameux » dénonce la triste célébrité du personnage.
- Le **Code noir** qui réglementait les devoirs des esclaves est évoqué à travers le parallélisme « Quand nous travaillons aux sucreries et que la meule nous attrape le doigt, on nous coupe la main. Quand nous voulons

> **MOT CLÉ**
> Édité sous Colbert, **le Code noir** est un recueil des décisions royales et des lois relatives au gouvernement, à l'administration et à la condition des esclaves des pays du domaine colonial de la France entre 1685 et la fin de l'Ancien Régime.

nous enfuir, on nous coupe la jambe » : le caractère officiel et réglementaire de ces punitions les rend d'autant plus cruelles.

- Le présent et l'emploi du pronom personnel « vous » dans la phrase « C'est à ce prix que vous mangez du sucre en Europe » **implique tout lecteur** qui bénéficie des avantages tirés de l'esclavage. L'indicateur spatial ne peut que renforcer cette volonté de dénonciation.

2. La dénonciation de la religion

- Le **champ lexical de la religion** est omniprésent et en lien avec la dénonciation du rôle joué par les prêtres qui convertissent de force les esclaves : « prêcheurs », « Adam », « converti », « messe ».
- Les **termes chrétiens et païens** sont mêlés afin de montrer que les convertis ne comprennent pas la religion qui leur est imposée. Ainsi, les prêtres sont désignés par la périphrase « fétiches hollandais ».
- Les propos des religieux sont repris et **tournés en dérision** : « vous m'avouerez qu'on ne peut pas en user avec ses parents d'une manière plus horrible ».

3. Une remise en cause subtile

- Les propos de l'esclave ne sont pas vindicatifs ni violents. Au contraire, l'expression **« c'est l'usage »** montre que l'esclave ne cherche pas à inspirer la pitié. Cette résignation suscite d'autant plus l'indignation du lecteur.
- De même, la naïveté de la mère fait ressortir l'horreur de la situation et ses propos, sous la plume de Voltaire, deviennent **ironiques** : « tu as l'honneur d'être l'esclave de nos seigneurs les blancs ». Le terme « fortune » relève également d'un double sens en lien avec la chance et l'argent.
- La **satire** se retrouve également dans les propos de l'esclave : « je ne sais pas si j'ai fait leur fortune mais ils n'ont pas fait la mienne ».
- Cependant, l'énumération et l'hyperbole « les chiens, les singes, les perroquets sont mille fois moins malheureux que nous » insistent sur la **barbarie des blancs**.

Lignes 25 à 32 : la dénonciation de l'optimisme

À la fin du texte, Candide reprend la parole pour conclure l'épisode qui se termine par une **remise en cause de la philosophie optimiste**.

- La conclusion du texte débute par la reprise de la parole par Candide. Ses interventions **encadrent la tirade** de l'esclave et mettent en lumière les dénonciations.
- L'interjection « Ô » souligne le désespoir de Candide, renforcé par les « larmes » qu'il verse. Le rythme de la dernière phrase, particulièrement soigné, ajoute au pathétique de la scène : ils se lisent en effet comme deux alexandrins
- Le héros s'adresse à son précepteur qui n'est pas présent, afin de remettre en cause les leçons optimistes qu'il lui a transmises. La question naïve de Cacambo, « qu'est-ce qu'optimisme ? », permet à Candide de redéfinir la philosophie de Leibniz. Il recourt à une antithèse **pour en révéler l'absurdité** : « c'est la rage de soutenir que tout est bien quand on est mal ».

Conclusion

[synthèse] En donnant la parole à un esclave et en le rendant maître du dialogue, Voltaire inaugure une dénonciation iconoclaste d'une pratique de son siècle. Cherchant à susciter des émotions tout en conservant une distance ironique, il provoque la réflexion chez le lecteur. **[ouverture]** Montesquieu, dans *De l'esprit des lois*, en 1748, avait déjà dénoncé l'esclavage mais en employant des procédés différents de ceux choisis par Voltaire : il a recours à l'ironie et à l'antiphrase, ridiculisant ainsi les arguments adverses.

Réponse à la question de grammaire

La phrase « Les fétiches hollandais qui m'ont converti me disent tous les dimanches que nous sommes tous enfants d'Adam, blancs et noirs » comprend **trois verbes conjugués** : « ont converti », « disent » et « sommes ». Elle est donc formée de **trois propositions** :
- « Les fétiches hollandais [...] me disent tous les dimanches » est la **proposition principale** ;
- « qui m'ont converti » est une **proposition subordonnée relative**, épithète du nom « fétiches » ;
- « que nous sommes tous enfants d'Adam, blancs et noirs » est une **proposition subordonnée conjonctive interrogative indirecte**, COD du verbe « disent ».

HISTOIRE GÉOGRAPHIE

TOUT LE PROGRAMME

- Le cours en 54 fiches
- Exercices et sujets corrigés

SOMMAIRE

Quand vous avez révisé un chapitre, cochez la case ☐ correspondante !

Histoire

1 La Révolution française et l'Empire

2 L'Europe entre restauration et révolution (1814-1848)

3 La France dans l'Europe des nationalités (1848-1871)

4 Le projet républicain et la société française (1870-1914)

SOMMAIRE

5 Métropole et colonies

6 La Première Guerre mondiale

Géographie

7 Urbanisation et métropolisation dans le monde

8 France : la métropolisation et ses effets

Quand vous avez révisé un chapitre, cochez la case ☐ correspondante !

1 1789, la fin de l'Ancien Régime

En bref *La Révolution française est marquée par des changements politiques, économiques, sociaux et juridiques majeurs. Les bouleversements de l'année 1789 sont d'une telle ampleur qu'ils marquent définitivement la fin de l'Ancien régime et inaugurent une décennie révolutionnaire.*

I Le début d'une décennie révolutionnaire

1 La souveraineté nationale s'impose contre le roi

- Les États généraux s'ouvrent le 5 mai 1789 à Versailles. Déçus par le roi, les députés du tiers état se proclament Assemblée nationale, le 17 juin. Rejoints par des membres du clergé, ils jurent le 20 juin dans la salle du Jeu de paume de ne pas se séparer avant d'avoir rédigé une constitution.

- Le roi cède et ordonne, le 27 juin, aux députés de la noblesse et du clergé, de rejoindre l'Assemblée nationale, qui se déclare Assemblée constituante. La France n'est plus une monarchie absolue : la **souveraineté** passe du roi aux représentants de la nation.

MOT CLÉ

La **souveraineté nationale** fait de la nation et de ses représentants les détenteurs du pouvoir politique. L'Assemblée nationale exerce le pouvoir au nom de l'ensemble de la nation.

2 Le peuple, accélérateur de la Révolution politique

- Louis XVI veut reprendre le contrôle de la situation. Il masse des troupes aux portes de Paris et renvoie Necker, un ministre favorable aux réformes.
- Révoltés, les Parisiens créent alors une municipalité et une garde nationale (milice de citoyens armés) pour maintenir l'ordre. À la recherche d'armes, le 14 juillet, ils prennent d'assaut la prison de la Bastille, symbole de l'arbitraire royal. Le peuple a fait irruption de manière violente dans le processus révolutionnaire et le roi reconnaît son action.
- Le reste de la France connaît aussi une forte agitation populaire et municipale. La noblesse commence à émigrer.

3 La fin de la société d'ordres

- Dans les campagnes, à partir du 20 juillet, des rumeurs se répandent. Les seigneurs auraient armé des bandes de brigands pour lutter contre la Révolution. En réaction, des paysans attaquent des châteaux, c'est la Grande Peur.
- Pour mettre fin à ces troubles, les députés de la Constituante abolissent, au cours de la nuit du 4 août, les privilèges, les droits seigneuriaux et la dîme.
- La proclamation de la Déclaration des droits de l'homme et du citoyen (DDHC), le 26 août 1789, confirme la fin de la société d'Ancien Régime.

II De nouveaux principes

1 Une nation souveraine et libre

■ En 1789, les sujets du roi deviennent des citoyens et les pouvoirs (législatif, exécutif et judiciaire) sont séparés. La nation est souveraine. C'est une réponse aux attentes des philosophes des Lumières.

> **MOT CLÉ**
> La **nation** est la communauté unie, vivant sur le même territoire et affirmant sa volonté de vivre ensemble.

■ La DDHC est un des textes fondateurs de la démocratie moderne. Elle instaure une démocratie libérale, basée sur l'exercice des libertés individuelles et l'État de droit.

■ L'article I garantit l'égalité et la liberté : « Les hommes naissent et demeurent libres et égaux en droit. » Les articles suivants énoncent les libertés nouvelles comme la liberté d'opinion et d'expression.

2 La proclamation de l'égalité juridique

■ L'été 1789 marque la fin de la société d'ordres et de privilèges. La mobilité sociale profite surtout à la bourgeoisie, qui obtient le partage du pouvoir politique et l'égalité juridique. En revanche, les femmes et les esclaves sont les oubliés de la DDHC. Quant aux sans-culottes (petit peuple), ils veulent poursuivre la révolution.

■ Les femmes marchent sur Versailles, les 5 et 6 octobre, et contraignent le roi à s'installer à Paris. Désormais, le roi et l'Assemblée sont au milieu du peuple parisien dont ils redoutent la violence.

zoOm

La Déclaration des droits de l'homme et du citoyen

■ Les 17 articles de la DDHC sont gravés dans la pierre comme les Dix Commandements. Ces nouvelles Tables de la Loi donnent au texte un caractère sacré et universel.

■ Deux allégories féminines représentent la France qui a brisé ses chaînes (à gauche) et la loi (à droite). Le triangle équilatéral symbolise la raison qui perce de ses rayons les nuages de l'erreur. Le bonnet phrygien, emblème de la liberté retrouvée, surmonte la pique et le faisceau romain antique.

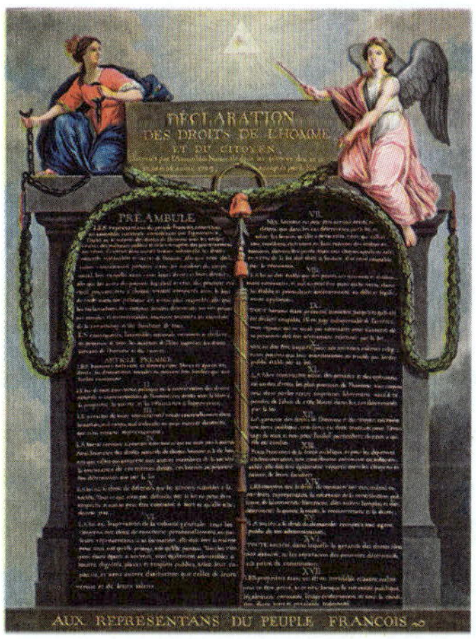

Jean-Jacques-François Le Barbier, *Déclaration des droits de l'homme et du citoyen*, huile sur bois, v. 1789, musée Carnavalet

2 L'échec de la monarchie constitutionnelle (1790-1792)

En bref *La première Constitution française s'inscrit dans l'esprit de 1789 mais c'est un texte de compromis. Fragilisée par d'âpres débats et des conflits à différentes échelles, la monarchie constitutionnelle ne parvient pas à mettre en place un ordre politique stable.*

I Les tensions entre le roi, l'Assemblée et la nation

- Le 14 juillet 1790, la **fête de la Fédération** célèbre l'unité du roi et de la nation. Louis XVI jure de maintenir et de respecter la future Constitution.
- Pour autant, il est hostile aux réformes. Le 20 juin 1791, le roi et sa famille tentent de fuir pour retrouver des troupes fidèles dans la Meuse. Ils sont reconnus et arrêtés à **Varennes** le lendemain. De retour à Paris, le roi perd la confiance d'une grande partie de l'opinion.
- Le 17 juillet 1791, une **manifestation** populaire soutenue par les **clubs** patriotes réclame la déchéance du roi. Or, les députés soutiennent la monarchie constitutionnelle. La garde nationale est envoyée par l'Assemblée et disperse violemment les contestataires. La **Constitution** est votée le 3 septembre.

MOT CLÉ
Les **clubs** sont des associations où les citoyens débattent des questions politiques. Ils tirent leurs noms des lieux de réunion, souvent d'anciens couvents (Jacobins, Cordeliers).

II L'entrée en guerre d'un pays divisé

1 La réforme du clergé brise l'union nationale

- La situation financière catastrophique conduit l'Assemblée à **nationaliser les biens du clergé** pour les revendre. La **Constitution civile du clergé**, votée le 12 juillet 1790, prévoit que les curés et évêques doivent prêter serment sur la Constitution. Ils deviennent des **fonctionnaires** élus par les fidèles et payés par l'État.
- Cette réorganisation de l'Église est condamnée par le roi et le pape Pie VI. Le clergé se divise entre les « **jureurs** », qui prêtent serment, et les « **réfractaires** », qui s'y opposent. Nombreux dans l'Ouest et soutenus par des catholiques hostiles à ces réformes, ces derniers alimentent la **contre-révolution**.

2 Le débat sur l'entrée en guerre

- Les princes européens craignent la **contagion révolutionnaire**. Les nobles émigrés les poussent également à secourir Louis XVI.
- Les Girondins → FICHE 3 souhaitent entrer en guerre afin de renforcer le régime par la victoire. Le roi y est également favorable, pariant sur une défaite pour restaurer son pouvoir. Robespierre (montagnard → FICHE 3) plaide la prudence.
- Le 20 avril 1792, la France entre en guerre contre l'Autriche qui s'allie à la Prusse.

III La chute de la royauté

> **MOT CLÉ**
> La *Marseillaise* tire son origine du ***Chant de guerre pour l'armée du Rhin***, composé par Rouget de Lisle en avril 1792. En route pour Paris, les volontaires marseillais le chantent jusqu'à leur entrée dans la capitale en juillet 1792.

- Les troupes étrangères pénètrent dans le Nord et l'Est de la France. La patrie est proclamée « en danger » le 11 juillet, mais le roi s'oppose à une levée en masse de soldats citoyens. Des volontaires affluent de toute la France, comme les fédérés marseillais, marchant au rythme du *Chant de guerre pour l'armée du Rhin*.
- Le 10 août 1792, une insurrection parisienne prend le palais des Tuileries et force l'Assemblée législative à voter la déchéance du roi.
- C'est la fin de la monarchie constitutionnelle. Ce régime n'a pas survécu à l'accélération de la Révolution, à la division des révolutionnaires en plusieurs camps et à la résistance du roi. Louis XVI et sa famille sont enfermés à la prison du Temple.
- Le 21 septembre 1792, au lendemain de la victoire de Valmy, une nouvelle Assemblée élue au suffrage universel, la Convention, se réunit dans le but d'élaborer une nouvelle Constitution.

zoOm

La Constitution du 3 septembre 1791

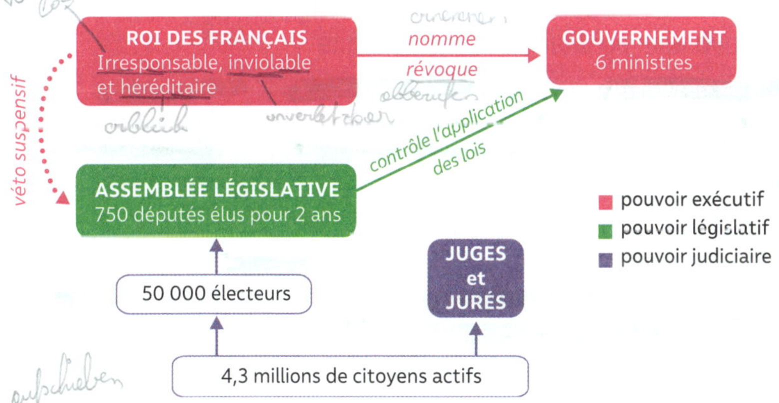

- Le pouvoir royal est limité par l'Assemblée législative élue et par la décentralisation de l'administration. Le véto suspensif du roi lui permet seulement de différer l'application de la loi votée par l'Assemblée. Le pouvoir judiciaire est confié à des juges élus.
- Le suffrage est censitaire et indirect. Les plus pauvres et les femmes sont exclus du droit de vote.

FRANÇAIS
HISTOIRE GÉOGRAPHIE
ENS. SCIENTIFIQUE & MATHÉMATIQUE
ANGLAIS

3 La Ire République (1792-1799)

En bref *Entre 1792 et 1799, la France connaît sa première expérience républicaine. Deux conceptions s'opposent : l'une d'inspiration libérale et légaliste, l'autre, plus sociale et usant de moyens exceptionnels, la Terreur.*

I La République des Girondins (1792-1793)

- La République est proclamée le 22 septembre 1792. Deux groupes dominent la Convention : les Girondins et les Montagnards. Le procès du roi révèle leurs divergences. Les Girondins reconnaissent la trahison de Louis XVI mais tentent de le sauver. Cependant, le roi est guillotiné, le 21 janvier 1793.
- La France est attaquée par ses voisins et l'armée bat en retraite. Aussi, les paysans vendéens refusent la levée en masse de 300 000 hommes et la persécution des prêtres réfractaires. Ils se soulèvent en mars 1793.
- Sous la pression populaire, l'Assemblée vote l'arrestation des chefs girondins, le 2 juin. Cela entraîne une insurrection « fédéraliste » en province.

MOT CLÉ
Les **Girondins**, attachés à la propriété, sont des modérés. Ils condamnent les violences et le centralisme politique. Les **Montagnards**, plus proches du peuple, insistent davantage sur l'égalité sociale.

II La République des Montagnards (1793-1794)

1 Une République égalitaire et démocratique

La Constitution de 1793 garantit le suffrage universel, le droit au travail et à l'instruction. L'esclavage est aboli. La Convention vote des mesures sur le maximum des prix et des salaires. Le culte de l'Être suprême et le calendrier révolutionnaire diffusent l'esprit républicain et participent à la déchristianisation.

2 Un gouvernement révolutionnaire

- Pour sauver la République, la Convention met « la Terreur à l'ordre du jour » et confie le pouvoir à un Comité de salut public de quatorze membres. Les libertés sont suspendues ainsi que la nouvelle constitution. Les opposants, à l'image de Mme Roland, sont éliminés.

INFO + **Deux personnages clés**

- Georges Jacques Danton (1759-1794) et Maximilien de Robespierre (1758-1794) sont tous deux avocats. Députés aux États généraux puis élus à la Convention, ils sont membres du club des Jacobins.
- Ils se divisent au printemps 1794 au sujet du maintien de la Terreur.

Danton Robespierre

■ Avec la loi des Suspects et le tribunal révolutionnaire, les opposants sont éliminés. La Terreur fait 40 000 victimes et la guerre civile en Vendée plus de 150 000 morts.

■ Les armées étrangères sont refoulées. Le maintien de la Terreur divise alors les Montagnards. Les dirigeants jugés extrémistes ou trop indulgents, comme Danton sont guillotinés. Les modérés font arrêter Robespierre le 9 Thermidor an II (27 juillet 1794). Il est exécuté. La Terreur est abolie, les suspects libérés.

III La République conservatrice (1794-1799)

1 La République thermidorienne (1794-1795)

■ Les Thermidoriens veulent stabiliser la République et terminer la Révolution. Le mouvement sans-culotte est désarmé. Les royalistes pourchassent les Montagnards, c'est la Terreur blanche.

■ La Constitution de l'an III (1795) est fondée sur le suffrage censitaire. Seuls 30 000 propriétaires peuvent voter. Le pouvoir est partagé entre deux Assemblées et cinq directeurs.

2 Le Directoire (1795-1799)

■ Le luxe des plus riches contraste avec la misère du peuple. La conspiration des Égaux, organisée par Babeuf en 1796 est réprimée. Le Directoire lutte aussi contre les royalistes.

■ Pour rétablir les finances de l'État, le Directoire se lance dans une politique de conquêtes qui accroît le rôle de l'armée. Le coup d'État du général Bonaparte, le 18 Brumaire An VIII (9 novembre 1799), met fin au Directoire.

zoOm

Madame Roland, témoin et actrice de la Révolution

■ Très cultivée, Manon Philippon, dite Madame Roland (1754-1793) anime un salon politique à Paris. Son mari est député, ministre, et elle devient l'égérie des Girondins.

■ Lors du renversement de ces derniers, le 2 juin 1793, elle est arrêtée. Elle rédige à la Conciergerie ses *Mémoires*. Jugée le 8 novembre 1793, elle est condamnée à mort et exécutée le soir même. Montant à l'échafaud, elle aurait proclamé : « Liberté, que de crimes on commet en ton nom ! »

Portrait par Johann Heinsius, 1792, musée national du château de Versailles

4 Du Consulat à l'Empire (1799-1815)

En bref *« Citoyens, la Révolution est fixée aux principes qui l'ont commencée, elle est finie », annonce Bonaparte, peu après le coup d'État de novembre 1799. Napoléon a-t-il terminé la Révolution ?*

I Le Consulat, une République forte (1799-1804)

1 Un régime autoritaire

- La Constitution de l'an VIII conserve la République et ses symboles. Mais le Premier consul, chef de l'exécutif, a l'initiative des lois et des pouvoirs étendus. Le pouvoir est centralisé avec des préfets qui représentent l'État dans chaque département.
- Le suffrage universel est rétabli mais les électeurs ne font qu'établir des listes locales. Les ouvriers sont surveillés (livret ouvrier, 1803) et la grève est interdite.

2 Une œuvre réformatrice : les « masses de granit »

- La création de la Banque de France (1800), de la Cour des comptes et d'une monnaie stable, le franc germinal (1803), favorisent la stabilité économique.
- Bonaparte fonde les lycées (1802) pour former les futures élites sur la base du mérite. La Légion d'honneur (1802) récompense les personnes dévouées à l'État.
- Le Code civil (1804) confirme des acquis révolutionnaires. Mais il impose une conception très autoritaire de la famille et des relations professionnelles.

3 Une volonté de pacification

- Le Concordat (1801) pacifie la situation religieuse. La liberté de culte est garantie et le catholicisme reconnu « religion de la grande majorité des Français ».
- Après dix ans de guerre avec l'Europe, Bonaparte signe la paix d'Amiens avec l'Angleterre en 1802. Parallèlement, dans les colonies, l'esclavage est rétabli. Saint-Domingue se révolte et les Français quittent l'île en 1804.

II L'Empire, autoritaire et guerrier (1804-1815)

1 L'abandon de la République

- Déclaré Consul à vie en 1802 suite à un **plébiscite**, Napoléon se proclame empereur héréditaire et se fait sacrer à Notre-Dame le 2 décembre 1804. Il se remarie avec Marie-Louise, une princesse autrichienne, afin de fonder une dynastie.

MOT CLÉ
Un **plébiscite** est une consultation des électeurs qui répondent par oui ou par non, afin d'approuver une politique et surtout celui qui la conduit.

- Le régime devient de plus en plus autoritaire. Les pouvoirs des Assemblées diminuent. Le Code pénal réintroduit les travaux forcés en 1810.

2 Les raisons de la stabilité de l'Empire

- Le ministère de la Police surveille les opposants. Les préfets contrôlent la presse, l'imprimerie et le théâtre. Aussi, les victoires militaires flattent le nationalisme des Français et réduisent la contestation.
- La religion devient un outil de propagande impériale.
- Le régime assure l'essor économique et la paix sociale. L'industrie est stimulée par les commandes de l'État et de l'armée. De grands travaux sont entrepris. Paris est embelli de monuments comme l'Arc de triomphe.

3 Les raisons de la chute de l'Empire

- Dès 1811, la France connaît une crise économique en raison du blocus continental et du chômage. C'est la disette.
- La crise est morale. Le pays est las des guerres et des impôts. Les Français refusent de plus en plus la conscription. Les catholiques, longtemps favorables au régime s'opposent à l'arrestation du pape en 1812.
- En janvier 1814, la France est envahie. Napoléon abdique le 6 avril 1814. Louis XVIII, frère de Louis XVI, monte sur le trône. Cette Restauration est vite impopulaire. Napoléon tente un retour : les Cent-Jours. Vaincu à Waterloo le 18 juin 1815, il abdique le 22 juin. Louis XVIII retrouve le trône, c'est la fin de la période révolutionnaire.

zoOm

Le Code civil

- Le Code civil détermine le statut des citoyens, des biens et des relations entre les personnes privées. Il modernise et unifie le droit d'Ancien Régime en suivant les idées des Lumières : l'égalité (art. 8) et la propriété (art. 544).
- Il entérine toutefois un ordre social conservateur, sous l'autorité du père de famille (art. 213, 371) et de l'employeur (art. 1781).

Anne-Louis Girodet, *Napoléon Ier en souverain législateur*, 1812, Bowes Museum, Angleterre

5 La diffusion de la Révolution en Europe

En bref *Entre 1792 et 1815, la France cherche à diffuser en Europe les idées de la Révolution française. Comment la France révolutionne-t-elle l'Europe ?*

I De la diffusion des principes révolutionnaires…

1 Des guerres de conquête pour la « libération » des peuples

- Dès 1789, La Révolution française suscite enthousiasme et espoir dans les pays européens où se sont diffusées les idées des Lumières.
- En 1792, la France entre en guerre contre les « tyrans » européens. Les révolutionnaires affirment le droit des peuples à disposer d'eux-mêmes. Des révolutions éclatent, notamment aux Pays-Bas. Une République est proclamée en 1793.
- Les conquêtes françaises se succèdent à partir de la victoire de Fleurus, en 1794. La campagne d'Italie donne naissance à trois « Républiques sœurs ».
- Napoléon remporte des victoires décisives contre les grandes puissances européennes : Austerlitz (1805), Iéna (1806). Il permet la renaissance de la Pologne.

2 Une armée nombreuse et exaltée

- La République a instauré la levée en masse de la nation en armes. Sous l'Empire, la loi Jourdan fonde la **conscription**. Les soldats sont motivés, les officiers qualifiés et l'Empereur « invincible ».
- L'armée napoléonienne intègre des troupes étrangères venant des pays dominés : Italiens, Belges, Bavarois… Cette « Grande Armée » est forte de plus de 2 millions d'hommes en 1812.
- Dans l'Europe napoléonienne, les principes de 1789 – libertés fondamentales, égalité et propriété – sont appliqués. La France supprime les privilèges, abolit le servage et parfois les droits seigneuriaux. Les pays conquis adoptent des constitutions inspirées du modèle français. Le Code civil est introduit.

MOT CLÉ
La **conscription** est l'enrôlement des jeunes d'un même âge afin de servir les forces armées. Elle se distingue en cela de l'enrôlement volontaire.

INFO + **L'Empire napoléonien à son apogée**

- En 1811, la France compte 130 départements. L'Empire connaît son extension maximale.
- L'Europe centrale est dominée, la Prusse, la Russie et l'Autriche sont alliées.
- Seules résistent l'Angleterre et l'Espagne.

II … à leur refoulement

1 L'opposition des souverains étrangers

- Napoléon bouleverse les familles régnantes en plaçant ses proches sur les trônes européens : son frère Louis en Hollande, le général Bernadotte en Suède. En 1809, les États pontificaux sont englobés dans l'Empire.
- Napoléon met en place un blocus continental contre l'Angleterre. Cette tentative d'isolement commercial conduit à la guerre sur tout le continent.
- Napoléon conquiert Moscou en 1812 au prix de 60 000 morts. Le tsar refuse de négocier. La retraite est un désastre. En 1814, la France est envahie.

2 Face à l'occupation, l'éveil des nations

- Les impôts, la répression contre les opposants, la récession économique due au blocus continental et l'enrôlement de force dans la Grande Armée rendent le régime impopulaire.
- Les conquêtes napoléoniennes suscitent l'éveil des sentiments nationaux, notamment en Espagne et en Allemagne.

MOT CLÉ
Le **sentiment national** est le sentiment d'appartenir à une même nation, c'est-à-dire à un groupe qui se distingue par son histoire, sa culture et son désir de vivre ensemble.

zoOm

Goya et la naissance du sentiment national espagnol

Francisco de Goya, *Tres de Mayo*, 1814, musée du Prado, Madrid

- Le 2 mai 1808, le peuple madrilène se soulève contre la présence française et son roi Joseph, frère de Napoléon. Les soldats français répriment l'insurrection le 3 mai. De dos et unis, ils incarnent la brutalité aveugle de la guerre.
- Le personnage central, martyr à l'image de Jésus, symbolise la résistance. Ces Madrilènes sont des héros anonymes et désarmés. Goya annonce ici le romantisme.

S'ENTRAÎNER

1 Connaître les grands acteurs de la période

→ FICHES 1 à 5

Associez chaque personnage au régime qu'il dirige.

Robespierre •	• Consulat
Napoléon Bonaparte •	• Monarchie constitutionnelle
Louis XVI •	• Empire
	• République montagnarde

2 Se repérer dans le temps

→ FICHES 1 à 5

Placez ces régimes politiques dans l'ordre chronologique sur la frise.

a. Empire
b. Convention
c. Consulat
d. Directoire
e. Monarchie constitutionnelle
f. Monarchie absolue

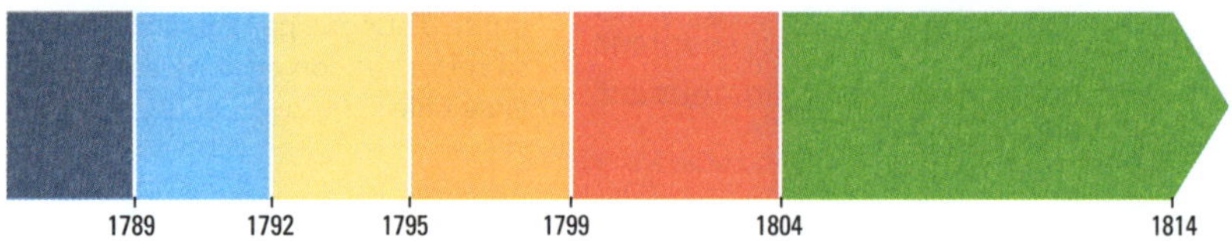

OBJECTIF BAC

3 Les Français et la monarchie (1789-1793) Question problématisée

1 h

Ce sujet vous propose un entraînement à la question problématisée en histoire. Vous devrez analyser le sujet pour mobiliser les connaissances et les répartir dans le plan suggéré dans l'énoncé.

LE SUJET

De 1789 à 1793, comment évolue l'attitude des Français envers la monarchie ? Vous montrerez comment les Français mettent fin à la monarchie absolue, puis présenterez l'expérience de la monarchie constitutionnelle avant de terminer sur le jugement et la condamnation du roi.

Méthode

Organiser la réponse à une question problématisée

Analyser le sujet et dégager les enjeux

Cette étape est indispensable pour éviter le « hors sujet » et ne rien oublier.

- Déterminez les bornes chronologiques et spatiales du sujet.
- Définissez les notions et réfléchissez à leur articulation, en faisant attention aux mots de liaison.
- Mobilisez vos connaissances.
- Notez les questions que le sujet soulève, afin de dégager ses enjeux.

Choisir le type de plan adapté au sujet

- Le plan **chronologique** permet d'étudier une évolution.
- Le plan **thématique** dresse un tableau d'un moment d'histoire, souvent à un tournant entre deux périodes.
- Le plan **analytique** s'attache à décrire un phénomène historique, puis en donne les explications et en précise les conséquences.

Construire le plan

Le plan est suggéré dans la question. Il compte en général trois parties, parfois deux.

- Le **plan chronologique** suppose de trouver des dates charnières délimitant deux ou trois périodes. Chacune correspond alors à une partie.
- Pour construire un **plan thématique**, on classe les idées par grands domaines : politique, social, économique...
- Un **plan analytique** compte toujours trois parties :
I. les faits • II. leurs causes et origines • III. les conséquences.

▶▶▶ LA FEUILLE DE ROUTE

Étape 1 Analyser le sujet

Comment évolue l'attitude des Français envers la monarchie ?

Formulation
Le sujet concerne les changements des relations entre les Français et la monarchie

Bornes chronologiques
- 1789 : début de la Révolution
- 1793 : exécution de Louis XVI

Type de sujet
Sujet chronologique

Notions et mots clés
- Les Français : hommes et femmes, d'origines sociales ou géographiques diverses, d'opinions politiques variées
- La monarchie : quel pouvoir donner au roi ?

Étape 2 Mobiliser ses connaissances

- Pensez aux acteurs, aux événements.
- Posez-vous des questions simples : Qui ? Quoi ? Quand ? Où ? Pourquoi ? Comment ? Avec quelles conséquences ?
- Les journées révolutionnaires sont des temps forts : serment du Jeu de paume, fête de la Fédération, fuite du roi, abolition de la monarchie...

Étape 3 Dégager les enjeux du sujet

- En 1793, l'attitude des Français à l'égard de la monarchie n'est plus la même qu'en 1789. Ils sont passés progressivement de la contestation de la monarchie absolue à la contestation de la monarchie en tant que telle, puis au rejet de la personne même du roi.
- De 1789 à 1793, quelle est l'attitude des Français à l'égard de la monarchie ?

Étape 4 Organiser la réponse

L'attitude des Français à l'égard de la monarchie évolue sur la période considérée. Un plan chronologique s'impose afin de répondre aux axes suggérés dans l'énoncé :

I. Les Français mettent fin à la monarchie absolue (1789-1790)
II. Les Français expérimentent la monarchie constitutionnelle (1790-1792)
III. Les Français, en République, jugent et condamnent le monarque (1792-1793)

Étape 5 Rédiger le devoir → CORRIGÉ

CORRIGÉS

S'ENTRAÎNER

1 Connaître les grands acteurs de la période

- Robespierre : République montagnarde
- Napoléon Bonaparte : Consulat puis Empire
- Louis XVI : monarchie constitutionnelle

2 Se repérer dans le temps

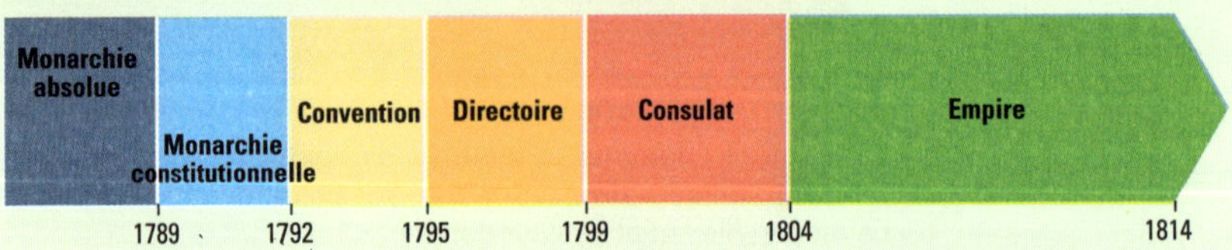

OBJECTIF BAC

3 Question problématisée

[Introduction] De 1789 à 1793, quelle est l'attitude des Français à l'égard de la monarchie ? En 1789, les Français remplacent la monarchie absolue [I] par une monarchie constitutionnelle (1790-1792) [II]. Sous la Ire République (1792-1793), ils jugent et exécutent le roi [III].

I. Les Français mettent fin à la monarchie absolue (1789-1790)

- Le 5 mai 1789, les États généraux s'ouvrent dans un climat de crises. Opposés au roi Louis XVI, les députés du Tiers-État font le serment le 20 juin de ne pas se séparer avant d'avoir rédigé une Constitution. Ils se déclarent Assemblée nationale le 27 juin. C'est la fin de la monarchie absolue.
- Le 14 juillet, les Parisiens investissent la Bastille, symbole de l'arbitraire royal. La révolution politique est consolidée. Face à l'agitation dans les campagnes, la Grande Peur, des députés nobles libéraux abolissent les droits féodaux, la dîme et les privilèges la nuit du 4 août à Versailles. La Déclaration des droits de l'homme et du citoyen, le 26 août, confirme la fin de l'Ancien Régime. Le roi désapprouve ces changements. Il est contraint par les Parisiennes de rejoindre la capitale le 6 octobre.

II. Les Français expérimentent la monarchie constitutionnelle (1790-1792)

- Le 14 juillet 1790, la fête de la Fédération renforce les liens entre les Français et la monarchie. Mais Louis XVI s'oppose à la Constitution civile du clergé et, le 20 juin 1791, il tente de fuir. Le roi perd la confiance d'une grande partie de la population.
- Avec la Constitution du 3 septembre 1791, le pouvoir du roi est limité par le rôle de l'Assemblée, élue par le peuple.
- La France entre en guerre contre l'Autriche le 20 avril 1792. Le roi y est favorable, pariant sur une défaite pour restaurer son pouvoir. Face aux échecs, Louis XVI est considéré comme complice de l'ennemi.

III. Les Français, en République, jugent et condamnent le roi (1792-1793)

- Le 10 août 1792, les sans-culottes parisiens et les volontaires marseillais prennent le palais des Tuileries. L'Assemblée législative vote la destitution du roi. C'est la fin de la monarchie constitutionnelle.
- Le 21 septembre, une nouvelle Assemblée, la Convention, proclame la République. Les députés sont partagés sur le sort du roi, incarcéré à la prison du Temple. Les Girondins plaident la clémence mais les Montagnards l'emportent. L'exécution de Louis XVI, le 21 janvier 1793, réunit contre la France toutes les monarchies d'Europe. Des révoltes éclatent aussi en France, comme en Vendée.

[Conclusion] L'attitude des Français à l'égard de la monarchie et de Louis XVI se modifie au cours des épisodes révolutionnaires. Une méfiance transformée en haine succède à un attachement profond à la personne royale. L'exécution du roi divise les Français entre partisans d'une monarchie absolue, d'une monarchie modérée ou d'une République.

6 L'Europe du congrès de Vienne et ses fragilités

En bref *En 1815, les États vainqueurs de la France napoléonienne entendent réorganiser l'Europe du point de vue territorial et politique. Si leurs décisions façonnent durablement le continent, elles posent de nombreux problèmes pour les peuples.*

I La restauration de l'ordre monarchique européen

■ De septembre 1814 à juin 1815, un congrès international se réunit à Vienne pour régler le sort des territoires libérés des armées napoléoniennes et instaurer une paix durable en Europe. Le congrès est dominé par quatre puissances : l'Autriche, représentée par Metternich, la Russie, l'Angleterre et la Prusse. Il débouche sur un acte final adopté en juin 1815.

■ La carte de l'Europe est profondément remaniée : la France retrouve ses frontières de 1792 ; les quatre grandes puissances acquièrent de nombreux territoires (l'Autriche annexe la Lombardie-Vénétie ; la Russie acquiert une partie de la Pologne). Des **États-tampons** apparaissent, comme les Pays-Bas. Les monarchies sont restaurées et les dynasties chassées du pouvoir reviennent sur le trône, comme en France avec les Bourbons.

MOT CLÉ
Un **État-tampon** est un État créé pour isoler la France du reste de l'Europe.

■ L'acte final est complété par le traité de la Sainte-Alliance, signé en septembre 1815 entre la Russie, l'Autriche et la Prusse. Au nom de la solidarité chrétienne, les souverains s'engagent à se porter aide et assistance.

■ En novembre 1815, l'Angleterre se joint à ces trois puissances pour signer la Quadruple-Alliance. Les États signataires décident de se réunir régulièrement et de lutter ensemble contre les mouvements révolutionnaires.

II Les faiblesses du nouvel ordre européen

1 Les divisions entre puissances

■ Derrière leur unité affichée, les puissances s'opposent quant à leurs objectifs. L'Angleterre, soutenue par l'Autriche, défend le principe d'un équilibre européen. Au contraire, la Russie et la Prusse prétendent devenir des puissances hégémoniques sur le continent.

■ L'Autriche s'oppose à la Prusse sur la prétention de cette dernière à devenir la principale puissance de l'Europe germanique.

2 | Les aspirations nationales et libérales bafouées

- Le congrès de Vienne **bafoue le droit des peuples** à disposer d'eux-mêmes : les Polonais sont sous domination russe, prussienne ou autrichienne ; les Italiens sont écartelés entre sept États.
- Les libertés accordées à l'occasion des conquêtes françaises sont remises en cause par la **restauration monarchique**.

3 | La constitution d'une opposition

- Dans les années 1820, les opposants à l'ordre de Vienne constituent des **organisations clandestines** pour éviter la répression des princes. En Italie, les carbonari luttent contre l'absolutisme et la domination autrichienne. En Allemagne, les fraternités étudiantes défendent des revendications libérales et nationales.
- Les artistes **romantiques**, comme le poète anglais Byron ou le peintre français Delacroix, se font les chantres d'une « Europe des peuples » contre l'« Europe des princes ».

MOT CLÉ
Le **romantisme** est un mouvement littéraire et artistique, qui se développe en Europe dans la première moitié du XIXe siècle.

zoOm

Metternich et le congrès de Vienne (1815)

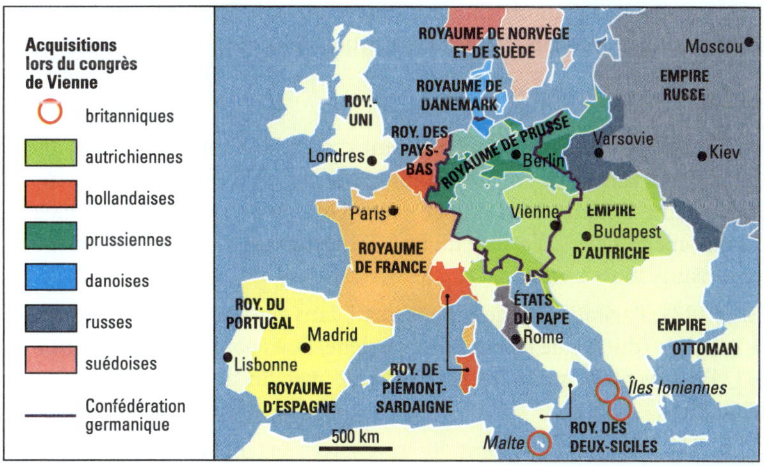

Metternich est le principal artisan du congrès de Vienne. Il est attaché au principe d'équilibre entre les puissances. Sous son impulsion, l'Autriche s'affirme comme le « gendarme de l'Europe ».

7 Les mouvements libéraux et nationaux en Europe

En bref *À deux reprises, en 1830 et 1848, l'Europe du congrès de Vienne est secouée par des mouvements révolutionnaires. Mais la répression militaire des souverains condamne ces mouvements à l'échec.*

I La poussée révolutionnaire de 1830

1 Des succès notables

- À partir de 1821, les Grecs se soulèvent contre les Turcs ottomans qui les dominent. La répression est sanglante comme lors des massacres de l'île de Chios en 1822. Elle entraîne le développement du **philhellénisme** dans toute l'Europe. L'intervention militaire de la Russie, de l'Angleterre et de la France contre les Turcs débouche sur l'indépendance de la Grèce en 1830 : c'est un premier revers pour la Sainte-Alliance, qui soutient ici un mouvement révolutionnaire, pour des intérêts politiques.

> **MOT CLÉ**
> Le **philhellénisme** est un mouvement de soutien à la cause grecque.

- En juillet 1830, à Paris, lors des Trois Glorieuses, le roi Charles X est renversé par un mouvement insurrectionnel, qui porte Louis-Philippe d'Orléans au pouvoir. La révolution parisienne est le déclencheur d'insurrections dans divers territoires européens.
- Ainsi, en août 1830, les Belges, intégrés contre leur volonté dans le royaume des Pays-Bas, se soulèvent pour obtenir leur indépendance. Grâce à l'appui de la France et de l'Angleterre, ils l'obtiennent en octobre 1830.

2 Des échecs retentissants

- En novembre 1830, les Polonais se révoltent contre la domination russe. Ils proclament leur indépendance en janvier 1831. Malgré un mouvement de sympathie pour la cause polonaise en France et en Grande-Bretagne, les Polonais sont livrés à eux-mêmes face à l'armée du tsar. En septembre 1831, celle-ci écrase férocement l'insurrection à Varsovie.
- En 1830 et 1831, l'agitation se développe aussi dans certains États allemands et en Italie centrale (duchés de Parme et de Modène, États pontificaux). Au printemps 1831, l'intervention militaire de l'Autriche met fin au mouvement : la réaction triomphe.
- Cependant, ces échecs nourrissent les revendications nationales. Ainsi, le mouvement Jeune-Italie, fondé par Giuseppe Mazzini en 1831, milite pour une Italie indépendante et unie.

II Le printemps des peuples (1848)

1 Une vague révolutionnaire de grande ampleur

- La révolution parisienne de février 1848, entraîne la chute d'une monarchie constitutionnelle et la mise en place d'une république → FICHE 9 ; la révolution viennoise de mars 1848, provoque le départ du chancelier Metternich et la mise en place d'une monarchie constitutionnelle. Ces deux révolutions s'étendent à toute l'Europe.
- Au printemps 1848, l'Europe du congrès de Vienne se disloque : les Hongrois, et les Tchèques proclament leur indépendance. Dans les États allemands, les souverains doivent promettre des constitutions et accepter la convocation d'un Parlement à Francfort. En Italie, les princes doivent aussi octroyer des constitutions ; la république est même proclamée à Rome et à Venise.

2 Le triomphe de la réaction

- Le printemps des peuples bute sur différents obstacles : l'évolution conservatrice de la République française ; les divisions des insurgés entre républicains et monarchistes (en Italie) ; les divisions entre les peuples de l'**empire d'Autriche** (Croates et Hongrois) ; les réticences des princes à accepter des évolutions constitutionnelles ; le rapport de force en faveur des armées des grandes puissances (Autriche et Russie).

> **MOT CLÉ**
> L'**empire d'Autriche** est un État peuplé de dizaines de nationalités différentes.

- Ainsi, l'Autriche retrouve son rôle de gendarme de l'Europe en écrasant le mouvement tchèque, la révolution viennoise et l'insurrection hongroise dès l'automne 1848, l'insurrection en Italie du Nord en 1849. Le rêve d'unité italienne est alors brisé. Dans les États allemands, les constitutions sont abrogées, le Parlement de Francfort dissous. Le projet d'un État allemand unifié est compromis.

zoOm

Le massacre de Chios (1822)

- Après le début de l'insurrection grecque, les Turcs lancent un raid de représailles dans l'île de Chios : 23 000 Grecs y périssent, 10 000 sont réduits en esclavage. Cet évènement dramatique nourrit le philhellénisme dont Eugène Delacroix est un des porte-drapeaux.
- Exposé au salon de 1824, ce tableau est immédiatement considéré comme un manifeste de la peinture romantique.

Eugène Delacroix, *Scène des massacres de Scio : familles grecques attendant la mort ou l'esclavage*, 1824, musée du Louvre

8 Les expériences de monarchie constitutionnelle en France

En bref *Après l'effondrement de l'Empire en 1815, les Français expérimentent deux monarchies constitutionnelles, de 1815 à 1848, fondées sur la charte de 1814. Celle-ci cherche un difficile équilibre entre l'autorité royale et la souveraineté nationale.*

I La Restauration (1815-1830)

1 La charte de 1814

- En 1815, la monarchie est restaurée en France. Louis XVIII monte sur le trône. Il applique alors la charte de 1814, rédigée avant l'épisode des Cent-Jours → FICHE 4. Ce texte cherche à concilier l'héritage de l'Ancien Régime avec celui de la Révolution française en instaurant une monarchie constitutionnelle.
- Le roi détient le pouvoir exécutif et partage le pouvoir législatif avec deux chambres : la Chambre des Pairs dont les membres sont nommés par le souverain et héréditaires ; la Chambre des députés, élue au suffrage censitaire qui réserve le droit de vote ou d'éligibilité aux citoyens les plus riches.
- Les Français se voient garantir les libertés fondamentales (de pensée, de culte, de la presse), l'égalité et le droit de propriété.

2 Une vie politique mouvementée (1815-1830)

- Deux partis politiques s'affrontent : le parti ultraroyaliste et le parti libéral.
- Durant son règne (1815-1824), Louis XVIII mène une politique modérée en favorisant une véritable vie parlementaire. Cependant, son successeur, Charles X (1824-1830) se montre beaucoup plus favorable aux ultraroyalistes. Face à une opposition libérale grandissante, il tente un coup de force en juillet 1830 en signant des **ordonnances** : il supprime la liberté de la presse, dissout la Chambre des députés et réduit le corps électoral pour en éliminer la bourgeoisie.

> **MOT CLÉ**
> Une **ordonnance** est une décision législative prise par le roi sans débat parlementaire.

- Les ordonnances royales provoquent une insurrection populaire à Paris les 27, 28 et 29 juillet 1830 (Trois Glorieuses) qui poussent Charles X à abdiquer. Le duc d'Orléans est proclamé roi des Français, sous le nom de Louis-Philippe Ier.

II La monarchie de Juillet (1830-1848)

1 La charte révisée de 1830

- Louis-Philippe prête serment à la charte de 1830, révisée par les députés libéraux. Désormais, le roi ne peut plus gouverner par ordonnances ; le cens et l'âge pour être électeur et éligible sont abaissés, ce qui élargit le corps électoral ; l'hérédité des pairs est abolie.

- Ce nouveau régime semble consolider les acquis de la Révolution française : le drapeau tricolore remplace le drapeau blanc ; les libertés sont rétablies.

2 Un régime contesté et fragile

- La monarchie de Juillet fait face à de multiples oppositions politiques : celle des **légitimistes** qui rêvent du retour des Bourbons sur le trône ; celle des bonapartistes qui soutiennent les prétentions de Louis-Napoléon Bonaparte, neveu de Napoléon Ier ; celle des républicains qui estiment que la révolution de 1830 a été confisquée par les **orléanistes**.

MOT CLÉ
Les **légitimistes** sont les partisans de la branche aînée des Bourbon. Les **orléanistes**, de sensibilité plus libérale, soutiennent la branche cadette (les ducs d'Orléans).

- Ainsi, de 1830 à 1836, le gouvernement doit réprimer diverses tentatives de coup d'État et des insurrections populaires. En 1835, après un attentat manqué contre le roi, des lois répressives cherchent à museler l'opposition républicaine.

- De plus, le régime apparaît comme celui de la bourgeoisie. Le mot d'ordre de Guizot, chef du gouvernement de 1840 à 1848, l'illustre parfaitement : « Enrichissez-vous par le travail et par l'épargne. » Touchés par la crise économique à partir de 1846 et privés du droit de vote par le suffrage censitaire, les couches populaires se sentent exclues.

- Dans ce contexte, l'interdiction de banquets républicains en février 1848 provoque des journées révolutionnaires à Paris et l'abdication du roi → FICHE 9.

zoOm

1830 : les Trois Glorieuses

- Arrivé au pouvoir à l'issue d'une insurrection populaire, Louis-Philippe Ier est représenté comme le « roi des barricades ».
- Le nouveau roi des Français entend réconcilier la nation en adoptant le drapeau tricolore, prohibé sous la Restauration.

François Georgin, *Le drapeau tricolore*, gravure sur bois, 1831

S'ENTRAÎNER

1 Réviser le cours en 5 questions flash

→ FICHES 6 à 8

1. Quels sont les deux objectifs du congrès de Vienne ?

2. Quel est le bilan du mouvement révolutionnaire de 1830 en Europe ?

3. Quelles sont les deux grandes phases du printemps des peuples de 1848 ?

4. Comment fonctionnent les institutions de la monarchie constitutionnelle en France entre 1814 et 1848 ?

5. À quelles oppositions politiques doit faire face la monarchie de Juillet ?

OBJECTIF BAC

2 La charte de 1814 • Analyse de document

1 h

Ce sujet porte sur un document emblématique de la monarchie constitutionnelle mise en place en France à partir de 1814. Il mobilise des connaissances du programme de 2de (l'Ancien Régime) et de 1re (la Révolution française, l'Europe de 1815 à 1848). Il nécessite une bonne maîtrise des notions définies en cours.

LE SUJET

Montrez que la charte de 1814 est un compromis entre l'héritage de l'Ancien Régime et les acquis de la Révolution. Vous préciserez les droits que ce texte garantit aux Français ainsi que leurs limites, avant de donner les caractéristiques du régime politique qu'il instaure.

Document La charte de 1814 (extraits)

Article 1er. Les Français sont égaux devant la loi, quels que soient d'ailleurs leurs titres et leurs rangs.

Art. 2. Ils contribuent indistinctement, dans la proportion de leur fortune, aux charges de l'État.

Art. 3. Ils sont tous également admissibles aux emplois civils et militaires.

Art. 4. Leur liberté individuelle est également garantie, personne ne pouvant être poursuivi ni arrêté que dans les cas prévus par la loi et dans la forme qu'elle prescrit.

Art. 5. Chacun professe sa religion avec une égale liberté, et obtient pour son culte la même protection.

Art. 6. Cependant la religion catholique, apostolique, et romaine est la religion de l'État.[...]

Art. 8. Les Français ont le droit de publier et de faire imprimer leurs opinions, en se conformant aux lois qui doivent réprimer les abus de cette liberté.

Art. 13. La personne du roi est inviolable et sacrée. Ses ministres sont responsables devant lui. Au roi seul appartient la puissance exécutive.

Art. 15. La puissance législative s'exerce par le roi[1], la Chambre des Pairs et la Chambre des députés.[...]

Art. 18. Toute loi doit être discutée et votée librement par la majorité de chacune des deux chambres.[...]

Art. 38. Aucun député ne peut être admis dans la Chambre des députés s'il n'est âgé de quarante ans et s'il ne paie un impôt direct de mille francs. [...]

Art. 40. Les électeurs qui concourent à la nomination des députés ne peuvent voter s'ils ne paient pas un impôt direct de trois cents francs et s'ils ont moins de trente ans.

1. Le roi peut proposer des projets de lois aux chambres.

Méthode

Présenter un document

Déterminer la nature, le genre et la source du document

La présentation donne des indications pour comprendre la portée du document, ce qui est utile pour en faire une bonne analyse.
Ainsi, vous devez préciser :

- la **nature** : le type de document (texte, document iconographique, graphique). S'il s'agit d'un texte, stipulez son genre (discours, article, texte littéraire...) ;
- le **domaine** qu'il aborde (politique, économique, culturel...) ;
- la **source**, c'est-à-dire la provenance (journal, site Internet...)

Identifier l'auteur et le destinataire du document

- L'auteur (celui qui a produit le document) et le destinataire (celui auquel il s'adresse) peuvent être un individu, un groupe, une organisation, une institution.
- Les connaître donne des clés pour comprendre l'intention du document, le ton qu'il emploie, le choix de certaines expressions.

Préciser la date et le contexte historique

- Notez le plus précisément possible la date de réalisation du document (jour, mois, année). Situez ce moment dans la période où il s'inscrit.
- Essayez d'en déduire des hypothèses sur les limites chronologiques du sujet : vous éviterez ainsi le hors-sujet !

Rappeler le thème du document

Sans répéter le titre du document, indiquez brièvement quel est son propos.

▶▶▶ LA FEUILLE DE ROUTE

Étape 1 Présenter le document

Extraits de la charte de 1814

Nature, genre, source
- Texte constitutionnel
- Domaine politique
- La charte de 1814

Auteur et destinataire
- Le roi de France Louis XVIII
- Le peuple français

Date et contexte
- 1814
- Début de la Restauration

Thèmes
- Les droits des Français
- Le fonctionnement des institutions

Étape 2 Comprendre la consigne

■ La consigne suggère une problématique : montrer que la charte de 1814 est un **texte de compromis**, c'est-à-dire qu'il tente de concilier des éléments apparemment incompatibles : l'héritage de l'Ancien Régime (fondé sur la monarchie absolue de droit divin et la société d'ordres) et les acquis de la Révolution française (liberté, égalité, souveraineté nationale).

■ Elle vous indique le plan à suivre, en deux parties : d'abord, vous devez présenter les **droits octroyés aux Français**, en soulignant **leurs limites** ; ensuite, **caractériser le régime politique** que la charte met en place, c'est-à-dire une monarchie constitutionnelle limitée.

Étape 3 Exploiter le document

■ Les informations nécessaires à la première partie se trouvent au début du texte (art. 1 à 8). Ces premiers articles garantissent aux Français l'**égalité** (devant la loi, l'impôt et les emplois publics) et la **liberté** (individuelle, religieuse et de la presse). Les **limites** sont formulées dans les articles 6 et 8.

■ Votre seconde partie s'appuiera sur la fin du texte (art. 13 à 40). Ces articles instaurent une monarchie constitutionnelle dans laquelle le roi partage le pouvoir avec deux assemblées (art. 13, 15 et 18). Ce régime politique repose sur le suffrage censitaire (art. 38 et 40).

Étape 4 Rédiger le devoir → CORRIGÉ

CORRIGÉS

S'ENTRAÎNER

1 Réviser le cours en 5 questions flash

1. Le congrès de Vienne a deux objectifs : régler le sort des territoires libérés des armées napoléoniennes et instaurer une paix durable en Europe.

2. Le bilan est contrasté : si la Grèce et la Belgique obtiennent leur indépendance en 1830, partout ailleurs, la répression des princes l'emporte comme en Pologne.

3. On assiste d'abord au succès des mouvements libéraux et nationaux ; puis à leur écrasement par les armées princières, dès l'automne.

4. Les pouvoirs sont séparés : au roi, le pouvoir exécutif et l'initiative des lois ; aux deux chambres (Chambre des pairs et Chambre des députés), le pouvoir législatif.

5. La monarchie de Juillet doit faire face à diverses oppositions politiques : les légitimistes, les bonapartistes et les républicains.

OBJECTIF BAC

2 Analyse de document

[Introduction] Ce document est un extrait de la charte constitutionnelle de 1814, octroyée aux Français par le roi Louis XVIII au début de la Restauration. Nous montrerons que la charte est un compromis entre l'héritage de l'Ancien Régime et les acquis de la Révolution. Pour ce faire, nous présenterons d'abord les droits qu'elle garantit aux Français, puis les caractéristiques du régime qu'elle instaure.

I. Des droits garantis aux Français

■ Les Français se voient reconnaître l'égalité devant la loi, l'impôt et les emplois publics (art. 1 à 3). Ils bénéficient de la liberté individuelle (art. 4), de religion (art. 5) et de la presse (art. 8). Ce sont des acquis de la Révolution.

■ Cependant, le catholicisme est la religion d'État (art. 6) et des restrictions limitent la liberté de la presse (art. 8). Il s'agit d'héritages de l'Ancien Régime.

II. Une monarchie constitutionnelle

■ En instaurant une monarchie constitutionnelle, la charte respecte un acquis de la Révolution. Le roi, détenteur du pouvoir exécutif (art. 13), partage le pouvoir législatif avec deux chambres : la Chambre des Pairs et la Chambre des députés, élue au suffrage censitaire (art. 15, 18, 38 et 40).

■ Cependant, la personne du roi est « inviolable et sacrée » (art. 13) ce qui renvoie à la monarchie absolue de droit divin. De plus, sa prééminence dans les institutions tempère la séparation des pouvoirs.

[Conclusion] La charte de 1814 est bien un texte de compromis entre deux héritages : elle garantit des droits aux Français et instaure une monarchie constitutionnelle, mais restreint les libertés et assoit la prééminence du roi.

9 La IIe République (1848-1851)

En bref *L'instauration de la IIe République en février 1848 semble faire entrer la France dans l'âge démocratique. Cependant, à la suite des journées de juin, les forces conservatrices et réactionnaires reprennent le dessus, avant que le coup d'État de Louis-Napoléon Bonaparte ne mette fin à l'expérience républicaine.*

I Une République sociale et fraternelle (février-mai 1848)

1 La mise en place d'un gouvernement provisoire

Après l'abdication de Louis-Philippe, un gouvernement provisoire se met en place en février 1848. Il est composé de républicains modérés et de socialistes. Il proclame la République, institue le suffrage universel masculin, convoque une **Assemblée constituante** et crée des ateliers nationaux pour embaucher les chômeurs.

> **MOT CLÉ**
> L'**Assemblée constituante** est chargée de rédiger une constitution.

2 L'« illusion lyrique »

- Les Français semblent unis autour de la République : des arbres de la liberté sont plantés dans toutes les communes et bénis par les prêtres.
- Cependant le pays est touché par une crise économique alors que le financement des ateliers nationaux aggrave le déficit budgétaire.

II Une République fragilisée (avril-juin 1848)

1 L'élection de l'Assemblée constituante (avril 1848)

- Les 23 et 24 avril 1848, tous les hommes adultes sont appelés aux urnes pour élire l'Assemblée constituante. C'est l'occasion d'un grand débat démocratique animé par les clubs et les journaux.
- Le scrutin est marqué par la victoire des républicains modérés.

2 Les journées de juin 1848

- En juin, l'Assemblée décide de fermer les ateliers nationaux considérés comme des foyers d'agitation révolutionnaire. Cette décision entraîne l'insurrection des quartiers populaires de l'est parisien du 23 au 26 juin.
- La répression militaire est féroce. Des milliers d'insurgés sont tués, 25 000 arrêtés, 4 000 déportés. George Sand se désole : « Je ne crois plus en une République qui tire sur ses ouvriers. »

III Une République conservatrice (juin 1848-déc. 1851)

- En novembre 1848 est adoptée une nouvelle Constitution. Elle confie le pouvoir législatif à une **Assemblée** élue pour trois ans ; le pouvoir exécutif à un **président de la République** élu pour quatre ans, non rééligible. La souveraineté nationale est garantie par le **suffrage universel masculin**.

- Les élections présidentielles de décembre 1848 sont remportées par **Louis-Napoléon Bonaparte**, qui se présente comme **défenseur de l'ordre**. Six mois plus tard, le parti de l'ordre sort victorieux des élections législatives et fait voter des **lois réactionnaires** (réduction du corps électoral, restriction de la liberté de la presse…).

- Louis-Napoléon Bonaparte ne parvient pas à convaincre l'Assemblée de modifier la Constitution pour lui permettre de se représenter aux élections présidentielles de 1852.

- Par le **coup d'État du 2 décembre 1851**, il dissout l'Assemblée et convoque le peuple pour un **plébiscite** l'autorisant à rédiger une nouvelle Constitution. Le « oui » l'emporte.

MOT CLÉ
Un **plébiscite** est une consultation des électeurs qui doivent répondre «oui» ou «non» à une question constitutionnelle.

zoOm

Alphonse de Lamartine en 1848

H. Philippoteaux, *Lamartine devant l'Hôtel de Ville de Paris le 25 février 1848 refuse le drapeau rouge*, vers 1848, musée Carnavalet

Alphonse de Lamartine, membre du gouvernement provisoire, est une **figure majeure** des débuts de la IIe République. Face aux ouvriers proposant le drapeau rouge, il impose le **maintien du drapeau tricolore**, le 25 février 1848. Rejetant l'héritage de 1793, il défend les **idéaux de 1789**.

10 Le Second Empire (1852-1870)

En bref *La Constitution de 1852 instaure un nouveau régime qui entend conserver l'héritage de 1789 tout en instaurant un pouvoir exécutif fort. L'Empire une fois rétabli, Napoléon III exerce d'abord un pouvoir autoritaire avant d'accorder peu à peu davantage de libertés aux Français.*

I Un nouveau régime politique

1 Une nouvelle Constitution

- Signée le 14 janvier 1852, la nouvelle Constitution réaffirme les principes de 1789 (liberté, égalité, souveraineté nationale), mais instaure un régime autoritaire.
- Le président exerce le pouvoir exécutif, judiciaire et a l'initiative des lois. Le pouvoir législatif est confié au Conseil d'État (rédige les projets de lois), au Corps législatif (vote les lois) et au Sénat (fait respecter la Constitution).

2 Le rétablissement de l'Empire

- Le prince-président propose le rétablissement de la dignité impériale par le plébiscite du 21 novembre 1852. C'est un triomphe. Le **2 décembre** Louis-Napoléon Bonaparte devient empereur sous le nom de Napoléon III.

> **DATE CLÉ**
> Le **2 décembre** est la date anniversaire du sacre de Napoléon Ier (1804) et de la bataille d'Austerlitz (1805).

- Napoléon III va alors gouverner seul, en s'entourant néanmoins de quelques fidèles comme Morny, président du Corps législatif, ou Rouher, ministre d'État.

II L'Empire autoritaire (1852-1859)

1 La mise au pas des Français

- Le gouvernement contrôle l'administration ; les préfets sont chargés d'encadrer la population.
- La liberté de la presse est limitée, ce qui permet de museler la presse d'opposition. Le régime des élections favorise les candidats officiels soutenus par les préfets face à leurs concurrents gênés par l'interdiction des réunions publiques.
- L'empereur s'appuie sur le clergé pour obtenir l'obéissance des Français.

2 La faiblesse de l'opposition

- La majorité de la population soutient un régime qui apporte l'ordre et la prospérité au pays.
- Les royalistes sont divisés entre les légitimistes et les orléanistes.

- Les **républicains** sont traqués par la police. Les opposants au coup d'État du 2 décembre, comme Victor Hugo et Edgard Quinet, doivent s'exiler. Napoléon III profite de l'attentat d'Orsini (1858) pour faire emprisonner de nombreux républicains.

III L'Empire libéral (1860-1870)

1 Le renforcement des oppositions

- À partir de 1859, l'intervention militaire de Napoléon III aux côtés des patriotes italiens aboutit au démembrement des États pontificaux. Mécontent, le **clergé** devient une force d'opposition au régime.
- En 1860, Napoléon III signe un traité de libre-échange avec le Royaume-Uni. Ce faisant, il s'attire les critiques des **industriels**, dont les produits sont désormais exposés à la concurrence anglaise.

2 Une libéralisation progressive

- À partir de 1860, les pouvoirs du Corps législatif sont accrus : une véritable **vie parlementaire** se développe. L'opposition peut s'exprimer, comme celle des libéraux menés par Thiers.
- En 1864, le **droit de grève** est accordé aux ouvriers. Malgré cette concession impériale, ces derniers se rallient aux républicains.
- Le **plébiscite du 20 mai 1870** sur les réformes opérées dans la décennie passée est un immense succès pour Napoléon III : le Second Empire semble solide.

zoOm

Victor Hugo, un opposant au Second Empire

- D'abord soutien de Louis-Napoléon Bonaparte, Victor Hugo, élu député en 1849, s'oppose au coup d'État du 2 décembre 1851. Appelant à la résistance armée, il est proscrit et doit s'enfuir en Belgique. Là, en 1852, il écrit le pamphlet *Napoléon le Petit* qui lui vaut d'être expulsé.
- De 1852 à 1870, il vit en exil à Jersey puis à Guernesey.

E. Bacot, *Victor Hugo à Hauteville House*, 1862, maison de Victor Hugo

11 Les transformations économiques sous le Second Empire

En bref *Pour moderniser une économie encore archaïque, Napoléon III mise sur l'action de l'État. Ce dernier développe le crédit, le commerce, les voies de communication et lance de grands travaux.*

I La politique économique de Napoléon III

1 Une économie archaïque

- L'économie est encore dominée par une agriculture routinière, limitée à des marchés locaux. La production industrielle est assurée par de petites entreprises, proches de l'artisanat.
- Les moyens de communication restent peu développés : la navigation à voile domine ; le réseau ferroviaire n'atteint que 3 500 km vers 1850.
- Au nom du **libéralisme**, les élites pensent que l'État ne doit pas intervenir dans la vie économique du pays.

MOT CLÉ
Le **libéralisme** est une théorie prônant la liberté d'entreprendre et la non-intervention de l'État dans l'économie.

2 Les objectifs de Napoléon III

Napoléon III estime que l'État doit moderniser l'économie française. Il pense aussi que la croissance économique améliorera les conditions de vie d'une majorité de Français tout en leur faisant accepter un régime politique autoritaire.

II La modernisation de l'économie

1 Le développement du crédit et du commerce

- L'empereur soutient la création de grandes banques capables d'investir dans des entreprises modernes. En 1852, les frères Pereire fondent le Crédit mobilier qui finance des sociétés de chemins de fer et la construction immobilière. En 1864 naît la Société générale pour le développement du commerce et de l'industrie.
- Pour Napoléon III, le protectionnisme est responsable du retard industriel du pays. C'est pourquoi il signe avec l'Angleterre un traité de libre-échange (1860).

2 Le développement des communications

- La navigation à vapeur se développe. De grandes compagnies de navigation sont créées, comme la Compagnie générale transatlantique des frères Pereire, qui assure les liaisons avec l'Amérique du Nord.
- Le réseau ferroviaire compte 17 000 km de voies en 1869. La circulation de l'information s'accélère grâce au télégraphe électrique.

3 | Les grands travaux

De grands travaux agricoles sont menés (plantation de pins dans les Landes). Les infrastructures portuaires, comme au Havre et à Marseille, sont modernisées. Des travaux d'urbanisme transforment Paris et Lyon.

III Un bilan exceptionnel

- Stimulée par l'augmentation des prix, la constitution d'un marché national et le développement des chemins de fer, la production agricole augmente de 50 %.
- L'agriculture se diversifie pour répondre aux besoins d'une population urbaine en forte croissance (betterave à sucre, fruits, légumes, élevage). En parallèle, certaines régions se spécialisent (le Languedoc dans la viticulture).
- La production industrielle s'accélère (métallurgie, textile et chimie). Elle repose sur le développement du **machinisme** (filature) et l'augmentation de la demande.
- La valeur du commerce extérieur triple de 1848 à 1870. Le commerce intérieur est stimulé par les grands magasins (Le Bon Marché).

> **MOT CLÉ**
> Le **machinisme** est l'utilisation de la force mécanique pour effectuer la production industrielle.

zoOm

Le développement du réseau ferroviaire

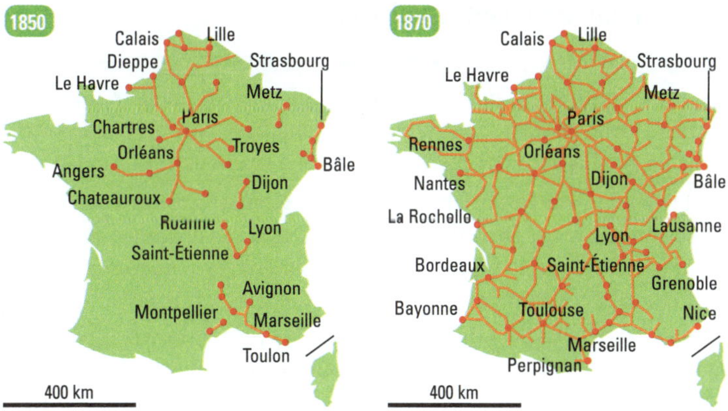

Napoléon III confie à six compagnies la mission de développer les chemins de fer dans de vastes régions : Paris-Lyon-Marseille, Paris-Orléans, Nord, Est, Ouest et Midi. Un véritable réseau ferroviaire national se constitue de 1850 à 1870. Centré sur Paris, il contribue à unifier le territoire et à renforcer la centralisation administrative.

12 Les mutations sociales sous le Second Empire

En bref *L'industrialisation rapide du pays entraîne également son urbanisation, nourrie par l'exode rural. Pour la contrôler, des travaux d'urbanisme sont entrepris dans la capitale. Dans ce contexte, deux groupes sociaux antagonistes s'affirment : la grande bourgeoisie et la classe ouvrière.*

I Une France qui s'urbanise

1 Le poids du monde rural

Durant le Second Empire, la majorité des Français sont des **paysans** (**68 % de la population totale** en 1872). Si la vie reste dure à la campagne, le monde paysan soutient le régime pour sa politique économique.

2 Le début de l'urbanisation

- En 1851, 22 % des Français vivent en ville ; ils sont 32 % en 1872 à cause de l'**exode rural**.
- En effet, l'industrialisation nécessite une main-d'œuvre abondante que lui fournissent des campagnes où l'agriculture fait difficilement vivre une **population pléthorique** (Massif central, Pyrénées, Alpes).

> **MOT CLÉ**
> L'**exode rural** est le départ définitif des habitants des campagnes vers les villes.

3 La naissance d'un urbanisme moderne

- Jusqu'au milieu du XIXe siècle, Paris est une ville surpeuplée à la croissance anarchique. À l'instar de **Londres**, sa grande rivale, Napoléon veut en faire une ville saine, fonctionnelle, belle et sûre. C'est pourquoi il charge le baron **Haussmann**, préfet de la Seine de 1853 à 1869, de mener de **grands travaux dans la capitale**.
- Haussmann fait détruire des quartiers vétustes pour y construire des immeubles homogènes. Les rues étroites et sinueuses sont remplacées par de **larges avenues**. Un réseau d'égouts est créé ; des espaces verts sont aménagés (squares, parcs et bois) ; de nombreux édifices sont construits (mairies, écoles, casernes).
- Ces travaux favorisent la **ségrégation sociale** entre un centre transformé où vit la bourgeoisie et des quartiers périphériques où s'entassent les familles ouvrières.

II L'affirmation de la bourgeoisie et du monde ouvrier

1 L'âge d'or de la bourgeoisie

- La haute bourgeoisie profite de la prospérité économique. De véritables **dynasties industrielles** (les Schneider au Creusot, les Wendel en Lorraine) et **bancaires** (les Pereire à Paris) se constituent. Face à l'État et aux ouvriers, Ils défendent leurs intérêts en créant des organisations patronales (le **Comité des forges** en 1864).

- La haute bourgeoisie mène une vie luxueuse. Elle construit des hôtels particuliers, s'entoure d'une domesticité nombreuse, donne de fastueuses réceptions.

2 L'affirmation de la classe ouvrière

- Avec l'industrialisation, les ouvriers sont de plus en plus nombreux. Mais leurs **conditions de travail** restent misérables : salaires faibles, journée de travail très longue, habitat souvent insalubre.
- Auteur en 1844 d'un ouvrage de réflexion sociale, *L'Extinction du paupérisme*, **Napoléon III veut rallier les ouvriers au régime**, tout en les contrôlant. Une loi de 1854 les oblige à posséder un livret renseigné par le patron. En même temps, l'empereur encourage les industriels à construire des logements ouvriers.
- En 1864, il leur accorde le **droit de grève**. Mais ils ne se rallient pas au régime trop lié à leur goût à la bourgeoisie d'affaires. Ils soutiennent plutôt les républicains comme lors des élections de 1869.

zoom

Le Paris haussmannien : la transformation d'une ville

- L'avenue de l'Opéra, percée en 1871, a été envisagée très tôt par Napoléon III pour relier le Louvre à l'Opéra.
- Elle est **typique de l'urbanisme haussmannien** : large avenue bordée de trottoirs éclairés au gaz, au pied d'immeubles aux dimensions identiques et dotés du confort moderne.

13 La France et l'unité italienne

En bref *Napoléon III entend remettre en cause les traités de 1815 qui ont réduit la place de la France en Europe. Pour ce faire, il soutient les nationalités face aux dominations étrangères. Son action en faveur de l'unité italienne s'inscrit dans cette politique.*

I L'Italie au milieu du XIXe siècle

■ Au lendemain du printemps des peuples → FICHE 6, les Italiens restent divisés en huit États. L'Empire d'Autriche-Hongrie occupe la Lombardie-Vénétie.

■ Le royaume de Piémont-Sardaigne se présente comme le champion de l'unité italienne contre l'Autriche. Dirigé par le roi Victor-Emmanuel II et le Premier ministre Cavour, c'est la seule monarchie constitutionnelle de la région.

■ Les deux hommes en font un État moderne. Ils mettent sur pied une armée nombreuse et bien équipée, mais qui pèse peu face à la puissante armée autrichienne. Cavour recherche donc et obtient, en 1859, l'assurance d'un soutien militaire de Napoléon III en cas de conflit.

II La France actrice de l'unité italienne (1859-1866)

1 L'unification de l'Italie du nord et du centre (1859-1860)

■ En 1859, Cavour pousse l'Autriche à la guerre. Fidèle à son engagement, la France intervient aux côtés du Piémont-Sardaigne et contribue aux victoires de Magenta puis de Solferino. L'Autriche cède la Lombardie au Piémont.

■ En 1860, à la suite de soulèvements encouragés par Cavour, les États d'Italie centrale sont rattachés au Piémont. En échange de son aide, la France obtient Nice et la Savoie.

2 Le rattachement de l'Italie du Sud (1860-1861)

■ En 1860, l'expédition en Sicile et en Italie du Sud de Garibaldi, patriote soutenu par Cavour, permet de chasser du pouvoir le roi de Naples. Le royaume de Naples est alors rattaché au Piémont.

■ En 1861, un Parlement réuni à Turin, capitale du Piémont, proclame Victor Emmanuel II roi d'Italie. Mais l'unité italienne est inachevée : Rome et sa région restent sous souveraineté pontificale ; la Vénétie aux mains des Autrichiens.

3 Le rattachement de la Vénétie

■ À l'aube d'une guerre entre l'Autriche et la Prusse, Napoléon III demande au chancelier prussien Bismarck d'accepter l'alliance de l'Italie et de lui accorder la Vénétie, en cas de victoire.

- La guerre austro-prussienne débute en 1866. Elle est marquée par de graves défaites italiennes face à l'Autriche. Cependant, grâce à la victoire de la Prusse, Napoléon III oblige l'Autriche à céder la Vénétie à l'Italie.

III La France, obstacle à l'unité italienne (1867-1870)

1 L'épineuse question romaine

- Pour conserver l'appui de l'Église, Napoléon III exige du Piémont que le pape reste maître des **États pontificaux** défendus par une armée française.
- Pour les patriotes italiens, Rome doit être la capitale de l'Italie unifiée.

> **MOT CLÉ**
> Les **États pontificaux** sont les États dirigés par le pape et ayant pour capitale la ville de Rome.

2 La France devant le fait accompli

- En 1867, la France intervient dans le Latium pour empêcher des troupes de Garibaldi de se rendre maîtres de Rome. Les troupes françaises écrasent celles des patriotes italiens à Mentana. Ces derniers se sentent trahis.
- En 1870, la France alors en guerre contre la Prusse rappelle ses troupes stationnées à Rome. Les Italiens en profitent pour prendre possession des États pontificaux. L'unité italienne est alors achevée avec Rome pour capitale.

zoOm

Les étapes de l'unité italienne

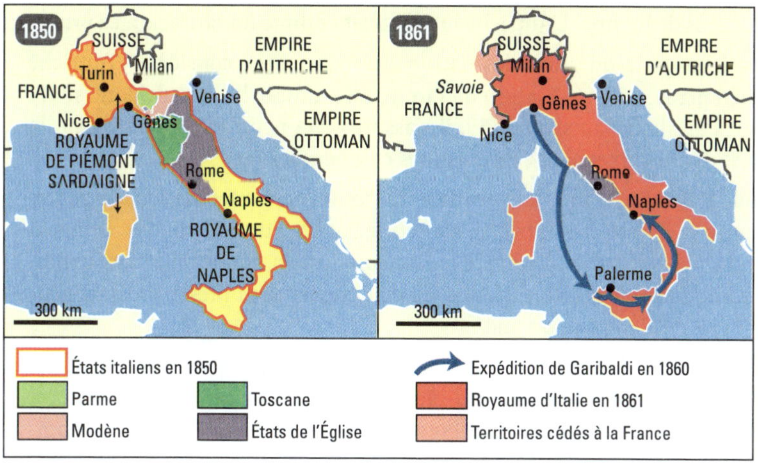

D'une péninsule divisée jusqu'en 1859, Cavour et les patriotes font de l'Italie un État unifié dès 1861 avec l'aide de la France. Restent la Vénétie, encore autrichienne, et les États de l'Église.

14 La France et l'unité allemande

En bref *D'abord soutenue par Napoléon III au nom du principe des nationalités, la construction de l'unité allemande, menée par le chancelier Bismarck, rend bientôt inévitable un affrontement avec la France.*

I L'Allemagne au milieu du XIXe siècle

- En 1850, les Allemands vivent dans trente-neuf États, dominés par deux puissances : l'Autriche, à la tête d'une Confédération germanique, et la Prusse.
- L'empereur d'Autriche François-Joseph Ier souhaite maintenir l'équilibre européen du congrès de Vienne (1815) → FICHE 21. Au contraire, le roi de Prusse Guillaume Ier et son chancelier Bismarck veulent le remettre en cause en réalisant l'unité des Allemands.
- De 1850 à 1862, la Prusse connaît un remarquable essor économique. Il s'appuie sur le ***Zollverein***, une industrie puissante et un réseau ferroviaire dense.
- Son armée, réorganisée (service militaire de trois ans), nombreuse et bien équipée (canons Krupp), devient l'une des plus puissantes d'Europe.

MOT CLÉ
Le ***Zollverein*** est une union douanière et économique entre les États allemands, à l'exception de l'Autriche.

II La France, d'abord soutien… (1862-1866)

- Napoléon III, défenseur du principe des nationalités, entend réviser les traités issus du congrès de Vienne. L'Autriche lui apparaît comme un obstacle à ce projet.
- Peu soucieux de la question des nationalités, Bismarck considère l'Autriche comme une entrave à la réalisation de l'unité allemande. Il s'appuie donc sur la France pour l'affaiblir : ainsi en 1865, il s'assure de la neutralité française sur la question des duchés en échange de quelques compensations.
- En 1866, à la suite d'une provocation du gouvernement prussien, la guerre s'engage entre la Prusse et l'Autriche, soutenue par les États allemands. Après sa défaite à Sadowa, en juillet, l'empereur François-Joseph doit se plier aux conditions des vainqueurs. Napoléon III joue les médiateurs pour préserver l'indépendance des États d'Allemagne du Sud.
- La paix de Prague (1866) permet à la Prusse de s'étendre et de prendre la tête d'une confédération d'Allemagne du Nord. Les États du sud, tout en restant indépendants, signent avec Berlin des conventions militaires prévoyant un commandement prussien unique en cas de guerre.

III ...puis adversaire de l'unité allemande (1867-1870)

1 De la montée des tensions franco-prussiennes à la guerre de 1870

- Après Sadowa, Napoléon III prend conscience de la dangereuse montée en puissance de la Prusse. C'est pourquoi il réclame des compensations à Bismarck (la Sarre). Le chancelier ne donne pas suite à ses demandes.
- À la suite d'un différend diplomatique, Napoléon III déclare la **guerre à la Prusse** en juillet 1870. L'armée des États allemands coalisés, est plus nombreuse, mieux équipée et mieux organisée que l'armée impériale.
- L'armée française défaite à **Sedan le 1er septembre 1870** doit capituler ; Napoléon III est fait prisonnier. Le 4 septembre, la **République** est proclamée ; un gouvernement de Défense nationale constitué.

2 La naissance de l'Empire allemand

- Les États allemands du sud acceptent d'intégrer la Confédération dirigée par la Prusse. Le 18 janvier 1871, à Versailles, **Guillaume Ier** est proclamé **empereur des Allemands**. L'unité allemande est réalisée.
- L'**annexion de l'Alsace et de la Lorraine** en mai 1871 parachève cette unité.

zoOm

Bismarck et la proclamation du Reich (1871)

- Le 18 janvier 1871, dans le décor prestigieux de la galerie des glaces du château de Versailles, le roi de Prusse Guillaume Ier est proclamé empereur des Allemands par ses généraux.
- L'**artisan de l'unité allemande** reste le chancelier **Bismarck** (au centre).

A. von Werner, *Proclamation du Kaiser à Versailles*, 1885, château de Friedrichsruh, Allemagne

S'ENTRAÎNER

1 Connaître le vocabulaire du cours

→ FICHES 9 à 14

1. Associez chaque terme à sa définition.

plébiscite •	• candidat soutenu par le préfet
Assemblée constituante •	• vote auquel tous les citoyens peuvent participer
suffrage universel •	• chambre chargée de rédiger une Constitution
assemblée législative •	• consultation des électeurs qui doivent répondre par oui ou par non à une question
candidat officiel •	• assemblée chargée de voter les lois

2. Complétez ce texte avec les termes appropriés.

L'unité italienne se réalise autour du royaume de ...., de son souverain .... et de son Premier ministre .... Elle se réalise contre .... et ...., avec l'aide de .... Elle est achevée en ....

L'unité allemande se réalise autour du royaume de ...., de son souverain .... et de son chancelier .... Elle se réalise contre .... et .... Elle est achevée en ....

OBJECTIF BAC

2 Le rattachement du royaume de Naples au Piémont-Sardaigne Analyse de document

1 h

Cet exercice fait appel à vos connaissances sur les étapes de la réalisation de l'unité italienne. Il va vous permettre de vous entraîner à l'analyse d'un document iconographique.

LE SUJET

À l'aide du document proposé, vous montrerez que le rattachement du royaume de Naples au royaume de Piémont-Sardaigne est une étape décisive de l'unification de l'Italie. Vous replacerez cet événement dans son contexte, puis vous préciserez la façon dont s'exprime le patriotisme des Napolitains avant de rappeler la portée de cet événement.

Document **Les Napolitains votent pour le rattachement du royaume de Naples au Piémont (1860)**

Le 6 septembre 1860, Giuseppe Garibaldi, chef d'une armée de patriotes italiens (« les Mille ») entre triomphalement à Naples, capitale du royaume des Deux-Siciles, dont le roi François II doit fuir. Le 21 octobre, un plébiscite est organisé pour le rattachement du royaume à celui du Piémont-Sardaigne.

Lithographie de Bertarelli, XIXe s., musée Civica Raccolte, Milan

Méthode

Extraire les informations d'un document

- **Repérer les informations pertinentes**
  - Identifiez les informations permettant de répondre à la question.
  - Veillez à prendre en compte les informations implicites ou symboliques.
- **Analyser les informations sélectionnées**
  - Détaillez les informations relevées en fonction du point de vue de l'auteur, du destinataire, de la date et du contexte historique.
  - Vous devez relier l'information à vos connaissances.
- **Préparer la réponse**

  Pour chaque partie de votre développement, dressez au brouillon la liste des citations ou références au document. Dans votre devoir, vous devrez expliquer la signification de chacune, en évitant la paraphrase.

▶▶▶ LA FEUILLE DE ROUTE

Étape 1 Présenter le document

Les Napolitains votent pour le rattachement du royaume de Naples au Piémont

Nature, genre, source
- Lithographie
- Document politique
- Musée Civica Raccolte (Milan)

Auteur et destinataire
- Bertarelli, lithographie
- Pas de destinataire identifié

Date et contexte
- Après 1860
- Après le rattachement du royaume des Deux-Siciles au Piémont-Sardaigne

Thème
Plébiscite organisé à Naples pour le rattachement du royaume des Deux-Siciles au Piémont-Sardaigne

Étape 2 Comprendre la consigne

- La consigne suggère une problématique : en quoi le rattachement du royaume de Naples au Piémont-Sardaigne est-il une étape décisive de l'unification de l'Italie ?
- Elle vous indique aussi le plan à adopter : vous préciserez le contexte historique de l'événement, en le situant dans le processus d'unification de la péninsule italienne ; vous noterez tout ce qui témoigne de l'attachement des Napolitains à la future patrie italienne ; vous ferez le lien entre le rattachement du royaume de Naples et la proclamation du royaume d'Italie qui s'ensuit.

Étape 3 Exploiter le document

- Partie I : aidez-vous du texte qui accompagne la lithographie, et de vos connaissances de cours.
- Partie II : relevez sur la lithographie des éléments explicites et symboliques.
- Partie III : sur la portée de l'événement représenté, sera principalement fondée sur vos connaissances.

Étape 4 Rédiger le devoir → CORRIGÉ

CORRIGÉS

S'ENTRAÎNER

1 Connaître le vocabulaire du cours

1. • plébiscite : consultation des électeurs qui doivent répondre par oui ou par non à une question. • Assemblée constituante : chambre chargée de rédiger une Constitution. • suffrage universel : vote auquel tous les citoyens peuvent participer.

• assemblée législative : assemblée chargée de voter les lois. • candidat officiel : candidat soutenu par le préfet.

2. L'unité italienne se réalise autour du royaume de Piémont-Sardaigne, de son souverain Victor-Emmanuel II et de son Premier ministre Cavour. Elle se réalise contre l'Autriche et le pape, avec l'aide de la France. Elle est achevée en 1870.

L'unité allemande se réalise autour du royaume de Prusse, de son souverain Guillaume Ier et de son chancelier Bismarck. Elle se réalise contre l'Autriche et la France. Elle est achevée en 1871.

OBJECTIF BAC

2 Analyse de document

[Introduction] Cette lithographie politique réalisée par A. Bertarelli représente le plébiscite organisé pour le rattachement du royaume des Deux-Siciles au Piémont en 1860. En analysant ce document, nous montrerons qu'il représente une étape décisive de l'unification de l'Italie. Nous en préciserons d'abord le contexte, puis nous indiquerons la façon dont s'exprime le patriotisme des Napolitains, avant de souligner la portée de l'événement.

I. Le contexte

- Le royaume de Piémont-Sardaigne, dirigé par le roi Victor-Emmanuel II, unifie l'Italie du Nord et du centre en 1859-1860. Victor-Emmanuel II et son Premier ministre Cavour souhaitent désormais rattacher le sud de la péninsule, formé par le royaume des Deux-Siciles. En septembre 1860, ils soutiennent l'expédition du patriote Giuseppe Garibaldi, qui entraîne la fuite du souverain.
- En octobre, un plébiscite est organisé pour le rattachement du territoire.

II. L'affirmation du patriotisme italien

Les Napolitains ont fait un accueil triomphal à Garibaldi. Sur le document, différents éléments montrent leur volonté de participer à l'unification de l'Italie : l'attitude enthousiaste des électeurs, le drapeau tricolore (vert, blanc, rouge) symbolisant la nation italienne, les monogrammes VE (Victor-Emmanuel) et GG (Giuseppe Garibaldi) ; les inscriptions « *Viva l'unita di Italia* » (« Vive l'unité de l'Italie ») et « *Viva Vittorio Emmanuel Re d'Italia* » (« Vive Victor-Emmanuel roi d'Italie »).

III. Une étape décisive de l'unité italienne

Le « oui » au plébiscite permet le rattachement au Piémont-Sardaigne du plus vaste État italien. Dès 1861, Victor-Emmanuel II est proclamé roi d'Italie. Cependant, le processus d'unification reste inachevé : Rome et sa région sont encore sous souveraineté pontificale ; la Vénétie demeure occupée par les Autrichiens.

[Conclusion] Le rattachement du royaume des Deux-Siciles au Piémont-Sardaigne est une étape décisive de l'unification italienne : il s'inscrit dans une construction territoriale amorcée en 1859 ; il permet la manifestation du patriotisme italien ; il débouche sur la constitution, encore inachevée, d'un royaume d'Italie.

15 Les débuts difficiles de la IIIe République (1870-1879)

En bref *La IIIe République est proclamée le 4 septembre 1870. Née de la défaite contre la Prusse, déstabilisée par la Commune et fragilisée par les tentatives de restauration monarchiste, elle connaît des débuts difficiles. Comment la République s'impose-t-elle ?*

I Le retour de la République

1 Le contexte

■ En juillet 1870, Napoléon III engage la France dans une guerre contre la Prusse. L'armée française est défaite à Sedan, le 2 septembre. Le territoire est envahi et l'empereur fait prisonnier. Le Second Empire ne survit pas à ce désastre militaire. La République est proclamée le 4 septembre.

■ Face à l'avancée des Prussiens, un gouvernement de Défense nationale est constitué. Gambetta veut poursuivre la guerre mais il se heurte à l'hostilité des campagnes et des modérés du gouvernement.

■ Aux élections législatives du 8 février 1871, les monarchistes, favorables à la paix, l'emportent largement. Ils désignent Thiers comme chef du pouvoir exécutif.

■ Au traité de Francfort, signé le 10 mai 1871, la France cède l'Alsace et une partie de la Lorraine à la Prusse. Elle doit aussi lui verser une indemnité de 5 milliards de francs.

2 La Commune de Paris, une tentative de République sociale

■ Les Parisiens, éprouvés par le siège des Prussiens, refusent les négociations de paix. Le 18 mars 1871, ouvriers et artisans s'insurgent. Ils s'installent à l'Hôtel de Ville et proclament la Commune de Paris. C'est une démocratie directe qui vise à instaurer une **République sociale**, dans la continuité de 1848. Le climat est insurrectionnel.

MOT CLÉ
Une **République sociale** est un régime qui combine à la fois une démocratie libérale et une politique de réduction des inégalités sociales.

■ Le gouvernement et l'Assemblée installés à Versailles envoient une armée commandée par Mac-Mahon. La reconquête de Paris s'achève par la semaine sanglante (21-28 mai 1871). Une terrible répression anéantit le mouvement ouvrier.

II Une République encore incertaine

1 Une République conservatrice

■ Thiers, favorable à la monarchie au début de sa carrière, se prononce en faveur d'une République. L'Assemblée le pousse alors à la démission et élit le 24 mai 1873, le monarchiste Mac-Mahon à la présidence.

■ Le gouvernement est confié au duc de Broglie, chargé de rétablir un **ordre moral**. La fonction publique est épurée, la liberté de la presse réduite et le Sacré-Cœur de Montmartre est bâti pour expier les « crimes » de la Commune.

MOT CLÉ

L'**ordre moral** est une politique conservatrice. Son objectif est de rétablir des valeurs d'ordre et de hiérarchie, en s'appuyant sur l'Église catholique et l'armée.

2 Les progrès républicains

■ Les monarchistes sont divisés. Le comte de Chambord est discrédité par son refus des principes de 1789 et son attachement au drapeau blanc.

■ En 1875, trois nouvelles lois constitutionnelles établissent une République parlementaire où le président de la République dispose de pouvoirs étendus.

■ Pour enrayer la progression du sentiment républicain, Mac-Mahon pousse le président du Conseil, Jules Simon, à démissionner. Il prononce ensuite la dissolution de la Chambre des députés.

■ Cependant, une nouvelle majorité républicaine est élue à l'Assemblée. Puis en 1879, le Sénat devient républicain. Mac-Mahon démissionne. Il est remplacé par le républicain Jules Grévy. La République est victorieuse.

zoOm

Les institutions de la IIIe République

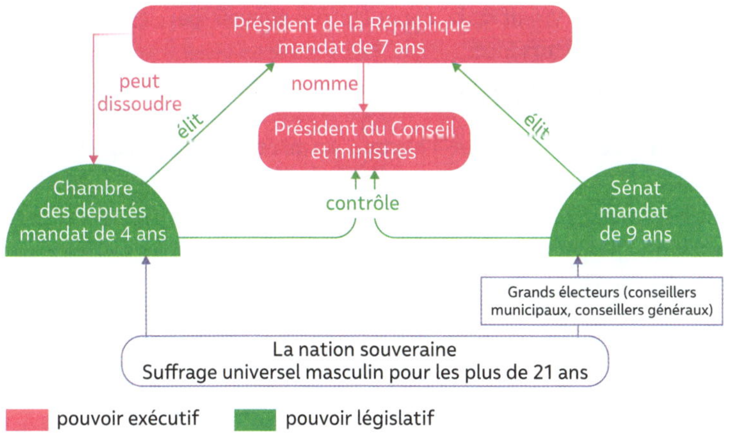

■ Les Assemblées élisent le président de la République et contrôlent le gouvernement. Le président de la République dispose de pouvoirs étendus.

■ Deux lectures des lois sont possibles : l'une conduisant à un pouvoir exécutif fort, voire à une restauration, l'autre à un régime parlementaire.

16 L'installation de la République

En bref *Les Républicains au pouvoir à partir de 1879 se qualifient eux-mêmes d'opportunistes. Ce sont des modérés qui veulent rallier les paysans et la bourgeoisie à la République. Ils s'opposent à une droite royaliste et à une gauche radicale voire socialiste. Comment consolident-ils la République ?*

I L'affirmation des libertés fondamentales

1 De nouvelles libertés collectives

- La République est associée au rétablissement des libertés fondamentales que le Second Empire avait supprimées. Les Républicains souhaitent consolider la **démocratie libérale**.
- Les lois de 1881 élargissent les libertés publiques : la liberté de réunion et de la presse sont rétablies.
- En 1884, la loi Waldeck-Rousseau autorise les syndicats, accordant ainsi au monde ouvrier la possibilité légale de s'organiser et de défendre ses intérêts.
- La loi de 1901 institue la liberté d'association. Elle permet le développement des partis politiques qui visent à la conquête du pouvoir par les élections. La presse politique diffuse leurs idées.

MOT CLÉ
La **démocratie libérale** est un régime politique associant le principe d'égalité (démocratie) et celui de liberté (libéralisme). L'État doit garantir la liberté du citoyen, avant de chercher à réduire les inégalités sociales.

2 Des libertés locales rétablies

- La loi municipale de 1882 restaure l'élection du maire et de ses adjoints par le conseil municipal. Paris conserve un statut à part, sous l'autorité du gouvernement.
- Les libertés publiques et le suffrage universel font du maire et du député les principaux personnages politiques. Le député défend les intérêts de sa circonscription auprès des ministères.
- Le débat démocratique gagne les campagnes grâce au développement du chemin de fer et à l'essor de la presse (*Le Petit Journal* : 700 000 exemplaires dès 1882).

II L'unification de la nation

1 L'école et l'armée, piliers de la République

- Un service militaire universel de trois ans est établi en 1889. C'est une armée de masse qui se met en place.
- Les Républicains accordent la plus grande importance à l'enseignement. Jules Ferry modifie les programmes scolaires et établit dans les départements des écoles

normales pour former des instituteurs (1879). Tous ces progrès visent à diffuser l'instruction, former des citoyens et diffuser les valeurs républicaines lors des leçons de morale.

- Ferry rend l'enseignement public gratuit (1881), obligatoire de six à treize ans et laïc (1882). La loi Camille Sée (1880) met en place un enseignement secondaire féminin.

> **MOT CLÉ**
> Selon le principe de **laïcité**, toute influence et tout signe d'appartenance religieuse sont exclus de l'enseignement public, ainsi que de l'administration et de l'exercice du pouvoir politique.

2 | Les symboles de la République

- Le souvenir de la Révolution est honoré. La *Marseillaise* redevient hymne national et le 14 juillet est institué fête nationale. La Chambre des députés et le Sénat sont transférés à Paris. Dans les mairies et sur les places des villages sont installés des statues et bustes de Marianne.
- À l'occasion des funérailles de personnalités républicaines sont organisées d'imposantes cérémonies populaires, comme pour Victor Hugo ou Louis Pasteur.
- Les expositions universelles de 1878, 1889 et 1900 sont l'occasion de célébrer dans un même mouvement le progrès technique et la République.

zoOm

Les funérailles nationales de Victor Hugo

Georges-François Guiaud, *Funérailles de Victor Hugo, le catafalque sous l'Arc de triomphe*, aquarelle, 1885, musée Carnavalet

- L'écrivain français meurt à Paris, le 22 mai 1885. Opposant au Second Empire et porte-parole des pauvres, il reçoit un hommage national. Plus de deux millions de personnes assistent aux funérailles.
- Son cercueil est exposé une nuit sous l'Arc de Triomphe. Le lendemain, une procession le conduit au Panthéon. L'inscription « Aux grands hommes, la Patrie reconnaissante » est alors rétablie.

17 La République entre contestations et enracinement

En bref *Dans un contexte de difficultés économiques et de scandales politiques, la République doit affronter de fortes oppositions et de nombreuses crises. Comment les Républicains parviennent-ils à consolider le régime alors même qu'il est contesté ?*

I La République contestée

1 La droite combat la République parlementaire

- Les années 1885-1889 sont marquées par des scandales politiques dans un contexte de crise sociale. Les Républicains sont discrédités, l'**antiparlementarisme** se développe dans l'opinion.

MOT CLÉ
L'**antiparlementarisme** désigne l'opposition au régime parlementaire, considéré comme favorisant la corruption et l'instabilité ministérielle.

- Le populaire général Boulanger rassemble une coalition de mécontents (bonapartistes, nationalistes et monarchistes). Plusieurs fois élu député, il réclame une révision de la Constitution et l'instauration d'un pouvoir exécutif fort.
- Un courant nationaliste s'est développé. L'Action française de Charles Maurras attire de jeunes militants et des intellectuels qui souhaitent un retour à la monarchie.

2 La gauche attaque une République « bourgeoise »

- L'antiparlementarisme est relancé avec le scandale de Panama (1892) : des hommes politiques ont été corrompus par la compagnie qui gère le percement de l'isthme entre les océans Pacifique et Atlantique.
- Les anarchistes prônent l'action directe : une bombe est jetée à l'Assemblée nationale en 1893 et le président Sadi Carnot est assassiné en 1894. Le gouvernement répond à ces actes par des lois répressives qualifiées de « scélérates » par l'opposition.

II L'affaire Dreyfus, une épreuve pour la République

1 Une affaire d'espionnage, une erreur judiciaire

- En 1894, un officier juif alsacien, le capitaine Dreyfus, est accusé d'avoir livré des secrets militaires à l'Allemagne. Il est condamné à la prison à vie et déporté au bagne de Cayenne.
- En 1896, l'innocence d'Alfred Dreyfus est prouvée. Cependant, l'armée, au nom de la raison d'État, refuse la révision du procès.

2 Des Français divisés

- En 1898, Zola publie l'article « J'accuse » dans *L'Aurore*. L'opinion publique est divisée.

■ Les dreyfusards, issus surtout de la gauche, défendent les droits de l'individu. Avocats, médecins, intellectuels se rassemblent dans la Ligue des droits de l'homme.

■ Face aux antidreyfusards, largement antisémites et nationalistes, un gouvernement de « défense républicaine » dirigé par Waldeck-Rousseau se met en place en 1899. Dreyfus est gracié puis réhabilité en 1906.

III La République enracinée

1 Le Bloc des gauches et la séparation des Églises et l'État

■ Un Bloc des gauches arrive au pouvoir en 1902. Il regroupe socialistes et radicaux. Les radicaux sont attachés à la propriété individuelle, aux intérêts des classes moyennes et se montrent hostiles à l'Église catholique.

■ La loi du 9 décembre 1905 met fin au Concordat de 1801 → FICHE 4. La loi garantit la liberté de conscience et de culte. Les biens d'Église doivent être attribués à des associations cultuelles. Leurs inventaires, commencés en 1906, suscitent une flambée de violences.

2 La question sociale

■ Autour de Jean Jaurès, les socialistes se rassemblent en 1905 dans une force unique, la SFIO (Section française de l'Internationale ouvrière). Ils réclament une République sociale. Le syndicat révolutionnaire CGT (Confédération générale du travail) est fondé en 1895 afin de donner le pouvoir au prolétariat.

■ Face aux revendications ouvrières, Georges Clemenceau, président du Conseil de 1906 à 1909, brise les grèves. Mais des réformes sociales sont aussi votées : repos hebdomadaire, retraite ouvrière, impôt sur le revenu.

zoOm

Une politique anticléricale ferme

■ Ancien séminariste puis médecin, Émile Combes (1835-1921) devient président du Conseil en 1902. Il mène une politique anticléricale, destinée à réduire la puissance de l'Église catholique dans la société civile.

■ Cette caricature nous présente le président du Conseil sous des traits diaboliques. Le peintre apporte ici son soutien aux adversaires catholiques du Bloc des gauches.

Alphonse Colomb, dit Moloch, *Émile Combes,* huile sur toile, 1903, musée Jean-Jaurès, Castres

18 Une société française transformée

En bref *Cette période que les Français qualifièrent* a posteriori *de « Belle Époque » apparaissait alors comme synonyme de prospérité. Les Français étaient unis dans la célébration du progrès. Comment la société française s'est-elle transformée sous la IIIe République ?*

I L'industrialisation et les progrès techniques

1 La Belle Époque : une période de croissance économique

- À partir de 1895, l'économie connaît une période de croissance. Le France est la 4e puissance économique mondiale et Paris, la 2e place financière au monde.
- La seconde révolution industrielle permet de nombreux progrès. L'électricité change la vie quotidienne. La France domine dans des secteurs pionniers comme l'automobile et le cinéma.

2 À la conquête des nouvelles techniques

- Les Français s'enthousiasment pour la naissance de l'aviation : Louis Blériot traverse la Manche en 1909. Les progrès techniques se voient aussi à Paris : inauguration de la tour Eiffel (1889) et de la première ligne de métro (1900).
- Le succès des expositions universelles (1889 et 1900) manifeste le rayonnement mondial de la France.

II Une population entre déclin et renouveau

1 La situation démographique de la France

- La France, amputée de l'Alsace et de la Lorraine, compte près de 40 millions d'habitants en 1914. Elle est loin derrière l'Allemagne (66 millions d'habitants).
- Le pays est marqué par le **malthusianisme**. Son taux de natalité est le plus bas d'Europe. Certains s'inquiètent pour la puissance économique et militaire du pays et appellent à un réflexe nataliste.

MOT CLÉ
Selon le **malthusianisme** (de Robert Malthus, 1766-1864), l'augmentation trop rapide de la population, par rapport à celle des moyens de subsistance, rend nécessaire la limitation des naissances.

2 L'immigration et la place des étrangers

- L'immigration apparaît comme une solution face au déclin démographique. La loi de 1889 l'encourage en établissant le droit du sol. La France compte plus d'un million d'immigrés en 1914.
- Originaires de Belgique, d'Italie ou d'Espagne, les étrangers se concentrent dans les régions industrielles, aux frontières et autour de Paris.

■ Cet afflux provoque des réflexes xénophobes, en particulier par les ouvriers, qui leur reprochent d'accepter de bas salaires.

III Les mobilités géographiques et sociales

1 L'exode rural

Les campagnes sont désenclavées par le développement des transports, le service militaire, l'école et la presse quotidienne. La ville fascine et encourage l'exode rural, notamment depuis la Bretagne et le Massif central. Des jeunes filles s'installent comme domestiques. Les ouvriers agricoles sont attirés par les salaires de l'usine.

2 L'affirmation de la bourgeoisie et l'essor des classes moyennes

■ Les valeurs de la bourgeoisie sont devenues les valeurs dominantes d'une société qui croit à la réussite par le travail, l'épargne et l'éducation.

■ Les familles de la grande bourgeoisie s'allient à celle de la noblesse. Cette haute société mène un train de vie somptueux, influence l'opinion publique et les responsables politiques.

■ La bourgeoisie est un modèle à atteindre pour les classes moyennes (fonctionnaires, employés et travailleurs indépendants) qui rêvent d'ascension sociale. Ces couches nouvelles, formées par l'école républicaine, sont l'assise du régime.

zoOm

L'exposition universelle de 1900

Lucien Baylac, *Vue panoramique de l'Exposition universelle de 1900*

■ En 1900, Paris est peuplée de 3 millions d'habitants. « Ville lumière », elle attire peintres, musiciens et écrivains internationaux.

■ Pour l'exposition universelle, les Grand et Petit Palais, les gares de Lyon, des Invalides et d'Orsay et la première ligne de métropolitain sont construits. Avec plus de 48 millions de visiteurs, c'est un succès !

19 Les limites à l'intégration républicaine

En bref *Les Républicains au pouvoir ont cherché à réduire les inégalités sociales. Pourtant la cohésion nationale est inachevée en 1914. Quelles inégalités et tensions demeurent dans la société française ?*

I L'évolution de la place des femmes

1 Le travail féminin

- La société française reste patriarcale. Une femme est d'abord une épouse et une mère. Ouvrières dans l'industrie textile, les femmes s'orientent peu à peu vers le tertiaire (employées de magasin, domestiques, institutrices...).
- Les femmes commencent à accéder aux diplômes supérieurs et aux métiers réservés aux hommes. En 1906, Marie Curie est la première femme à enseigner à la Sorbonne. Cependant, les salaires féminins sont inférieurs de 50 % aux salaires masculins en 1913.

2 Le mouvement féministe

- Hubertine Auclert et Marguerite Durand revendiquent des droits civils et le droit de vote. Ce sont les suffragettes. Madeleine Pelletier plaide en faveur d'une réelle égalité des sexes mais reste marginale.
- Une majorité d'hommes refuse de leur accorder le droit de vote, prétextant que leur soumission au clergé pourrait en faire des ennemies de la République.

II Les difficultés du monde rural

1 Le modèle rural français

- Le poids de la paysannerie est considérable (55 % de ruraux en 1911). La petite propriété paysanne apparaît comme le modèle économique et social.
- Les républicains ont veillé à se rallier les campagnes. La paysannerie apprécie la stabilité économique et politique, les progrès sociaux.
- L'agriculture est protégée de la concurrence étrangère par les tarifs protectionnistes (1892).

MOT CLÉ
La politique **protectionniste** consiste à protéger l'économie d'un pays contre la concurrence étrangère au moyen de mesures tarifaires (droits de douane) et non tarifaires (quotas, subventions...).

2 Les mutations dans les campagnes

- Le Nord connaît une certaine modernisation (mécanisation et engrais chimiques). Le Sud et l'Ouest conservent des pratiques agraires traditionnelles, les rendements sont plus faibles.

- Les conditions de vie et de travail des ouvriers agricoles restent particulièrement difficiles. Ils sont nombreux à migrer vers la ville.
- En 1907, dans le Languedoc, une crise de surproduction viticole entraîne une violente révolte. Les manifestations sont réprimées par le gouvernement.

III La question ouvrière et le mouvement ouvrier

1 Des conditions de vie difficiles

- Un prolétariat se développe avec des ouvriers non qualifiés, travaillant en usine. Une conscience de classe naît d'un sentiment d'exploitation et de conditions de vie précaires. Elle entraîne la formation de syndicats et des grèves.
- Les revenus progressent lentement et donnent accès à une nourriture plus variée, des divertissements, des logements plus sains, en banlieue notamment.

2 La question sociale

- À partir de 1904, la France connaît une vague de grèves sans précédent. Elles font parfois suite à des catastrophes (explosion de la mine de Courrières, plus de 1 000 morts, 1906). Les réformes sociales restent timides : lois sur les retraites, congé hebdomadaire en 1906. Les conditions de sécurité s'améliorent avec la loi de 1898 sur les accidents de travail.
- Des patrons pratiquent une politique **paternaliste** et garantissent aux ouvriers des logements (Schneider, patron des usines métallurgiques du Creusot).

MOT CLÉ
Le **paternalisme** est la conception selon laquelle les rapports entre patrons et ouvriers doivent être régis par les règles de la vie familiale : affection réciproque, autorité et respect.

zoom

La fusillade de Fourmies, 1er mai 1891

- Lors de la fête du travail, à Fourmies, une manifestation interdite d'ouvriers pacifiques tourne au drame. La troupe tire sur la foule faisant 9 victimes dont Marie Blondeau. Elle devient le symbole de cette journée : on la voit ici au centre de la gravure, portant sa branche d'aubépine.
- Avec ce drame, le 1er mai s'enracine dans la tradition de lutte des ouvriers européens.

Couverture du *Petit Parisien illustré*, 17 mai 1891

S'ENTRAÎNER

1 Connaître les acteurs de la période

→ FICHES 15 à 19

Associez chaque personnage au bon événement ou à la bonne période.

- Louise Michel
- Mac-Mahon
- Émile Combes
- Jules Ferry
- Georges Clemenceau

- Ordre moral
- République radicale
- Commune de Paris
- République opportuniste

2 Se repérer dans le temps

→ FICHES 15 à 19

Placez les événements suivants sur la frise chronologique.

a. Proclamation de la IIIe République

b. Crise de surproduction viticole dans le Languedoc

c. Loi Waldeck-Rousseau autorisant les syndicats

d. Établissement du service militaire pour les hommes

e. « J'accuse » d'Émile Zola

f. Création de la SFIO

g. Traité de Francfort

h. Loi sur les accidents du travail

i. Loi sur la liberté de la presse

j. Réhabilitation du capitaine Dreyfus

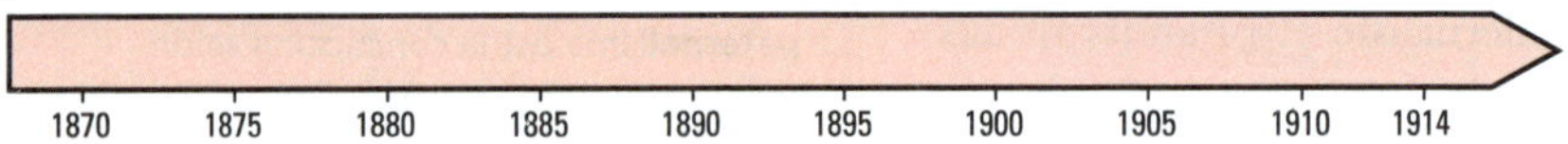

OBJECTIF BAC

3 La difficile installation de la République (1870-1914) Question problématisée

1 h

Le sujet est vaste : il englobe toute la période étudiée. Vous devez bien analyser la consigne afin de cerner ce qui est en rapport avec le sujet, puis mobiliser vos connaissances et les répartir dans le plan suggéré dans l'énoncé.

LE SUJET

Dans une réponse organisée, vous présenterez la difficile installation de la République entre 1870 et 1914. Si la République connaît une naissance difficile, elle surmonte des menaces et la République radicale s'affirme.

Méthode

Dégager les enjeux d'une question problématisée

- **Analyser le sujet au brouillon**
  - Définissez les **notions clés** du sujet.
  - Déterminez les **bornes chronologiques** et **spatiales** du sujet, et justifiez-les : pourquoi étudie-t-on ce sujet dans cet espace géographique et sur cette période ?
  - Faites la **liste des connaissances** auxquelles le sujet fait appel.
- **Dégager les enjeux du sujet**
  Notez les questions que le sujet suscite : quels sont les enjeux ? les tensions qui s'expriment ?
- **Reformuler la question**
  - À partir de ces questions et des mots du sujet, formulez une **question unique** correspondant à l'intitulé du sujet. Cette interrogation servira de fil conducteur à l'ensemble de votre démonstration.
  - Elle permet de traiter le sujet et sert de structure à votre réponse organisée. Le plan doit permettre d'y répondre.

▶▶▶ LA FEUILLE DE ROUTE

Étape 1 Analyser le sujet

La difficile installation de la République (1870-1914)

Formulation
- Une phrase affirmative
- Il faut montrer pourquoi la République s'est enracinée lentement en France

Bornes chronologiques
- 1870 : fin du Second Empire et proclamation de la République
- 1914 : la République est bien installée et entre en guerre

Type de sujet
Sujet chronologique

Notions et mots clés
- La République est un régime opposé à la monarchie
- Les détenteurs du pouvoir gouvernent la « chose publique » au nom de l'intérêt général

Étape 2 Mobiliser ses connaissances

- Notez au brouillon les idées et les faits qui vous viennent à l'esprit. Qui sont les acteurs de cette période ? Quels sont les événements marquants ? Quand se déroulent-ils ? Pourquoi ? Comment ? Avec quelles conséquences ?
- Quelles sont les forces politiques qui s'opposent à l'installation de la IIIe République ? Les partisans de l'Empire, les monarchistes…

Étape 3 Dégager les enjeux du sujet

■ En 1870, alors que le pays connaît une débâcle militaire, la IIIe République est proclamée. Les monarchistes remportent les élections législatives de 1871. L'avenir de cette jeune République semble bien incertain.

■ En 1914, les Français et la majorité de la classe politique semblent s'être ralliés au régime comme l'atteste la formation d'un gouvernement d'Union sacrée.

■ Comment expliquer la difficile mise en place de la IIIe République puis son lent enracinement entre 1870 et 1914 ?

Étape 4 Organiser la réponse

Entre 1870 et 1914, la IIIe République se met en place par étapes et se trouve confrontée à des menaces récurrentes. Un plan chronologique s'impose :

I. Une naissance difficile (1870-1877)

II. La République surmonte des menaces récurrentes (1877-1899)

III. Une longue République radicale s'affirme (1899-1914)

Étape 5 Rédiger le devoir → CORRIGÉ

CORRIGÉS

S'ENTRAÎNER

1 Connaître les acteurs de la période

- Louise Michel : Commune de Paris
- Mac-Mahon : Ordre moral
- Émile Combes : République radicale
- Jules Ferry : République opportuniste
- Georges Clemenceau : République radicale

2 Se repérer dans le temps

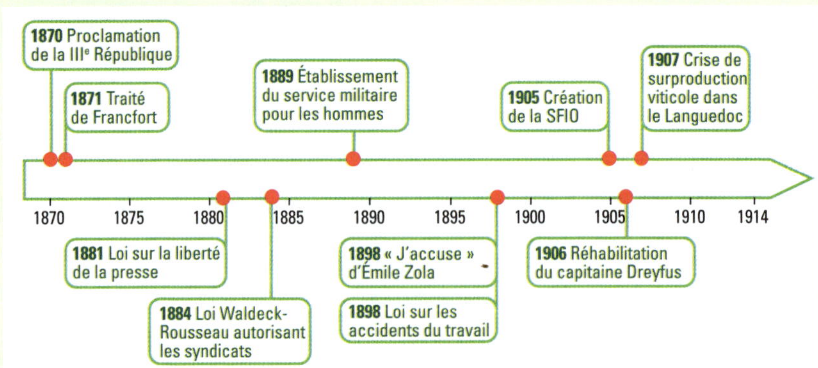

OBJECTIF BAC

3 Question problématisée

[Introduction] Comment expliquer la difficile mise en place de la IIIe République ainsi que son lent enracinement entre 1870 et 1914 ? La naissance de la République est difficile [I]. Le régime s'enracine entre 1879 et 1899 [II] puis connaît son apogée au début du XXe siècle [III].

I. La naissance difficile de la IIIe République

■ Le 4 septembre 1870, alors que le pays est en guerre, les républicains proclament la IIIe République. Mais une assemblée législative monarchiste est élue le 8 févier 1871, et le traité de Francfort signé avec l'Empire allemand a pour effet la perte de l'Alsace-Moselle. S'estimant trahie, l'extrême-gauche parisienne, s'appuyant sur les ouvriers et les artisans, proclame la Commune de Paris. Écrasée le 28 mai 1871, celle-ci laisse la place à un gouvernement monarchiste et réactionnaire.

■ En 1875, trois lois constitutionnelles établissent une République parlementaire avec un pouvoir exécutif fort. Menés par Ferry et Gambetta, les républicains emportent les élections à la Chambre des députés, au Sénat puis, en 1879, à la présidence.

II. La République surmonte des menaces récurrentes (1877-1899)

■ Le Parlement vote une série de lois démocratiques : liberté de la presse et liberté de réunion (1881), libre formation des syndicats (1884), associations et partis politiques (1901).

■ Les républicains souhaitent l'instruction pour tous et limiter le rôle de l'Église. Ferry rend l'enseignement public, laïc et obligatoire. La République adopte des symboles révolutionnaires, diffusés sur tout le territoire.

■ Les années 1885-1889 sont marquées par des scandales politiques (Panama) et des menaces (boulangisme). L'affaire Dreyfus divise les Français de 1894 à 1906. Elle révèle l'antisémitisme et le nationalisme des antidreyfusards.

III. Une longue République radicale s'affirme (1899-1914)

■ La victoire républicaine confirme l'enracinement du régime. Les paysans et les classes moyennes, formés par l'école républicaine et le service militaire universel, en sont l'assise.

■ En 1905, à l'initiative de républicains anticléricaux, le Parlement vote la séparation des Églises et de l'État. Désormais, la France est un État laïc.

■ Les syndicats révolutionnaires (CGT) et le parti socialiste (SFIO) luttent pour l'amélioration de la condition ouvrière. Face à ces revendications, Clemenceau, président du Conseil de 1906 à 1909, brise les grèves. Mais des réformes sociales sont aussi votées : repos hebdomadaire, retraite ouvrière, impôt sur le revenu.

[Conclusion] À peine née, la République est menacée par ses adversaires (1870-1877). Face aux menaces récurrentes, le régime se consolide et met en place son modèle républicain (1877-1899). Dans un contexte social tendu, la République s'enracine à la Belle Époque (1899-1914).

20 Les causes de l'expansion coloniale

En bref *L'expansion coloniale se développe à partir de 1880, lorsque les républicains opportunistes sont au pouvoir. Quels sont les fondements et les acteurs de l'expansion coloniale française ?*

I Des motivations politiques et économiques

1 Des fondements politiques

- En France, l'expansion outre-mer est un moyen d'effacer l'humiliation de la défaite de 1870 contre la Prusse.
- La politique coloniale de Gambetta et de Ferry témoigne de la hantise du déclin, de l'obsession du rang mondial de la France qui est au cœur du nationalisme depuis 1871.

2 Un contexte économique favorable

- Dans la seconde moitié du XIXe siècle, la domination économique de l'Europe s'accentue grâce à l'essor de la révolution industrielle. En 1914, la moitié de la production industrielle mondiale vient d'Europe ainsi que les deux tiers des échanges. Cette domination est liée à une supériorité technique et scientifique.
- Les États européens en proie aux difficultés économiques liées à la Grande dépression (1873-1896) recherchent des matières premières et des débouchés. Les économies sont alors favorables au libre-échange.

II Démographie, intérêt scientifique et « devoir moral »

1 Des raisons démographiques et scientifiques

- En 1914, l'Europe représente le quart de la population mondiale. Une forte fécondité liée à la transition démographique pousse les Européens à quitter le continent. La France est moins touchée par ce phénomène.
- Les sociétés de géographie financent des expéditions. Les scientifiques s'intéressent à la découverte de territoires jusque-là inconnus. Savorgnan de Brazza, officier et explorateur français, mène trois expéditions en Afrique.

INFO + **Deux personnages clés**

- **Jules Ferry**, deux fois président du Conseil (1880-1881 et 1883-1885), établit le protectorat sur la Tunisie puis lance la conquête du Tonkin (nord du Vietnam).
- **Georges Clemenceau**, député radical, s'oppose violemment à la politique coloniale de Ferry. Ses arguments sont économiques, nationalistes et humanistes.

J. Ferry (1832-1893)

G. Clemenceau (1841-1929)

2 La bonne conscience de « l'homme blanc »

■ Les Européens sont convaincus de leur **mission civilisatrice**. C'est le « fardeau de l'homme blanc » dont parle le poète britannique Kipling.

■ L'Église connaît une intense activité **missionnaire** en Afrique alors que son emprise diminue sur les sociétés européennes. La congrégation **Notre-Dame d'Afrique** est fondée par le cardinal Lavigerie en 1868.

III Le débat colonial

1 Convaincre l'opinion politique

■ De puissants **groupes de pression** se forment, comme le **parti colonial**. Ils rassemblent des députés de gauche et de droite, des industriels et des hommes d'Église pour appuyer le développement des empires coloniaux.

■ L'opposition à la colonisation est alors le fait de la **droite nationaliste** et des **radicaux** comme Georges Clemenceau qui redoutent que l'expansion coloniale détourne la France de la revanche.

■ Les **milieux politiques** se rallient à partir de 1890. Les socialistes eux-mêmes admettent la validité d'une colonisation apportant les bienfaits de la civilisation.

2 Convaincre l'opinion publique

■ Les groupes de pression cherchent à convaincre l'opinion. L'**Exposition universelle** de Paris en 1889 met en valeur l'empire colonial.

■ Après 1890, l'opinion publique accepte l'expansion coloniale par nationalisme et patriotisme ou dans une certaine indifférence teintée de curiosité.

zoOm

L'action des missionnaires

■ Les Églises encouragent l'expansion coloniale afin d'**évangéliser les populations** et de **lutter contre l'esclavage**.

■ Des congrégations missionnaires sont créées. Les religieux christianisent les populations. Ils s'occupent aussi de les **éduquer** et de les **soigner**.

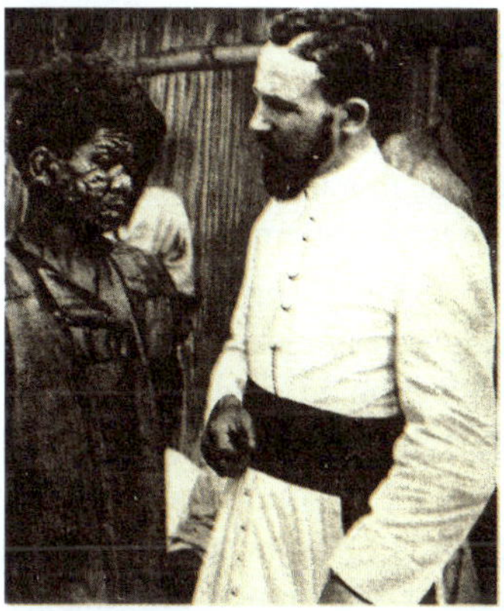

Missionnaire avec un patient atteint de la lèpre, Madagascar, vers 1920

21 La constitution d'empires coloniaux

En bref *En 1914, la France possède le second empire colonial, derrière la Grande-Bretagne. D'une superficie de 10 millions de km² et regroupant 55 millions d'habitants, son empire s'étend sur les cinq continents. Comment s'est constitué l'empire colonial français ?*

I Les étapes de l'expansion coloniale

1 L'empire colonial français en 1870

- Au milieu du XIXe siècle, la colonisation marque un temps d'arrêt. L'esclavage et la traite négrière sont abolis, ce qui entrave l'économie de plantation. La conquête de l'Algérie amorcée en 1830 est décidée sans enthousiasme et se heurte aux réticences de l'opinion.
- Sous le Second Empire, les Français renforcent leur présence en Afrique de l'Ouest (Sénégal, 1854), dans le Pacifique (Nouvelle-Calédonie, 1853), en Asie (Cochinchine, 1862). En 1870, l'Empire colonial couvre 900 000 km².

2 La « course aux colonies »

- La possession de l'Algérie amène la France à achever la conquête du Maghreb. La France s'établit en Tunisie (1881), aux dépens de l'Italie, et au Maroc (1912).
- Brazza (1875-1884) prend possession des territoires situés sur la rive droite du Congo. Le Soudan, le Dahomey et Madagascar sont conquis à la fin du siècle.
- En Extrême-Orient, sous l'impulsion de Jules Ferry, la France s'installe au Tonkin. En 1885, l'Indochine est sous souveraineté française.

II Impérialisme et tensions internationales

- L'**impérialisme** devient un enjeu de puissance entre États européens. La conférence de Berlin (1884-1885) tente d'organiser le partage de l'Afrique et de moraliser la colonisation. Ce continent est presque entièrement colonisé en 1914.
- L'essor colonial engendre des rivalités. En 1898, Français et Anglais s'opposent à Fachoda, pour l'occupation du Soudan. Face à un risque de guerre, la France abandonne ses prétentions sur le bassin du Nil.
- L'empereur Guillaume II veut empêcher les Français d'étendre leur influence au Maroc. À la suite des crises de Tanger en 1905-1906 et d'Agadir en 1911, le Maroc revient à la France. En échange, des territoires français sont accordés à l'Allemagne en Afrique centrale.

MOT CLÉ
Au XIXe siècle, l'**impérialisme** qualifie la domination culturelle, politique, économique et militaire exercée par les nations industrialisées sur les autres États, notamment par la conquête coloniale.

III Une domination aux modalités diverses

1 | Les formes d'administration

■ La plupart des territoires sont des colonies d'exploitation. Placées sous la souveraineté française, elles ne comptent qu'une faible population européenne.

■ La République recourt également au régime du **protectorat** en maintenant les institutions et un gouvernement autonome (Tunisie, Maroc, Cambodge ou Laos).

> **MOT CLÉ**
> Un **protectorat** est un territoire ou un État dépendant d'une métropole, mais qui possède ses propres institutions et un gouvernement autonome.

2 | Assimilation ou association des peuples colonisés ?

■ L'assimilation est la doctrine officielle de la IIIe République. Elle devait conduire les indigènes à adopter progressivement la langue, la culture, les valeurs de la métropole et leur permettre d'obtenir l'égalité juridique avec les citoyens français.

■ La politique d'association est privilégiée par les Anglais. Elle reconnaît les particularismes des peuples soumis et cherche à les associer plus activement au développement de la colonie.

3 | L'Algérie, une colonie de peuplement

■ L'Algérie accueille de nombreux colons européens. Beaucoup exploitent des terres comme les Alsaciens et Lorrains, arrivés après 1870.

■ Elle est organisée en trois départements français et dépend du ministère de l'Intérieur. Les colons obtiennent une représentation au Parlement.

zoOm

La crise de Fachoda (1898)

■ Le 18 septembre 1898, la mission française de Marchand partie de Dakar pour Djibouti se retrouve à Fachoda face à l'expédition anglaise reliant Le Caire au Cap. Les Français doivent se retirer. Cette illustration parodique témoigne de l'humiliation et de l'échec de l'expédition.

■ Les tensions s'apaisent en 1904. L'Entente cordiale avec l'Angleterre reconnaît les droits de la France au Maroc contre la renonciation de ses prérogatives en Égypte.

Le Petit Journal, supplément illustré, Une du n° 418, 20 novembre 1898

22 Le fonctionnement des sociétés coloniales

En bref *Les sociétés coloniales sont composées d'indigènes, de colons, de missionnaires, de militaires et de fonctionnaires de la métropole. Comment fonctionnent les sociétés coloniales ?*

I Des sociétés organisées par et pour la métropole

1 Des statuts sociaux hiérarchisés

- En Algérie, Arabes et Kabyles sont soumis au **Code de l'indigénat** (1881). En revanche, le décret Crémieux (1870) naturalise les Juifs algériens. Les étrangers européens d'Algérie sont naturalisés automatiquement dès 1889.
- Le Code de l'indigénat est généralisé à toutes les colonies françaises en 1887. Citoyens français et indigènes se mélangent très peu.

MOT CLÉ
Le **Code de l'indigénat** établit un statut d'infériorité des indigènes. Il réduit les libertés individuelles, soumet les peuples au travail forcé et à des impôts particuliers.

2 Une mise en valeur au profit de la métropole

- Les colonies fournissent des produits tropicaux ou miniers (caoutchouc, fer, cuivre) et sont aussi des débouchés pour l'industrie.
- La France investit moins que la Grande-Bretagne dans son Empire. Les nouvelles infrastructures permettent l'exportation des produits coloniaux.
- En Algérie, la mise en valeur se réalise grâce à une forte présence européenne et à des investissements massifs. Des régions marécageuses comme la Mitidja sont asséchées. Des cultures nouvelles sont introduites (vigne, agrumes).

II La mission « civilisatrice » de la France

1 L'action éducative et sociale

- La métropole développe un réseau d'écoles primaires, mais seule une minorité d'indigènes accède à l'enseignement secondaire. L'acculturation ne touche qu'une élite.
- La situation sanitaire s'améliore par la lutte contre les maladies tropicales. En 1891, Calmette crée à Saigon le premier institut Pasteur d'outre-mer.

2 Le développement urbain

La présence coloniale favorise le développement urbain. L'urbanisme est occidental (plan à damier). La ville s'organise autour de ses bâtiments administratifs et de l'activité commerciale, comme à Saigon. La ségrégation raciale y est souvent marquée.

3 | Les Français et leur Empire

- Les Français de métropole connaissent très mal les cultures de leur Empire. Ceci étant, **certains artistes puisent leur inspiration** dans la découverte de l'art africain (Picasso) ou des paysages et modes de vie exotiques (Gauguin).
- Le **sentiment de supériorité occidentale** alimente nombre de clichés.

III Contestations et résistances

- Les Français se heurtent à des résistances dont ils triomphent grâce à leur supériorité technique et stratégique, et à l'enrôlement de soldats indigènes.
- Les critiques viennent du travail forcé, des cultures obligatoires destinées à l'exportation, des réquisitions. Le régime de l'indigénat cristallise les mécontentements et entraîne la **grande révolte de Kabylie** en 1871.
- En **Indochine**, l'opposition est vive au début du siècle. Les mouvements sont animés par la bourgeoisie et des éléments populaires.

zoOm

Saigon, ville coloniale

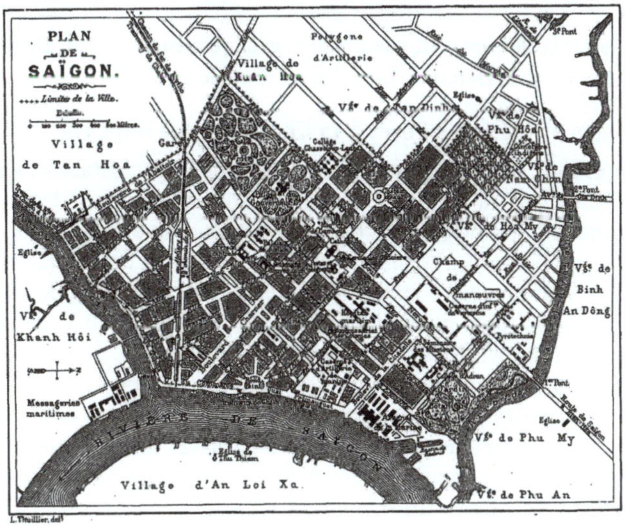

L. Thuillier, delt

- Dès la prise de Saigon (1859), les Français aménagent la capitale de la Cochinchine selon l'**urbanisme haussmannien**, comme on peut le voir sur ce document de 1893. Un plan en damier sert de structure. Un chemin de fer désenclave l'intérieur du territoire.
- La présence du colonisateur se lit avec le palais du gouverneur face au jardin botanique, le collège, l'évêché et la cathédrale, les casernes et l'hôpital militaire.

FRANÇAIS HISTOIRE GÉOGRAPHIE ENS. SCIENTIFIQUE & MATHÉMATIQUE ANGLAIS

S'ENTRAÎNER

1 Réviser le cours en 6 questions flash

→ FICHES 20 à 22

1. Qu'est-ce qui distingue un protectorat d'une colonie d'exploitation ?
2. Quel est le rôle joué par les congrégations missionnaires dans les colonies ?
3. Quand se déroule la conférence de Berlin et quel est son objectif ?
4. Les peuples colonisés ont-ils accès à l'éducation ?
5. Montrez que la mise en valeur des territoires se fait au profit de la métropole.
6. Pourquoi Saigon est-elle une ville coloniale ?

OBJECTIF BAC

2 Jules Ferry et la colonisation • Analyse de document

1 h

Le document proposé est l'un des plus connus de l'histoire coloniale française. Il s'inscrit dans le débat colonial qui oppose les hommes politiques des débuts de la IIIe République.

LE SUJET

Après avoir présenté le document, vous montrerez comment les arguments de Jules Ferry illustrent le débat colonial au début de la IIIe République.

Document — Discours de Jules Ferry à la Chambre des députés

Les colonies sont pour les pays riches un placement de capitaux des plus avantageux. [...] Dans la crise que traversent toutes les industries européennes, la fondation d'une colonie, c'est la création d'un débouché. [...]

Il y a un second point [...], c'est le côté humanitaire et civilisateur de la question [...]. Il faut dire ouvertement qu'en effet, les races supérieures ont un droit vis-à-vis des races inférieures parce qu'il y a un devoir pour elles. Elles ont un devoir de civiliser les races inférieures [...].

Les nations, au temps où nous sommes, ne sont grandes que par l'activité qu'elles développent. Rayonner sans agir, sans se mêler aux affaires du monde, [...] vivre de cette sorte, pour une grande nation, croyez-le bien, c'est abdiquer, et, c'est dans un temps plus court que vous ne pouvez le croire, c'est descendre du premier rang au troisième et au quatrième.

Journal officiel, séance du 28 juillet 1885

Méthode

Construire une analyse de document

Lire attentivement la consigne

La consigne est explicite : elle oriente l'analyse que vous devez mener en énumérant les différents aspects à étudier. Lisez-la avec soin et méthode.

Étudier la consigne au brouillon

- La consigne énonce le **thème** étudié. Identifiez-le ou les chapitres abordés par le sujet, afin de comprendre dans quelle problématique plus générale cette consigne s'inscrit.
- Relevez chaque **mot clé** et définissez-le le plus précisément possible. Cherchez ensuite les **notions** qui leur sont associées. Si un **personnage historique** est mentionné, notez des éléments biographiques.
- Tenez compte des **limites chronologiques et spatiales**.

Formuler une problématique et construire un plan

- La **problématique** guide l'analyse. Il convient de dégager une question à partir de la consigne en prenant en compte la spécificité du document. Elle trouve sa place à la fin de l'introduction.
- Le **plan** s'organise en deux ou trois parties. S'il n'est pas suggéré par la consigne, appuyez-vous sur la structure du document lui-même.

LA FEUILLE DE ROUTE

Étape 1 Présenter le document

Extraits du discours de Jules Ferry devant les députés

Nature, genre, source
- Nature textuelle
- Discours politique
- Journal officiel

Auteur et destinataire
- Ancien président du Conseil
- Les députés français

Date et contexte
- 28 Juillet 1885
- Reprise de la colonisation avec la IIIe République

Thèmes
- Les arguments en faveur de la colonisation
- Le débat colonial

Étape 2 Comprendre la consigne

- Jules Ferry expose ici son raisonnement en faveur de la **colonisation**, c'est-à-dire l'expansion coloniale de l'Empire.
- Connu pour son rôle dans le domaine scolaire, Jules Ferry, président du Conseil de 1880 à 1881, est aussi un ardent promoteur de la colonisation → FICHE 20.
- La **IIIe République** (1870-1914) a relancé l'expansion coloniale et Jules Ferry est son fervent défenseur. Ce document date de **1885**, année de la conférence de Berlin. Le sujet concerne la métropole ainsi que son Empire.

Étape 3 Exploiter le document

- Dans chaque paragraphe, repérez le thème développé et surlignez les **arguments** présentés par Jules Ferry. Ici, **3 paragraphes** développent **3 idées** qui peuvent constituer les **3 axes** de votre développement.
- Au brouillon, notez les 3 axes, puis ajoutez les connaissances qui permettent d'expliquer les arguments développés par Jules Ferry.
- Entourez le ou les élément(s) dans le texte qui vous semblent contestables.

Étape 4 Rédiger le devoir

→ CORRIGÉ

CORRIGÉS

S'ENTRAÎNER

1 Réviser le cours en 6 questions flash

1. Un protectorat est un territoire dépendant d'une métropole, mais qui possède ses **propres institutions** et un **gouvernement autonome**. Une colonie est un territoire **entièrement placé sous la souveraineté d'un autre État**.

2. Dans les colonies, les congrégations missionnaires ont comme objectif d'**évangéliser** les populations. Elles s'occupent aussi de les **éduquer** et de les **soigner**.

3. La conférence de Berlin (1884-1885) tente d'**organiser le partage de l'Afrique** et de **« moraliser » la colonisation**. On y définit les règles des conquêtes coloniales.

4. La métropole a développé un réseau d'écoles primaires mais **seule une minorité** d'indigènes accède à l'enseignement secondaire.

5. Les colonies fournissent des **produits tropicaux** ou **miniers** et servent de **débouché pour l'industrie européenne**. En Algérie, la mise en valeur se réalise grâce à une forte présence européenne.

6. Saigon est **aménagée comme une ville européenne** : plan en damier, collège, cathédrale... La colonisation se voit aussi avec le palais du gouverneur, des casernes et un hôpital militaire.

OBJECTIF BAC

2 Analyse de document

[Introduction] Ce document est constitué d'extraits du discours de Jules Ferry à l'Assemblée nationale le 28 juillet 1885. Républicain de centre-gauche, président du Conseil de février 1883 à mars 1885, Ferry justifie ici sa politique d'expansion coloniale. La conférence de Berlin a statué sur les modalités du partage de l'Afrique entre les puissances européennes. Les députés sont alors partagés sur la question coloniale.

Comment les arguments développés dans ce discours illustrent-ils le débat colonial des débuts de la IIIe République ? Nous allons voir que Jules Ferry construit son argumentation autour de trois idées.

I. La colonisation, une nécessité économique

- La colonisation est nécessaire à la France pour une raison économique, celle des débouchés. Cet argument est d'autant plus pertinent que la France, comme l'Europe, depuis 1873, traverse une dépression économique dont elle peine à sortir. La colonisation pourrait donc y remédier.
- Les États européens organisent à leur profit l'exploitation des territoires. Les investissements français se tournent alors majoritairement vers le Maghreb.

II. La colonisation, une mission humanitaire et civilisatrice

- La colonisation est justifiée pour une raison humanitaire, celle de la « civilisation ». C'est ce que Rudyard Kipling, auteur du *Livre de la Jungle*, appelle en 1899 le « fardeau de l'homme blanc » : coloniser, non pour dominer, mais pour libérer.
- Cet argument, raciste par l'emploi de l'expression « races inférieures » est hautement discutable. Par civiliser, il faut entendre scolariser, améliorer les conditions morales et matérielles d'existence, supprimer l'esclavage. En menant ces actions, la métropole a acculturé les peuples colonisés. Une nouvelle forme d'asservissement a également été mise en place.

III. La colonisation, un enjeu de puissance

- La colonisation est indispensable pour des raisons militaires, politiques et patriotiques. Il s'agit de défendre le rang de la France dans le monde. Cette inquiétude s'explique par la défaite de la France contre la Prusse en 1870.
- La France rivalise avec les autres puissances coloniales européennes, en particulier avec la Grande-Bretagne. Jules Ferry montre ici un clair intérêt dans la conquête de nouvelles terres.

[Conclusion] Jules Ferry justifie la colonisation pour des raisons humaines, économiques, industrielles ou politiques, montrant une vision positive de la conquête des nouveaux territoires. Cependant, ce document n'est qu'un extrait du discours de Jules Ferry et il ne présente que des aspects positifs afin d'affirmer la puissance de l'Empire. Quand il prononce son discours, Jules Ferry est applaudi par des républicains opportunistes, mais il est aussi hué à sa gauche. Georges Clemenceau, député radical, lui répond le 31 juillet en démontant un par un ses arguments.

23 Un embrasement mondial

En bref *Le 28 juin 1914, l'assassinat à Sarajevo de l'héritier du trône d'Autriche-Hongrie précipite les puissances européennes dans une guerre qui devient mondiale.*

I Les origines de la guerre

■ La Grande Guerre est le résultat de longues années de tensions :

- **économiques** : les pays européens, industrialisés, sont en concurrence ;
- **coloniales** : en Afrique, les Européens s'affrontent pour le contrôle de territoires (la France et l'Allemagne au Maroc en 1905 et 1911) ; → FICHE 21
- **maritimes** : la Russie réclame l'internationalisation des détroits du Bosphore et des Dardanelles, contrôlés par l'Empire ottoman ;
- **nationalistes** : l'Autriche-Hongrie est un État multinational où cohabitent de nombreux peuples slaves, qui espèrent plus d'autonomie. En 1908, elle annexe la Bosnie-Herzégovine, convoitée par la Serbie. Les Balkans sont une « poudrière ».

■ Le **28 juin 1914**, l'héritier de la couronne d'Autriche-Hongrie – l'**archiduc François Ferdinand** – est assassiné à Sarajevo par un étudiant serbe opposé à l'annexion de la Bosnie-Herzégovine. Par le **jeu d'alliances**, cet événement implique tous les États européens. L'Autriche déclare la guerre à la Serbie, la Russie (alliée de la Serbie) à l'Autriche et l'Allemagne à la Russie. Début août 1914, l'Allemagne, la France et le Royaume-Uni sont en guerre.

■ Les **buts de guerre** sont évidents : les belligérants souhaitent accroître leur puissance et surtout repousser leurs frontières par l'annexion de territoires voisins ou en reprenant des terres perdues (la France avec l'Alsace-Moselle).

II Les grandes étapes de la guerre

1 L'échec d'une guerre de mouvement

■ Le conflit se déroule sur **deux fronts** : franco-allemand et russo-germano-autrichien. L'armée allemande entre en France le 2 août 1914. Cette offensive est stoppée sur la Marne en septembre. À l'Est, l'offensive russe est arrêtée par les Allemands à Tannenberg le 30 août. De 1915 à 1917, les fronts se stabilisent sur les frontières des Empires centraux : la **guerre de position** commence.

> **MOT CLÉ**
> Dans une **guerre de position**, les soldats s'enterrent dans des tranchées et tentent de conserver les positions acquises.

■ Afin d'épuiser l'ennemi, les États-majors lancent de grandes offensives : c'est une **guerre d'usure**. En 1916, la **bataille de Verdun** et la **bataille de la Somme** font de nombreuses victimes. → FICHE 24

2 | Une guerre internationale

■ L'Alliance reçoit l'appui de l'Empire ottoman (fin 1914) et de la Bulgarie (1915). L'Entente obtient l'intervention de l'Italie (1915) et de la Roumanie (1917). Elle lance une offensive sur les **Dardanelles** (1915), qui sera un échec.

■ L'**Atlantique** est le théâtre de torpillages de navires par la marine allemande. Les États-Unis décident alors à entrer en guerre (1917).

3 | Le tournant de la guerre en 1917 et la victoire des Alliés

■ À l'Est, les défaites et des **révolutions de 1917** déstabilisent la Russie, qui signe le **traité de Brest-Litovsk** (mars 1918). À l'Ouest, les Allemands lancent des offensives afin de conclure la guerre avant l'arrivée des Américains. Ils atteignent à nouveau la Marne (mai 1918) mais ils sont repoussés par le général Foch.

■ Abandonnée par ses alliés, fragilisée par des troubles révolutionnaires à Berlin, l'Allemagne accepte les conditions de l'**armistice**. Celui-ci est signé à Rethondes le **11 novembre**.

MOT CLÉ
Un **armistice** est un accord entre les pays belligérants mettant fin aux combats en temps de guerre.

zoOm

Les systèmes d'alliances en Europe en 1914

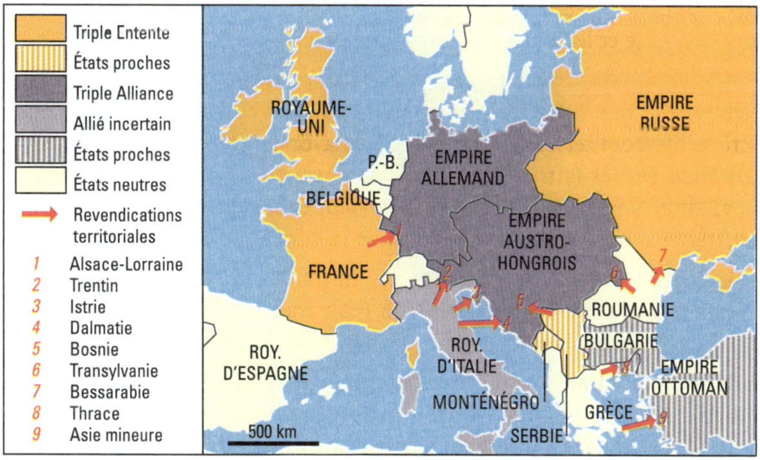

■ La **Triple Alliance** réunit l'Allemagne, l'Autriche-Hongrie et l'Italie. Cette dernière revendique des territoires situés en Autriche, ce qui en fait un allié faible.

■ La France a constitué un bloc rival en s'alliant à la Russie en 1894 et en se rapprochant du Royaume-Uni. En 1907, cette alliance devient la **Triple Entente**.

24 Être soldat : la bataille de la Somme

En bref *La bataille de la Somme témoigne de la violence de l'expérience combattante de la Première Guerre mondiale et des avancées technologiques réalisées pour vaincre l'ennemi.*

I La Somme : une bataille britannique

- En décembre 1915, les états-majors alliés décident d'une vaste offensive sur la Somme pour repousser les Allemands vers la Belgique. La France, contrainte d'envoyer des renforts dans la Meuse, mobilise peu de divisions, le rôle primordial revient à l'armée britannique.
- Le 24 juin 1916 commence un bombardement d'artillerie d'une ampleur jusque-là inconnue. En moins d'une semaine, plus d'un million d'obus sont tirés sur les lignes allemandes.
- Le 1er juillet, les Britanniques font exploser des mines creusées sous les lignes allemandes. Puis 100 000 fantassins britanniques, peu expérimentés et lourdement équipés se lancent lentement et en ligne sur le **no man's land** croyant ne trouver que des cadavres sous les tranchées ennemies bombardées. Ils sont décimés par les mitrailleuses et l'artillerie allemandes : 60 000 hommes meurent ce jour-là.

MOT CLÉ
Le **no man's land** est l'espace séparant les premières lignes de chaque tranchée ennemie. L'intensité des combats y dévaste les paysages.

II L'expérience combattante

- Les violences du front sont connues grâce aux témoignages et récits d'après-guerre, mais aussi par les lettres que les soldats envoient à l'arrière. Mitraillés, bombardés, victimes des gaz, ils vivent dans l'horreur et la peur. Ils dorment dans la boue, souffrent du froid, des poux, des rats, de la faim et de la soif.
- L'artillerie lourde (obus), les grenades, les mitrailleuses causent de graves traumatismes corporels. La violence visuelle (camarades morts), le bruit des bombes et l'usage des gaz laissent des marques psychologiques importantes.
- La bataille de la Somme constitue un tournant dans le développement de l'aéronautique militaire. Jusque-là surtout utilisée pour la reconnaissance et pour régler les tirs d'artillerie, l'aviation devient une arme offensive utilisée par l'Entente pour bombarder les lignes, comme le font déjà les Allemands. C'est également pendant cette bataille que les premiers chars sont utilisés.
- Les soldats font preuve de ténacité. Leur solidarité et le sens du devoir patriotique leur permettent de supporter la contrainte de l'autorité militaire et la dureté des tranchées.

III Une bataille meurtrière

■ Pendant cinq mois, les assauts se succèdent et **les Alliés avancent très peu**. Les soldats subissent la violence anonyme des armes modernes mais la mort se donne aussi au corps à corps lors des assauts de tranchées. Le 18 novembre, l'offensive cesse. Les Alliés ont progressé d'environ 10 km.

■ Quatre millions d'hommes ont été successivement impliqués dans la bataille, venus du Canada, de Nouvelle-Zélande, d'Australie, d'Afrique du Sud et des colonies britanniques comme l'Inde.

■ La bataille de la Somme est l'**affrontement le plus meurtrier de la Grande Guerre** : les pertes totales sont estimées à **1,2 million d'hommes**, dont 420 000 du côté des Britanniques. Pour ces derniers, elle demeure un véritable traumatisme dans la mémoire collective, comparable à la bataille de Verdun pour les Français.

■ La bataille de la Somme incarne la **guerre d'usure** et ses offensives meurtrières, qui apparaissent de plus en plus vaines. Certains soldats se **mutinent** ou **désertent** en 1917 malgré l'autorité militaire et l'Union sacrée.

MOT CLÉ
Une **mutinerie** est un refus collectif d'obéir aux ordres de la hiérarchie militaire. Elle peut conduire à des sanctions très lourdes (jusqu'à la peine de mort).

zoOm

La bataille de la Somme : l'évolution du front

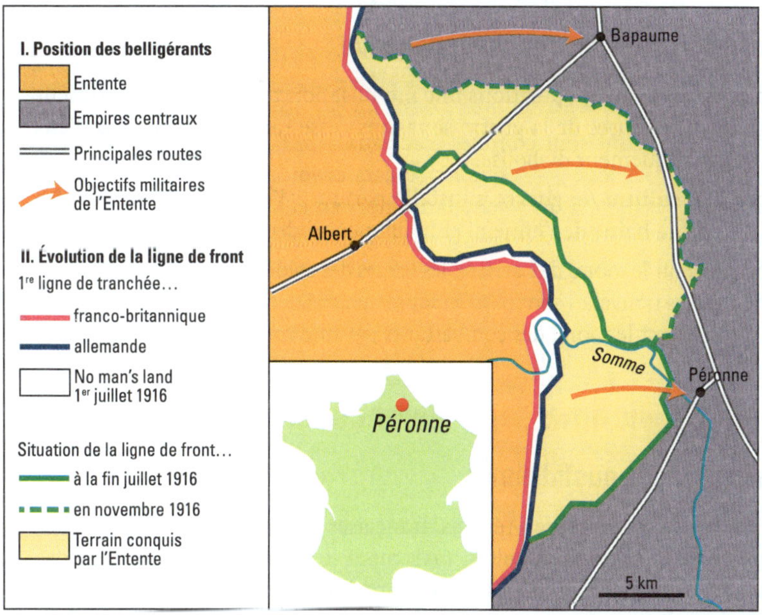

25 Les civils, acteurs et victimes de la guerre

En bref *La guerre d'usure implique la mobilisation économique et idéologique des civils. Ils deviennent également de nouvelles cibles dans ce conflit total et sont victimes des violences de guerre.*

I Les civils, mobilisés pour l'effort de guerre

1 La mobilisation économique des civils : le « front de l'arrière »

- La stabilisation du front à l'automne 1914 impose une forte mobilisation de la main-d'œuvre. Les civils participent alors à l'effort de guerre : dans les usines d'armement, dans les exploitations agricoles, les transports et les mines.
- Les femmes, déjà nombreuses dans les usines avant 1914, accèdent à de nouveaux secteurs (métallurgie et industrie mécanique). C'est le temps des « munitionnettes », encadrées par des ouvriers qualifiés rappelés du front.
- Les ouvriers étrangers et ceux des colonies sont mobilisés pour travailler à l'**arrière** (450 000 indigènes en France).
- Les civils sont sollicités par les États afin de financer la guerre. Ils placent leur épargne dans des emprunts d'État, les impôts augmentent pour rembourser d'importants emprunts extérieurs. Une économie de guerre se met en place.

MOT CLÉ
L'**arrière** est la zone située hors des combats, où vivent les civils.

2 Les esprits mobilisés par la propagande

- Pour faire accepter aux populations une mobilisation totale, les États utilisent la propagande. Les causes de la guerre sont sans cesse rappelées aux civils, l'ennemi est systématiquement diabolisé.
- Une véritable culture de guerre s'installe partout : l'école, les journaux, les affiches diffusent la haine de l'ennemi et inculquent l'idée d'une « guerre juste ».
- Afin de maintenir le moral de l'arrière, les lettres des soldats, la presse sont censurées. Les mauvaises nouvelles sont passées sous silence. Les familles et des marraines de guerre soutiennent le moral des combattants par une correspondance régulière.

II Les civils, victimes des violences de guerre

1 Les souffrances quotidiennes

- L'occupation de nombreuses régions françaises et belges par l'armée allemande, qui réquisitionne les récoltes, mais aussi le blocus continental imposé aux empires centraux par les Alliés, entraînent le rationnement des civils. La pénurie se généralise.

■ Dans les régions occupées, les civils sont parfois soumis au **travail forcé** dans des camps de travail, aux champs ou dans les usines.

■ Toutes les industries, qui ne sont pas indispensables à la guerre voient leurs activités diminuer. Dans les usines d'armement, les cadences s'accélèrent. En 1917, la longueur de la guerre et les privations entraînent des **mouvements de grève**. Celles-ci sont à mettre en parallèle avec les **mutineries** qui éclatent sur tous les fronts entre mai et juin 1917.

MOT CLÉ

Le **travail forcé** est une tâche accomplie sous la contrainte et la menace d'une sanction (emprisonnement, déportation d'otages pendant la Première Guerre mondiale).

2 Les civils, cibles stratégiques

■ Au moment de l'**invasion du territoire par l'ennemi**, ou lors des **retraites militaires**, les civils, notamment les femmes, sont particulièrement vulnérables.

■ Les bombardements sur l'arrière-front se multiplient : à partir de dirigeables en Belgique dès 1914 (les zeppelins), où grâce à des canons à longue portée (la « grosse Bertha »). Ces attaques causent de lourds dégâts et menacent les civils qui deviennent des cibles. Certaines populations sont victimes d'une volonté délibérée d'anéantissement (les Arméniens dans l'Empire ottoman). → FICHE 26

zoOm

Les femmes et les grèves de 1917

■ Les ouvrières des ateliers de couture, surnommées « midinettes » à cause de leur repas de midi pris sur le pouce, travaillent dix heures par jour. À l'atelier Jenny, à Paris, elles apprennent que leur semaine sera amputée du samedi après-midi, sans salaire, faute de commandes. Elles se mettent en grève le 11 mai 1917.

■ Le 29 mai, le mouvement déborde dans les usines de guerre. Le gouvernement intervient et cède sur les augmentations et le paiement du samedi après-midi non travaillé, ébauche de ce qui deviendra le week-end.

26 Le génocide des Arméniens

En bref *Les Arméniens, minorité chrétienne de l'Empire ottoman, sont victimes d'une élimination planifiée pour des motifs ethniques et religieux en 1915 et 1916. C'est le premier génocide du XXe siècle.*

I Une élimination planifiée

1 Les Arméniens dans l'Empire ottoman avant 1914

- À la fin du XIXe siècle, l'Empire ottoman compte 2 millions d'Arméniens. Non musulmans, ils ont le statut de « **dhimmi** » (ils paient un impôt spécifique et portent un code vestimentaire distinctif). Entre 1894 et 1896, les Arméniens sont victimes de massacres (250 000 morts) de la part des autorités ottomanes qui prônent un **nationalisme musulman** et voient en eux des alliés de l'Empire russe.
- En 1908, le **mouvement Jeune-Turc** s'installe au pouvoir à la suite d'une révolution. Inquiet d'une émancipation politique des Arméniens, l'État organise des **pogroms**, qui font 20 000 à 30 000 victimes à Adana en 1909.

> **MOT CLÉ**
> Un **pogrom** (terme russe) désigne des pillages et des meurtres d'une partie de la population contre une autre.

- En novembre 1914, l'empire ottoman entre en guerre aux côtés des Empires centraux. Le **Comité Union et Progrès** (CUP), qui contrôle l'administration et l'armée, y voit la possibilité de construire un **nouvel État-nation turc**, racialement homogène : les Arméniens deviennent des « **ennemis intérieurs** ».

2 La planification du génocide

- À l'hiver 1914, l'armée ottomane recule face aux Russes et l'empire est envahi après la **défaite de Sarikamich** (janvier 1915). Les soldats multiplient alors les violences contre les chrétiens.
- En février 1915, le CUP ordonne que les Arméniens soient désarmés et affectés à l'arrière dans des **bataillons de travail**. Le ministre de l'Intérieur, **Talaat Pacha**, organise l'arrestation des **élites arméniennes de Constantinople**, les 24 et 25 avril 1915, 600 notables sont déportés puis assassinés. Cette rafle marque le début du génocide.

II Une élimination massive

1 Une déportation en deux temps

- Entre avril et septembre 1915, les **notables** puis les **hommes** des villes des provinces orientales de l'Empire sont arrêtés au motif d'un prétendu complot contre le gouvernement. Beaucoup sont massacrés à l'abri des regards.

■ Puis, les militaires et gendarmes réunissent les femmes, les enfants et les personnes âgées pour les déporter, le plus souvent à pied, vers Alep et ensuite vers des camps de détention situés dans le désert de l'actuelle Syrie.

2 Les marches de la mort

■ Les « marches de la mort » se déroulent dans des conditions épouvantables, sans vivres ni eau. À chaque halte, une partie du convoi est éliminée.

■ Le gouvernement turc décide de liquider les survivants des marches de la mort, parqués dans les camps de Syrie. En juillet 1916, ils sont envoyés dans les déserts de Mésopotamie, notamment à Deir-ez-Zor où ils meurent de faim.

■ Une centaine de milliers de femmes ont survécu au **génocide**, enlevées pour être vendues comme esclaves ou converties de force pour être mariées. La plupart des Arméniens de Constantinople ou de Smyrne n'ont pas été tués, trop en vue des Occidentaux, ni ceux des régions envahies par les troupes russes.

MOT CLÉ

Un **génocide** est l'extermination intentionnelle et programmée de tout ou partie d'un peuple, pour des raisons ethniques ou religieuses.

zoOm

Origines et réalisation d'un génocide

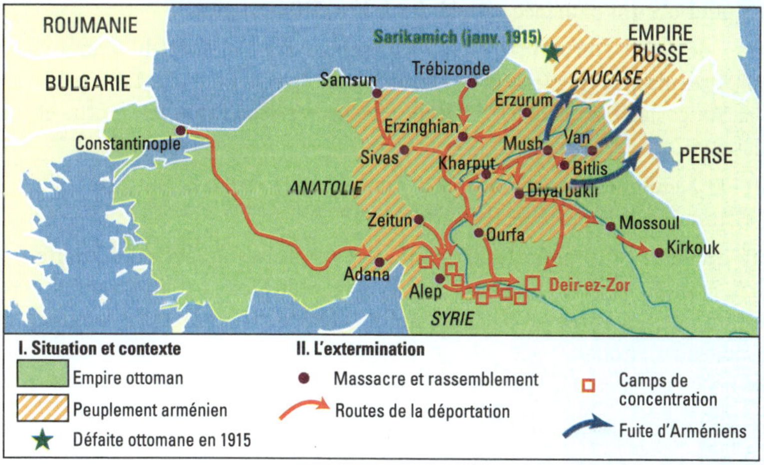

■ Le génocide fait environ 1,5 million de victimes, soit près des deux tiers de la population arménienne de l'Empire ottoman. Il est aujourd'hui commémoré le 24 avril, jour de la première rafle à Constantinople.

■ Deir-ez-Zor, en Syrie, abritait un lieu de mémoire pour le peuple arménien, sur le site d'un massacre de masse. Il a été dynamité en 2014 par l'État islamique.

27 Sortir de la guerre

En bref *À l'ssue de la guerre, les traités de paix et la création de la SDN témoignent du triomphe d'un ordre des Nations démocratiques.*

I Faire la paix

1 La division des vainqueurs

■ La conférence de la paix s'ouvre à Paris en janvier 1919. Le « conseil des quatre » négocie la paix.

■ Wilson souhaite faire adopter le principe du droit des peuples à disposer d'eux-mêmes et la fin de la diplomatie secrète alors que la France exige l'affaiblissement définitif de l'Allemagne.

MOT CLÉ
Le **conseil des quatre** réunit les vainqueurs de la guerre : la France (Clemenceau), le Royaume-Uni (Lloyd George), les États-Unis (Wilson) et l'Italie (Orlando).

2 Les traités de paix : des compromis entre les vainqueurs

■ Lors du traité de Versailles (28 juin 1919), l'Allemagne est amputée de l'Alsace-Lorraine et du corridor de Dantzig ; elle perd ses colonies et doit payer des réparations. Le pays est démilitarisé ; la rive gauche du Rhin est occupée par les Français pour dix ans ; l'armée est réduite à 100 000 hommes.

■ Les traités de Saint-Germain-en-Laye (10 septembre 1919) et du Trianon (4 juin 1920) réduisent l'Autriche et la Hongrie à des petits États. La Tchécoslovaquie et la Yougoslavie sont créées. L'Italie, déçue, ne reçoit que le Trentin et Trieste ainsi que Zara en Dalmatie.

■ Le traité de Neuilly (27 novembre 1919) enlève la Thrace à la Bulgarie. Elle revient à la Turquie par le traité de Lausanne en 1923.

■ Le traité de Sèvres (10 août 1920) confie les territoires arabes de l'Empire ottoman à la France (mandat de la SDN sur la Syrie et le Liban) et au Royaume-Uni (Transjordanie, Palestine et Irak). L'Empire s'efface au profit de la Turquie réduite au plateau anatolien.

II Imposer la paix : la société des Nations

■ En janvier 1918, Wilson, dans son discours des « 14 points » évoque la nécessité de créer une assemblée générale des Nations pour préserver la paix, défendre le droit des peuples à disposer d'eux-mêmes et la sécurité collective.

■ Les États membres de la Société des Nations (SDN) s'engagent à éviter la guerre. Mais la SDN ne dispose pas de moyens de contrainte et certains pays n'en sont pas membres (Russie, Allemagne, États-Unis).

III Une paix absente en Russie

- La guerre précipite la fin de l'Empire. L'armée russe perd 2 millions de soldats en trois ans, et la pénurie alimentaire provoque une **première révolution populaire** en février 1917, poussant le tsar **Nicolas II** à abdiquer.

- Un gouvernement provisoire poursuit la guerre provoquant une nouvelle révolution en octobre 1917. Les **bolcheviks**, dirigés par **Lénine**, prennent le contrôle de Petrograd en organisant un coup d'État. Ils signent le **traité de Brest-Litovsk** avec l'Allemagne en mars 1918.

> **MOT CLÉ**
> Le parti **bolchevik** est un parti ouvrier crée en 1912. Il souhaite établir une société sans classe par une révolution immédiate.

- Une **guerre civile** éclate alors en Russie : les **Russes blancs**, fidèles au tsar et aidés par des troupes françaises et britanniques, attaquent les « **Rouges** ». Afin de vaincre cette coalition et les « ennemis du peuple », Lénine met en place le « **communisme de guerre** ». Entre 1917 et 1921, cette dictature permet la création d'une **police politique** et de **tribunaux révolutionnaires**. Les « blancs » sont vaincus, la Russie adopte le **modèle communiste**.

zoOm

L'Europe des années 1920

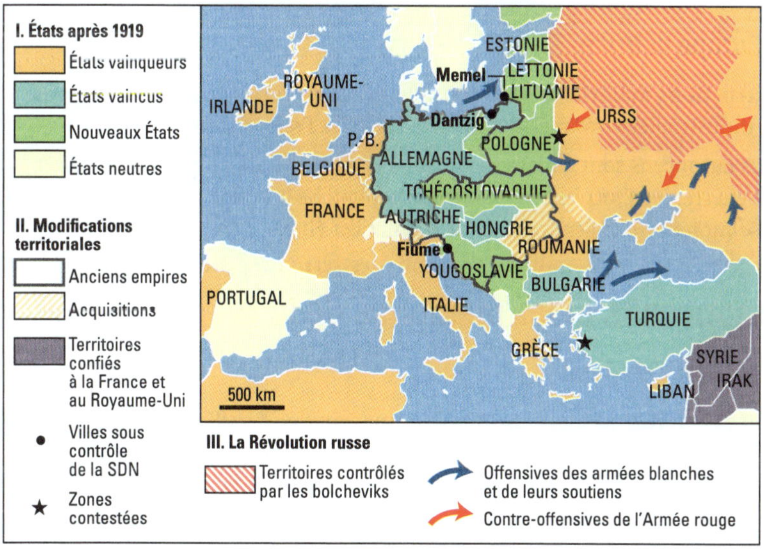

La Première Guerre mondiale puis la révolution russe bouleversent la carte de l'Europe : beaucoup de frontières sont modifiées et plusieurs nouveaux États sont créés.

28 Bilan et mémoires de la Grande Guerre

En bref *La Première Guerre mondiale représente un véritable cataclysme. Elle laisse des sociétés traumatisées et endeuillées. Les États organisent alors le souvenir en construisant des lieux de mémoire.*

I Le lourd bilan humain et matériel

1 Des sociétés traumatisées

- Sur 67 millions de soldats mobilisés, 9 millions ont trouvé la mort, surtout des jeunes adultes, et plus du double ont été blessés. On estime que chaque jour, 900 Français et 1 200 Allemands sont tombés. Les « **gueules cassées** » véhiculent longtemps les souvenirs d'une guerre meurtrière.

MOT CLÉ
Les « **gueules cassées** » sont les blessés de guerre, notamment au visage, le plus souvent par des éclats d'obus.

- En France, le déficit des naissances entraîne une baisse de la natalité à la génération suivante : les « classes creuses ».
- Le génocide des Arméniens → FICHE 26, les famines, la guerre civile russe et la grippe espagnole alourdissent ce bilan.

2 Une Europe détruite

- Les destructions matérielles sont considérables : les zones de combat (régions agricoles, industrielles et minières du Nord-Est de la France) sont dévastées.
- Les États européens sont endettés, surtout auprès des États-Unis. Pour financer l'effort de guerre, les États ont eu recours à la planche à billets : l'augmentation de la masse monétaire engendre une forte inflation (hausse des prix).

II Les souvenirs et les mémoires de la Grande Guerre

1 Des sociétés en deuil

- En France et en Allemagne, chaque commune, chaque famille est touchée par la perte d'un proche. Ces victimes entretiennent le souvenir de leur défunt et de la guerre. Toutes les sociétés représentent une communauté de deuil.
- Le deuil est particulièrement difficile quand le corps du défunt n'a pas été retrouvé. Des ossuaires, comme celui de Douaumont près de Verdun, sont inaugurés.

2 Les mémoires de la Grande Guerre

- Inaugurés pour la plupart avant 1922, les monuments aux morts manifestent le patriotisme, l'hommage aux victimes.

■ Les monuments sont placés dans un lieu important de la commune. Les **commémorations** du 11 Novembre, contribuent à faire naître un « culte républicain ». Un cortège, ouvert par les enfants et fermé par les anciens combattants marque le début de la cérémonie. Puis la foule écoute les discours et, enfin, a lieu l'appel des « morts pour la France ».

MOT CLÉ
Une **commémoration** est une cérémonie officielle organisée pour conserver la mémoire nationale d'un événement historique.

3 Des sociétés bouleversées, entre pacifisme et brutalisation

■ Moins nombreux, certains monuments expriment le pacifisme, même s'il faut attendre le milieu des années 1920 pour qu'une « démobilisation culturelle » s'impose peu à peu et que le deuil s'estompe dans les pays vainqueurs.

■ En Allemagne et en Italie, les valeurs guerrières issues du conflit perdurent après celui-ci. L'idée d'une « guerre permanente » se nourrit de l'amertume provoquée par le traité de Versailles.

■ En Russie, la violence de la guerre civile est liée aux comportements brutaux des soldats pendant la Première Guerre mondiale. Dans les pays vaincus, on peut parler d'une « brutalisation » des sociétés, conséquence des violences vécues pendant le conflit.

zoOm

La tombe du soldat inconnu

■ La France choisit le 11 novembre 1920 pour consacrer l'Arc de Triomphe comme sépulture du « Soldat inconnu ». Celui-ci a été choisi à Verdun, deux jours plus tôt, par un caporal, parmi huit dépouilles issues des différents fronts.

■ Pendant la procession, le cercueil du soldat inconnu est entouré d'une famille fictive représentant toutes les familles endeuillées. La flamme du souvenir, adoptée en 1923 est ravivée tous les soirs à 18 h 30 depuis cette date.

S'ENTRAÎNER

1 Comprendre le vocabulaire du cours

→ FICHES 23 à 26

1. Associez chaque terme à sa définition.

front •	• espace entre deux tranchées ennemies
no man's land •	• techniques de persuasion pour propager une idée
propagande •	• zone des combats
rationnement •	• limitation, contrôle de la liberté d'expression
censure •	• limitation de l'approvisionnement des ressources
génocide •	• violences accompagnées de pillages contre une partie de la population
pogrom •	• élimination physique intentionnelle, totale ou partielle, d'un groupe national, ethnique ou religieux

2 Se repérer dans le temps

→ FICHES 23 à 28

Remettez ces événements dans l'ordre chronologique sur la frise ci-dessous.

a. armistice
b. bataille de la Somme
c. début du génocide des Arméniens
d. attentat de Sarajevo
e. entrée des États-Unis dans le conflit
f. inhumation du soldat inconnu

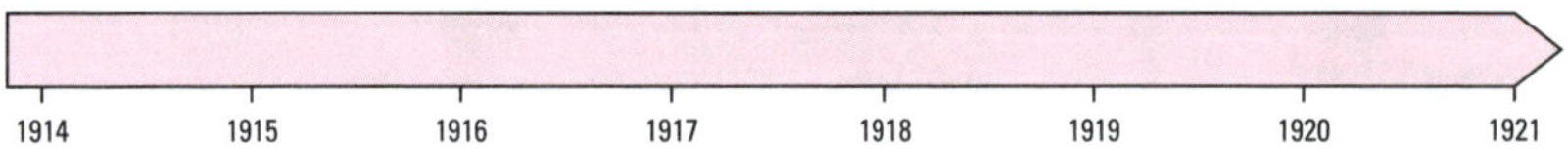

OBJECTIF BAC

3 La Première Guerre mondiale, une guerre totale
Question problématisée

1 h

Pour soigner votre rédaction et rendre plus fluide l'enchaînement de vos idées, ce sujet vous propose de travailler sur les phrases de transition entre les parties. Elles permettront en outre de mettre en valeur la construction de votre raisonnement.

LE SUJET

Quelles sont les différentes formes de mobilisation des sociétés qui font de la Première Guerre mondiale un conflit total ?

Méthode

Rédiger des transitions

Rappeler le thème développé

Lorsque vous rédigez une transition, commencez par synthétiser brièvement les deux ou trois grandes idées de la partie que vous venez de terminer.

Mettre en valeur un lien logique avec le thème suivant

Faites le lien avec le thème que vous allez aborder : lien de cause à effet, proximité chronologique ou géographique, élément explicatif de ce que vous venez de décrire…

Annoncer clairement la partie à traiter

Introduisez le thème que vous allez développer ensuite. Afin de relier vos idées et de structurer votre travail, utilisez des articulateurs logiques.

Objectif	Articulateur logique à utiliser
• Ajouter une idée	• Par ailleurs, en outre, de plus, d'autre part D'abord, ensuite, enfin
• Attirer l'attention sur un exemple	• Notamment, en particulier, au sujet de, en ce qui concerne, ainsi, par exemple, en effet
• Nuancer, atténuer une idée	• Du moins, certes, mais, en fait, en réalité, toutefois, néanmoins, cependant
• Présenter des conséquences	• De ce fait, c'est pourquoi, par conséquent, ainsi, aussi (+ inversion sujet/verbe)
• Résumer	• En bref, finalement, en définitive

LA FEUILLE DE ROUTE

Étape 1 Analyser le sujet

Les formes de mobilisation des sociétés lors de la Première Guerre mondiale

Formulation
Le sujet invite à décrire les différents aspects de la mobilisation des sociétés (combattants et civils) pendant la guerre

Bornes chronologiques
- 1914 : début du conflit
- 1918 : fin de la guerre

Type de sujet
Sujet thématique

Notions et mots clés
Guerre totale : mobilisation de toutes les ressources pour vaincre l'ennemi

Étape 2 Mobiliser ses connaissances

■ Réfléchissez à la notion centrale : dans une guerre totale, les sociétés sont soudées autour d'un même objectif, vaincre l'ennemi. Elles cherchent à utiliser tous les moyens pour y parvenir.

■ Pensez à ces différents moyens : humains (soldats au front, travailleurs à l'arrière), économiques (économie de guerre, emprunts d'État), scientifiques (armement, médecine), mais aussi moraux (propagande, censure...).

Étape 3 Dégager les enjeux du sujet

La question problématisée pourrait se résumer ainsi : en quoi la Première Guerre mondiale est-elle un conflit total ?

Étape 4 Organiser la réponse

Comme la mobilisation concerne différents domaines, le plan thématique s'impose : une partie pour chaque forme de mobilisation.

I. Une guerre qui mobilise toutes les ressources humaines

II. Une guerre qui mobilise toutes les ressources économiques et scientifiques

III. Une guerre qui s'accompagne d'une mobilisation morale

Étape 5 Rédiger le devoir → CORRIGÉ

CORRIGÉS

S'ENTRAÎNER

1 Comprendre le vocabulaire du cours

front : zone des combats • **no man's land** : espace entre deux tranchées ennemies • **propagande** : techniques de persuasion pour propager une idée • **rationnement** : limitation de l'approvisionnement des ressources • **censure** : limitation, contrôle de la liberté d'expression • **génocide** : élimination physique intentionnelle, totale ou partielle, d'un groupe national, ethnique ou religieux • **pogrom** : violences accompagnées de pillages contre une partie de la population.

2 Se repérer dans le temps

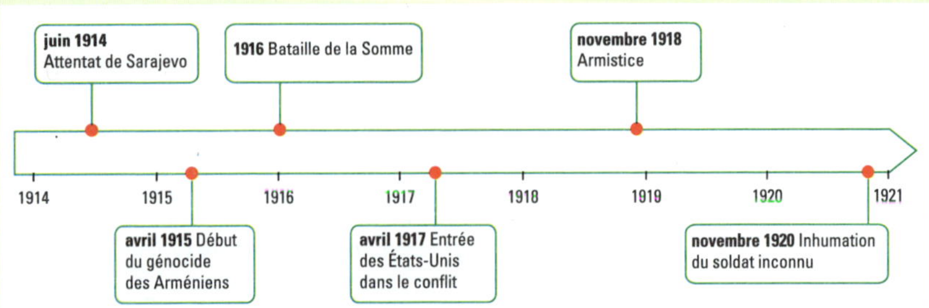

OBJECTIF BAC

3 Question problématisée

[Introduction] La Grande Guerre a profondément bouleversé les sociétés qui l'ont vécue. Premier conflit d'ampleur mondiale, de 1914 à 1918, le front et l'arrière sont entièrement mobilisés par les États avec le même objectif : vaincre l'ennemi.

Pourquoi la Première Guerre mondiale peut-elle être qualifiée de guerre totale ? Pendant le conflit, les États mobilisent toutes les forces humaines, au front comme à l'arrière [I]. Ils mettent en place une économie de guerre dirigée [II] et encadrent les esprits pour vaincre l'ennemi [III].

I. Une guerre qui mobilise toutes les ressources humaines

- La mobilisation concerne d'abord les **combattants** : plus de 67 millions d'hommes sont mobilisés, et l'on fait appel à de nombreuses troupes venues des colonies.
- La mobilisation concerne aussi les **civils** : ils ravitaillent le front en nourriture, armes et munitions. Leur travail quotidien est assujetti aux **besoins du front**. Les civils sont en **lien** permanent avec le front par le courrier, notamment celui des marraines de guerre qui soutiennent les soldats dans leur quotidien.

[transition] Le front défend l'arrière et l'arrière soutient le front. Ce soutien concerne aussi les domaines économique et scientifiques.

II. Une guerre qui mobilise toutes les ressources économiques et scientifiques

- Les sociétés sont mobilisées économiquement et financièrement. Les États dirigent toutes les productions, lancent des emprunts nationaux et internationaux, créent de nouveaux impôts : c'est l'**économie de guerre**.
- Le travail des scientifiques permet l'apparition de **nouvelles armes** comme les mitrailleuses, les gaz, les chars et les premiers avions de combat.
- La médecine de guerre, la chirurgie réparatrice et la psychologie font des progrès importants. Il s'agit de soigner mais aussi de prendre en charge les « gueules cassées » et les soldats souffrant de **choc post-traumatique** (« l'obusite »).

[transition] La mobilisation économique et scientifique des sociétés relève donc des États, tout comme l'utilisation de la censure et de la propagande.

III. Une guerre qui nécessite une mobilisation des esprits

- Au front, que ce soit par la contrainte militaire, qui limite les désertions et les actes de mutinerie, ou par une culture de guerre visant à diaboliser l'ennemi, tout est mis en œuvre pour développer le **patriotisme**.
- À l'arrière, la **propagande** minimise les défaites et glorifie le courage des combattants. La presse, dont certains titres diffusent de fausses informations, est régulièrement **censurée** afin de maintenir le moral de l'arrière et minimiser les défaites.

[Conclusion] La Première Guerre mondiale est un **conflit total** : toutes les ressources humaines, économiques, scientifiques et morales des populations sont mobilisées pour vaincre l'ennemi. Cette mobilisation de toutes les sociétés est organisée par les États belligérants. C'est à eux, en 1918, qu'il reviendra d'organiser la paix.

29 Une planète de citadins vivant de plus en plus dans des métropoles

En bref *Le monde connaît une urbanisation croissante, en particulier dans les pays en développement. Ces citadins de plus en plus nombreux vivent notamment dans des métropoles regroupant plusieurs millions d'habitants, territoires essentiels et emblématiques de la mondialisation.*

I Une urbanisation croissante de la population

1 La transition urbaine mondiale

- Depuis 2015, **55 % de la population mondiale vit en ville** (contre 30 % en 1950). Ce taux devrait continuer à augmenter pour atteindre 60 % en 2030.
- Il y aurait donc environ **4 milliards de citadins sur la planète** aujourd'hui (*a priori* 5 milliards en 2030).

2 Une urbanisation surtout due aux pays en développement

- Le rythme de la croissance urbaine mondiale est relativement soutenu (environ 2 % par an). Cette moyenne cache des disparités. La croissance est **ralentie dans les pays développés** (environ 0,5 % par an) et **très rapide dans les pays en développement** (environ 2,5 % par an, et même 4 % par an dans les PMA) encore marqués par un exode rural et un dynamisme démographique importants.
- L'Amérique latine fait figure d'exception, avec des taux d'urbanisation similaires à ceux des pays développés.

II Le phénomène de métropolisation

- La planète compte aujourd'hui **513 agglomérations** (ensemble urbain composé de plusieurs villes interconnectées) **de plus d'un million d'habitants** (16 en 1900). 45 comptent entre 5 et 10 millions d'habitants et **29 sont des mégapoles** (agglomération de plusieurs millions d'habitants) **de plus de 10 millions d'habitants**. Seules 5 villes dépassent 20 millions d'habitants : Tokyo, Delhi, Shanghai, Mexico, São Paulo.
- Ce phénomène de **métropolisation** est lié à celui de **littoralisation**. Au Brésil, la région littorale du *Sudeste* est très dynamique et s'appuie notamment sur les mégapoles de São Paulo et Rio de Janeiro.
- En Afrique, les métropoles du littoral du golfe de Guinée sont de plus en plus **intégrées aux échanges mondiaux** (Lagos au Nigeria, première métropole du continent africain).

> **MOT CLÉ**
> La **métropolisation** désigne la concentration progressive des hommes et des activités dans les métropoles.

III Les caractéristiques des métropoles

1 Des relais essentiels dans la mondialisation

- Les métropoles concentrent les **pôles décisionnels** politiques, économiques, financiers et culturels. Les quartiers d'affaires des grandes métropoles mondiales accueillent les **sièges sociaux des FTN** (firmes transnationales).
- Les métropoles sont souvent des **nœuds de transports et de communication** bénéficiant de ports et d'aéroports ou servant de points de jonction des câbles intercontinentaux nécessaires au réseau Internet mondial.

2 La présence d'une main-d'œuvre et de services de haut niveau

- Ces agglomérations bénéficient d'une main-d'œuvre qualifiée : Paris concentre 40 % des effectifs français de recherche et développement.
- Elles bénéficient également d'**équipements culturels** qui rayonnent à différentes échelles (le MoMa à New York ou le Louvre à Paris et à Abu Dhabi).

3 Des paysages métropolitains

L'aménagement de **quartiers d'affaires dotés de gratte-ciel**, dessinés par des « starchitectes » permet à une métropole de **montrer sa puissance**.

zoOm

La City de Londres

- La City, quartier d'affaires de Londres, abrite les sièges sociaux de grandes FTN et le London Stock Exchange, l'une des premières bourses du monde.
- **Premier hub européen**, Londres est le **point de convergence** de nombreuses voies routières et ferroviaires qui la relient aux autres métropoles du Royaume-Uni et de l'Europe.

30 Des formes urbaines de plus en plus étendues et complexes

En bref *L'urbanisation à l'échelle mondiale laisse apparaître des nouvelles formes d'espaces urbains, liées à la croissance de sa population et à l'extension spatiale des métropoles. Ces dernières forment un réseau cohérent, concentrant et redistribuant les flux de capitaux, de marchandises et d'informations et les mobilités humaines.*

I De la métropole à la mégalopole

Dans certains territoires, les métropoles peuvent être intégrées à des ensembles urbains plus vastes appelés **mégalopoles**.

> **MOT CLÉ**
> Une **mégalopole** est une grande région urbaine regroupant plusieurs métropoles millionnaires reliées entre elles par un réseau dense d'axes de transport et de communication.

1 Trois mégalopoles majeures

- La *Megalopolis* du Nord-Est des États-Unis, ou la « Bos-Wash », s'étend de Boston à Washington en passant par New York, Philadelphie et Baltimore. Elle regroupe environ 55 millions d'habitants.
- La mégalopole européenne rayonne de Londres à Milan et relie de nombreuses métropoles (Bruxelles, Amsterdam, Francfort…) grâce à un maillage serré du réseau de communication et de transport. Elle concentre environ 80 millions d'habitants.
- La mégalopole japonaise, s'étend de Sendai à Fukuoka et sur trois des quatre îles principales du Japon (Honshu, Shikoku et Kyushu). Elle regroupe 100 millions d'habitants sur les 127 millions du Japon. Le tiers des habitants de la mégalopole vit dans la plaine du Kantô où se situe Tokyo. Le train à grande vitesse Shinkansen relie les différentes métropoles de la mégalopole.

2 Corridors urbains et conurbations

- À ces mégalopoles, s'ajoutent de grands corridors urbains ou mégalopoles en cours de formation. C'est le cas aux États-Unis de la « San-San », de San Diego à San Francisco en Californie ou de la « Chi-Pitts » de Chicago à Pittsburgh dans la région des Grands Lacs. Ce façonnage est aussi visible au Sud-Est du Brésil avec le triangle São Paulo, Rio de Janeiro et Belo Horizonte ; en Chine autour de Shanghai, ou encore au sud-ouest de l'Inde dans l'État du Kerala.
- L'extension des villes fait apparaître de nouvelles formes urbaines comme les conurbations, ensembles urbains formés par au moins deux agglomérations dont les banlieues respectives, en s'étendant, finissent par se rejoindre. L'ensemble formé par les villes d'Osaka et Kobé au Japon en est un bel exemple.

II L'archipel mégalopolitain mondial

■ Les métropoles constituent les têtes de pont de l'économie mondiale et jouent un **rôle essentiel dans la mondialisation**. Les métropoles constituent des **nœuds primordiaux pour les échanges internationaux**, en particulier lorsqu'elles sont sur le littoral et adossées à un port d'envergure mondiale. Shanghai bénéficie d'un complexe portuaire de trois ports, dont le port en eau profonde de Yangshan permettant d'accueillir les plus grands porte-conteneurs.

■ Les métropoles fonctionnent en **réseau**. En témoignent les mobilités touristiques qui s'opèrent entre les métropoles européennes : la majorité des touristes européens qui visitent ces métropoles sont issus d'une autre métropole. Olivier Dollfus parle d'un « **archipel mégalopolitain mondial** ».

> **MOT CLÉ**
> L'**archipel mégalopolitain mondial** représente, à l'image d'un archipel, le fonctionnement en réseau discontinu mais cohérent des métropoles dans le cadre de la mondialisation.

■ Toutefois, les métropoles attirent et rayonnent à différentes échelles. Leur **ancrage territorial** est essentiel dans leur fonctionnement, notamment au niveau de la **sphère productive** : la production réalisée sur son territoire ou dans ses espaces périphériques participe, au travers des exportations, à son rayonnement.

zoOm

La Mégalopolis du Nord-Est des États-Unis

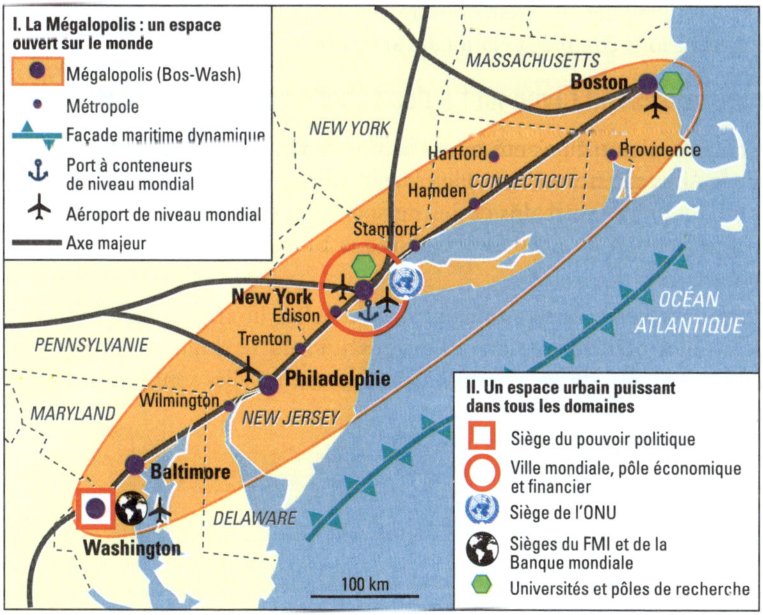

31 Des métropoles variées et inégalement attractives

En bref *Les métropoles présentent des profils variés, qu'il s'agisse de leur nombre d'habitants ou de leur échelle de rayonnement. De ce constat, ressort une hiérarchie des métropoles allant de la ville mondiale à la métropole régionale.*

I Une hiérarchie des métropoles

1 Les villes mondiales

- Les **villes mondiales** ont un rayonnement à toutes les échelles géographiques (de l'échelle mondiale à l'échelle locale) et dans tous les domaines. C'est le cas de Tokyo, New York, Paris, Londres et Shanghai.

MOT CLÉ
On appelle **ville mondiale** une grande métropole bénéficiant de pôles décisionnels ayant une influence mondiale dans les domaines économique, financier, politique et culturel.

- La puissance d'une métropole ne dépend pas uniquement de son nombre d'habitants. Les mégapoles de Jakarta et du Caire, pourtant très peuplées, ne sont pas des villes mondiales car elles ne bénéficient pas de fonctions de commandement de niveau mondial.
- À l'inverse, Londres cumule une population nombreuse (environ 12 millions d'habitants), un pouvoir politique et diplomatique, des sièges sociaux de grandes FTN et une place financière de premier ordre, ainsi qu'une influence culturelle à travers des institutions comme la National Gallery ou la Tate Modern.

2 Des métropoles qui rayonnent à des échelles plus restreintes

- D'autres métropoles ont une envergure continentale. C'est le cas de Madrid, Berlin, Buenos Aires ou encore Lagos. Elles jouent ainsi un rôle important dans la structuration des réseaux urbains et de transport aux échelles continentale et nationale, et peuvent avoir une influence politique à l'image de Berlin au sein de l'Union européenne.
- Enfin, certaines métropoles rayonnent à des échelles limitées à leur région ou leur pays. Elles participent alors à l'organisation du territoire régional et/ou national, en dynamisant les territoires dans lesquelles elles sont implantées (Nantes, Bilbao, Phoenix...).

II Des métropoles spécialisées

- Certaines métropoles se spécialisent dans différents domaines :

– les **fonctions politique et diplomatique** : institutions européennes à Bruxelles, siège du PCC à Pékin (Beijing), Maison-Blanche à Washington, etc. ;

– l'accueil de **FTN** (3 FTN parmi les 500 premières mondiales à São Paulo) et le développement économique en lien avec des **industries de pointe** (Bangalore) ;

– le rôle de **place financière** : Banque centrale européenne à Francfort, Bourse des matières agricoles à Chicago ;

– enfin, des **secteurs d'activité** tels que la mode (Milan) ou l'industrie cinématographique (Los Angeles) ;

> **MOT CLÉ**
> Une **firme transnationale** (FTN) est une entreprise ou un groupe d'entreprises réalisant ses activités dans plusieurs pays du monde par l'intermédiaire de filiales.

- Les acteurs de ces métropoles cherchent souvent à accueillir des événements ou des congrès mondiaux pour **affirmer l'image d'une métropole complète** (ex. : Jeux olympiques de Beijing en 2008 et de Rio en 2016).

zoOm

La métropolisation au Brésil : dynamiques et contrastes

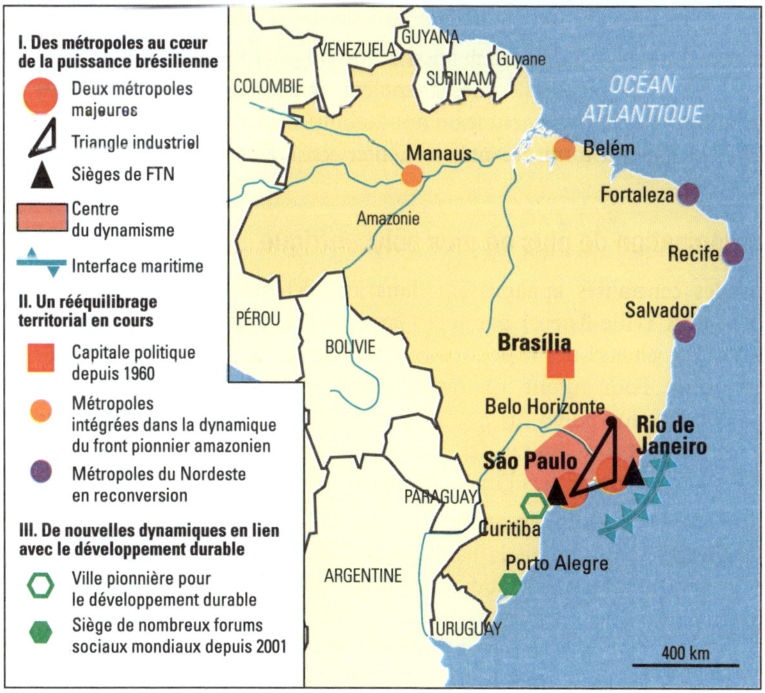

32 La recomposition des espaces intramétropolitains

En bref *Après avoir envisagé le rôle des métropoles et leur fonctionnement en réseau à différentes échelles, il convient de considérer ces espaces à l'échelle intramétropolitaine. Les métropoles connaissent en effet une extension verticale et horizontale, qui contribue à fragmenter les espaces urbains.*

I Étalement urbain et nouveaux centres fonctionnels

1 Une extension verticale et horizontale

- Les métropoles connaissent une extension verticale (gratte-ciel, villes à plusieurs niveaux) mais surtout horizontale : c'est l'étalement urbain. À Phoenix, la densité de population est très faible et certains *suburbs* (banlieues) périphériques sont à plus de 80 kilomètres de la ville-centre.
- Ce phénomène entraîne une augmentation des mobilités intra-urbaines, surtout motorisées, à l'origine de pollutions et de nuisances sonore et lumineuse. À Pékin, les seuils de pollution de l'air recommandés par l'OMS sont régulièrement franchis (179 jours de pollution en 2015).
- Cet étalement urbain s'accompagne aussi d'une fragmentation fonctionnelle des espaces urbains (logements, zones d'emplois, centres commerciaux…) qui contribue d'autant plus à l'augmentation des mobilités entre les différents territoires. Le *Mall of America* à Minneapolis bénéficie ainsi d'un parking de plus de 10 000 places.

2 Une organisation de plus en plus polycentrique

- De nouvelles centralités apparaissent dans les périphéries des métropoles, appelées *edge cities* (ville-lisière) par Joel Garreau. Dans ces zones d'emplois, se concentrent en général des fonctions moins prestigieuses que dans la ville-centre (*back-office*). Pour autant, ces nouveaux pôles périphériques participent à une organisation plus polycentrique des métropoles. À New York, plusieurs *edge cities* permettent de limiter les navettes domicile-travail convergeant vers l'hypercentre.
- Ces nouvelles centralités prennent parfois la forme de ***clusters*** comme dans la banlieue de New York, où émergent des pôles suburbains spécialisés dans la pharmacie, l'informatique…

MOT CLÉ
Un **cluster** est un territoire spécialisé dans l'innovation mettant en lien différents acteurs d'un même domaine dans le but de créer des synergies.

II Accentuation des contrastes et des inégalités

1 La fragmentation sociospatiale

- Les métropoles sont marquées par une fragmentation sociospatiale : les inégalités sociales prennent la forme d'inégalités spatiales. Les taux de chômage et de pauvreté sont ainsi beaucoup plus élevés dans le Bronx qu'à Manhattan.
- Dans les pays en développement, la croissance urbaine se caractérise souvent par l'émergence de bidonvilles. À Mumbai, le bidonville de Dharavi côtoie l'hypercentre de la capitale économique de l'Inde.

2 Gentrification et nouvelle densification dans les villes-centres

- Cette segmentation est parfois amplifiée par la **gentrification** des villes-centres des métropoles. À Berlin, dans le quartier populaire de Kreuzberg, la hausse des prix de l'immobilier entraîne le départ progressif des classes populaires vers des quartiers plus excentrés.

MOT CLÉ

La **gentrification** désigne la conquête spatiale de quartiers populaires par des catégories socioprofessionnelles aisées, qui passe par une transformation des logements, des commerces et de l'espace public.

- Aux États-Unis, le *new urbanism*, un courant d'architectes et d'urbanistes, prône une densification des espaces centraux pour limiter l'étalement urbain. Ceci permettrait un urbanisme de la *walkability* (« marchabilité ») favorisant les circulations autogènes.

zoOm

La fragmentation sociospatiale à Mumbai

Les inégalités sociales dans le paysage urbain à Mumbai sont visibles : le bidonville au premier plan concentre une forte densité de population vivant dans des habitats précaires. À l'arrière-plan, on distingue un quartier d'affaires et des résidences pour une population beaucoup plus aisée.

FRANÇAIS HISTOIRE GÉOGRAPHIE ENS. SCIENTIFIQUE & MATHÉMATIQUE ANGLAIS

S'ENTRAÎNER

1 Connaître le vocabulaire du cours

→ FICHES 29 à 32

1. Associez chaque notion à un exemple.

mégalopole •	• Osaka-Kobé
métropole de niveau continental •	• de Boston à Washington
conurbation •	• Phoenix
étalement urbain •	• Berlin

2. Complétez le texte avec les termes suivants :

corridor urbain • transport • mégalopole • étalement urbain • métropole • communication • centres de décisions • conurbation

Une .... regroupe de nombreux habitants, des activités, des axes de .... et de .... et des .... Plusieurs métropoles millionnaires reliées efficacement entre elles peuvent former un .... voire une .... Lorsque les banlieues de deux agglomérations se rejoignent, cela forme une .... L'.......................... peut alors être très important.

OBJECTIF BAC

2 La métropolisation : processus et fonctionnement Question problématisée

1 h

Ce sujet vous propose un entraînement à la question problématisée. Il mobilise l'ensemble des notions du chapitre et vous invite à réfléchir à plusieurs échelles.

LE SUJET

La métropolisation à l'échelle planétaire : un processus urbain incarné par des villes de plus en plus peuplées et étendues, qui connaissent des dynamiques variées et fonctionnent en réseau.

Méthode

Dégager les enjeux d'une question problématisée

- **Analyser le sujet au brouillon**
  - Commencez par définir les **notions clés du sujet**, et repérez comment elles s'articulent dans la formulation du sujet.
  - Déterminez les **limites spatiales** du sujet (espaces concernés, échelles) : en géographie, il est essentiel de spatialiser la réflexion.
  - Identifiez les **acteurs impliqués** : ceux qui vivent sur le territoire concerné, exercent telle ou telle activité, ceux qui organisent ou aménagent ce territoire, etc.

■ **Dégager les enjeux du sujet**

À partir de l'analyse du sujet, **rassemblez vos connaissances** et notez les questions que le sujet soulève, ses enjeux. De ces derniers, vous allez peu à peu dégager la problématique.

■ **Reformuler la question**

- La question problématisée suggère une **démarche analytique**. Il est toutefois possible de la **reformuler pour mieux en faire ressortir les enjeux**. Votre question commencera souvent par une expression telle que « de quelle manière », « comment » ou « dans quelle mesure », éventuellement « pourquoi ».
- Suivant le sujet, la question invitera à une **réflexion multiscalaire** (échelle locale, régionale, nationale et mondiale) ou à une **analyse du rôle** ou de la **place des acteurs** dans l'organisation et les dynamiques d'un territoire.
- Dans votre devoir, cette reformulation de la question figurera à la fin de l'introduction, avant la présentation du plan.

▶▶▶ LA FEUILLE DE ROUTE

Étape 1 Analyser le sujet

La métropolisation : un processus urbain mondial aux dynamiques variées

Formulation
- Les deux-points indiquent l'angle sous lequel étudier la métropolisation
- Les mots « processus » et « dynamiques » sont indissociables et montrent qu'il ne faut pas faire un tableau figé, mais envisager les évolutions

Bornes spatiales
- Échelle mondiale
- Échelle locale

Type de sujet
Analytique

Notions et mots clés
- Processus : phénomène progressif
- Fonctionnement et dynamiques : nombreux acteurs

Étape 2 Mobiliser ses connaissances

■ Détaillez la notion de métropolisation et ce qu'elle implique à différentes échelles.

■ Le sujet couvre l'ensemble du chapitre. Vous devez montrer comment ce phénomène mondial s'appuie sur des acteurs nombreux et se traduit parfois de manière identique, parfois de manière différente selon les territoires.

Étape 3 Dégager les enjeux du sujet

- Le sujet invite à considérer la métropolisation comme un phénomène planétaire qui modifie l'organisation des territoires à toutes les échelles géographiques.
- Ces métropoles connaissent des dynamiques variées, dans leur croissance comme dans leur rôle. Elles fonctionnent en un réseau qui constitue un maillage essentiel de la mondialisation.

Étape 4 Organiser la réponse

Sur ce sujet, on peut proposer un plan en deux parties.

I. La métropolisation, un phénomène mondial.

II. Dynamiques et fonctionnement des métropoles à différentes échelles.

Étape 5 Rédiger le devoir → CORRIGÉ

CORRIGÉS

S'ENTRAÎNER

1 Connaître le vocabulaire du cours

1. • mégalopole : de Boston à Washington
• métropole de niveau continental : Berlin
• conurbation : Osaka-Kobé
• étalement urbain : Phoenix

2. Une métropole regroupe de nombreux habitants, des activités, des axes de communication et de transport et des centres de décisions. Plusieurs métropoles millionnaires reliées efficacement entre elles peuvent former un corridor urbain voire une mégalopole. Lorsque les banlieues de deux agglomérations se rejoignent, cela forme une conurbation. L'étalement urbain peut alors être très important.

OBJECTIF BAC

2 Question problématisée

[Introduction] Les futurs Jeux olympiques de Paris 2024 et les enjeux qu'ils recouvrent, montrent comment une métropole peut devenir un lieu planétaire. La métropolisation désigne la concentration progressive des hommes et des activités dans les métropoles, qui modifie la structure des territoires. Des acteurs publics et privés animent ces métropoles pour les rendre attractives. Mais la métropolisation n'est pas sans défis : croissance de la population et des besoins, étalement urbain, etc.
Dans quelle mesure la métropolisation est-elle un phénomène planétaire qui modifie l'organisation des territoires à toutes les échelles ? Tout d'abord, nous

considérerons des métropoles toujours plus nombreuses et plus peuplées [I]. Puis, nous étudierons les dynamiques et le fonctionnement des métropoles qui modifient l'organisation de l'espace mondial, notamment avec l'émergence de formes urbaines de plus en plus complexes [II].

I. La métropolisation, un phénomène mondial

- La croissance urbaine mondiale est d'environ 2 % mais elle est inégalement répartie. Modérée (environ 0,5 %) dans les pays développés, déjà très urbanisés, elle est très rapide dans les pays en développement (environ 2,5 % par an), surtout dans les PMA (4 %) qui connaissent un exode rural encore important et un dynamisme démographique soutenu.
- Aujourd'hui 513 agglomérations sont millionnaires en habitants (16 en 1900), dont 45 comptent entre 5 et 10 millions d'habitants et 29 plus de 10 millions d'habitants : Tokyo (35 millions), New York (19,6 millions) ou encore São Paulo (21 millions).
- L'étalement urbain, vertical et surtout horizontal, s'accompagne d'une artificialisation des surfaces périphériques et du mitage des espaces ruraux.
- Ces métropoles concentrent les activités et pôles décisionnels : économie et finance (La City à Londres), politique et diplomatique (l'ONU à New York, l'UNESCO à Paris), industriels (triangle industriel de São Paulo, Rio de Janeiro, Belo Horizonte).

II. Dynamiques et fonctionnement des métropoles à différentes échelles

- Les métropoles s'étendent verticalement mais surtout horizontalement : l'étalement urbain conduit à une augmentation des mobilités intra-urbaines et des pollutions. Cette extension peut donner lieu à des formes d'organisation complexes : mégalopoles (à l'image de la mégalopole européenne, de Londres à Milan), corridors urbains (« San-San », de San Francisco à San Diego en Californie) ou bien encore conurbations (Osaka-Kobé au Japon).
- Les métropoles sont des relais dans la mondialisation. Elles concentrent des pôles décisionnels : dans les domaines économique et financier (places financières et sièges de FTN), politique et diplomatique (sièges de gouvernements, consulats, ambassades, institutions internationales), industriel (à l'image du Sudeste brésilien) ou encore culturel (Guggenheim à Bilbao).
- Elles bénéficient d'équipements de transport comme des hubs aéroportuaires (Roissy CDG, Dallas...), des lignes ferroviaires, des voies routières ou encore des ports maritimes et fluviaux. Ainsi se forme un « archipel mégalopolitain mondial » avec un réseau de métropoles qui dominent la mondialisation.

> **À NOTER**
> La majorité des grandes métropoles sont situées sur des littoraux, ce qui constitue un atout pour la participation aux échanges de marchandises.

[Conclusion] Les métropoles sont ainsi des lieux essentiels de la mondialisation, tant par leurs relations entre elles que par leur rayonnement à différentes échelles.

33 L'inégale attractivité des métropoles françaises

En bref *L'armature urbaine en France fait apparaître une hiérarchie des métropoles. Ce réseau urbain est dominé par Paris, capitale et unique mégapole française, tandis que les métropoles régionales sont de plus en plus attractives et dynamiques.*

I Le poids de la mégapole parisienne

1 Primatie et macrocéphalie parisienne

■ La mégapole parisienne réunit près de 12 millions d'habitants, dont environ 2,5 millions *intra-muros*. Elle est près de 6 fois plus peuplée que Lyon (deuxième métropole du pays avec 2,2 millions d'habitants) : Paris est une ville primatiale.

■ Le **taux de macrocéphalie** montre le poids de la première ville à l'échelle du pays. Ce taux est d'environ 18 % pour Paris : en France, près d'une personne sur cinq vit dans la métropole parisienne.

MOT CLÉ

Le **taux de macrocéphalie** est le nombre d'habitants de la ville la plus peuplée par rapport au nombre d'habitants du pays, multiplié par 100.

2 Une concentration d'activités et d'emplois

■ La métropole parisienne représente près du tiers du PIB de la France et environ 5 % du PIB de l'Union européenne. Elle concentre des activités et des emplois dans tous les secteurs et abrite les sièges sociaux de grandes FTN dans le quartier de La Défense.

■ La métropole réunit près de 40 % des actifs employés dans la recherche et développement. Le pôle d'innovation de Paris-Saclay est représentatif des synergies possibles entre laboratoires de recherche, entreprises, universités et grandes écoles.

■ La capitale rayonne à l'international grâce à des établissements culturels comme le Louvre ou le musée d'Orsay.

3 Une métropole connectée à différentes échelles

■ La connexion à l'échelle locale et mondiale de Paris participe à son rayonnement et à son attractivité. Les aéroports (Roissy-Charles de Gaulle et Orly) font de Paris une porte d'entrée sur le continent européen. Le hub de Roissy connaît un taux de correspondance d'environ 25 %. Au mois d'août, le nombre de passagers peut parfois dépasser le million en 24 heures.

■ Les lignes LGV relient Paris aux autres métropoles françaises et européennes, desservant notamment tous les jours 40 villes européennes.

■ Les autoroutes forment un réseau en étoile autour de Paris.

II Des métropoles régionales attractives

1 Les aires métropolitaines

L'Insee répertorie douze aires métropolitaines : Paris, Lyon, Marseille, Lille, Toulouse, Bordeaux, Nice, Nantes, Strasbourg, Rennes, Grenoble et Montpellier. Chacune regroupe plus de 500 000 habitants et au moins 200 000 emplois, parmi lesquels au moins 20 000 cadres des fonctions métropolitaines : conception-recherche, prestation intellectuelle, commerce interentreprises, gestion, culture-loisirs. Le poids de ces villes est cependant inégal.

2 Les différents facteurs d'attractivité

- Ces métropoles régionales connaissent aujourd'hui une croissance démographique importante, en particulier pour celles situées dans un arc allant de la Bretagne à la région Grand Est en passant par le littoral méditerranéen (Nantes, Montpellier, Strasbourg...).
- Les facteurs d'attractivité ne sont pas seulement liés à la présence d'emplois, mais aussi à trois dynamiques : l'**héliotropisme**, la littoralisation et le dynamisme des régions frontalières.

MOT CLÉ
L'**héliotropisme** est l'attractivité de régions ensoleillées.

zoOm

L'aéroport Roissy-Charles de Gaulle

Source : Géoportail

- Roissy-Charles de Gaulle est une des portes d'entrée du territoire européen. Il a accueilli 72,2 millions de passagers en 2018 (croissance de 4 % par rapport à l'année précédente). Combinant courts, moyens et longs courriers, l'infrastructure assume pleinement sa fonction de hub mondial.
- Relié à l'autoroute A1, à la LGV et aux réseaux de transports en commun franciliens, Roissy constitue également une plateforme multimodale.

34 Une recomposition des dynamiques urbaines

En bref *Les mobilités s'accentuent aussi bien entre les métropoles françaises qu'à l'intérieur de celles-ci. Malgré les politiques de la ville, qui tentent de proposer une mixité sociale et fonctionnelle, ces espaces urbains semblent de plus en plus fragmentés.*

I Des mobilités de plus en plus intenses

1 Des mobilités entre les métropoles

- La concentration des emplois et des activités dans les métropoles en fait des lieux attractifs pour les flux migratoires, internes ou internationaux. Les mobilités temporaires sont de plus en plus fréquentes et rapides. Les connexions autoroutières et ferroviaires permettent des migrations pendulaires entre les métropoles. Le « tourisme de week-end » se développe considérablement, notamment d'une métropole à l'autre.
- Les métropoles sont toujours mieux connectées, tandis que certains espaces périphériques sont moins desservis voire délaissés. En effet, des territoires, notamment situés dans une diagonale allant des Ardennes aux Pyrénées occidentales, bénéficient d'un maillage de réseaux de transports et de communication moins dense : éloignement des accès autoroutiers, disparition ou rareté de la desserte ferroviaire, moindre couverture par les réseaux numériques (« fracture numérique ») ou de téléphonie mobile.

2 Des mobilités intra-urbaines

- L'accroissement des mobilités se vérifie également à l'intérieur des métropoles. Différents mécanismes comme le prix de l'immobilier et la recherche d'un cadre de vie plus vert et moins urbanisé poussent les citadins à s'éloigner des villes-centres des agglomérations.
- Ainsi, les couronnes périurbaines des métropoles s'étendent chaque jour davantage, accentuant le phénomène d'étalement urbain. En parallèle, les territoires ruraux s'artificialisent de plus en plus : on parle de mitage des espaces ruraux. → FICHE 48
- L'étalement urbain entraîne des migrations pendulaires de plus en plus longues et motorisées, engendrant pollutions et saturation du trafic routier dans plusieurs métropoles françaises (Paris, Lyon, Marseille, Bordeaux). Des projets d'aménagement, tel le Grand Paris Express, visent à améliorer les connexions en transports en commun entre les différents territoires des métropoles et à favoriser le report modal.

MOT CLÉ

Le **report modal** désigne le fait de changer de mode de transport au cours d'un trajet, en général de passer de la voiture à un transport en commun.

II Des espaces urbains fragmentés

1 Une fragmentation fonctionnelle

- L'étalement urbain s'accompagne d'une **spécialisation fonctionnelle**. Aux différents territoires urbains correspondent des fonctions particulières : logement, commerce, activité industrielle…
- Une **concentration de services dans les centres-villes** des métropoles est visible (90 % des actifs travaillent dans le secteur tertiaire à Nantes).

2 La fragmentation sociospatiale et gentrification

- Les métropoles présentent de **fortes inégalités sociales**. Le **revenu médian** des actifs résidant à l'ouest de l'agglomération parisienne est 1,5 fois supérieur à celui des actifs résidant dans le nord et le nord-est.

> **MOT CLÉ**
> Le **revenu médian** est le revenu tel que 50 % de la population active considérée gagne moins et 50 % gagne plus.

- Ces inégalités entraînent souvent des **inégalités spatiales**, avec des territoires moins bien reliés, rendant l'accès à l'emploi plus difficile. La gentrification, processus de **conquête spatiale par des catégories aisées**, repousse progressivement les catégories populaires vers d'autres quartiers, surtout périphériques.

zoOm

La gentrification à Paris

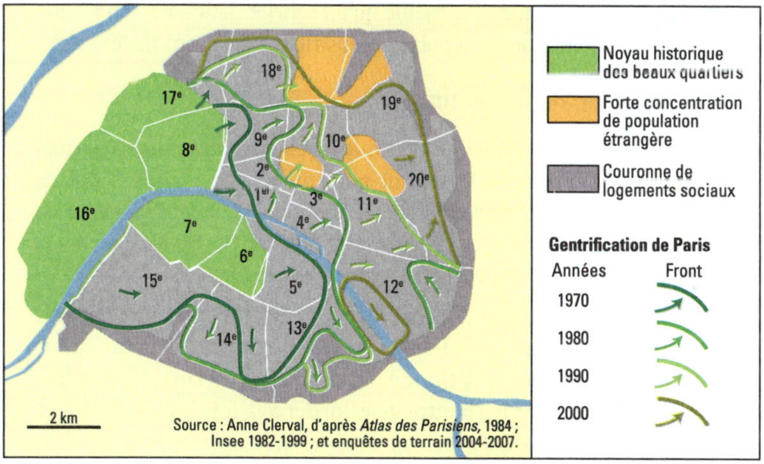

Source : Anne Clerval, d'après *Atlas des Parisiens*, 1984 ; Insee 1982-1999 ; et enquêtes de terrain 2004-2007.

La gentrification à Paris se traduit par un front qui avance depuis les années 1970, vers l'est et le nord de la capitale. Le processus est encore en cours.

FRANÇAIS HISTOIRE GÉOGRAPHIE ENS. SCIENTIFIQUE & MATHÉMATIQUE ANGLAIS

35 L'évolution du rôle et de la place des villes petites et moyennes

En bref *En dehors des métropoles, les villes petites (entre 2 000 et 20 000 habitants) et moyennes (entre 20 000 et 100 000 habitants) connaissent des itinéraires variés : certaines sont dynamiques et attractives, d'autres voient leur population diminuer.*

I Pour certaines villes, un renouveau

1 La proximité avec les métropoles : un atout majeur

- Au-delà de la couronne périurbaine des métropoles, des villes bénéficient de la proximité avec ces dernières et connaissent un spectaculaire développement de la fonction résidentielle. Ablis, au sud des Yvelines, a vu sa population tripler en 30 ans, avec une diminution des résidences secondaires et une augmentation des résidences principales.

- Cette dynamique correspond aussi au mouvement d'accession à la propriété d'urbains, qui n'hésitent pas à rallonger leurs trajets quotidiens pour un cadre de vie plus vert. Les prix de l'immobilier, plus accessibles, permettent aux nouveaux arrivants d'acheter leur logement, souvent une maison ou un pavillon.

- L'économie de ces villes (qui sont parfois d'anciennes communes rurales) est liée à celle de la métropole, avec une forte **tertiarisation** des emplois des actifs résidents. La part de l'emploi agricole y est sensiblement la même qu'à l'échelle nationale, tandis que les fonctions tertiaires (services, fonction publique, distribution...) sont majoritaires.

> **MOT CLÉ**
> La **tertiarisation** est le développement des emplois de services.

2 Une économique locale dynamique

- L'attractivité et le dynamisme des villes peuvent reposer sur des raisons variées (politiques, économiques, culturelles). Ils sont souvent liés à la combinaison de plusieurs fonctions (résidentielle, productive, touristique...). Ainsi, le statut de préfecture de département et la présence d'un certain nombre de services associés permettent un rayonnement à une échelle réduite (Limoges).

- Les ressources patrimoniales peuvent contribuer au dynamisme : monument, musée, parc d'attractions (Poitiers et le Futuroscope), proximité d'un parc naturel régional ou national, d'un site exceptionnel ou de sources thermales... Les initiatives locales peuvent également permettre de valoriser à la fois les ressources et le cadre de vie : vente directe, produits locaux et régionaux, développement d'un écotourisme...

- Enfin, certaines villes choisissent de développer ou de se spécialiser dans une fonction particulière (Albi dans l'enseignement supérieur).

II Pour d'autres, une mise à l'écart progressive

1 Une diminution de la population et des services

■ Dans d'anciens bassins industriels ou dans des régions agricoles, un recul démographique des villes petites et moyennes est visible. Les reconversions économiques difficiles se traduisent en effet souvent par le départ de jeunes actifs. Ainsi, Charleville-Mézières a perdu 10 000 habitants en 25 ans.

■ La baisse de la population s'accompagne souvent d'une dévitalisation des centres-villes. Parfois, l'intervention des pouvoirs publics est nécessaire, notamment pour réduire la fracture numérique ou accompagner le retour à l'emploi.

2 Des territoires urbains enclavés

■ Les villes petites et moyennes participent au **maillage territorial**, mais certaines sont enclavées ou isolées à cause de la faible connexion aux réseaux de transports (accès lointain à une bretelle d'autoroute ou à une gare TGV).

MOT CLÉ

Le **maillage territorial** indique l'appropriation, la gestion et/ou l'aménagement d'un territoire. Les villes constituent des points centraux et des nœuds dans les réseaux de transports.

■ Cet enclavement est parfois renforcé par la fermeture de lignes ferroviaires ou de dessertes moins fréquentées, peu rentables ou déficitaires.

zoOm

Guérande, une petite ville dynamique et attractive

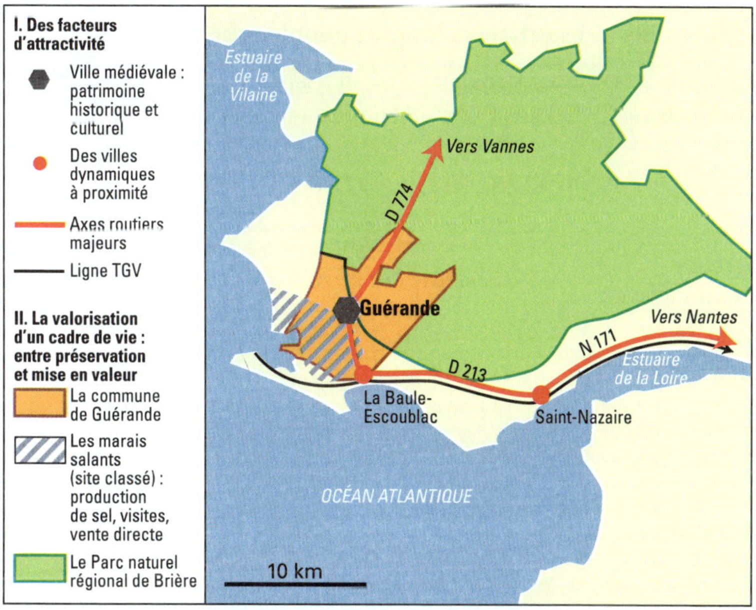

S'ENTRAÎNER

1 Réviser le cours en 4 questions flash

→ FICHES 33 à 35

1. Pourquoi peut-on parler d'une hiérarchie des métropoles en France ?
2. Pourquoi les métropoles régionales sont-elles de plus en plus attractives ?
3. Pourquoi les difficultés d'accès aux réseaux de transport peuvent-elles accentuer les inégalités ?
4. Qu'est-ce qui favorise le renouveau de certaines villes petites et moyennes ?

OBJECTIF BAC

2 Des métropoles françaises inégalement peuplées et attractives Analyse de document

1 h

Ce sujet permet d'étudier, à partir de données démographiques, la hiérarchie et l'inégale attractivité des métropoles françaises. Ces données (nombres d'habitants et de communes, croissance de la population) indiquent les dynamiques actuelles des dix aires urbaines les plus peuplées de France.

LE SUJET

En vous appuyant sur le document et sur vos connaissances, vous montrerez les disparités entre les métropoles françaises, tant dans leur place dans la hiérarchie urbaine que dans les dynamiques qu'elles connaissent.

Document Les dix aires urbaines les plus peuplées en France

Rang	Aire urbaine	Nombre d'habitants 2015	Variation relative annuelle 2010-2015 en %	Nombre de communes[1]
1	Paris	12 532 901	0,5	1 766
2	Lyon	2 291 763	1,1	503
3	Marseille – Aix-en-Provence	1 752 398	0,4	90
4	Toulouse	1 330 954	1,6	453
5	Bordeaux	1 215 769	1,5	252
6	Lille[2]	1 184 708	0,5	125
7	Nice	1 005 891	0,1	129
8	Nantes	949 316	1,5	108
9	Strasbourg[2]	780 515	0,5	259
10	Rennes	719 840	1,4	185

1. Au 1er janvier 2017. 2. Partie française.

Source : Insee, RP 2015

Méthode

Analyser un document statistique

Identifier le document et ses enjeux

- Les données statistiques sont généralement rassemblées dans un tableau. Elles permettent d'étudier une situation à une ou plusieurs échelles.
- Le document est parfois accompagné de **notes** : lisez-les attentivement, elles vous guideront dans la lecture des données ou vous apporteront des précisions.
- Enfin, **repérez la date du document** : elle permet notamment de savoir si la situation présentée a évolué.

Étudier les données

- Commencez par **lire le titre** et les **en-têtes** des lignes et colonnes du tableau pour savoir de quel type de données il s'agit. Notez bien les **unités** utilisées : nombre d'habitants, taux de croissance…
- Repérez les **valeurs significatives** : minimum, maximum, moyenne, évolution d'ensemble… Faites des **comparaisons** entre les lignes et/ou les colonnes du tableau et, si besoin, effectuez des **calculs**.

Utiliser les données

Dans vos réponses, citez précisément le document. Utilisez vos calculs et les comparaisons, que vous avez faites pour faciliter la compréhension du document et lui donner du sens.

LA FEUILLE DE ROUTE

Étape 1 Présenter le document

Les disparités entre les métropoles françaises (place dans la hiérarchie urbaine, dynamiques)

Nature et source
Tableau, données de l'Insee

Auteur
Insee (Institut national de la statistique et des études économiques)

Espace considéré
Les 10 aires urbaines les plus peuplées de France

Thèmes
- Nombres d'habitants et nombre de communes
- Croissance urbaine

Étape 2 Comprendre la consigne

- La consigne vous demande d'envisager les disparités entre les métropoles françaises sur deux plans : leur place dans la hiérarchie urbaine et leurs dynamiques. Pour ce qui est du premier, vous devez notamment distinguer les métropoles qui ont le plus d'impact dans l'organisation du réseau urbain.
- Les dynamiques renvoient aux évolutions, en particulier en termes de population, d'emploi et d'activité économique.

Étape 3 Exploiter le document

- Le document utilise la notion d'« aire urbaine » : il s'agit de l'ensemble formé par le pôle urbain (ville-centre + banlieues) et la couronne périurbaine.
- On peut s'intéresser dans un premier temps aux colonnes « nombre d'habitants » et « nombre de communes », afin de considérer les métropoles qui dominent le système urbain et, par exemple, calculer le degré de primatie entre Paris et Lyon.
- Pour envisager les dynamiques des métropoles, on peut s'appuyer sur la colonne présentant le taux de variation de la population.

Étape 4 Rédiger le devoir → CORRIGÉ

CORRIGÉS

S'ENTRAÎNER

1 Réviser le cours en 4 questions flash

1. On observe une hiérarchie des métropoles en France avec Paris ville mondiale, puis 11 métropoles régionales, de grandes aires urbaines (Toulon ou Dijon), et enfin des villes petites et moyennes au dynamisme inégal.

2. Les métropoles régionales sont de plus en plus attractives car elles proposent de nombreux emplois et bénéficient souvent d'autres atouts : ensoleillement, proximité du littoral ou d'une frontière.

3. Si les réseaux de transport sont éloignés ou d'accès difficile, les déplacements dans l'espace urbain sont plus compliqués, ce qui rend moins accessible le marché de l'emploi et accentue donc les inégalités.

4. Le renouveau de certaines villes petites et moyennes peut être lié à plusieurs facteurs : proximité d'une métropole, présence de fonctions administratives, dynamisme économique local ou ressources patrimoniales.

OBJECTIF BAC

2 Analyse de document

[Introduction] Les métropoles françaises connaissent des dynamiques variées, comme le montre le document proposé : un tableau de données de l'Insee sur les dix premières aires urbaines françaises. On peut s'intéresser d'abord à la hiérarchie urbaine française, puis aux dynamiques actuelles des métropoles avant de se pencher sur leur organisation administrative.

I. Une hiérarchie urbaine dominée par la métropole parisienne

■ Paris est l'unique mégapole française avec 12,5 millions d'habitants au 1er janvier 2017. À elle seule, elle réunit presque le même nombre d'habitants que les 9 autres métropoles présentées dans le tableau.

■ Le degré de primatie est de près de 6 pour 1, puisque Paris est presque 6 fois plus peuplée que Lyon. Toutefois, sept métropoles dépassent le million d'habitants, notamment Marseille-Aix-en-Provence ou encore Toulouse.

II. Des métropoles inégalement attractives

■ L'évolution de la population montre que les cinq métropoles les plus attractives sont, dans l'ordre, Toulouse, Bordeaux, Nantes, Rennes et Lyon. Leur variation annuelle relative montre une croissance supérieure à 1 % par an pour la période 2010-2015.

■ Différents facteurs permettent d'expliquer l'attractivité de ces métropoles, notamment leur situation sur la façade littorale atlantique (Bordeaux, Nantes, Rennes), l'ensoleillement (Toulouse, Bordeaux) ou encore le rayonnement continental d'une ville proche des frontières (Lyon). De plus, ces métropoles concentrent parfois des fonctions spécifiques (hautes technologies à Toulouse ou Lyon).

III. Des caractéristiques variées dans leur organisation administrative

Marseille-Aix-en-Provence réunit 1,7 million d'habitants pour 90 communes, tandis que Rennes réunit un peu moins de 720 000 habitants pour 185 communes, soit un million d'habitants en moins mais le double du nombre de communes. L'aire urbaine de Rennes est donc beaucoup plus fragmentée administrativement, avec de nombreuses petites communes autour de la ville-centre de l'aire urbaine.

[Conclusion] Ainsi, ce document permet d'envisager un système urbain hiérarchisé avec des métropoles régionales de plus en plus attractives et variées dans leur organisation.

36 Les acteurs de la production

En bref *Aujourd'hui, environ 100 000 firmes transnationales (FTN), et leur million de filiales assurent les deux tiers du commerce et l'essentiel de l'économie productive dans le monde.*

I Des acteurs en mutation constante

1 L'adaptation aux mutations de l'économie mondiale

■ Avec la deuxième mondialisation (XIXe s.), les premières firmes multinationales apparaissent. Avec la troisième mondialisation (années 1960), elles se développent à l'international ; la crise des pays développés dans les années 1970 les fait basculer dans une vision véritablement mondiale.

■ Avec le triomphe du néolibéralisme dans les années 1980, les actionnaires et fonds d'investissement contrôlent les stratégies des entreprises.

2 La réorganisation toyotiste et post-fordiste

■ Les firmes ont réorganisé leurs processus de production selon le système toyotiste → FICHE 41. L'innovation et la recherche-développement deviennent les moteurs de la profitabilité. Les firmes deviennent des entreprises sans usine.

■ Les grandes firmes se placent ainsi au centre d'un réseau d'entreprises sous-traitantes ou de fournisseurs, se réservant les segments les plus rentables de leur activité, c'est-à-dire les fonctions tertiaires supérieures.

3 Les firmes à l'âge du numérique

■ Dans une économie post-fordiste → FICHE 41 où la production matérielle se révèle moins profitable que les services ou les logiciels, de nouvelles firmes, basées sur l'économie numérique, ont pris une importance mondiale.

■ Leur compétitivité repose sur des volumes croissants de données techniques et personnelles (*big data*), traités par intelligence artificielle. L'économie numérique peut aussi être collaborative : le particulier devient lui-même producteur (**ubérisation**).

MOT CLÉ
L'**ubérisation** (du nom de la société Uber) est la mise en relation directe entre clients et professionnels grâce aux nouvelles technologies.

II Les FTN et les autres acteurs de la production

1 La position centrale des FTN

■ Les FTN contrôlent les deux tiers du commerce (un tiers pour le commerce intrafirmes) et réalisent la quasi-totalité des IDE et plus de la moitié du PIB mondial pour seulement 5 % des actifs.

■ Leur poids économique explique l'**influence considérable** qu'elles détiennent sur les autres acteurs, tant étatiques que supra-étatiques. Leur influence peut être publique (forum de Davos) ou plus discrète (lobbying).

2 | La permanence du rôle des États

■ Les FTN représentent un défi pour les États, qui cherchent à les attirer pour développer les territoires, ce qui entraîne une **concurrence fiscale**. Les FTN, par de savants montages, parviennent à payer peu d'impôts (**paradis fiscaux**).

■ Mais les États tentent aussi de promouvoir leurs champions nationaux et de les protéger contre leurs concurrents, notamment en Chine.

3 | Société civile et ONG

■ La société civile a souvent dénoncé les pratiques jugées abusives des FTN. Ainsi, les ONG ont mené campagne contre le travail des enfants ou des femmes, les pratiques environnementales ou sociales.

■ Dans une certaine mesure, les FTN ont infléchi leurs stratégies. Elles collaborent souvent avec les ONG, moyennant subsides, afin d'obtenir des **certifications** et des **labels** attestant de leur bonne conduite, arguments de vente supplémentaires.

MOT CLÉ

Les **ONG** (Organisations non gouvernementales) sont des organisations à but non lucratif, financées essentiellement par des dons privés, qui se consacrent à l'action humanitaire, environnementale, etc.

zoOm

L'industrie aéronautique et aérospatiale européenne

■ Les industries aéronautiques et aérospatiales sont un exemple de **coopération européenne**. Les sites Airbus de Toulouse et Hambourg intègrent des composants venus de 18 sites européens et des États-Unis.

■ Ces deux industries comportent un volet militaire (photo : Rafale et A400 M), avec des industriels qui sont parmi les grands exportateurs d'armement (Dassault, Safran, Thalès).

37 Division internationale du travail et territoires

En bref *Les FTN déploient des stratégies mondiales à travers une nouvelle division internationale du travail qui produit des recompositions majeures des espaces productifs mondiaux.*

I La nouvelle division internationale du travail

1 Internationalisation, transnationalisation, globalisation

- La crise du modèle fordiste (années 1970) a accéléré l'internationalisation des firmes. Elles sont devenues globales avec des stratégies à l'échelle planétaire.
- La révolution des transports et des technologies a permis la décomposition internationale du processus productif : la spécialisation repose sur une tâche dans une chaîne de valeur toujours plus segmentée.

2 Délocalisation, sous-traitance, relocalisation

- Les firmes ont transféré à l'étranger une large part de leurs activités de fabrication (délocalisation) ou passé contrat avec des firmes locales (sous-traitance).
- Ces délocalisations ralentissent aujourd'hui et on observe des relocalisations vers les Nords, pour des raisons de logistique, d'image ou de compétitivité.

3 Stratégies d'implantation et recompositions spatiales

- Selon un modèle bipolaire, les firmes conservaient au Nord les fonctions de commandement et d'innovation et délocalisaient au Sud les fonctions de fabrication. D'où la désindustrialisation des Nords.
- Toutefois, ce modèle est remis en question par le développement des FTN issues des pays émergents, qui sont à présent dans une logique de concurrence et non de complémentarité avec les pays développés.

CHIFFRES CLÉS
Parmi les 500 premières firmes transnationales en 2018, **120** sont chinoises et **126** américaines.

II Les firmes transnationales et les territoires

1 À l'échelle mondiale, une sélection territoriale pointue

- Les investissements productifs réalisés par les FTN sont géographiquement très concentrés. Les pays des Nords réalisent encore l'essentiel des flux sortants mais seulement la moitié des flux entrants. Dans les Suds, les BRICS captent l'essentiel des flux entrants. L'Afrique reste relativement délaissée.
- Les espaces productifs issus de ces investissements se concentrent donc dans des régions du monde assez peu nombreuses au départ (surtout les Nords), mais qui tendent à se diversifier (surtout dans les Suds).

2 Résistance et renaissance de l'échelle régionale

- Les FTN ont une approche fortement régionale : les FTN européennes tendent à investir préférentiellement en Europe, les américaines dans l'**Alena**, les japonaises en Asie du Sud-Est.

- Une logique birégionale se développe, marquée par une présence sur deux des trois grandes régions économiques du monde. L'économie productive mondiale fonctionne donc sur des emboîtements à de multiples échelles.

MOT CLÉ

L'**Alena** (Accord de libre-échange nord-américain) réunit le Canada, les États-Unis et le Mexique depuis 1994. La circulation des produits et des capitaux y est libre.

3 À l'échelle nationale, des espaces privilégiés

- À l'échelle nationale, les régions les plus riches et les plus peuplées sont privilégiées par le développement des activités productives impulsées par les FTN.

- Les FTN sélectionnent des espaces en raison de leurs externalités positives : zones franches pour des raisons douanières ou fiscales, métropoles pour leur environnement technique et humain, littoraux pour leur connectivité maritime → FICHE 40, clusters et districts industriels pour leurs synergies interentreprises…

zoOm

La Silicon Valley

- La Silicon Valley (la « vallée du silicium ») est un pôle d'industries de pointe situé en Californie, près de la baie de San Francisco et des universités mondialement réputées de Stanford et Berkeley.

- Les plus grandes firmes technologiques américaines y ont leur siège social et leurs laboratoires de recherche : Apple à Cupertino (photo), HP à Palo Alto, Sun et Intel à Santa Clara, Google à Mountain View, Adobe, Facebook…

38 Les flux de capitaux et d'information au cœur des systèmes productifs

En bref *Les systèmes productifs s'appuient aujourd'hui sur des flux immatériels considérables. Ces flux financiers et d'information entraînent une recomposition des espaces productifs.*

I Les flux financiers dans la globalisation

1 La globalisation financière

La révolution néolibérale des années 1980 a permis la globalisation financière par l'accès direct de tous les acteurs aux marchés financiers et la libre circulation des capitaux. Les marchés financiers informatisés prennent le contrôle de l'économie réelle et génèrent des profits considérables. La valeur des flux financiers s'envole. Les flux d'IDE totalisent 1 430 milliards de dollars en 2017.

2 Les acteurs de la globalisation financière

- Les banques demeurent des acteurs majeurs : JP Morgan Chase et Bank of America aux États-Unis, HSBC au Royaume-Uni, BNP Paribas en France. Plus récemment, les banques chinoises se sont imposées (ICBC n° 1 mondial).
- Les investisseurs institutionnels (compagnies d'assurances, fonds de pension et d'investissement) effectuent 80 % des transactions. Les fonds spéculatifs (*hedge funds*) et les fonds souverains (qui dépendent des États) interviennent également.

3 Les risques de la globalisation financière

- La finance mondiale a connu de nombreuses crises, telle celle des *subprimes* en 2007. L'interdépendance des marchés entraîne une contagion mondiale de la crise financière, qui contamine ensuite l'économie réelle via le système bancaire.
- Les capitaux échappent aux régulations étatiques et vont s'investir dans des paradis fiscaux. Les FTN américaines y stockent 2 600 milliards de dollars.

II Les flux d'information au cœur d'un monde en réseau

1 La révolution des technologies de l'information

- Les innovations technologiques ont permis l'avènement d'un Internet mondial favorisé par la convergence des supports (ordinateurs, téléphones…).
- Les flux d'information circulent de façon **réticulaire**, non seulement via de grands groupes multimédias (CNN ou Disney), mais aussi via les réseaux sociaux (Twitter, Instagram…). De nouveaux acteurs se sont imposés (Google ou Facebook).

MOT CLÉ
Circuler de façon **réticulaire** signifie circuler en réseau.

2 | Flux d'information et économie numérique

■ L'économie numérique bouleverse les localisations industrielles : un produit à forte composante technologique dépend d'abord de sa conception, très coûteuse, alors que sa fabrication matérielle devient presque marginale.

■ Le commerce a basculé dans l'ère numérique (Amazon, Alibaba en Chine) et représente aujourd'hui 2 300 milliards de dollars. Le classique **modèle B2C** est concurrencé par le **modèle C2C**, où chaque particulier peut devenir vendeur (eBay, Le Bon Coin).

> **MOT CLÉ**
> Dans le **modèle B2C** (*business to consumer*), les entreprises vendent aux particuliers. Dans le **modèle C2C** (*consumer to consumer*), les particuliers s'échangent des biens entre eux, via des plateformes numériques.

3 | Les enjeux de la révolution de l'information

■ La révolution des flux d'information a permis une connexion de la majorité des acteurs à travers le monde, y compris en Afrique, même si la connectivité est encore assez hiérarchisée.

■ Mais ces flux d'information sont de plus en plus contrôlés et gérés par de grandes entreprises (Google, Amazon...) qui ont les capacités de stockage et d'analyse des quantités énormes de données générées par le numérique (*big data*).

zoOm

Singapour, la « Suisse de l'Asie »

■ Micro-État de 719 km² et 6 millions d'habitants, le « Dragon » de Singapour est devenu un pays très développé (8e PIB/hab. mondial) en quelques décennies.

■ Admirablement situé au commandement du détroit de Malacca, entre océans Indien et Pacifique, Singapour est le 2e port mondial. La cité-État est devenue la 3e place financière mondiale derrière New York et Londres, et le numéro 1 mondial pour la gestion de fortune, avec un effort particulier sur le développement des « Fintech » (la technologie financière).

39 Les flux de marchandises et de services

En bref *Les flux de marchandises et de services ont connu une croissance explosive. Ils expriment et permettent la mondialisation de l'économie. Mais leur ralentissement récent, malgré une organisation logistique optimale, traduit un certain raccourcissement des chaînes de valeur.*

I L'essor des flux de marchandises et de services

1 Les flux de marchandises

- La croissance du commerce international a été supérieure à celle du PIB mondial jusqu'à la crise de 2008. Depuis, elle lui est inférieure (– 22 % en 2009). Après une extension démesurée des chaînes de valeur, la production se rapproche des marchés de consommation.
- À l'échelle mondiale, sur presque 18 000 milliards de dollars d'échanges internationaux, les États-Unis demeurent le 1er importateur et le 2e exportateur mondial. Amérique du Nord, Europe et Asie orientale constituent toujours les pôles majeurs. Les biens manufacturés dominent nettement (63 %), devant les produits primaires (15 %).

2 Les échanges de services

- Les échanges de services s'effectuent selon quatre modes : la fourniture directe du service à travers une frontière (programmes TV satellite), la consommation du service à l'étranger (tourisme international), l'ouverture à l'étranger d'une filiale de services, et le déplacement d'un prestataire. Les services représentent aujourd'hui 22 % des échanges commerciaux dans le monde.
- Leur géographie est encore très concentrée : les pays développés produisent 68 % des services exportés, 43 % pour la seule UE et 15 % pour les États-Unis, mais 2 % pour l'Afrique tout entière. La balance commerciale chinoise dans les services est la plus déficitaire du monde : – 240 milliards de dollars.

MOT CLÉ
La **balance commerciale** calcule la différence entre exportations et importations, dans les échanges de biens, de services ou dans les échanges totaux.

II La révolution des transports

1 Les modes de transport

- Le transport aérien est le plus rapide mais le plus coûteux. Le transport maritime est devenu le premier outil de la mondialisation, avec plus de 10 milliards de tonnes transportées par de grandes compagnies maritimes (Maersk, MSC, CMA-CGM). Le transport ferroviaire est surtout développé en Europe pour les produits pondéreux. Le transport routier demeure considérable.

■ Certains acteurs se sont imposés comme des compagnies logistiques intermodales : ces « intégrateurs » (UPS ou FedEx) assurent le transport des marchandises jusqu'au client final en utilisant tous les modes de transport nécessaires (aérien, maritime, routier, ferroviaire...).

2 | La nouvelle organisation logistique

■ Tous les modes de transport ont mis en œuvre la nouvelle organisation logistique en « *hub and spokes* » (« moyeu et rayons »), qui permet d'optimiser les coûts. Les « hubs » sont de véritables **plates-formes multimodales**, aujourd'hui très automatisées et pilotées par des systèmes informatiques de pointe.

> **MOT CLÉ**
> Une **plate-forme multimodale** est un espace productif permettant le transfert ultrarapide des marchandises d'un moyen de transport à un autre.

■ La géographie de ces espaces productifs de services favorise évidemment les interfaces : zones portuaires et aéroportuaires à proximité des grands foyers de peuplement et de production américains, européens ou asiatiques, mais aussi lieux de situation privilégiée (port d'éclatement ou hub de Singapour ou de Dubaï).

zoom

Les investisseurs chinois en Afrique

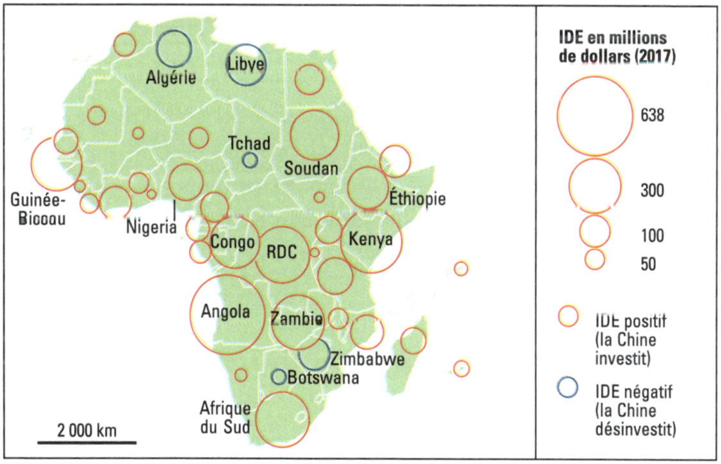

■ Dans les vingt dernières années, la Chine est devenue le premier investisseur en Afrique : le commerce sino-africain progresse de 20 % par an, les IDE de 40 % ! 10 000 entreprises chinoises et 200 000 Chinois travaillent sur le continent.

■ Les IDE se réalisent essentiellement vers des pays producteurs de pétrole (Angola, Soudan) ou de matières premières (RDC, Afrique du Sud), mais aussi par délocalisation manufacturière (Kenya, Éthiopie).

40 Littoralisation et métropolisation des espaces productifs

En bref *Les espaces productifs connaissent un double processus de littoralisation et de métropolisation, car l'économie mondialisée privilégie les lieux connectés dont l'accessibilité est maximale.*

I La métropolisation des espaces productifs

1 La concentration des pouvoirs

- Les grandes métropoles mondiales sont les lieux où la production de richesses est maximale, parce qu'elles concentrent les fonctions à plus forte valeur ajoutée : de commandement et d'impulsion, de création et de services haut de gamme.

- Les métropoles attirent les emplois en raison de processus cumulatifs : leur population qualifiée, leurs moyens de transport et de communication ultramodernes, leur accessibilité depuis les autres métropoles, les **externalités** positives qui s'y associent. Les métropoles constituent des espaces centraux.

MOT CLÉ

Les **externalités** sont les effets produits par un agent économique sans contrepartie monétaire. Elles sont négatives (pollution) ou positives (synergies entre entreprises voisines).

2 L'archipel mégalopolitain mondial

- Les métropoles fonctionnent elles-mêmes en réseau et sont hiérarchisées au niveau mondial, toutes n'offrant pas les mêmes types de services. Quatre villes mondiales dominent : New York, Londres, Tokyo et Paris. → FICHE 31

- Ces métropoles dessinent un archipel mégalopolitain mondial : centré sur les pôles anciens de la Triade (Amérique du Nord, Europe occidentale, Japon). Il intègre aujourd'hui de plus en plus de métropoles des Suds émergents (Shanghai, Beijing, Singapour, Mumbai ou São Paulo).

II La littoralisation des espaces productifs

1 Espaces littoraux, espaces productifs

- 40 % de la population mondiale vit à moins de 60 km d'un littoral. Dans une économie mondialisée où le transport maritime assure 90 % du trafic de marchandises, les interfaces maritimes sont des espaces productifs privilégiés. La mondialisation accentue donc la littoralisation de l'économie.

- Les ports ont été modernisés et largement développés en de véritables zones industrialo-portuaires. Les industries se sont implantées dans les ports, profitant ainsi des matières premières à moindre coût. Les industries lourdes chinoises ou indiennes se sont ainsi installées près des ports de Shanghai ou Mumbai.

2 | La recomposition des façades maritimes

■ Certaines façades maritimes de grande dimension jouent ainsi un rôle essentiel dans la production de richesses à l'échelle mondiale. Certaines recoupent les métropoles de l'archipel mégalopolitain mondial (mégalopoles américaine et japonaise). Le **Northern Range** constitue la porte d'accès à la mégalopole européenne, via les ports du Havre, d'Anvers, de Rotterdam ou de Hambourg.

MOT CLÉ

Le **Northern Range** (traduit par « rail » ou « rangée » européen/ne) constitue la façade maritime de la mégalopole européenne, centrée sur l'Europe rhénane, dont le débouché essentiel est le premier port d'Europe, Rotterdam.

■ Avec l'émergence de certains pays des Suds et leur insertion dans la mondialisation, les espaces productifs se sont diversifiés. De nouvelles façades maritimes se sont développées, telle la **façade est-asiatique** (de Singapour à la Corée en passant par les ports chinois), parfois centrées sur de grandes métropoles (Mumbai).

zoOm

L'archipel mégalopolitain mondial

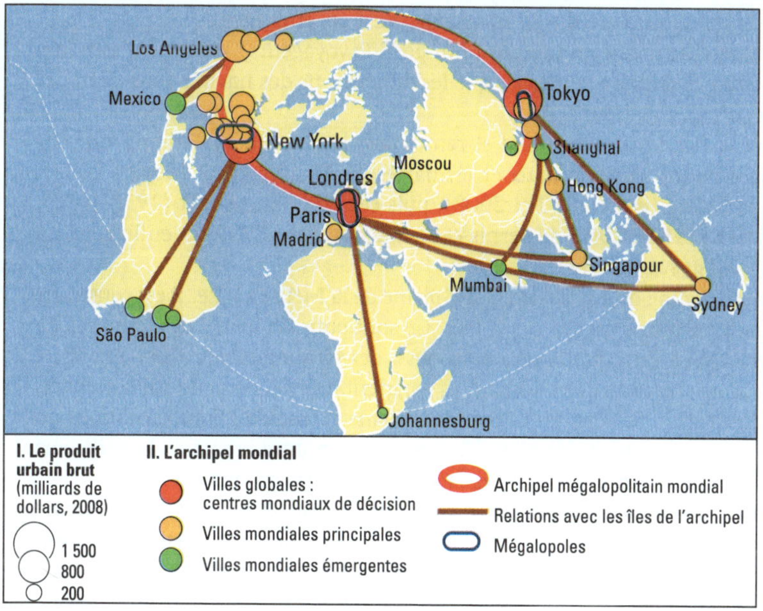

L'archipel mégalopolitain mondial est un **système urbain de dimension mondiale**, constitué des villes qui contribuent à la direction du monde, fortement connectées les uns aux autres par des réseaux de transport et de communication ultramodernes. Il concentre 90 % des opérations financières et 80 % de la production scientifique.

OBJECTIF BAC

1 Les espaces productifs : l'exemple du port de Rotterdam Croquis

1 h

Cet exercice vous propose un entraînement à la réalisation d'un croquis à partir d'un texte. Il requiert de votre part une lecture attentive du texte et une construction soignée de la légende du croquis.

LE SUJET

À partir du texte ci-dessous et à l'aide du fond de carte fourni, construisez un croquis de synthèse des espaces productifs du port de Rotterdam prenant en compte l'essentiel des informations. Vous veillerez à produire une légende organisée de votre croquis.

Document Les espaces productifs : l'exemple du port de Rotterdam

Rotterdam est le premier port d'Europe. Situé sur la mer du Nord, à l'embouchure du Rhin, il dessert toute la mégalopole européenne.

Le port est structuré en plusieurs zones d'installations s'échelonnant le long de l'embouchure du Rhin. Le port s'est en effet étendu, depuis le port de centre-ville médiéval (aujourd'hui port de voyageurs), en fond d'estuaire, vers la tête d'estuaire, à mesure que les dimensions des navires exigeaient des tirants d'eau supérieurs.

Venant de la mer du Nord et remontant le fleuve vers l'amont, on rencontre d'abord les terminaux et les darses de Maasvlakte 2 (depuis 2008), de Maasvlakte (entre 1970 et 2008), puis ceux de l'Europoort (1957-1970), du Botlek (1952-1959), de Pernis et Heijplaat (avant 1939) et enfin ceux du centre-ville (avant 1914).

Toute la zone du Maasvlakte (la « plaine de la Meuse ») 1 et 2 est construite sur des terre-pleins gagnés sur la mer. Ce sont pour l'essentiel des terminaux à conteneurs en eaux profondes, mais aussi des terminaux pétroliers, gaziers et minéraliers : les cargaisons déchargées repartent immédiatement, par conduites, camions, trains, feeders[1] vers l'Europe rhénane et jusqu'à l'Europe centrale, ou vers les autres ports du Northern Range, ce qui montre le rôle de hub, de port d'éclatement de Rotterdam dans la façade maritime nord-européenne.

La zone d'Europoort (la porte de l'Europe) est une gigantesque zone de stockage et de raffinage pétrolier, dont les oléoducs approvisionnent tout l'hinterland[2], mais aussi de pétrochimie. Botlek joue le même rôle, comme Pernis et Heijplaat.

Source : d'après Wikipédia

1. Porte-conteneur de petites dimensions qui dessert les destinations secondaires.
2. L'arrière-pays, toute la zone desservie par le port.

Fond de carte à compléter et légender

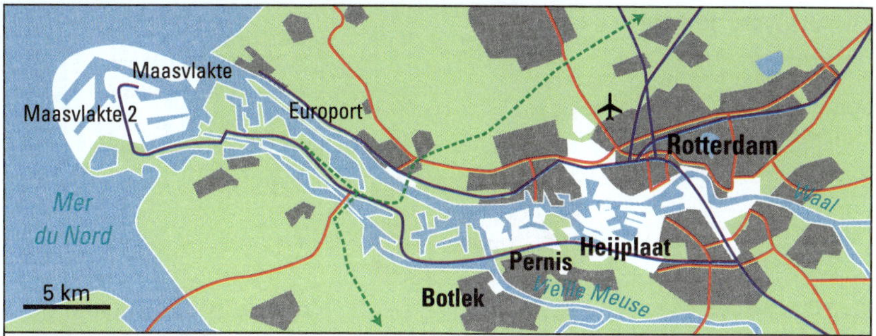

Organisation de l'espace
- Zone urbanisée
- Zone à dominante rurale
- Zone industrialo-portuaire

Infrastructures de transport
- Autoroute et route
- Voie ferrée
- Aéroport
- Oléoduc

I. Une évolution spatiale vers la tête d'estuaire	II. Les aménagements fonctionnels multimodaux	III. Un hub au cœur de la mondialisation
....	....	....
....	....	....
....	....	....
....	....	....
....	....	....

Méthode

Organiser la légende d'un croquis

■ **Suivre les éléments indiqués par le sujet**

Au brouillon, reportez les parties spécifiées dans le sujet (ici 3) et notez dedans les éléments relevés.

■ **Répartir les éléments du texte dans les parties de la légende**

En fonction des thèmes, classez les éléments. L'ordre peut être logique (en fonction des idées), géographique (en fonction de leur localisation) ou chronologique (en fonction de leur ordre d'apparition).

■ **Choisir les figurés**

Déterminez les éléments surfaciques (zones chronologiques), linéaires (réseaux) et ponctuels (fonctions). Choisissez des couleurs et des formes symboliques simples.

LA FEUILLE DE ROUTE

Étape 1 Analyser le sujet

Espace productif du part de Rotterdam

Notions
- Espaces productifs
- Port-ZIP-communications

Espace considéré
- Port de Rotterdam
- Localisation du fond vers la tête d'estuaire

Fond de carte
- Noms de lieux
- Amont/aval

Élements de légende
- Échelle locale : le port
- Échelle mondiale : connexion avant-pays / arrière-pays

Étape 2 Se remémorer les grands thèmes du cours

- Commencez par cadrer le sujet en notant au brouillon des connaissances. Le sujet va développer des aspects de la littoralisation des espaces productifs.
- Puis posez-vous la question suivantes : quels thèmes et mots-clés devrait-on retrouver à propos du sujet sur Rotterdam ?

Étape 3 Exploiter le texte

- Sur une feuille de brouillon, tracez trois colonnes et indiquez les trois parties données en légende dans trois couleurs différentes.
- Lisez le texte en détail. Surlignez dans l'une des trois couleurs les éléments pouvant être localisés sur la carte. Recopiez-les ensuite sur le brouillon.

Étape 4 Construire la légende

- Sur votre brouillon, réfléchissez au type de classement que vous pouvez faire. Par exemple, la partie 1 (évolution spatiale) pourra vraisemblablement être chronologique, ce que confirment les dates du texte.
- Demandez-vous quels figurés et couleur vous pouvez adopter pour chaque élément (choisir par exemple un dégradé de couleur pour l'évolution chronologique).

Étape 5 Réaliser le croquis

→ CORRIGÉ

CORRIGÉS

OBJECTIF BAC

1 Croquis

Les espaces productifs : l'exemple du port de Rotterdam

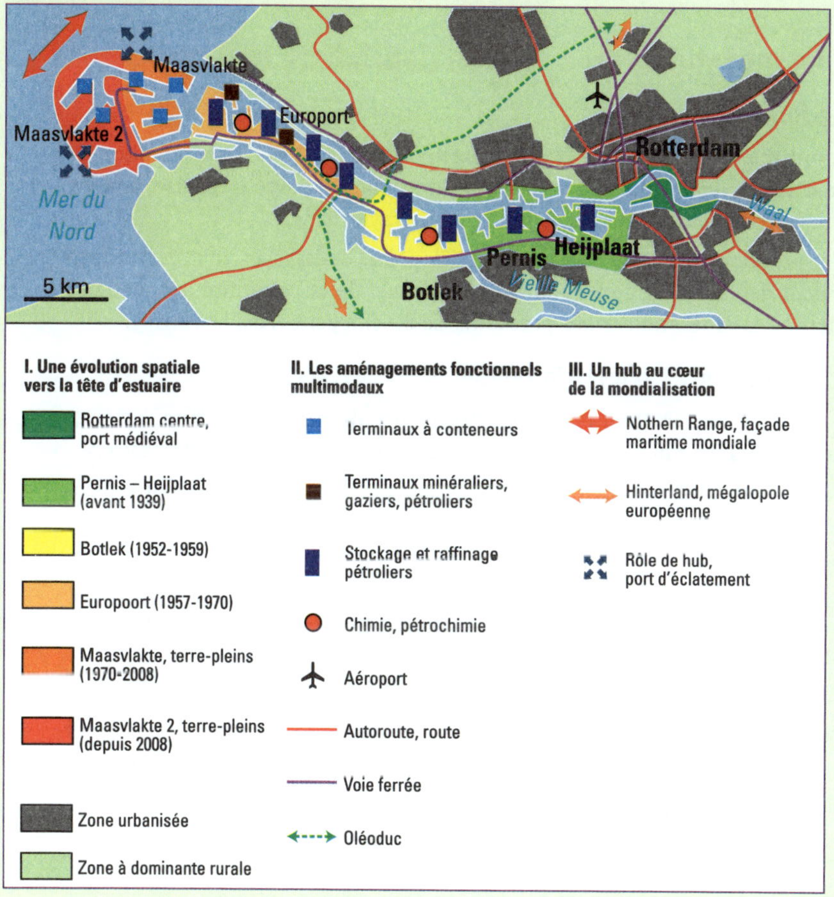

41 Des modèles et systèmes productifs mondialisés

En bref *La localisation et l'organisation des activités productives se sont tellement complexifiées que l'on parle aujourd'hui de systèmes productifs. La production se réalise à travers une chaîne de valeur globale qui associe de multiples acteurs à de multiples échelles d'intervention.*

I Les mutations du système capitaliste en France

1 Le fordisme

- Le fordisme se développe en France à partir des années 1950. La production de masse d'objets standardisés est réalisée par une main-d'œuvre spécialisée à faible coût, aux méthodes de travail optimisées par le taylorisme.
- La conception se concentre dans les métropoles. Les espaces de la fabrication dépendent des voies de communication plus que de la proximité des matières premières. Les zones industrialo-portuaires se développent (Fos, Le Havre).

2 Le toyotisme et le post-fordisme

- La crise des années 1970 provoque l'émergence du modèle toyotiste, basé sur les flux tendus d'une production sans stock, encore plus dépendante des réseaux.
- Avec le post-fordisme, les robots pilotés par ordinateur permettent une production flexible. Conjugaison des révolutions informatique et robotique, le post-fordisme emploie des effectifs toujours plus qualifiés mais toujours moins nombreux.

II Les anciens et les nouveaux modèles productifs

1 Le modèle ternaire de Clark (années 1940)

Le secteur primaire concerne l'extraction des matières premières, le secteur secondaire les transforme et le secteur tertiaire rassemble les services. Ce modèle est depuis longtemps obsolète.

2 Le modèle de Damette et Scheibling (années 1990)

- Ces géographes proposent un modèle, en trois sphères intégrées : productive (activités de production concrète comme l'agriculture ou l'industrie) ; périproductive (activités concourant à la production tel que le commerce, le transport…) ; reproductive (fonctionnement du territoire et de la société support du système productif comme l'administration, la santé…).
- Cette organisation ne rend toutefois pas complètement compte de la complexité de l'organisation des **chaînes de valeur** dans la mondialisation.

MOT CLÉ
La **chaîne de valeur** est l'ensemble des acteurs qui interviennent dans la fabrication d'un produit ou la fourniture d'un service.

3 Le modèle centre-front-arrière de Veltz (années 2010)

Veltz distingue les activités de conception (dans les métropoles), les activités de front (sur le territoire près des clients) et les activités de l'arrière (production).

III Les logiques productives de la mondialisation

1 À l'échelle nationale

- Les logiques productives de la mondialisation sont spatialement très sélectives. Les zones gagnantes sont les régions frontalières, littorales et métropolitaines.
- Les investissements directs étrangers (IDE) placent la France au 7e rang mondial et 2e européen. Les investisseurs sont surtout européens (58 %). L'insertion de la France dans la mondialisation se fait prioritairement par l'intégration européenne.

2 À l'échelle locale

- Les IDE présentent une grande variété. Les régions gagnantes sont bien représentées (Fujitsu à Paris-Sud).
- Des régions moins favorisées peuvent bénéficier d'atouts géographiques, comme la proximité de la mégalopole européenne (**effet-frontière**). Beaucoup dépend de l'environnement local dans lequel se développe l'entreprise.

MOT CLÉ

L'**effet-frontière** joue du différentiel entre deux zones, l'une riche et active mais manquant de main-d'œuvre, l'autre plus pauvre avec du chômage.

zoOm

Le modèle des sphères emboitées

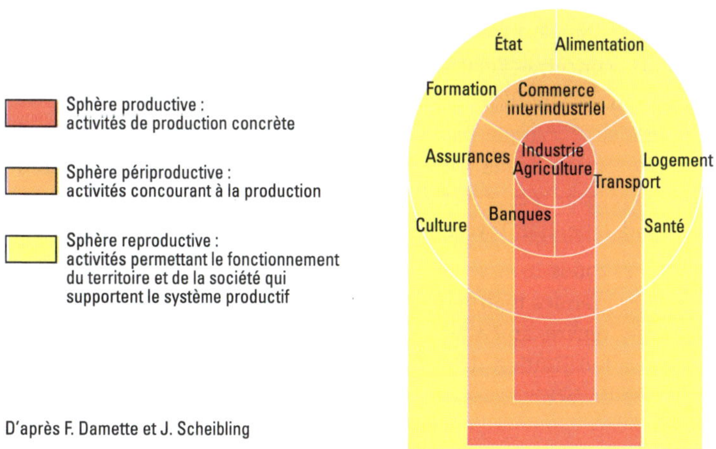

D'après F. Damette et J. Scheibling

42 Mutation et recomposition des systèmes productifs

En bref *Les systèmes productifs français connaissent des recompositions considérables sous l'effet de la mondialisation et de l'intégration européenne, mais aussi des évolutions politiques, techniques ou sociales.*

I Les mutations des systèmes productifs agricoles

- La **révolution agricole** date en France des années 1950 et met en place une **agriculture productiviste**, à hauts rendements et forte productivité. Mécanisation, motorisation, chimisation et hybridation conduisent à l'apparition d'agrosystèmes.La construction européenne, à travers la **politique agricole commune** (1962), a accompagné cette mutation qui a conduit à l'indépendance alimentaire et au-delà.

- L'agriculture française est devenue une **agriculture de marché**. Les structures agraires se sont concentrées et les terroirs se sont spécialisés. L'intégration entre agriculture, industrie (mécaniques ou agroalimentaires) et services (banque, commercialisation) débouche sur un **système agro-industriel**.

- La France est ainsi la **1re puissance agricole d'Europe** et la **5e au monde**, bien que sa part soit en recul, avec des points forts dans les céréales, vins et produits laitiers. Toutefois, une partie du système productif évolue désormais vers une **agriculture de qualité**, en filières courtes, plus locale, moins insérée dans le marché mondial.

II Désindustrialisation et recomposition industrielle

- La désindustrialisation se mesure au **recul du nombre d'emplois** (11 %), à la **part dans le PIB national** (12 %), aux **pertes de part de marché à l'exportation** (3,5 %). Cependant, certains secteurs demeurent **compétitifs** : aéronautique, armement, luxe, agroalimentaire. Mais nombre sont en **déclin**, voire en voie d'extinction.

- Ce déclin industriel se marque par la crise des anciennes **régions du Nord et de l'Est**. La **reconversion** de ces friches industrielles est difficile. La situation géographique de ces régions n'est cependant pas dépourvue d'**atouts** : développement métropolitain à Lille, IDE Toyota près de Valenciennes.

- Parallèlement à ces zones en crise, les **industries high tech** se déploient en Île-de-France et dans les grandes métropoles, qui offrent un **écosystème propice à l'innovation** (main-d'œuvre, aménités, réseaux). Ces régions sont aussi les plus performantes pour la **localisation des services**, avec lesquels les activités industrielles sont intégrées de façon croissante.

III Des systèmes productifs largement « tertiarisés »

- L'économie française compte **75 % de sa population active dans les services**, qui constituent un secteur très intégré avec les deux autres secteurs. Les services présentent une très **forte hétérogénéité** : services marchands (payés à l'acte) et non marchands, publics ou privés, banals ou rares (tertiaire supérieur).
- La répartition géographique des services est très différenciée. Les **services banals** se calquent sur la répartition de la population (commerce, transports), ils survivent plus difficilement dans les zones peu denses. Les **services aux entreprises à forte valeur ajoutée**, tels les quartiers d'affaires, se localisent en centre-ville ou en périphérie connectée (La Défense).
- La France est le **4e exportateur mondial de services** (250 milliards de $ en 2017), avec un solde commercial positif (+ 10 milliards de $). Certains services sont **délocalisables**. D'autres dépendent de l'**économie résidentielle ou présentielle** ou bénéficient de facteurs territorialisés (tourisme) ou du besoin d'un face-à-face physique.

> **MOT CLÉ**
> L'**économie résidentielle** dépend de la population installée sur le territoire (ex. : coiffeur ou plombier). L'**économie présentielle** dépend de la population présente, donc inclut les touristes.

zoOm

Les recompositions spatiales des systèmes productifs français

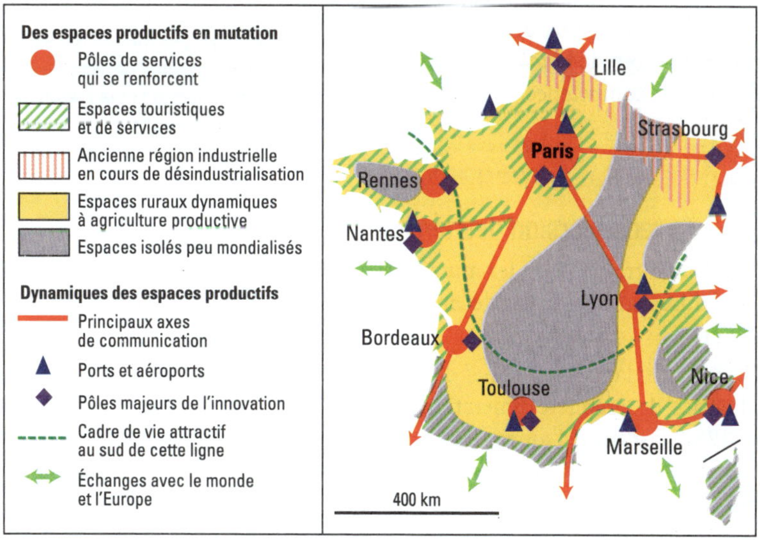

43 Dynamiques et politiques des systèmes productifs

En bref *Les dynamiques mondialisées ont de puissants effets sur les territoires, que les politiques d'aménagement tentent d'organiser.*

I Les dynamiques spatiales

1 La métropolisation des systèmes productifs

- Si persiste l'opposition classique entre une France du Nord et de l'Est plus industrielle et une France du Sud et de l'Ouest plus agricole, les emplois tertiaires l'emportent partout avec plus de 70 % de l'emploi total.
- Les métropoles ont cependant tendance à concentrer les emplois, l'Île-de-France en tête. La région-capitale demeure la 1re région industrielle (20 % de la valeur ajoutée), et pour les services.

2 Délocalisation, relocalisation : des dynamiques contradictoires ?

- L'intégration à la mondialisation des systèmes productifs français s'est traduite par la transnationalisation des plus grandes firmes (délocalisations, IDE, sous-traitance).
- Cependant, ces logiques ne sont pas exclusives de phénomènes de relocalisation. Les systèmes territoriaux, avec leurs réseaux d'acteurs et leurs qualifications parfois anciennes, présentent des atouts considérables dans une **économie de la connaissance** où le coût de la main-d'œuvre est moins décisif que sa compétence.

MOT CLÉ

L'**économie de la connaissance** repose sur le traitement de l'information et la création de nouvelles connaissances. Elle met en œuvre un capital immatériel décisif : la haute qualification et la créativité de la main-d'œuvre.

II Les politiques d'aménagement

1 Favoriser la reconversion des territoires en crise

- Face aux crises entraînées par les mutations des systèmes productifs, des politiques ont été mises en œuvre, par de multiples acteurs : État, collectivités territoriales, UE, privé.
- En 1967 sont ainsi lancées les zones de conversion dans les territoires marqués par les industries de première génération (mines, sidérurgie, textile, chantiers navals). En 1982, la prime d'aménagement du territoire fait son apparition. En 1984 sont lancés les pôles de conversion. Suivront en 2002 les conventions de revitalisation.
- Tous ces dispositifs, financés par l'État, puis l'Union européenne (fonds structurels), tentent de recréer de l'emploi dans ces zones sinistrées, de réhabiliter les friches industrielles, d'attirer de nouvelles entreprises... avec des succès divers.

2 Favoriser l'innovation des territoires compétitifs

■ Pour bénéficier d'économies d'agglomération, se sont constitués des **systèmes productifs locaux**. Ces derniers prennent parfois la forme de districts industriels, centrés sur un type d'activité spécifique, tel le décolletage de la vallée de l'Arve. Les clusters associent entreprises et centres de recherche.

MOT CLÉ

Les **systèmes productifs locaux (SPL)** sont des groupes d'entreprises en réseaux, fortement ancrés dans leur territoire.

■ L'État peut créer des regroupements d'entreprises et de centres de recherche et de formation, publics et/ou privés : ce sont les technopôles (Sophia-Antipolis dans l'arrière-pays niçois). Aujourd'hui, toutes les métropoles ont le leur.

■ Enfin, l'État a lancé, en 2004, la politique d'aménagement des pôles de compétitivité, territoires de projet réunissant entreprises et centres de recherche et de formation autour d'une thématique commune, fortement ancrés dans le territoire mais ouverts sur la mondialisation. Il en existe aujourd'hui 65 (ex. : Mov'eo, à Rouen, sur les mobilités du futur, ou la Cosmetic Valley, à Chartres). Cette politique des pôles de compétitivité a été confirmée par le lancement d'une phase IV pour 2019-2022.

zoOm

Paris-Sud, premier technopôle français

■ Le technopôle français le plus puissant, de niveau mondial, est celui de Paris-Sud. Il associe le Centre national de la recherche scientifique (CNRS), le Commissariat à l'énergie atomique (CEA), l'université de Paris-Sud et des grandes écoles telles que Polytechnique, Centrale et HEC.

■ Il représente 20 % de la recherche scientifique française et compte plus de 10 000 enseignants-chercheurs. Situé sur le plateau de Saclay, son extension est prévue au moins jusqu'en 2029.

S'ENTRAÎNER

1 Connaître le vocabulaire du cours

→ FICHES 41 à 43

1. **Les trois modèles productifs de Clark, Damette & Scheibling et Veltz ont été mélangés. Reliez chaque notion au modèle qui lui correspond.**

Notions	Modèles
Secteur primaire •	
Front •	• Modèle de Clark
Sphère périproductive •	
Arrière •	
Secteur tertiaire •	• Modèle de Damette & Scheibling
Conception •	
Sphère productive •	
Secteur secondaire •	• Modèle de Veltz
Sphère reproductive •	

2. **Complétez le texte avec les mots suivants :**

districts industriels • pôles de compétitivité • technopôles • systèmes productifs locaux • clusters

Les .... sont des groupes d'entreprises complémentaires, fortement ancrés dans leur territoire. À plus petite échelle, les .... sont de véritables écosystèmes productifs centrés sur un type d'activité spécifique. Quand les activités associent entreprises et centres de recherche, on parle de .... L'État peut créer des regroupements d'entreprises et de centres de recherche et de formation : ce sont les .... Enfin, est lancée, en 2004, la politique des ...., réunissant entreprises et centres de recherche et de formation autour d'une thématique commune.

OBJECTIF BAC

2 Les systèmes productifs français • Analyse de document

1 h

L'étude des systèmes productifs français dans le secteur de l'automobile permet de rendre compte de l'organisation d'un système industriel. Il est important que vous connectiez le document – à l'échelle nationale – aux échelles européenne et mondiale.

LE SUJET

Dans quelle mesure la carte rend-elle compte des spécificités et des dynamiques des espaces productifs industriels automobiles ? Vous montrerez les permanences puis les évolutions des espaces productifs automobiles, pour enfin analyser les dynamiques liées à la mondialisation.

Document **Le système automobile français**

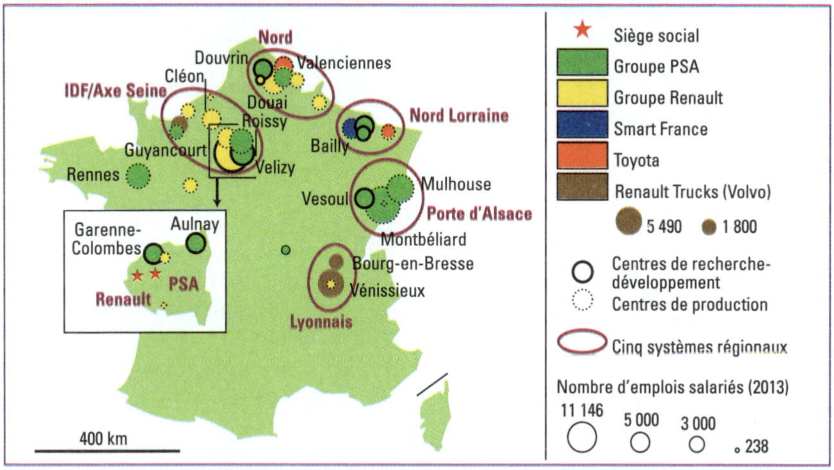

Source : Laurent Carroué, *La France. Les mutations des systèmes productifs*, Armand Colin, 2013

Méthode

Analyser une carte

Identifier la carte

- Repérez le **titre** et le **thème** (remémorez-vous le cours qui s'y rapporte), ainsi que la **source** : s'agit-il d'un document engagé ou académique ?
- Lisez la **légende**. Identifiez les variables : taille, couleur, forme.

Étudier son contenu

Selon les thèmes et les variables que vous avez identifiés, repérez les groupements, les concentrations ou les dispersions. Représentez-vous l'image globale, puis les images à plus grande échelle.

Faire la synthèse des informations

- Dégagez les informations principales apportées par la carte, et classez-les de façon logique et ordonnée.
- Complétez les informations manquantes en faisant appel à votre cours.

▶▶▶ LA FEUILLE DE ROUTE

Étape 1 Présenter le document

Le système automobile français

Nature et source
- Carte
- Ouvrage sur les mutations des espaces productifs en France

Auteur
Laurent Carroué, géographe

Espace considéré
- France
- Régions industrielles (automobile)

Thème
Le système automobile français

Étape 2 Comprendre la consigne

■ Le sujet porte sur le système productif automobile français. Que représentent les variables de taille, de forme, de couleur ?

■ Il faut chercher à retrouver dans le document ce que vous connaissez déjà des grandes structures spatiales de l'industrie française.

■ Le programme fait clairement référence à « l'intégration européenne et mondiale ». L'échelle de la carte permet-elle cette échelle d'analyse ?

Étape 3 Exploiter le document

■ À l'échelle nationale, quelle grande opposition constatez-vous ? Dans le Nord-Est du pays, quels sont les grands systèmes spatiaux en présence ? Classez-les selon le constructeur, puis selon le type de site.

■ Quelles informations données par la carte rejoignent celles de votre cours ? Quelles informations de votre cours ne figurent pas sur la carte ?

Étape 4 Rédiger le devoir →CORRIGÉ

CORRIGÉS

S'ENTRAÎNER

1 Connaître le vocabulaire du cours

1. • Modèle de Clark : secteur primaire, secteur secondaire, secteur tertiaire.

• Modèle de Damette & Scheibling : sphère productive, sphère périproductive, sphère reproductive.

• Modèle de Veltz : conception, front, arrière.

2. systèmes productifs locaux • districts industriels • clusters • technopôles • pôles de compétitivité.

OBJECTIF BAC

2 Analyse de document

[Introduction] La carte permet d'analyser une grande partie des logiques productives mondialisées dans le secteur automobile français, même si elle ne présente pas les implantations à l'international des groupes français.

I. Un système productif enraciné dans les territoires historiques des groupes

Localisé dans la France du Nord et du Nord-Est, selon la classique ligne Le Havre-Marseille, le système productif automobile témoigne de son statut d'industrie de 2e génération. Les cœurs historiques des constructeurs français sont à Boulogne-Billancourt pour Renault, à Sochaux pour PSA. C'est là que l'on relève de grosses concentrations d'emplois. PSA, par exemple, conserve dans la Porte d'Alsace une grande partie de ces usines d'assemblage (Mulhouse et surtout Sochaux, la plus grande de France).

II. Des firmes françaises dont la géographie évolue sur le territoire national

En liaison avec les politiques d'aménagement du territoire, PSA et Renault ont développé leurs usines dans de nouvelles configurations géographiques. Renault a ainsi essaimé sur l'axe de la Basse-Seine (Flins en 1952, Cléon en 1958, Sandouville en 1964) et dans le Nord en crise (Douai en 1970). PSA participe à la déconcentration parisienne en s'installant à Rennes en 1961, puis se déploie dans le Nord-Est en crise (Valenciennes, Trémery) en 1979-1980.

III. Un système productif mondialisé

- La carte montre également que le système productif obéit désormais à des logiques productives mondialisées. Les usines d'assemblage ou de pièces détachées bénéficient de localisations stratégiques, connectées aux grands réseaux. Les centres de recherche-développement, en revanche, sont localisés en région parisienne (Guyancourt pour Renault, Vélizy et La Garenne-Colombes pour PSA), où se trouvent les cerveaux nécessaires.

- La carte montre enfin l'importance de la pénétration étrangère (Toyota à Onnaing, Hambach pour Smart). Symbole de cette transnationalisation du système productif, Renault Trucks a été racheté par Volvo, lui-même propriété du Chinois Geely.

[Conclusion] Au total, la carte centrée sur la France ne permet pas de donner au système productif automobile français sa dimension transnationale. PSA produit en France moins de 40 % de ses véhicules, Renault seulement 20 %.

44 La fragmentation des espaces ruraux dans le monde

En bref *Les espaces ruraux connaissent d'importantes transformations sous l'effet de la mondialisation et de la métropolisation. Toutefois, ils continuent d'abriter des activités traditionnelles.*

I Des espaces ruraux en mutation

1 Des dynamiques démographiques contrastées

■ À l'échelle mondiale, l'exode rural reste la norme, principalement dans les Suds. Dans les Nords, la transition urbaine est quasiment achevée depuis la fin du XXe siècle.

■ Après des décennies de baisse dans les pays industrialisés, la population rurale s'est stabilisée, voire a augmenté (Autriche). Certains géographes ont pu parler de « renaissance rurale ». Il s'agit d'**espaces ruraux** bien spécifiques : proches des axes de communication, des périphéries des villes, des lieux touristiques.

> **MOT CLÉ**
> L'**espace rural** se caractérise par une faible densité, par la prédominance des formations végétales dans les paysages et par l'importance des activités agricoles.

■ En Asie du Sud-Est, les campagnes ont des densités de population très élevées (Chine, Inde), qui peuvent atteindre 1000 hab/km^2. En Afrique subsaharienne et en Amérique du Sud, grâce à la transition démographique, des espaces ruraux sous-peuplés ont vu leur population multipliée par dix en l'espace de 50 ans (Chiapas, Afrique des Grands Lacs).

2 La ville, source de croissance et de mutations

■ Depuis la fin du XXe siècle, les activités agricoles reculent dans les campagnes sous le double effet de l'étalement urbain et de la modernisation. L'agriculture se maintient mais elle est de plus en plus concurrencée par de nouvelles activités.

■ Les agriculteurs pluriactifs, les populations d'origine citadine et la diversification des activités non agricoles entraînent une forte multifonctionnalité.

II Les permanences du monde rural

1 Un fort accroissement naturel de la population rurale

Même si les villes connaissent une forte croissance depuis des décennies, les espaces ruraux continuent à accueillir une part importante de la population mondiale (en 2017, 45 %). Ainsi, le monde rural est à un pic historique avec 3,4 milliards d'habitants.

2 Des espaces souvent marginalisés

- L'exode rural se poursuit et prend de l'ampleur dans les Suds.
- Dans la plupart des pays pauvres, les espaces ruraux sont marqués par les activités traditionnelles. Ces campagnes, souvent isolées, ont accès à peu de services (Niger ou Bolivie).
- Dans les Nords, certains espaces sont soumis à la déprise rurale (Espagne ou Japon). Appelées aussi « rural profond », ces régions se caractérisent par une population plus âgée à faible mobilité.

MOT CLÉ
La **déprise rurale** est un processus de fragilisation de l'espace rural, qui se caractérise par le dépeuplement des campagnes et par une disparition progressive des activités rurales.

3 Le maintien des inégalités

- Dans les espaces ruraux des Suds, les structures agricoles anciennes se maintiennent. Dans les pays d'Amérique du Sud, se côtoient les *microfundios* (petites exploitations agricoles souvent vivrières) et les *latifundios* (exploitations de plusieurs milliers d'hectares orientées vers les cultures d'exportation).
- Dans les Nords, les grandes exploitations tournées vers l'agriculture intensive dominent. Toutefois, depuis quelques décennies, de plus en plus de néoruraux créent de petites structures agraires qui adoptent une agriculture de qualité.

zoOm

L'évolution de la population rurale dans le monde

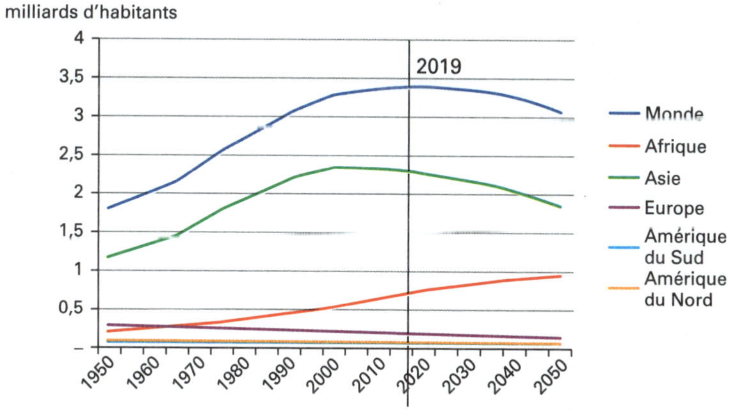

- La population rurale mondiale a atteint un pic à partir des années 2010 grâce à l'accroissement naturel dans les pays pauvres. Toutefois, sous l'effet de l'exode rural, le nombre d'habitant des espaces ruraux risque de stagner dans les années à venir puis de baisser.
- L'affirmation de nouvelles activités non agricoles → FICHE 45 peut redynamiser des espaces en difficulté dans les Nords.

45 Une affirmation des fonctions non agricoles

En bref *Les espaces ruraux voient leurs activités traditionnelles décliner au profit de fonctions non agricoles. On parle désormais d'espaces ruraux multifonctionnels.*

I Habiter les espaces ruraux

1 Les conséquences de la métropolisation

Les espaces ruraux associent une grande diversité de **modes d'habiter**. Face à l'urbanisation croissante → FICHE 44, les campagnes sont soumises à un double processus : l'exode rural et la périurbanisation. Cela entraîne des relations plus étroites avec la ville et une augmentation des inégalités entre les espaces ruraux.

MOT CLÉ

Les **modes d'habiter** renvoient à des processus de construction des individus et des sociétés par l'espace et de l'espace par l'individu, dans un rapport d'interaction.

2 Le périurbain, une nouvelle approche de la vie rurale ?

- Le phénomène de périurbanisation est concomitant à celui d'étalement urbain. Le périurbain, espace fortement connecté à la ville, est apparu, en Europe, dans les années 1960-1970. Dans les Suds, depuis le début des années 2000, il connaît une très forte croissance.
- Cet espace se caractérise par une forte mobilité car les emplois et les loisirs sont souvent urbains. Ainsi, 70 % des périurbains de l'agglomération se rendent quotidiennement à Mumbai pour y travailler.
- Dans les Nords, les périurbains sont issus des classes moyennes et vivent dans des maisons individuelles tandis que, dans les Suds, ce sont généralement des néo-urbains pauvres qui vivent dans des habitats informels.

3 Un renouveau des populations rurales

- Les populations agricoles sont, paradoxalement, de moins en moins nombreuses dans les espaces ruraux. Leurs revenus stagnent et l'impression de déclassement social domine.
- Les néoruraux des Nords ont des professions variées. Ils cherchent à avoir un rapport de proximité avec la nature et des valeurs perçues comme plus authentiques. Ce phénomène est appelé périruralité.

II Des activités non agricoles de plus en plus variées

1 De nouvelles activités industrielles

- Les espaces ruraux accueillent des industries agroalimentaires, agro-énergétiques, minières ou textile.

■ Dans les pays riches, des **districts industriels** se sont spécialisés dans des secteurs de pointe (orfèvrerie au Nord de l'Italie ; horlogerie dans la « *Watch valley* » en Suisse).

■ Dans les pays en développement, l'industrie des espaces ruraux se limite à l'extraction minière (Mali, Bolivie) ou à une petite industrie locale très spécialisée (les *small-scale industries* en Inde).

MOT CLÉ
Le **district industriel** ou système productif local, concentre sur un territoire, des petites entreprises, spécialisées dans un secteur d'activité, à la fois concurrent et complémentaire.

2 | Un secteur tertiaire dynamique grâce au tourisme

■ Le secteur tertiaire est celui qui tire la croissance des espaces ruraux et représente 70 % des richesses créées grâce notamment au télétravail, au *coworking* ou aux sociétés tournées vers les nouvelles technologies.

■ Le tourisme demeure la principale dynamique. Les campagnes sont des espaces récréatifs, depuis les années 1950, dans les pays du Nord et, depuis le début du XXIe siècle, dans les pays émergents.

■ Les espaces ruraux touristiques sont des campagnes où les activités spécifiques peuvent se développer : l'agrotourisme, l'écotourisme ou le tourisme culturel.

zoOm

Le district industriel de Poggibonsi (Toscane)

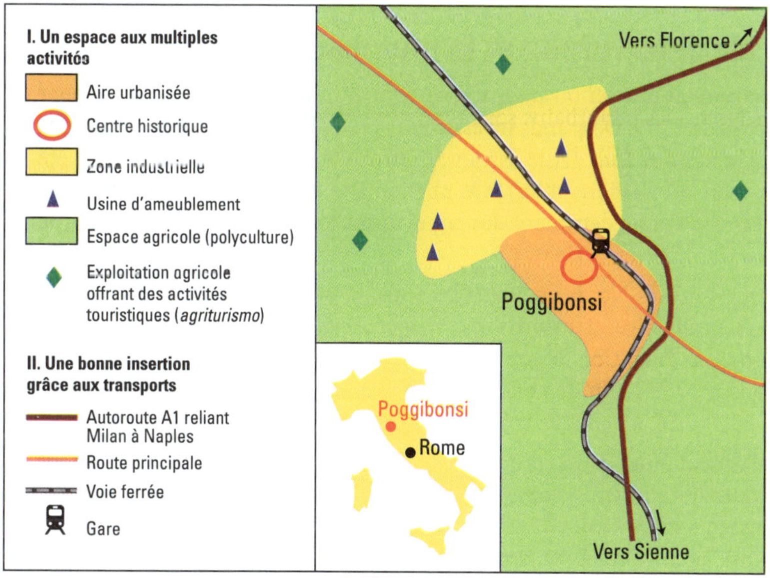

46 Des conflits d'usage à toutes les échelles

En bref *Fortement anthropisés, les espaces ruraux sont traversés par de nombreuses tensions liées à la mise en valeur des ressources et à l'aménagement.*

I Un espace fragilisé à l'échelle mondiale

- Les sols et les habitats naturels subissent de nombreuses atteintes à cause de l'agriculture : salinisation, érosion, contamination des eaux, perte de biodiversité. Les forêts sont aussi victimes de l'exploitation excessive. Les **fronts pionniers agricoles** ont entraîné la disparition de 2,4 millions de km^2 dans le monde entre 1990 et 2015.

MOT CLÉ
Un **front pionnier agricole** est un espace mouvant de mise en valeur et de peuplement d'un territoire.

- Les premiers affectés sont les agriculteurs eux-mêmes qui ont des difficultés à maintenir la fertilité des sols. L'agriculture productiviste peut aussi avoir des conséquences sur la santé des consommateurs.
- La digestion animale, le fumier, l'utilisation de fuel et d'engrais, l'agriculture et la foresterie sont responsables de 25 % des émissions de gaz à effet de serre.
- Le changement climatique pourrait profondément transformer les espaces ruraux. Inondations, sécheresses, cyclones sont de plus en plus fréquents.

II Les espaces ruraux et la mondialisation

- L'accaparement foncier ou *landgrabbing* connaît un important développement depuis la crise de 2008. De grands investisseurs privés ou publics négocient auprès des États pauvres des Suds (Asie, Afrique). En 2017, 1 300 transactions ont été effectuées (soit 50 millions d'ha). Ce phénomène concerne les terres les plus productives et se fait au détriment des populations locales. Il peut être à l'origine de tensions (Éthiopie en 2016).
- Aussi bien dans les Nords que dans les Suds, la plupart des États encouragent l'agriculture productive et exportatrice (*agrobusiness*) au détriment des petites exploitations. Aux États-Unis, le gouvernement subventionne, ainsi, les plus grandes exploitations agricoles afin de conquérir des marchés extérieurs (12 milliards de dollars en 2018). Cette politique appauvrit les petits exploitants des pays pauvres.
- Contrairement aux petits producteurs, les grandes exploitations utilisent les techniques les plus modernes pour atteindre des rendements élevés (OGM, intrants disséminés par avion). Les rendements sont très variables d'un pays à l'autre. Ainsi, pour le maïs, le rendement est de 8 t/ha aux États-Unis contre 0,8 t/ha au Congo (2016).

III Des conflits d'usage à l'échelle locale

1 | Une multifonctionnalité source de conflits

- Les tensions les plus nombreuses se situent dans les **campagnes périurbaines** en raison de leur caractère multifonctionnel. Les industriels, les agriculteurs et les professionnels du tourisme n'ont pas les mêmes usages des ressources des espaces ruraux. Une rivière peut être source de conflits entre différentes activités : refroidissement d'une usine, pompage pour les cultures et rafting.
- Il peut aussi y avoir des **tensions entre fonctions résidentielles et récréatives** (vacanciers et population locale).

2 | Urbanisation et patrimonialisation en question

- Avec l'étalement urbain, **le foncier périurbain prend de la valeur**, ce qui empêche les jeunes agriculteurs de s'installer. Dans les régions arides, comme la vallée du Nil, les terres agricoles diminuent au profit de l'artificialisation des sols.
- La **patrimonialisation** pose des problèmes. L'Unesco ne traite qu'avec les gouvernements pour l'inscription au patrimoine mondial, les populations locales se sentent marginalisées et exclues de ce type de processus (parc des Virunga au Congo).

zoOm

Le rural canadien : un espace menacé

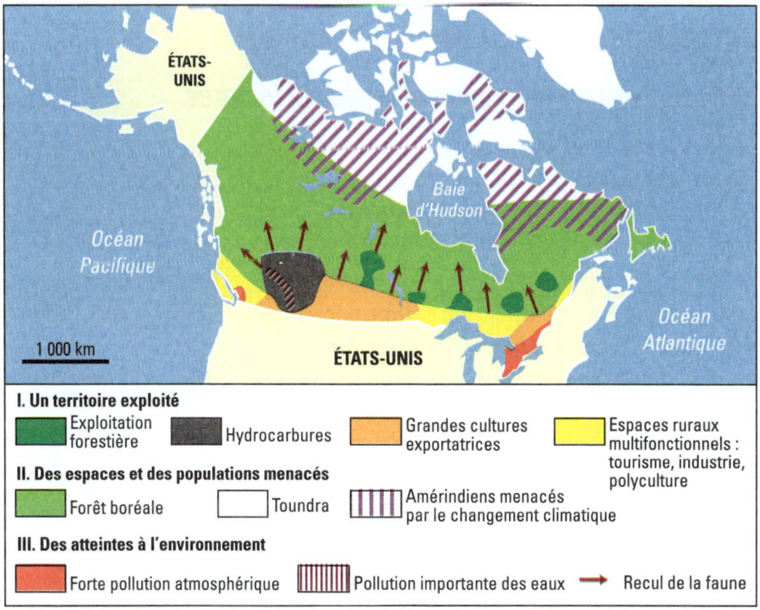

47 Une recomposition productive des espaces ruraux français

En bref *Les systèmes agricoles français ont été profondément remaniés et se sont diversifiés, depuis plusieurs années, du fait de leur insertion dans la mondialisation et de la prise en compte du développement durable.*

I Les défis de la mondialisation

- Premier producteur européen, la France exporte 61 milliards d'euros de produits agroalimentaires. Elle a le 3e excédent commercial mondial mais celui-ci a été divisé par deux en huit ans.
- La France a de plus en plus de difficultés à pénétrer le marché agricole mondial. Elle ne représente plus que 4,7 % des exportations agricoles mondiales en 2015 contre 9 % en 1990. Elle subit la concurrence des pays émergents.
- L'Europe reste un marché important pour les agriculteurs français : 66 % des exportations agricoles sont à destination des membres de l'UE. Toutefois, de nombreux pays (Pays-Bas, Allemagne) concurrencent l'agriculture française.
- Depuis le début des années 1960, l'agriculture est subventionnée par l'État et l'UE (Politique agricole commune). À l'origine, cette politique avait pour ambition de moderniser l'agriculture. Aujourd'hui, elle vise à développer une agriculture durable et à favoriser la libre concurrence.

II De nouvelles logiques productives agricoles

1 Une agriculture majoritairement intensive et intégrée

- La taille des exploitations agricoles ne cesse d'augmenter en France. Les exploitants ont ainsi fait le choix de l'agriculture productiviste : optimiser leurs dépenses, vendre en grande quantité aux IAA et aux distributeurs.
- Le système agricole est très intégré à l'industrie. Ainsi, les IAA sont présentes en amont (fourniture de matériels et d'engrais) et en aval (achat des productions).

CHIFFRE CLÉ
Les IAA ou industries agroalimentaires représentent **18 400 entreprises** pour un chiffre d'affaires de 170 milliards d'euros (2017).

2 L'affirmation de modèles alternatifs

- Le terroir est au cœur des logiques agricoles alternatives. Voulant rompre avec les scandales alimentaires, certains exploitants se sont engagés dans une démarche de traçabilité et de labellisation : AOC (appellations d'origine contrôlée), IGP (indications géographiques protégées) ou AB (agriculture biologique). La France est le premier pays producteur mondial de produits de qualité.

■ De plus en plus d'agriculteurs font le choix de « **désintensifier** » en diminuant, voire en supprimant, les intrants. Le ministère de l'Agriculture encourage cette démarche et fixe, d'ici 2022, à 15 % la part de la superficie agricole **certifiée biologique**.

III Une diversification des agrosystèmes

■ Les **agrosystèmes céréaliers** sont associés aux vastes exploitations et à l'*openfield*. Blé et orge dominent, colza, tournesol, betterave, pomme de terre sont les cultures les plus courantes. C'est souvent une **production intensive** et **exportatrice**.

■ Le **secteur laitier** et l'**élevage** souffrent en France depuis le début du XXIe siècle à cause de la **forte concurrence** et des **prix d'achat peu élevés**. Cela s'explique par la forte diversité des productions et la petite taille des exploitations. Ces deux secteurs se sont aussi engagés dans une **démarche qualité**.

■ Les **systèmes viti-vinicoles** français se sont engagés depuis de nombreuses années dans une **logique de terroir** (Bourgogne, Médoc) mais celle du cépage (malbec, syrah, cabernet-sauvignon) et celle de l'agriculture biologique commencent à gagner les esprits des professionnels.

zoOm

Diversité des agrosystèmes, pluralité des espaces ruraux

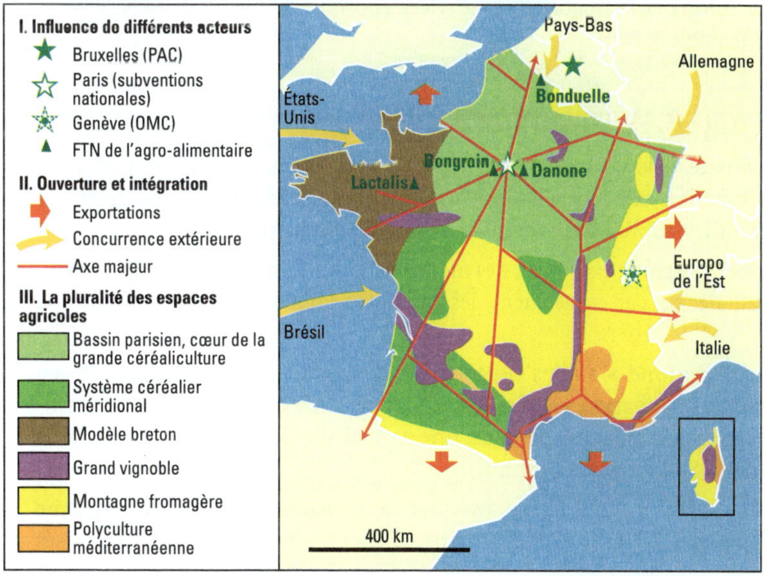

48 Les effets de la métropolisation sur les espaces ruraux français

En bref *Les rapports ville-campagne ont été profondément transformés sous l'effet de la métropolisation. Les espaces ruraux semblent reculer alors que les néoruraux sont de plus en plus nombreux.*

I Une modification des rapports ville-campagne

- Tous les espaces ruraux connaissent un **renouveau démographique** depuis 1999, même si ce phénomène touche surtout les campagnes proches des villes → FICHE 49.
- Villes et campagnes sont **interdépendantes**. La première fonction des espaces ruraux reste de nourrir les villes. C'est aussi un **espace récréatif pour les urbains** et un **espace disponible pour les stratégies d'entreprises** (faible coût du foncier).
- La **métropolisation** reconfigure les rapports entre les espaces en faisant notamment le vide autour des grandes métropoles. Ainsi, Toulouse a longtemps « aspiré » les activités de la région Midi-Pyrénées.
- Les ménages ruraux sont plus motorisés que la moyenne des Français (93 %), en raison d'une faible desserte par les transports en commun et de la nécessité de se déplacer pour toutes les activités (emplois, loisirs, éducation) et la majorité des services (poste, santé, trésor public).

CHIFFRE CLÉ
Selon les prévisions de l'Insee, **38 millions** d'habitants devraient être périurbains ou ruraux en 2030, soit 56 % de la population, contre 48 % actuellement.

II Des espaces ruraux urbanisés

- « Tiers espace », le **périurbain** se situe entre ville et campagne. On y retrouve une forte fonction résidentielle, une sociologie essentiellement urbaine et des activités multifonctionnelles (agriculture, services, industrie).
- L'**étalement** augmente la durée des **migrations pendulaires**, favorise la congestion des radiales et, par conséquent, les émissions polluantes (Saint-Denis de la Réunion).
- Le « **rural profond** » subit l'éloignement de la ville. Les activités y sont peu nombreuses, la population vieillissante. Dans certains cas, cet espace peut attirer des touristes lorsqu'ils disposent d'une agriculture de qualité ou de paysages exceptionnels (Sud du Massif central).
- Certains espaces ruraux tirent avantage de l'enclavement avec le **tourisme vert ou d'aventure** (Hauts de la Réunion). D'autres bénéficient des fonds versés par l'Europe : **FEDER** (Fonds européen de développement régional), **FEADER** (Fonds européen agricole pour le développement rural).

III La multiplication des conflits d'usage

■ L'**étalement urbain** entraîne la multiplication des conflits entre les différents acteurs du périurbain et du rurbain. Les néoruraux importent leur mode de vie urbain dans des espaces qui restent le plus souvent agricoles. La chasse, l'exploitation des champs, l'élevage, le chant du coq sont autant de conflits potentiels entre les habitants.

■ La **création d'infrastructures** à destination des urbains dans les espaces ruraux peut susciter aussi de longs conflits (aéroport de Notre-Dame-des-Landes, Center Parcs de Roybon).

■ Enfin, la **disparition de surfaces agricoles** au profit des villes pose à terme des défis majeurs. Toutes les 5,5 années, au rythme actuel, l'équivalent d'un département est bétonné. Procédant par **mitage**, l'urbanisation actuelle répond aux désirs de plus en plus d'urbains de posséder une maison individuelle.

MOT CLÉ

Le **mitage** est l'éparpillement, sans cohérence, d'infrastructures, d'habitats, de zones d'activité dans des espaces initialement ruraux.

zoOm

La quête du foncier à Saint-Denis de la Réunion

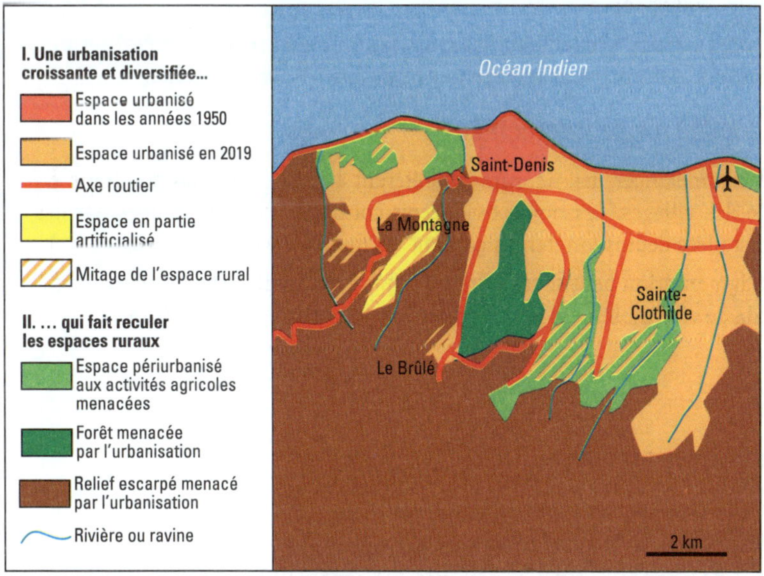

■ Avec 50 000 habitants gagnés en dix ans, La Réunion connaît une vive croissance démographique qui exerce une forte pression sur l'espace rural.

■ Le foncier est rare sur l'île comme dans tous les DROM. L'urbanisation menace donc le fragile équilibre réunionnais, principalement à Saint-Denis.

49 Un renouveau des populations rurales en France ?

En bref *Depuis les années 1990, les espaces ruraux connaissent un renouveau démographique. Si la reprise est inégale, l'arrivée de nouvelles populations annonce, pour certains géographes, la « renaissance du rural ».*

I Une recomposition démographique

1 Des mutations démographiques et sociales

- Les campagnes connaissent un renouveau démographique grâce à la **périurbanisation** et au retour résidentiel de **retraités**.
- Dans les espaces ruraux français, les agriculteurs sont devenus **minoritaires** (environ 6 % des habitants), tandis que les ouvriers représentent un tiers des habitants, les retraités presque la moitié et les cadres près d'un cinquième. Le choix de s'installer à la campagne est souvent motivé par le **prix du foncier**, la volonté d'être plus proche de la nature et la recherche de l'**entre-soi**.

> **MOT CLÉ**
> La recherche de l'**entre-soi** désigne la tendance à vivre entouré de personnes semblables à soi sur les plans culturel, social ou économique.

- Les espaces ruraux accueillent des **populations aux revenus très inégaux**. Les revenus modestes peuvent représenter jusqu'à 50 % des habitants.

2 Une société rurale fragmentée ?

- Loin de se mélanger, les néoruraux préfèrent habiter dans des pavillons en **périphérie des villages**. Les noyaux villageois continuent à être occupés par des familles installées depuis longtemps gardant un mode de vie rural (agriculteurs).
- Cette fragmentation peut se traduire sur le plan électoral (listes concurrentes), par le mode de vie (mobilités, loisirs) ou les conflits (bruits, circulation).

II Habiter les espaces ruraux

1 De nouvelles pratiques

- Les ruraux doivent parcourir des distances supérieures à la moyenne des Français → FICHE 48, ce qui a un coût en termes de budget.
- Les **lieux de sociabilité** (cafés, commerces) sont de plus en plus nombreux à fermer malgré les subventions publiques.
- Les **associations** jouent un rôle primordial. Un tiers des ruraux, pour lutter contre la solitude et l'isolement, participent au moins à une association.

2 | Un accès inégal aux services

■ À l'échelle nationale, l'accès aux services est plus élevé dans les espaces ruraux que dans certaines banlieues. Toutefois, on observe d'importantes disparités. Ainsi en Bretagne, 82 % des communes rurales possèdent une épicerie, contre 33 % dans le Jura.

■ Les services publics se raréfient : 28,5 % des communes françaises ne disposent pas d'école.

CHIFFRES CLÉS
En moyenne, les ruraux doivent parcourir **4 km** pour trouver un médecin, **10 km** pour un magasin de vêtements, **25 km** pour se rendre au collège.

3 | Une population vieillissante

■ À l'échelle nationale, les plus de 60 ans représentent le quart de la population. Dans les espaces ruraux, ils représentent jusqu'à un tiers des habitants.

■ Deux facteurs expliquent ce phénomène. Dans le rural profond, la population âgée stagne. Dans les espaces ruraux attractifs, elle progresse grâce à l'arrivée de nombreux retraités, qui ne sont pas originaires de ces régions (arrière-pays et littoraux atlantiques et méditerranéens).

■ Pour certains géographes, la « France ridée » est peu dynamique. Ce constat est à nuancer de nombreux espaces ruraux tirent profit de la « *silver* économie » grâce aux maisons de retraite et aux emplois d'aide à la personne.

zoOm

Des espaces ruraux plus ou moins dynamiques

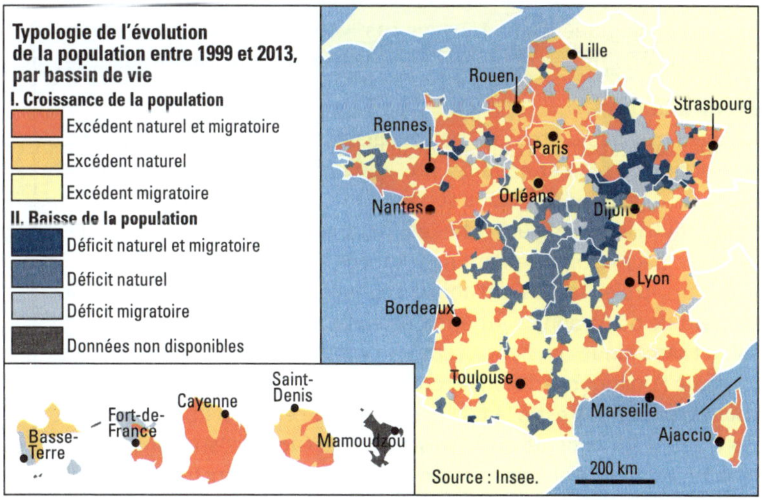

Toutes les régions ne profitent pas de cette embellie démographique. Les campagnes situées à plus de 50 km d'un pôle urbain sont généralement déficitaires.

OBJECTIF BAC

1 Les conflits d'usage dans les espaces ruraux — Question problématisée

1 h

La question problématisée est abordée ici à travers une étape essentielle : la construction du plan. Vous devez bien analyser le sujet pour mobiliser les connaissances utiles et les répartir dans le plan que vous aurez élaboré.

LE SUJET

Les conflits d'usage se multiplient-ils dans les espaces ruraux ? Vous répondrez de façon nuancée en soulignant le rôle joué par les nouvelles activités, par l'arrivée de modes de vie différents et par la dégradation de l'environnement.

Méthode

Organiser la réponse à une question problématisée

- **Comprendre la question** → MÉTHODE p. 258-259

- **Choisir le type de plan adapté au sujet**
  - Le plan de votre réponse est généralement suggéré par le sujet. Néanmoins, un autre plan est parfois possible, à condition d'être bien construit : vous devez prouver que vous savez **organiser votre réflexion**.
  - En géographie, on distingue **trois types de plan** : multiscalaire, thématique ou typologique. Dans tous les cas, vous ne devez pas répondre « oui » ou « non », mais construire une réponse argumentée et nuancée.

- **Construire le plan**
  - Vous avez très peu de temps : ne consacrez pas plus de 5 minutes à la construction du plan et ne faites pas apparaître de sous-parties. Vous pouvez vous inspirer des plans suivants.
  - Le **plan multiscalaire** (ou à échelles) peut convenir à un sujet qui demande de décrire un phénomène à toutes les échelles. Le plan comporte alors trois parties : d'abord l'échelle mondiale, puis l'échelle continentale ou nationale, et enfin l'échelle régionale ou locale.
  - Le plan **thématique** convient à tous les types de sujet. Il classe les idées par thème : politique, économie, environnement…
  - Le **plan typologique** est à la fois géographique et problématisé. Il propose d'abord un constat ou la description d'évolutions récentes d'un phénomène ; donne ensuite des explications ou des constantes ; enfin, dans la dernière partie, montre que le phénomène en question se manifeste de différentes manières selon les échelles ou les domaines.

▶▶▶ LA FEUILLE DE ROUTE

Étape 1 Analyser le sujet

Les conflits d'usage se multiplient-ils dans les espaces ruraux ?

Formulation
- Le pluriel invite à étudier tous les cas de figure
- La préposition « dans » circonscrit l'espace envisagé
- La réponse ne doit pas être fermée

Bornes spatiales
- Espaces agricoles, périurbains, marges délaissées, fronts pionniers…
- À toutes les échelles

Type de sujet
Sujet descriptif

Notions et mots clés
- Les différentes tensions entre les acteurs (États, agriculteurs…)
- Les formes que prennent ces conflits

Étape 2 Mobiliser ses connaissances

- Pensez aux acteurs, à l'actualité, aux notions. Interrogez le sujet : qui ? quoi ? quand ? où ? pourquoi ? comment ? avec quelles conséquences ?
- Les conflits d'usage ont tendance à se multiplier avec la mondialisation, la raréfaction des terres arables, l'urbanisation, les problèmes environnementaux. Vous devez donc avoir des connaissances actualisées.

Étape 3 Dégager les enjeux du sujet

- Face aux différents défis soulevés par le changement global, la mondialisation et l'étalement urbain, les campagnes sont passées du statut d'espaces marginalisés ou délaissés à celui de territoires convoités.
- La multiplication des conflits d'usage dans les espaces ruraux est-elle le reflet de leur nouveau rôle ?

Étape 4 Organiser la réponse

Tous les plans sont possibles pour ce sujet. Le plan suggéré par la consigne est envisageable mais il ne balaie pas l'ensemble du sujet. Le **plan typologique** permet d'avoir une démarche plus aboutie.

I. La multiplication des conflits d'usage

II. Les différentes causes

III. Les conflits d'usage à toutes les échelles

Étape 5 Rédiger le devoir → CORRIGÉ

CORRIGÉS

OBJECTIF BAC

1 Question problématisée

[Introduction] Selon la FAO (Organisation des Nations unies pour l'alimentation et l'agriculture), les conflits d'usage se multiplient dans les espaces ruraux. Ce constat reflète la préoccupation grandissante pour cette question de la part des institutions internationales mais aussi des différents acteurs de ces espaces ruraux. Ainsi, avec une population en pleine croissance, ces espaces sont devenus stratégiques.

CONSEIL
La phrase d'accroche doit attirer l'attention du correcteur. Elle peut partir d'un fait d'actualité, d'une publication récente ou encore d'une citation d'un géographe ou d'un homme politique.

La multiplication des conflits d'usage dans les espaces ruraux est-elle le reflet de leur nouveau rôle ? La multiplication des conflits d'usage **[I]** a des causes multiples **[II]**. Ces conflits d'usage se manifestent différemment selon les échelles **[III]**.

I. La multiplication des conflits d'usage

■ Ils opposent, par exemple, des populations indigènes aux paysans comme c'est le cas dans la forêt amazonienne. Pour accéder à de nouvelles terres arables, le gouvernement brésilien actuel encourage l'avancée des fronts pionniers.

■ Par ailleurs, l'arrivée de nouvelles activités (tourisme) et le souci de préserver l'environnement peuvent entraîner des tensions. L'extension de parcs naturels pose des problèmes aux éleveurs locaux (déplacements, attaques d'animaux sauvages) comme près de Nairobi au Kenya.

■ Enfin, cette recherche de terres agricoles a des enjeux économiques et politiques. En effet, il y a de moins en moins de paysans à l'échelle mondiale et la production a tendance à stagner. Cela entraîne une hausse des prix de l'alimentation et des tensions accrues entre urbains et ruraux.

II. Les différentes causes de la raréfaction des terres agricoles

■ Pour essayer de sortir de la pauvreté, certains pays des Suds ont choisi de miser sur l'agriculture productiviste et exportatrice. Ils ont ainsi attribué les meilleures terres à des FTN ou à de grandes exploitations, au détriment des petits paysans. Cela provoque des tensions entre ces acteurs.

■ L'agriculture productiviste a de nombreux impacts sur l'environnement : salinisation, érosion, diminution de la biodiversité. L'utilisation massive de produits chimiques est responsable, parfois, d'un appauvrissement des sols et donc d'une perte de productivité. En Inde, beaucoup de paysans ont manifesté leur mécontentement à l'égard de firmes comme Monsanto.

■ L'un des phénomènes majeurs est, enfin, celui de l'**étalement urbain**. Les terres agricoles diminuent au profit de la ville, dans les Nords comme dans les Suds. Les ruraux voient leur quotidien profondément transformé.

III. Les conflits d'usage à toutes les échelles

■ En Éthiopie, de nombreux fonds souverains pratiquent le *landgrabbing*. Cela entraîne une forte **pression sur les terres** dans un contexte de croissance démographique. Des manifestations ont eu lieu contre ces pratiques en 2015 et 2016.

■ Dans l'Alberta (Canada), les espaces ruraux sont menacés par l'extension de l'agriculture productiviste (céréales) et par l'**exploitation du pétrole** non conventionnel (sables bitumineux). Les peuples amérindiens, qui voient la forêt boréale et la faune reculer, se mobilisent contre la destruction de la nature.

■ À Poggibonsi (Italie), les activités traditionnelles (agriculture, petite industrie) sont de plus en plus concurrencées par l'affirmation du **secteur tertiaire** (tourisme principalement).

[Conclusion] Avec l'arrivée de nouveaux acteurs et de nouvelles activités, les espaces ruraux connaissent de plus en plus de conflits d'usage qui pourraient ralentir leur croissance.

50 Développement et inégalités en Chine

En bref *Première puissance industrielle et pays le plus peuplé du monde (1,38 milliard d'habitants), la Chine connaît une forte croissance économique depuis son ouverture au monde en 1979. Toutefois, de grandes inégalités demeurent.*

I Les ressorts du développement

1 Les trois moteurs de la croissance

- Depuis la fin des années 1970, la Chine s'est **ouverte à l'économie de marché** et s'est **intégrée à la mondialisation** : membre de l'OMC depuis 2001, elle était le 1er pays exportateur et 2e pays importateur au monde en 2017.
- La Chine bénéficie aussi d'une **main-d'œuvre peu coûteuse**, bien formée et peu revendicative. Par ailleurs, la **monnaie** (yuan) est plus faible que le dollar ce qui stimule les exportations. Par conséquent, **produire en Chine est avantageux** pour de nombreuses FTN. Le pays reste « l'atelier du monde ».
- **L'État chinois investit** dans les infrastructures et possède des entreprises dans les secteurs clés (banque, énergie). Il favorise l'émergence d'un marché intérieur pour réduire les inégalités et moins dépendre des exportations.

2 La Chine, investisseur mondial

- Depuis 2002, le gouvernement a lancé la **politique *go abroad*** (« aller à l'étranger ») afin de sécuriser l'approvisionnement en produits primaires → FICHE 51, d'accéder directement aux technologies et aux marchés d'exportation.
- Les FTN chinoises investissent principalement dans les pays occidentaux (États-Unis, UE, Australie), les pays émergents (Brésil, Russie) et en Afrique. Parmi les investissements les plus importants, les « **nouvelles routes de la Soie** » (*Belt and Road Initiative*) ont pour but de développer les échanges avec l'Europe.
- La Chine est le **premier détenteur mondial de devises étrangères et d'or** (3 193 milliards de $ en 2017).

II Une croissance qui profite à tous ?

1 Des inégalités sociales fortes mais une pauvreté en diminution

- La pauvreté a fortement diminué en Chine. 2,1 % des Chinois vivaient avec 1 $ par jour en 2017 contre 78 % en 1980. Les inégalités reculent : l'**indice de Gini** est passé de 0,49 en 2008 à 0,46 en 2018 (Japon : 0,2 ; Brésil : 0,6).

> **MOT CLÉ**
> L'**indice de Gini** mesure les inégalités entre 0 (égalité parfaite) et 1 (inégalité complète).

■ Une partie de l'enrichissement des Chinois s'explique par le **contrôle de la démographie** (politique de l'enfant unique entre 1979 et 2015).

■ En revanche, les **inégalités ville-campagne** restent importantes : le revenu annuel des ruraux s'établissait en 2016 à environ 1 570 euros par personne, contre près de 4 300 euros en zone urbaine.

2 Un régime menacé par des tensions ?

■ 90 000 « incidents de masse » ont été comptabilisés en Chine en 2016 : émeutes, résistances locales passives (notamment au Tibet), grèves ou manifestations (+ 20 % par rapport à 2015).

■ La croissance chinoise montre des **signes d'essoufflement** depuis quelques années. Cette situation suscite de nombreux débats en Chine.

■ Ces tensions sont autant d'alertes pour les autorités qui tentent de réagir en faisant condamner des dirigeants corrompus. Xi Jinping, le président chinois, renforce son pouvoir pour **faire taire les oppositions** : plus grand contrôle sur la presse, affirmation du rôle du PCC, promotion du « **rêve chinois** ».

MOT CLÉ
Le « **rêve chinois** » est une expression de Xi Jinping qui date de 2013. On peut l'associer au « rêve américain ». Il mélange nationalisme, nouvelles technologies et société harmonieuse.

zoOm

La pyramide des âges en Chine (2017)

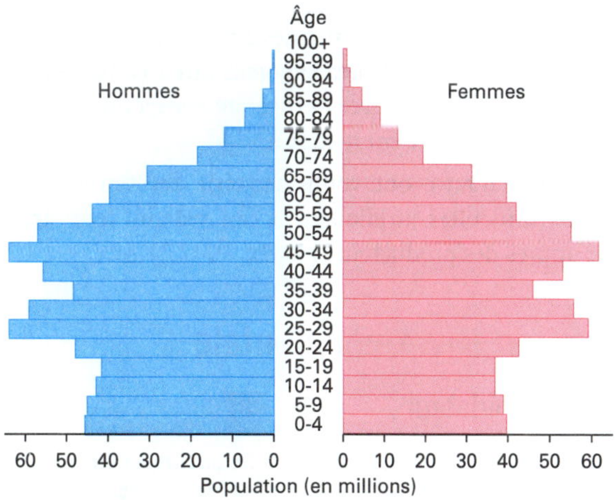

Avec la **politique de l'enfant unique** appliquée rigoureusement entre 1979 et 2015, la génération qui a moins de 30 ans aujourd'hui est environ 25 % moins nombreuse que la précédente. Par ailleurs, l'**avortement sélectif** (selon le sexe du fœtus) est responsable d'un fort déficit de petites filles.

51 Des ressources et des environnements sous pression

En bref *Les défis les plus importants pour l'économie et la population chinoise résident à la fois dans la sécurisation de l'approvisionnement des ressources et dans la prise en compte de l'équilibre environnemental.*

I Le premier pays consommateur de ressources

1 Des besoins essentiels pour soutenir la croissance

- En 2010, la Chine est devenue le 1er pays consommateur d'énergies au monde (23 %), devant les États-Unis. Plus de 80 % de l'énergie consommée est d'origine fossile. Les consommations industrielle et domestique ne cessent d'augmenter (+ 6 % par an en moyenne sur les deux dernières décennies).
- La Chine dispose de ressources naturelles qui ne suffisent pas à couvrir ses besoins. Elle est devenue le 1er importateur de pétrole. Ses ressources en eau s'épuisent aussi face à la hausse constante de la demande.

2 Un impératif : sécuriser les approvisionnements

- Les responsables chinois ont pour priorité de sécuriser les approvisionnements énergétiques et agricoles. Par exemple, la Chine compte peu de terres arables (utilisables) en raison du relief (altitude moyenne de 1 840 m) et de l'urbanisation.
- Par conséquent, la Chine cherche à s'assurer des approvisionnements réguliers en provenance de Russie et d'Asie centrale. Elle veut aussi contrôler des gisements off-shore (îles Paracels) et améliorer l'efficacité énergétique. Enfin, elle a pour ambition de diversifier son mix énergétique.
- Les acteurs de l'agroalimentaire ont voulu acquérir des terres à l'étranger (*landgrabbing*). Face aux difficultés juridiques, ils ont redéfini leur stratégie en achetant directement auprès des producteurs locaux.

II Vers la transition environnementale

1 Un développement prédateur

- Le développement économique chinois est responsable d'importantes émissions de gaz à effet de serre (30 % du CO_2 rejeté dans le monde) et d'une forte détérioration de l'environnement.

CHIFFRES CLÉS
Selon l'université de Hong Kong, en 2017, la pollution en Chine aurait coûté **33 milliards d'euros** et entraîné la mort d'**un million de personnes**.

- La Chine est confrontée à une crise environnementale. L'atmosphère des villes est souvent irrespirable. La pollution dégrade les sols et les eaux souterraines et de surface. Les déchets sont peu ou mal collectés et recyclés.

2 Une prise de conscience de l'opinion

- Selon l'OMS, la pollution serait responsable de la mort prématurée de centaines de milliers de Chinois et d'une augmentation rapide des cancers.
- Les problèmes environnementaux inquiètent et mécontentent de plus en plus la population. Cette crise devient ainsi un véritable enjeu politique.

3 « Verdir » l'économie

- Un des principaux objectifs du 13e Plan quinquennal lancé en 2016 est de diminuer la dépendance aux énergies fossiles et notamment de faire baisser la part du charbon dans le mix énergétique. Un autre est d'enclencher la transition énergétique en investissant dans les énergies alternatives et les technologies vertes (les entreprises chinoises dominent déjà ce secteur).
- Le gouvernement chinois cherche à favoriser la **transition environnementale**. Pour ce faire, il a réorganisé les administrations chargées de ces questions, en élargissant les pouvoirs du gouvernement afin d'éviter la corruption et le chevauchement des compétences.

> **MOT CLÉ**
> La **transition environnementale** a pour ambition de favoriser la mise en place d'une économie durable.

zoOm

De multiples atteintes à l'environnement

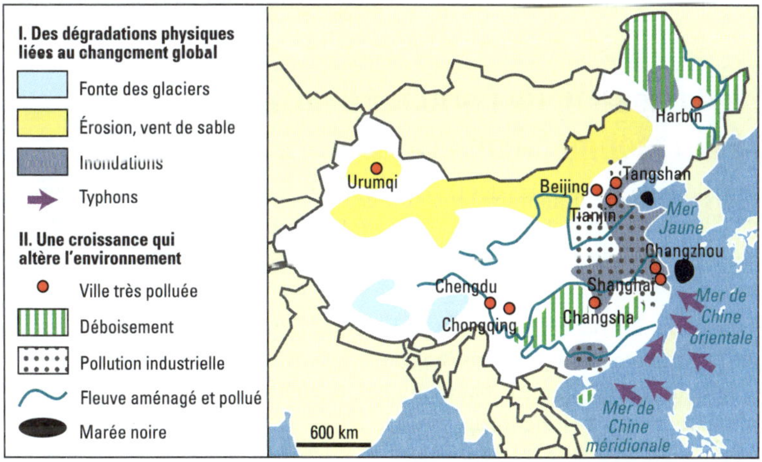

- Le modèle de développement soviétique puis la libéralisation de l'économie et l'urbanisation rapide ont fortement dégradé l'environnement.
- La première loi de protection de l'environnement est concomitante de l'ouverture économique (1979). En mars 2018, la Chine s'est fixé l'objectif de devenir une « civilisation écologique ».

52 L'urbanisation, facteur de recomposition spatiale

En bref *En 2019, 60 % des Chinois sont urbains. L'urbanisation actuelle est un phénomène massif et rapide qui bouleverse la société chinoise, traditionnellement rurale. Le pays compte des villes dynamiques qui rivalisent avec les plus grandes métropoles mondiales.*

I Une transition urbaine rapide

■ Sous-urbanisée jusqu'à la fin des années 1970 (environ 18 %), la Chine connaît une très forte croissance urbaine avec l'ouverture du pays. En effet, les villes ont été les principaux moteurs de l'essor économique, bénéficiant d'impôts faibles et d'un statut spécial (ZES → FICHE 53).

■ Le nombre d'urbains est passé, ainsi, de 65 à 813 millions entre 1980 et 2019. Aujourd'hui, on compte presque 60 % d'urbains. Le taux d'urbanisation au rythme actuel devrait atteindre 75 % d'ici les années 2030.

■ Cette croissance urbaine est alimentée très largement par de considérables flux migratoires internes, des campagnes vers les villes et, toujours, des régions intérieures au littoral. Malgré le système du ***hukou***, des centaines de millions de Chinois ont fui la misère des campagnes pour vivre le « rêve chinois ».

> **MOT CLÉ**
> Le ***hukou*** est un permis de résidence délivré par les autorités pour contrôler les migrations intérieures. Le système a été assoupli au début des années 2010.

II Une modification de l'armature urbaine liée à la recomposition spatiale

■ Longtemps dominé par le poids des trois grandes métropoles littorales (Pékin ou Beijing ; Shanghai ; Hong Kong), le réseau urbain chinois se complexifie depuis quelques années avec l'affirmation de villes intérieures comme Chongqing ou Shenyang.

■ Les trois principales régions urbaines et industrielles se situent toujours sur le littoral et rassemblent de nombreuses agglomérations et leurs villes-satellites. Il s'agit du delta du Yangzi dominé par Shanghai, du delta de la rivière des Perles (Shenzhen, Guangzhou et Hong Kong) et de la région « jing-jin-ji » (Pékin et sa région).

■ Trois autres régions s'affirment comme de nouveaux pôles de croissance indispensables au développement économique : l'ancienne région industrielle en cours de revitalisation autour de Shenyang dans le Liaoning, la région autour de Wuhan et celle qui entoure Chongqing.

III Une transformation des espaces urbains

- Dans les années 1990, les autorités chinoises se sont lancées dans de nouveaux projets d'aménagements pour **restructurer les centres-villes** : modernisation des transports, développement de quartiers d'affaires et de centres commerciaux.
- Les **périphéries** ne cessent de s'étendre avec l'apparition de vastes logements collectifs, voire de quartiers pavillonnaires, et de zones industrielles. On peut parler d'une spécialisation fonctionnelle des espaces urbains (ou « zonage »).

> **CHIFFRES CLÉS**
> Principales aires urbaines chinoises : Shanghai (**24,2** millions d'habitants), Beijing/Pékin (**21,7**), Chongqing (**15,2**), Chengdu (**14,4**), Guangzhou/Canton (**12,7**).

- Par conséquent, le bâti, traditionnellement horizontal, connaît une **verticalisation** généralisée. La spéculation immobilière a joué un grand rôle dans la destruction de quartiers historiques (notamment à Pékin).
- Les villes chinoises doivent aussi affronter les défis des grandes villes mondiales. La métropolisation a entraîné l'apparition d'une forte **ségrégation sociospatiale** et de résistances locales à la modernisation. Autre enjeu majeur, la **pollution** touche la plupart des grandes villes qui se lancent dans des projets durables pour y remédier, comme les « écocités » (Tianjin) ou la ville-forêt de Liuzhou.

zoOm

Shanghai, une urbanisation maîtrisée ?

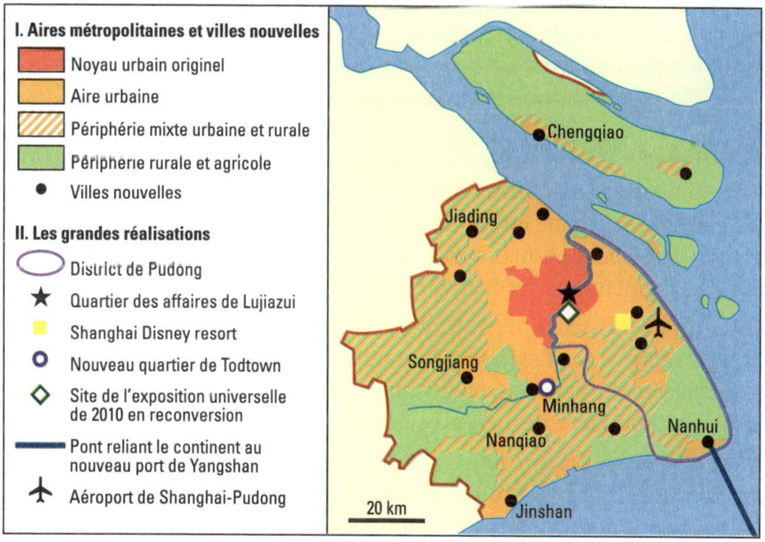

Shanghai est la **vitrine de la modernité chinoise**. Selon Thierry Sanjuan, elle se présente comme « une alternative à Hong Kong et Singapour ».

53 Un déséquilibre territorial sous l'effet de la littoralisation

En bref *Avec seulement 14 % de la superficie de la Chine, le littoral (soit l'ensemble des provinces littorales et Beijing) demeure l'espace clé du dynamisme économique. Il accueille près de la moitié de la population du pays, attire 82 % des IDE et concentre 57 % du PIB.*

I Un territoire tourné vers les échanges maritimes

- Depuis 1980, les autorités chinoises ont misé sur l'attractivité du littoral pour développer le pays. Ainsi, les provinces de Guangdong et de Fujian ont bénéficié des quatre premières **ZES**. Celles-ci se sont par la suite étendues à toutes les villes littorales.

MOT CLÉ

Les **zones économiques spéciales** sont des zones franches visant à attirer les investisseurs étrangers. L'exemple le plus célèbre est celui de Shenzhen.

- Le littoral chinois est la principale interface du pays. Sur les 8 premiers ports mondiaux, 6 sont chinois. Modernisés ces vingt dernières années, ils sont devenus de gigantesques *hubs* portuaires (Shanghai, 1er port au monde avec 40 millions de conteneurs EVP en 2017).
- Les entreprises étrangères investissent principalement dans cette zone qui accueille une abondante main-d'œuvre, les principaux centres de recherche, les universités, les sièges sociaux des grandes entreprises et le pouvoir politique.
- Espace privilégié de l'insertion dans la mondialisation, le littoral est aussi un moyen de pression pour affirmer la fierté nationale (contre Taïwan ou le Japon).

II Un espace renforcé

- C'est dans cet espace que l'on retrouve les principales régions urbaines → FICHE 52. La densité moyenne est de 472 hab./km^2 mais l'urbanisation est discontinue. Le gouvernement chinois veut créer des mégalopoles afin de favoriser les synergies et d'augmenter la productivité de 3 à 5 %.
- Pour attirer les investisseurs, les autorités continuent de multiplier les aménagements et à réorganiser l'espace. Le littoral possède les transports les plus modernes et efficaces du pays : aéroports, autoroutes et surtout à des lignes à grande vitesse (25 000 km en 2018) avec des vitesses moyennes de 350 km/h entre Beijing et Shanghai.
- Le tourisme balnéaire connaît une forte croissance. Les Chinois, auparavant davantage attirés par l'intérieur du pays, se tournent de plus en plus vers la plage. L'île de Hainan est particulièrement prisée (hausse du marché touristique de 9,2 % en 2017).

III Des contrastes territoriaux accentués

- Le littoral chinois est de plus en plus saturé. Entre les grandes métropoles, les aménagements sont de qualité et, souvent, performants. En revanche, au sein de celles-ci, ils restent insuffisants au regard de la densité du peuplement (congestion du trafic). Ces fortes densités favorisent les accidents, la pollution et la pression sur les milieux. → FICHE 51
- Certaines régions littorales souffrent de la concurrence économique de leurs voisines : la province de Liaoning a un PIB/hab. 2,5 fois plus faible que sa voisine Hebei.
- Pour rééquilibrer le territoire, les autorités chinoises ont décidé de mettre en place des plans régionaux de reconversion (« Développement de l'Ouest », « Revitalisation du Nord-Est ») ou des projets, comme les « nouvelles routes de la Soie » vers l'Asie centrale ou la LGV Shanghai-Chengdu. Toutefois, ces mesures ne remettent pas en cause le rôle central joué par le littoral.

CHIFFRE CLÉ

Selon la banque Morgan Stanley, les investissements chinois cumulés dans les pays traversés par ces « nouvelles routes de la Soie » dépasseront **1 200 milliards de dollars** d'ici 2027.

zoom

Une nouvelle destination touristique : Hainan

- Depuis l'ouverture économique, l'État a beaucoup investi pour développer les activités touristiques sur l'île de Hainan, longtemps marginalisée.
- Aujourd'hui, l'île est surtout fréquentée par les touristes chinois, mais elle commence à attirer les visiteurs occidentaux.

54 Des espaces ruraux profondément transformés

En bref *Nourrir près de 1,4 milliard d'habitants reste un enjeu majeur pour la Chine. Si elle avait réussi à atteindre l'autosuffisance alimentaire, les récentes transformations sociales et démographiques ont remis en cause un fragile équilibre.*

I L'« éclatement » du monde rural

- De nombreux ruraux continuent à quitter les campagnes pour s'installer en ville afin de bénéficier de meilleures opportunités d'emplois et de revenus plus élevés. Pour surmonter le malaise rural, le gouvernement a assoupli le système du *hukou* et entrepris des réformes sociales. → FICHE 52
- Une **dichotomie des campagnes** s'affirme. D'une part, avec l'étalement urbain, on constate une **forte périurbanisation**, qui entraîne un recul de l'agriculture sous l'effet de la pression foncière. Les espaces ruraux industrialisés, bien reliés aux villes, deviennent de nouveaux noyaux urbains.
- D'autre part, une grande partie du monde rural reste **encore en marge**. Il s'agit des petites exploitations mal reliées au marché urbain, dont les habitants alimentent l'exode rural. Les espaces enclavés et isolés (Tibet, Xinjiang) demeurent répulsifs et pauvres.

II Édifier de nouvelles campagnes

- Environ 400 millions de paysans travaillent sur une **exploitation d'une superficie moyenne d'un demi-hectare**. Ces petites structures assurent l'essentiel de la production nationale mais leurs revenus ne sont pas suffisants pour nourrir la famille.
- Autrefois soutiens emblématiques du PCC, les petits paysans voient leurs **conditions de vie stagner, voire régresser**. Ils subissent de plein fouet la concurrence des grandes exploitations nationales.
- Par conséquent, les autorités chinoises encouragent l'**abandon des villages** les plus reculés au profit de nouveaux villages (*xin cun*) construits dans des villes moyennes ou le long de nouvelles infrastructures routières.

CHIFFRE CLÉ
Le gouvernement chinois veut réduire la part de la population rurale et atteindre un taux d'urbanisation de **70 %** d'ici 2025.

III Les défis de l'agriculture chinoise

1 La transition alimentaire

- La Chine est devenue le 1er producteur mondial de blé, de riz et de volailles. Mais cette production n'est pas suffisante : elle doit **importer** de plus en plus de produits agroalimentaires (58 % des huiles consommées, 50 % du sucre).

■ Les Chinois sont en pleine **transition alimentaire** sous l'effet de l'augmentation du niveau de vie et de la forte urbanisation.

MOT CLÉ
La **transition alimentaire** est le passage, pour une population, d'une alimentation essentiellement végétale à une alimentation carnée et sucrée.

2 | L'agriculture, un problème ?

■ L'État est confronté à **trois problèmes ruraux** : une agriculture peu moderne, un appauvrissement des paysans et des espaces ruraux sous-aménagés.

■ La productivité agricole reste faible à cause de l'hétérogénéité des techniques utilisées : la mécanisation et les variétés hybrides côtoient une **agriculture en grande partie extensive**. Par ailleurs, l'industrie agroalimentaire est régulièrement secouée par des scandales sanitaires (choux au formol, lait frelaté).

3 | Soutenir une autre agriculture

■ De **nombreuses mesures** ont été prises pour soutenir l'agriculture depuis 2005 : abrogation de taxes, allocation pour la main-d'œuvre sans emploi, modernisation de l'agriculture et des infrastructures (unités agro-industrielles intégrées, « coopératives »), renforcement de l'éducation et de la santé dans les campagnes.

■ Le 13e plan quinquennal (2016-2020) cherche à développer l'**agriculture productiviste** (mécanisation, nouvelles semences, irrigation) tout en promouvant une agriculture durable et en renforçant les contrôles sanitaires.

zoOm

L'agriculture chinoise

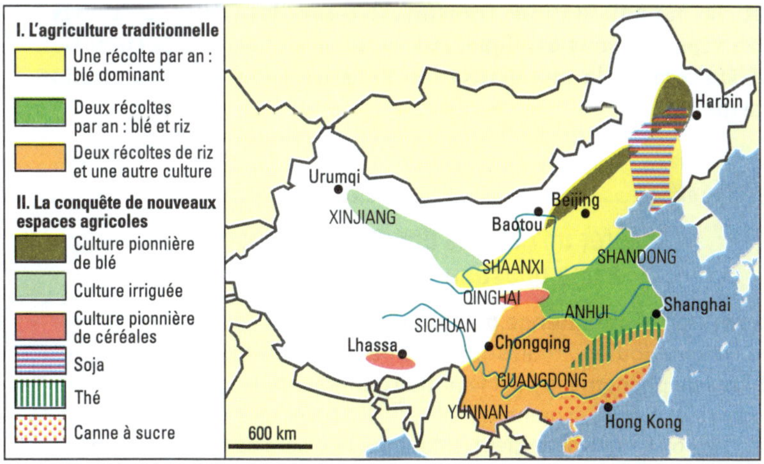

S'ENTRAÎNER

2 Réviser le cours en 8 questions flash

→ FICHES 50 à 54

1. Quels sont les déséquilibres démographiques en Chine ?
2. Comment la Chine essaie-t-elle de diminuer sa dépendance aux énergies fossiles ?
3. Citez trois atteintes à l'environnement.
4. Comment les autorités chinoises cherchent-elles à restructurer les centres-villes ?
5. Citez deux projets urbains durables.
6. Pour quelles raisons le littoral attire-t-il l'essentiel des investissements ?
7. Comment expliquer le fort exode rural actuel en Chine ?
8. Pourquoi la productivité agricole est-elle faible en Chine ?

OBJECTIF BAC

3 Les villes chinoises et la mondialisation
Question problématisée

1 h

Ce sujet est directement lié au thème général du chapitre. Sous l'effet de la mondialisation, les villes chinoises ont connu d'importantes transformations spatiales et démographiques.

LE SUJET

Comment la mondialisation transforme-t-elle les villes chinoises ? Dans votre réponse, vous expliquerez le poids des métropoles chinoises, les manifestations de la mondialisation dans les villes et l'urbanisation croissante du pays.

Méthode

Insérer un croquis dans une réponse à une question problématisée

- **Déterminer la pertinence du schéma**
  - Un schéma (ou un croquis) permet de représenter sous forme graphique un phénomène ou une notion géographique.
  - Choisissez bien le schéma à réaliser. N'essayez pas d'en placer un à tout prix ou à mauvais escient. Il faut qu'il s'insère de manière logique.

Réaliser le schéma

- Le schéma doit représenter, de manière simple et sous forme graphique, un phénomène (ex. : les échanges de marchandises, l'exode rural, les axes de croissance) ou un espace (pays, ville, port, *hub*…).
- Il doit comporter un titre, une représentation graphique qui respecte les règles du croquis, et une légende organisée.

Insérer le schéma dans le devoir

Rédigez une petite phrase pour introduire le croquis ou, a minima, faites-y allusion en le mentionnant par les expressions : « comme le montre le schéma suivant » ou « ce phénomène peut se manifester selon le schéma suivant. »

▶▶▶ LA FEUILLE DE ROUTE

Étape 1 Analyser le sujet

Comment la mondialisation transforme-t-elle les villes chinoises ?

Formulation
- Le sujet incite à s'interroger sur un processus
- Il faut donc mettre en lien villes chinoises et mondialisation

Bornes spatiales
- Les villes chinoises, des mégapoles jusqu'aux plus petites villes rurales
- Les espaces ruraux seront également évoqués

Type de sujet
Sujet descriptif qui oblige à associer les termes du sujet

Notions et mots clés
- Mondialisation
- Ville
- Mégalopolisation, métropolisation (notions à associer à la mondialisation)

Étape 2 Mobiliser ses connaissances

L'urbanisation est un des phénomènes les plus importants que connaît, actuellement, la société chinoise. Cette évolution rapide et massive provoque de nombreux bouleversements à l'échelle du pays. Elle est étroitement liée à la mondialisation.

Étape 3 Dégager les enjeux du sujet

- Longtemps attachée aux valeurs traditionnelles du monde rural (confucianisme, puis maoïsme), la Chine est devenue majoritairement urbaine en 2011. La mondialisation a accéléré cette évolution.

- Le gouvernement s'est d'ailleurs engagé dans une politique d'urbanisation des campagnes.
- On peut donc se demander comment la mondialisation transforme les villes chinoises, et dans quelle mesure celles-ci s'insèrent dans la mondialisation.

Étape 4 Organiser la réponse

Pour ce sujet, un plan typologique est possible, mais on peut envisager une approche multiscalaire.

I. Une population de plus en plus urbaine sous l'effet de la mondialisation (échelle nationale)

II. La mondialisation transforme l'urbanisation (échelle régionale)

III. De nouvelles villes pour pérenniser le dynamisme économique et avoir un développement plus équilibré (échelle locale)

Étape 5 Rédiger le devoir → CORRIGÉ

CORRIGÉS

S'ENTRAÎNER

1 Réviser le cours en 8 questions flash

1. Les déséquilibres démographiques se caractérisent par un vieillissement accéléré de la population chinoise et par une très faible proportion de femmes par rapport aux hommes.
2. La Chine cherche à diminuer sa dépendance énergétique en contrôlant des gisements off-shore, en améliorant l'efficacité énergétique et en diversifiant son mix énergétique (hausse des énergies renouvelables).
3. L'atmosphère des villes est souvent irrespirable, la dégradation des sols se généralise et les eaux souterraines et de surface sont de plus en plus polluées.
4. Pour restructurer les centres-villes, les autorités chinoises ont modernisé les transports, développé des quartiers d'affaires et des centres commerciaux.
5. De nombreuses villes se lancent dans des projets durables comme Tianjin qui veut devenir une éco-cité ou Liuzhou, la ville-forêt.
6. Le littoral attire l'essentiel des investissements car les ports sont les principales interfaces de la Chine, il y a une forte concentration de population et d'infrastructures.
7. L'exode rural que connaît actuellement la Chine s'explique notamment par l'espoir des migrants de bénéficier de meilleures opportunités d'emplois, d'une hausse de leurs revenus et de meilleures conditions de vie.
8. La productivité agricole est faible en raison du grand nombre de petites exploitations qui utilisent encore des techniques rudimentaires.

OBJECTIF BAC

2 Question problématisée

[Introduction] Depuis 2018, la Chine compte 60 % d'urbains. Son urbanisation croissante est le symbole de son intégration à la mondialisation. Ainsi, les villes chinoises adoptent de plus en plus une organisation ressemblant au modèle occidental et une armature rationnalisée. Comment la mondialisation transforme-t-elle les villes chinoises ? Pour répondre à cette question, il faut, tout d'abord rappeler que la mondialisation est un moteur de l'urbanisation [I], ensuite, qu'elle renforce les villes [II] et, enfin, qu'elle les transforme [III].

I. La mondialisation est un moteur de l'urbanisation

■ La mondialisation, qui favorise la maritimisation de l'économie, stimule le développement des métropoles littorales comme Shanghai ou Hong Kong. Par conséquent, les activités industrielles et les pôles du tertiaire supérieur (bourses, sièges sociaux d'entreprises) s'y concentrent.

■ Pour contrebalancer le poids de ces métropoles, le gouvernement a tenté de dynamiser l'intérieur du pays. Cette politique se traduit par la création de nouvelles régions urbaines comme le montre le schéma ci-dessous :

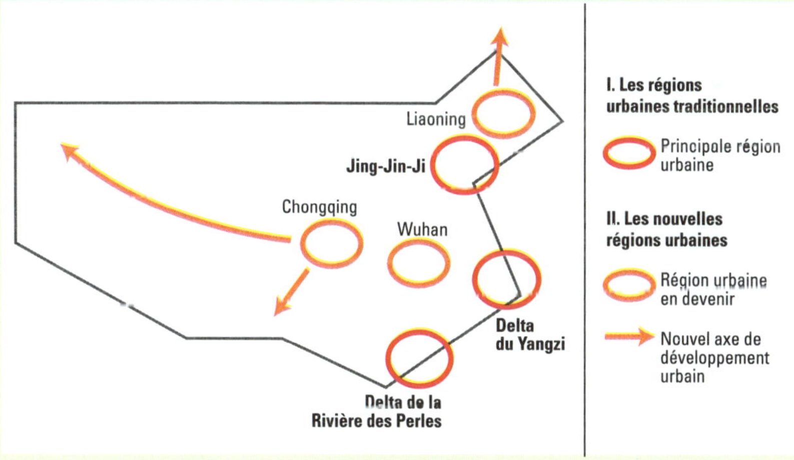

De nouvelles régions urbaines pour rééquilibrer le territoire

■ La pauvreté des campagnes et l'attrait des villes favorisent l'exode rural. La mondialisation culturelle fait de la ville le symbole de l'émancipation et de la modernité.

II. La mondialisation renforce les villes

■ La mondialisation spécialise les territoires et favorise par conséquent la métropolisation. Ainsi, les métropoles concentrent de plus en plus les fonctions supérieures.

■ Pour pouvoir rivaliser avec les métropoles mondiales, le gouvernement chinois cherche à accroître leur poids et veut créer 19 mégalopoles. En ce sens, chaque grande ville cherche à se doter d'édifices prestigieux (ex. : le stade « Nid d'oiseau » à Pékin pour les JO de 2008).

■ Éloignées de la mondialisation, les campagnes chinoises sont traversées par un profond malaise social. Pour y remédier, l'État a décidé d'accélérer l'urbanisation des campagnes en favorisant les villes moyennes.

III. La mondialisation transforme les villes

■ Les métropoles chinoises connaissent de profondes mutations, à l'image des autres grandes villes mondiales : quartier des affaires, étalement urbain, pollution, destruction des habitats traditionnels et des milieux naturels.

■ Par bien des aspects, Shanghai est le symbole de ces évolutions. Voulant s'imposer comme une future « ville globale », elle s'est dotée d'un nouvel avant-port (Yangshan), d'un CBD d'envergure internationale (Pudong) et d'infrastructures pour accueillir des événements internationaux.

■ Le gouvernement chinois cherche aussi à imposer un nouveau modèle urbain pour s'imposer dans la mondialisation. Ainsi, conscient des atteintes à l'environnement et des problèmes de transports, il encourage des projets comme la ville-forêt de Liuzhou ou l'écocité de Tianjin.

ENS. SCIENTIFIQUE & MATHÉMATIQUE

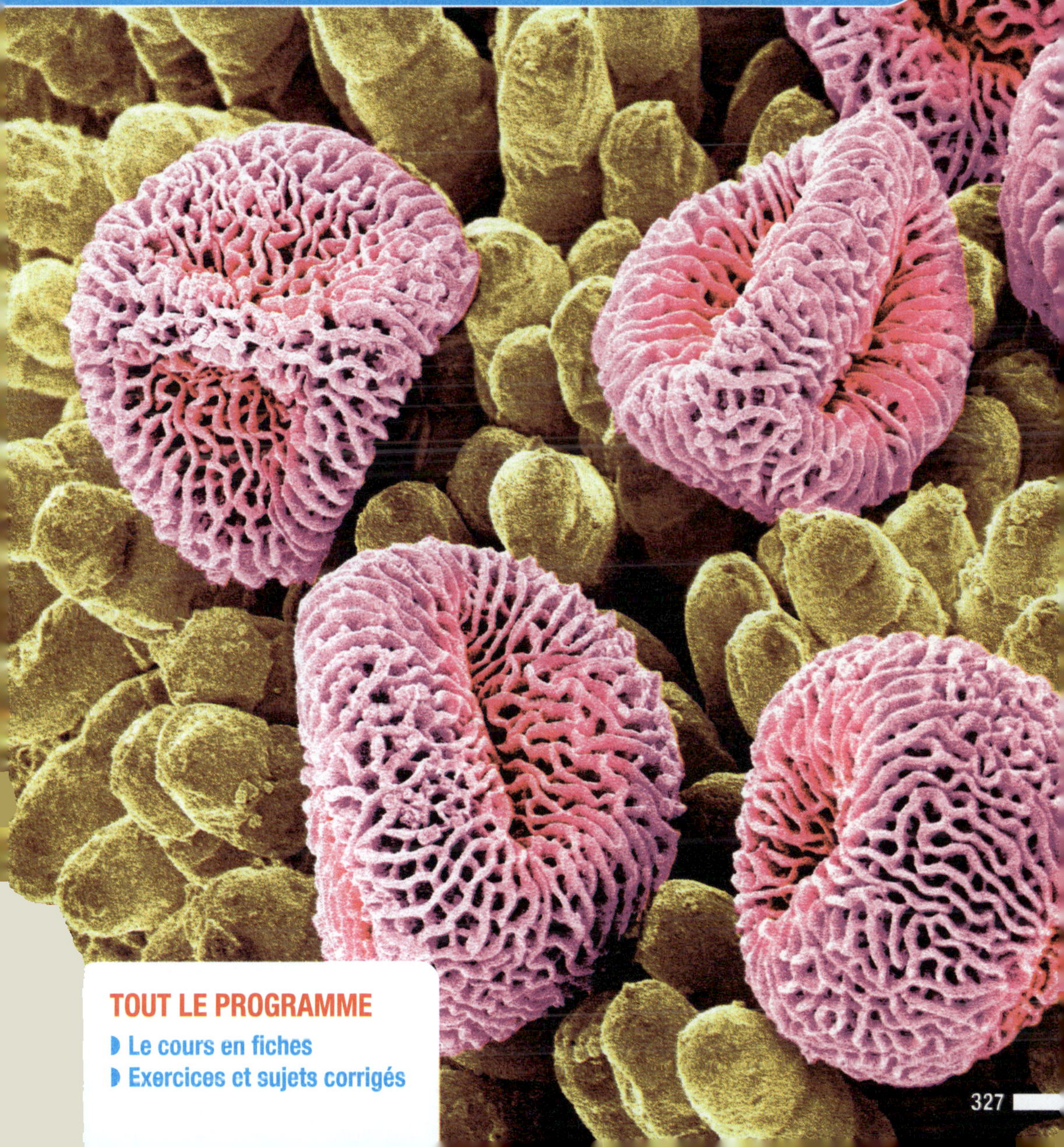

TOUT LE PROGRAMME

- Le cours en fiches
- Exercices et sujets corrigés

SOMMAIRE

Quand vous avez révisé un chapitre, cochez la case ☐ correspondante !

Une longue histoire de la matière

Le Soleil, notre source d'énergie

SOMMAIRE

10 Musique ou l'art de faire entendre les nombres

11 Quand le son devient musique

Maths TRONC COMMUN

- À compter de la rentrée 2022, l'enseignement scientifique en 1re devient « Enseignement scientifique & mathématique », avec un horaire global de 3 heures 30. Le programme s'enrichit d'un module de maths centré sur trois parties thématiques : les phénomènes d'évolution, l'analyse de l'information chiffrée et les phénomènes aléatoires.
- Sur ces différents thèmes, vous pourrez accéder à des ressources numériques, à compter d'octobre 2022, en flashant ce QR-Code.

bit.ly/3w8S9qi

1 L'abondance des éléments chimiques

En bref *Les éléments chimiques sont des entités qui se caractérisent par le même nombre de protons. Ils ne sont pas uniformément répartis dans l'Univers.*

I Les éléments chimiques

- Un élément chimique est caractérisé par son **numéro atomique Z**. Ainsi, les atomes et les ions possédant le même numéro atomique *Z* appartiennent au même élément.

> **À NOTER**
> Le **numéro atomique *Z*** correspond au nombre de protons de l'élément considéré.

- Chaque élément est représenté par une lettre majuscule parfois suivie d'une minuscule. Voici quelques exemples d'éléments chimiques :

Élément	Symbole	Numéro atomique Z
Hydrogène	H	1
Fer	Fe	26

- Les éléments chimiques sont classés par numéro atomique croissant dans un tableau appelé **classification périodique** des éléments. C'est le chimiste russe Dmitri Mendeleïev qui a publié une première classification en 1869.

> **À NOTER**
> La **classification périodique** comprend 118 éléments chimiques dont 94 sont naturels. Les autres sont artificiels (créés en laboratoire).

II Répartition des éléments chimiques

- Les éléments chimiques ne sont pas répartis de manière homogène dans l'Univers.
- L'abondance d'un élément chimique est la mesure de sa proportion par rapport aux autres éléments dans un environnement donné ; on parle d'abondance relative. Elle peut être mesurée par fraction de masse, par fraction atomique (comparaison du nombre d'atomes) ou par fraction molaire (comparaison du nombre de molécules).
- Dans l'Univers, les deux éléments les plus abondants sont l'hydrogène et l'hélium. Ces éléments sont apparus dès les premières minutes de la formation de l'Univers. En pourcentage d'atomes, l'abondance de l'hydrogène dans l'Univers est de 90 % et celle de l'hélium est de 9 % → FICHE 2.
- Depuis la formation de l'Univers, ces proportions ont très peu évolué, bien que de l'hélium soit produit en permanence dans les étoiles (à partir d'hydrogène), mais en quantités relativement très faibles.

■ Sur Terre, les éléments les plus abondants ne sont pas l'hydrogène et l'hélium, mais l'oxygène (O), le fer (Fe), le silicium (Si) et le magnésium (Mg).

■ L'oxygène est l'élément le plus abondant sur Terre. Il entre dans la composition de l'eau, de l'air et c'est aussi l'élément le plus abondant des roches terrestres.

Éléments sur Terre	O	Fe	Si	Mg
Proportion en atomes (%)	32	28	17	16

■ On trouve également de l'hydrogène dans l'**hydrosphère**, celle-ci étant constituée essentiellement de molécules d'eau (H_2O).

> **MOT CLÉ**
> L'**hydrosphère** désigne les zones sur Terre où l'eau (liquide, solide ou gazeuse) est présente.

■ Dans la biosphère (ensemble des organismes vivants), on retrouve les mêmes éléments chimiques, mais dans des proportions différentes, avec quatre éléments majeurs : l'oxygène (O), le carbone (C), l'hydrogène (H) et l'azote (N).

■ Les êtres vivants sont constitués de molécules minérales (comme l'eau, qui représente 70 à 75 % de leur masse) et de molécules organiques, majoritairement des atomes de carbone et d'hydrogène liés entre eux et éventuellement à d'autres atomes ou groupes chimiques (protéines, hormones, ADN, etc.).

Éléments de la biosphère	H	O	C	N
Proportion en atomes (%)	53	39	6,5	0,5

zoOm

Différenciation chimique du globe terrestre

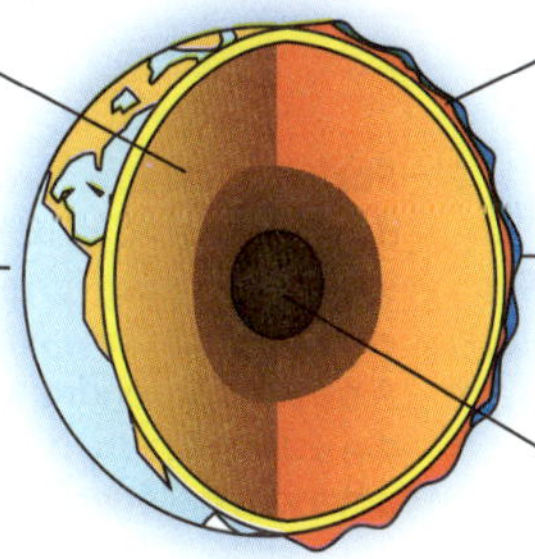

La répartition des éléments chimiques dans le globe terrestre n'est pas homogène. Les éléments les plus lourds (fer, nickel) se retrouvent au centre de la Terre, les plus légers (silicium, oxygène, etc.) en superficie. Les éléments chimiques se sont répartis ainsi lors de la formation de notre planète.

2 L'origine des éléments chimiques

En bref *Les tout premiers éléments chimiques sont nés lors de la formation de l'Univers. Des réactions nucléaires au sein des étoiles sont à l'origine de la centaine d'éléments chimiques actuellement connus.*

I Le Big Bang et la nucléosynthèse primordiale

■ La formation de l'Univers a lieu il y a environ 13,7 milliards d'années, lors du **Big Bang**. L'Univers est alors extrêmement condensé et chaud, les particules élémentaires comme les neutrons et les protons sont encore libres et non regroupés en noyaux atomiques.

> **MOT CLÉ**
> **Big Bang** : théorie scientifique décrivant le commencement et l'expansion de l'Univers.

■ Au bout d'une centaine de secondes, l'Univers en pleine expansion voit sa température baisser (elle est de l'ordre de 10^9 °C ou un milliard de degrés Celsius), les protons et neutrons commencent à s'associer pour former les noyaux atomiques les plus simples d'hydrogène et d'hélium.

La nucléosynthèse primordiale s'achève à la création de ces deux éléments. Les conditions ne sont pas encore réunies pour que les réactions nucléaires permettent la formation des éléments les plus lourds.

■ C'est lors de la formation des étoiles, quelque 100 millions d'années après le Big Bang, que des éléments chimiques plus lourds peuvent se former.

■ Cependant, l'Univers est encore aujourd'hui majoritairement constitué d'hydrogène et d'hélium.

II La nucléosynthèse stellaire

■ La synthèse de nouveaux noyaux atomiques se produit, par des réactions de **fusion nucléaire**, au sein même des étoiles : c'est la nucléosynthèse stellaire. La fusion nucléaire est possible, car la température qui règne au cœur d'une étoile dépasse 10^7 °C (10 millions de degrés Celsius).

> **MOT CLÉ**
> **Fusion nucléaire** : processus au cours duquel deux noyaux atomiques légers s'associent pour former un noyau plus lourd en dégageant une énergie considérable.
> À ne pas confondre avec la fission nucléaire, qui est la cassure d'un noyau lourd en deux noyaux plus légers.

■ La plupart des étoiles peu massives, comme le Soleil, sont constituées essentiellement d'hydrogène et d'hélium.
Elles consomment leur hydrogène pour produire de l'hélium.

■ La formation de l'hélium au cœur d'une étoile se déroule en trois étapes.

• **Première étape** : deux noyaux d'hydrogène ou protons (^1_1H) fusionnent pour former un noyau de deutérium (^2_1H), avec émission d'un positon (^0_1e) et d'un neutrino (ν) :

$$^1_1H + {}^1_1H \rightarrow {}^2_1H + {}^0_1e + \nu$$

• **Deuxième étape** : le noyau de deutérium fusionne avec un proton pour former un noyau d'hélium 3 (^3_2He), avec émission d'un rayonnement gamma (photon) :

$$^2_1H + {}^1_1H \rightarrow {}^3_2He + \gamma$$

• **Troisième étape** : deux noyaux d'hélium fusionnent pour former un noyau d'hélium 4 (stable) en éjectant deux protons :

$$^3_2He + {}^3_2He \rightarrow {}^4_2He + 2\ {}^1_1H$$

■ Lorsque l'étoile a épuisé tout son hydrogène, elle évolue en géante rouge : son cœur est riche en noyaux d'hélium, qui fusionnent en donnant des noyaux plus lourds de carbone et d'oxygène.

■ Si l'étoile est suffisamment massive (masse supérieure à 8 fois celle du Soleil), elle pourra produire des noyaux encore plus lourds, comme des noyaux de fer. En fin de vie, l'étoile implose, puis explose, créant des noyaux encore plus lourds comme le platine et l'or. Cette explosion de supernova diffuse les éléments ainsi formés dans l'espace autour de l'étoile. C'est ainsi que les étoiles massives enrichissent l'Univers en éléments lourds.

zoOm

Étoiles massives : une structure en « pelure d'oignon »

■ Dans les couches périphériques d'une étoile massive, les éléments légers fusionnent, enrichissant les couches profondes en éléments plus lourds.

■ Dans le cœur de l'étoile, la fusion des noyaux de silicium conduit à la formation de noyaux de fer.

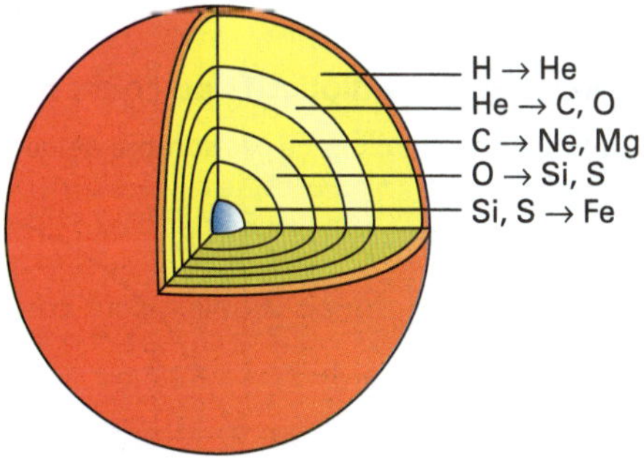

3 Les noyaux atomiques radioactifs

En bref *Les noyaux de certains éléments chimiques, dit radioactifs, sont instables et se transforment spontanément en d'autres noyaux. Ils constituent un chronomètre naturel utilisé pour des datations.*

I Noyau atomique et radioactivité

- La radioactivité est découverte en 1896 par Henri Becquerel, lorsque celui-ci constate que des sels d'uranium émettent des rayonnements pouvant impressionner des plaques photographiques. Il les nomme « rayons uraniques ».
- Deux ans plus tard, Marie Curie montre que d'autres éléments, comme le radium, émettent un rayonnement. Elle nomme radioactivité cette émission spontanée de radiations par une substance inerte, sans apport d'énergie extérieure.
- La plupart des éléments chimiques ont des noyaux stables, c'est-à-dire qu'ils restent identiques à eux-mêmes au cours du temps. Certains noyaux sont instables, car ils possèdent trop de protons, de neutrons ou trop des deux. Un noyau instable se transforme en un autre noyau, qui peut également être instable. Cette transformation naturelle et irréversible est appelée **désintégration**.
- La radioactivité est un phénomène spontané, inéluctable et aléatoire : il est impossible de prévoir quand se désintégrera un noyau radioactif. Or, du fait de la désintégration régulière des noyaux, la quantité d'éléments radioactifs présents dans un échantillon diminue avec le temps.
- Chaque élément radioactif est caractérisé par sa **demi-vie** ou période radioactive $t_{\frac{1}{2}}$, qui est la durée nécessaire pour que la moitié des noyaux initialement présents se soit désintégrée.

À NOTER
Par convention, le noyau radioactif de départ est appelé noyau père, celui issu de la **désintégration** est le noyau fils.

À NOTER
La **demi-vie** est très variable selon les éléments : de quelques millisecondes à des milliards d'années.

Doc Désintégration des noyaux radioactifs au cours du temps

N_0 désigne le nombre de noyaux de l'élément père initialement présents.
Au temps $t_{\frac{1}{2}}$, le nombre N de noyaux restants est de $\frac{1}{2}N_0$.
Au temps 2 $t_{\frac{1}{2}}$ il est de $\frac{1}{4}N_0$.
Au temps 3 $t_{\frac{1}{2}}$, il est de $\frac{1}{8}N_0$
et donc au temps $n\ t_{\frac{1}{2}}$ il est de $\frac{1}{2^n}\ N_0$.

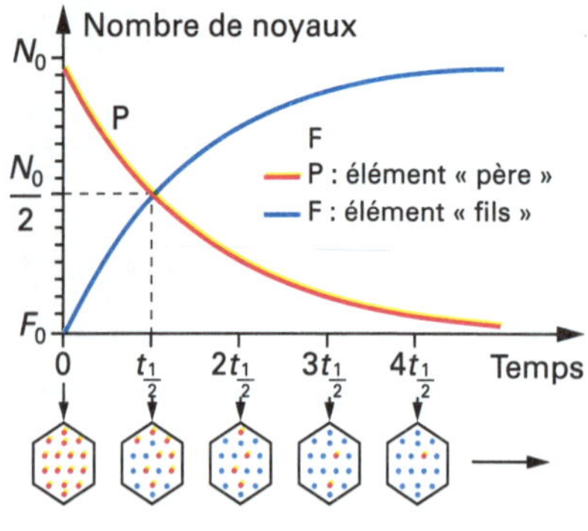

II Radioactivité et datation au carbone 14

■ Les isotopes d'un élément chimique se différencient par leur nombre de neutrons. Par exemple, le carbone 12 ($^{12}_{6}C$, 6 protons et 6 neutrons) et le carbone 14 ($^{14}_{6}C$, 6 protons et 8 neutrons) sont deux isotopes du carbone. Le premier n'est pas radioactif, alors que le second l'est.

■ La quantité de carbone 14 (^{14}C) présente dans l'atmosphère, bien que très faible, est constante : en effet, il y a autant de ^{14}C synthétisé dans la haute atmosphère à partir d'azote 14 (^{14}N) que de ^{14}C qui se désintègre en ^{14}N.

■ Le ^{14}C créé dans la haute atmosphère est incorporé par les êtres vivants sous la forme de $^{14}CO_2$ atmosphérique ou de $^{14}CO_2$ dissous dans l'eau par l'intermédiaire de la photosynthèse ou de l'alimentation. Les êtres vivants rejettent aussi du $^{14}CO_2$ par respiration. Les apports et les pertes de ^{14}C s'équilibrent ainsi chez les êtres vivants : la quantité de ^{14}C contenu dans leur matière organique est constante et identique à celle de l'atmosphère durant toute leur vie.

■ À la mort de l'organisme, les échanges cessent. La quantité de ^{14}C qu'il contient décroît avec le temps. Il suffit donc de doser la quantité de ^{14}C restant dans un organisme pour estimer le temps écoulé depuis sa mort.

À NOTER
La demi-vie du ^{14}C est de 5 730 ans. Cependant, cette méthode n'est pas utilisable avec une bonne précision au-delà de 35 000 ans.

zoOm

La découverte du radium

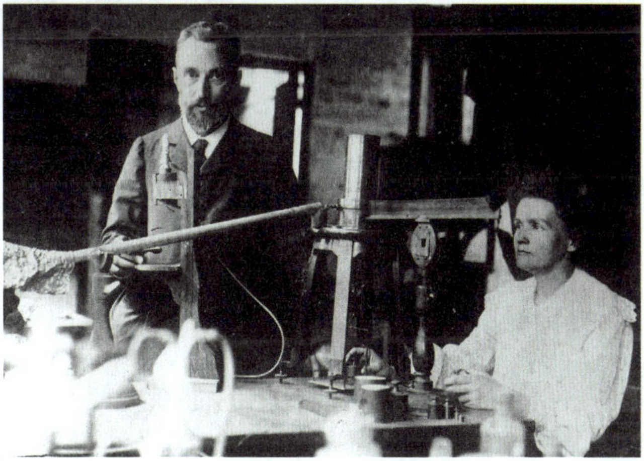

En 1898, Marie et Pierre Curie parviennent à isoler deux éléments radioactifs qu'ils nomment radium (du latin *radius* qui signifie rayon) et polonium (en hommage au pays natal de Marie).

FRANÇAIS HISTOIRE GÉOGRAPHIE ENS. SCIENTIFIQUE & MATHÉMATIQUE ANGLAIS

OBJECTIF BAC

1 Le carbone 14 au service de l'archéologie

60 min

Ce type d'exercice doit vous permettre de comprendre, à travers l'analyse de documents, l'intérêt du carbone 14 dans les datations en archéologie.

La grotte Chauvet (du nom de son inventeur Jean-Marie Chauvet) a été découverte en 1994 dans le département de l'Ardèche. L'âge des peintures qui ornent les parois de cette grotte font l'objet d'une polémique.

On cherche à dater les peintures préhistoriques découvertes dans la grotte Chauvet et à montrer que la grotte a été occupée à plusieurs reprises.

Doc 1 Les objets géologiques de la grotte Chauvet

Les peintures préhistoriques sont réalisées avec des fragments de charbon de bois ou des pigments minéraux. Certaines peintures sont aussi recouvertes d'un dépôt de charbon résultant d'un mouchage de torches (frottement de torches sur la paroi pour retirer la partie carbonisée qui asphyxie la flamme). Ce dépôt semble avoir été effectué par d'autres individus ayant visité ou occupé la grotte après.

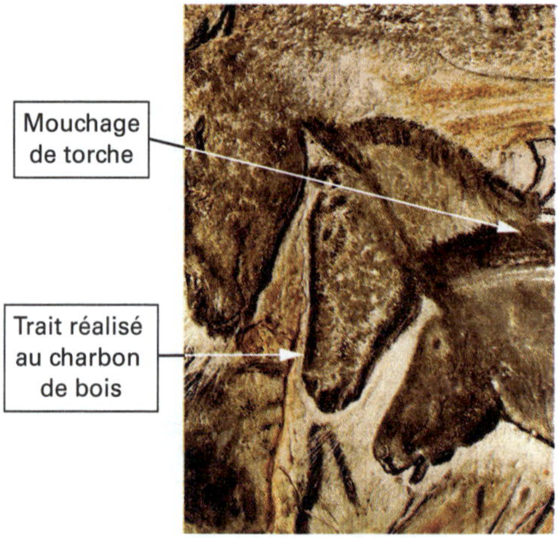

Doc 2 L'origine du carbone 14

L'élément carbone existe sous la forme de :

- deux isotopes stables :
  - le carbone 12 ($^{12}_{6}C$),
  - le carbone 13 ($^{13}_{6}C$) ;
- un isotope instable : le carbone 14.

Le carbone 14 est continuellement produit dans la haute atmosphère grâce à des réactions nucléaires entre des atomes d'azote 14 de l'air et des neutrons d'origine cosmique. Ces réactions maintiennent une teneur constante en carbone 14 dans l'atmosphère. Une fois produit, le carbone 14 réagit rapidement avec le dioxygène de l'air pour former du dioxyde de carbone $^{14}CO_2$ qui se répartit dans toute l'atmosphère.

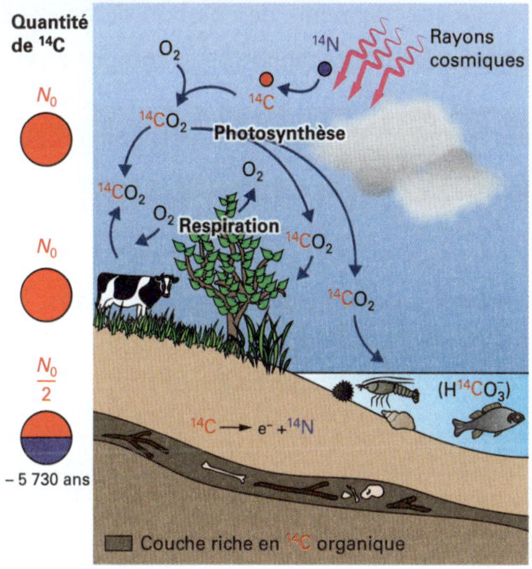

Doc 3 La datation au carbone 14

Lorsqu'un animal ou une plante meurt, son carbone 14 n'est plus renouvelé, car il n'y a plus d'échanges avec l'environnement. En raison de la désintégration radioactive, son nombre d'atomes de carbone 14 diminue au cours du temps. Le rapport du nombre d'atomes de carbone 14 résiduel (N) sur celui existant au moment de la mort (N_0) de l'organisme décroît donc au cours du temps.

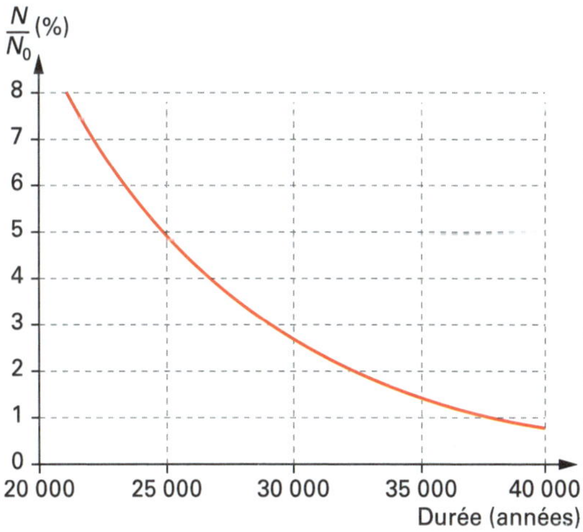

La courbe correspond au rapport $\frac{N}{N_0}$ du nombre d'atomes de ^{14}C résiduel sur le nombre d'atomes de ^{14}C présents au moment de la mort de l'organisme en fonction du temps sur la période entre 20 000 et 40 000 ans.

Ainsi, en mesurant le rapport $\frac{N}{N_0}$, on peut en déduire le temps t qui s'est écoulé depuis la mort de l'organisme, sachant que la demi-vie du ^{14}C est de 5 730 ans.

Les mesures réalisées sur les fragments de charbon de bois prélevés sur les mouchages de torche fournissent des rapports $\frac{N}{N_0}$ compris entre 2,4 et 3,4 %.

Celles réalisées sur les fragments de charbon de bois prélevés sur les peintures fournissent des rapports $\frac{N}{N_0}$ compris entre 1,1 % et 1,6 %.

1. Le carbone 14

a. En vous aidant du document 2, définir le terme isotope, donner la composition du noyau du carbone 14 et en déduire le symbole de l'atome de carbone 14.

b. Le carbone 14 est radioactif, définir ce que cela signifie.

2. L'origine du carbone 14

Justifier, à l'aide du document 2, pourquoi un être vivant possède la même quantité de carbone 14 que celle de l'atmosphère durant toute sa vie.

3. La datation au carbone 14

a. Justifier l'utilisation de la méthode au carbone 14 pour dater les peintures préhistoriques.

b. À l'aide des données du document 3, proposer un âge moyen pour les peintures préhistoriques et les mouchages de torche.

c. À l'aide de l'ensemble des données, justifier que la grotte a été occupée à plusieurs reprises.

▶▶▶ LA FEUILLE DE ROUTE

1. S'aider du document 2 et de vos connaissances → FICHES 1 et 3

a. Utilisez les écritures des deux isotopes du carbone ${}^{A}_{Z}C$ du document 2, avec A le nombre de nucléons (somme du nombre de protons et du nombre de neutrons) et Z le numéro atomique (nombre de protons) pour en déduire la notion d'isotope et ainsi écrire avec le même principe le symbole du carbone 14.

2. S'approprier et analyser le document → FICHE 3

Observez sur le document 2 les processus dans lesquels sont impliqués les échanges de ${}^{14}CO_2$ d'un être vivant avec l'atmosphère.

3. Comparer ses résultats aux informations du document → FICHES 1 et 3

a. Faites le lien entre la composition chimique de la biosphère et la présence de ${}^{14}C$ dans un fragment de bois.

b. Utilisez les données fournies dans le texte afin de proposer un âge pour les peintures et les mouchages de torche à l'aide de la courbe du document 3. Présentez l'âge moyen et l'incertitude permettant d'encadrer les valeurs maximale et minimale des âges estimés.

c. Comparez les résultats sur l'âge moyen des peintures et des mouchages de torche. Déduisez-en, aux incertitudes près, que les mouchages de torche ont bien été réalisés après les peintures.

CORRIGÉS

OBJECTIF BAC

1 Le carbone 14 au service de l'archéologie

1. Le carbone 14

a. Les isotopes sont des atomes dont les noyaux possèdent le même nombre de protons, mais pas le même nombre de neutrons. Le carbone possède trois isotopes dont les noyaux ont chacun six protons. Le carbone 12 ($^{12}_{6}C$) a six neutrons, le carbone 13 ($^{13}_{6}C$) a sept neutrons, le carbone 14 a huit neutrons. Son symbole : $^{14}_{6}C$.

b. Le carbone 14 est radioactif, c'est-à-dire que son noyau est instable, il se transforme (en ^{14}N) et expulse de l'énergie sous forme de rayonnement électromagnétique.

2. L'origine du carbone 14

Le ^{14}C incorporé dans le $^{14}CO_2$ atmosphérique entre dans les molécules organiques par l'intermédiaire des végétaux chlorophylliens qui réalisent la photosynthèse soit sur les continents, soit dans les océans. Les animaux qui consomment ces végétaux incorporent aussi du ^{14}C. Et comme tous les êtres vivants rejettent du $^{14}CO_2$ par respiration, les apports et les pertes de ^{14}C s'équilibrent au sein des organismes : la proportion de ^{14}C contenu dans leurs molécules organiques est constante et identique à celle de l'atmosphère durant toute leur vie.

3. La datation au carbone 14

a. L'utilisation de la méthode au ^{14}C pour dater les peintures préhistoriques ont été réalisées avec du charbon de bois. Ce dernier contient des molécules organiques qui ont incorporé du ^{14}C par photosynthèse à l'époque de la vie du végétal. Le dosage de la quantité de ^{14}C restant dans les peintures va permettre d'estimer le temps écoulé depuis que le bois a été transformé en charbon de bois.

b. Les fragments de charbon de bois prélevés sur les peintures fournissent des valeurs N/N_0 comprises entre 1,1 et 1,6 %. En reportant ces valeurs sur le doc. 3, on obtient un âge compris entre –34 000 et –37 000 ans, soit un âge moyen de –35 500 ans. De même, les mouchages de torche ayant des valeurs de N/N_0 comprises entre 2,4 et 3,4 % ont un âge compris entre – 28 000 et – 31 000 ans, soit un âge moyen de – 29 500 ans.

c. Les peintures sont plus anciennes que les mouchages de torche. La grotte a donc été occupée à plusieurs reprises (vers –35 500 ± 1 500 ans, par les artistes ayant réalisé les peintures, et vers –29 500 ± 1 500 ans).

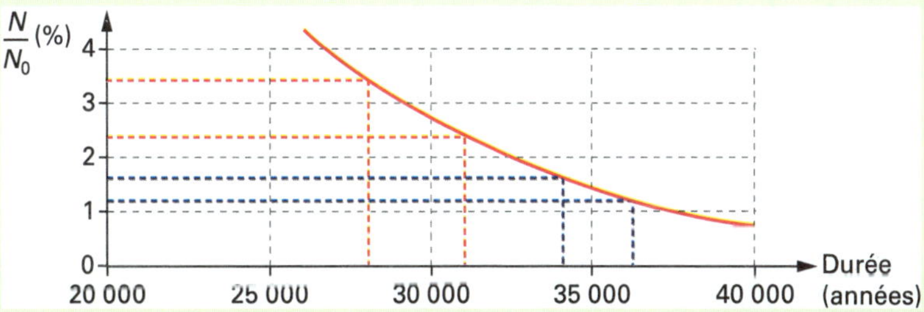

4 L'état cristallin

En bref *Les atomes constituant la matière s'assemblent pour former des molécules. Dans certaines conditions, ils forment des structures ordonnées : les cristaux.*

I Le chlorure de sodium, un cristal courant

- Le « sel de table », issu de l'évaporation de l'eau de mer, se présente sous la forme de petits cristaux de chlorure de sodium, de formule NaCl.
- À l'état naturel, le chlorure de sodium existe sous la forme de cristaux cubiques, plus ou moins imbriqués les uns dans les autres.
- À l'échelle microscopique, les cristaux de chlorure de sodium sont formés d'un empilement régulier et ordonné d'ions Na^+ et Cl^- (doc. 1). Ce sont des cristaux ioniques.
- Cette structure solide, constituée d'un arrangement répétitif et géométrique d'atomes caractérise l'état cristallin.

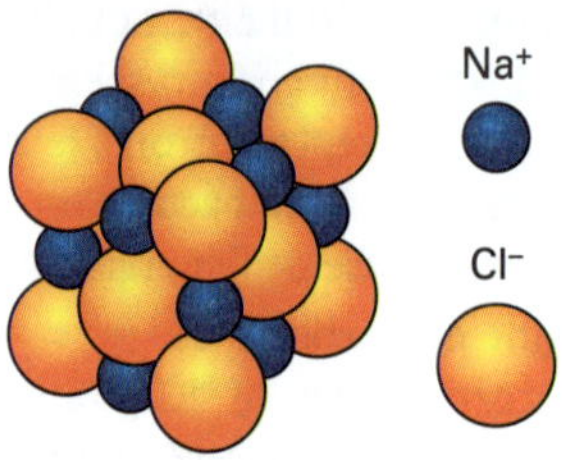

Doc 1 Structure cristalline du chlorure de sodium

À NOTER
Si les atomes sont associés au hasard et sans ordre géométrique, le solide est dit **amorphe**.

II La maille élémentaire, structure périodique des cristaux

- À l'échelle atomique, la structure cristalline est définie par une maille élémentaire : c'est le plus petit volume présentant les propriétés géométriques et physico-chimiques du cristal.
- La répétition périodique de la maille élémentaire dans toutes les directions de l'espace forme un réseau cristallin (doc. 2).

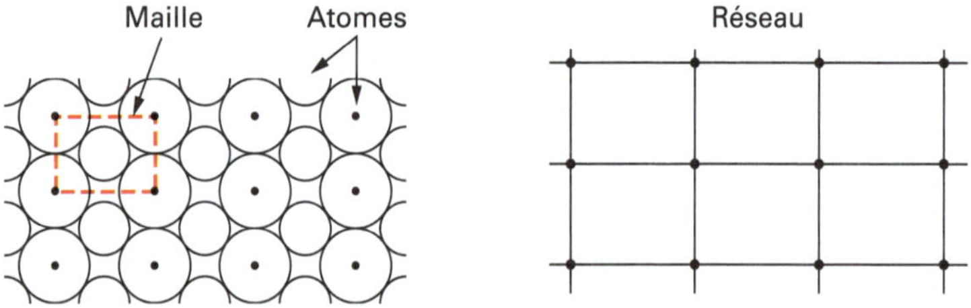

Doc 2 Exemple de maille élémentaire (à gauche) et de réseau cristallin (à droite)

■ Il existe une grande diversité de cristaux. Celle-ci est liée à :
- la forme géométrique de la maille (on en distingue sept) ;
- la nature des entités (atomes, molécules ou ions) qui composent le cristal, formant des cristaux ioniques ou moléculaires par exemple ;
- la position, dans cette maille, des entités constituant le cristal (doc. 3).

■ La maille cubique est la structure plus simple. On en distingue plusieurs types selon la position des entités au sein de la maille : on a par exemple la maille cubique simple (doc. 3a) et la maille cubique à faces centrées (doc. 3b).

■ Dans la maille cubique simple, les entités sont situées aux huit sommets du cube. Dans la maille cubique à faces centrées, comme celle du chlorure de sodium (doc. 3c et doc. 1b), on a :
- un ion chlorure Cl^- aux huit sommets de la maille et au centre de ses six faces ;
- un ion sodium Na^+ au centre de la maille et au milieu de chacune de ses 12 arêtes.

a) simple

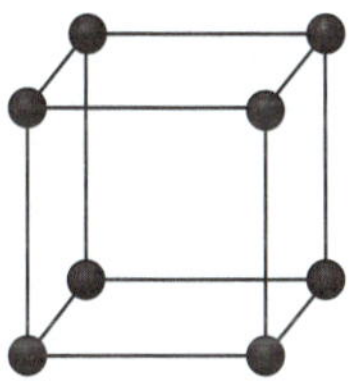

b) à faces centrées

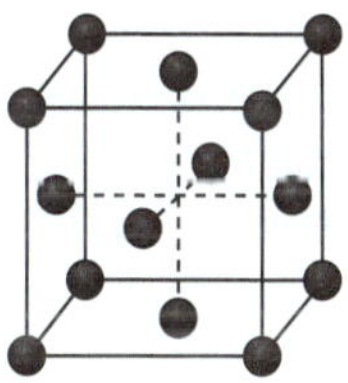

c) à faces centrées du chlorure de sodium

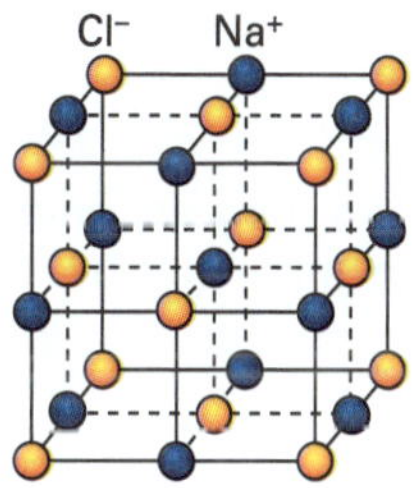

Doc 3 **Vue en perspective d'une maille cubique**

zoOm

Cristaux de fluorite

Cristaux cubiques de fluorite (fluorure de calcium de formule CaF_2) provenant de la mine du Beix (Puy-de-Dôme).

FRANÇAIS | HISTOIRE GÉOGRAPHIE | ENS. SCIENTIFIQUE & MATHÉMATIQUE | ANGLAIS

5 Structure et propriétés des cristaux cubiques

En bref *La structure microscopique d'un cristal conditionne certaines de ses propriétés macroscopiques, dont sa masse volumique. Pour calculer celle-ci, il faut déterminer quelques caractéristiques de la maille.*

I Nombre d'entités par maille

■ Le réseau cristallin étant la répétition d'une maille élémentaire dans toutes les directions de l'espace, les entités constituant la maille sont pour la plupart partagées avec les mailles voisines : il faut en tenir compte pour comptabiliser leur nombre effectif dans chaque maille.

■ Dans l'exemple du document 1, les entités situées :
- au sommet de la maille (1) sont partagées entre huit mailles : elles comptent pour 1/8 par maille ;
- au milieu d'une arête (2) sont partagées entre quatre mailles : elles comptent pour 1/4 par maille ;
- au centre d'une face (3) sont partagées par deux mailles : elles comptent pour 1/2 par maille ;
- au centre d'une maille (4) ne sont pas partagées, elles comptent pour 1 par maille.

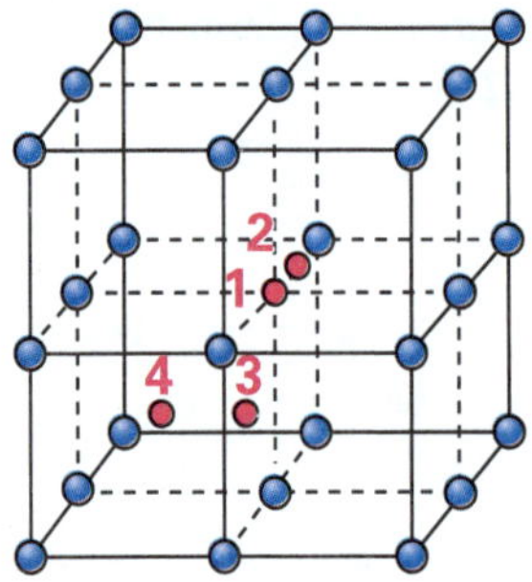

Doc 1 Réseau cristallin à maille cubique avec localisation de quatre sites

■ Si on applique ce principe à la maille du chlorure de sodium (doc. 3c de la → FICHE 4), celle-ci comprend : $8 \times \frac{1}{8} + 6 \times \frac{1}{2} = 4$ ions Cl^- et $12 \times \frac{1}{4} + 1 = 4$ ions Na^+.

On a donc autant d'ions sodium que d'ions chlorure, ce qui correspond à la formule NaCl. Le cristal ionique est bien électriquement neutre.

■ Pour une maille cubique simple, le nombre d'entités par maille est de $8 \times \frac{1}{8}$, soit 1.

II Compacité d'une maille

■ La **compacité** d'une maille correspond au rapport entre le volume de l'ensemble des entités et le volume de la maille. Plus la compacité est grande, moins la maille comporte de vide. Pour déterminer la compacité d'une structure, il faut calculer :
- le volume occupé par les entités ;
- le volume V de la maille, c'est-à-dire le volume d'un cube de côté a, soit a^3.

À NOTER
Comme les entités sont assimilables à des sphères de rayon r, leur volume est de $\frac{4}{3}\pi r^3$ (multiplié par le nombre d'entités par maille).

■ Appliquons ce calcul au chlorure de sodium, sachant que l'arête de la maille cubique est $a = 556$ pm (1 picomètre = 10^{-12} m), que les ions Cl^- ont un rayon R^+ de 181 pm et que ceux de Na^+ ont un rayon R^- de 102 pm.

Le volume des entités par maille est :

$V_{entités} = 4 \times \frac{4}{3} \times \pi \times (181 \times 10^{-12})^3 + 4 \times \frac{4}{3} \times \pi \times (102 \times 10^{-12})^3 = 1{,}17 \times 10^{-28}\ m^3$.

Le volume de la maille est : $V_{maille} = (556 \times 10^{-12})^3 = 1{,}72 \times 10^{-28}\ m^3$.

D'où une compacité $\frac{V_{entités}}{V_{maille}}$ de 0,68 ou 68 %, soit 32 % de vide.

Doc 2 Disposition des entités dans la maille du chlorure de sodium

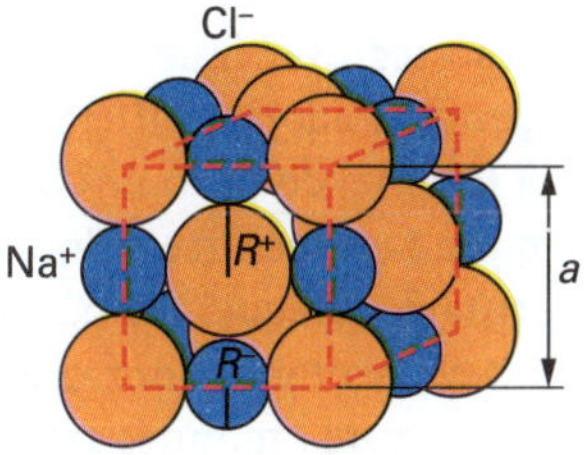

III Masse volumique d'une maille

■ La **masse volumique** (ρ) d'une maille est le rapport entre sa masse sur le volume de celle-ci. Elle est exprimée généralement en kg par m^3.

> **À NOTER**
> Pensez à convertir les masses en kg et les volumes en m^3.

■ La masse d'une maille correspond au nombre d'entités par maille multiplié par la masse de chaque entité. Cette dernière est égale à la masse molaire divisée par le nombre d'Avogadro $N_A = 6{,}02 \times 10^{23}\ mol^{-1}$ (nombre d'entités élémentaires constituant une mole de matière).

■ Appliquons ce principe à la maille du chlorure de sodium (doc. 2), sachant que la masse molaire des ions Cl^- M_{Cl} vaut 35,4 $g \cdot mol^{-1}$ et que celle des ions Na^+ M_{Na} vaut 23 $g \cdot mol^{-1}$:

– la masse de la maille est en kg : $4 \times \frac{M_{Na}}{N_A} + 4 \times \frac{M_{Cl}}{N_A}$;

– le volume de la maille est en m^3 : $V_{maille} = 556^3$.

D'où une masse volumique de ρ = 2 257 kg par m^3, soit une densité $d = \frac{\rho}{\rho_{eau}}$ de 2,26.

zoOm

Quand les cristaux inspirent les architectes…

L'Atomium, monument construit à l'occasion de l'Exposition universelle de 1958 à Bruxelles, n'est pas la représentation d'un atome, mais celle de la maille cubique centrée d'un cristal de fer agrandie 165 milliards de fois !

6 Les cristaux dans la nature

En bref *L'état cristallin existe dans de nombreuses structures naturelles : les minéraux qui constituent les roches, le squelette et les coquilles de nombreux organismes vivants.*

I Les minéraux, principaux constituants des roches

- Un **minéral** possède généralement une organisation cristalline. Un minéral donné peut cependant adopter différentes formes cristallines.

Par exemple, la fluorite, de formule CaF_2 (fluorure de calcium) a une maille élémentaire cubique à faces centrées (doc. 1). À l'échelle macroscopique, la fluorite présente des cristaux cubiques ou octaédriques (à huit faces) selon la manière dont les mailles élémentaires sont organisées dans l'espace. Un **cristal** correspond donc à la structure ordonnée macroscopique d'un minéral.

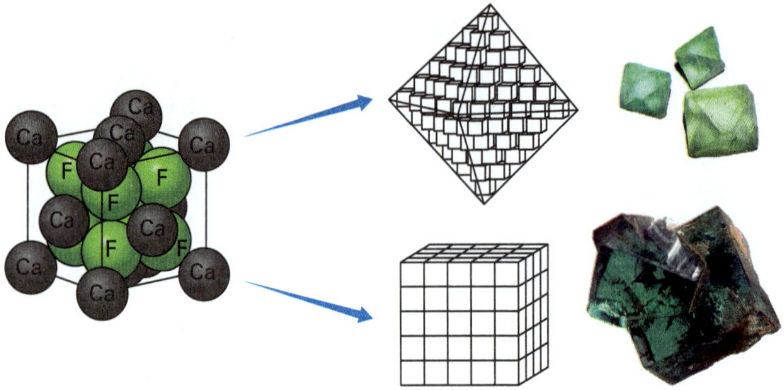

Doc 1 Deux empilements possibles de la maille cubique : exemple des cristaux de la fluorite (CaF_2)

- Certains minéraux peuvent exister à l'état amorphe, non cristallisé → FICHE 4. Par exemple, la silice (SiO_2) peut se présenter sous sa forme cristallisée, le quartz, ou sous sa forme amorphe, l'opale.

- Une **roche** est en général formée par l'association de plusieurs cristaux qui appartiennent à plusieurs espèces minérales. Le granite, par exemple, est une roche magmatique formée de trois minéraux principaux : quartz, mica et feldspaths (doc. 2).

D'autres roches magmatiques, comme les **roches volcaniques**, sont constituées de cristaux disséminés dans un **verre** (doc. 2). Celui-ci a une structure amorphe → FICHE 4, car il résulte de la solidification très rapide d'une lave, qui n'a pas laissé le temps aux cristaux de se développer, contrairement à une roche magmatique comme le granite qui a cristallisé très lentement et donc entièrement.

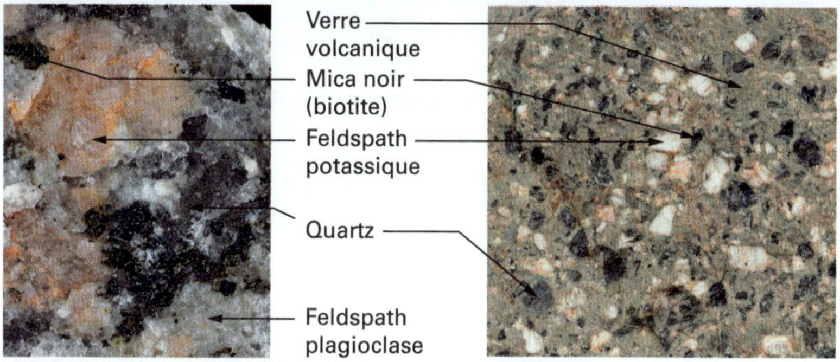

Doc 2 Deux exemples de roches magmatiques : à gauche, un granite ; à droite, une rhyolite

II Les structures cristallines chez les organismes biologiques

- Des structures cristallines existent aussi chez les organismes biologiques qui fabriquent un squelette interne ou externe, comme la coquille des mollusques (huîtres, moules, escargot…) ou le squelette des coraux…
- Le squelette des vertébrés contient aussi une partie minéralisée : le tissu osseux est composé pour environ 60 % de cristaux de phosphate de calcium.
- D'autres cristaux existent aussi en dehors des squelettes, comme l'oxalate de calcium, un cristal insoluble dans l'eau, qui compose 70 à 80 % des calculs rénaux.

zoOm

De la roche à la maille élémentaire

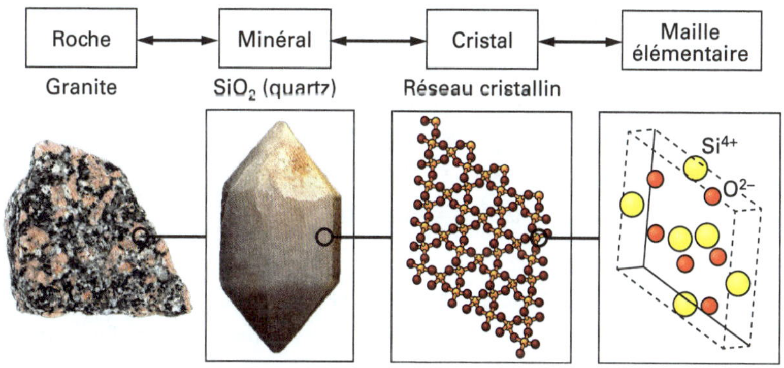

Le granite est une roche magmatique entièrement cristallisée, formée de plusieurs cristaux dont du quartz de composition SiO_2.

OBJECTIF BAC

1 On ne fait pas d'omelette sans casser des œufs !

60 min

Cet exercice va vous permettre de préciser la composition et la structure de la coquille d'un œuf d'oiseau et de comprendre ainsi comment elle remplit ses différents rôles.

LE SUJET

La coquille de l'œuf des oiseaux est une structure dont le premier rôle est de protéger son contenu de l'environnement. La constitution de la coquille répond à ce besoin, mais elle a aussi des propriétés mécaniques étonnantes : une coquille d'œuf de poule de 0,3 millimètre d'épaisseur peut résister à une compression de plus de trois kilogrammes.

On cherche à expliquer comment la composition de la coquille d'un œuf lui confère son efficacité protectrice.

Doc 1 La structure de la coquille d'œuf

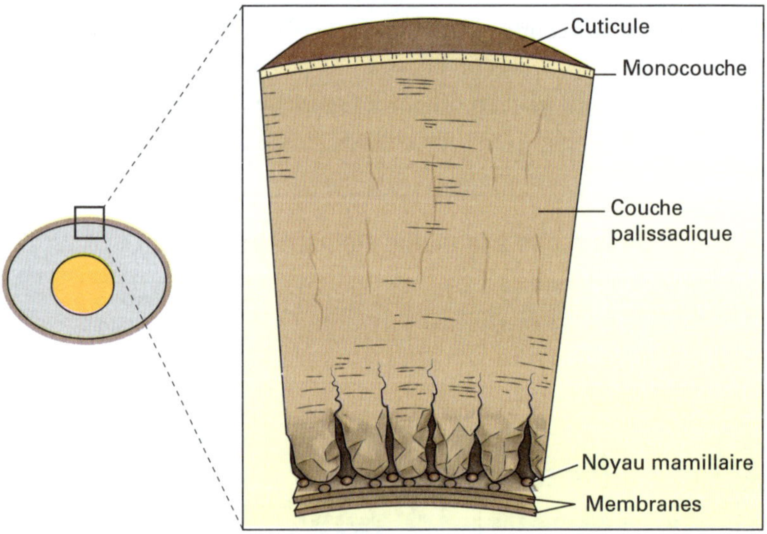

De l'intérieur de l'œuf vers l'extérieur, cinq couches peuvent être distinguées.

• Les deux premières sont des membranes organiques constituées de fibres de protéines entrelacées.

• Une partie minérale se fixe à la surface de la membrane supérieure sur des sites nommés noyaux mamillaires. Cette couche est composée de colonnes irrégulières et forme la couche palissadique compacte. D'une épaisseur d'environ 200 micromètres, elle constitue l'essentiel de la coquille.

• Une monocouche de quelques micromètres d'épaisseur, formée de cristaux perpendiculaires à la surface de la coquille, recouvre la couche palissadique, elle-même traversée de pores.

• Enfin, une cuticule organique, qui contient la majorité des pigments bruns, enveloppe toute la coquille, y compris les pores. Elle limite les pertes en eau de l'œuf et la pénétration de bactéries.

Doc 2 Constitution de la coquille d'œuf

La coquille pèse environ 6 grammes et renferme 95 % de matière minérale (37 % d'ions calcium Ca^{2+} et 58 % d'ions carbonates CO_3^{2-}), 3,4 % de matière organique et 1,6 % d'eau.

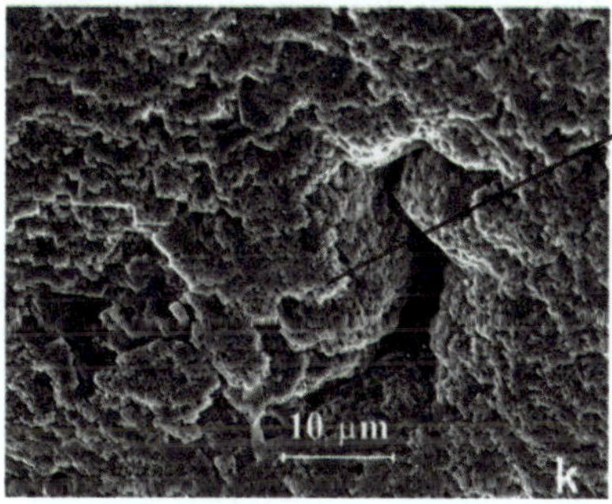

a. Couche palissadique observée au microscope électronique à balayage.

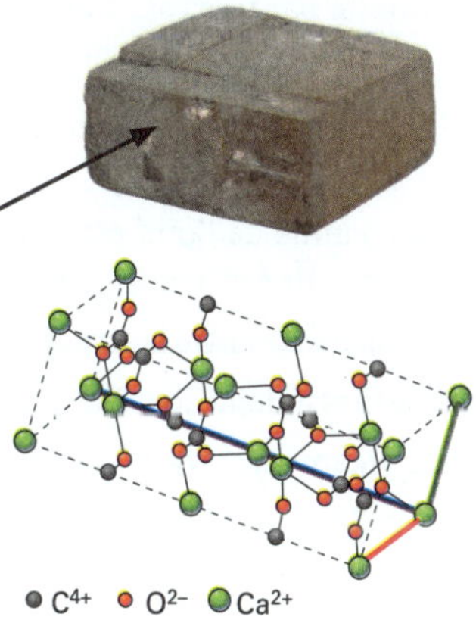

b. Détail de la structure minérale de composition $CaCO_3$ qui constitue la couche palissadique et de sa structure à l'échelle atomique.

Doc 3 La solidité de la coquille

De nombreux facteurs affectent la solidité de la coquille.

• Les apports nutritionnels : la solidité de la coquille est maximale quand les poules ingèrent 4 à 4,5 g de calcium par jour (sous forme de coquilles broyées, par exemple).

• L'âge : la solidité décroît avec l'âge de la poule, car la proportion de matière minérale diminue dans les œufs des poules plus âgées.

• Les variations physiologiques, comme le phénomène de mue qui se produit chaque année lorsque les poules renouvellent leur plumage :

Caractéristiques de la coquille	Avant la mue	Après la mue
Résistance à la rupture (en newtons)	28,1	36,7
Taille des cristaux (en µm)	72	58

Doc 4 Œuf et bactéries pathogènes

Les salmonelles sont des bactéries présentes dans le tube digestif des poules domestiques sans que celles-ci ne manifestent de symptômes. Lors de la ponte, le contenu de l'œuf est généralement dépourvu de micro-organismes. Cependant, une contamination est toujours possible : elle se fait au travers de la coquille par des souches bactériennes présentes dans les excréments qui souillent la coquille, par des microfissures, d'autant plus lorsque la cuticule qui recouvre la coquille (doc. 1) est détruite.

La contamination de l'humain se fait généralement par la consommation directe d'œufs crus abritant ces bactéries ou intégrés tels quels dans des préparations comme la mayonnaise. L'infection par ces bactéries (ou salmonellose) se manifeste par une toxi-infection (gastro-entérite aiguë).

Source : https://www.anses.fr/fr/content/salmonellose

À l'aide des documents et de vos connaissances, répondre aux questions suivantes.

1. Justifier que la coquille de l'œuf est essentiellement formée d'un seul minéral et que celui-ci possède une structure cristalline.
2. Préciser le lien qui existe entre la structure cristalline de la coquille et sa solidité.
3. Le minéral constitutif de la coquille d'œuf possède-t-il une maille cubique ?
4. Citer un autre organisme vivant dans lequel on peut trouver ce minéral.
5. Préciser pour quelle autre raison la qualité de la coquille de l'œuf est importante.

▶▶▶ LA FEUILLE DE ROUTE

1. Mettre en relation des connaissances avec des documents → FICHES 4 et 6

Analysez la composition chimique de la coquille (document 2) et mettez-la en relation avec le document 3 afin de justifier la nature essentiellement minérale de celle-ci. Utilisez le document 3 et vos connaissances afin de montrer que la coquille n'est formée que d'un seul minéral. Puis justifiez que celui-ci se présente sous la forme de cristaux possédant une organisation ordonnée à l'échelle atomique.

2. Exploiter les données d'un document → FICHE 6

Analysez le document 3 afin de mettre en évidence les différents facteurs affectant la solidité de la coquille et les mettre en relation avec les structures minérales ou cristallines mises en évidence dans la question 1.

3. Mettre en relation des connaissances avec des documents

Observez la forme de la maille élémentaire du carbonate de calcium du document 2b et comparez-la aux deux mailles cubiques que vous connaissez.

4. Faire appel à vos connaissances

Pensez aux organismes qui fabriquent des squelettes en carbonate de calcium.

5. Exploiter les données d'un document
Analysez le document 4 afin de montrer que la coquille, en plus d'assurer la solidité de l'œuf, lui permet d'éviter une contamination par des bactéries.

CORRIGÉS

OBJECTIF BAC

1 On ne fait pas d'omelette sans casser des œufs !

1. Le document 2 nous montre que la coquille de l'œuf est formée essentiellement (à 95 %) de matière minérale et que celle-ci possède seulement deux entités chimiques : l'ion calcium (Ca^{2+}) et l'ion carbonate (CO_3^{2-}).
De plus, le document 2 nous montre que la couche palissadique, couche minérale formant l'essentiel de la coquille, ne contient qu'un seul type de constituant minéral. Celui-ci à une formule chimique définie $CaCO_3$ et se présente sous la forme de cristaux dont les atomes sont organisés dans l'espace pour former une maille élémentaire (doc. 2b).
La couche palissadique n'est donc formée que de cristaux appartenant à un seul type de minéral de formule chimique $CaCO_3$.
2. Parmi les facteurs affectant la solidité de la coquille, les deux premiers (apports nutritionnels et âge) montrent que la solidité de la coquille de l'œuf est en lien avec la quantité de matière minérale qu'elle contient. On peut donc en déduire que plus une coquille contient de $CaCO_3$ et plus celle-ci sera « solide », c'est-à-dire moins cassante ou fragile.
De plus, après le phénomène de mue, les œufs possèdent une plus forte résistance à la rupture : leur coquille est donc plus « solide ». On constate que cette augmentation de la solidité de la coquille est en lien avec une taille plus petite de ses cristaux.
En conclusion, la solidité de la coquille dépend à la fois du nombre et de la taille des cristaux qui la constituent.

3. La maille élémentaire des cristaux de la coquille d'œuf est de forme parallélépipédique (doc. 2b) et non cubique. Ses arêtes ne sont pas de même longueur.

4. La coquille des mollusques comme les huîtres ou les moules est aussi essentiellement constituée de carbonate de calcium.

5. La qualité de la coquille est primordiale afin que l'œuf conserve son intégrité. En effet, d'après le document 4, la formation d'une microfissure, par exemple, augmente le risque de contamination par une bactérie pathogène du type salmonelle, et donc d'intoxication alimentaire.

7 Découverte de la cellule et théorie cellulaire

En bref *Tous les êtres vivants sont constitués de cellules : on dit que la cellule est l'unité d'organisation de tout être vivant. Quels outils ont permis de la découvrir et d'en comprendre le fonctionnement ?*

I La découverte de la cellule grâce au microscope

- En 1665, le savant anglais Robert Hooke observe, à l'aide d'un microscope rudimentaire (grossissement 30 fois), une coupe d'écorce de chêne-liège et distingue de minuscules cavités qu'il nomme **cellules**.

MOT CLÉ
Le mot « cellule » vient du latin *cellula* qui signifie « petite chambre ».

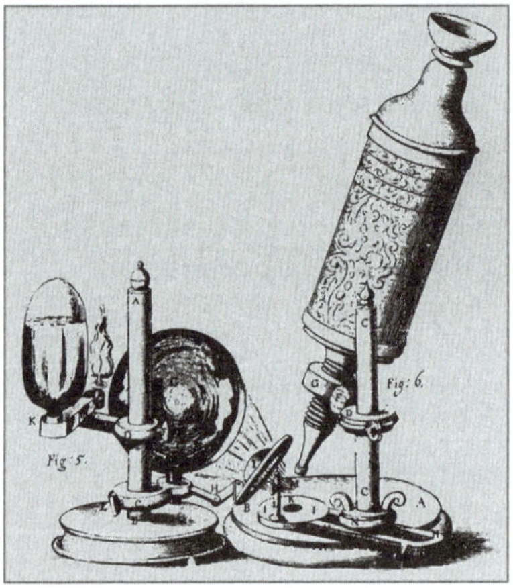

Doc 1 Microscope conçu par Robert Hooke

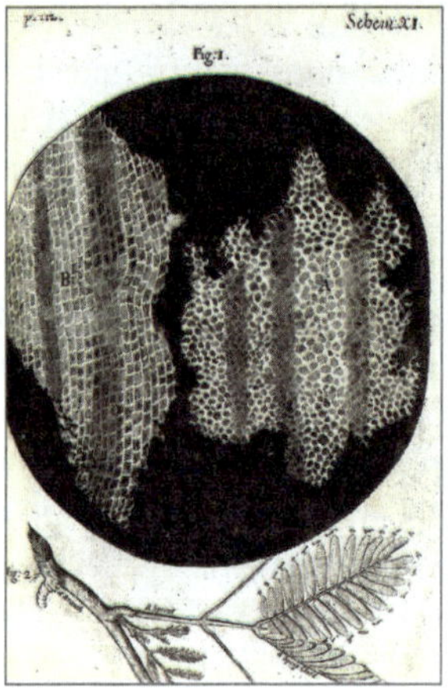

Doc 2 Dessin des « cellules » observées par R. Hooke

- Dix ans plus tard, le drapier néerlandais Antoni Van Leeuwenhoek fabrique des lentilles pour compter les fils de ses tissus. Leur qualité permet de grossir jusqu'à 300 fois les objets. Il observe entre autres des bactéries, des globules rouges, des cellules de l'épiderme et des spermatozoïdes.
- Aujourd'hui, un microscope optique (ou photonique) permet de grossir jusqu'à 1 800 fois la taille réelle d'un échantillon et son **pouvoir de résolution** est de 200 nm.
- Les microscopes électroniques, inventés dans les années 1930, n'utilisent pas la lumière mais un faisceau d'électrons ; leur pouvoir de résolution est 10 à 100 fois plus élevé que celui d'un microscope optique. Les clichés obtenus sont appelés **électronographies**. Les électronographies sont en noir et blanc, mais les images sont parfois colorées afin que les structures soient plus apparentes.

MOT CLÉ
Pouvoir de résolution : capacité d'un système optique à distinguer les détails.

II L'histoire de la théorie cellulaire

■ En 1839, le botaniste Matthias Jakob Schleiden et le zoologiste Theodor Schwann montrent que tous les organismes, animaux et végétaux, sont constitués de cellules possédant les mêmes éléments caractéristiques, comme le noyau. La théorie cellulaire est ainsi posée.

■ En 1855, le médecin pathologiste Rudolf Virchow, puis, en 1875, l'embryologiste Oscar Hertwig suggèrent que toute cellule provient de la division de cellules préexistantes.

■ La théorie cellulaire, tout d'abord vivement contestée, est confirmée notamment grâce aux travaux de Louis Pasteur dans les années 1860 et s'impose progressivement à toute la communauté scientifique.

■ Les trois « axiomes » de la théorie cellulaire sont :
- la cellule est la plus petite entité vivante ;
- tout être vivant est constitué de cellules ;
- toute cellule provient d'une autre cellule.

zoOm

Grains de pollen de géranium (colorés en rose) observés au MEB

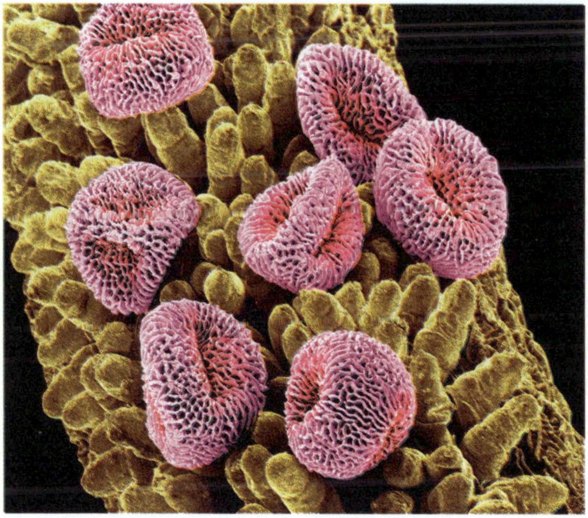

■ Chaque grain de pollen mesure environ 40 µm.

■ Dans un microscope électronique à transmission (MET), le faisceau d'électrons traverse l'échantillon. Le MET permet d'étudier la structure interne de la cellule.

■ Dans le microscope électronique à balayage (MEB), le faisceau d'électrons balaye la surface de l'échantillon. Le MEB révèle les reliefs des objets observés.

8 Organisation de la cellule

En bref *Tous les êtres vivants sont constitués de cellules. Chacune d'elles est un espace clos délimité par une membrane plasmique, qui contient divers organites.*

I Les constituants des cellules eucaryotes

■ Dans les cellules **eucaryotes**, le noyau est l'organite le plus volumineux de la cellule. Il renferme l'ADN qui porte information génétique. Le noyau lui-même est délimité par une double membrane : l'enveloppe nucléaire.

■ Le cytoplasme est le milieu liquide à l'intérieur de la cellule dans lequel baignent divers organites qui participent au bon fonctionnement de la cellule.

MOTS CLÉS

- Les êtres vivants dont les cellules ont un noyau font partie du groupe des **eucaryotes**.
- Ceux dont les cellules n'ont pas de noyau, comme les bactéries, appartiennent au groupe des **procaryotes**.

■ La membrane plasmique est une barrière sélective : elle ne laisse passer que certaines molécules. Elle permet ainsi les échanges entre la cellule et le milieu extracellulaire (O_2, nutriments, déchets...).

Les cellules végétales possèdent en plus une paroi rigide qui entoure la membrane plasmique.

■ Grâce au microscope électronique, on a pu explorer l'intérieur de la cellule. Sa haute résolution joue un rôle majeur dans la recherche scientifique.

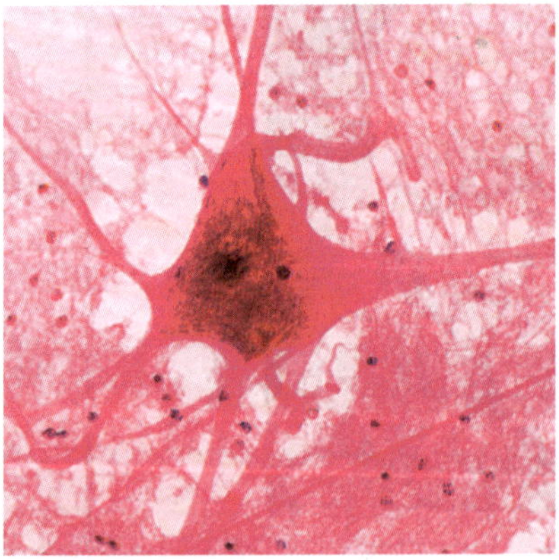

Doc 1 Cellule nerveuse (neurone) observée au microscope optique (× 400)

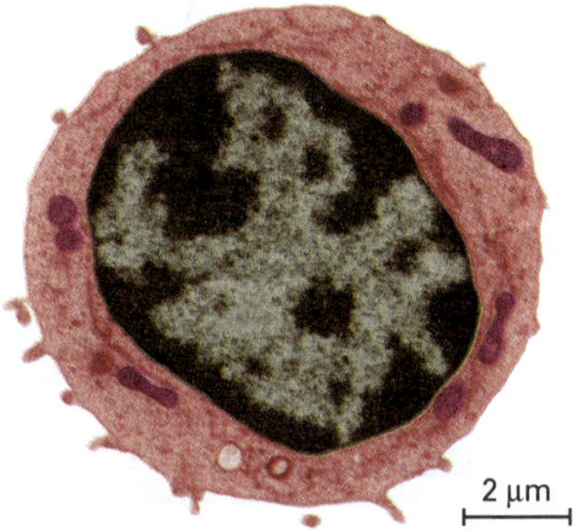

Doc 2 Cellule sanguine (lymphocyte) observée au microscope électronique à transmission

II La structure de la membrane plasmique

■ La membrane plasmique est constituée en majorité de lipides (phospholipides et cholestérol en quantités à peu près égales), mais elle comprend aussi des protéines et des glucides.

Elle forme une bicouche lipidique dans laquelle sont insérées des protéines. Son épaisseur est comprise entre 6 et 10 nm.

■ Les protéines et les lipides de la membrane sont agencés conformément au modèle appelé « modèle de la mosaïque fluide », selon lequel les protéines et les lipides peuvent se déplacer latéralement au sein de la membrane, qui est sans cesse en mouvement.

■ Les phospholipides sont les éléments de base de la membrane plasmique. Le cholestérol inséré entre les phospholipides module la fluidité de la membrane.

Ils présentent une double polarité : un pôle **hydrophile** et un pôle **hydrophobe**.

■ Les pôles hydrophiles de la bicouche lipidique sont dirigés vers l'extérieur et vers l'intérieur de la cellule, alors que les pôles hydrophobes sont dirigés vers le centre de la membrane.

MOTS CLÉS

- Un élément **hydrophile** est soluble dans l'eau, mais pas dans les lipides : on le dit **lipophobe**.
- Un élément **hydrophobe**, au contraire, est soluble dans les lipides, mais pas dans l'eau ; on le dit **lipophile**.

zoOm

Organisation moléculaire de la membrane plasmique

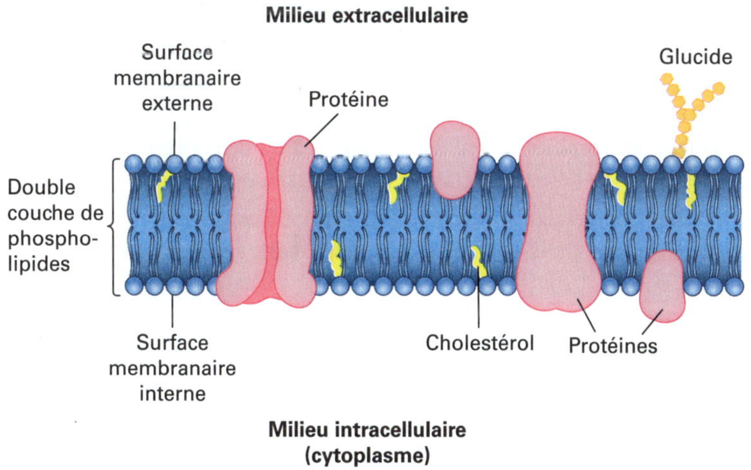

S'ENTRAÎNER

1 Noyau et membrane plasmique

→ FICHE 8

Relier chaque élément de la cellule à la caractéristique correspondante.

noyau •	• barrière sélective
pôle hydrophile •	• soluble dans les lipides
pôle hydrophobe •	• information génétique
phospholipides •	• double polarité
membrane plasmique •	• soluble dans l'eau

2 Vocabulaire

→ FICHES 7 et 8

Dans chaque liste de mots, barrer l'intrus.

1. microscope optique, microscope électrique, microscope électronique, microscope optique.
2. bactérie, globule rouge, spermatozoïde, sang.
3. noyau, ADN, cytoplasme, membrane plasmique.
4. phospholipides, cholestérol, glycolipide, glucide.

OBJECTIF BAC

3 La place des virus dans le monde vivant

60 min

Cet exercice amène à comparer différents types de cellules et donne lieu à une discussion sur la place des virus dans le monde vivant.

LE SUJET

On dispose d'électronographies de cellules observées chez deux organismes (être humain et bactérie) et de l'électronographie d'un virus.

On cherche, d'une part, à établir l'existence d'une unité d'organisation à l'échelle cellulaire entre l'être humain et la bactérie et, d'autre part, à placer les virus dans le monde vivant.

L'être humain possède des milliards de cellules, toutes issues d'une même cellule œuf.

Les bactéries ont colonisé tous les milieux.
Lorsque les conditions lui sont favorables, une bactérie peut donner naissance à plus d'un milliard de cellules en quelques heures.

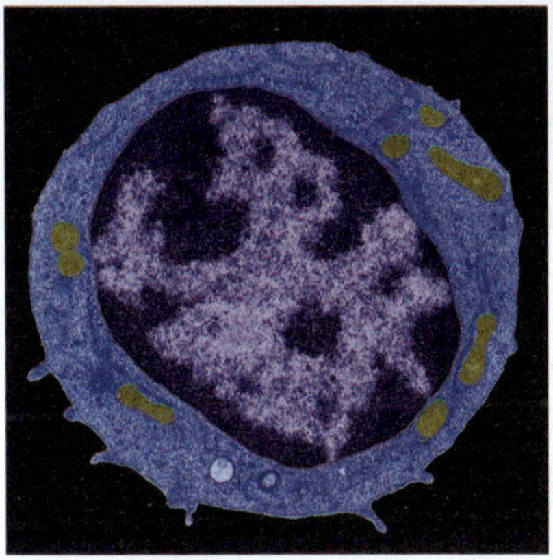

Doc 1 Un lymphocyte (catégorie de globule blanc)

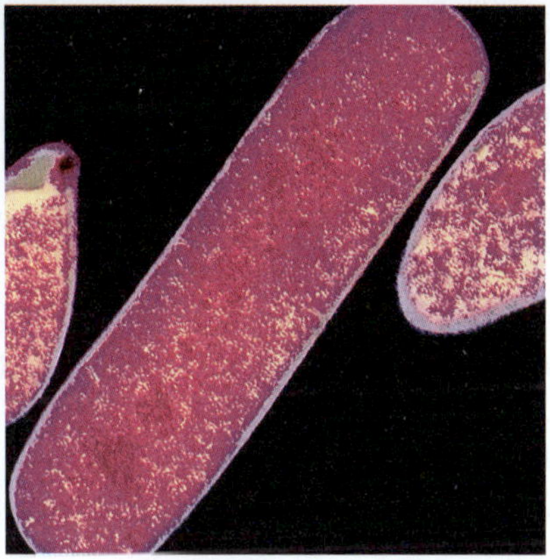

Doc 2 Bactérie vivant dans l'intestin de l'être humain, *Clostridium perfringens*

Les virus sont des « parasites obligatoires », incapables de se reproduire seuls.
Le virus du Sida, appelé VIH (virus de l'immunodéficience humaine), infecte une catégorie de lymphocytes chez l'être humain, les LTCD4, puis il détourne à son profit la machinerie de la cellule infectée afin de se reproduire.

Le LTCD4 produit ainsi un millier de nouveaux virus avant de mourir.

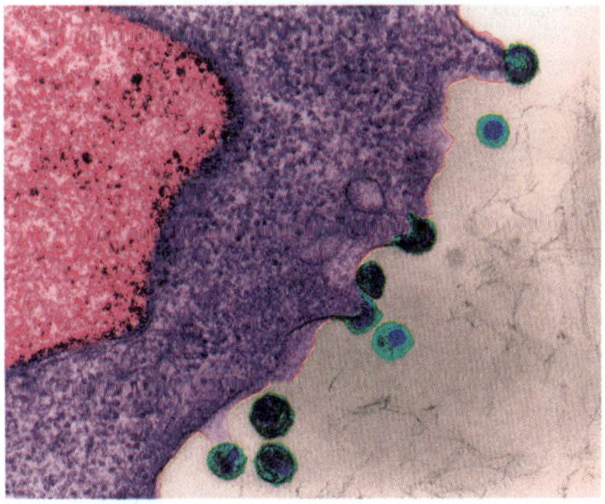

Doc 3 Virus du Sida infectant un LTCD4

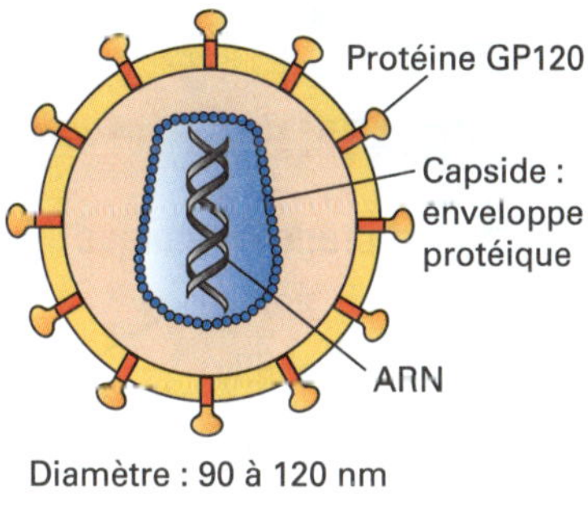

Doc 4 Schéma du VIH

1. Comparer l'organisation des cellules présentées sur les documents 1 et 2, et montrer qu'elles illustrent une unité d'organisation du monde vivant.

2. Montrer qu'un virus n'est pas une cellule.

3. Discuter la place des virus dans le monde vivant.

▶▶▶ LA FEUILLE DE ROUTE

1. Comparer les éléments de deux cellules → FICHE 8

■ Repérez les constituants de chacune des deux cellules et déterminez si elle est eucaryote ou procaryote.

■ Appuyez-vous sur leurs points communs pour expliquer en quoi elles illustrent l'unité d'organisation du monde vivant.

2. Comparer l'organisation d'un virus à celle d'une cellule → FICHE 7

■ Appliquez un des trois axiomes de la théorie cellulaire au virus pour expliquer pourquoi ce n'est pas une cellule.

■ Expliquez les caractéristiques du virus qui pourraient le faire passer pour un être vivant, et mentionnez ce qui le distingue des êtres vivants.

3. Argumenter → FICHE 7

■ Utilisez un des axiomes de la théorie cellulaire qui infirme la place des virus dans le monde vivant.

■ Utilisez une information du texte qui laisse penser que le virus est un être vivant.

CORRIGÉS

S'ENTRAÎNER

1 Noyau et membrane plasmique

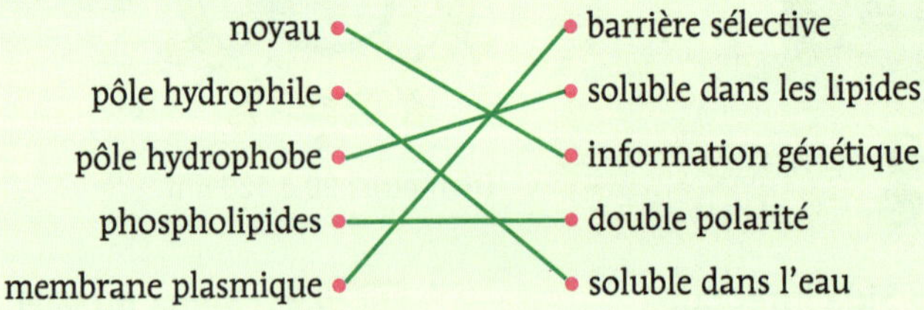

2 Vocabulaire

1. Le microscope électrique n'existe pas en tant que tel.
2. Le sang n'est pas une cellule, mais un tissu (liquide), qui contient des cellules comme les globules rouges, les lymphocytes, etc.
3. L'ADN est une molécule et non un constituant des cellules.
4. Le glucide est la seule molécule à ne pas être une molécule lipidique.

OBJECTIF BAC

3 La place des virus dans le monde vivant

1. Le lymphocyte et la bactérie possèdent tous deux une membrane plasmique et du cytoplasme. On a donc dans les deux cas une cellule, car on retrouve un espace clos délimité par une membrane plasmique.
On retrouve bien une unité d'organisation à l'échelle cellulaire.
En revanche, la bactérie, contrairement au lymphocyte, ne contient pas de noyau, c'est une cellule procaryote, alors que le lymphocyte est une cellule eucaryote.

2. Un virus représente aussi un espace clos, mais il n'est pas délimité par une membrane plasmique et ne contient pas de cytoplasme. Ce n'est donc pas une cellule.
De plus, l'un des axiomes de la théoric cellulaire stipule que « Toute cellule provient d'une autre cellule ». D'après les documents 1 et 2, les cellules humaines sont toutes issues d'une même cellule, appelée cellule œuf et une bactérie peut donner naissance à plus d'un milliard de cellules en quelques heures. Ainsi, l'axiome s'applique aussi bien aux cellules eucaryotes que procaryotes.
En revanche, on nous dit que le virus infecte une cellule, puis détourne la machinerie de celle-ci pour se reproduire. Ce n'est pas lui qui assure seul sa reproduction. Le virus se multiplie en effectuant un cycle dans la cellule hôte. Cela nous confirme bien qu'un virus ne peut être considéré comme une cellule.

3. Un des axiomes de la théorie cellulaire dit que « tout être vivant est constitué de cellules ».
Comme le virus n'est pas une cellule, il ne peut donc pas être considéré comme un être vivant selon cette théorie.
Mais on voit aussi que le virus peut se multiplier dans une cellule hôte, qui devient alors pour lui une véritable usine d'où sortiront des milliers de virus.
On sait que la reproduction est une des capacités fondamentales des êtres vivants. Donc le virus pourrait être considéré comme un être vivant.

À NOTER
De nombreux chercheurs ne considèrent pas les virus comme des êtres vivants, car ceux-ci sont incapables de se reproduire de façon autonome. D'autres chercheurs, en revanche, considèrent les virus comme des êtres vivants au moment où ils se développent dans une cellule hôte.

9 L'origine de l'énergie solaire

En bref *Notre étoile est le siège de réactions de fusion thermonucléaire. Une partie de sa matière est convertie en énergie, elle-même transmise sous forme de rayonnement à l'ensemble du système solaire.*

I Le Soleil, source de rayonnement

- Le Soleil, comme toutes les étoiles, résulte de la concentration d'une grande quantité de matière présente dans un **nuage interstellaire**. Au cœur du nuage, lorsque la pression et la température (15 millions de degrés Celsius) deviennent suffisantes, le processus de fusion nucléaire débute : l'étoile naît.

> **MOT CLÉ**
> **Nuage interstellaire** : milieu principalement composé d'hydrogène dans lequel naissent les étoiles.

- Le cœur du Soleil est le siège de réactions de fusion nucléaire (→ FICHE 2) : chaque seconde, des centaines de millions de tonnes d'hydrogène se transforment en hélium, en libérant une quantité d'énergie colossale qui maintient le cœur du Soleil à des températures très élevées.

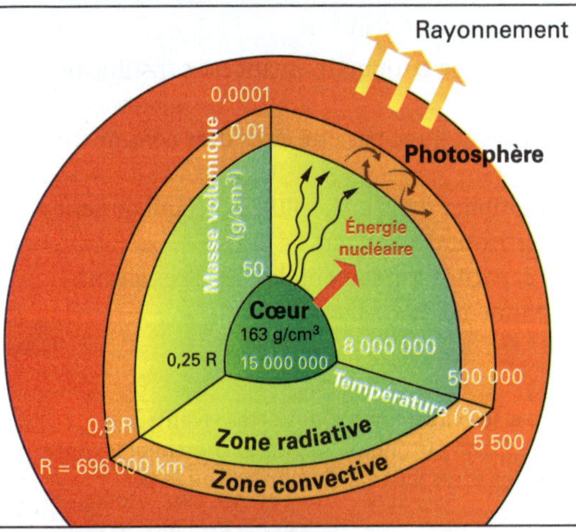

- **Cœur** : siège des réactions thermonucléaires.
- **Zone radiative** : le transfert d'énergie s'effectue très lentement par rayonnement.
- **Zone convective** : des tourbillons de matière évacuent la chaleur vers l'extérieur.
- **Photosphère** : couche superficielle d'où provient l'essentiel du rayonnement reçu par la Terre.

Doc Structure du Soleil

- Le nom des différentes zones solaires (doc.) est lié au mode de transport de l'énergie. L'énergie produite par le cœur est évacuée vers l'extérieur du Soleil. Le transport se fait soit par radiation (sous forme d'ondes électromagnétiques) soit par convection (mouvements de matière).

- Parvenu à la surface du Soleil, ce flux d'énergie thermique s'échappe sous la forme de rayonnement (→ FICHE 10) qui se diffuse dans l'espace.

II Conversion masse-énergie

■ En 1905, en élaborant la théorie de la relativité restreinte, Albert Einstein postule que la masse est l'une des formes que peut prendre l'énergie. La relation d'Einstein établit qu'une particule de masse m, au repos, possède une énergie E, telle que :

$$E = m\,c^2$$

E s'exprime en joules (J), m en kilogrammes (kg) et c en mètres par seconde (m/s). La célérité c de la lumière vaut 299 792 458 m/s, soit environ $3{,}0 \times 10^8$ m/s.

■ Cette équivalence masse-énergie explique le dégagement d'énergie par les étoiles, comme le Soleil. En effet, lors d'une réaction de fusion nucléaire, la masse des produits est inférieure à celle des réactifs. Cette perte de masse correspond à de l'énergie libérée sous forme de chaleur et de rayonnement.

■ La puissance P rayonnée par le Soleil atteint $3{,}8651 \times 10^{26}$ W (→ FICHE 12), soit plus de 386 millions de milliards de milliards de watts. Ce qui signifie qu'en son cœur une énergie E de $3{,}8651 \times 10^{26}$ J est produite chaque seconde.

À NOTER
Une puissance de 1 watt (W) correspond à une énergie de 1 joule (J) par seconde (s), soit 1 W = 1 J/s.

■ La relation d'équivalence $E = m\,c^2$ d'Einstein permet de déterminer la masse solaire transformée en énergie chaque seconde.

$E = m\,c^2$ s'écrit aussi :

$$m = \frac{E}{c^2}, \text{ d'où : } m = \frac{3{,}8651 \times 10^{26}}{(3{,}0 \times 10^8)^2} \approx 4{,}3 \times 10^9 \text{ kg} = 4{,}3 \times 10^6 \text{ tonnes.}$$

Ces 4,3 millions de tonnes résultent de la transformation de 619 millions de tonnes d'hydrogène en 614,7 millions de tonnes d'hélium chaque seconde.

zoOm

La fusion nucléaire au cœur du Soleil

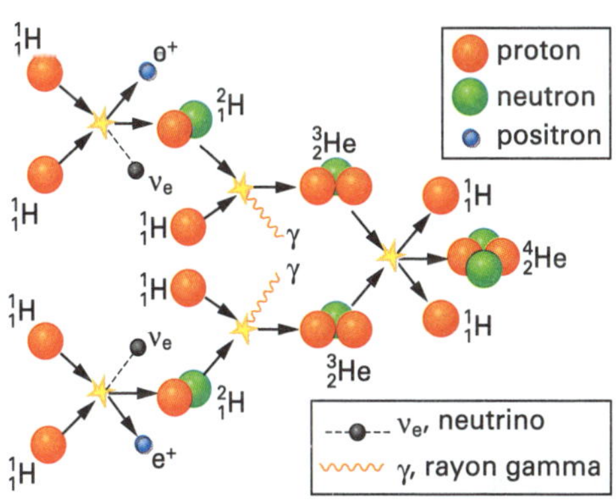

La « chaîne proton-proton » identifiée par Hans Bethe en 1939 décrit le processus physique qui permet aux étoiles comme le Soleil de générer de l'énergie.

L'ensemble de ces réactions de fusion nucléaire est détaillé → FICHE 2.

Il peut se résumer à l'expression simplifiée :

$$4\,^1_1\text{H} \rightarrow \,^4_2\text{He} + 2\,^0_1\text{e} + 2\gamma + 2\nu_e$$

10 Le corps noir et le spectre stellaire

En bref *Le spectre du rayonnement émis par la surface du Soleil se rapproche de celui d'un corps noir dont la température est d'environ 5 500 °C.*

I Corps matériel et rayonnement thermique

■ En plaçant la main au voisinage d'un objet chaud, il est possible de sentir sa chaleur ; cette sensation traduit le fait que l'objet émet un rayonnement infrarouge. De la même façon, tous les corps matériels émettent un rayonnement, c'est-à-dire des ondes électromagnétiques, en raison de leur température.

■ Les corps matériels absorbent également le rayonnement de leur environnement. Lorsqu'un corps est plus chaud que son environnement, il émet plus de rayonnements qu'il n'en absorbe, il « perd » de l'énergie et tend à se refroidir.

■ Au XIXe siècle deux propriétés importantes du rayonnement thermique ont été découvertes :
- à mesure que la température d'un corps matériel augmente, l'intensité du rayonnement émis est plus importante ;
- la longueur d'onde λ_{max} de l'émission maximale de rayonnement est d'autant plus petite que la température du corps est élevée.

II Du corps noir aux étoiles

■ En physique, un **corps noir** désigne un objet idéal dont le spectre électromagnétique ne dépend que de sa température (doc. 1) et non de sa forme ou de la nature du matériau qui le constitue.

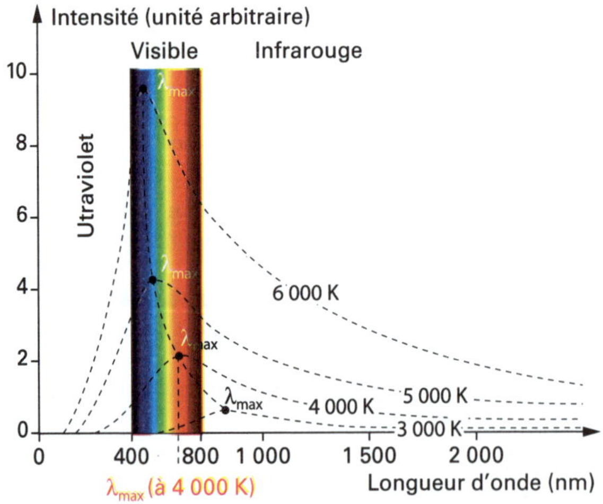

Doc 1 Rayonnement du corps noir à différentes températures

> **MOT CLÉ**
> **Corps noir** : corps matériel qui absorbe la totalité du rayonnement électromagnétique qu'il reçoit. En pratique, ce type d'objet n'existe pas.

■ Par lecture graphique sur le document 1, on peut voir qu'un corps noir à 4 000 K émet une longueur d'onde λ_{max} voisine de 700 nm.

■ Plus précisément, la loi de **Wien** (1893) établit que la position du maximum d'émission est inversement proportionnelle à la température du corps noir :

$$\lambda_{max} = \frac{\sigma_W}{T}$$

où σ_w est une constante égale à $2{,}898 \times 10^{-3}$ m·K, λ_{max} la longueur d'onde d'émission maximale du corps noir en mètres (m), T la température en kelvins (K).

> **À NOTER**
> Relation entre la température T_K en kelvins (température absolue) et la température T_C en degrés Celsius : $T_K = T_C + 273{,}15$ (0 K correspond à −273,15 °C : il s'agit du 0 absolu).

■ L'observation des **spectres stellaires**, dont celui du Soleil, montre que leur allure suit bien celle d'un corps noir.

■ Dans le cas du Soleil, le maximum d'émission est situé à $\lambda_{max} = 500$ nm. L'application de la loi de Wien permet de déterminer la température de sa photosphère (« sa surface ») :

$$T = \frac{\sigma_W}{\lambda_{max}} = \frac{2{,}898 \times 10^{-3}}{500 \times 10^{-9}} = 5\,796\ \text{K}$$, soit une température de 5 523 °C.

zoOm

Spectre et température de surface d'une étoile

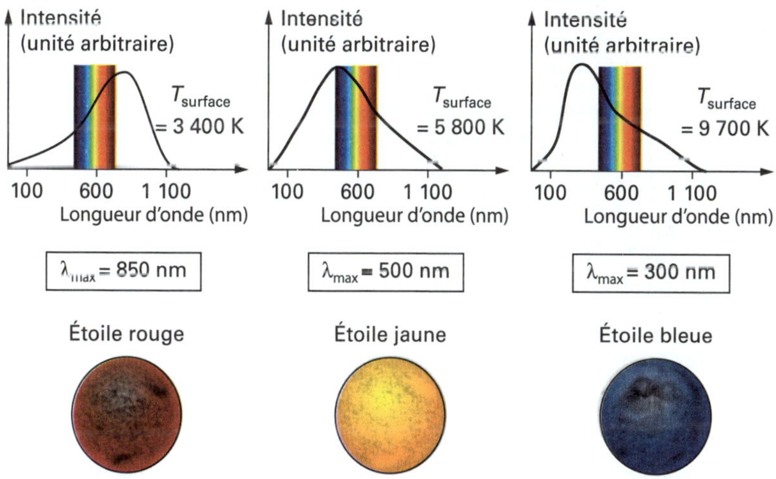

La détermination de λ_{max} à partir du spectre d'une étoile permet d'en déduire sa température de surface. En effet, la loi de Wien établit ce lien : $T = \frac{\sigma_W}{\lambda_{max}}$.

À mesure que la température de surface des étoiles croît, leurs couleurs évoluent du rouge vers le bleu.

11 Les variations de la puissance solaire reçue sur Terre

En bref *La Terre reçoit l'essentiel de son énergie du Soleil. Le transfert se fait dans le vide sous la forme de rayonnement thermique. À la surface de la Terre, le rayonnement solaire est inégalement réparti.*

I Puissance solaire reçue par la Terre

■ Le rayonnement solaire intercepté par la Terre correspond à un disque de rayon terrestre R (doc. 1). La puissance reçue pour 1 m^2 de cette surface plane perpendiculaire aux rayons solaires et située au sommet de l'atmosphère terrestre définit la **constante solaire**. Elle peut être mesurée par un satellite équipé d'un radiomètre. En moyenne annuelle, elle est égale à 1 367 W/m^2. Cela fait du Soleil la source d'énergie la plus abondante sur Terre.

> **À NOTER**
> La puissance (ou le flux d'énergie) reçue pour 1 m^2 correspond à une grandeur appelée **éclairement énergétique**. Son unité est le W/m^2.

■ Comme la Terre n'est pas un disque mais une sphère, la puissance solaire moyenne qu'elle reçoit réellement est 4 fois plus petite, soit environ 342 W par m^2 de surface terrestre.

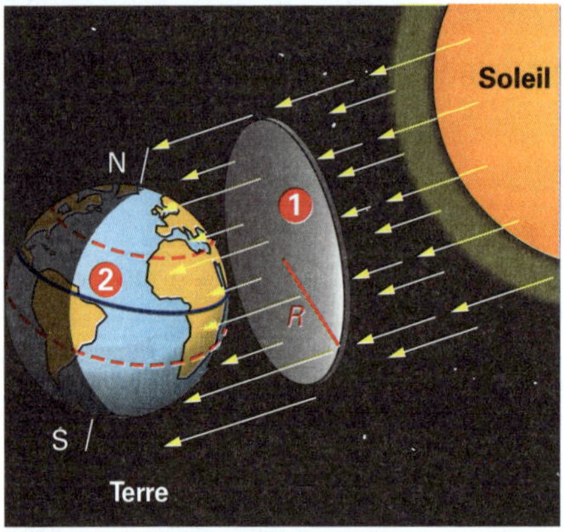

1 La Terre intercepte un disque de rayonnement solaire πR^2

Flux d'énergie reçu par le disque : 1 367 W/m^2

R = rayon terrestre (6 370 km)

2 Le rayonnement intercepté se répartit sur toute la surface de la sphère terrestre $4\pi R^2$

Flux d'énergie reçu par la sphère terrestre :

$\frac{1\ 367}{4} = 342$ W/m^2

Doc 1 Flux d'énergie solaire reçu par la Terre

■ Le flux d'énergie solaire reçu par une surface dépend de l'angle avec lequel les rayons du Soleil parviennent à cette surface. L'angle formé par le rayonnement solaire et la perpendiculaire à la surface est appelé **angle d'incidence** (doc. 2a).

■ Comme le rayonnement solaire arrive sur la Terre sous la forme d'un faisceau parallèle (doc. 1), une surface perpendiculaire à ces rayons (autrement dit dont l'angle d'incidence est nul) intercepte le flux maximal d'énergie. Si l'on incline la surface, l'angle d'incidence augmente, le flux solaire reçu diminue (doc. 2a). Une même quantité d'énergie se répartit alors sur une plus grande surface.

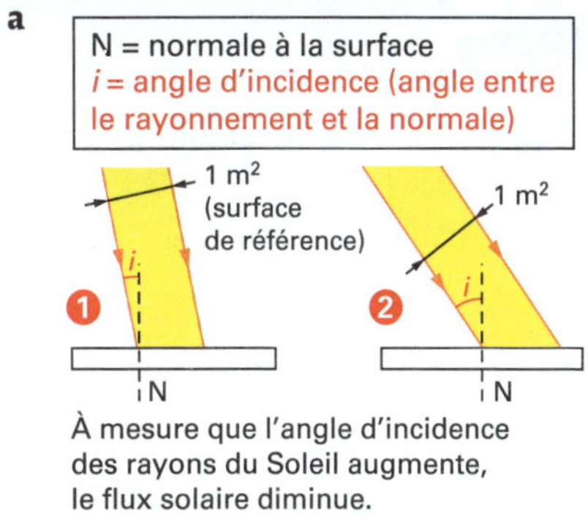

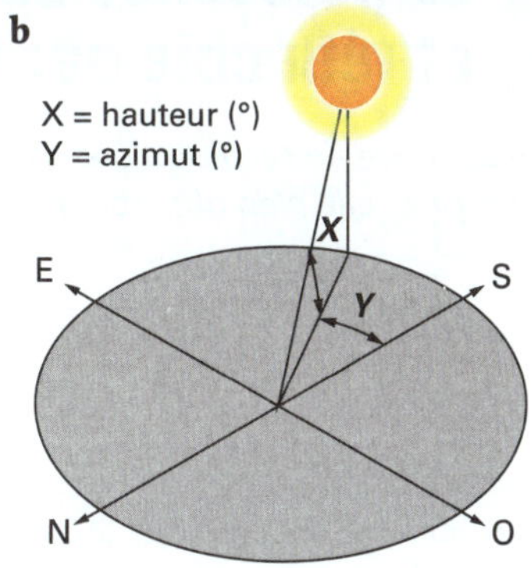

Doc 2 Flux solaire et position du Soleil

II Une puissance inégalement reçue

■ L'angle d'incidence des rayons du Soleil est directement lié à la position de ce dernier dans le ciel. Cette position est en général déterminée par deux composantes : la **hauteur** et l'**azimut** (doc. 2b). Ces composantes évoluent à toute heure de la journée et tout au long de l'année ; cela induit des **variations diurnes** et **saisonnières** du flux solaire.

■ La **latitude** est également déterminante : lorsqu'on se rapproche des pôles, l'angle d'incidence augmente (le Soleil monte moins haut dans le ciel), les rayons se répartissent sur une plus grande surface (doc. 2a), le flux solaire diminue.

zoom

Éclairement énergétique de la Terre selon la latitude

Du fait de la sphéricité de la Terre, les zones proches de l'équateur reçoivent plus d'énergie que celles situées près des pôles. Cela entraîne des variations de températures à la surface du globe. Il en découle une répartition des climats selon les latitudes.

Source : ScaRaB, programme de suivi du système climatique terrestre développé par le CNRS.

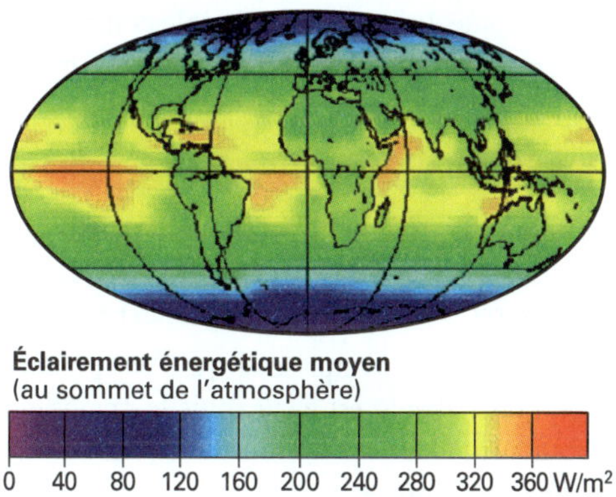

12 La puissance solaire reçue et réfléchie par la Terre

En bref *La Terre ne reçoit qu'une infime partie de l'énergie émise par le Soleil. De plus, elle n'en absorbe qu'une partie.*

I Proportion de la puissance solaire reçue par la Terre

- La puissance rayonnée par le Soleil est de $3{,}8651 \times 10^{26}$ W (→ FICHE 9).

- L'énergie solaire arrivant à la Terre est celle qui est redistribuée sur une sphère dont le rayon correspond à la distance Soleil-Terre (doc. 1), soit en moyenne 150 millions de kilomètres ou 150×10^9 m.

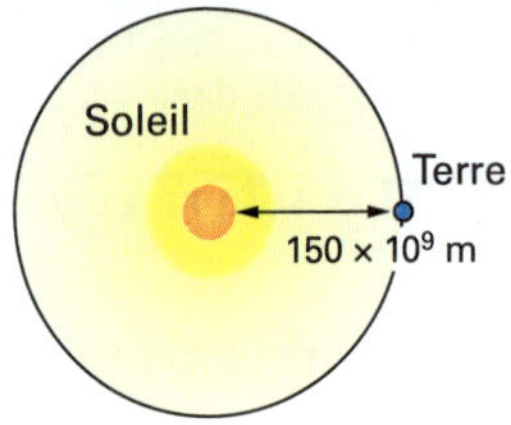

Doc 1

La surface d'une sphère ayant pour formule $4\,\pi\, r^2$, la puissance rayonnée par unité de surface est de :

$$\frac{3{,}8651 \times 10^{26}\ \text{W}}{\left(4 \times \pi \times \left(150 \times 10^9\right)^2\right)}, \text{ soit } 1\,367\ \text{W/m}^2.$$

Cette valeur correspond à la constante solaire (→ FICHE 11).

- La puissance solaire reçue par la Terre est donc égale à la constante solaire (1 367 W/m^2) multipliée par la surface d'un disque de même rayon que la Terre ($6\,370 \times 10^3$ m), soit : $1\,367 \times \pi \times (6\,370 \times 10^3)^2$, c'est-à-dire 174×10^{15} W.

- Or, comme la Terre n'est pas un disque plat mais une sphère (→ FICHE 11), la puissance solaire moyenne reçue au sol par la Terre est de $\frac{174 \times 10^{15}\ \text{W}}{4}$, soit $4{,}35 \times 10^{16}$ W.

- La proportion de la puissance émise par le Soleil et qui atteint la surface terrestre est donc de $4{,}35 \times 10^{16}$ W divisé par $3{,}8651 \times 10^{26}$ W. La Terre reçoit environ 0,1 milliardième de la puissance totale émise par le Soleil. La puissance solaire reçue par la Terre est donc déterminée par son rayon et sa distance au Soleil.

II L'albédo et l'énergie réfléchie par la Terre

- Une partie du rayonnement solaire qui atteint la Terre est réfléchie vers l'espace par les nuages et par la surface terrestre. On appelle albédo le rapport de l'énergie solaire réfléchie sur l'énergie incidente.

- L'albédo a une valeur comprise entre 0 et 1, mais on peut aussi l'exprimer en pourcentage. Plus l'albédo est élevé, plus le rayonnement solaire est réfléchi. Par exemple, pour un albédo de 0,1 ou de 10 %, 10 % du rayonnement solaire est réfléchi et 90 % est absorbé.

■ L'albédo dépend de l'angle d'incidence, mais surtout de la nature de la surface réceptrice (doc. 2) : pour un même angle d'incidence, le sable renvoie plus de rayonnement par réflexion qu'une forêt par exemple. L'albédo peut varier de moins de 10 % (mer calme avec le soleil au zénith) à plus de 80 % (neige fraîche des régions polaires, sommet des nuages épais).

Type de surface	Albédo (%)
Neige fraîche	80 à 85
Sable	20 à 30
Forêt	5 à 10
Océan (incidence rasante)	50 à 80
Océan (incidence normale)	3 à 5
Nuage épais	70 à 80
Total Terre et atmosphère	30

Doc 2 Albédo de différentes surfaces

■ L'albédo moyen de la Terre est de 30 %, c'est-à-dire qu'en moyenne 70 % de l'énergie solaire est absorbée par la Terre (atmosphère, océan et continent) ; le reste (environ 30 %) est réfléchi vers l'espace.

■ Comme la puissance solaire moyenne reçue au sol est d'environ 342 W par m² de surface terrestre (→ FICHE 11), c'est donc 70 % de 342, soit environ 240 W/m² qui sont absorbés par la Terre et 102 W/m² qui sont diffusés dans l'espace.

zoOm

Moyenne annuelle de l'albédo du système Terre-atmosphère au cours de la période 1991-1995

Du fait de la sphéricité de la Terre, de la présence de glaces aux pôles et de la répartition des continents et des océans, l'albédo varie fortement à la surface du globe terrestre.

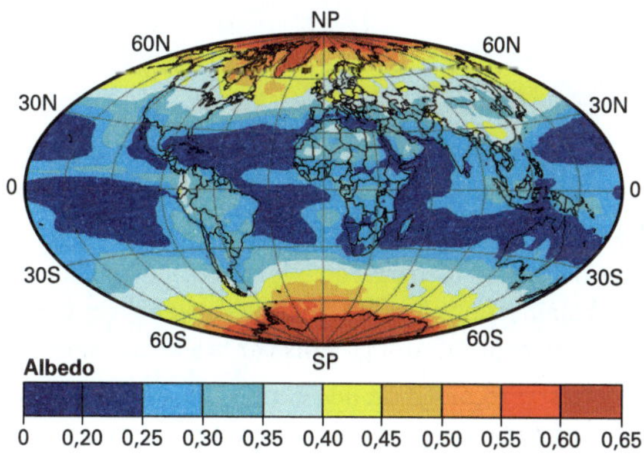

Source : International Satellite Cloud Climatology Project (ISCCP) – Nasa.

13 Le bilan radiatif terrestre : un équilibre dynamique

En bref *La température moyenne à la surface de la Terre est constante et proche de 15 °C. Le maintien de cette température globale est conditionné par le bilan énergétique de la Terre.*

I Le rayonnement émis par la Terre

- Les 240 W/m^2 d'énergie en provenance du Soleil et absorbés par la Terre (atmosphère, océans et continents) chauffent la surface terrestre.
- La surface terrestre chauffée par l'énergie solaire émet un rayonnement électromagnétique dont la longueur d'onde se situe entre 5 et 20 μm, c'est-à-dire dans le domaine **infrarouge**, avec un maximum d'intensité autour de 12 μm.

II Le rôle de l'atmosphère dans le bilan radiatif terrestre

- Si la Terre ne possédait pas d'atmosphère, la totalité du rayonnement infrarouge émis par la surface du globe serait diffusée dans l'espace ; la température à la surface terrestre ne serait que de –19 °C au lieu de 15 °C.
- Le rayonnement infrarouge émis par la Terre est absorbé en partie par l'atmosphère terrestre. Celle-ci est composée de gaz (vapeur d'eau, dioxyde de carbone, méthane, ozone...), qui piègent une partie des rayons infrarouges émis par la surface terrestre, limitant ainsi la perte d'énergie vers l'espace. Ce sont les gaz à « **effet de serre** » (GES).
- Après avoir absorbé une partie du rayonnement infrarouge émis par la surface terrestre, l'atmosphère émet à son tour un rayonnement infrarouge, dans toutes les directions, à la fois vers l'espace et vers le sol. Une partie du rayonnement infrarouge émis par la Terre est donc renvoyée vers la surface terrestre, c'est l'« effet de serre ».

III Le bilan radiatif de la Terre

- **Le bilan radiatif global** de la Terre, c'est-à-dire la différence entre les apports (flux solaire) et les pertes (flux solaire réfléchi et flux infrarouge réémis vers l'espace) est à l'équilibre à l'échelle de la planète (**doc.**).
- La Terre émet autant d'énergie qu'elle en reçoit du Soleil : 342 W/m^2 provenant de l'énergie solaire sont absorbés, mais 102 W/m^2 sont réfléchis et 240 W/m^2, issus du rayonnement infrarouge émis par la surface, sont diffusés dans l'espace.

La surface terrestre reçoit en un lieu donné 170 W/m^2 du rayonnement solaire et 325 W/m^2 du rayonnement infrarouge émis par l'atmosphère. Elle absorbe donc au total 170 + 325 = 495 W/m^2, mais émet la même puissance.

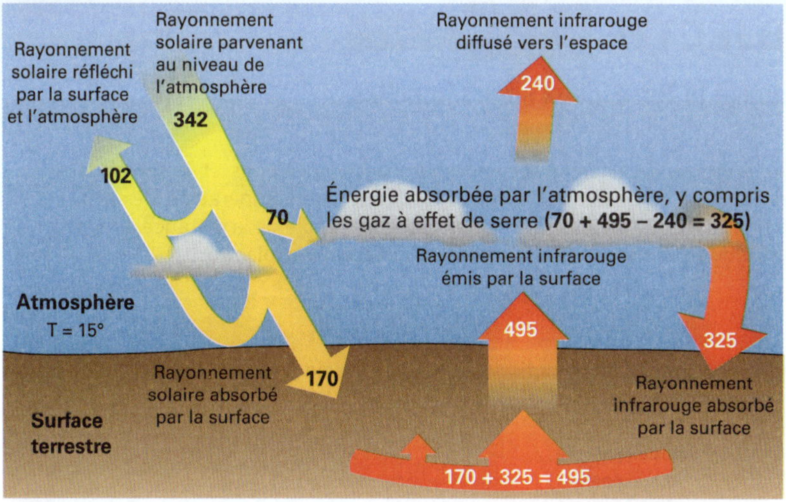

Doc **Le bilan radiatif de la Terre : un équilibre dynamique**

■ Cet équilibre est qualifié de dynamique car, par exemple, si la teneur en GES augmente, le bilan radiatif global terrestre restera nul mais la température moyenne de l'atmosphère deviendra plus élevée, par renforcement de « l'effet de serre ».

zoOm

Rayonnement infrarouge émis par la Terre

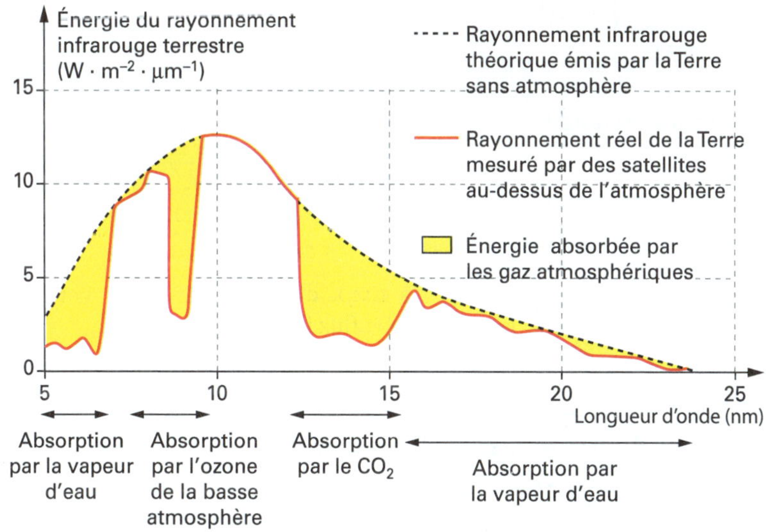

La comparaison des rayonnements permet de déduire l'énergie absorbée par les GES.

OBJECTIF BAC

1 Vénus et la Terre, deux sœurs jumelles

60 min

Dans cet exercice, on cherche à comprendre pourquoi Vénus et la Terre, deux planètes de taille et de densité comparables, ont une température de surface radicalement différente. Vous mettrez en évidence le rôle de la distance au Soleil et de l'effet de serre dans la température de surface d'une planète.

LE SUJET

On cherche à établir le bilan radiatif de Vénus afin de le comparer à celui de la Terre.

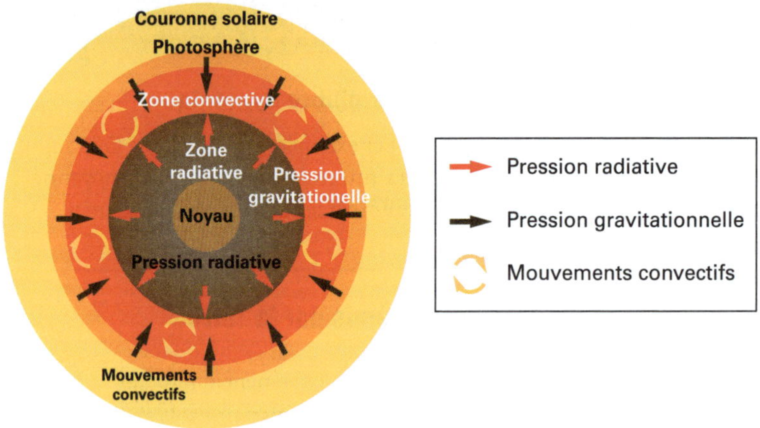

Doc 1 Structure du Soleil

	Vénus	Terre
Diamètre	12 100 km	12 800 km
Densité	5,26	5,52
Distance au Soleil	$108{,}2 \times 10^6$ km	150×10^6 km
Surface	Solide	Solide ou liquide
Température moyenne à la surface	460 °C	15 °C
Pression atmosphérique moyenne au sol	environ 10^7 Pa	10^5 Pa
Composition de l'atmosphère en CO_2	96,5 %	0,04 %

Doc 2 Quelques caractéristiques de Vénus comparées à celles de la Terre

1. La puissance rayonnée par le Soleil

a. À l'aide du document 1, préciser comment le Soleil produit de l'énergie et sous quelle forme il la transmet aux différentes planètes.

b. Sachant que la distance Soleil-Vénus est d'environ $1,08 \times 10^{11}$ m et que la puissance rayonnée par le Soleil est de $3,8651 \times 10^{26}$ W, déterminer l'énergie solaire en W/m^2 arrivant au sommet de l'atmosphère de Vénus à l'aide du schéma ci-contre.

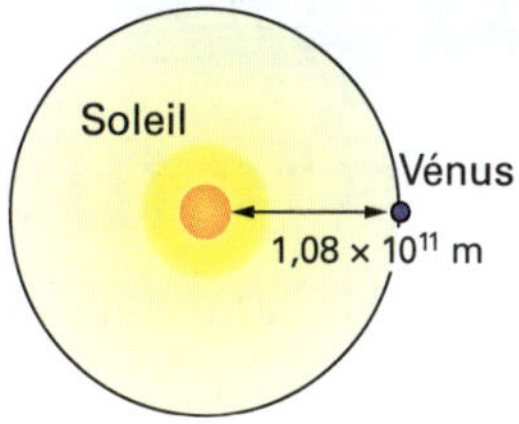

2. La puissance solaire reçue par Vénus

a. Déduire de votre calcul précédent la valeur de la puissance solaire par m^2 à la surface de Vénus.

b. La planète Vénus (atmosphère et surface) a un albédo moyen de 0,7 ou 70 %. Calculer la puissance solaire moyenne absorbée par Vénus.

3. La température à la surface de Vénus

a. Sans atmosphère, la température de Vénus serait de –26 °C. Expliquer pourquoi la température réelle à la surface de Vénus est beaucoup plus élevée.

b. Établir sur un schéma le bilan radiatif de Vénus afin de le comparer à celui de la Terre.

▶▶▶ LA FEUILLE DE ROUTE

1. Mettre en relation des connaissances avec des documents → FICHES 9, 10 et 12

a. Expliquez comment l'énergie est produite par le Soleil, comment elle parvient à sa surface et sous quelle forme elle s'en échappe.

b. Remarquez sur le schéma joint à la question que la puissance solaire se répartit dans toutes les directions de l'espace, sur une sphère centrée sur le Soleil et calculez la puissance à la surface d'une sphère de rayon égal à la distance Soleil-Vénus.

2. Effectuer des calculs simples → FICHES 11 et 12

a. Rappelez-vous la différence entre la surface d'un disque et celle d'une sphère afin de répondre à cette question.

b. Rappelez-vous la définition de l'albédo et déduisez-en le pourcentage de la puissance solaire absorbée par Vénus.

3. Exploiter des résultats et les données d'un document → FICHE 13

a. Sélectionnez dans le document 2 les données permettant de justifier les particularités de l'atmosphère de Vénus et son rôle joué afin d'expliquer la température à la surface de Vénus.

b. Établissez le bilan radiatif à partir des valeurs calculées dans la question 2. Ensuite, comparez à la fois les puissances solaires reçues, absorbées ainsi que les compositions atmosphériques des deux planètes pour justifier les écarts de température à leur surface.

CORRIGÉS

OBJECTIF BAC

1 Vénus et la Terre, deux sœurs jumelles

1. La puissance rayonnée par le Soleil

a. Le cœur du Soleil (son noyau) est le siège de réactions de fusion nucléaire qui génèrent une quantité colossale d'énergie. L'énergie progresse ensuite très lentement (en plusieurs millions d'années) sous forme de rayonnements électromagnétiques dans la zone radiative avant d'atteindre la couche du Soleil appelée zone convective. Parvenu à la surface du Soleil, ce flux d'énergie thermique s'échappe sous la forme de rayonnements électromagnétiques et se diffuse dans l'espace interplanétaire.

b. La puissance rayonnée par le Soleil se propage sous la forme d'une sphère. La puissance solaire arrivant à Vénus est donc celle qui est redistribuée sur une sphère de rayon égal à la distance Soleil-Vénus, soit $1{,}08 \times 10^{11}$ m.

La surface d'une sphère ayant pour formule $4\pi r^2$, l'énergie par unité de surface de cette sphère est donc de : $\frac{3{,}8651 \times 10^{26}}{4 \times \pi \times (1{,}08 \times 10^{11})^2}$, soit 2 637 W/m^2.

Cette valeur constitue la constante solaire vénusienne.

2. La puissance solaire reçue par Vénus

a. La puissance solaire qui arrive sur un disque plat (de surface πr^2), au sommet de l'atmosphère de Vénus, se répartit sur la totalité de la surface de Vénus, en rotation sur elle-même.

Or Vénus est une sphère dont la surface ($4\pi r^2$) est 4 fois plus grande que celle d'un disque plat. La puissance solaire par unité de surface vénusienne est donc divisée par quatre, soit 2 637/4 = 659 W/m^2.

À NOTER

Du fait de sa proximité du Soleil, Vénus reçoit une puissance solaire de presque le double de la puissance reçue par la Terre (342 W/m^2).

b. L'albédo est le rapport entre l'énergie réfléchie et l'énergie incidente. Si Vénus a un albédo moyen de 0,7, cela signifie que 70 % de l'énergie solaire est réfléchie par Vénus et seulement 30 % est absorbée.

La puissance solaire moyenne absorbée par Vénus est donc :

$$659 \times 30\ \% = 198\ \text{W/m}^2$$

3. La température à la surface de Vénus

a. La température à la surface de Vénus est de 460 °C ! D'après le document 2, son atmosphère est très dense (environ 10^7 Pa, une pression 100 fois plus élevée que sur Terre) et sa teneur en CO_2 est très élevée (96,5 %). L'atmosphère de Vénus contient donc une énorme quantité de CO_2 à l'origine d'un puissant « effet de serre » responsable de la température élevée de sa surface.

b. Un exemple possible de schéma du bilan radiatif de Vénus :

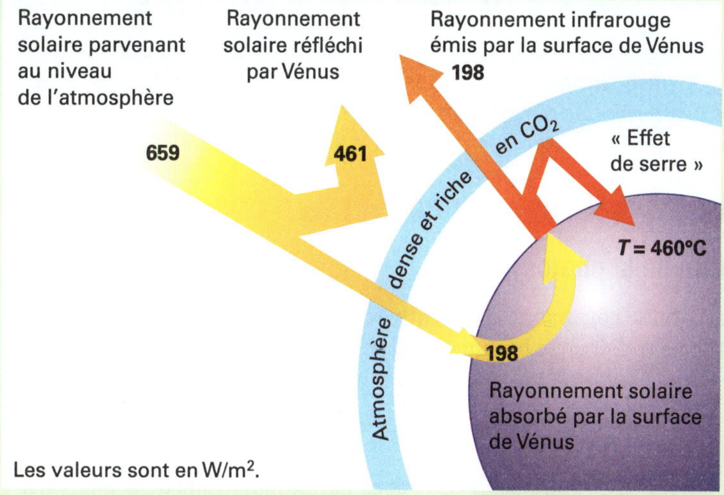

Si Vénus reçoit une puissance solaire de presque le double de la puissance reçue par la Terre (659 W/m^2 pour Vénus contre 342 W/m^2 pour la Terre), elle absorbe du fait de son albédo très élevé une puissance solaire plus faible que la Terre (198 W/m^2 pour Vénus contre 240 W/m^2 pour la Terre). En revanche, l'atmosphère de Vénus est très dense et très riche en CO_2 (96,5 %) comparée à celle de la Terre qui n'en contient que 0,04 %. Elle génère donc un puissant « effet de serre », qui explique la température de 460 °C à sa surface, bien supérieure aux 15 °C en moyenne à la surface de la Terre !

14 La photosynthèse, source de matière et d'énergie

En bref *À la base du fonctionnement des organismes chlorophylliens, la photosynthèse tire profit de l'énergie lumineuse pour accomplir des réactions biochimiques permettant la synthèse de matière organique.*

I La photosynthèse, une conversion énergétique

1 Définition de la photosynthèse

■ La photosynthèse correspond à la synthèse de **matière organique** à partir de matière minérale et d'énergie lumineuse selon la réaction suivante :

$$\underset{\text{(dioxyde de carbone)}}{6\,\mathbf{CO_2}} + \underset{\text{(eau)}}{6\,\mathbf{H_2O}} \xrightarrow{\text{Énergie lumineuse}} \underset{\text{(glucose)}}{\mathbf{C_6H_{12}O_6}} + \underset{\text{(dioxygène)}}{6\,\mathbf{O_2}}$$

■ Les gaz prélevés (CO_2) ou rejetés (O_2) dans l'atmosphère lors de la photosynthèse transitent par les feuilles, dont la surface est criblée de points d'entrée et de sortie appelés **stomates**.

■ L'énergie lumineuse indispensable aux réactions de la photosynthèse est captée par les cellules végétales chlorophylliennes des feuilles. Les **pigments chlorophylliens**, dont la **chlorophylle**, sont localisés à l'intérieur d'organites appelés **chloroplastes**.

■ L'eau et les sels minéraux sont prélevés dans le sol par les racines.

2 Spectres d'absorption et d'action photosynthétique d'un végétal

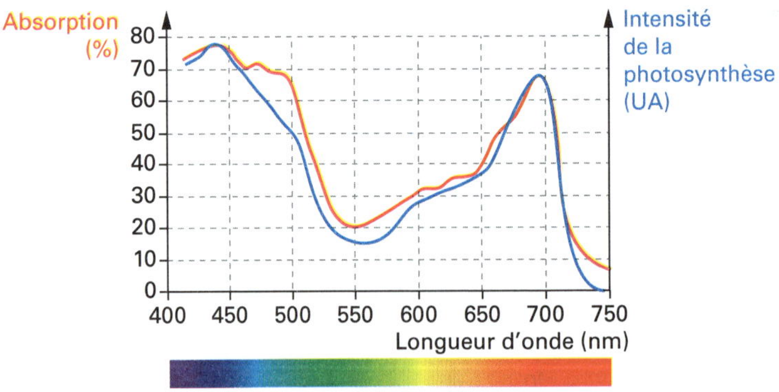

Doc Spectre d'absorption des pigments chlorophylliens et spectre d'action de la photosynthèse

■ La superposition du spectre d'absorption des pigments chlorophylliens et du spectre d'action de la photosynthèse montre que ce sont ces pigments qui captent l'énergie des photons de certaines longueurs d'onde.

■ Les rayonnements absorbés par les pigments chlorophylliens se situent dans des gammes de longueurs d'onde correspondant aux couleurs rouge et bleu.

■ La photosynthèse correspond à une conversion d'énergie lumineuse en énergie chimique, en permettant la synthèse de matière organique.

II La photosynthèse, base du fonctionnement des écosystèmes

■ Au sein d'un écosystème, la photosynthèse permet l'entrée de matière minérale en stockant de l'énergie sous forme chimique au sein des molécules organiques. Premier maillon de la chaîne de production de matière organique dans l'écosystème, les végétaux sont qualifiés de **producteurs primaires**. Ils sont dits **autotrophes**, car ils produisent leur propre matière organique.

■ Toute la matière produite par les végétaux par unité de temps est appelée **productivité primaire** : il s'agit principalement des glucides de type glucose et amidon, mais aussi d'autres types de molécules organiques.

■ Les maillons suivants de l'écosystème, appelés **consommateurs**, se nourrissent de la matière organique déjà présente dans l'écosystème et provenant directement ou non des végétaux. Ils sont dits hétérotrophes.

zoom

La productivité primaire vue par satellite

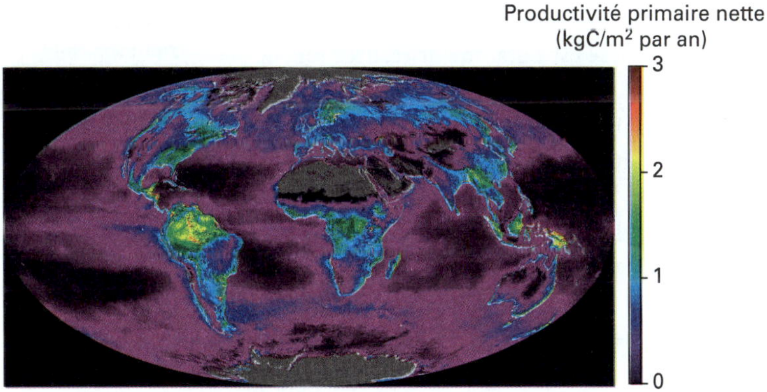

■ Les données des satellites *Terra* et *Aqua* de la Nasa conçus pour récupérer des données biologiques et climatiques permettent de visualiser la productivité primaire nette de la Terre par photosynthèse → FICHE 16.

■ On remarque que les forêts intertropicales sont les zones les plus productives. L'océan, bien qu'en apparence faiblement productif, l'est presque autant que les continents du fait de son immense surface.

15 Le devenir des produits de la photosynthèse

En bref *Les molécules issues de la photosynthèse forment une réserve d'énergie chimique. Cette énergie nécessaire au fonctionnement des êtres vivants peut être libérée lors de réactions biochimiques.*

I La respiration cellulaire, source d'énergie pour la cellule

1 La respiration cellulaire, une oxydation de la matière organique

- Tout être vivant, qu'il soit ou non photosynthétique, se nourrit majoritairement de glucides qui seront convertis en énergie chimique. La **respiration cellulaire** est la voie principale de dégradation des glucides dans les **cellules eucaryotes**.
- La respiration conduit à une **oxydation** totale de la molécule de glucose. Elle nécessite donc de l'oxygène, qui est prélevé dans l'environnement.

$$C_6H_{12}O_6 + 6\ O_2 \rightarrow 6\ CO_2 + 6\ H_2O + \text{Énergie chimique et thermique}$$

- La respiration se déroule au sein d'organites cellulaires spécialisés appelés **mitochondries.** Celles-ci sont d'autant plus nombreuses dans les cellules que le tissu auquel appartiennent ces cellules est consommateur d'énergie.

2 Bilan énergétique

- Les cellules utilisent comme source d'énergie une molécule nommée **ATP**. Sa synthèse est notamment réalisée lors de la respiration cellulaire.
- La respiration cellulaire correspond à une série de réactions biochimiques qui conduisent à la production de très nombreuses molécules d'ATP par molécule de glucose dégradée.

> **MOT CLÉ**
> **ATP (adénosine triphosphate)** : molécule qui fournit l'énergie nécessaire à toute réaction chimique dans la cellule.

- Par ailleurs, ces réactions étant exothermiques, elles libèrent une grande quantité de chaleur. Cela explique l'échauffement du corps lors d'un effort musculaire, par exemple.

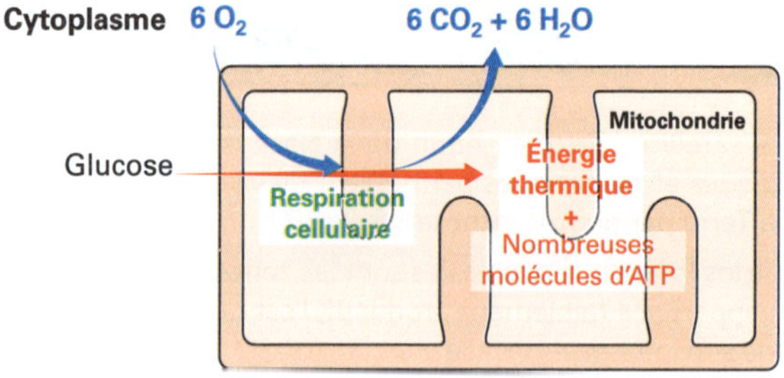

Doc La respiration cellulaire

II Les fermentations, une autre source d'énergie de la cellule

■ Certaines cellules ne sont pas capables de réaliser la respiration cellulaire ou vivent en l'absence de dioxygène (milieu **anaérobie**). Elles ont alors recours à la fermentation pour produire l'énergie indispensable à leur survie.

> **MOTS-CLÉS**
> On distingue en métabolisme deux types de milieu selon la présence d'oxygène (milieu **aérobie**) ou son absence (**anaérobie**).

■ Les deux principaux types de fermentation utilisent une molécule, le pyruvate, formée dans le cytoplasme par la glycolyse à partir du glucose :
- la fermentation lactique (au sein des cellules musculaires, par exemple) transforme le pyruvate en acide lactique ;
- la fermentation alcoolique (levures, par exemple) transforme le pyruvate en éthanol et libère du CO_2.

■ Au cours de la fermentation, il n'y a pas de dégradation complète de la molécule de glucose. Le rendement énergétique est donc bien plus faible que lors de la respiration cellulaire ; une faible quantité d'ATP est produite par molécule de glucose dégradée. Elles sont également, mais dans une moindre mesure, source d'énergie thermique.

zoom

La respiration cellulaire et la fermentation

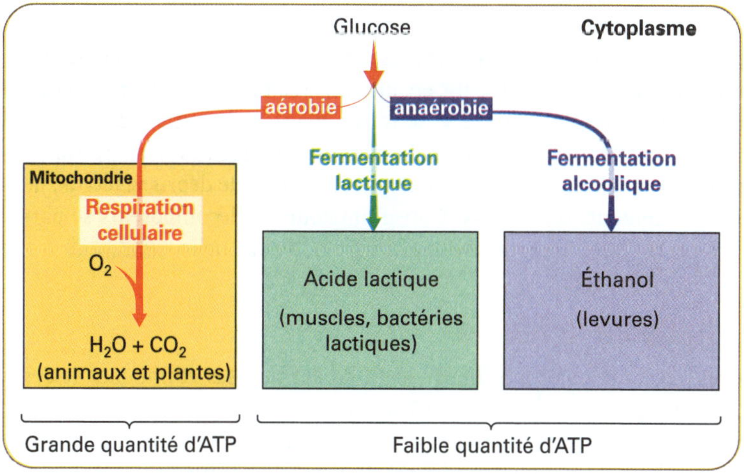

Respiration et fermentation permettent d'extraire l'énergie chimique contenue dans les molécules organiques élaborées par la photosynthèse (mais utilisables par tous les êtres vivants). Les deux processus fournissent l'énergie nécessaire au fonctionnement des êtres vivants.

16 Les bilans énergétiques de la photosynthèse

En bref *La photosynthèse est le point de départ des flux de matière et d'énergie au sein des écosystèmes. Elle assure la vie sur Terre.*

I À l'échelle du globe

■ La **productivité primaire brute annuelle** sur Terre, c'est-à-dire la masse de matière organique produite par photosynthèse est d'environ 850 **Gt**.

> **À NOTER**
> **Gt** : milliards de tonnes.

■ Les organismes photosynthétiques dégradent 80 % de la matière produite pour leurs propres besoins par respiration cellulaire. Il en résulte une **productivité primaire nette annuelle** de 170 Gt (les 20 % restants), qui correspond à la quantité de matière organique issue de la photosynthèse utilisable après ingestion par les autres organismes de la biosphère (ensemble des êtres vivants de la Terre).

■ La Terre reçoit au sommet de l'atmosphère une quantité d'énergie en provenance du Soleil appelée **constante solaire** de 1 368 $W \cdot m^{-2}$. Mais les végétaux chlorophylliens n'en absorbent qu'une infime partie : 2,35 $W \cdot m^{-2}$. Ainsi, à **l'échelle de la planète**, ils n'utilisent que **0,17 % de la puissance solaire totale disponible** :

$$\frac{2{,}35}{1\,367} \times 100 = 0{,}17\ \%$$

→ FICHES 11 à 13

■ La photosynthèse assure cependant la productivité primaire de tous les écosystèmes du globe ; elle est donc à la base de presque toutes les chaînes alimentaires. La matière organique ainsi produite est ensuite ingérée par les **consommateurs**. La matière organique végétale morte se retrouve quant à elle au sol où elle est retransformée en matière minérale sous l'action des organismes **décomposeurs** (vers de terre, champignons, bactéries), qui se nourrissent de débris végétaux, de cadavres ou d'excréments d'animaux. Consommateurs et décomposeurs se partagent ainsi à parts égales la productivité primaire nette annuelle. → FICHE 14

II À l'échelle de la feuille

■ Comme les végétaux chlorophylliens vivent en surface des continents et des océans, seule une partie de l'énergie arrivant au sommet de l'atmosphère les atteint : une partie est absorbée par l'atmosphère et l'autre est réfléchie vers l'espace. L'énergie solaire disponible pour les végétaux est de l'ordre de 170 $W \cdot m^{-2}$.

■ Au niveau des feuilles, une partie de l'énergie incidente est **réfléchie** ou **transmise** vers l'atmosphère au travers des feuilles en raison de leur finesse. Finalement, seule l'énergie correspondant aux longueurs d'ondes absorbées par les pigments chlorophylliens (→ FICHE 14) est captée.

■ L'énergie reçue et absorbée par la feuille provoque son échauffement. La feuille perd alors de l'énergie thermique par conduction (transfert direct de la chaleur de la feuille vers l'air environnant s'il est plus frais).

Cette énergie absorbée favorise également l'évaporation de l'eau depuis l'intérieur de la feuille vers l'atmosphère en passant par les stomates : on parle d'**évapotranspiration foliaire**.

> **À NOTER**
> L'**évapotranspiration foliaire** contribue à la remontée des sèves depuis les racines.

■ En tenant compte de l'énergie reçue par la plante et des différentes pertes qu'elle subit, celle-ci n'utilise en moyenne qu'1 à 2 % de l'énergie reçue au niveau des feuilles pour réaliser la photosynthèse.

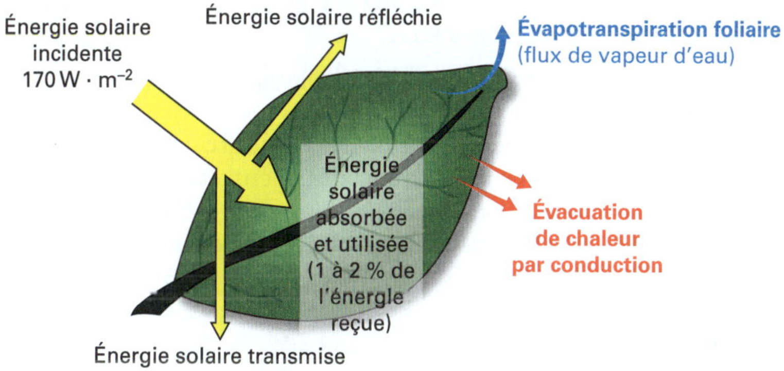

Doc Bilan énergétique au niveau de la feuille

zoOm

Flux de matières organiques dans un écosystème

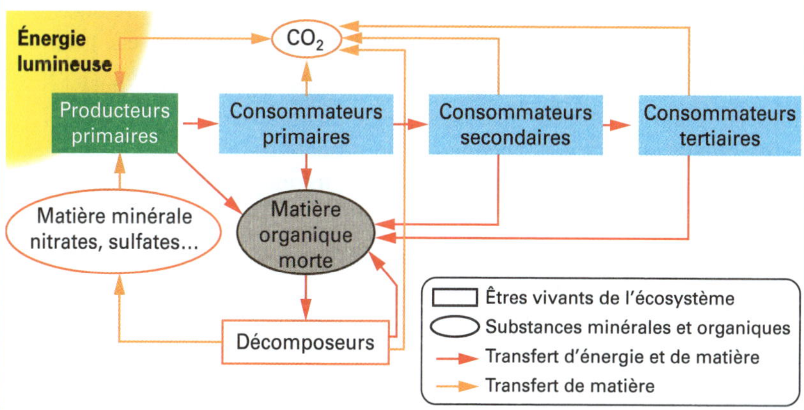

17 De la photosynthèse aux combustibles fossiles

En bref *La majeure partie de la matière organique végétale retourne au sol où elle est décomposée sous l'action des organismes décomposeurs. Une partie cependant est transformée en combustible fossile.*

I Origine biologique des combustibles fossiles

■ Dans des charbons datant du Carbonifère (–299 à –359 Ma env.), on peut observer des vestiges fossiles de nombreux végétaux.
De même, la structure des molécules composant le pétrole présente de fortes similitudes avec celle des molécules organiques.

■ Charbons, pétrole, gaz révèlent ainsi leur origine biologique ; ils correspondent à de la matière organique fossile :
- le **pétrole** et le gaz dérivent d'une **matière planctonique** accumulée dans les sédiments marins sur de grandes périodes (plusieurs millions d'années) ;
- le **charbon** résulte de l'accumulation de **matière organique végétale continentale**, piégée dans des milieux de type marécage, pauvres en dioxygène.

II Formation des combustibles fossiles

■ La **matière organique** (issue d'organismes animaux et végétaux morts) se mélange au sol ou sédimente au fond des océans, lacs et rivières. La majeure partie de cette matière organique est minéralisée, c'est-à-dire transformée en molécules minérales simples sous l'action des **organismes décomposeurs** (essentiellement bactéries et champignons).

■ Dans des environnements à **forte productivité primaire**, il est possible d'obtenir une accumulation de matière organique dans les sédiments. Si cette matière organique est rapidement enfouie et **soustraite à l'action des décomposeurs**, elle peut se transformer en combustibles fossiles.

■ Au cours du temps, la matière organique piégée est recouverte par d'épaisses couches de sédiments et, grâce au phénomène de **subsidence** (enfoncement progressif du bassin sédimentaire), se retrouve à des profondeurs où règnent des températures et pressions plus élevées.

■ Dans ces conditions, la matière organique piégée se transforme en **kérogènes**. Elle s'appauvrit en oxygène, en magnésium, en azote, ce qui entraîne un **enrichissement relatif en carbone**.

MOT CLÉ
Les **kérogènes** sont les molécules résultant de la transformation de la matière organique en combustible fossile.

- Plus l'enfouissement est important, plus la température et la pression sont élevées, modifiant ainsi les conditions d'évolution du kérogène. Dans le cas d'une biomasse d'origine planctonique, on obtient soit du pétrole, soit du gaz selon le degré de transformation ; alors que dans le cas d'une biomasse d'origine continentale, on obtient du charbon.
- Le pétrole se forme majoritairement entre 2 000 et 3 000 mètres de profondeur. À plus grande profondeur, les kérogènes se transforment en gaz.
- Les pétroles les moins denses peuvent quitter la roche où ils se sont formés (roche mère), remonter et être stockés dans une roche (roche réservoir) si leur progression est arrêtée par des couches de roches imperméables.

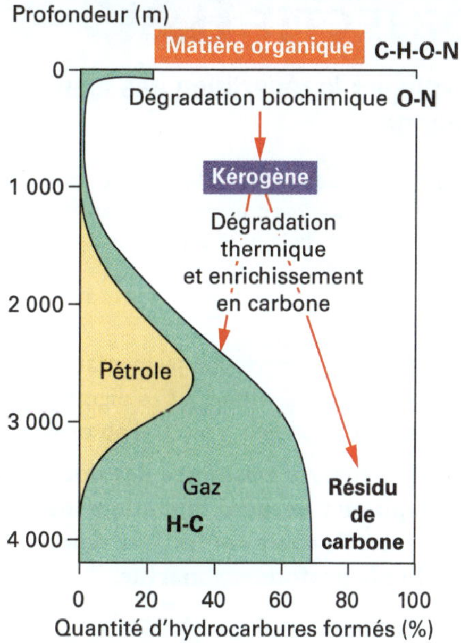

Doc Évolution de la matière organique au cours de son enfouissement

zoOm

Similitudes entre molécules du pétrole et molécules biologiques

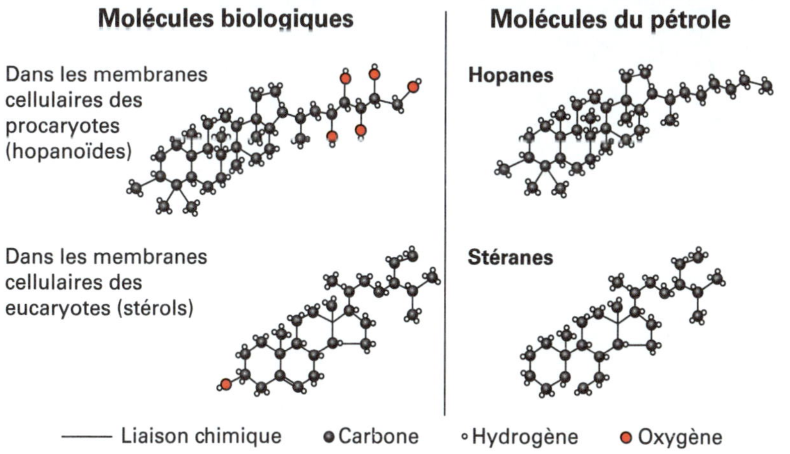

OBJECTIF BAC

1 Expliquer la répartition des algues en fonction de la profondeur marine

60 min

Cet exercice permet de travailler la mise en relation de données extraites de documents et de mieux comprendre le mécanisme d'absorption de l'énergie lumineuse pour la réalisation de la photosynthèse.

LE SUJET

En fonction de leur composition pigmentaire, les algues peuvent être classées en trois groupes (vertes, rouges, brunes). Ces pigments leur confèrent des propriétés lors de la photosynthèse selon leur pouvoir d'absorption des rayonnements lumineux.

À l'aide de l'analyse raisonnée des documents, expliquer en quoi la couleur des algues permet de comprendre leur répartition selon la profondeur marine.

LIRE LE SUJET

Il s'agit d'expliquer pourquoi les algues rouges et dans une moindre mesure les algues brunes vivent à plus grande profondeur que les algues vertes.

Doc 1a Répartition des différents groupes d'algues en fonction de la profondeur

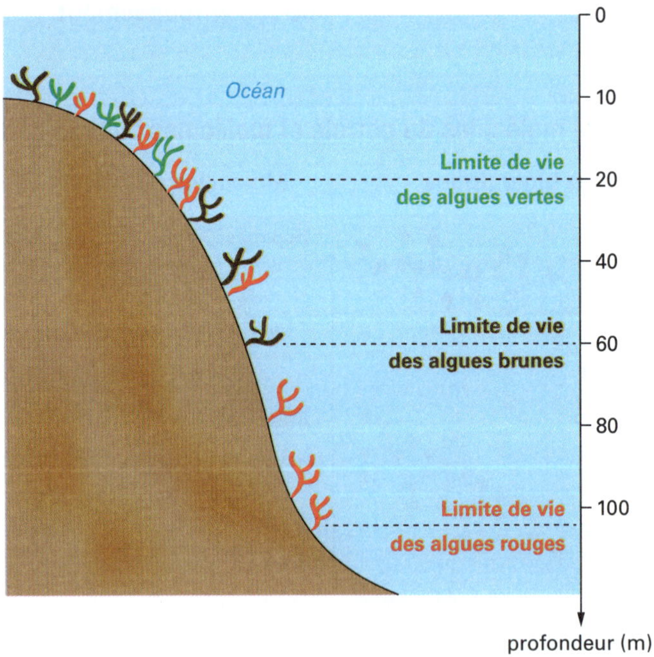

Doc 1b Pourcentage de rayonnement solaire perçu en fonction de la profondeur

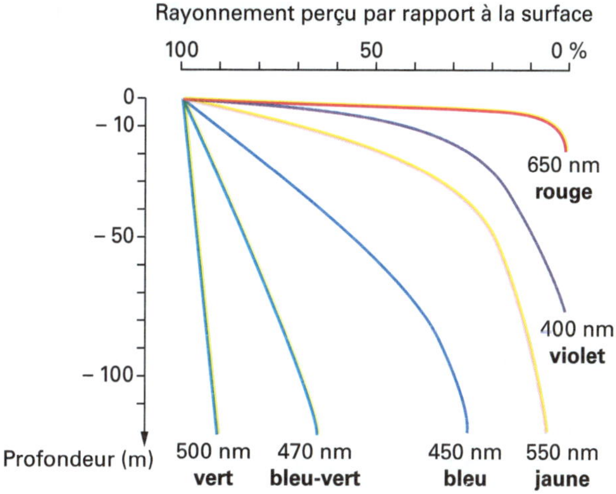

Doc 2 Contenu pigmentaire des différents groupes d'algues

	Chlorophylles		Autres pigments photosynthétiques		
	a	b	Phycoérythrine	Phycocyanine	Fucoxanthine*
Algues vertes	+	+	–	–	–
Algues brunes	+	–	–	–	+
Algues rouges	+	–	+	+	–

* La fucoxanthine est un caroténoïde.

Doc 3 Spectre d'absorption de différents pigments

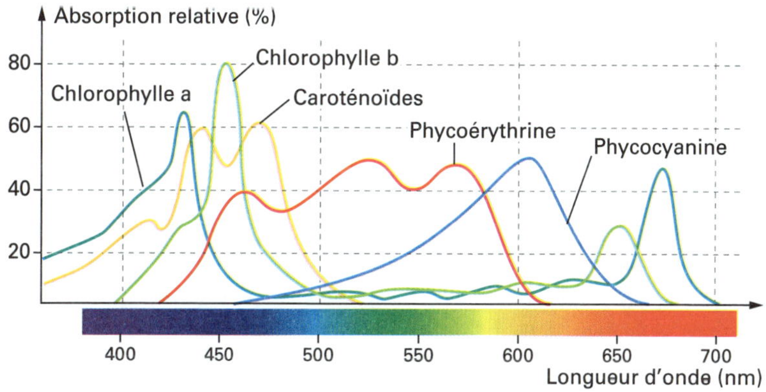

▶▶▶ LA FEUILLE DE ROUTE

1. S'interroger sur les zones de vie de chaque type d'algues

- Repérez les profondeurs minimales et maximales de vie de chaque groupe d'algues dans le doc. 1a.

2. Identifier les rayonnements que chaque groupe d'algues peut recevoir

- Demandez-vous ce que la plante peut recevoir comme rayonnement à chacune des profondeurs étudiées et en quelle quantité. Déterminez la profondeur que chaque rayonnement peut atteindre.
- Reliez les données du document 1b à celles du document 1a. Déduisez-en les rayonnements que chaque groupe d'algues peut recevoir.

3. Déterminer les rayonnements qui peuvent être absorbés par chaque groupe d'algues

- Faites la liste des pigments que possède chaque groupe d'algues.
- Reliez la nature des pigments (doc. 2) à la capacité d'absorption (doc. 3). Déterminez les rayonnements que chaque groupe d'algues peut absorber.

4. En déduire les domaines de vie possible de chaque groupe d'algues en lien avec le document 1

- Reliez les profondeurs atteintes par chaque rayonnement à ce que peut capter chaque groupe d'algues.
- Déduisez-en les domaines de vie possible de chaque groupe d'algues.

CORRIGÉS

OBJECTIF BAC

Expliquer la répartition des algues en fonction de la profondeur marine

1. On constate dans le document 1a que les algues vertes vivent près de la surface et jusqu'à 20 m de profondeur, les algues brunes jusqu'à 60 m de profondeur et les algues rouges jusqu'à plus de 100 m de profondeur. Toutes les algues peuvent vivre près de la surface, mais pas à toutes les profondeurs.

2. Le document 1b nous informe des profondeurs que peut atteindre chaque rayonnement composant le spectre de la lumière blanche.
Le vert (500 nm) et 70 % du bleu-vert (470 nm) atteignent aisément 100 m de profondeur ; mais seulement 30 % du bleu (450 nm) y parviennent.
50 % du jaune (550 nm) et 30 % du violet (400 nm) atteignent la profondeur de 20 m et disparaissent presque totalement à 50 m.

Enfin, le rouge (650 nm) dépasse difficilement les 10 m de profondeur.
Ainsi, entre 0 et 20 m de profondeur, les algues vertes, brunes et rouges peuvent recevoir presque tous les rayonnements, à l'exception du rouge qui ne pénètre que très peu au-delà de 10 m.
Entre 20 et 60 m, les algues brunes et rouges peuvent recevoir des rayonnements vert, bleu-vert et bleu (450 à 500 nm) et un peu de jaune (550 nm).
Entre 60 et 100 m, seuls les rayonnements vert, bleu-vert (470 à 500 nm) et, dans une moindre mesure, bleu (450 nm) sont disponibles pour les algues rouges.

3. Le **document 2**, nous informe sur la composition pigmentaire des trois types d'algues.
Les algues vertes possèdent deux types de chlorophylles (a et b), alors que les autres algues ne possèdent que la chlorophylle a.
Les algues brunes sont riches en fucoxanthine (caroténoïdes).
Les algues rouges sont riches en phycoérythrine et phycocyanine.
Le **document 3** détermine les spectres d'absorption de chacun des pigments évoqués dans le document 2.
Les chlorophylles a et b absorbent des rayonnements entre 400 et 460 nm (bleu et violet) et entre 650-680 nm (rouge).
La fucoxanthine absorbe majoritairement des rayonnements entre 400-480 nm (violet, bleu et bleu-vert).
La phycoérythrine absorbe efficacement de 450 à 580 nm (bleu, bleu-vert, vert et un peu de jaune).
La phycocyanine absorbe de 550 à 640 nm (jaune et rouge).

Mise en relation des informations des documents 2 et 3

Les algues vertes peuvent absorber les rayonnements rouge, bleu et violet (inférieur à 460 nm).
Les algues brunes peuvent absorber les rayonnements de 400 à 480 nm (violet, bleu-vert et bleu).
Les algues rouges peuvent absorber les rayonnements de 400 à 630 nm (violet, bleu, bleu-vert, vert, jaune).

4. **Mise en relation de toutes les informations**

Les algues vertes possèdent un équipement pigmentaire leur permettant de ne recevoir que les rayonnements traversant une tranche d'eau peu profonde (rouge et violet) à l'exception du bleu qui pénètre plus profondément, mais l'énergie totale reçue restera assez faible. Elles ne peuvent donc pas réaliser la photosynthèse au-delà de 20 mètres de profondeur environ.
Les algues brunes peuvent absorber des rayonnements pénétrant en quantité notable jusqu'aux environs de 60 mètres, mais leur spectre d'absorption reste assez étroit ; plus la profondeur augmente, moins elles capteront d'énergie.
Au-delà de 60 mètres de profondeur, seules des algues rouges, qui ont un spectre d'absorption très large, pourront recevoir des rayonnements vert, bleu, bleu-vert en quantité suffisante pour assurer la photosynthèse.
Ces observations permettent d'expliquer pourquoi les algues rouges et dans une moindre mesure les algues brunes sont capables de vivre plus profondément que les algues vertes.

18 L'équilibre thermique du corps humain

En bref *L'être humain est capable de produire sa propre chaleur et de se maintenir à une température stable. Cette stabilité thermique est le fruit d'un équilibre entre apport et pertes de chaleur.*

I La température, un paramètre corporel stable

- La **température centrale** du corps humain est sa température interne moyenne. Elle est de 37 °C et globalement constante. Elle résulte d'une régulation qui maintient un équilibre entre la production d'énergie et les pertes de chaleur.

À NOTER
La **température centrale** peut osciller autour de sa valeur. Par exemple, elle augmente légèrement lors de l'ovulation chez la femme.

- La surface corporelle en contact avec le milieu extérieur est quant à elle de température inférieure à la température centrale.

II Les échanges thermiques entre l'organisme et son milieu

1 La thermogenèse

- L'organisme humain peut gagner de la chaleur si l'environnement est plus chaud que le corps. Mais la majeure partie de la chaleur corporelle est produite dans le corps par des mécanismes de thermogenèse.
- La thermogenèse résulte de l'activité métabolique des cellules, comme la respiration cellulaire et les fermentations. L'oxydation des nutriments lors de ces réactions métaboliques constitue la principale source de chaleur (80 % de l'énergie produite lors de ces réactions est de l'énergie calorifique) → FICHE 15.
- On peut définir une puissance thermique de base (thermogenèse de base) libérée par un être humain. Elle correspond à la chaleur produite lorsqu'il est au repos et à jeun. Elle est en moyenne de 100 watts (W).

La production de chaleur quotidienne mesurée en laboratoire par calorimétrie indirecte → FICHE 19 est de 134,2 kJ · 24 h^{-1} · kg^{-1}. Soit, pour un homme moyen de 65 kg, une énergie calorifique quotidienne de : 65 × 134,2 kJ = 8 723 kJ.

Comme 1 J · s^{-1} = 1 W, le corps humain produit quotidiennement :

$$\frac{8\,723 \text{ kJ}}{86\,400 \text{ s}} = 100 \text{ W}.$$

- Par ailleurs, on peut définir une thermogenèse facultative, associée aux activités (nutrition, activité physique, etc.) entraînant une production de chaleur supplémentaire. Elle est surtout liée à l'augmentation de l'activité des cellules musculaires qui produisent leur énergie par respiration cellulaire → FICHE 19.

2 La thermolyse

■ La thermolyse correspond à l'ensemble des pertes d'énergie calorifique du corps humain. Ces pertes ont lieu majoritairement au niveau de la peau. En se déplaçant dans le corps, le sang diffuse la chaleur interne jusqu'en périphérie, où la chaleur peut se dissiper vers le milieu extérieur selon plusieurs mécanismes : radiation, conduction, convection et perspiration.

■ La radiation est une perte d'énergie calorifique sous forme de rayonnement infrarouge. En effet, tout corps chaud tend à se refroidir en émettant des rayons infrarouges, qui véhiculent de la chaleur.

■ La conduction a lieu par contact avec des objets ou fluides plus froids que le corps et aptes à conduire la chaleur. L'intensité de ces pertes est proportionnelle à l'écart de température ou gradient thermique entre la peau et l'objet en contact. Ce gradient est nul si l'objet (ou l'air) est de même température que la peau.

■ La convection se produit lors du renouvellement d'un fluide (air ou eau) autour du corps. Une exposition au vent ou un déplacement du corps augmente la perte d'énergie calorifique par convection.

■ La perspiration résulte du changement d'état de l'eau, qui passe de liquide à gazeux, l'évaporation étant endothermique, c'est-à-dire qu'elle consomme de la chaleur. Elle se produit notamment lors de la sudation.

zoOm

Échanges d'énergie entre l'être humain et son milieu

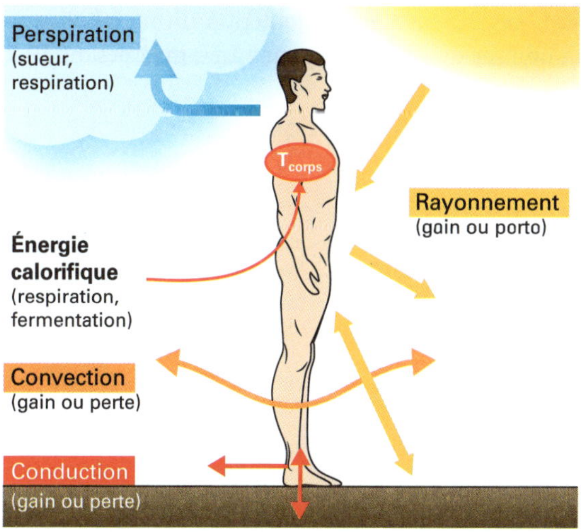

La température corporelle résulte d'un équilibre entre l'énergie produite par le corps humain et les échanges avec l'environnement.

19 Le bilan énergétique du corps humain

En bref *Le corps humain reçoit de l'énergie quotidiennement et la dépense dans la plupart de ses activités en produisant de la chaleur.*

I Des apports énergétiques d'origine alimentaire

■ La matière organique ingérée quotidiennement lors des repas fournit de l'énergie au corps, essentiellement sous la forme de glucides et de lipides.

Ces apports doivent permettre de subvenir aux besoins énergétiques de la vie quotidienne. Comme ils se font de manière discontinue lors des repas, des lieux de stockage sont nécessaires : ce sont notamment les **tissus adipeux**, comme ceux qui existent au niveau de l'abdomen.

MOT CLÉ

Tissus adipeux : tissus formés de cellules spécialisées dans le stockage des lipides. Ces cellules peuvent également transformer les glucides en lipides pour les stocker.

■ Un régime alimentaire est équilibré énergétiquement lorsque l'**apport énergétique** d'origine alimentaire est équivalent aux **dépenses énergétiques** quotidiennes. En revanche, des apports supérieurs aux dépenses conduisent à un stockage énergétique excessif sous forme de tissus adipeux et donc à un surpoids.

II Des dépenses énergétiques

■ Les **besoins énergétiques** quotidiens varient selon le degré d'activité physique. On peut mesurer ces dépenses qui s'ajoutent à un **métabolisme de base** de **6 300 kJ** (pour un homme de 20 ans mesurant 1,80 m et pesant 70 kg).

Doc Variabilité des besoins énergétiques selon le degré d'activité physique

Activité physique	Calcul des besoins énergétiques journaliers	Besoins énergétiques journaliers (en kJ)
Homme/femme sédentaire	Métabolisme de base × 1,37	8 631
Homme/femme actif	Métabolisme de base × 1,55	9 765
Homme/femme sportif	Métabolisme de base × 1,80	11 340

■ Ces besoins énergétiques sont très variables selon le sexe, l'âge, le mode de vie et les activités physiques pratiquées. Plus ces activités physiques sollicitent les muscles, plus la chaleur produite par le corps sera élevée, car 80 % de cette énergie est dégagée sous forme de chaleur → FICHE 18.

Doc Énergies dépensées et perdues selon le type d'activité

Activité	Énergie dépensée (en watts)	Énergie calorifique perdue (en watts)
Sommeil	40	32
Travail intellectuel assis	75	60
Marche lente	150	120
Football	700	560
Natation (rapide)	870	696
Course à pied	930	744

- Lors de l'échauffement du corps dû à un effort physique, l'organisme a recours à une **thermorégulation** pour évacuer cet excédent de chaleur et maintenir le corps à sa température normale.

MOT CLÉ

Thermorégulation : ensemble des mécanismes permettant de maintenir la température centrale de l'organisme à 37 °C.

- Différentes adaptations permettant d'augmenter la thermolyse, comme l'augmentation de la circulation sanguine au niveau de la peau, qui permet d'évacuer la chaleur, ou l'augmentation de la sudation, qui refroidit la peau par évaporation.
- La sudation est le mécanisme de thermolyse le plus efficace. Par exemple, l'évaporation d'un litre de sueur permet d'évacuer 2 700 kJ de chaleur.

zoOm
Mesure des échanges énergétiques lors d'une activité physique

- La calorimétrie indirecte est une technique permettant de déterminer quels sont les échanges énergétiques mis en place lors d'un effort physique en mesurant les échanges respiratoires.
- La mesure des échanges gazeux respiratoires (consommation de dioxygène) permet de déterminer la quantité d'énergie produite par respiration lors de l'effort.

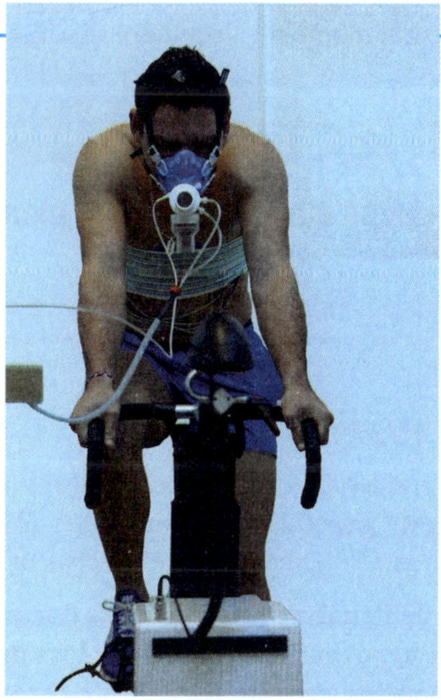

S'ENTRAÎNER

1 Les unités du bilan thermique

→ FICHES 18 et 19

Relier chaque expression au nombre et à l'unité qui lui correspondent.

pertes calorifiques lors de la respiration cellulaire •	• 37 °C
métabolisme de base •	• 6 300 kJ
énergie calorifique évacuée par litre de sueur •	• 80 %
puissance thermique de base •	• 2 700 kJ
température centrale •	• 100 W

2 Température et équilibre thermique

→ FICHES 18 et 19

Compléter le texte avec les mots suivants :

calorifique • centrale • facultative • perspiration • physique • respiration • puissance thermique • thermolyse • sudation

Lors d'un effort ...., les cellules musculaires réalisent une production accrue d'énergie par .... cellulaire. 80 % de cette énergie correspond à de l'énergie .... Ainsi, à la .... de base s'ajoute une thermogenèse .... Une augmentation de la .... se met alors en place, permettant d'éviter une élévation excessive de la température corporelle au-dessus de la température ...., qui doit être maintenue autour de 37 °C. Lors d'une activité physique, c'est surtout l'augmentation des pertes par .... et plus particulièrement la .... qui conduisent à maintenir l'équilibre thermique du corps.

OBJECTIF BAC

3 Le risque d'hypothermie en plongée profonde

60 min

Cet exercice permet de travailler l'analyse de documents et plus particulièrement la mise en relation des informations entre les documents.

LE SUJET

L'un des risques majeurs pour les plongeurs qui pratiquent la plongée à grande profondeur est l'hypothermie. Pour l'éviter, il est nécessaire de bien comprendre les mécanismes à l'origine des pertes de chaleur et l'intérêt de porter une combinaison.

À l'aide de l'analyse raisonnée des documents fournis, expliquer en quoi le risque d'hypothermie est majeur lors de plongée en milieu aquatique profond. Montrer en quoi les combinaisons « sèches » permettent de limiter ce risque.

Doc 1 La température de neutralité thermique

La température de neutralité thermique correspond à la température du milieu extérieur pour laquelle le corps humain sans protection est à l'équilibre thermique. Les pertes d'énergie calorifique par thermolyse sont alors équivalentes à la production de cette même énergie par thermogenèse.

La température de neutralité se situe entre 25 et 28 °C dans l'air tandis que dans l'eau elle se situe entre 33 et 35 °C.

Doc 2 Le phénomène d'hypothermie

L'hypothermie résulte d'une forte baisse de la température centrale du corps. C'est le résultat d'une perte excessive de chaleur qui peut se révéler fatale.

Dans une eau à 10 °C, par exemple, les premiers signes d'hypothermie apparaissent au bout d'une heure et demie. La mort peut survenir au bout de 3 heures.

Doc 3 Données physiques concernant les pertes d'énergie calorifique

a. Le flux thermique

Lors d'une plongée, les pertes d'énergie calorifique se font essentiellement par la peau. Elles sont d'autant plus élevées que l'écart de température entre le corps et le milieu est grand, comme l'indique la formule du flux thermique :

$$\text{Flux thermique} = \frac{\lambda \times \Delta T}{e}$$

λ correspond à la conductivité thermique du matériau ou du milieu, S représente l'aire de la surface d'échange, ΔT est la différence de température entre les deux milieux et e l'épaisseur de la zone d'échange.

b. Données de conductivité thermique

$\lambda_{eau} = 0{,}6\ W \cdot m^{-1} \cdot K^{-1}$ | $\lambda_{air} = 0{,}025\ W \cdot m^{-1} \cdot K^{-1}$ | $\lambda_{néoprène} = 0{,}2\ W \cdot m^{-1} \cdot K^{-1}$

Ainsi, à température égale, l'eau conduit 24 fois plus l'énergie calorifique que l'air.

Doc 4 Mécanismes de perte d'énergie calorifique avec ou sans combinaison

a. Sans combinaison **b. Avec combinaison**

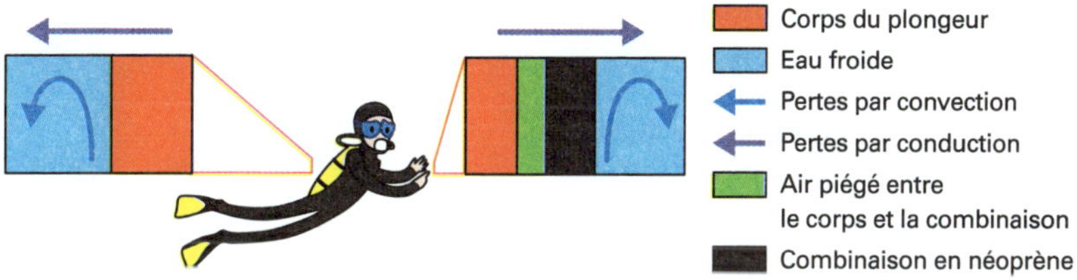

▶▶▶ LA FEUILLE DE ROUTE

1. Comprendre l'intérêt de la température de neutralité thermique et la relier au risque d'hypothermie

- À partir de la vitesse de refroidissement, expliquez pourquoi la température de neutralité thermique est supérieure dans l'eau.
- Comparez les températures de neutralité (doc. 1) afin de comprendre pourquoi le risque d'hypothermie est plus élevé dans l'eau que dans l'air (doc. 2).

2. Expliquer physiquement le risque d'hypothermie lors de la plongée

- À l'aide des paramètres λ et ΔT du document 3, justifiez scientifiquement que le corps se refroidit plus vite dans l'eau que dans l'air.
- Rédigez une conclusion sur le lien entre la plongée profonde et le risque d'hypothermie.

3. Relier les données de conductivité à la présence ou l'absence d'une combinaison dans l'eau lors de la plongée

- Comparez l'épaisseur et la composition des zones d'échanges avec ou sans combinaison.
- Reliez la différence d'épaisseur de la zone d'échange en présence de combinaison à la formule du flux thermique.
- Comparez également les différences de conductivité thermique avec ou sans combinaison pour fournir un argument supplémentaire à l'intérêt de la combinaison en les reliant au flux thermique.

CORRIGÉS

S'ENTRAÎNER

1 Les unités du bilan thermique

- pertes calorifiques lors de la respiration cellulaire → 80 %
- métabolisme de base → 6 300 kJ
- énergie calorifique évacuée par litre de sueur → 2 700 kJ
- puissance thermique de base → 100 W
- température centrale → 37 °C

2 Température et équilibre thermique

Lors d'un effort **physique**, les cellules musculaires réalisent une production accrue d'énergie par **respiration** cellulaire. 80 % de cette énergie correspond à de l'énergie **calorifique**. Ainsi, à la **puissance thermique** de base s'ajoute une thermogenèse **facultative**. Une augmentation de la **thermolyse** se met alors en place, permettant d'éviter une élévation excessive de la température corporelle au-dessus de la température centrale qui doit être maintenue autour de 37 °C. Lors d'une activité physique, c'est surtout l'augmentation des pertes par perspiration et plus particulièrement la sudation qui conduisent à maintenir l'équilibre thermique du corps.

OBJECTIF BAC

3 Justifier le risque d'hypothermie en plongée profonde

1. D'après le document 1, la température de neutralité thermique est plus élevée dans l'eau que dans l'air (35 °C contre 25 °C). On peut alors émettre l'hypothèse que le corps humain se refroidit plus vite au contact de l'eau que de l'air.
Le document 2 explique qu'en cas d'hypothermie le risque de refroidissement corporel peut conduire à la mort et que, dans une eau très froide, l'hypothermie survient rapidement.

2. Le document 3 explique pourquoi l'eau froide provoque plus rapidement une hypothermie que l'air froid. On constate que le flux thermique qui conduit au refroidissement du corps dépend de trois paramètres. Le flux thermique et donc la perte de chaleur sont d'autant plus élevés que le paramètre λ est élevé. Dans l'eau, ce coefficient est 24 fois plus élevé que dans l'air : 0,6 contre 0,025 $W \cdot m^{-1} \cdot K^{-1}$. Ainsi, le corps humain perd 24 fois plus rapidement son énergie calorifique dans l'eau que dans l'air. C'est pourquoi le risque d'hypothermie est accru lors d'une plongée de longue durée, ce qui est le cas de la plongée profonde. Par ailleurs, le flux thermique est d'autant plus important que l'écart de température entre le corps et l'eau est grand, or la plongée profonde a lieu en eau froide, aggravant ainsi le risque et l'ampleur de l'hypothermie.

> **À NOTER**
> La comparaison de constantes par leur rapport permet de visualiser efficacement l'écart des proportions.

En conclusion, lors d'une plongée profonde, le flux de chaleur perdu par le corps est très élevé, car l'eau conduit très facilement la chaleur. La température de l'eau est très basse en comparaison de celle du corps, par conséquent le risque d'hypothermie est majeur.

3. Le document 4 montre que lorsqu'il n'a pas de combinaison le plongeur perd sa chaleur par conduction directe au contact de l'eau froide et par convection en raison du mouvement de l'eau autour de lui. On est ici dans une situation où le flux thermique est maximal, puisque l'épaisseur de la zone d'échange est minimale. À l'inverse, en présence d'une combinaison, la zone d'échange est plus grande : une couche d'air et l'épaisseur de la combinaison isolent le corps de l'eau environnante. Le flux thermique par conduction est donc plus faible. Par ailleurs, la combinaison en néoprène et la couche d'air ont un coefficient de conductivité thermique nettement plus faible que celui de l'eau : 0,025 $W \cdot m^{-1} \cdot K^{-1}$ pour l'air, 0,2 $W \cdot m^{-1} \cdot K^{-1}$ pour le néoprène contre 0,6 $W \cdot m^{-1} \cdot K^{-1}$ pour l'eau. On peut en déduire que lorsqu'un plongeur porte une combinaison sèche, l'épaisseur ajoutée entre sa peau et l'eau réduit les échanges thermiques, d'autant que l'air et le néoprène ont une faible conductivité thermique et sont donc isolants. Le risque d'hypothermie est ainsi réduit au maximum avec une combinaison de plongée.

20 L'histoire de la forme de la Terre

En bref *Aujourd'hui, on sait que la Terre est quasi sphérique, bien que cela ne soit pas perceptible à l'échelle humaine.*
Pourtant, dès l'Antiquité, des savants avaient déduit cette forme particulière de leurs observations.

I La forme de la Terre

■ Des civilisations anciennes considéraient la Terre comme un disque. Ce n'est que dans l'Antiquité, il y a près de 2 000 ans, que des savants grecs comme Aristote évoquent la possibilité que la Terre soit de forme sphérique → FICHE 21.

■ Aristote remarque que lors des éclipses de Lune (la Terre s'interpose entre le Soleil et la Lune) l'ombre de la Terre sur la Lune est courbe : il explique cette courbure par la forme sphérique de la Terre.

L'observation des astres dans le ciel lui fournit un argument supplémentaire : si l'on se déplace vers le nord ou vers le sud, la position de ces astres dans le ciel change.

Doc 1 Éclipse lunaire du 27 juillet 2018

■ D'autres observateurs remarquent que, lorsqu'un bateau s'éloigne de la côte, sa coque est la première à disparaître sous la ligne d'horizon. Ils constatent également que cette ligne d'horizon est plus éloignée si l'observateur se place en hauteur (en haut d'une montagne, par exemple).

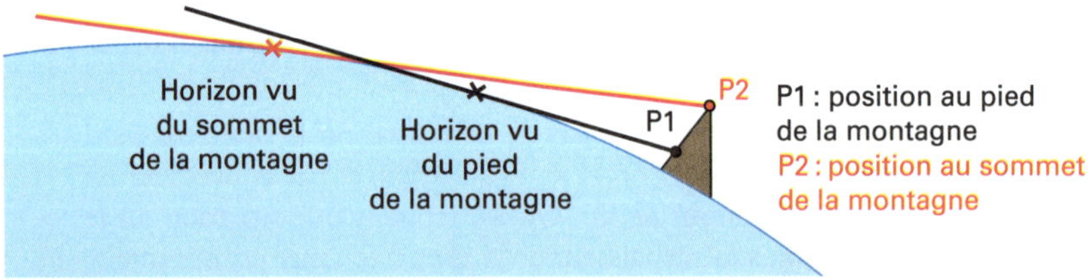

Doc 2 Ligne d'horizon suivant la position d'un observateur

■ Toutes ces observations ne s'expliquent que si la Terre est une sphère.

■ Au cours du XVIIIe siècle, différents travaux sont effectués par des scientifiques pour préciser la forme du globe : ils la représentent comme un **sphéroïde** aplati aux pôles.

> **MOT CLÉ**
> **Sphéroïde** : se dit d'un objet ayant une forme proche de celle d'une sphère.

II Le découpage de la surface terrestre

■ Afin de mieux se repérer, les hommes ont défini dès l'Antiquité des lignes imaginaires à la surface du globe : les méridiens et les parallèles → FICHE 22.

■ Suivant l'axe nord-sud, la Terre est découpée en méridiens : il s'agit de demi-cercles qui rejoignent les pôles nord et sud. Ils donnent la position d'un point relativement à l'est ou à l'ouest.

■ Le méridien de Greenwich, désigné méridien de référence en 1884, lors d'une conférence à Washington, passe par l'observatoire royal de Greenwich, situé dans la banlieue de Londres. C'est à partir du méridien de Greenwich que sont définis tous les autres méridiens.

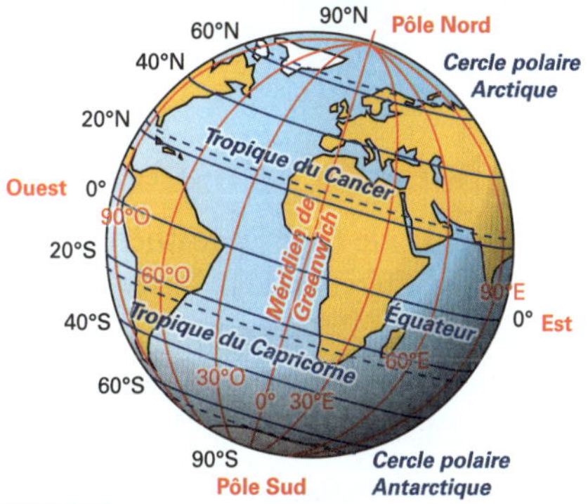

Doc 3 Représentation des méridiens et des parallèles à la surface du globe terrestre

■ Les parallèles sont de grands cercles perpendiculaires aux méridiens qui entourent le globe. Ils donnent la position d'un point à la surface terrestre par rapport à l'équateur, et par rapport au nord et au sud.

■ L'équateur est le parallèle qui sépare la Terre en deux hémisphères : nord et sud. Il est à mi-chemin entre les deux pôles : c'est le parallèle le plus long.

zoOm

La forme de la Terre vue de l'espace

À quelque 400 km d'altitude, la sphéricité de la Terre est bien visible, comme en témoigne cette photo prise depuis la station spatiale internationale (ISS).

21 Les mesures du méridien terrestre

En bref *Dès l'Antiquité, considérant la Terre comme une sphère, des savants ont cherché à en déterminer le rayon en mesurant la longueur du méridien terrestre.*

I La méthode d'Ératosthène

■ Vers 200 av. J.-C., le Grec Ératosthène utilise une méthode géométrique pour déterminer la circonférence de la Terre.

■ Il part des hypothèses suivantes : la Terre est une sphère et le Soleil est considéré comme suffisamment éloigné pour que ses rayons soient parallèles en arrivant à la surface de la Terre (doc. 1).

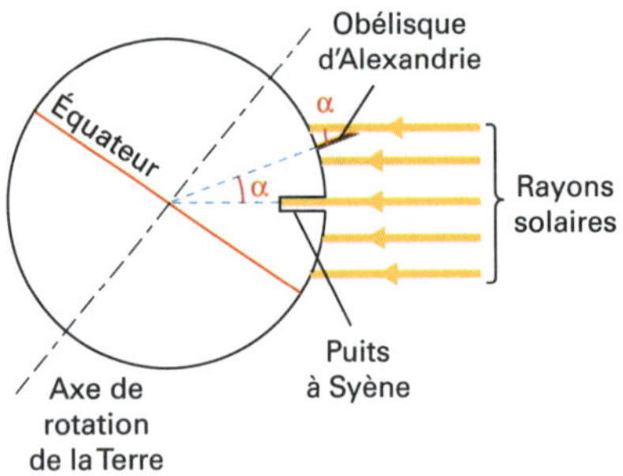

Doc 1 Situation globale

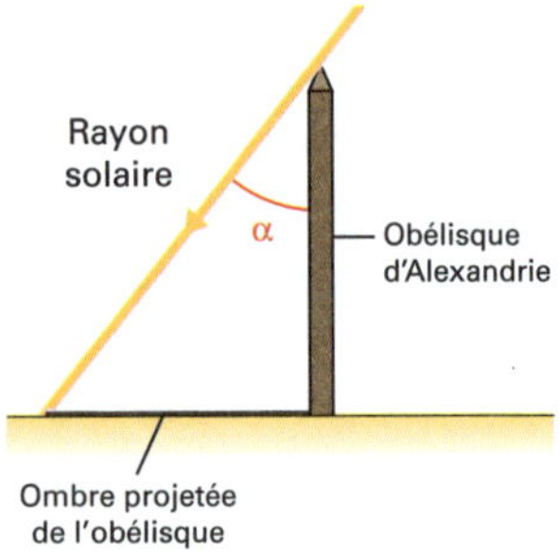

Doc 2 Schéma de la situation à Alexandrie

■ La ville de Syène (aujourd'hui Assouan) se situe à peu près sur un parallèle appelé tropique du Cancer. De ce fait, à midi, au solstice d'été, le soleil est exactement à la verticale (au zénith) et peut éclairer le fond d'un puits.

■ Le même jour et à midi, à Alexandrie, ville éloignée de 5 000 stades (environ 800 km), les rayons du soleil font un angle α avec la verticale que l'on peut calculer en mesurant l'ombre d'un obélisque dont la hauteur est connue, l'ensemble formant un triangle rectangle (doc. 2).

On utilise la relation trigonométrique :

$$\alpha = \arctan\left(\frac{\text{longueur de l'ombre projetée}}{\text{hauteur de l'obélisque}}\right)$$

■ L'angle α ainsi mesuré est égal à l'angle au centre de la Terre interceptant l'arc Alexandrie-Syène, car il s'agit d'angles alternes-internes et les rayons solaires sont parallèles (doc. 1).

■ La **circonférence** *P* correspond à un angle de 360°.

À NOTER

$$\tan\alpha = \left(\frac{\text{côté opposé}}{\text{côté adjacent}}\right)$$

$$\alpha = \arctan\left(\frac{\text{côté opposé}}{\text{côté adjacent}}\right)$$

Par une relation de proportionnalité :

Angles (en °)	7,2	360
Longueur (en km)	800	P

D'où : $P = \dfrac{800 \times 360}{7{,}2} = 4{,}0 \times 10^4$ km, soit 40 000 km environ.

- Cette méthode est valable si les deux villes se situent sur le même méridien.

II La triangulation plane

- Le principe de la triangulation repose sur la connaissance de deux angles et de la longueur d'un côté d'un triangle. Ainsi, on peut déterminer le troisième angle et la longueur des deux autres côtés.
- Dans un triangle ABC, la somme des angles est égale à 180°. La mesure des deux angles $(\widehat{BAC})$ et $(\widehat{ABC})$ permet donc de déduire l'angle $(\widehat{ACB})$.

La connaissance d'un côté, par exemple [AC], permet de calculer les côtés [BC] et [AB] :

$$[BC] = [AC] \times \frac{\sin(\widehat{BAC})}{\sin(\widehat{ABC})}$$

À NOTER

Loi des sinus : $\dfrac{[BC]}{\sin(\widehat{BAC})} = \dfrac{[AC]}{\sin(\widehat{ABC})} = \dfrac{[AB]}{\sin(\widehat{ACB})}$

- De 1792 à 1798, cette méthode a été utilisée par Jean-Baptiste Delambre et Pierre Méchain pour mesurer la longueur du méridien entre Dunkerque et Barcelone.

zoOm

Mesure du méridien terrestre par Delambre et Méchain

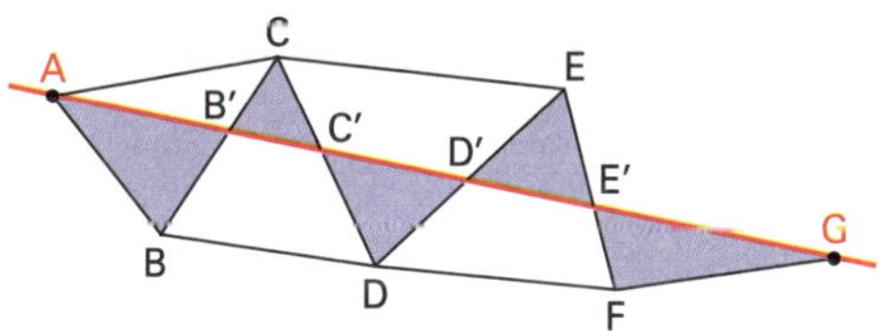

- Le segment [AG] représente l'arc de méridien entre Dunkerque et Barcelone. Une série de triangles adjacents au segment le découpe en différents segments [AB′], [B′C′], jusqu'à G. Connaissant la distance entre deux villes (le côté d'un triangle) et grâce à des visées (en haut de clochers, de tours…), les deux astronomes ont mesuré les angles des triangles ainsi que chaque segment les composant, calculant au fur et à mesure chaque portion du segment [AG].
- Connaissant la différence de latitude entre les deux villes (9,5°) et la longueur du segment [AG] (1 075 km), ils ont calculé, grâce une relation de proportionnalité (comme pour la méthode d'Ératosthène), la longueur du méridien terrestre et ont trouvé 20 522 960 toises, soit 39 999,24904 km.

22 Le repérage à la surface de la Terre

En bref *Le GPS (Global Positioning System) est un système satellitaire qui permet de se repérer sur le globe terrestre en donnant deux coordonnées géographiques : la latitude et la longitude.*

I Les coordonnées à la surface du globe

1 La latitude et la longitude

■ Méridiens et parallèles forment un quadrillage de la Terre permettant de déterminer deux coordonnées géographiques : la latitude et la longitude. Ces deux grandeurs se définissent respectivement par rapport à l'équateur et au méridien de Greenwich → FICHE 20.

■ La latitude d'un point correspond à l'angle qu'il forme par rapport à l'équateur. Elle permet donc de se positionner vers le nord ou le sud. Elle est graduée de 0° (à l'équateur) à 90° (90° N au pôle Nord et 90° S au pôle Sud).

■ La longitude d'un point est définie par rapport au méridien de Greenwich. Elle permet de connaître sa position vers l'ouest ou l'est. Elle est graduée de 0° (au méridien) à 180° (180° E ou 180° O).

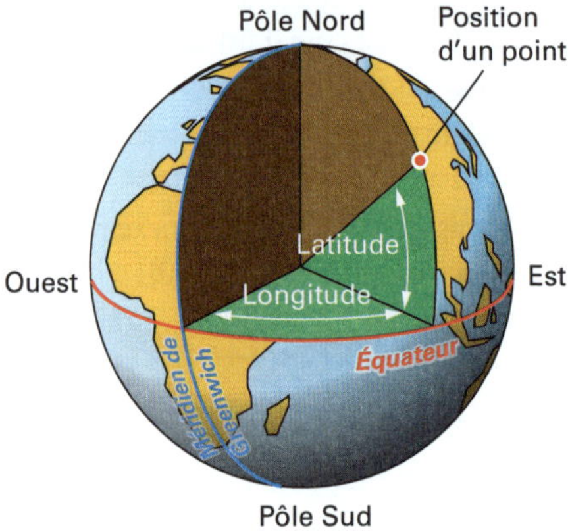

Doc Représentation de la latitude et de la longitude sur la sphère terrestre

2 La lecture d'une position

■ Pour situer un lieu à la surface du globe, il est nécessaire d'indiquer sa latitude et sa longitude.

Par exemple, la tour Eiffel a pour coordonnées géographiques :
Latitude : 48° 51′ 30″ N : 48 degrés 51 minutes et 30 secondes nord.
Longitude : 2° 17′ 40″ E : 2 degrés 17 minutes 40 secondes est.

À NOTER

Pour les angles : 1 degré (1°) est égal à 60 minutes d'angle de symbole « ′ » et 1 minute d'angle est égale à 60 secondes d'angle de symbole « ″ ».
Les coordonnées géographiques peuvent être exprimées dans le système décimal (base 10) ou sexagésimal (base 60) : la latitude de la tour d'Eiffel est de 48° 51′ 30″ N dans le système sexagésimal et de 48,86° dans le système décimal.

II Distances à la surface de la Terre

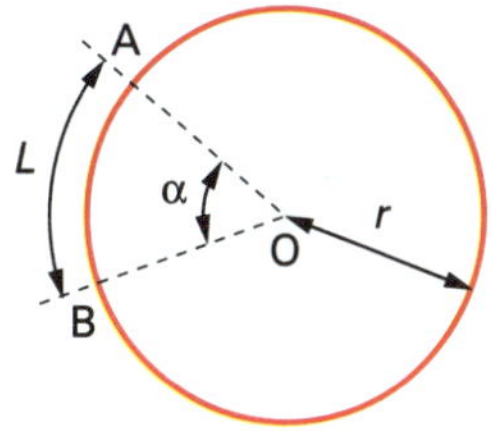

- Les méridiens et l'équateur sont de grands cercles, ayant pour rayon le rayon terrestre et pour centre celui de la Terre.
- La distance la plus courte entre deux points à la surface d'une sphère est une portion de cercle, c'est-à-dire un arc de cercle.
- Pour calculer la longueur L de l'arc $\widehat{AB}$ d'un cercle de centre O et de rayon r, on utilise la formule suivante, α étant en degrés :

$$L = \frac{r \times \pi \times \alpha}{180}$$

À NOTER

La longueur L a la même unité que le rayon r.
Si r est exprimé en mètres, alors L sera également exprimé en mètres.

zoOm

Le plus court chemin entre Paris et New York

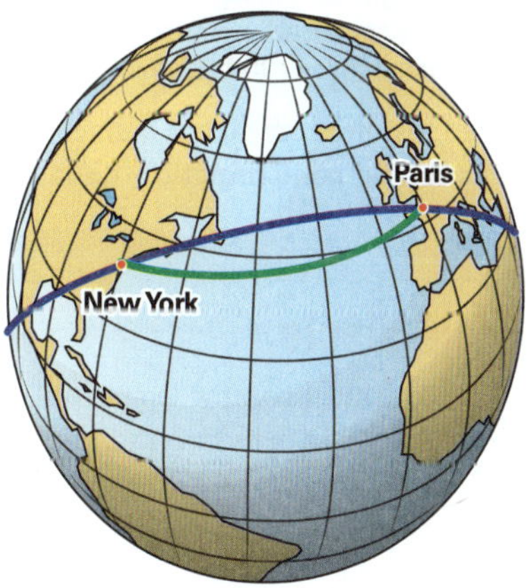

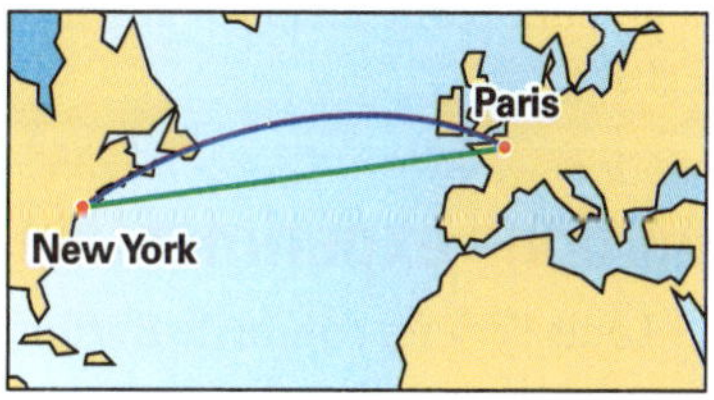

Représentation sur un globe (à gauche) et sur une carte (à droite) de la distance Paris-New York.

En violet, arc de cercle d'un grand cercle passant par les deux villes ; en vert, courbe coupant les méridiens selon un angle constant.

La distance en violet (5 840 km) est plus courte que la distance en vert (6 070 km). On constate que les distances sur une sphère sont déformées lors de leur projection sur une carte.

23 L'histoire de l'âge de la Terre

En bref *Tout comme la compréhension de sa forme, la détermination scientifique de l'âge de la Terre n'a été possible qu'après un long cheminement d'idées.*

I Des croyances aux premiers arguments géologiques

- Pour les philosophes grecs tel Aristote et jusqu'à la fin du Moyen Âge, la Terre est éternelle : il n'y a aucun début et donc aucun âge à calculer !

- Puis, du XVIe au XVIIIe siècle, des savants se risquent à donner un âge à la Terre. À l'époque, le récit biblique, incontestable, est la seule référence possible. Le calcul le plus célèbre est dû à James Ussher qui affirme, en 1650, et en se basant sur les textes de l'Ancien testament, que la Terre s'est formée au début de la nuit précédant le 23 octobre de l'an 4004 avant J.-C. !

- À partir de la seconde moitié du XVIIIe siècle, les premiers géologues estiment à plusieurs millions d'années le temps de formation des couches sédimentaires ou d'ablation des reliefs, en supposant ces phénomènes constants dans le temps.

> **À NOTER**
> Par exemple, si on estime qu'il faut 100 ans pour déposer une couche d'argile de 1 millimètre d'épaisseur, une couche d'un mètre d'épaisseur nécessitera 100 000 ans.

- Cependant, si l'idée que la Terre a une très longue histoire commence à émerger, peu d'auteurs osent encore l'affirmer, craignant une condamnation de la part de l'Église.

II L'approche expérimentale au XVIIIe siècle

- Georges Louis Leclerc, comte de Buffon, peut être considéré comme le père de la datation scientifique. En effet, il est le premier à aborder la détermination de l'âge de la Terre de manière expérimentale en 1778.

- Selon l'hypothèse de Buffon, la Terre était en fusion au début de son histoire. Le globe actuel serait donc le résultat de son refroidissement.

- Afin de tester cette hypothèse, il chauffe au rouge des sphères de rayons différents et composées de matériaux variés, puis mesure les durées de refroidissement nécessaires pour atteindre la température ambiante.

- En extrapolant ses résultats à une sphère aux dimensions terrestres, il trouve qu'il faudrait environ 75 000 ans pour que le globe arrive à sa température actuelle. Ses carnets d'expérience donnent cependant un âge de plus de 10 millions d'années à la Terre, chiffre qu'il n'a jamais publié, car difficile à croire à l'époque.

III Au XIXe siècle, les querelles entre scientifiques

■ Le XIXe siècle est marqué par **une controverse scientifique** sur l'âge de la Terre : les calculs effectués par les physiciens ne donnent pas les mêmes âges que ceux estimés par les géologues ou les biologistes.

■ **Charles Darwin** estime, en 1859, en calculant le temps mis par l'érosion pour creuser une vallée dans le sud de l'Angleterre, que 300 millions d'années (Ma) se sont écoulées depuis la fin de l'ère secondaire. Cette durée lui semble compatible avec les lents processus de l'évolution biologique.

■ **Lord Kelvin** reprend, en 1862, l'hypothèse de Buffon. Il calcule la durée de la solidification de la Terre en utilisant les lois physiques et propose un âge compris entre 20 et 400 Ma, réduit ensuite à 24 Ma en accord avec d'autres physiciens.

■ En 1900, John Joly parvient à 90 Ma pour la formation des océans en calculant le temps mis pour atteindre leur salinité actuelle.

IV Le XXe siècle et la datation radiochronologique

■ La découverte de la radioactivité → FICHE 3 par Henri Becquerel en 1896 permet à **Ernest Rutherford** de dater, en 1905, deux minéraux riches en uranium, l'un à 140 Ma, un autre à 500 Ma. Lord Rayleigh, par la même méthode, est le premier, en 1905, à proposer un âge dépassant le milliard d'années pour la Terre.

■ En 1953, Clair Patterson date une météorite à 4,55 milliards d'années, un âge proche de celui de la Terre aujourd'hui estimé à **4,57 milliards d'années**.

zoOm

Histoire des estimations de l'âge de la Terre

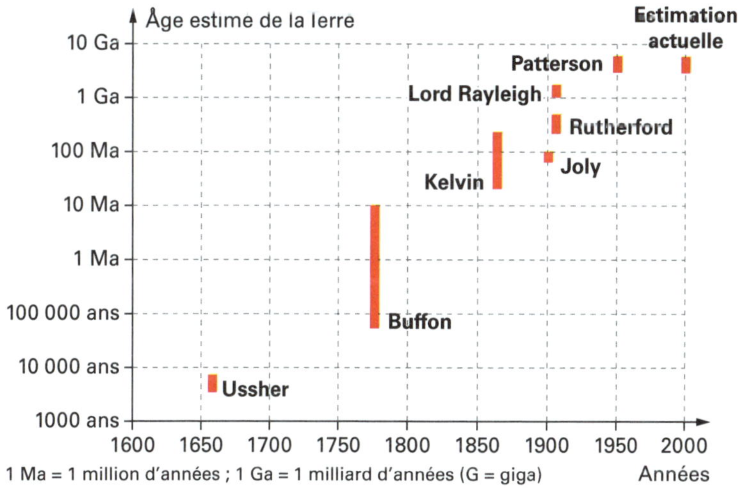

1 Ma = 1 million d'années ; 1 Ga = 1 milliard d'années (G = giga)

S'ENTRAÎNER

1 Réviser le cours en 8 questions flash

→ FICHES 20 à 23

1. Quelle est la forme de la Terre ?

2. Comment nomme-t-on les coordonnées géographiques servant à se repérer à la surface du globe ?

3. À quoi sert la triangulation plane utilisée par Delambre et Méchain ?

4. Quel est le plus court chemin entre deux points à la surface de la Terre ?

5. Quelles sont les lignes de référence pour les méridiens et les parallèles ?

6. Citer trois méthodes ayant permis d'estimer l'âge de la Terre avant le XXe siècle.

7. Par quelle méthode l'âge de la Terre a-t-il été précisément déterminé ?

8. Quel est l'âge de la Terre aujourd'hui reconnu ?

OBJECTIF BAC

2 Mesure de la circonférence de la Terre

1 h

Dans cet exercice, vous allez analyser des documents, exprimer et calculer des longueurs à partir de la mesure d'un angle en vous appuyant sur la méthode d'Ératosthène. → FICHE 21

LE SUJET

À l'aide de vos connaissances et des documents 1 et 2, répondre aux questions en argumentant.

Doc 1 Observations et mesures d'Ératosthène

Au IIIe siècle avant notre ère, Ératosthène, astronome et géographe grec, fait l'hypothèse que la Terre est une boule et entreprend alors d'en calculer la circonférence.

Ératosthène sait, d'après les récits des voyageurs qui parcourent l'Égypte, que, le jour du solstice d'été à midi, à Syène, les rayons du soleil frappent la Terre à la verticale, car on peut voir l'astre se refléter au fond des puits de la ville.

À Alexandrie, le même jour et à la même heure, il mesure l'ombre d'un obélisque et relève 3,07 m. La hauteur de l'obélisque est de 24,3 m. On considère que les deux villes se trouvent sur le même méridien.

Par des calculs, Ératosthène détermine que l'obélisque à Alexandrie forme un angle de 7,20° avec les rayons solaires.

Doc 2 Schématisation de la situation

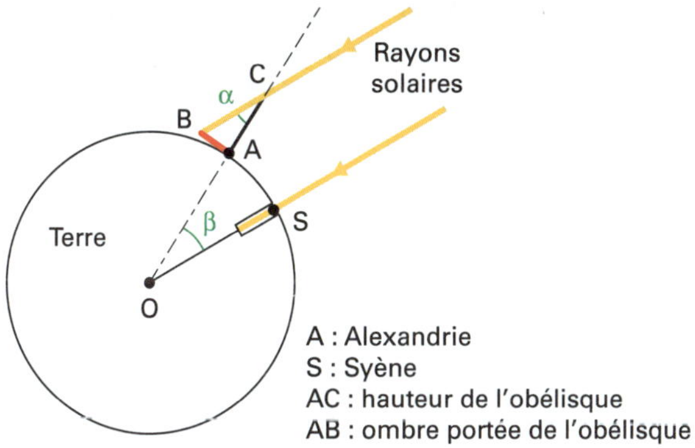

1. Détermination de l'angle α

On note $\alpha = \widehat{ACB}$; $\beta = \widehat{COS}$; le triangle ABC est rectangle en A.

a. À l'aide des documents, expliquer pourquoi on observe une ombre de l'obélisque à Alexandrie alors que les rayons solaires arrivent verticalement à Syène ?

b. Calculer la valeur en degrés de l'angle α (au dixième de degré). Retrouve-t-on la valeur donnée dans le document 1 ?

c. En déduire la valeur de l'angle β.

2. Mesure de la circonférence de la Terre

Un **bématiste** indique à Ératosthène que la distance entre Alexandrie et Syène est d'environ 5 000 stades de l'époque.

> **À NOTER**
> **Bématiste** : personne chargée de mesurer la distance entre les villes.

a. Sachant qu'un stade est égal à 157,5 m, exprimer la distance *d*, entre Alexandrie et Syène, en km.

b. À partir des mesures précédentes, déterminer la circonférence de la Terre.

c. En déduire la valeur du rayon terrestre, arrondie au kilomètre. La comparer avec la valeur moyenne $R_T = 6\ 371$ km.

LA FEUILLE DE ROUTE

1. a. S'approprier et analyser les documents

Dans le document 2, repérez les deux informations importantes concernant les rayons solaires et la forme de la Terre. Ératosthène formule une hypothèse en ce sens dans le document 1.

1. b. S'aider d'un schéma et comparer des résultats avec des documents

À partir du document 2, formulez la relation trigonométrique qui lie l'angle α et les segments AB (opposé à l'angle) et AC (adjacent à l'angle).

Vérifiez que vous avez trouvé la même valeur que celle du doc 1. Si ce n'est pas le cas, reprenez le calcul de l'angle α.

1. c. Utiliser une propriété mathématique
Les deux angles α et β sont des **angles alternes-internes** et les rayons solaires sont parallèles.

> **À NOTER**
> Quand deux droites parallèles sont coupées par une sécante, alors elles forment des angles alternes-internes de même valeur.

2. a. Convertir une distance dans une unité adaptée
Appliquez la conversion donnée d'un stade à la distance entre deux villes en donnant un résultat final en km.

2. b. Utiliser une relation de proportionnalité
L'angle β correspond à l'arc de cercle reliant Alexandrie à Syène dont vous connaissez la longueur. En vous aidant du document 2 et sachant que la circonférence de la Terre correspond à un angle de 360°, par une relation de proportionnalité, exprimez cette grandeur en fonction des trois connues.

2. c. Calculer le rayon d'un cercle à partir de son périmètre
Utilisez la formule du périmètre d'un cercle P en fonction de son rayon R :

$$P = 2\pi R$$

Faites preuve d'esprit critique sur la valeur trouvée en vous appuyant sur l'énoncé.

CORRIGÉS

S'ENTRAÎNER

1 Réviser le cours en 8 questions flash

1. La Terre est de forme sphérique, légèrement aplatie aux pôles.

2. On se repère à la surface du globe grâce à la latitude et la longitude.

3. Cette méthode a permis de calculer la longueur du méridien terrestre par une relation de proportionnalité.

4. Le plus court chemin entre deux points à la surface de la Terre est l'arc du grand cercle qui passe par les deux points.

5. La référence des méridiens est le méridien de Greenwich et celle des parallèles est l'équateur.

6. L'âge de la Terre a été estimé à partir :
- du temps de refroidissement du globe ;
- des vitesses de dépôts des sédiments et d'érosion des reliefs ;
- de l'accroissement de la salinité des océans.

7. L'âge de la Terre a été déterminé en mesurant la proportion d'isotopes radioactifs d'une météorite supposée du même âge que les planètes du système solaire.

8. L'âge de la Terre est aujourd'hui précisément estimé à 4,57 milliards d'années.

OBJECTIF BAC

2 Mesure de la circonférence de la Terre

1. Détermination de l'angle α

a. S'approprier et analyser les documents

D'après les documents 1 et 2, les rayons solaires arrivent parallèles entre eux sur Terre et verticalement à Syène. Si la Terre était plate, aucune ombre de l'obélisque à Alexandrie ne serait observable.

Il se forme une ombre de l'obélisque, car les deux villes se situent à des latitudes différentes et la Terre est de forme sphérique.

b. S'aider d'un schéma et comparer des résultats avec des documents

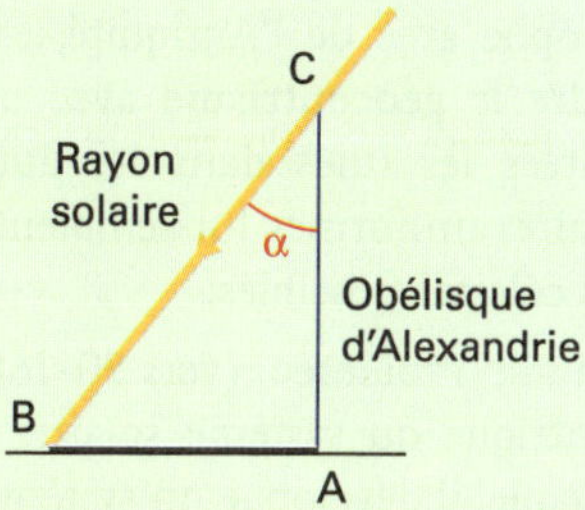

À l'aide du schéma, on peut exprimer l'angle α dans le triangle ABC par la relation suivante :

$$\tan \alpha = \frac{AB}{AC}, \text{ soit } \alpha = \arctan\left(\frac{AB}{AC}\right) ;$$

$$\alpha = \arctan\left(\frac{3{,}07}{24{,}3}\right) = 7{,}20°.$$

Cette valeur est en accord avec celle indiquée dans le document 1.

c. Utiliser une propriété mathématique

Les angles α et β sont alternes-internes et les rayons solaires sont parallèles, donc $\alpha = \beta = 7{,}20°$.

2. Mesure de la circonférence de la Terre

a. Convertir une distance dans une unité adaptée

En utilisant les règles de proportionnalité, la distance *d* entre les deux villes est :

$$d = \frac{157{,}5 \times 5\,000}{1} = 787\,500 \text{ m} = 787{,}5 \text{ km}.$$

b. Utiliser une relation de proportionnalité

La circonférence de la Terre C correspond à un angle de 360°, l'arc de cercle Alexandrie-Syène correspond à un angle de 7,20° et sa longueur est de 787,5 km. Par une relation de proportionnalité, on trouve :

$$C = \frac{787{,}5 \times 360}{7{,}20} = 39\,375 \text{ km} = 3{,}94 \times 10^4 \text{ km}$$

c. Calculer le rayon d'un cercle à partir de son périmètre

La relation entre la circonférence et le rayon est : $C = 2 \times \pi \times R_T$.

Donc : $R_T = \frac{C}{2 \times \pi} = \frac{39\,375}{2 \times \pi} = 6\,267$ km.

La valeur trouvée est proche de celle donnée par le sujet, la différence s'explique par l'imprécision de la mesure effectuée par Ératosthène, notamment sur la distance entre les deux villes : « environ 5 000 stades ».

FRANÇAIS HISTOIRE GÉOGRAPHIE ENS. SCIENTIFIQUE & MATHÉMATIQUE ANGLAIS

24 L'avènement de la théorie héliocentrique

En bref *Il y a 2 000 ans, la Terre était considérée comme le centre de l'Univers. Ce n'est qu'à la Renaissance que des savants ont remis en cause cette vision et proposé une nouvelle théorie : l'héliocentrisme.*

I Le géocentrisme

■ Au IVe siècle avant J.-C., Aristote (384-322 av. J.-C.), philosophe grec de l'Antiquité, est l'un des premiers à défendre le **géocentrisme** avec un système de sphères emboîtées les unes dans les autres. Les mouvements circulaires uniformes lui semblent être les seuls mouvements célestes possibles.

> **MOT CLÉ**
> **Géocentrisme :** théorie plaçant la Terre au centre de l'Univers, considérant qu'elle est immobile et que les autres astres tournent autour d'elle.

■ Claude Ptolémée (vers 90-168 ap. J.-C.) approuve et précise cette vision géocentrique du système solaire. Il rédige un traité d'astronomie, l'*Almageste*, dans lequel il développe un système constitué de différents cercles pour expliquer le mouvement apparent des planètes et du Soleil dans le ciel.

II Une nouvelle vision : l'héliocentrisme

■ Au XVIe siècle, l'astronome polonais Nicolas Copernic (1473-1543) remet en question la théorie géocentrique. Il développe sa conception du monde dans son ouvrage en latin *De Revolutionibus Orbium Coelestium* (« Révolutions de sphères célestes ») qu'il termine vers 1530 et qui ne sera publié qu'en 1543, à sa mort, par crainte des instances religieuses.

Dans ce traité d'astronomie, Copernic place le Soleil au centre du système solaire : les planètes sont en rotation autour du Soleil. C'est l'héliocentrisme.

> **À NOTER :**
> Aristarque de Samos (IIIe s. av. J.-C.) avait déjà proposé un modèle héliocentrique.

■ Ce n'est qu'au début du XVIIe siècle que les visions géocentrique et héliocentrique commencent à s'opposer. Elles sont à l'origine de l'une des **controverses** les plus importantes de l'histoire des sciences.
Les dogmes religieux et philosophiques de l'époque imposent une vision géocentrique du monde, alors que certains scientifiques défendent la théorie héliocentrique.

> **MOT CLÉ**
> **Controverse :** discussion argumentée, motivée par des opinions ou des interprétations divergentes.

■ Johannes Kepler (1571-1630), convaincu par le modèle de Copernic, établit des relations mathématiques pour décrire le mouvement des planètes autour du Soleil. Une de ses lois stipule que l'orbite des planètes ne peut être ni un cercle ni une combinaison de cercles, mais une ellipse.

■ Galilée (1564-1642), grâce à ses observations à la lunette astronomique (avec laquelle il découvre notamment quatre satellites de Jupiter), est également convaincu par l'héliocentrisme. Il publie ses travaux dans lesquels il réfute l'idée du géocentrisme. Il est condamné par l'Inquisition en 1633 pour ses idées contradictoires avec celles de l'Église.

■ À la fin du XVIIe siècle, grâce aux travaux d'Isaac Newton sur la mécanique céleste, la plupart des pays européens admettent la théorie de l'héliocentrisme. Depuis, le mouvement des planètes et des corps célestes du système solaire est défini dans le référentiel héliocentrique.

Doc Mouvement de la Terre dans le référentiel héliocentrique

Le référentiel héliocentrique a pour origine le centre du Soleil, ses axes orthogonaux pointant vers trois étoiles éloignées considérées comme fixes.

La Terre décrit une trajectoire quasi circulaire dans ce référentiel.

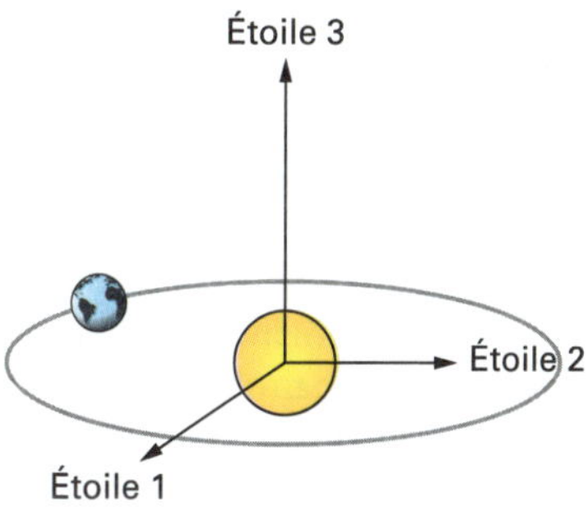

zoOm

Carte illustrant le système géocentrique de Ptolémée

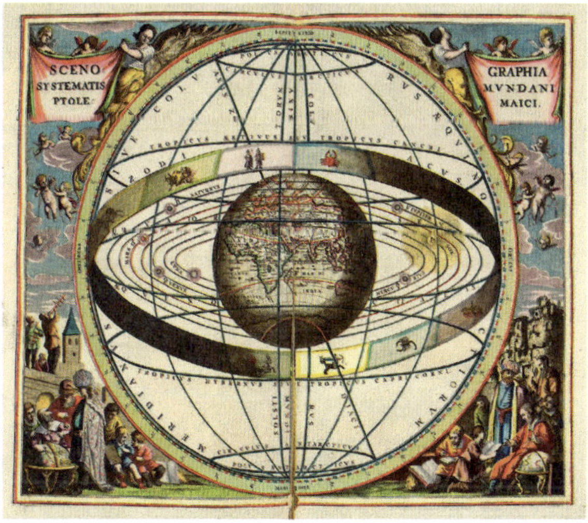

Tirée de l'*Atlas céleste de Cellarius* (1660), cette carte représente la Terre et les différents cercles correspondant aux trajectoires des astres connus à l'époque.

25 Le système Terre-Lune

En bref *Par sa proximité, sa luminosité, ses différentes phases, la Lune fascine les hommes depuis toujours. Elle constitue un point de repère majeur dans le ciel.*

I Caractéristiques du système Terre-Lune

- La Lune est le seul **satellite naturel** de la Terre. La question de son origine est toujours débattue, mais on sait qu'elle s'est formée peu de temps après notre planète, il y a près de 4,5 milliards d'années. (→ FICHE 23)

> **MOT CLÉ**
> **Satellite naturel** : astre en orbite autour d'un autre corps céleste.

- Le diamètre de la Lune (3 475 km) représente le quart de celui de la Terre (12 740 km) ; la Terre dispose ainsi d'un satellite naturel massif qui est à l'origine de phénomènes remarquables comme les éclipses, les marées ou encore le maintien de l'inclinaison de la Terre sur son axe de rotation, qui est essentiel à l'alternance des saisons et à l'équilibre climatique terrestre.

- La période de rotation de la Lune sur elle-même (27,32 jours) est précisément égale à la **période de révolution sidérale de la Lune**.

> **MOT CLÉ**
> **Période de révolution sidérale de la Lune** : temps mis par notre satellite pour effectuer un tour complet autour de la Terre.

C'est pourquoi la Lune présente toujours la même face à la Terre. Elle possède ainsi une face « visible » et une face « cachée ».

- La trajectoire de la Lune autour de la Terre décrit une orbite quasi circulaire (doc. 1).

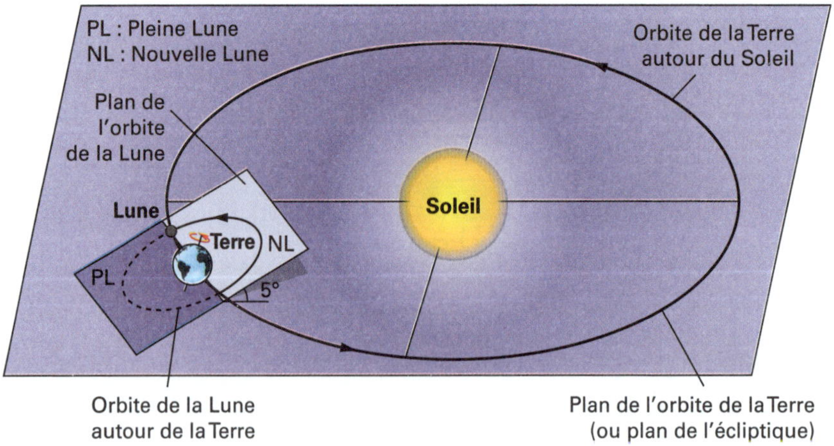

Doc 1 Orbites de la Terre et de la Lune

II Le cycle des phases lunaires

■ Le mouvement de la Lune autour de la Terre se combine à celui de la Terre autour du Soleil. La position de la Lune change ainsi par rapport au Soleil et, sur Terre, on ne voit qu'une fraction de son hémisphère éclairé. On appelle phase lunaire cette portion illuminée de la Lune vue depuis la Terre.

■ À mesure que la Lune se déplace sur son orbite autour de la Terre, la phase lunaire change. L'intervalle de temps qui sépare deux phases semblables – deux pleines lunes successives par exemple – s'appelle une **lunaison** ou **période synodique**. Elle dure 29,53 jours en moyenne. En toute fin de lunaison, la configuration Soleil-Terre-Lune est identique à celle du début. Il s'agit bien d'un phénomène cyclique.

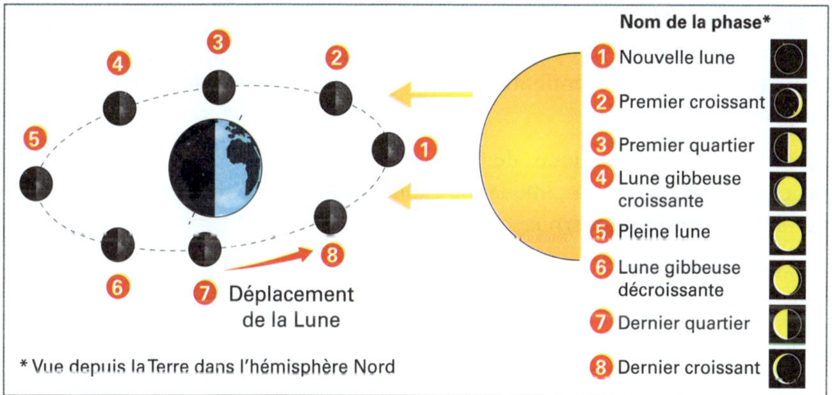

Doc 2 Configurations Soleil–Terre–Lune et phases lunaires

zoOm

La trajectoire de la Lune dépend du référentiel choisi

■ Le référentiel géocentrique a son origine au centre de la Terre, ses axes orthogonaux pointent vers des étoiles lointaines qui apparaissent fixes. La Lune décrit une trajectoire quasi circulaire dans ce référentiel.

■ Dans le référentiel héliocentrique, la Lune décrit une trajectoire plus complexe : vue du Soleil, la course de la Lune décrirait une sorte de spirale.

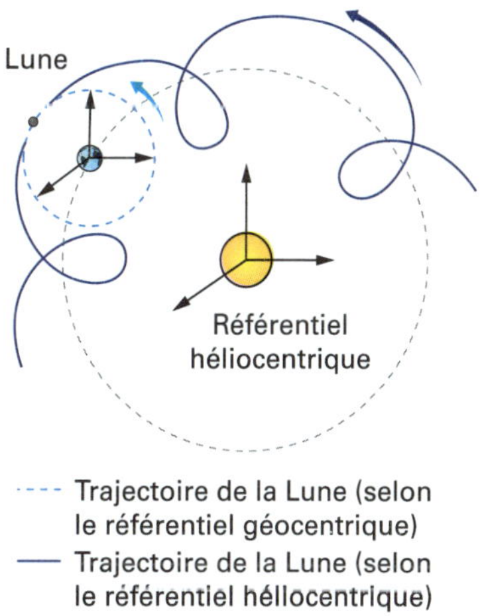

OBJECTIF BAC

1 Galilée et la révolution copernicienne

60 min

Ce sujet va vous permettre de revenir sur les fondements scientifiques théoriques et expérimentaux qui ont abouti au changement de représentation de l'Univers aux XVIe et XVIIe siècles. → FICHES 24 et 25

LE SUJET

À l'aide des documents 1 à 3 et de vos connaissances, répondre aux questions suivantes en argumentant.

À NOTER
À l'époque de Copernic, les astres sont considérés comme de grandes sphères lisses, sans aucune imperfection.

1. La théorie Copernicienne
Expliquer en quoi le système de Copernic remet en cause la théorie dominante en place jusqu'alors.

2. Les observations astronomiques de Galilée
À partir des observations astronomiques de Galilée, donner différents arguments en faveur de la théorie de Copernic.

3. Les phases de la Lune

a. Comment expliquer les différentes phases lunaires observées par Galilée ?

b. Représenter sur un schéma les positions du Soleil, de la Terre et de la Lune pour pouvoir observer le premier croissant et le dernier quartier de Lune dessinés par Galilée.

Doc 1 La théorie copernicienne

« Après de longues recherches, je me suis enfin convaincu : que le Soleil est une étoile fixe, entourée de planètes qui tournent autour d'elle et dont elle est le centre et le flambeau ; le Soleil demeurant immobile, tout ce qui apparaît être un mouvement du Soleil est en vérité plutôt un mouvement de la Terre ; que tous les phénomènes des mouvements diurnes et annuels, le retour périodique des saisons, sont les résultats de la rotation de la Terre autour de son axe et de son mouvement autour du Soleil.

Bien que toutes ces choses soient presque impensables et assurément contraires à l'opinion de la multitude, néanmoins, nous les clarifierons, du moins pour ceux qui n'ignorent pas les mathématiques. »

Nicolas Copernic, *De la révolution des orbes célestes*, 1543.

Doc 2 Galilée, observateur de l'Univers

« Le 7 janvier 1610, à une heure du matin, alors que j'explorais le ciel avec ma lunette, Jupiter se présenta à moi ; et parce que j'avais construit un instrument puissant, je pus apercevoir trois petites étoiles à côté de lui. »
Quelques jours plus tard, Galilée découvre un quatrième astre près de Jupiter.
« Nous n'avons plus seulement une planète tournant autour d'une autre, tandis que l'ensemble tourne autour du Soleil. Nous voyons de nos propres yeux quatre astres qui tournent autour de Jupiter comme la Lune autour de la Terre, tandis que l'ensemble tourne autour du Soleil. »

D'après Galilée, *Le Messager des étoiles*, 1610.

Doc 3 Dessins d'observations de Galilée

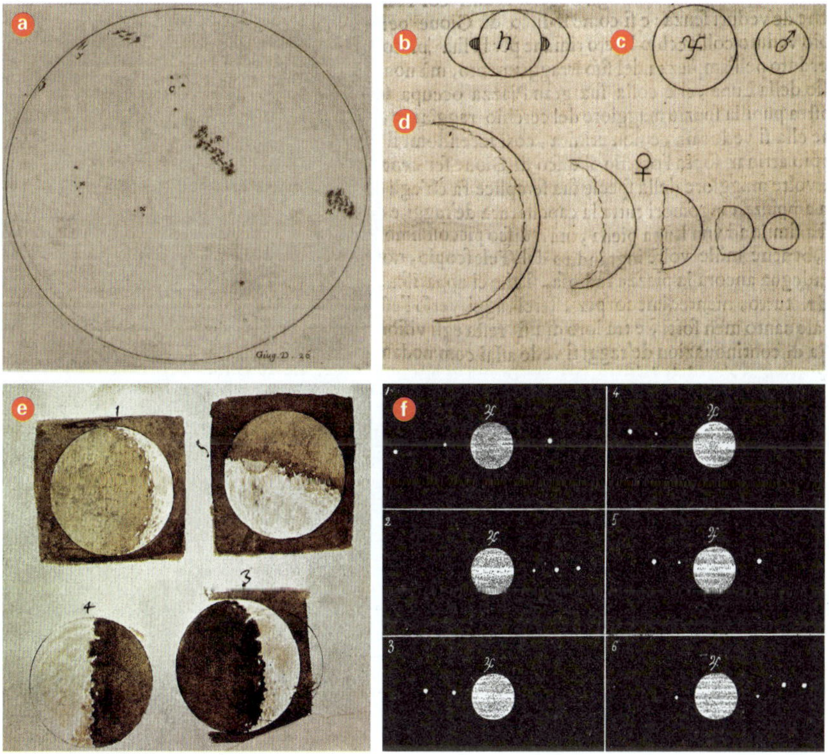

a Le Soleil et les taches solaires observés à la lunette × 30 (1613).
b Saturne.
c Jupiter et Mars.
d Les phases de Vénus.
e Les phases de la Lune, les cratères visibles.
f Jupiter et ses « étoiles », leur évolution.

▶▶▶ LA FEUILLE DE ROUTE

1. Lire et analyser attentivement la question posée

■ Repérez les mots clés : théorie de Copernic, vision de l'Univers, théorie dominante.

Cette question doit vous orienter vers l'exploitation du document 1.

■ Notez au brouillon des informations, des indices : Copernic développe sa représentation de l'Univers ; on est en 1543 ; une théorie est en déjà place, elle domine.

■ Mobilisez vos connaissances en les mettant en relation avec les informations du document 1. Vous devez ici nommer la théorie de Copernic, la théorie dominante, et expliquer en quoi les deux théories s'opposent. → FICHE 24.

■ Rédigez la réponse en veillant à être précis et concis.

2. Identifier et analyser les informations

■ Lisez attentivement la question. Elle vous oriente vers les documents 2 et 3. Repérez les mots-clés : observations, Galilée, théories, astres parfaits.

■ Croisez les informations des documents 2 et 3. Observez les dessins de Galilée et faites ressortir les informations que vous utiliserez dans votre argumentation en faveur de la théorie de Copernic présentée dans le document 1. Regardez plus particulièrement les informations sur l'imperfection des astres (fig. a, c et e), leur taille qui « change » (fig. d) ; les astres tels Jupiter et « ses étoiles » qui fonctionnent à l'image du système Soleil-Terre-Lune (fig. f et document 2).

■ Mobilisez vos connaissances et rédigez la réponse.

3. Mobiliser des connaissances

a. Expliquez les phases lunaires en général et pas seulement celles représentées par Galilée.

b. Positionnez correctement les astres en y portant les zones de lumière et d'ombre.

CORRIGÉS

OBJECTIF BAC

1 Galilée et la révolution copernicienne

1. La théorie Copernicienne

Dans son ouvrage (doc. 1), Copernic évoque une nouvelle vision de l'Univers. D'après lui, le Soleil, immobile, est placé au centre de l'Univers et les planètes tournent autour de lui. Il invoque une nouvelle théorie, l'**héliocentrisme**. Il précise que cette théorie sera clarifiée par les mathématiques, c'est-à-dire par des hommes de sciences.

En 1543, date de parution de l'ouvrage, la grande majorité des hommes pense que la Terre est au centre de l'Univers, la théorie dominante était alors le **géocentrisme**.

2. Les observations astronomiques de Galilée

Dans le document 3, Galilée observe de nombreuses imperfections sur les astres, contrairement aux idées reçues : le Soleil n'est pas une sphère lisse ; ses dessins mettent en évidence des taches ; la Lune est représentée avec des cratères : elle montre une surface irrégulière et Saturne est entourée d'anneaux.

Par ailleurs, sur ses dessins, il note que la taille de Vénus varie. Or, si la taille de Vénus change, c'est que la distance entre Vénus et la Terre varie beaucoup. Preuve que Vénus gravite autour du Soleil et non autour de la Terre. L'orbite circulaire de Vénus autour de la Terre présentée dans le modèle géocentrique ne tient pas. De plus, comme la Lune, Vénus change d'aspect : elle a des « phases ».

Galilée observe également (doc. 2 et 3) quatre astres qui tournent autour de Jupiter, comme la Lune autour de la Terre. Par analogie, il en conclut que les planètes tournent autour du Soleil.

Par ses observations astronomiques, Galilée apporte des preuves scientifiques en faveur de la théorie héliocentrique tout en fragilisant la représentation géocentrique de l'Univers.

3. Les phases de la Lune

a. Les différentes **phases lunaires** observées par Galilée sont dues au mouvement de la Lune autour de la Terre combiné au mouvement de la Terre autour du Soleil. Depuis la Terre, la partie visible de l'hémisphère lunaire éclairé par le Soleil n'est pas toujours la même. Il s'agit de la phase lunaire.

b. Depuis la Terre, on observe un premier croissant de Lune en configuration 1 et un dernier quartier en configuration 2.

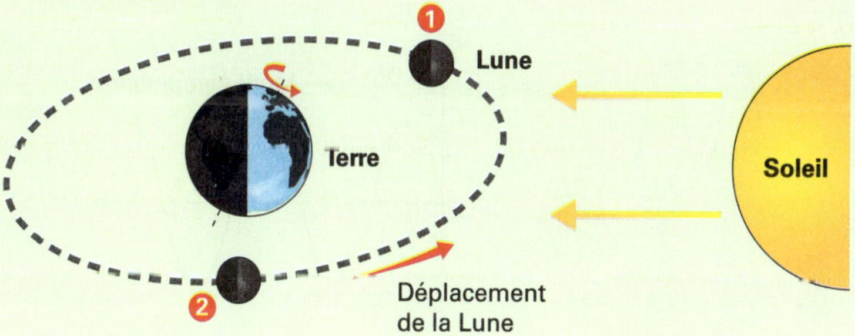

26 Caractéristiques du son

En bref *Le son d'un instrument de musique ne doit pas être confondu avec un bruit. Des grandeurs physiques permettent de le caractériser.*

I Les grandeurs physiques du son

1 L'onde sonore

■ Une onde sonore est une vibration mécanique qui se propage dans tout milieu matériel **élastique** (solide, liquide ou gazeux). Pendant la propagation de l'onde, les molécules constituant ce milieu ne se déplacent pas, mais oscillent autour d'une position d'équilibre. La propagation s'accompagne de faibles variations de pression (doc. 1).

À NOTER
Un matériau est dit **élastique** s'il reprend sa forme initiale quand cessent les forces qui lui sont appliquées.

2 Son pur, son complexe

■ Un son est un phénomène **périodique**, tandis qu'un bruit est un phénomène apériodique.

■ Le son produit par un diapason est un son pur. Sa représentation graphique est une fonction sinusoïdale du temps (doc. 2), de période temporelle T, qui s'exprime en secondes (s).

MOT CLÉ
Un phénomène physique est **périodique** lorsqu'il se répète identique à lui-même à intervalles de temps réguliers.

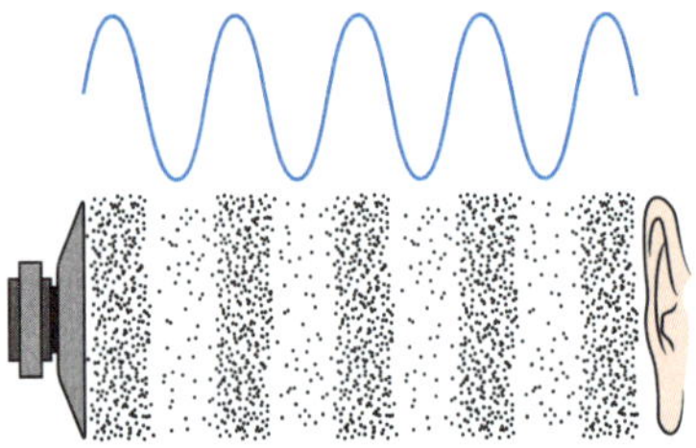

Doc 1 Dilatation-compression de la matière

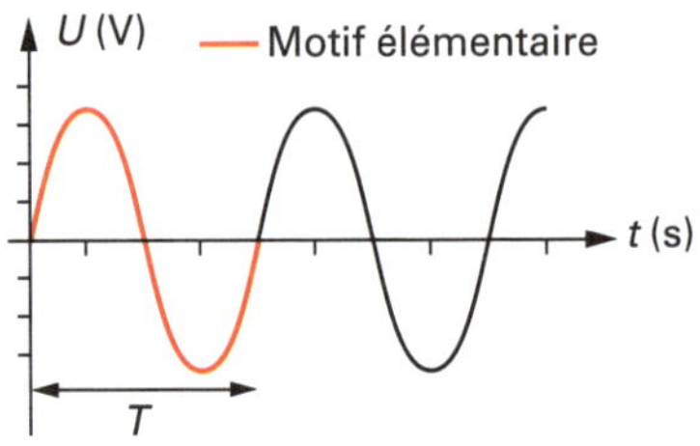

Doc 2 Représentation graphique d'un son pur

■ La plupart des sons de notre environnement sont des sons complexes. Leur signal demeure périodique, mais est une somme de sinusoïdes.

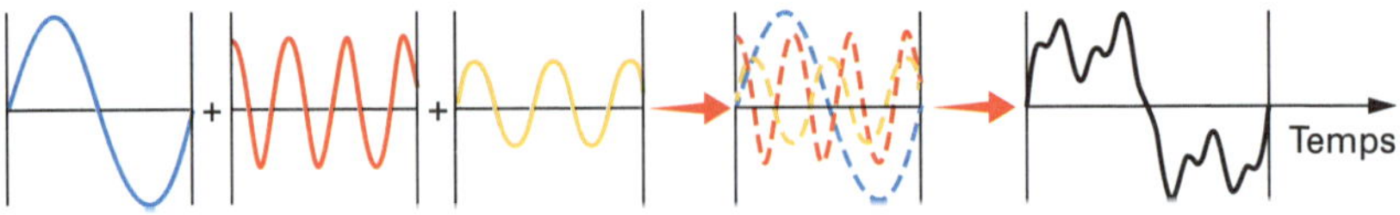

Doc 3 Représentation graphique d'un son complexe

II Analyse spectrale d'un son

■ Un son est caractérisé par sa **fréquence** f, qui est l'inverse de la période :

$$f = \frac{1}{T}$$

L'unité de la fréquence est le hertz (Hz).

■ L'analyse spectrale d'un son de fréquence f_1 permet de connaître les fréquences f_n des sinusoïdes qui le composent et qui sont des multiples de f_1 :

$$f_n = n \times f_1$$

Sur le spectre, chaque sinusoïde ou **harmonique** est représentée par un segment de droite dont l'abscisse correspond à la fréquence. Le premier harmonique de fréquence f_1 est la **fréquence fondamentale**.

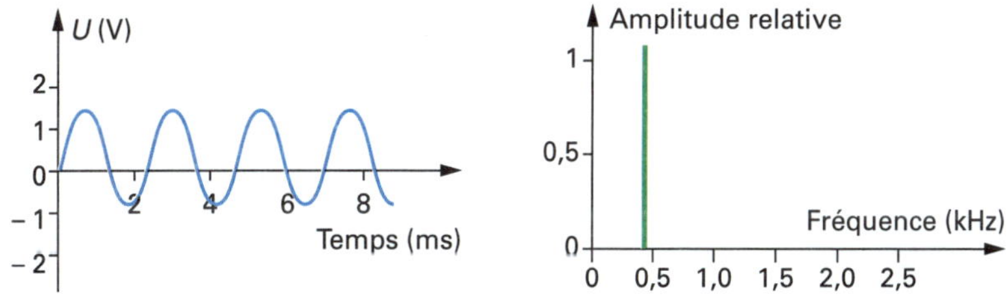

Doc 4 Son pur (à gauche) et son analyse spectrale (à droite)

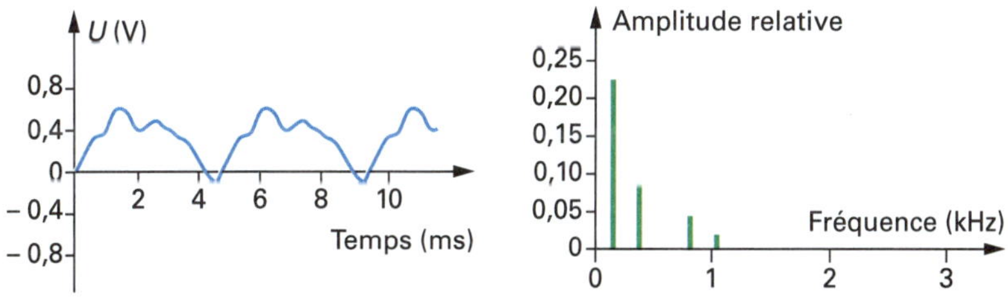

Doc 5 Son complexe (à gauche) et son analyse spectrale (à droite)

zoOm

Les harmoniques d'une corde excitée périodiquement

On observe différents modes de vibration correspondant aux différents harmoniques : la fréquence fondamentale f_1 et les harmoniques suivants $f_2 = 2 \times f_1$ et $f_3 = 3 \times f_1$. On distingue des nœuds (N) et des ventres (V).

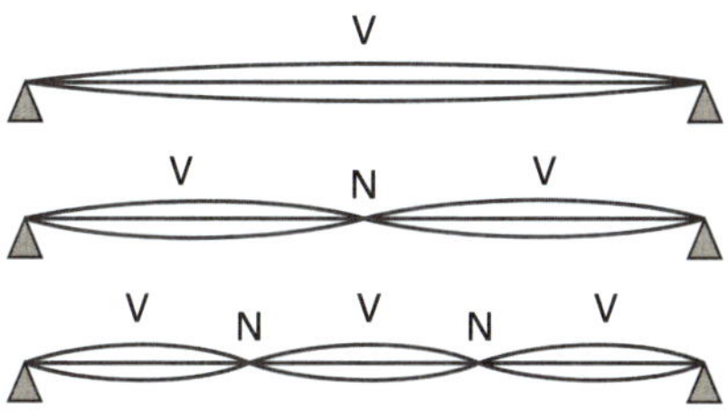

27 Puissance et niveau d'intensité sonore

En bref *Une onde sonore se propage dans toutes les directions et peut être quantifiée par deux grandeurs : la puissance et l'intensité sonore.*

I Pression acoustique et puissance sonore

1 Pression acoustique

- Notre oreille est capable de détecter des variations de pression provoquées par la propagation d'un son. La pression s'exprime en pascals (Pa). → FICHE 26
- Si un son est **plus fort**, c'est que la **pression acoustique augmente**.

2 Puissance sonore

- La puissance sonore (ou pression acoustique) s'exprime en **watts** (**W**).

Source	Orchestre complet	Orgue	Cymbales	Piano	Flûte	Voix humaine
Puissance (W)	70	13	10	0,4	0,06	0,001

Doc 1 Puissance émise par différentes sources sonores

II Intensité sonore et niveau d'intensité sonore

1 Intensité sonore

- L'intensité sonore (I) est égale à la puissance sonore reçue (P) par unité de surface (S) :

$$I = \frac{P}{S}$$

- Elle s'exprime en **watts par mètre carré** ($W \cdot m^{-2}$). Le plus petit niveau sonore audible (seuil d'audibilité) est égal à $I_0 = 10^{-12}\ W \cdot m^{-2}$.
- Sans obstacle, la puissance émise par une source sonore se répartit dans l'espace. En s'éloignant de la source sonore, elle se répartit sur une plus grande surface, donc l'intensité du son diminue.

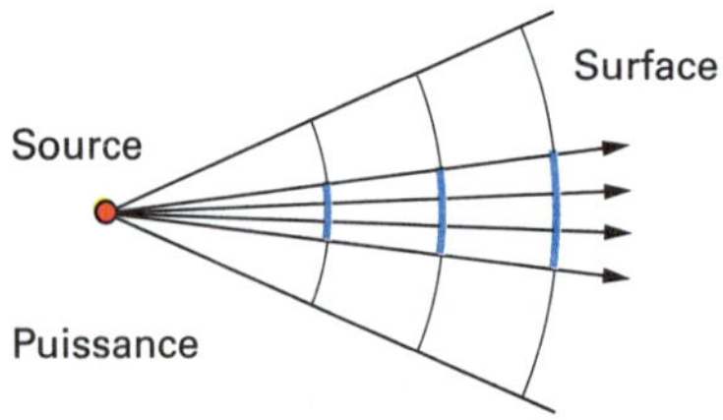

Doc 2 Répartition de la puissance sonore dans l'espace

2 Niveau d'intensité sonore

■ Pour mieux prendre en compte les sensations physiologiques de l'oreille, on définit une grandeur appelée niveau d'intensité sonore (notée L) qui est liée à l'intensité sonore I par la relation :

$$L = 10 \times \log\left(\frac{I}{I_0}\right)$$

L s'exprime en **décibels** (dB) et se mesure avec un sonomètre.

■ Si l'on double le nombre de sources, on double l'intensité sonore, mais notre oreille n'entend pas deux fois plus fort. On peut montrer que notre oreille percevra une augmentation du niveau d'intensité sonore de 3 dB, en raison d'une progression logarithmique.

À NOTER

Propriétés mathématiques de la fonction logarithme décimal :

- $\log\left(\frac{a}{b}\right) = \log a - \log b$
- $\log(a \times b) = \log a + \log b$
- $\log(10^x) = x$
- $10^{\log x} = x$

zoOm

Échelle de l'intensité et du niveau d'intensité sonore

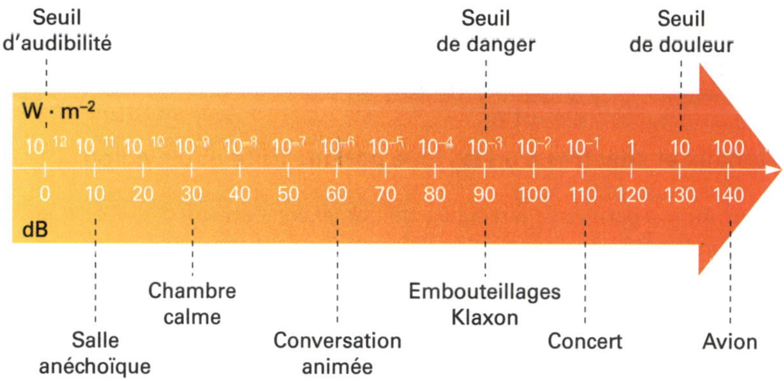

Cette figure montre la correspondance entre l'échelle de l'intensité sonore (en $W \cdot m^{-2}$) et celle du niveau d'intensité sonore (en dB). Les deux échelles sont liées par une relation logarithmique.

28 Les instruments de musique

En bref *Les instruments de musique émettent des sons au moyen de phénomènes vibratoires. Les cordes vibrent, ainsi que les colonnes d'air des instruments à vent.*

I Timbre et hauteur d'un son

■ Lorsque deux instruments différents émettent une même note, le son obtenu est différent bien que de **même fréquence**. Seuls les **harmoniques** diffèrent par leur nombre et leur amplitude. La forme du signal n'est pas la même. On dit que les deux sons n'ont pas le même **timbre**.

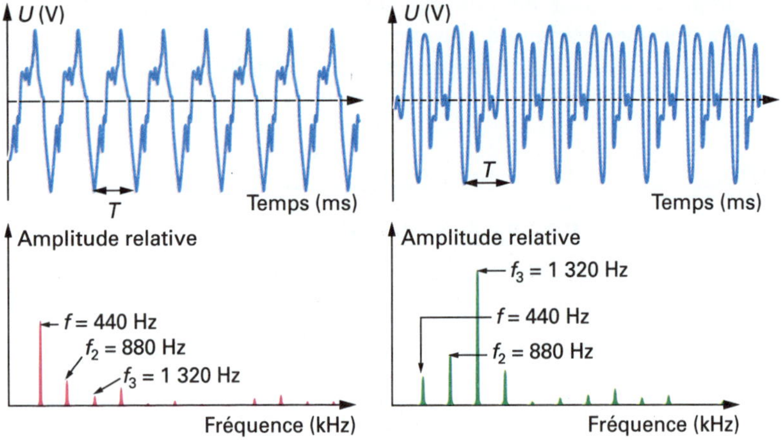

Doc **Signaux et spectres d'un la$_3$ joué par une flûte et un violon**

■ La **hauteur du son** permet de distinguer un **son grave** d'un **son aigu**. Lorsque la fréquence fondamentale est élevée, on dit que le son est aigu : sa hauteur est grande. La fréquence fondamentale correspond aussi à la note jouée. Par exemple, une fréquence de 440 Hz correspond au la$_3$.

■ Hauteur et timbre sont des **propriétés physiologiques** du son.

II Deux types d'instruments

1 Les instruments à cordes

■ Les instruments à cordes sont constitués :
- d'un excitateur (les cordes), qui détermine la hauteur du son ;
- d'un résonateur (la caisse et l'air qu'elle contient), qui amplifie le son et joue un rôle important dans le timbre du son.

■ Lorsqu'on fait vibrer la corde, en la grattant, en la frappant ou en la pinçant, celle-ci émet un son périodique et complexe. La fréquence du son dépend des caractéristiques de la corde : tension, longueur et masse linéique (masse de la corde par unité de longueur).

■ Si on augmente la tension de la corde, le son devient plus aigu, la fréquence fondamentale augmente.

■ Si on diminue la longueur de la corde, le son devient aussi plus aigu. Pour modifier la hauteur du son, le musicien positionne ses doigts sur le manche de la guitare à des endroits précis, derrière les frettes, qui correspondent aux nœuds de vibrations.

À NOTER
La fréquence fondamentale est donnée par la relation $f = \frac{1}{2 \times L} \times \sqrt{\frac{T}{\mu}}$ où L est la longueur de la corde (en m), T sa tension (en N) et μ sa masse linéique (en $kg \cdot m^{-1}$).

Sur le schéma ci-contre, la nouvelle longueur de la corde se situe entre la septième frette et le chevalet, donc $L = \frac{2}{3} L_0$. La fréquence du nouveau son est plus élevée.

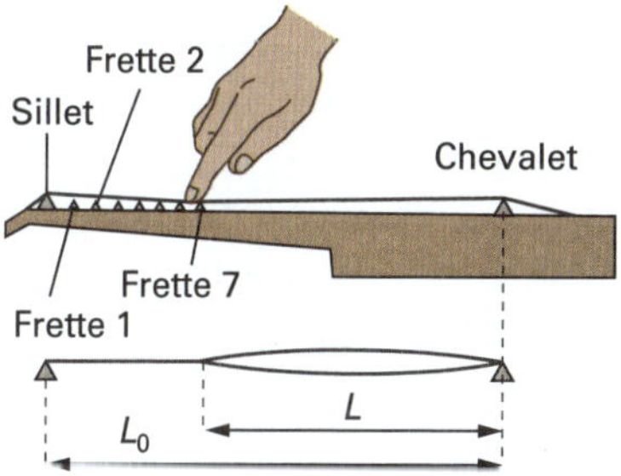

2 Les instruments à vent

■ L'air insufflé dans un instrument à vent peut rencontrer un biseau (flûte) ou mettre en vibration des lamelles ou anches (clarinette, saxophone...) : ce sont les excitateurs.

■ Le résonateur (la colonne d'air présente dans le tuyau) répercute alors les vibrations des excitateurs sur la colonne d'air, ce qui donne le timbre du son.

zoOm

Influence de la longueur de la corde

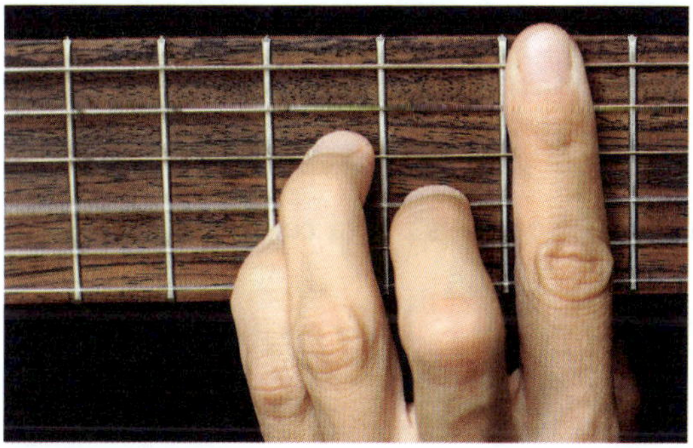

Lorsque la corde d'une guitare est excitée, elle vibre librement sur toute sa longueur, entre le sillet et le chevalet. Mais si on place son doigt sur les frettes, la corde vibre entre la frette et le chevalet. → FICHE 26

OBJECTIF BAC

1 Étude physique du son émis par des instruments à cordes

60 min

Cet exercice reprend les notions les plus importantes du chapitre : la différence entre son pur et son complexe, les caractéristiques du son (timbre, hauteur, harmoniques), le niveau d'intensité sonore et l'influence des caractéristiques d'une corde sur le son. → FICHES **26** à **28**

LE PROBLÈME

Le violon fait partie des instruments à cordes frottées.

Le frottement de l'archet produit une vibration de la corde.

On obtient des sons plus ou moins graves en faisant varier plusieurs paramètres de la corde vibrante :

- la masse linéique de la corde μ (les cordes épaisses produisent un son grave, les cordes fines un son aigu) ;
- la longueur de la corde L ;
- la tension de la corde T.

Le réglage de la tension de la corde se fait par l'intermédiaire de chevilles : « Plus la corde est tendue, plus le son est aigu. »

Pour une corde donnée, on peut montrer que la fréquence fondamentale est donnée par la relation :

$$f_1 = \frac{1}{2 \times L} \times \sqrt{\frac{T}{\mu}}.$$

1. a. Justifier l'affirmation du texte d'introduction : « Plus la corde est tendue, plus le son est aigu. »

b. Comment, sans modifier la tension T, le violoniste peut-il jouer un son plus aigu sur une même corde ?

2. On réalise un enregistrement du son émis par la corde d'un violon, frottée par un archet (doc. 1).

> **LIRE LE SUJET**
>
> **1.** Décomposez la formule : que se passe-t-il si telle grandeur augmente ou diminue ?
>
> **1.a** Quelle grandeur correspond à la tension de la corde ?

Doc 1 Oscillogramme du son émis par la corde d'un violon

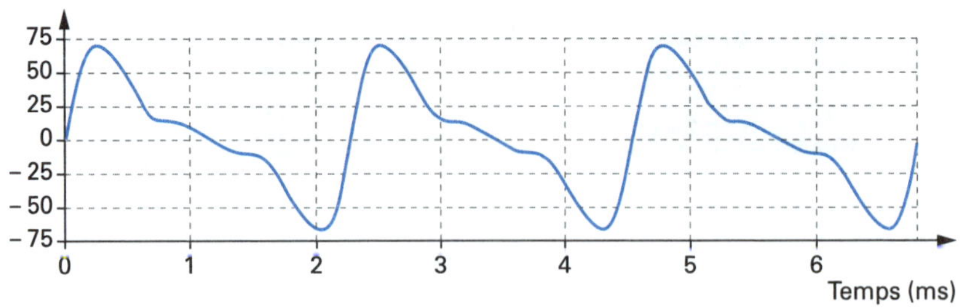

a. A-t-on affaire à un son ou un bruit ?

b. Déterminer la période T du signal le plus précisément possible.

c. En déduire la fréquence f_1 du mode fondamental.

3. Par un traitement numérique, on obtient le spectre du son (doc. 2).

a. Retrouver graphiquement la fréquence fondamentale f_1.

b. Indiquer les fréquences f_2 et f_3 des deux premiers harmoniques.

c. Montrer, en vous aidant des deux questions précédentes, que la relation entre la fréquence fondamentale et les harmoniques est vérifiée.

4. Un deuxième enregistrement a été effectué avec un autre instrument (doc. 3).

a. Ces deux instruments jouent-ils la même note ?

b. Les sons émis par les deux instruments ont-ils le même timbre ?

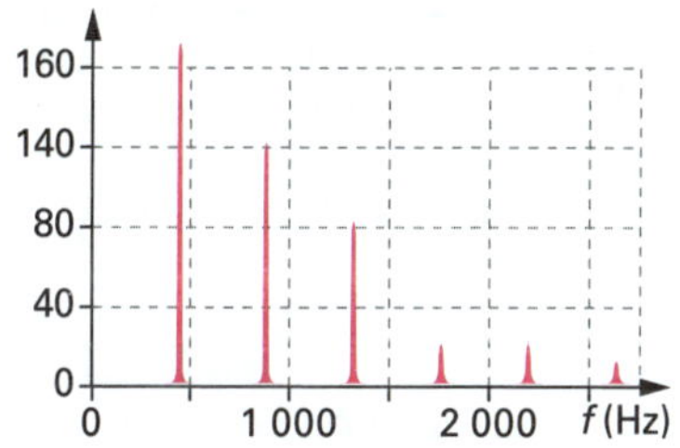

Doc 2 Spectre du son émis par la corde d'un violon

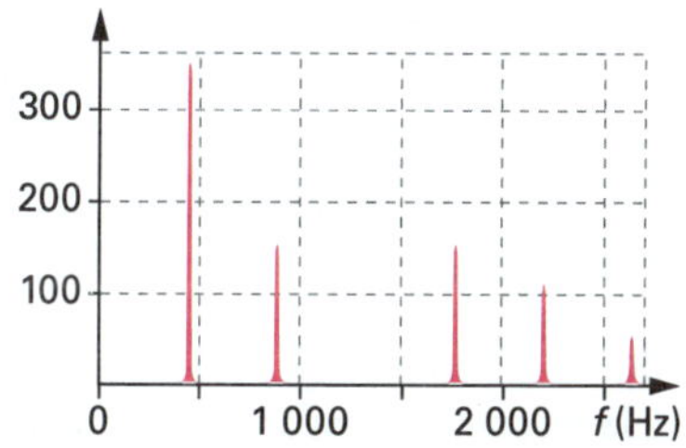

Doc 3 Spectre du son émis par un instrument inconnu

5. À l'aide d'un sonomètre, on mesure un niveau sonore L de 70 dB lorsque le violoniste joue une note pendant quelques secondes en frottant avec l'archet.

On rappelle que le niveau d'intensité sonore L est donné par :

$$L = 10 \times \log\left(\frac{I}{I_0}\right), \text{ avec } I_0 = 10^{-12}\ \text{W} \cdot \text{m}^{-2}.$$

Un autre violoniste joue en même temps la même note au même niveau d'intensité sonore.

Quel niveau d'intensité sonore indique le sonomètre lorsque les deux violonistes jouent ensemble ?

On suppose que le sonomètre est placé à la même distance des deux violons.

LIRE LE SUJET

5. Ce sont les intensités sonores qui s'additionnent et non les niveaux d'intensité sonore.
I_0 n'est pas donnée et n'est pas une grandeur à connaître. Il ne faut donc pas faire de calcul avec. Ne faites pas de calculs intermédiaires non demandés. Allez le plus loin possible en utilisant les expressions littérales.

LA FEUILLE DE ROUTE

1. Utiliser une formule mathématique

a. Identifiez les différentes grandeurs physiques présentes dans la formule : la fréquence f_1 dépend de T, L et μ. Repérez la grandeur qui augmente avec la tension de la corde. Vérifiez si elle permet d'augmenter la grandeur qui varie quand le son devient plus aigu.

b. Identifiez la grandeur qui doit augmenter pour que le son soit plus aigu, puis cherchez dans l'énoncé quelle grandeur le violoniste a pu modifier pour y parvenir.

2. Étude de graphes → FICHE 26

a. Observez le graphique. Déterminez si le signal est périodique ou apériodique et déduisez-en sa nature (son ou bruit, simple ou complexe).

b. Repérez les grandeurs en abscisse et en ordonnée et les unités correspondantes. Mesurez la longueur de la période en centimètres sur le graphique et déduisez-en sa valeur en secondes.

CONSEIL
Pour plus de précision, faites la mesure sur deux périodes, puis divisez par deux le résultat. Cela permet de diviser par deux l'erreur de mesure.

c. Calculez la fréquence fondamentale en utilisant la formule et le résultat trouvé à la question précédente.

3. Étude des spectres → FICHE 26

a. Repérez la fréquence fondamentale, puis déterminez les fréquences des principales harmoniques et vérifiez que $f_n = n \times f_1$.

b. À l'aide de la même formule, calculez les fréquences des harmoniques.

4. Propriétés physiologiques → FICHE 28

a. Comparez les fréquences fondamentales des deux spectres pour savoir si les deux instruments jouent la même note (même hauteur).

b. Comparez les harmoniques des deux spectres pour savoir si les deux instruments ont le même timbre.

5. Intensité acoustique → FICHE 27

Utilisez la relation $L = 10 \times \log\left(\frac{I}{I_0}\right)$. Différenciez intensité sonore et niveau d'intensité sonore. Déduisez-en I' et insérez-le dans la formule. Calculez L'.

CORRIGÉS

OBJECTIF BAC

1 Étude physique du son émis par des instruments à cordes

1. Utiliser une formule mathématique

a. Si l'on augmente la tension de la corde, la grandeur T augmente. Cette grandeur est au numérateur du quotient, si elle augmente, alors la fréquence du fondamental f_1 augmente aussi, donc le son devient plus aigu. La phrase est donc correcte.

b. Pour que le son soit plus aigu, il faut que la fréquence augmente, donc que $\dfrac{1}{2 \times L}$ augmente. Il faut donc que la longueur L diminue puisqu'elle est au dénominateur.

2. Étude de graphes

a. Le signal est périodique, donc nous sommes en présence d'un son musical complexe et non d'un bruit.

b. L'échelle est de 6 ms pour 8,9 cm, donc 1 cm pour $\dfrac{6}{8{,}9}$ ms.

Sur le schéma, on observe que 2 T mesurent 6,7 cm.

$T = \dfrac{6 \times 6{,}7}{2 \times 8{,}9} = 2{,}26$ ms $= 2{,}3 \times 10^{-3}$ s en tenant compte des chiffres significatifs.

c. La fréquence fondamentale est donc : $f_1 = \dfrac{1}{T} = \dfrac{1}{2{,}3 \times 10^{-3}} = 4{,}3 \times 10^{2}$ Hz.

3. Étude des spectres

a. Sur le spectre, on peut lire que la fréquence fondamentale $f_1 = 440$ kHz.

b. On trouve $f_2 = 880$ Hz et $f_3 = 1\,320$ Hz.

c. On sait que les fréquences des harmoniques sont telles que $f_n = n \times f_1$. En appliquant cette formule, on trouve $f_2 = 2 \times 440$, soit 880 Hz, et $f_3 = 3 \times 440 = 1\,320$ Hz, ce qui correspond aux valeurs mesurées.

4. Propriétés physiologiques

a. On voit sur le deuxième spectre que la fréquence fondamentale est la même. Or, la note jouée par un instrument (on parle aussi de hauteur) correspond à cette fréquence fondamentale : les instruments jouent donc la même note.

b. Les timbres de ces deux instruments ne sont pas identiques. Si l'on compare les spectres, on voit que le premier présente les harmoniques d'ordre 1, 2, 3 avec une forte amplitude, alors que le deuxième spectre ne présente par l'harmonique d'ordre 3, mais des harmoniques 4, 5 et 6.

5. Niveau d'intensité acoustique

Le niveau d'intensité acoustique L est donné par : $L = 10 \times \log\left(\dfrac{I}{I_0}\right)$

On sait aussi que si l'on utilise deux instruments, on multiplie par deux l'intensité sonore, mais pas le niveau d'intensité sonore. Donc $I' = 2 \times I$. Remplaçons I' dans l'expression précédente :

$$L' = 10 \times \log\left(\frac{I'}{I_0}\right) = 10 \times \log\left(\frac{2 \times I}{I_0}\right) = 10 \times \log 2 + 10 \times \log\left(\frac{I}{I_0}\right)$$

$L' = 3 + 70$, donc $L' = 73$ dB.

FRANÇAIS
HISTOIRE GÉOGRAPHIE
ENS. SCIENTIFIQUE & MATHÉMATIQUE
ANGLAIS

29 Intervalles et gammes

En bref *Au VIe siècle avant J.-C., le philosophe et mathématicien grec Pythagore associa l'art musical à des éléments mathématiques simples. La gamme qu'il élabora est à la base de l'écriture musicale*

I Construction d'une gamme

1 Intervalle, octave et gamme

■ Quand on joue de la musique, l'oreille trouve agréables les rapports mathématiques simples qui existent entre les fréquences fondamentales des différentes notes.

■ Les **intervalles** les plus simples ont reçu des noms en rapport avec le nombre de notes qu'ils contiennent.

Par exemple, la quinte est un intervalle comprenant une succession de cinq notes.

À NOTER
L'**intervalle** entre deux notes est défini par un rapport de fréquences, donc par une fraction et non une différence.

Rapport	$\frac{2}{1}$	$\frac{3}{2}$	$\frac{4}{3}$	$\frac{5}{4}$
Nom	Octave (huit notes)	Quinte (cinq notes)	Quarte (quatre notes)	Tierce majeure (trois notes)
Exemple	$\frac{f_{do}}{f_{do}}$	$\frac{f_{sol}}{f_{do}}$	$\frac{f_{fa}}{f_{do}}$	$\frac{f_{mi}}{f_{do}}$

■ Multiplier la fréquence par $\frac{4}{3}$, c'est passer à la quarte supérieure, par exemple de do à fa. La multiplier par $\frac{3}{2}$, c'est passer à la quinte supérieure, par exemple de do à sol.

■ Une gamme est l'ensemble des notes comprises dans une octave. Une note est à l'octave d'une autre si sa fréquence est le double de celle de la première : $f_2 = 2 \times f_1$.

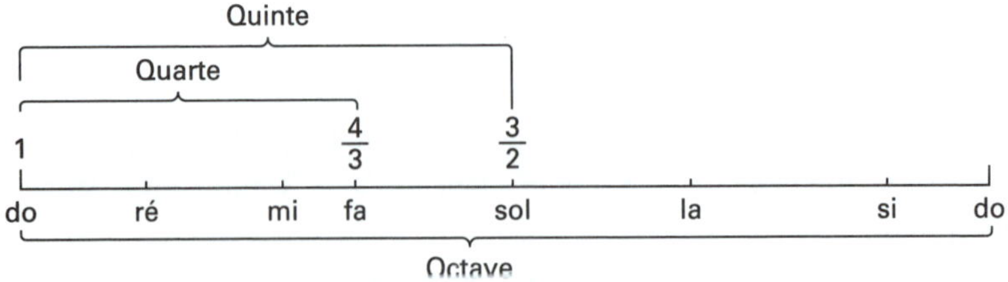

Doc **Gamme de Pythagore sur sept notes (do à si)**

2 | Consonance

■ Lorsque deux notes semblent liées et agréables à écouter, on dit qu'elles sont **consonantes**. Dans le cas contraire, on dit qu'elles sont **dissonantes**.

■ Prenons l'exemple du sol_2 de fréquence fondamentale $f = 98$ Hz, du $ré_3$ de fréquence fondamentale $f' = 147$ Hz et de leurs harmoniques respectifs → FICHE 26.

Note	Fréquences fondamentales		Fréquences des harmoniques					
Sol_2	**98**		196	**294**	392		490	**588**
$Ré_3$		**147**		**294**		441		**588**

Ces deux notes sont séparées par une **quinte** (147/98 = **3/2**), mais elles ont aussi des harmoniques en commun ; c'est la raison pour laquelle elles nous semblent liées et agréables à entendre.

II La gamme naturelle de Pythagore

■ La légende veut que Pythagore ait trouvé agréables les sons obtenus en pinçant une corde divisée en 2, puis en 3, en 4.

■ Pour construire sa gamme, Pythagore utilise une **quinte de rapport 3/2** afin de retrouver les rapports précédents. Le principe est simple : à partir d'une note de base, on prend la quinte pour obtenir une nouvelle note, plus aiguë. Puis, on prend la quinte de cette nouvelle note. Si la fréquence obtenue dépasse l'octave, alors on divise par deux autant de fois qu'il faut pour qu'elle retourne dans la gamme.

■ En classant les notes par ordre croissant de fréquence, on obtient les sept notes de la gamme de Pythagore : do, ré, mi, fa, sol, la et si. Le nom des notes date du XIe siècle.

zoOm

Une fausse légende qui circule depuis quinze siècles

■ Sur cette illustration, Pythagore est représenté en train de jouer du psaltérion. En manipulant les masses accrochées aux cordes, on retrouve les rapports harmonieux de la gamme : 12 et 6 pour l'octave (2/1), 12 et 8 pour la quinte (3/2)…

■ L'expérience montre qu'aucune consonance ne peut être obtenue avec un tel dispositif. Ce n'est donc pas comme cela que Pythagore a créé sa gamme.

Frontispice sur la musique de Franchino Gaffurio (1451-1522), *Theorica musicae*, 1492.

30 De la gamme tempérée à la gamme de Pythagore

En bref *La gamme de Pythagore, utilisée en Occident jusqu'au Moyen Âge, présente plusieurs imperfections que l'on a essayé d'amoindrir en inventant d'autres gammes.*

I Dissonances de la gamme de Pythagore

1 Cycle des quintes

■ Si l'on applique le critère de construction par quintes successives à une fréquence quelconque, on s'aperçoit que le découpage produit une infinité de sons distincts à l'intérieur d'une octave. Par exemple, si l'on prend 12 fois la quinte de la fréquence de base fictive $f_0 = 1$ Hz, on obtient :

$$f_{12} = f_0 \times \left(\frac{3}{2}\right)^{12} = f_0 \times 129{,}7$$

Si l'on change sept fois d'octave, du do_1 au do_7, chaque intervalle a pour valeur $2^7 = 128$. Or $129{,}7 \neq 128$. Cela signifie que 12 quintes ne correspondent pas exactement à 7 octaves.

■ En pratique, on considère que l'on a « **bouclé la boucle** » lorsqu'en partant d'une note fictive de 1 Hz on revient au voisinage de l'octave (2 Hz).

En appliquant les règles de la gamme, on a :

- avec 5 quintes successives :

$$1 \times \left(\frac{3}{2}\right)^5 \times \left(\frac{1}{2}\right)^2 = 1{,}898 \approx 2\ ;$$

- avec 7 quintes successives :

$$1 \times \left(\frac{3}{2}\right)^7 \times \left(\frac{1}{2}\right)^3 = 2{,}136 \approx 2\ ;$$

- avec 12 quintes successives :

$$1 \times \left(\frac{3}{2}\right)^{12} \times \left(\frac{1}{2}\right)^6 = 2{,}027 \approx 2.$$

On peut ainsi imaginer des gammes de 5, 7 ou 12 notes.

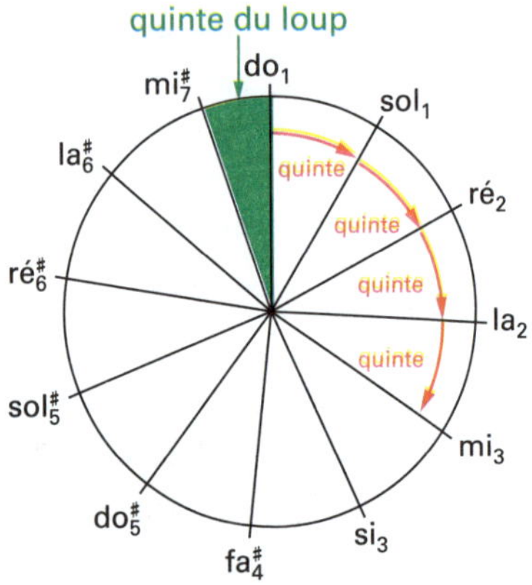

Doc Cycle des quintes sur sept octaves

■ Représenté sous la forme d'une roue cyclique (doc.), le cycle des quintes ne boucle jamais. La dernière note est toujours différente de la note de départ à l'octave.

■ Pour maintenir des octaves pures, les musiciens introduisent un intervalle de quinte légèrement faux, appelé « **quinte du loup** », car lorsqu'on joue cette quinte trop courte, on produit un son ressemblant au hurlement du loup.

2 | Transposition impossible

■ Dans la gamme pythagoricienne à sept notes, il n'existe que deux intervalles différents entre les notes, qui définiront les tons $\left(\frac{9}{8}\right)$ et les demi-tons $\left(\frac{256}{243}\right)$.

do		ré		mi		fa		sol		la		si		do
	$\frac{9}{8}$		$\frac{9}{8}$		$\frac{256}{243}$		$\frac{9}{8}$		$\frac{9}{8}$		$\frac{9}{8}$		$\frac{256}{243}$	

■ Si l'on **transpose** cette gamme en augmentant par exemple chaque note d'un demi-ton, certaines risquent de ne pas retomber sur des notes existantes de la gamme. Le mi va bien se retrouver sur le fa et le si sur le do, mais les autres tomberont « entre deux notes ». La transposition est donc impossible.

MOT CLÉ
Transposer un morceau musical, c'est modifier toutes les notes d'un ou plusieurs tons pour le jouer plus grave ou plus aigu.

II La gamme tempérée à 12 notes

■ Le seul moyen d'avoir de vrais cycles et de permettre la transposition consiste à découper la gamme en **intervalles égaux**. Pour cela, il faut découper le rapport d'octave de 2 de la gamme en 12 intervalles (rapports r) égaux :

$$2 = \frac{f_1}{f_0} \times \frac{f_2}{f_1} \times \frac{f_3}{f_2} \times \ldots \times \frac{f_{12}}{f_{11}} = r^{12}, \text{ soit } r = 2^{\frac{1}{12}},$$

c'est-à-dire la racine douzième de 2 : $r = \sqrt[12]{2} \cong 1{,}059463$.

À NOTER
$\sqrt[n]{x} = x^{\frac{1}{n}}$.

■ Dans cette gamme, dite tempérée, chaque note n'est plus séparée de sa voisine par un rapport simple, mais par un facteur de $\sqrt[12]{2}$. Or ce nombre est un **irrationnel** : il ne correspond pas à une fraction, contrairement aux rapports de Pythagore.

■ Contestée parce que toutes ses notes sont fausses par rapport aux harmonies naturelles, cette gamme artificielle est la seule qui permette la transposition. C'est donc la plus facile à utiliser, quel que soit l'instrument de musique.

zoOm

Une œuvre historique

Dans *Le Clavier bien tempéré* (1722), de Jean-Sébastien Bach, chaque prélude et fugue débute un demi-ton au-dessus du précédent. Cette œuvre contribue à l'acceptation de la gamme tempérée en Occident à partir du XVIIIe siècle.

Extrait de la partition du prélude en fa mineur de Jean-Sébastien Bach.

31 Numérisation et reproduction du son analogique

En bref *Aujourd'hui, il est possible d'écouter de la musique partout, par transmission radio, en ligne ou stockée sur un support. Dans tous les cas, le signal sonore a été numérisé.*

I Signal analogique et signal numérique

■ Les sons perçus par nos oreilles ou enregistrés par un micro sont des **signaux analogiques**, qui prennent une infinité de valeurs possibles des tensions pendant un intervalle de temps donné. Le signal est **continu**.

■ Un **signal numérique** est décomposé en un ensemble de valeurs précises et **discontinues ou discrètes.** En informatique, ces valeurs sont des suites de 0 et de 1, conformément au codage binaire.

■ On ne peut pas stocker une infinité de valeurs sur un support numérique. Il faut **découper et coder le signal analogique** pour obtenir un signal numérique. La numérisation s'effectue en deux étapes successives : l'échantillonnage et la quantification.

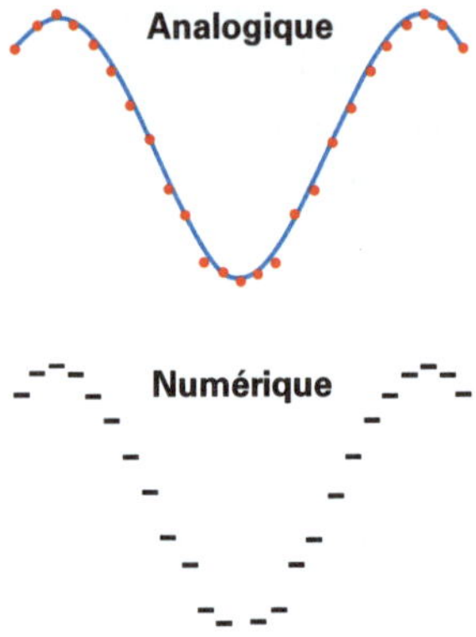

Doc 1 Représentation des signaux analogique et numérique

II Conversion analogique-numérique

1 Échantillonnage

■ Lors de la première étape de la numérisation, on prélève **périodiquement** des valeurs du signal analogique : c'est l'échantillonnage. On obtient ainsi des valeurs discrètes séparées par une période d'échantillonnage T_E.

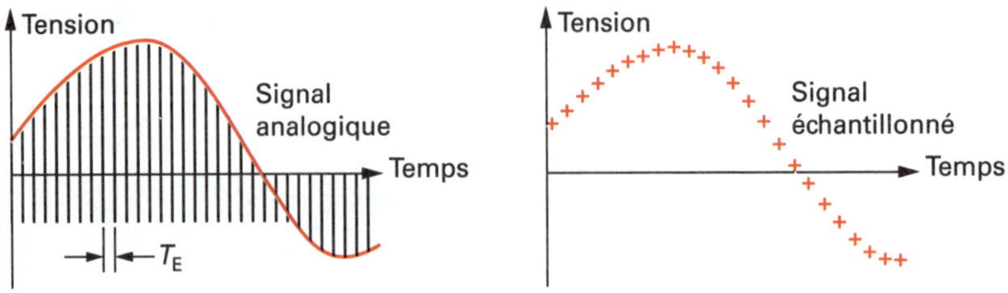

Doc 2 Échantillonnage du signal

■ La fréquence d'échantillonnage F_E est l'inverse de la période d'échantillonnage T_E. Elle correspond au nombre de valeurs du signal prélevées par seconde :

$$F_E = \frac{1}{T_E}$$

avec la fréquence en hertz (Hz) et la période en secondes (s).

■ Plus le nombre de valeurs prélevées est important, plus le signal numérique est fidèle au signal analogique. Pour **reproduire** correctement un son, on choisit donc une **fréquence d'échantillonnage élevée**.

À NOTER
Le **théorème de Shannon** indique que la fréquence d'échantillonnage F_E pour reproduire correctement un signal de fréquence F_{son} doit être telle que $F_E \geqslant 2 \times F_{son}$.

2 | Quantification

■ Lors de la deuxième étape, on donne une valeur numérique à chaque échantillon prélevé. Cette valeur est convertie en langage binaire sur 4, 8, 10 ou 16 bits (*binary digit*). Plus le nombre de bits est important, plus le signal numérique sera fidèle au signal analogique.

À NOTER
Avec 2 bits, il y a $2^2 = 4$ valeurs possibles : 00, 01, 10 et 11.
Avec n bits, il y a 2^n valeurs possibles.

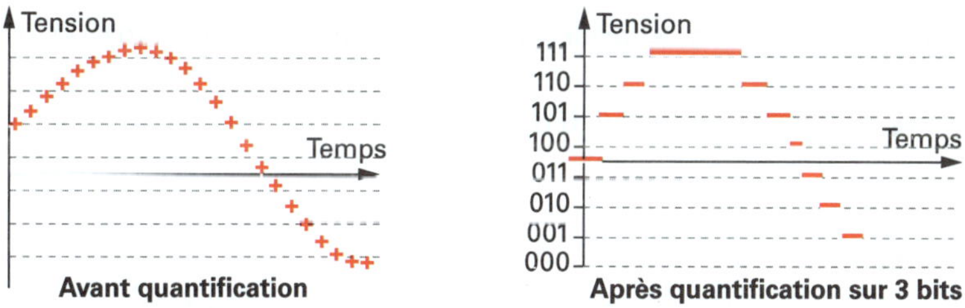

Doc 3 **Quantification du signal sur 3 bits**

zoOm

Schéma complet du traitement du signal

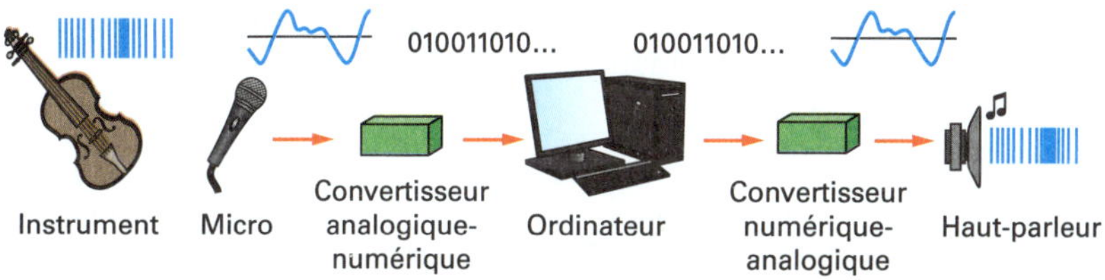

L'onde mécanique sonore est convertie en signal électrique analogique par le micro. Ce signal analogique est converti en numérique par un convertisseur analogique-numérique (CAN), puis stocké (mémoire, CD) ou réémis. Un traitement inverse permet de restituer le son le plus précisément possible.

32 Taille d'un fichier audio et compression du son

En bref *Plus la technologie progresse, plus la quantité d'informations enregistrées est grande. Pour conserver ou reproduire ces informations avec fidélité, une compression des données est nécessaire.*

I Taille d'un fichier audio

1 Paramètres qui influencent la taille d'un fichier audio

■ La taille d'un fichier audio dépend de différents paramètres liés à la fidélité recherchée :
- la fréquence d'échantillonnage ;
- le nombre de bits pour la quantification ou résolution ;
- la durée de l'enregistrement → FICHE 31.

■ À partir des trois paramètres précédents, on peut calculer la taille du fichier audio en bits, grâce au calcul suivant :

Taille (bits) = résolution (bits) × fréquence d'échantillonnage (Hz) × durée (s)

■ La taille d'un fichier s'exprime en octets. Un octet correspond à 8 bits, soit une série de huit chiffres, 0 ou 1. Donc Taille (octet)= $\frac{\text{Taille (bits)}}{8}$.

2 Le stockage

■ L'oreille humaine entend jusqu'à 20 000 Hz. D'après le théorème de Shannon, on doit utiliser une fréquence d'échantillonnage double, donc 40 kHz. Par convention, on utilise une fréquence de 44,1 kHz et une quantification de 16 bits. Pour un fichier son de 4 minutes, la taille du fichier est donc égale à $16 \times (44{,}1 \times 10^3) \times (4 \times 60) = 1{,}69 \times 10^8$ bits = 21 Mo. Comme l'enregistrement est en stéréo, le fichier brut aura une taille d'environ 42 Mo.

■ La faible capacité de stockage des premiers supports numériques et les faibles débits d'Internet ont nécessité la diminution de la taille des fichiers sonores.

■ La différence de capacité de stockage entre le CD et le DVD (650 Mo contre 4,7 Go) vient de la taille des sillons gravés sur le support et de la taille du faisceau laser.

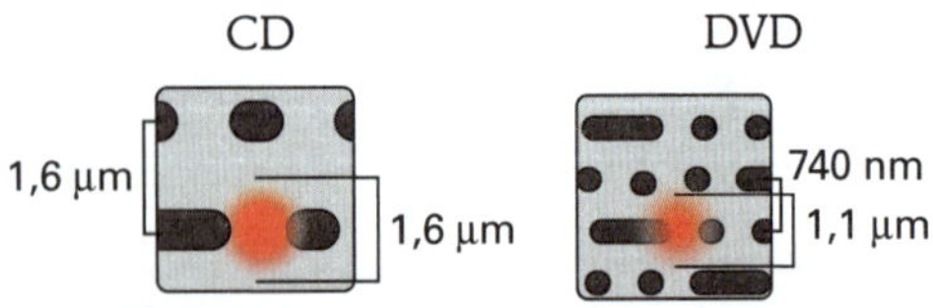

Doc Tailles comparées du faisceau lumineux et des gravures

II Compression

1 Techniques de compression

■ Il existe de nombreuses techniques de compression. Certaines d'entre elles entraînent une perte d'informations ; on dit qu'elles sont destructrices.

■ Les **techniques destructrices** reposent sur les propriétés de l'oreille humaine. Si un son comporte des fréquences en dehors de la gamme [20 Hz-20 kHz], on peut les éliminer puisqu'elles ne sont pas perçues. On peut aussi décider d'enlever des fréquences dont le niveau sonore, en décibels, est très faible.

■ Les **techniques non destructrices** utilisent un codage informatique. Par exemple, si dans une suite d'échantillons une même fréquence apparaît dix fois, on ne stockera que la valeur de la fréquence et le nombre de fois où elle apparaît, donc seulement deux informations. Un exemple de cette méthode est l'algorithme de Huffman.

2 Taux de compression

■ Il y a plusieurs normes de compression. Le taux de compression choisi dépend de l'usage futur du fichier : CD, téléphone, streaming...

> **À NOTER**
> Les normes de compression les plus connues sont : WMA, MP3, Ogg Vorbis, AAC...

■ Le taux de compression est le rapport de la taille du fichier après et avant compression :

$$\tau = 1 - \frac{\text{taillc finale}}{\text{taille initiale}}$$

Plus le taux de compression est élevé, plus le fichier sera petit, mais moins la qualité sera bonne.

zoOm

Le MP3, une compression destructrice

Le MP3 exploite les propriétés de l'oreille humaine pour réduire la taille d'un morceau de musique, en supprimant toutes les fréquences au-dessus de 20 kHz (sons aigus). Le MP3 opère ainsi une compression destructrice. Si l'on décompresse (ou décode) le signal compressé (ou encodé) pour l'écouter, on ne retrouvera pas exactement le signal de départ.

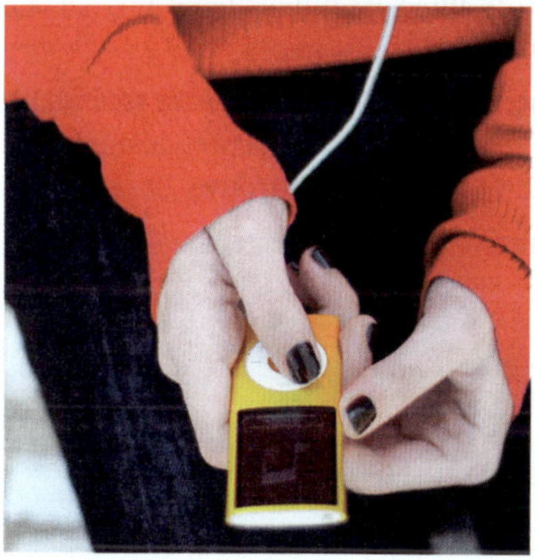

S'ENTRAÎNER

1 Réviser le cours en 8 questions flash

→ FICHES 29 à 32

1. Comment appelle-t-on l'intervalle qui délimite la gamme ?
2. Qu'est-ce qu'une quinte ?
3. Quel est l'inconvénient de la gamme de Pythagore ?
4. L'intervalle, dans la gamme tempérée, est-il constant ?
5. Pour que le son numérisé soit fidèle, la fréquence d'échantillonnage peut-elle prendre n'importe quelle valeur ?
6. Si l'on quantifie sur 4 bits, combien de valeurs numériques peut-on obtenir ?
7. Quel est l'intérêt de compresser un fichier audio ?
8. À quoi est associée l'unité Mo ?

OBJECTIF BAC

2 Construction des gammes de Pythagore

1 h

Cet exercice permet d'appliquer mathématiquement les critères de construction des deux gammes en utilisant les fractions et les puissances.

LE SUJET

En Occident, la première gamme fut la gamme de Pythagore. Sa construction peut utiliser une corde de tension fixe, mais de longueur variable. Considérons une corde de longueur L qui joue la note do_3, dont la fréquence est $f = 261{,}6$ Hz. Si la longueur est divisée par deux, alors la fréquence est multipliée par deux. La note sera donc à l'octave supérieure et sera un do_4. Elle joue la note située à la quinte du do_3 si la longueur est divisée par 3/2 : c'est le sol_3 de la gamme de Pythagore.

De même, la note située à la quinte ascendante du sol_3 obtenu précédemment est un $ré_4$. Elle n'est pas dans l'octave de référence do_3-do_4. En revanche, le $ré_3$ qui est à son octave inférieure s'y trouve. Du point de vue des longueurs de corde, le sol_3 correspond à $\dfrac{L}{\frac{3}{2}} = \dfrac{2 \times L}{3}$, le $ré_4$ à $\dfrac{L}{\left(\frac{3}{2}\right)^2} = \dfrac{4 \times L}{9}$ et le $ré_3$ au double de cette longueur, soit $\dfrac{8 \times L}{9}$ (doc.).

Doc **Notes associées aux longueurs de corde vibrante**

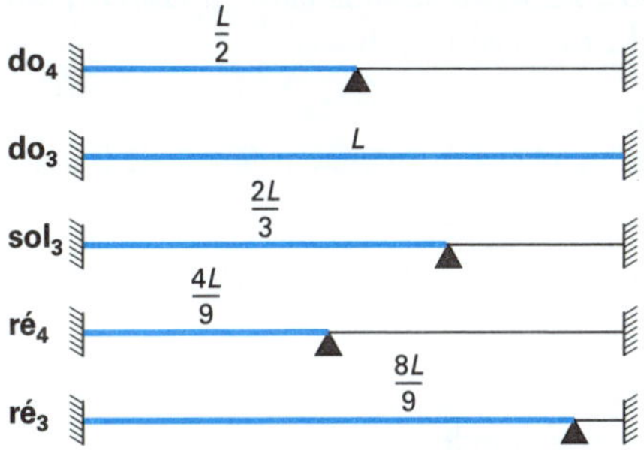

1. Exprimer en fraction de f les fréquences correspondant aux longueurs de $\frac{2 \times L}{3}$ et $\frac{8 \times L}{9}$, respectivement de sol_3 et de $ré_3$.

2. Le fa_3 est défini de sorte que le do_4 est à la quinte du fa_3, le la_3 est à la quinte du ré et le si à la quinte du mi, sachant que $f_{mi} = \left(\frac{3^4}{2^6}\right) \times f_{do}$. Exprimer ces trois fréquences sous forme de fraction par rapport à la fréquence f du do_3.

3. Calculer numériquement les fréquences obtenues et les classer par ordre croissant, en leur attribuant leur nom.

4. Calculer, sous forme de fractions, les intervalles entre deux notes consécutives.

5. Deux intervalles seulement apparaissent. Le plus grand est appelé ton et le plus petit demi-ton. Entre quelles notes n'y a-t-il qu'un demi-ton ?

6. Un demi-ton vaut-il la moitié d'un ton ?

7. Tons et demi-tons sont-ils les mêmes que dans la gamme tempérée ? Justifier.

▶▶▶ LA FEUILLE DE ROUTE

1. Relier la fréquence à la longueur de corde

- Relevez dans le texte la formule qui lie rapport de longueurs et rapport de fréquences.
- Déduisez-en, par analogie, ce qui se passe pour les deux autres nouvelles longueurs.

2. Calculer sous forme de rapport à la quinte

- Faites le rapport de fréquences en vous basant sur la fréquence f du do_3. Il faut donc remplacer le do_4 par le do_3 en se rappelant le rapport de l'octave.
- Dans la mesure du possible, écrivez ces rapports sous forme de fraction avec des puissances de 3 et des puissances de 2.

CONSEIL
Rappelez-vous que l'intervalle $\frac{3}{2}$ correspond à la quinte.

3. Classer les fréquences

Calculez les fractions et classez-les de la plus petite à la plus grande, en faisant attention au nombre de chiffres significatifs.

4. Calculer des intervalles

Calculer les rapports de fréquences exprimés sous forme de fraction.

5. Comparer deux intervalles

Calculer les deux fractions pour les classer. Reportez-vous aux résultats de la question 3.

6. Comparer les intervalles

Divisez par 2 la fraction la plus grande.

7. Comparer les intervalles des deux gammes

Regardez la forme mathématique des résultats précédents et comparez-la à une valeur irrationnelle.

À NOTER

Dans la gamme tempérée, les intervalles sont tous identiques.

CORRIGÉS

S'ENTRAÎNER

1 Réviser le cours en 8 questions flash

1. L'intervalle qui délimite la gamme est l'octave.
2. Une quinte est l'intervalle entre deux notes dont le rapport de fréquences vaut $\frac{3}{2}$.
3. Les intervalles de la gamme de Pythagore n'étant pas tous égaux, elle ne permet donc pas la transposition.
4. Oui, dans la gamme tempérée l'intervalle constant est un nombre irrationnel.
5. Pour que le son numérisé soit fidèle, il faut que la fréquence d'échantillonnage soit supérieure ou égale au double de la fréquence du signal selon le théorème de Shannon.
6. Avec 4 bits, on obtient 2^4 valeurs, soit 16 valeurs différentes.
7. Compresser un fichier audio le rend moins volumineux et donc plus facile à stocker.
8. Le Mo (mégaoctets) est une unité de taille de fichier informatique.

OBJECTIF BAC

2 Construction des gammes de Pythagore

1. D'après l'énoncé, on voit que si $L' = \frac{L}{2}$, alors $f' = f \times 2$.

Par analogie, si $L' = \frac{2}{3} \times L$, alors $f_{\text{sol}_3} = \frac{3}{2} \times f_{\text{do}_3}$ et si $L' = \frac{8}{9} \times L$, alors $f_{\text{ré}_3} = \frac{9}{8} \times f_{\text{do}_3}$.

2. Si le f_{fa_3} est défini de telle sorte que le do_4 est à la quinte du fa_3, alors le rapport est $f_{\text{do}_4} = \frac{3}{2} \times f_{\text{fa}_3}$ ou $f_{\text{fa}_3} = \frac{2}{3} \times f_{\text{do}_4}$. On sait de plus que le do_4 est à l'octave du do_3, donc que $\text{do}_4 = 2 \times \text{do}_3$. On a alors $f_{\text{fa}_3} = \frac{2}{3} \times 2 \times f_{\text{do}_3}$, soit $f_{\text{fa}_3} = \frac{4}{3} \times f_{\text{do}_3}$.

Pour le la_3 : $f_{\text{la}_3} = \frac{3}{2} \times f_{\text{ré}_3} = \frac{3}{2} \times \frac{9}{8} \times f_{\text{do}_3} = \frac{3^3}{2^4} \times f_{\text{do}_3}$.

Pour le si_3 : $f_{\text{si}_3} = \frac{3}{2} \times f_{\text{mi}_3} = \frac{3}{2} \times \frac{3^4}{2^6} \times f_{\text{do}_3} = \frac{3^5}{2^7} \times f_{\text{do}_3}$.

3. Les résultats des calculs sont regroupés dans le tableau suivant et classés par ordre croissant.

Note	Do_3	Ré_3	Mi_3	Fa_3	Sol_3	La_3	Si_3	Do_4
Fréquence	261,6	294,6	331,1	348,8	392,4	441,5	496,6	523,2

4.

Intervalle	Ré-do	Mi-ré	Fa-mi	Sol-fa	La-sol	Si-la	Do-si
	$\frac{f_{\text{ré}}}{f_{\text{do}}} = \frac{9}{8}$	$\frac{f_{\text{mi}}}{f_{\text{ré}}} = \frac{9}{8}$	$\frac{f_{\text{fa}}}{f_{\text{mi}}} = \frac{256}{243}$	$\frac{f_{\text{sol}}}{f_{\text{fa}}} = \frac{9}{8}$	$\frac{f_{\text{la}}}{f_{\text{sol}}} = \frac{9}{8}$	$\frac{f_{\text{si}}}{f_{\text{la}}} = \frac{9}{8}$	$\frac{f_{\text{do}}}{f_{\text{si}}} = \frac{256}{243}$

En reprenant les rapports précédents de la question **2.**, on a comme exemple de calcul : $\frac{f_{\text{mi}}}{f_{\text{ré}}} = \frac{\frac{3^4}{2^6} \times f_{\text{do}_3}}{\frac{3^2}{2^3} \times f_{\text{do}_3}} = \frac{3^4 \times 2^3}{2^6 \times 3^2} = \frac{3^2}{2^3} = \frac{9}{8}$.

5. Les deux intervalles sont $\frac{9}{8}$ qui est le ton et $\frac{256}{243}$ qui est le demi-ton. Il n'y a qu'un demi-ton entre si et do et entre mi et fa.

6. Calculons $\frac{\frac{9}{8}}{2} = \frac{9}{16}$, ce qui n'est pas égal à $\frac{256}{243}$.

7. Dans la gamme tempérée, les intervalles ne correspondent pas à des fractions, mais à des nombres irrationnels tels que $\sqrt[12]{2} = 2^{\frac{1}{12}}$, qui correspond au demi-ton.

Un ton sera donc égal à $2^{\frac{1}{12}} \times 2^{\frac{1}{12}} = 2^{\frac{2}{12}}$.

Tons et demi-tons de la gamme de Pythagore et de la gamme tempérée ne peuvent donc pas être identiques.

33 L'organisation de l'oreille humaine

En bref *Organe de l'audition, l'oreille assure aussi un rôle important dans l'équilibre. Elle est constituée de trois parties : l'oreille externe, l'oreille moyenne et l'oreille interne.*

I L'oreille externe et l'oreille moyenne

- L'oreille externe comprend le **pavillon** et le **conduit auditif externe**. Ceux-ci reçoivent les sons du milieu extérieur, les amplifient et les canalisent vers le **tympan**, membrane vibrante qui représente la limite entre oreille externe et oreille moyenne.

À NOTER
Le tympan est une membrane très fine, qui peut être facilement perforée par un coton tige ou par une otite. Le tympan se reconstruit habituellement au bout de quelques semaines, sinon on peut envisager une greffe de tympan.

- L'oreille moyenne est constituée d'une cavité remplie d'air et traversée par une chaîne d'**osselets** mesurant quelques millimètres (**marteau**, **enclume** et **étrier**). Les osselets assurent une continuité physique entre le tympan et l'oreille interne. Le **tympan** transmet ainsi les vibrations sonores jusqu'à l'oreille interne.
- La **trompe d'Eustache** est un conduit situé entre l'oreille moyenne et l'arrière-gorge qui permet d'équilibrer la pression de part et d'autre du tympan.

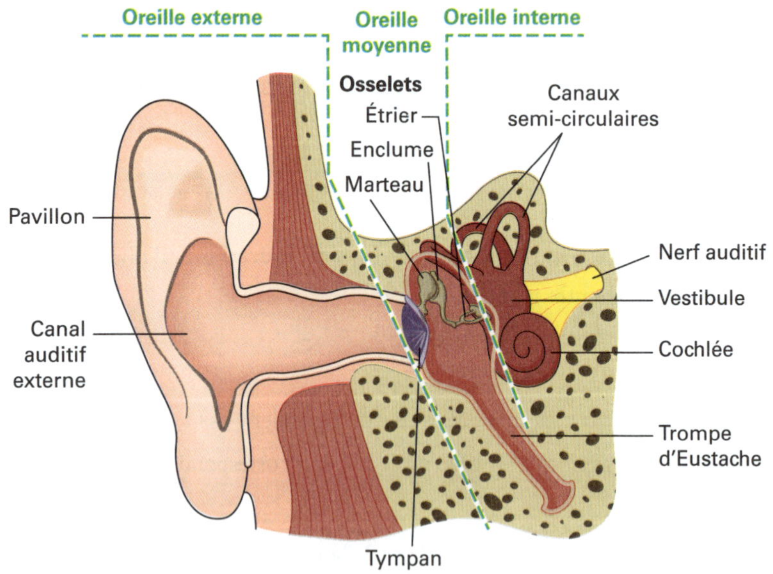

Doc **Anatomie de l'oreille**

II L'oreille interne

- L'oreille interne est constituée d'un système complexe de canaux, formant le labyrinthe osseux, doublé à l'intérieur du labyrinthe membraneux. Ce dernier est rempli d'un liquide très riche en potassium, l'endolymphe.
- Le labyrinthe osseux comprend le vestibule et les canaux semi-circulaires, qui contiennent tous les deux les récepteurs de l'équilibre, et la cochlée, qui renferme les récepteurs de l'audition.
- La cochlée est tapissée de nombreuses cellules ciliées (plus de 15 000 par oreille). Ces cellules constituent l'organe de Corti, organe de l'audition, et reposent sur la membrane basilaire. Lors de l'arrivée d'un son, cette membrane est le siège de légers déplacements, entraînant le mouvement des cils vibratiles.

À NOTER
L'oreille interne joue un rôle important dans l'équilibre, grâce à de petits cristaux de carbonate de calcium appelés otolithes, qui modifient la mobilité des cellules ciliées selon la gravité et les mouvements de la tête.

- Le nerf auditif est formé de la fusion du nerf cochléaire et du nerf vestibulaire. Il intervient dans l'audition et dans le maintien de l'équilibre et s'étend du conduit auditif jusqu'au cerveau.

zoOm

Cochlée de cobaye observée au MEB

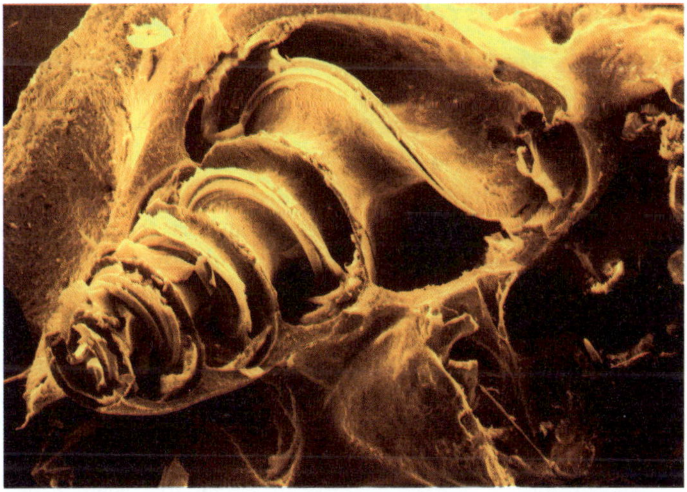

Partie de l'oreille interne qui renferme les récepteurs de l'audition, la cochlée est aussi appelée « limaçon » en raison de sa forme qui évoque la coquille d'un escargot.

34 De l'oreille au cerveau

En bref *Les vibrations sonores reçues par l'oreille sont traduites en un message nerveux qui est ensuite traité par le cerveau.*

I La propagation des vibrations sonores

■ Les vibrations sonores perçues par l'oreille externe sont dirigées vers le tympan. La membrane tympanique propage alors la vibration sonore le long de la chaîne d'osselets de l'oreille moyenne (milieu aérien). Puis la vibration est transmise à la cochlée, dans laquelle les variations de pression de l'endolymphe (milieu liquide) font onduler la membrane basilaire de l'organe de Corti.

■ Les cellules ciliées sont alors activées par le mouvement des cils : elles produisent un message nerveux qui se propage le long du nerf auditif, l'amplitude du message étant proportionnelle à l'inclinaison des cils.

■ Ce message nerveux est transmis ensuite par le nerf auditif vers le cerveau.

À NOTER
L'onde mécanique se transforme en un signal électrique.

II Le traitement de l'information sonore par le cerveau

1 Relais neuronaux et aires cérébrales

■ Dans le cerveau, des voies auditives véhiculent le message nerveux à travers plusieurs relais dont chacun possède un rôle dans l'interprétation de l'information sonore. Ces relais sont des groupes de neurones qui vont décoder l'information (son aigu ou son grave, par exemple) et aboutir à une perception consciente.

■ L'information arrive à une aire cérébrale spécialisée, le cortex auditif, situé dans le lobe temporal chez l'être humain ; le son est perçu, le cas échéant, comme de la musique. C'est donc à l'instant où le son arrive au cerveau que l'on prend conscience de ce son.

■ Le cortex auditif est organisé en une aire primaire et une aire secondaire. Le cortex auditif primaire distingue les fréquences sonores, l'intensité, la durée et le timbre d'un son. Le cortex auditif secondaire, situé à l'arrière du cortex primaire, est responsable de la perception et de la reconnaissance des sons.

À NOTER
De nombreuses aires cérébrales sont impliquées lorsqu'on écoute de la musique : celles qui jouent un rôle dans la mémoire, les émotions, le langage, la motricité (quand on bat du pied, par exemple).

2 Trajet du message nerveux

■ Le message nerveux véhiculé par le nerf auditif se dirige vers le premier relais, constitué par les noyaux cochléaires du **bulbe rachidien**.

■ Le dernier relais avant l'arrivée du message nerveux dans le cortex auditif se situe dans le thalamus, où se fera la préparation d'une **réponse**, qui peut être de nature **vocale**, par exemple.

■ Un neurone relie le thalamus au **cortex auditif**, qui est le point d'arrivée des voies auditives. Le message nerveux qui arrive au cortex auditif sera traduit en **sensation auditive consciente** et pourra être intégré dans une réponse volontaire.

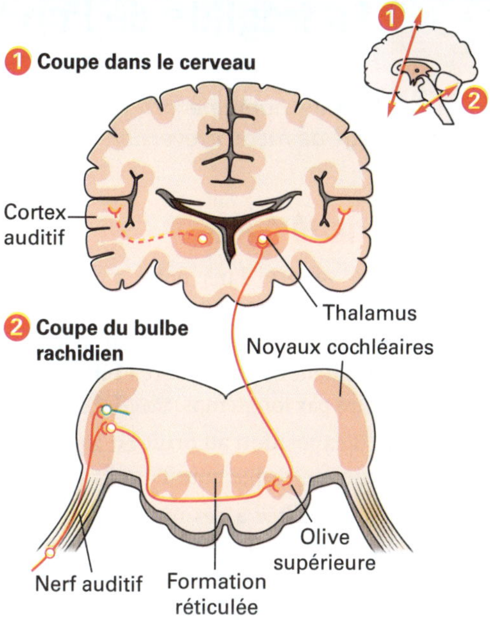

Doc Relais et aires cérébrales spécialisés dans l'audition

zoom

Le cortex auditif

a) IRM 3D en vue de profil et IRM en coupe axiale du cerveau normal. Visualisation sur le lobe temporal gauche du cortex auditif primaire en orange.

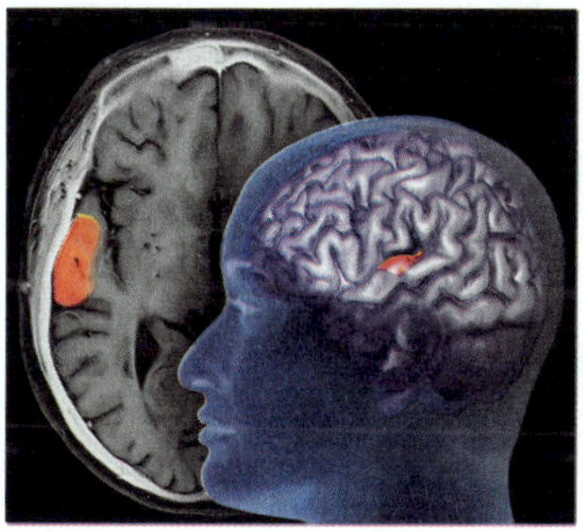

b) Coupe frontale du cerveau

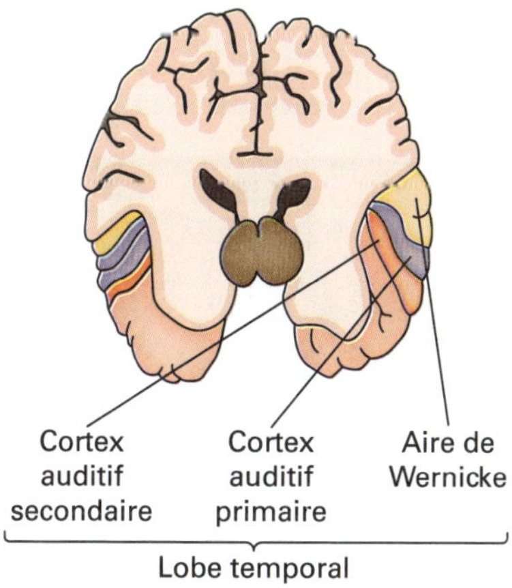

35 La fragilité de l'oreille

En bref *L'oreille humaine est un organe très sensible qui peut être endommagé de façon irréversible en cas de traumatisme sonore.*

I La toxicité sonore

■ Le volume sonore dans notre vie courante peut varier de 20 dB (vent léger) à 110 dB (concert). Le décollage d'un avion atteint un très haut niveau sonore (140 dB), mais il ne dure pas longtemps. → FICHE 27

> **À NOTER**
> L'oreille humaine perçoit des sons de 0 à 120 dB, à des fréquences comprises entre 20 Hz (fréquence la plus grave) et 20 000 Hz (fréquence la plus aiguë).

■ La durée d'exposition au bruit est à prendre en compte et à surveiller, car elle peut constituer un risque pour l'oreille interne, partie la plus fragile de l'oreille.

■ L'exposition répétée à des niveaux sonores élevés détruit progressivement les cellules ciliées et entraîne une perte auditive. Cette perte passe tout d'abord inaperçue, car elle intervient dans les fréquences aiguës. C'est lorsqu'elle touche les fréquences moyennes, qui sont celles de la conversation, que l'on se rend compte, un peu tard, que l'on entend moins bien.

> **À NOTER**
> Les acouphènes sont des sensations sonores qui persistent alors que la stimulation a cessé.

II L'importance des cellules ciliées

■ Nous possédons tous à la naissance un capital d'environ 15 000 cellules ciliées par oreille. Elles se dégradent naturellement avec l'âge, mais peuvent aussi être détruites par un traumatisme sonore.

Doc 1 Cochlée normale de rat (MEB)

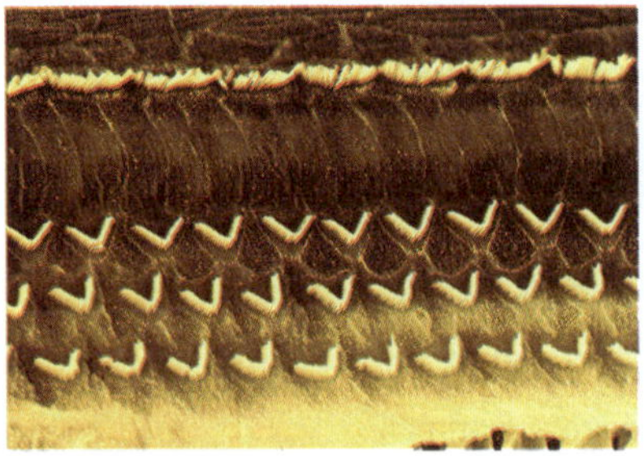

On distingue les cils des cellules ciliées internes (une rangée) et externes (trois rangées).

Doc 2 Cochlée de rat après traumatisme sonore (MEB)

Certaines cellules ciliées ont disparu, d'autres sont endommagées.

■ Lorsque l'oreille est exposée à un volume sonore excessif (à partir de 90 dB) ou lors d'une durée d'exposition au bruit prolongée, les **cils** des cellules ciliées peuvent se **rompre**, ce qui entraîne une altération de l'audition.

Pour préserver son audition, il est conseillé de régler le volume de son lecteur mp3 à la moitié du volume maximum. En concert ou en discothèque, il faut éviter d'être trop proche des enceintes acoustiques et il est préférable de porter des bouchons d'oreille : ils protègent l'oreille tout en laissant passer les sons musicaux.

■ Lorsque tous les cils d'une cellule ciliée sont détruits, celle-ci meurt et n'est pas remplacée. Quand toutes les cellules ciliées ont disparu, c'est la **surdité totale**.

■ Des **lésions du cortex** peuvent aussi entraîner des troubles auditifs : l'individu dont le cortex auditif secondaire est détruit, par exemple, entend les sons, mais il nc pcut les reconnaître, il n'en comprend plus la signification.

À NOTER

Beethoven (1770-1827), devenu sourd avant l'âge de 30 ans, pouvait percevoir les sons en glissant entre ses dents une petite planche de bois reliée aux cordes de son piano. Ainsi, il pouvait, tout en jouant de la musique, sentir les vibrations sonores.
Le son parvient à l'oreille interne en passant par les os du crâne (par conduction osseuse).

zoOm

Cochlée d'un homme âgé

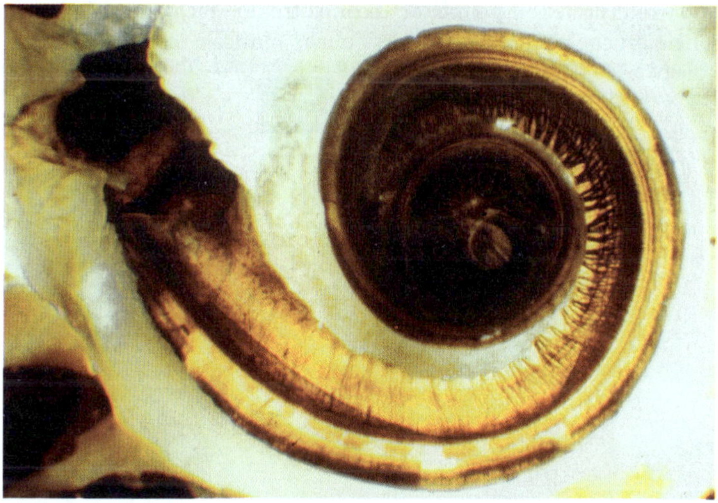

On observe sur la photo une diminution du nombre de cellules cilliées à la base de la cochlée correspondant à la perception des sons aigus.

OBJECTIF BAC

1 Étude d'un cas clinique

1 h

Cet exercice permet d'étudier un cas clinique : on cherche ici à comprendre les symptômes d'un patient. Vous rédigerez un compte-rendu d'examen, en vous mettant à la place du neurologue.

LE SUJET

On cherche à comprendre les symptômes présentés par un homme, Monsieur X, âgé de 60 ans.

L'épouse de Monsieur X est inquiète, car celui-ci ne parvient plus à nommer les œuvres musicales qu'ils avaient l'habitude d'écouter ensemble, alors qu'il affirme les entendre parfaitement.

Monsieur X va passer des examens à l'hôpital, dont une magnéto-encéphalographie, qui a pour but de localiser les zones du cerveau activées lors de l'écoute de sons de différentes fréquences.

Lors de cet examen, le neurologue remarque une lésion sur l'un des hémisphères cérébraux de Monsieur X.

Doc 1 Principaux lobes du cerveau

Chacun des deux hémisphères cérébraux est constitué de quatre lobes (frontal, pariétal, occipital et temporal). L'hémisphère droit est impliqué dans la perception musicale - il permet de reconnaître une mélodie -, alors que l'hémisphère gauche permet de nommer l'œuvre musicale écoutée.

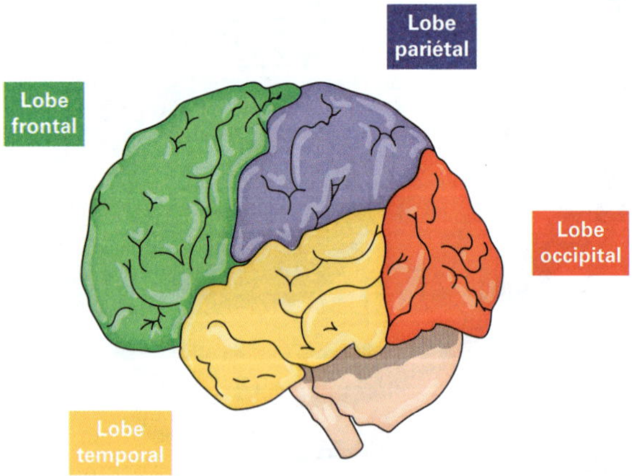

Doc 2 La magnétoencéphalographie

La magnétoencéphalographie est une technologie de pointe d'imagerie cérébrale fonctionnelle. Elle mesure les très faibles champs magnétiques produits par l'activité électromagnétique des neurones du cerveau, permettant ainsi de localiser les zones d'activité du cerveau.

Le document montre les zones du cerveau activées lors de l'écoute de sons purs de différentes fréquences chez Monsieur X (coupe frontale en A, sagittale médiane en B). Les zones activées sont les mêmes que celles d'un sujet n'ayant aucun problème d'audition.

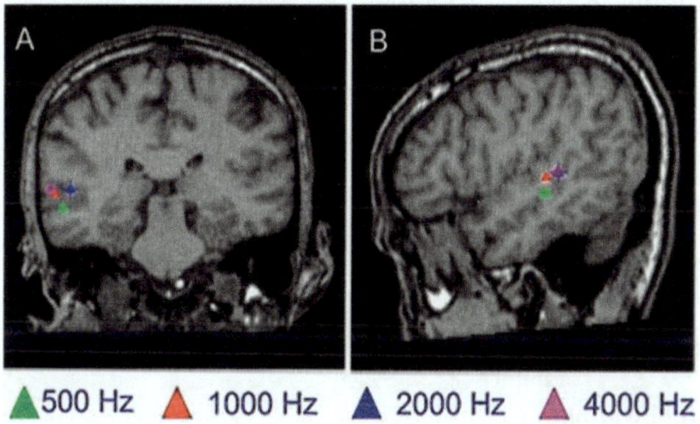

Doc 3 Une maladie dégénérative

L'aphasie primaire progressive est une maladie dégénérative qui touche les zones de l'hémisphère gauche du cerveau impliquées dans le langage. Les personnes atteintes ont des difficultés à s'exprimer et à comprendre ce qu'on leur dit, mais elles n'ont pas de troubles de la mémoire. L'évolution de cette maladie est lente et, hormis les troubles du langage, il n'y a aucun autre trouble durant de longues années.

À l'aide des informations apportées par les documents, rédiger le compte rendu du diagnostic posé par le neurologue.

LA FEUILLE DE ROUTE

Étape 1 Sélectionner les informations utiles dans les documents

- Le rôle des deux hémisphères cérébraux est capital, le spécialiste a repéré une lésion sur l'un des deux hémisphères que vous devrez identifier.
- La représentation des différents lobes du cerveau du document 1 vous permet de localiser les zones activées du cerveau présentes sur le document 2.
- Le document 3 est à relier aux symptômes de Monsieur X.

Étape 2 Analyser un document

- Repérez le figuré de couleur correspondant à chaque fréquence de son pur.
- Utilisez le document 1 pour repérer les zones du cerveau activées lors de l'écoute de ce son.

Étape 3 Relier les informations en rédigeant un texte grammaticalement correct

- Répondez à la consigne en rédigeant un texte correspondant au diagnostic que ferait le médecin.
- Respectez la forme demandée, c'est-à-dire un compte rendu médical, en commençant votre texte par « Mon patient, Monsieur X... ».

CORRIGÉS

OBJECTIF BAC

1 Étude d'un cas clinique

Diagnostic proposé pour Monsieur X

Mon patient, Monsieur X, se plaint de ne plus être capable de nommer des œuvres musicales qu'il écoute pourtant depuis de nombreuses années avec son épouse.

J'ai fait réaliser une magnétoencéphalographie, qui révèle une activation des zones corticales identique à celle d'un patient qui entend normalement. Les zones du cerveau activées lors de l'écoute de sons purs sont en effet les mêmes : on retrouve les zones activées pour les basses fréquences (500 Hz, 100 Hz) dans le lobe temporal/pariétal en surface et pour les fréquences aiguës (2 000 Hz, 4 000 Hz) dans le lobe temporal et pariétal mais plus en profondeur.

Je repère en revanche une zone correspondant à une lésion dans son hémisphère gauche.

L'hémisphère droit est normal, Monsieur X peut donc percevoir les sons musicaux lorsqu'il écoute de la musique ; en revanche, la lésion localisée dans l'hémisphère gauche l'empêche de nommer l'œuvre musicale qu'il écoute.

J'en déduis que mon patient souffre d'une maladie neurodégénérative, l'aphasie primaire progressive. La lésion touche les zones du cerveau impliquées dans le langage (zones précisément situées dans l'hémisphère gauche du cerveau).

ANGLAIS LVA & LVB

TOUT LE PROGRAMME

- Le cours en 24 fiches
- Exercices et sujets corrigés

SOMMAIRE

Les axes du programme

Réussir les évaluations du contrôle continu

1 Can studying abroad change people?

En bref *More and more students are studying abroad all over the world: there were 0.8 million international students worldwide in 1975, 4.1 million in 2010, and this number is increasing by about 12% every year. What can encourage young people to go and study abroad? What is the impact of such an experience?*

I Students' expectations

1 What could deter students from studying abroad

■ When young people **weigh the pros and cons** of studying abroad, they usually worry about the obstacles they will have to overcome in a place they don't know much about. They are apprehensive of leaving the comfort of their home to step into an unknown and unfamiliar environment.

■ They fear they might experience culture shock, have problems understanding a different language or adapting to new **customs**, and most of all miss their home, family and friends.

VOCABULARY
- to deter sb from (+ V-ing): *dissuader qqn de*
- to weigh the pros and cons: *peser le pour et le contre*
- customs: *les coutumes*
- a résumé: *un curriculum vitae*
- to be willing to: *être désireux de*

2 Why students choose to study abroad

■ But when they finally make the decision to go and study abroad, they understand this will be a great educational opportunity. They want to learn a foreign language or improve their proficiency in it and study in a better university or in different conditions abroad. They also want to learn about the country they have decided to go to, about its people, its culture and lifestyle.

■ They expect to come back home a semester or a year later having learnt something that will improve both their knowledge and their **résumé**. They know that this experience abroad will be noticed and valued by future employers and will make a difference for them in the future.

■ Madeleine Monaghan, the director of the English language Institute at the Sacred Heart University (Connecticut, USA) says that when people decide to go and study abroad, they also show that they are "**willing to** take a challenge" and be brave. That is why she asserts that "it's quite an admirable event in one's life to study abroad".

→ Listen to Madeleine Monaghan: bit.ly/PbacAng_01a

II A life-changing experience

Most of the articles, blogs, posts about studying abroad experiences highlight these positive aspects but what they mainly deal with is the major unexpected benefits of this enriching experience.

1 | Studying abroad changes people

■ Indeed, exchange students don't just learn new things or get new **skills**, they also and mostly change at a personal level. They become more independent, more confident, stronger and able to take their life into their own hands.

> **VOCABULARY**
> - a skill: *une compétence*
> - beyond: *au-delà*
> - taken for granted: *considéré comme acquis*

■ Besides, by experiencing new cultures and meeting new people, they go **beyond** stereotypes and prejudices, learn to see things differently, question their own **taken for granted** beliefs and learn to think "outside the box". Studying abroad doesn't only break down educational barriers: it also breaks all sorts of cultural barriers. Exchange students thus change into more open-minded, more mature, richer and better people.

2 | …and makes them learn who they are.

■ The experience may give them two homes but it doesn't make them feel they should choose between two different directions. Instead, it makes them appreciate their native country while seeing it in a new light. This gives them a new perspective on both cultures, but also on what they find valuable in life.

■ Most people who have studied abroad say they have learnt how to rebuild their life the way they want it. Instead of getting lost in an unknown country, they have eventually found out more about themselves: they have understood who they really are…

zoOm

More on this topic

■ **Erasmus** (**E**u**R**opean **A**ction **S**cheme for the **M**obility of **U**niversity **S**tudents) or, more recently, Erasmus + is a European programme for EU students who want to go and study in other European universities. By the years 2021-2027, it will give more than 12 million people the opportunity to go and study abroad.

→ Read more: bit.ly/PbacAng_01b

■ **Max, an American student** in his 20s who studied in Europe, explains how his experience has turned him into someone richer, stronger and more complex. He says nothing can stop him now…

→ Watch the video: bit.ly/PbacAng_01c

2 To what extent is immigration part of the American identity?

En bref *The USA has always been a land of immigrants and is often called a "melting pot", a place where exchanges between different people and cultures take place. But recently, anti-immigration feelings seem to have developed: is being American still linked to diversity?*

I The history of immigration to America

1 European immigration

- The first settlements in North America date back to the beginning of the 17th century. There were major immigration waves during **the colonial era**, then in the first part of the 19th century and between the 1880s and the 1920s. These immigrants mainly came from the British Isles first and then from other parts of Europe.

INFO
The colonial era starts with the European colonisation in the early 16th century and ends with the 13 colonies' *Declaration of Independence of the USA* (July 4, 1776).

- The USA received about 29 million European immigrants between 1820 and 1920. Between 1892 and 1924, over 12 million of them arrived through Ellis Island immigration station (in New York harbour). That is why European-American culture is often considered the basis of US culture.

2 A more diverse immigration

- In 1965, with the Immigration and Nationality Act which abolished the quotas based on nationality, a great number of immigrants arrived from other parts of the world, especially from Asia and Latin America. As a consequence, the face of the American population started changing

- In the three decades following 1965, about 18 million legal immigrants entered the USA, more than three times the number admitted over the preceding 30 years. The number of European immigrants strongly decreased while that of Asian immigrants, for example, was multiplied by four.

II Immigration today

1 Anti-immigration trends?

- The election of Donald Trump as the US president in 2016 has raised questions about the way immigrants are seen nowadays. Indeed, one of Trump's recurring theme during his campaign was stopping immigrants from entering the country.

■ He promised to build a wall along the US-Mexican border, announced the end of DACA and proposed the end of the right for the children of non-citizens born in the USA to become American citizens.

■ Was Trump's election a sign of a deep anti-immigration sentiment in the USA? Does it mean that being American today is refusing exchanges and denying diversity?

INFO

DACA (Deferred Action for Childhood Arrivals) is a program initiated by Barack Obama's government to protect young immigrants or "dreamers" from deportation.

2 Today's perspective: immigration as an asset?

■ Recent reports show immigration is still an important part of American people's life and identity. Indeed, there are still more immigrants in the USA than in any other country in the world and more than one million immigrants still arrive every year. They now mostly come from India, Mexico, China and Cuba.

■ In 2017, there were about 44 million immigrants living in the country (more than 13% of the American population) and this number keeps growing: the US foreign-born population is projected to reach 78 million by 2065.

■ The USA thus remains a "nation of nations" and most Americans acknowledge their heritage as "a nation of immigrants". A 2019 report shows Americans' relationship to immigration today: 28% say immigrants "**burden** the country" whereas 62% think they "**strengthen**" it through their "hard work and talents". Diversity is still seen as a positive feature of American identity.

VOCABULARY

- to burden: *alourdir, être un fardeau pour*
- to strengthen: *renforcer, rendre plus fort·e*

zoOm More on this topic

■ The action of ***The Immigrant*** (James Gray, 2013) takes place in 1920, when two sisters from Poland arrive at Ellis Island. They dream of a better life in the USA but the doctors discover that Magda is ill with tuberculosis and decide to quarantine her. Eva is ready to do anything to save her sister from deportation.

→ Watch the trailer: bit.ly/PbacAng_02a

■ **Remarks on immigration reform** (Las Vegas, Jan. 2013). In this speech, President **Obama** reflects on the issue of immigration in his country. He reminds the American audience that, except for Native Americans, all citizens of the US are descendants of immigrants. He says immigration is "in [their] bones" and he insists on the major role immigrants have played in building the American nation.

→ Listen to an extract of the speech: bit.ly/PbacAng_02d

SE TESTER QUIZ

1 Can studying abroad change people?

→ FICHE 1

Cochez les affirmations vraies.

☐ **a.** Very few young people choose to study abroad.
☐ **b.** The number of students studying abroad keeps going down every year.
☐ **c.** Erasmus is a European programme that helps students go and study abroad, in particular in the European Union.
☐ **d.** Many employers are interested in hiring people who studied abroad.
☐ **e.** Most people who studied abroad say this experience has changed their lives for the better.

2 To what extent is immigration part of the American identity?

→ FICHE 2

Cochez, pour ces mots ou expressions, les bonnes traductions.

a. traverser la frontière :
☐ to flee the border
☐ to cross the border
☐ to walk past the smuggler

b. un camp de réfugiés :
☐ a refugee camp
☐ a political refugee
☐ a shelter for refugees

c. un immigrant sans papiers :
☐ an illegal worker
☐ a paperless immigrant
☐ an undocumented immigrant

d. s'intégrer :
☐ to blend (into)
☐ to settle
☐ to fit (in)

OBJECTIF BAC

3 Compréhension de l'écrit • *A gap year abroad*

45 min

L'année de césure *(gap year)* permet d'aller étudier à l'étranger mais aussi de vivre d'autres expériences (voyages, travail, volontariat...). Les jeunes britanniques y sont attachés depuis les années 1960 et l'idée continue de faire des émules ailleurs en Europe et aux États-Unis.

LE SUJET

I wasn't enthusiastic when my daughter first floated her plan to take a "gap year" before college. I didn't see the point of delaying that great intellectual awakening. And what if her gap year turned into a permanent crevasse and she never earned a degree? [...]

But she needed a break. Besides, my husband and I weren't eager to pay for a college education she wasn't ready for. [...]

As soon as she learned of a family in Salzburg, Austria, looking for an American au pair, my daughter [...] signed on, deferring her college admission by one year. While her friends Facebook-stalked their freshmen roommates [...], she filled out paperwork for an Austrian work visa.

She remained preternaturally calm about the prospect of moving overseas until about a month before her departure. "I hope I don't freak out when I get there," she remarked one day. "You know, being in a foreign country where I don't know anyone, not speaking the language, living by myself..." I, of course, had been silently considering that possibility for months. But rather than scream, "Well, DUH! Shouldn't you have thought about that before?" I simply said, "What's the worst that can happen? If you hate it, you'll do something else."

I needn't have worried. Taking a gap year turned out to be one of the smartest decisions my daughter has ever made. She had a spectacular experience in Salzburg, bonding with her host family, perfecting her German, traveling through Europe with assorted new friends, and otherwise developing the confidence and skills necessary to navigate unfamiliar terrain.

By the time she started college this fall, she couldn't have been better prepared — or more excited. She approached the whole experience of picking classes, making friends and trying new activities with a newfound sense of purpose and perspective. The gap year broadened her academic interests [...] as well as deepened her extracurricular ones.

"In Fervent Support of the 'Gap Year'", by Susan H. Greenberg,
The New York Times, January 4, 2015.

1. What is a gap year? Read the text and choose the right definition.
a. A gap year is a year young adults spend at sea.
b. A gap year is a year off, generally spent abroad after high school.
c. A gap year is a year spent in a college far from home.
d. A gap year is a year teenagers have to do before applying for a job.

2. What did the narrator's daughter decide to do during her gap year?

3. The narrator had mixed feelings about her daughter's decision to take a gap year. Find three different reasons why. Use your own words.

4. a. How did the narrator's daughter feel before leaving? Why?
b. Had the narrator anticipated this? Quote the text to justify your answer.

5. a. What is the narrator's opinion on her daughter's gap year now that she is back?
b. In what ways has this gap year changed her daughter? Use your own words.

VOCABULARY

to float a plan: *lancer un projet* • to delay: *retarder* • to be eager to: être *impatient de, avoir hâte de* • preternaturally: *prodigieusement* • to freak out *(fam.)*: *flipper, « péter un câble »* • to bond: *tisser des liens affectifs* • to broaden: *élargir* • extracurricular: *extrascolaire.*

4 Expression écrite

45 min

The New York Times readers react to Susan Greenberg's article → p. 452. Write a comment that will be posted under her article on the *New York Times* website. Express your opinion clearly. (min. 120 words)

Méthode

Exprimer son accord ou son désaccord (*Agreeing and disagreeing*)

- Identifiez la **thèse** que vous devez défendre ou à laquelle vous devez vous opposer. Étayez votre point de vue avec au moins un argument et un exemple.
- Pour exprimer votre **accord**, utilisez des formules comme : *I agree with…, I think the author is right to say…, It is true that…*, etc.
- Pour exprimer votre **désaccord**, vous pouvez utiliser : *I disagree / I don't agree with…, I think the author is wrong to say…, It is nonsense*, etc.
- Utilisez des **mots de liaison** pour structurer votre propos.

LA FEUILLE DE ROUTE

- Dans votre commentaire, vous pouvez être favorable ou non à l'année de césure ; argumentez votre point de vue en exposant avantages ou inconvénients :
  - arguments « **pour** » : prise d'autonomie, enrichissement intellectuel, atout sur un CV ou une candidature universitaire.
  - arguments « **contre** » : coût, difficulté à reprendre les études, sentiment de solitude…
- Imaginez des **situations concrètes** : témoignages d'étudiants ayant pris une année de césure (ou bien de leurs parents).

CORRIGÉS

SE TESTER QUIZ

1 Can studying abroad change people?

Réponses c, d, e.

2 To what extent is immigration part of the American identity?

a. to cross the border • b. a refugee camp • c. an undocumented immigrant • d. to blend (into), to fit (in)

OBJECTIF BAC

5 Compréhension de l'écrit

1. Proposition b: A gap year is a year off, generally spent abroad after high school.

2. She decided to be an au pair in Austria/to look after the children of an Austrian family in Salzburg.

3. The narrator feared a gap year could be a waste of time and was afraid her daughter might never go to college (and thus might never get a degree). However, she understood her daughter was not ready to go to university yet and that she needed a break/some time off. Moreover, the narrator and her husband didn't want to spend a lot of money on their daughter's higher education if she was not prepared to really get involved in her studies.

4. a. She wasn't worried at first but then she got scared about a month before leaving when she realised she would be alone in a foreign country and she would have to cope by herself.
b. Yes, she had anticipated this: "I, of course, had been silently considering that possibility for months." (l. 15)

5. a. The narrator is satisfied/enthusiastic. She thinks it is a great decision, the "smartest decision" her daughter has ever made.
b. This year has changed her daughter in many ways: not only has she improved her German, but she is now more mature. She is ready to go to college ("better prepared", l. 24-25) and even enthusiastic about it ("excited", l. 25). Going to college means something for her now. ("a newfound sense of purpose", l. 26). She has become more curious and is interested in all sorts of activities now. ("broadened her academic interests and deepened her extracurricular ones", l. 27-28).

6 Expression écrite

■ I couldn't agree more with Susan H. Greenberg. Five years ago, I took a gap year myself before college; being shy and rather introverted, I was afraid I wouldn't be able to fit in. So, strangely enough, I made the decision to spend one year in Spain, a country I knew almost nothing about. After finding a job in a restaurant in Barcelona, I took the plunge and came back an entirely different person. Spaniards' friendliness helped me become more outgoing and confident. They made me see myself and life in general in a positive way. If I am a better person today and have a fulfilling life, I undoubtedly owe it to my year in Spain! *(120 words)*

■ Contrary to Susan H. Greenberg's daughter, my experience as a gapper in Austria wasn't a positive one. Like her, I didn't feel prepared to go to college and dreamt of discovering Europe. Being an au pair in a European family seemed like a good plan but I should have thought twice before accepting. I lived in a small and isolated village mostly inhabited by elderly people, the children I had to take care of were too young and the parents were often away. Although I liked the two kids, I felt homesick, lonely and bored. I thought it was a waste of time but the good thing is, after a year, I was eager to go to college and so glad to spend time with people my own age! *(129 words)*

3 Women in society: from the private to the public sphere

En bref *For centuries, women were restricted to the domestic sphere. And though our western societies have evolved, it has been difficult for women to enter the public sphere. They have had to fight to gain recognition and more rights in a male-dominated society.*

I The Suffragettes: fighting for the right to vote

■ The Suffragettes were activists who believed women should influence **public policy** as well as men. That's why they fought for women's right to vote at the end of the 19th and the beginning of the 20th century. Indeed, at that time, women were still considered second-class citizens, even in a country like the UK whose female leaders are famous and recognised worldwide.

■ Emmeline Pankhurst founded the Women's Social and Political Union (WSPU) in 1903 and became the Suffragettes' public voice. Her favourite motto was "Deeds, not words" for she believed women had to **resort to** demonstrations, strikes and violence to be heard.

■ Years of advocacy and women's contribution to the war effort eventually challenged the idea of women's inferiority and inability to make decisions about their country: in the UK, suffrage was **granted to** women over 30 in 1918 and to all women over 21 in 1928.

VOCABULARY
- public policy: *la politique publique*
- to resort to: *avoir recours à*
- to be granted to: *être accordé à*

II Women's Lib and the changing role of women in the 1960s

■ A second wave of activism started in the USA with the Women's Liberation Movement in the 1960s. It fought against sex-based discrimination and claimed equal rights for men and women: equal education, equal pay, equal job opportunities but also intellectual and financial independence.

■ Women's Lib made things and laws change for most women in western countries, especially in the fields of employment, family or sexuality and reproductive rights. In the USA, the 1964 Civil Rights Act prohibited employment discrimination based on sex (as well as on race, religion or origin). In 1965, married couples were given the right to use birth control and in 1972, the Supreme Court legalised birth control for all American women.

■ Most of all, by bringing private matters into the public view, the movement made more and more people acknowledge gender equality was a serious issue. It challenged men's power in society and eventually changed the perception of women's role worldwide.

III Women's rights today

1 The situation of women today

- Despite these achievements, gender stereotypes still have an impact on today's society and the gender gap is still visible in terms of power and pay. For instance, the average gender pay gap in the European Union in 2016 was 16%; it was almost 18% in the USA in 2017. And still in 2016, women only held less than 5% of **CEO** positions in the 500 biggest American companies.

- Nowadays, many feminist organisations focus on the negative impact of the stereotypes which still weigh on women and are spread by advertising and the media. The "HeforShe" campaign, initiated by the **UN** in 2014, aims at achieving gender equality by involving men and boys in the fight.

VOCABULARY
- CEO (chief executive officer): *PDG*
- UN (United Nations): *ONU*

2 The #MeToo movement

- In 2017, the Harvey Weinstein case showed how far we still are from equality. The powerful Hollywood media producer was accused of sexual harassment and assault by several women. The #MeToo movement which followed and spread through the social media shed light on the reality of sexual harassment and abuse in many women's lives, especially in the workplace.

- The #MeToo movement was a shockwave that made a great number of people react everywhere in the world. Will those facts help women's voice to be truly listened to at last? Will access to the public sphere eventually help women to achieve gender equality?

zoOm

More on this topic

- Learn more about the Suffragettes by watching ***Suffragette***, a film by Sarah Gavron and Abi Morgan (2015). The action takes place in 1912-1913 around the British Suffragettes and their leader Emmeline Pankhurst (played by Meryl Streep). Maud, the main character, cannot bear the way men treat her anymore and decides to join the movement.

→ Watch the trailer: bit.ly/PbacAng_03a

- Since the Weinstein case was disclosed in October 2017, the ***MeToo* hashtag** enabled many victims of sexual harassment to speak more freely. Women's defense organisations and hotlines for victims are flooded with calls for help.

→ Listen to a NPR podcast on this topic: bit.ly/PbacAng_03b

4 Studying from home

En bref *Going to school is considered for children a major step into the social and public sphere. However, traditional schools aren't always adapted to the children's situation or simply don't suit everyone. That's why, in some cases, learning from home can be a more appropriate solution.*

I Alternative schools

1 Online schools

■ In Australia, the children who grow up in the **Outback** live in isolated communities, far away from cities and schools. However, they can attend the Alice Springs School of the Air (ASSOA). The first ASSOA lessons were sent through a radio link in 1951 but the classes today are conducted through satellite technology and the Internet.

■ There are only about 120 students and 12 teachers at the ASSOA but its classroom, spread all over the country, is more than 1.3 million km²! Its students follow the national curriculum and thus get the same learning as all Australian children.

■ Online schools can also be found in other areas where children cannot easily attend a traditional school. This is the case, for instance, in Hawaii, especially for elementary and high school students who live on isolated islands. They can take free online courses from home and communicate with their teachers and classmates online using their computer and webcam.

2 Homeschooling

■ For some parents, educating their children from home, even when there is a traditional school next door, is an educational choice. They choose homeschooling for many different reasons: their child's school refusal sometimes due to school **bullying**, their child's health or learning issues, or their **concerns** about safety, religion or educational values.

■ Today, more and more parents choose to homeschool their children, especially in the United States where that **trend** originated. There were 850,000 homeschooled American children in 1999 and it will soon reach 2 million, which represents 3.4% of US students.

VOCABULARY
- the Outback: the desert areas of Australia, especially in central Australia
- to bully: *harceler*
- a concern: *une préoccupation*
- a trend: *une tendance*

II Online university courses

Learning from home doesn't only concern elementary and secondary school children. Access to higher education may also be a problem for many students who cannot go away from home; others are not willing to take loans and be in debt when facing huge tuition fees and the growing cost of university.

1 MOOCs (Massive Open Online Courses)

- MOOCs are a way to have access to high quality courses online with all sorts of universities and colleges, even the most prestigious ones. They offer another way of learning in a network world and gather hundreds or sometimes even thousands of participants around a special topic.
- MOOCs started in 2006 and have now developed into interactive courses with online quizzes and assessments as well as forums to help interaction between students and professors. Most of all, they are usually free or very cheap. However, they don't usually give students a certified degree or qualification.

2 Distance learning programmes

- Students who want to study from home can also choose the distance learning programmes which many universities **provide**. They can thus get a degree at their own pace while reducing the cost of university.
- Today, 270,000 **undergraduate** and 108,000 **postgraduate** students study that way in the UK. In the USA, in 2016, 6.3 million students took at least one online course and 2.9 million enrolled exclusively in online courses. These numbers have been increasing for years now... and will probably continue to rise.

VOCABULARY

- to provide: *fournir*
- undergraduate: *de 1er cycle*
- postgraduate: *de 3e cycle*

zoOm

More on this topic

- The **Alice Springs School of The Air** (ASSOA) proudly says it has been "delivering excellence in education to remote Australia since 1951". It offers various courses and activities to isolated school children and despite the distance, also organises encounters, excursions and school events for its students and teachers.
→ Visit the school's website : bit.ly/PbacAng_04a

- In an ABC news **report about homeschooling** in the United States, journalist Jess Mendoza explains why she has chosen to homeschool her children. She meets with three families who explain their views on homeschooling.
→ Watch the report: bit.ly/PbacAng_04b

SE TESTER QUIZ

1 Women in society: from the private to the public sphere

→ FICHE 3

Cochez la traduction qui convient.

a. être victime de discrimination
- ☐ to be biased against
- ☐ to campaign for discrimination
- ☐ to be discriminated against

b. faire campagne pour le droit de vote
- ☐ to vote laws in the country
- ☐ to campaign for the right to vote
- ☐ to vote for women

c. avoir des préjugés
- ☐ to be judged
- ☐ to be prejudiced
- ☐ to be patriarchal

d. l'égalité des sexes
- ☐ sexist equality
- ☐ gender equality
- ☐ equal pay

2 Studying from home

→ FICHE 4

Reliez chaque mot à sa traduction.

a. school bullying •	• le programme scolaire
b. school refusal •	• la phobie scolaire
c. the school curriculum •	• le harcèlement scolaire
d. tuition fees •	• les frais de scolarité
e. student loans •	• les prêts (aux) étudiants

OBJECTIF BAC

3 Compréhension de l'écrit • *Gender gap*

45 min

Certains soulignent à quel point le statut des femmes a évolué dans nos sociétés et pensent qu'il n'est plus vraiment nécessaire de se battre pour l'égalité des sexes aujourd'hui. Mais est-ce vraiment le cas ?

LE SUJET

Chimamanda Ngozi Adichie est une auteure nigériane dont les écrits dénoncent toute forme de préjugés, en particulier en Afrique. "We should all be feminists", a été écrit à la suite d'une ***conférence TED*** *qu'elle a donnée en décembre 2012.*

I often make the mistake of thinking that something that is obvious to me is just as obvious to everyone else.

INFO
Vous pouvez visionner la conférence dans son intégralité : *bit.ly/PbacAng_03c*.

Take my dear friend Louis, who is a brilliant, progressive man. We would have conversations and he would tell me: "I don't see what you mean by things being different and harder for women. Maybe it was so in the past but not now. Everything is fine now for women." I didn't understand how Louis could not see what seemed so evident.

I love being back home in Nigeria, and spend much of my time there in Lagos, the largest city and commercial hub of the country. Sometimes, in the evenings when the heat goes down and the city has a slower pace, I go out with friends and family to restaurants or cafés. On one of those evenings, Louis and I were out with friends. There is a wonderful mixture in Lagos: a sprinkling of energetic young men who hang around outside certain establishments and very dramatically "help" you park your car. Lagos is a metropolis of almost twenty million people, with more energy than London, more entrepreneurial spirit than New York, and so people come up with all sorts of ways to make a living. As in most big cities, finding parking in the evenings can be difficult, so these young men make a business out of finding spots, and – even when there are spots available – of guiding you into yours with much gesticulating, and promising to "look after" your car until you get back. I was impressed with the particular theatrics of the man who found us a parking spot that evening. And so as we were leaving, I decided to give him a tip. I opened my bag, put my hand inside my bag to get my money, and I gave it to the man. And he, this man who was happy and grateful, took the money from me, and then looked across at Louis and said, "Thank you, sah!"

Louis looked at me, surprised and asked: "Why is he thanking me? I didn't give him the money." Then I saw realization dawn on Louis's face. The man believed that whatever money I had ultimately came from Louis. Because Louis is a man.

"We should all be feminists", Chimamanda Ngozi Adichie (2012-2014).

1. What kind of narrative is this?

☐ **a.** a first-person narrative
☐ **b.** a third-person narrative
☐ **c.** an extract from a novel
☐ **d.** an episode in the narrator's life

2. Focus on §1 and pick out information about Louis:

a. how he is related to the narrator
b. the kind of person he is
c. what he thinks about gender equality at the beginning of the text.

3. Focus on the rest of the text:

a. Where is the action set?
b. Who is the new character involved?
c. How does he react when the narrator gives him a tip?

4. How does Louis react to the man thanking him?

VOCABULARY

- obvious: évident
- the pace: *le rythme*
- a tip: *un pourboire*
- grateful: *reconnaissant*

4 Expression écrite

45 min

Two students receive an award from the mayor for an article they wrote about women's rights. Write his/her speech. (min. 120 words)

Méthode

Écrire un discours (*Writing a speech*)

- Déterminez **à qui** vous vous adressez et **dans quel but** (informer, convaincre, célébrer quelqu'un...) afin d'adopter un ton et un vocabulaire appropriés.
- Structurez votre discours : d'abord une **introduction** (qui annonce le sujet et capte l'attention du public), puis le **corps** du discours qui donne avec clarté l'essentiel de l'information, enfin une **conclusion** qui invite à l'action.
- Utilisez des procédés rhétoriques pour **donner de la force** à votre propos : répétitions, anaphores, questions, structures emphatiques, etc.

LA FEUILLE DE ROUTE

- Vous êtes le/la maire et vous remettez un prix à des étudiants : votre ton doit être suffisamment formel.
- En introduction, présentez les étudiants et leur article. Enrichissez le corps du discours en évoquant l'article : que défendent les étudiants ? Choisissez une cause pour laquelle vous avez des exemples et arguments : droit de vote, égalité des salaires, harcèlement sexuel, accès des filles à l'éducation, etc.
- Terminez en les félicitant et en encourageant le public à s'engager également.

CORRIGÉS

SE TESTER QUIZ

1 Women in society: from the private to the public sphere.

a. to be discriminated against • b. to campaign for the right to vote • c. to be prejudiced • d. gender equality

2 Studying from home

a. le harcèlement scolaire • b. la phobie scolaire • c. le programme scolaire • d. les frais de scolarité • e. les prêts (aux) étudiants

OBJECTIF BAC

3 Compréhension de l'écrit

1. a. a first-person narrative • d. an episode in the narrator's life

2. a. Louis is a friend of the narrator's ("my dear friend", l. 3).
b. He is a smart and open-minded man ("a brilliant, progressive man", l. 3).
c. He thinks gender equality is now achieved ("Everything is fine now for women, l. 6).

3. a. The action is set in Lagos, the biggest/largest city in Nigeria.
b. The new character is a young man who earns some money helping people find a parking spot and looking after their car. He has just helped the narrator and her friend find a parking spot.
c. Instead of thanking Chimamanda for the tip/the money she has just given him, he thanks Louis, the narrator's male friend

4. Louis suddenly realises that the young man thinks it is *his* money since he is the man, which means that gender prejudices/stereotypes are still very present. He understands that Chimamanda was right: gender equality is far from being achieved yet.

4 Expression écrite

Good evening ladies and gentlemen,

I have the honour to be in your school today to reward two of your fellow students, Clara and Aïcha, whose article about women and education in Africa was awarded several prizes for its quality and its truthfulness.

In this article, Clara and Aïcha show that, in the 21st century, education is still not available to everyone. In sub-Saharan Africa, more than 30 million girls of primary and lower secondary school age are out of school. In Sudan, where Aïcha's mother was born, girls are more likely to die in childbirth than to finish primary school.

Clara and Aïcha express their gratitude and pride to live in England, a country where women can study freely. They assert that education is a universal right. They believe that if African girls can get an education, they will marry later, invest in their children's education, resist gender-based violence and discrimination... and eventually change their community.

Like them, I think girls' education can change the world! That is why I'm proud to give you, on behalf of the city council, this £3,000 prize to help the girls' education programme you support. And I'd like to encourage young people like you to fight for girls' education and women's rights all over the world.

Clara and Aïcha, education can change the world indeed... and *you* are changing the world. Your implication deserves our heartfelt admiration. May your voice be heard by many and your example be followed by all.
(248 words)

5 How did the protest songs of the 1960s and 1970s change society?

En bref *The 1960s and 1970s were a period of great social, economic and political changes. At that time, a powerful musical movement started in the USA and the UK and developed in the western world, turning a generation away from traditional values and norms.*

I *The Times They Are a-Changin'* (Bob Dylan, 1964)

1 Reasons to protest

■ The 1960s were a decade of great tension and fear with a concentration of political and social issues: the Cold War and the development of nuclear weapons, the assassination of President Kennedy (1963), the Civil Rights movement and the murderous and unpopular Vietnam War.

■ The hippie movement emerged in that context as a form of counterculture. It opposed the prevailing traditional values and lifestyles and proposed new ones based on freedom, equality, peace and love. Its main concerns were the fight against racial segregation and the protest against the American military involvement in Vietnam, with such slogans as "Make love, not war", "Power to the people" or "Give peace a chance" (from a John Lennon song).

2 What protest songs questioned and advocated

■ In the field of music, this was a period of great creativity. Protest singers used their music and lyrics to question the world they lived in and to spread the message of peace in the world. Their songs were an efficient means of protest which **appealed** to the listeners' thoughts and emotions at the same time.

■ Many protest songs supported the Civil Rights Movement: *We Shall Overcome*, sung by Joan Baez on the day of the famous March on Washington in August 1963, became an **anthem** of the movement. In 1965, Nina Simone sang Billie Holiday's already well-known song *Strange Fruit* to express her rage about the situation of Black Americans in the South.

■ There were also lots of anti-Vietnam war protest songs: for instance, Barry McGuire's *Eve of Destruction* (1965) with its **scathing** lyrics "You're old enough to kill, but not for votin'" or Pete Seeger's obvious message in *Bring 'em Home* (1966).

VOCABULARY
- to appeal to: *plaire à*
- an anthem: *un hymne*
- scathing: *très critique, cinglant, acerbe*

■ In *Blowin' in the Wind* (1963), Bob Dylan asks questions about war (among other issues), that he leaves unanswered: "how many deaths will it take till he [= *a man*] knows that too many people have died?"

→ Learn more about Dylan's songs here: bit.ly/PbacAng_05a

II The impact of protest songs

1 The Woodstock festival (1969)

■ The Woodstock Music and Arts Fair showed the tremendous impact protest music had on young people in the 1960s. It is considered the emblem of protest songs and of **the counterculture generation** and has become **a legendary event** in the history of rock music.

■ The festival promised "3 days of peace and music". It gathered **many protest singers** of the 1960s such as Joan Baez, Janis Joplin, Joe Cocker, The Who, or Jimi Hendrix. But most of all, it attracted **an incredibly huge audience** of almost half a million people.

2 Iconic protest songs that still resonate today

■ Some of the protest singers of the time have become **emblematic figures in the history of music and arts**. Jimi Hendrix, for example, is still regarded as the greatest electric guitar player in the history of music: he is associated with his unforgettable rendition of the American anthem which he transformed into an anti-Vietnam War song at Woodstock.

■ Many of the protest songs of that era still have an impact today. For instance, ***We shall overcome*** has been adopted by many groups and movements for its universal message of justice. John Lennon's ***Imagine*** (1971) has achieved a similar status: it has become an anthem for peace throughout the world.

zoOm

More on this topic

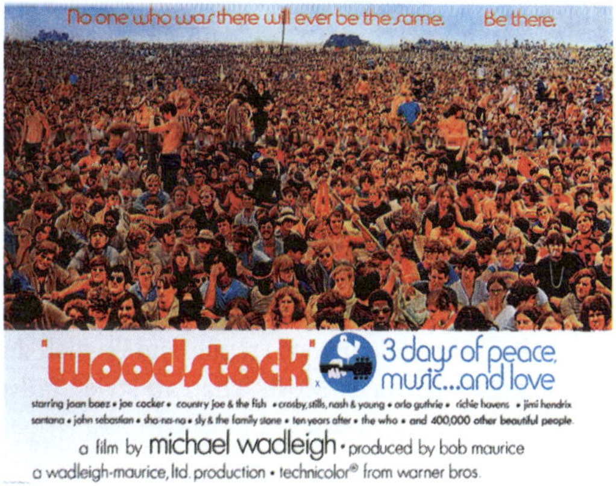

■ ***Woodstock***, by Michael Wadleigh, won the 1970 Academy Award for Best Documentary. It relates the festival from beginning to end.

→ Watch the trailer: bit.ly/PbacAng_05b

FRANÇAIS | HISTOIRE GÉOGRAPHIE | ENS. SCIENTIFIQUE & MATHÉMATIQUE | ANGLAIS

6 What does architecture reveal about history and power?

En bref *Architectural works are not mere buildings. They are also works of art and cultural symbols, reflecting the history of a country and the different influences it has undergone. This is particularly striking in many Canadian cities which offer a variety of architectural styles.*

I The influence of European colonisation

■ During the colonial period (1492-1867) and until the beginning of the 20th century, most buildings in Canadian cities imitated the styles and designs developed in Europe and in the colonial empires. **European architecture** was particularly popular among the Canadian elite of the time: they were of European origin and could afford to have special houses or places built.

■ These styles, mostly named after the monarchs who reigned over Britain during these periods, left a mark on Canadian architecture. In Toronto, for example, the oldest buildings show various styles: **Georgian** (1714-1830), **Victorian** (mid-to-late 19th century) or **Edwardian** (1901-1910s).

■ In Montreal, the influence of the two waves of colonisation (by the French and the British) can be seen through the church architecture: ***the city of a hundred belltowers*** is famous for its numerous Catholic and Protestant or Anglican churches and cathedrals.

■ In all Canadian cities, Victorian styles of architecture dominated from the mid-19th century up to World War I.

VOCABULARY
a belltower: *un clocher*
(a bell: *une cloche*)

II Canadian styles

1 The château or châteauesque style

■ The "château style" is the first architectural style to be considered **typically Canadian**. It is a blend of the Gothic Revival style and of that of the castles of the Loire Valley in France. This form of architecture was promoted by the Canadian railway companies which built grand railway hotels across the country.

■ This style is seen as distinctly Canadian and not just a simple imitation of European architecture since it is a specific mix of French and English designs and the achievement of the Canadian railways. Most "château style" railway hotels were built **between the end of the 19th century and the 1930s**.

2 A Canadian interpretation

■ After World War I, when Canadian nationalism became stronger, the city planners and architects wanted to find unique Canadian styles, which had to be different from that of Europe but also distinct from that of the neighbouring United States. That is why they mostly turned away from Art Deco when it became popular in the USA and returned to the Middle Ages for inspiration.

- The revival of the neo-Gothic style in Canada adapted to the requirements of more modern buildings. That is why, when the central part of the Parliament Buildings in Ottawa burnt down in 1916, it was rebuilt in a similar Gothic style but with modern materials (steel and concrete) and a contemporary and functional approach. When Canada asserted its own identity, Canadian architecture became a new and special interpretation of past styles.

VOCABULARY
- steel: *acier*
- concrete: *béton*

III International style and the effect of globalisation

- After World War II, Canadian architecture opened to more global ideas. Many important projects of the period were designed by top foreign architects while, at the same time, famous Canadian architects worked abroad. This International style period coincided with an important building boom in the country.
- World-famous modernist architects like German-American Ludwig Mies van der Rohe designed major works in Canada: for example the Toronto-Dominion Centre, with its six towers covered in bronze-tinted glass and black painted steel. International style skyscrapers now dominate the skylines of many Canadian cities, especially Vancouver, Calgary, Edmonton, Ottawa, and Toronto. This shows Canada is now a leading country in a global world.

zoOm

More on this topic

- Watch this short video about the explosion of **modern architecture in Toronto**: from the newly renovated Art Gallery of Ontario (AGO), to the Ontario College of Art and Design (OCAD) and the Royal Ontario Museum (ROM).

→ Watch the video: blt.ly/PbacAng_06a

OBJECTIF BAC

1 Compréhension de l'écrit • *A music fan*

45 min

Quand les musiciens et chanteurs deviennent des stars, des icônes ou des légendes, les auditeurs deviennent aussi parfois des fans ou des groupies.

LE SUJET

Juliet, Naked, le septième roman de l'auteur britannique Nick Hornby est centré sur le couple Annie et Duncan, et l'obsession de ce dernier pour le chanteur-compositeur Tucker Crowe.

Annie and Duncan were in the middle of a Tucker Crowe pilgrimage. They had wandered around New York, looking at various clubs and bars that had some kind of Crowe connection, although most of these sites of historic interest were now designer clothes stores, or branches of McDonald's. They had been to his childhood home in Bozeman, Montana, where, thrillingly, an old lady came out of her house to tell them that Tucker used to clean her husband's old Buick when he was a kid. The Crowe family home was small and pleasant and now owned by the manager of a small printing business, who was surprised that they had travelled all the way from England to see the outside of his house, but who didn't ask them in. From Montana, they flew to Memphis, where they visited the site of the old American Sound Studio (the studio itself having been knocked down in 1990), where Tucker, drunk and grieving, recorded Juliet, his legendary break-up album, and the one Annie liked the most. Still to come: Berkeley California, where Juliet – in real life a former model and socialite called Julie Beatty – still lived to this day. They would stand outside the house, just as they had stood outside the printer's house, until Duncan could think of no reason to carry on looking, or until Julie called the police, a fate that had befallen a couple of other Crowe fans that Duncan knew from the message boards.

Annie didn't regret the trip. She'd been to the US a couple of times, to San Francisco and New York, but she liked the way Tucker was taking them to places she'd otherwise never have visited. [...] It was a sort of random, pin-sticking tour of America, as far as she was concerned. She got sick of hearing about Tucker, of course, and talking about him and listening to him and attempting to understand the reasons behind every creative and personal decision he'd ever taken. But she got sick of hearing about him at home, too, and she'd rather get sick of him in Montana or Tennessee than in Cooleness, the small seaside town in England where she shared a house with Duncan.

Nick Hornby, *Juliet, Naked,* 2009 © Penguin.

VOCABULARY

a pilgrimage: *un pélerinage* • to grieve: *avoir du chagrin* • a socialite: *une personnalité mondaine* • to befall sb: *arriver à qqn* • random: *aléatoire, (fait) au hasard.*

1. Read the whole text and fill in the following table:

Who are the main characters?	
How are they related?	☐ brother and sister ☐ boyfriend and girlfriend or husband and wife ☐ childhood friends
Where are they from?	☐ the USA ☐ England
In what country does the action take place?	

2. What are they doing in this country?

3. Concentrate on the first paragraph and follow the characters' itinerary. For each city they visited, say: what or who they wanted to see, what or who they actually saw. You may find it easier to present your findings in a table like this one:

Cities	Places or people they wanted to see	What or who they actually saw

4. Use your findings in the table to:

a. say why Duncan wanted to visit these places or people.

b. say whether his expectations were satisfied. Explain why.

5. Focus on the second paragraph and describe Annie's feelings about this trip.

2 Expression écrite

45 min

During the Journey, Annie sends a letter to a friend to share her impressions and feelings. Write the letter. (min. 120 words)

Méthode

Écrire une lettre (*Writing a letter*)

- Dans ce type de lettre, il n'est pas nécessaire de noter l'adresse de l'expéditeur ou celle du destinataire, mais n'oubliez pas la **date** en haut à droite. Trouvez une **date adaptée à la situation**.
- Choisissez avec attention **les formules d'introduction et de conclusion**. Elles dépendent du destinataire et sont indispensables pour donner un caractère authentique à la lettre. → FICHE 19
- Écrivez à la première personne, **en respectant la position et les sentiments du personnage** dont vous prenez la plume.

▶▶▶ LA FEUILLE DE ROUTE

■ Annie écrit à un(e) ami(e) : commencez par *Dear...* et terminez par une formule qui traduise leur **degré de familiarité** (*Love, See you soon, Take care...*).

■ Relisez la fin du texte (l. 20-28) : les sentiments d'Annie sont **partagés**. Vous pouvez donc faire deux paragraphes :

- évoquez d'abord **ce qu'Annie apprécie** (le voyage, les endroits visités) ;
- puis nuancez, en mentionnant **ce qu'elle ne supporte plus** (l'obsession de Duncan pour Tucker Crowe).

CORRIGÉS

OBJECTIF BAC

1 Compréhension de l'écrit

1.

Who are the main characters?	Annie and Duncan
How are they related?	boyfriend and girlfriend or husband and wife
Where are they from?	England
In what country does the action take place?	the USA

2. They are on "a Tucker Crowe pilgrimage": they are touring the USA to visit all the places connected to Duncan's idol, a rock star named Tucker Crowe.

3.

Cities	Places or people they wanted to see	What or who they actually saw
New York	clubs and bars connected to Tucker Crowe	designer clothes shops or Mc Donald's restaurants (which had replaced the clubs and bars)
Bozeman (Montana)	his childhood home	the outside of his house (whose owner was now the manager of a printing business)
Memphis (Tennessee)	the old American Sound Studio where he had recorded a legendary album	only the site of the studio (which had been knocked down)

4. a. Duncan wanted to visit the places and see the people that had some significance in Tucker Crowe's life and career. He wanted to know as much as possible about his idol.
b. Duncan's expectations seemed to be quite satisfied: what mattered to him was to see anything connected to his idol. Even if what he actually saw could be disappointing (the sites were not what they used to be or he could only see the outside of some of the places), it meant something to him since it had some connection with Tucker Grove.

5. Annie "didn't regret the trip" (l. 20): she liked travelling to places she didn't know before and wouldn't have known in other circumstances. She felt it was a chance to visit such sites at random through the USA.
And since she couldn't avoid hearing about Tucker Grove all the time, she felt she might as well be away from her village in England and do some sightseeing at the same time.

2 Expression écrite

Memphis, June 30th

Dear Alex,

I am sorry I haven't written earlier to tell you about our trip. We are always on the move and it is sometimes complicated to take some time on my own to sit and write. But I am now in a coffee shop in Memphis while Duncan is standing outside, **looking at the site where the old American sound studio used to be**.

It is the third city we have been to since we landed in the USA last week. We started in **New York** on Monday then drove to **Bozeman** on Wednesday and finally arrived in **Memphis** yesterday. It is fun to visit so many different cities and places I didn't know before. I enjoy walking for hours in an unknown part of a city until we find some house or club or bar where Tucker Grove used to go… and which often doesn't exist anymore.

However, I am fed up with talking and hearing about Tucker Grove all the time. Every place we see, every person we meet has something to do with him… and I can't stand it anymore! As you can imagine, Duncan loves it and cannot think about anything else we could do. But still, it is better than hearing about Tucker in our sitting room in Coolness. That's why I'd like to stay in the USA a little longer.
Duncan has just come into the coffee shop, I'll have to stop and listen to him talking about Tucker again!
I hope you and the children are fine. **I'll send you a postcard from Berkeley soon**.

Love,
Annie xx

(266 words)

DES POINTS EN +
Enrichissez votre écrit grâce aux informations contenues dans le texte original : le correcteur appréciera que vous y fassiez allusion.

7 Can we protect our privacy on social media?

En bref *Social networks have become a part of our everyday life. More than 90% of teenagers use them and 71% use more than one. We now live in a digital era where everything is shared online. How is it possible to maintain privacy in such an environment?*

I Social media and personal information

When we are on social networks, we constantly disseminate our personal information. But we aren't always aware of it and we usually **overlook** the threat of privacy disclosure.

1 How we give up personal information

- Our profile pages are full of personal data that most of us, and especially young people, fill in without even thinking about it. For instance, 93% of the 14-17 year-old users post their real name, 85% their interests, 76% the name of their school and 23% their mobile phone number.
- What's more, when we comment on something, say what we like or don't like, we give some more information. When we share our contact list on a social network, it can be used to infer information about our "friends", even if they aren't on social media. More and more private data are thus delivered.

2 How social media use our personal data

- Websites track and record everything we do online. Everything we or our "friends" post publicly, and sometimes even privately, is stored and analysed. A journalist for *The Guardian*, became aware of it in 2017 when she asked *Tinder* for her data and was sent 800 pages of her "deepest, darkest secrets".
- Some data are sold to companies so that they can adapt their strategies. A recent example is the Cambridge Analytica Data scandal, for which Facebook **CEO** Mark Zuckerberg had to testify before US Congress. In 2014, 270,000 people participated in a quiz on an app without being warned that they were releasing personal information as well as access to the data of their "friends". Cambridge Analytica thus accessed the data of 87 million people.

VOCABULARY
- to overlook: *négliger*
- CEO (chief executive officer): *PDG*

II How private contents elude us

1 Private matters that go public

- Another problem is that whatever we send or post is shared so many times that it **slips from our grasp**. Even when it is deleted from our account, what we posted remains on the web forever.

■ This can become very problematic when we want to take down a comment or a picture posted by mistake or against our will, for instance a sexually explicit image.

VOCABULARY
- to elude sb, to slip from sb's grasp: *échapper à qqn*
- breasts: *les seins*

■ A National Campaign survey conducted in the USA showed that 20% of teens had already posted nude or semi-nude pictures or videos of themselves; what's more, 15% of them had sent them to someone they only knew online, thus exposing themselves to immediate or future problems.

2 | Consequences

■ Since **everybody can see what people have posted**, there can be various and serious consequences: break up of relationships, job loss, humiliation at school or at work, bullying or/and cyberbullying, etc.

■ This happened to a young Canadian girl named Amanda Todd. She was convinced to show her **breasts** in front of the camera by a male "friend" she had met online. The man then posted the pictures and, for 3 years, he blackmailed and harassed her until she committed suicide in 2012. **Cyberbullying** has become a common practice: 88% of American teens say they see cyberbullying on social media "once in a while".

■ To cope with this problem, the school curriculum in many countries now includes **media education** in order to raise awareness about how to use social media safely.

zoOm

More on this topic

■ In a video entitled ***Social Media Data Privacy Awareness video,*** the IT department of the University of Illinois tries to alert Internet users to the issue of privacy and to make them use social media responsibly.

→ Watch the video: bit.ly/PbacAng_07

8 How to get truly informed in the age of the Internet?

En bref *In today's world, information is everywhere. We can read the press, watch television, listen to the radio, but most people get their news from the Internet. The Internet is an easily available and unlimited source of information but also **conveys** propaganda and fake news. How can we access reliable information in the digital age?*

I Access to information

- Before the age of the internet, people mainly got informed through the radio, television or the written press. Today, printed newspapers and magazines are still seen as a reliable way to access information. However, only 8.4% of British people use **print** as their main source of news whereas more than 50% go online.
- More and more British people find news via various search engines like Google (20%) and via social media like Facebook (25%). Younger people in particular increasingly use websites and apps, search engines and social networks. In 2018, the BBC was the only news media organisation in the UK that reached more people with online news than Facebook.

→ More figures at: bit.ly/PbacAng_08a

- The press has often been considered the 4th power, especially in the USA: it is seen as a counter power limiting the three others (executive, legislative and judicial powers) and preventing political misconducts. Today, the Internet is often called the 5th power as it is supposed to be controlled by society itself and is not regulated by the state.

II Fake news and disinformation

- Fake news is false and often sensational information that appears as real. The purpose of these deliberate **hoaxes** is to spread in the media, mostly on the Internet, usually for financial or political gain.

VOCABULARY
- to convey: *transmettre, véhiculer*
- print: *la presse écrite*
- a hoax: *un canular*

- There have been lies and misinformation in the media since the beginning of the printed press; however, new technologies have made it easier for them to be created and spread. Fake news multiplied at an incredible speed during the 2016 presidential campaign in the USA. For instance, the false story of an "FBI Agent Suspected In Hillary Email Leaks Found Dead In Apparent Murder-Suicide" was shared on Facebook over half a million times.
- Disinformation often starts on anonymous platforms on the web, moves onto closed groups (Twitter DM groups or WhatsApp groups), and then onto open social networks like Twitter, Facebook and Instagram where it spreads worldwide.

III How to sort out information

58% of people worry about made up news. **Fact-checking and critical thinking** have become more important than ever to distinguish false information from the truth.

- We can easily turn to **reputable media** to check if and how the news is treated. The main media like *the Washington Post*, *the New York Times*, and CNN (in the USA) mostly produce fact-check reports and reliable information.
- On the web, we can also find numerous **platforms to check the truthfulness of the news** we come across. They give us strategies to spot fake news and prevent its spread. *FactCheck.org*, *Snopes.com* or *Politifact.com* for instance offer useful fact-checking services.
- Of course, we can't verify everything we read or see on social media. But we can spend some time questioning the reliability of the news, **weighing one source against another** and using our insight and reflection.

VOCABULARY
to weigh sth. against sth.: *comparer* (to weigh: *peser*)

zoOm

More on this topic

- In ***The True History of Fake News*** (*1843 Magazine*, July 2017), Tom Standage tells us about several made-up stories from the history of the press and explains why fake news has re-emerged in the age of the Internet.

→ Read the article: bit.ly/PbacAng_08b

- ***How do I spot fake news?*** (*BBC What's New?*) is a short video to make young people aware of the issue of fake news and disinformation. It explains how to recognize fake news and what to do to avoid spreading it.

→ Watch the video: bit.ly/PbacAng_08c

OBJECTIF BAC

1 Compréhension de l'écrit • *Releasing personal data*

45 min

Nous sommes rarement conscients de toutes les informations personnelles que nous livrons sur les sites, les réseaux sociaux et les applications que nous utilisons. Et pourtant…

LE SUJET

I asked Tinder for my data. It sent me 800 pages of my deepest, darkest secrets

With the help of privacy activist Paul-Olivier Dehaye from *personaldata.io* and human rights lawyer Ravi Naik, I emailed Tinder requesting my personal data and got back way more than I bargained for.

Some 800 pages came back containing information such as my Facebook "likes", my photos from Instagram (even after I deleted the associated account), my education, the age-rank of men I was interested in, how many times I connected, when and where every online conversation with every single one of my matches happened… the list goes on.

"I am horrified but absolutely not surprised by this amount of data," said Olivier Keyes, a data scientist at the University of Washington. "Every app you use regularly on your phone owns the same [kinds of information]. Facebook has thousands of pages about you!"

As I flicked through page after page of my data I felt guilty. I was amazed by how much information I was voluntarily disclosing: from locations, interests and jobs, to pictures, music tastes and what I liked to eat. But I quickly realised I wasn't the only one. A July 2017 study revealed Tinder users are excessively willing to disclose information without realising it. […]

What will happen if this treasure trove of data gets hacked, is made public or simply bought by another company? I can almost feel the shame I would experience. The thought that, before sending me these 800 pages, someone at Tinder might have read them already makes me cringe. […]

The trouble is these 800 pages of my most intimate data are actually just the tip of the iceberg. "Your personal data affects who you see first on Tinder, yes," says privacy activist Paul Dehaye. "But also what job offers you have access to on LinkedIn, how much you will pay for insuring your car, which ad you will see in the tube and if you can subscribe to a loan.

"We are leaning towards a more and more opaque society, towards an even more intangible world where data collected about you will decide even larger facets of your life. Eventually, your whole existence will be affected."

Judith Duportail, *The Guardian*, September 26, 2017.

1. What kind of document is it? Give details about it (author, origin, date...).

2. Who is the narrator? What do we learn about her?

3. What is the document about?

☐ the way privacy activists fight against Tinder and social networks
☐ the amount of personal data Tinder and other apps collect about people
☐ the people the narrator met on the dating app

4. Say if these sentences are true or false. Justify by quoting from the text.

a. It was easy and simple for the narrator to get her data from Tinder.
b. The amount of detailed personal data that she got surprised everyone.
c. The narrator had not realised she was releasing lots of intimate data.
d. She is worried and embarrassed about what could possibly be done with her personal data.

5. Explain what privacy activist Paul Dehaye means when he says "eventually, your whole existence will be affected" (l. 31).

VOCABULARY

to bargain for *(fam.)*: *s'attendre à* • to flick through: *feuilleter, parcourir* • it makes me cringe *(fam.)*: *ça me donne envie de rentrer sous terre* • a loan: *un prêt*

2 Expression écrite

45 min

Should we distrust social media? Support your arguments with examples. (min. 120 words)

Méthode

Rédiger un essai (*Writing an essay*)

- Analysez les mots du sujet pour **délimiter le sujet** à traiter et formuler votre problématique. Demandez-vous si le sujet comporte des présupposés et dans quelle mesure il est en lien avec le document de l'épreuve de compréhension orale.
- Mobilisez vos idées et élaborez **un plan** au brouillon : généralement, vous devrez confronter deux points de vue opposés avant de trancher. Prévoyez un ou deux arguments pour chaque point de vue, assortis d'exemples.
- Reformulez la **problématique** dans l'introduction et répondez-y clairement dans la conclusion.
- Vérifiez que les idées (donc les parties) s'enchaînent de façon logique. Utilisez des **mots de liaison** adaptés pour souligner la cohérence de votre devoir.

LA FEUILLE DE ROUTE

- Le sujet interroge **notre rapport aux réseaux sociaux** : « Devrions-nous nous méfier des réseaux sociaux ? » implique que nous les utilisons d'habitude en confiance ou sans y réfléchir vraiment.
- On peut prévoir un plan en **deux parties** :
  - une sur les raisons pour lesquelles nous utilisons les réseaux sociaux sans nous en méfier (échanges entre amis, accès facile à l'information) ;
  - l'autre sur les raisons qui devraient susciter notre méfiance (utilisation des données personnelles, *fake news*,...)
- En conclusion, exprimez votre position de manière **nuancée**.

CORRIGÉS

OBJECTIF BAC

1 Compréhension de l'écrit

1. This document is a (press) article, written by Judith Duportail and published in *The Guardian* (a famous British newspaper) on 26th September 2017.

2. The narrator is a journalist called Judith Duportail. She uses or used the dating app Tinder and has asked the company to send her all her personal data.

3. The amount of personal data Tinder and other apps collect about people.

4. a. **False.** "With the help of privacy activist Paul-Olivier Dehaye from personaldata.io and human rights lawyer Ravi Naik,..." (l. 3)
b. **False.** " 'I am (...) not surprised by this amount of data,' said Olivier Keyes" (l. 11)
c. **True.** "I was amazed by how much information I was voluntarily disclosing" (l. 15-16)
d. **True.** "What will happen if this treasure trove of data gets hacked, is made public or simply bought by another company? I can almost feel the shame I would experience." (l. 20-21)

5. Paul Dehaye means that, since the collection of your personal data is meant to give you targeted ads, products and services, what you have access to is limited: you are not given the choice anymore. You won't get the same job offers, bank services or insurance as another person because your data and "profile" now determine what you are supposed to like or need, what you are likely to buy, who you are supposed to be, etc. That's why your whole life can be influenced and affected by the data you disclose.

2 Expression écrite

Social media are now part of our daily life. We often use them several hours a day without even thinking about it. But shouldn't we **wonder** about what is going on on social media? Can we really trust what we see? I shall try to answer these questions by looking first into the reasons why we usually think we can trust social media and then into the consequences a **careless** use can have.

Most people use social networks every day and **seldom** think about the consequences. We just spend more and more time on them, reading and sharing contents posted by people we know or "follow". We feel safe since most of these exchanges are between our "friends" or our "friends' friends".

The same goes when we use social media as our source of news. It offers easily accessible information that we can personalise by choosing what and who we want to follow. It is convenient to think we can trust what we read on them.

However, our online behaviour has consequences. Like Judith Duportail, we all give up lots of personal data without realising it. These data can be used to try and make us consume or **behave** in a certain way, through **targeted** ads for instance.

Besides, we know that fake news has been spreading a lot in the last few years and that disinformation is used to manipulate people. This was the case during the 2016 US presidential election when millions of tweets dealing with fake or extremely biased news were sent, which probably had an impact on the vote.

To conclude, it seems important to distrust social media or at least to be careful about them, especially when we use them on a daily basis. It doesn't mean we shouldn't use social networks at all, but that we should always "think before we click".

(305 words)

VOCABULARY

to wonder: *se demander* • careless: *imprudent, négligent* • seldom: *rarement* • the same goes: *il en est de même* • to behave: *se comporter* • targeted ads: *des publicités ciblées*

9 How do fictitious heroes shape a nation's identity?

En bref *Fiction and reality are often intertwined. Indeed, reality can inspire fiction and fiction can, reciprocally, have a strong impact on reality. Fictional heroes can thus become role models that can help forge a nation's character.*

I The Legend of King Arthur: fact or fiction?

1 The origins of the legend

- King Arthur probably never existed but might have been inspired by a leader called Arturus who fought against the Saxons in the 5th century. The heroic character emerges in medieval stories in the 6th century, but the first coherent account was written by Geoffrey of Monmouth in the 12th century.

- Arthur is the illegitimate son of Uther Pendragon, king of Britain. One day, Arthur pulls a **sword** from a stone and is acclaimed king. He marries Guinevere and lives in Camelot, the starting point of many heroic **deeds** and extraordinary adventures for King Arthur, his sword Excalibur and the **Knights** of the Round Table, with the help of the wizard Merlin.

VOCABULARY
- a sword: *une épée*
- a deed: *une action*
- a knight: *un chevalier*
- chivalric: *chevaleresque*

2 A long-lasting impact

- Although Monmouth's book later proved unreliable, it gave Britain a valorous and noble ruler and the **chivalric** ideal of courage and loyalty. That is why King Arthur's myth became more important than history.

- The Arthurian legend has evolved throughout the centuries. However, it is still a great source of inspiration and a reference today: lots of books, films, series and even computer games deal with it or allude to it.

II 19th century heroines

The age of the novel provided many inspiring female characters, the most influential ones being created by women writers.

1 Jane Austen's Elizabeth Bennet

- Elizabeth Bennet is the heroine of *Pride and Prejudice* (1813) and one of the most famous female characters in English literature. She is an unconventional protagonist, honest and virtuous, intelligent and witty, ironical and independent. She overcomes various obstacles in the strictly organized society of Regency England (1811-1820) but also surmounts her own flaws and her prejudice against Darcy to finally achieve romantic happiness.

2 Charlotte Brontë's Jane Eyre

- Jane is the protagonist and narrator of the eponymous novel published by the most famous of the Brontë sisters in 1847. As an orphan child and a **plain** and poor girl, Jane has to face oppression and injustice but chooses human dignity and education to become an independent young woman.
- When she falls in love with Rochester, the married man she works for, she manages **to assert herself** while remaining loyal to her own principles of justice and morality. In Victorian England and a society **prejudiced against** women, she believes in gender and social equality.

VOCABULARY
- plain: *quelconque*
- to assert oneself: *s'affirmer*
- prejudiced against: *qui a des préjugés envers*

3 Their influence in today's world

- Elizabeth and Jane are clever, independent and uncommon heroines ahead of their time and still speak to modern women today. Both have inspired a variety of authors, film directors and TV screenwriters.
- In the *Bridget Jones*' film series or the television film *Lost in Austen* (2008), for example, Elizabeth becomes a modern-day young woman. And the film *Jane Eyre* by Cary Fukunaga (2011), acclaimed by critics, was seen as Jane's message to women: even if you are "poor, obscure, plain, and little," you can still make what you want of your life if you are true to yourself.

zoOm

More on this topic

- This medieval hanging representing King Arthur is part of the ***Nine Heroes Tapestry***. Together with Alexander the Great, Julius Caesar or Charlemagne, Arthur is presented as the role model of the wise and virtuous leader.

→ Learn more: bit.ly/PbacAng_09a

- Through its 2018 **stage adaptation of *Jane Eyre***, the Octagon Theatre (Bolton, UK) addresses today's audience and focusses on the modern features of Charlotte Brontë's heroine: Jane is an intelligent, courageous and bold woman, a feminist ahead of her time who still inspires 21st century women.

→ Read about it: bit.ly/PbacAng_09b

10 The American Dream: fiction or reality?

En bref *The American Dream is considered a founding myth of the United States and is often said to have nourished the American nation and shaped the American identity.*

I What is the American Dream?

1 The origins of the American Dream

■ The expression "American Dream" appeared only in the mid-1800s. However, the concept of America as a promised land was not a new one: it was already on the Pilgrim Fathers' minds as early as 1620, when they left England on the *May-flower* to escape the influence of the Anglican Church and gain religious freedom.

■ In the 19th century, the "American Dream" often referred to the Frontier Spirit of the pioneers who **headed to** the west to seek fortune. **Stretching** the frontier also meant moving to a virgin territory and a wild environment. That's why the dream of being prosperous was associated with courage and perseverance.

VOCABULARY
- to head to: *se diriger vers*
- to stretch: *(ici) repousser*
- upward mobility: *ascension sociale*

■ The American Dream can thus be defined as the belief that everybody, whatever their origin or their social background, has a right to freedom and happiness and can achieve success and prosperity through hard work and determination.

2 The American Dream and immigration

■ The American Dream was the dream of thousands of European immigrants who arrived in New York Harbour in search of a better life, away from the models of the Old World. They arrived from Britain, Ireland, Italy, Russia and many other European countries to escape famine, poverty, political or religious persecution.

■ By the early 20th century, the American Dream meant upward mobility, that is to say the possibility to climb the social ladder for anyone, regardless of social class or birth. **Upward mobility** is part of the American dream and a major principle of the American way of life, based on the pursuit of happiness.

II The American Dream today

1 The dream is wounded...

■ Today, the feeling of increasing poverty and lack of opportunities is stronger and stronger in the middle and lower classes of American society. More and more people think that their children won't be able to do as well as they did and that upward mobility isn't possible anymore.

■ That is why the American Dream is more **questioned** than ever especially by these middle and lower-class white Americans who lost **faith** in it after the 2007 crisis. They were the supporters of Donald Trump, the then candidate who promised to restore the dream and to "make America great again".

VOCABULARY
- to question: *remettre en question*
- faith: *la foi*

2 | … but it is not dead

■ It isn't the first time people have been wondering about the end of the American Dream. The dream was deeply doubted at different moments in history: after the Great Depression, during World War II, in the 1970s, but it has survived.

■ The American model of liberty and prosperity is still meaningful today and some successful Americans seem to prove the dream can still come true: for example, Oprah Winfrey, who was born into poverty, is now a wealthy and influential celebrity; Sergey Brin, who had to emigrate from the Soviet Union because of anti-Semitic segregation, became one of the co-founders of Google.

■ This enduring dream still attracts a great number immigrants today, especially from Latin America and Asia: 8.3 million of immigrants entered the US between 2010 and 2016. In 2017, there were about 22 million naturalised American citizens; 27% of them were naturalised since 2010.

zoOm

More on this topic

■ In the song "America", from the movie ***West Side Story***, the Sharks, a gang of Puerto Rican immigrants, and their girl-friends, confront their vision of the American Dream

→ Watch the scene: bit.ly/PbacAng_10a

■ **"The American Dream is back"**, President Trump declared in January 2017. In an article from *The New York Times* (Aug. 4th, 2017), Robert J. Shiller reacts to this statement, questioning the meaning of the American Dream and how it has evolved since the 1930s.

→ Read the article: bit.ly/PbacAng_10b

SE TESTER QUIZ

1 How do fictitious heroes shape a nation's identity

→ FICHE 9

Les mots suivants sont-ils équivalents (=) ou différents (≠) ?

a. a film .... a movie
b. a novel .... a short story
c. inspired by .... based on
d. bold .... daring
e. fictitious .... imaginary
f. riveting .... fascinating
g. riveting .... boring
h. to influence .... to impact on

2 The American Dream: fiction or reality?

→ FICHE 10

Cochez la traduction qui convient.

a. affluence

- ☐ l'influence
- ☐ la fréquentation
- ☐ la richesse, l'aisance matérielle

b. to start from scratch

- ☐ commencer par le début
- ☐ partir de rien
- ☐ s'accrocher dès le départ

c. to delude oneself

- ☐ être déluré
- ☐ se découvrir
- ☐ se faire des illusions

d. hardship

- ☐ des épreuves
- ☐ des bateaux
- ☐ des outils

OBJECTIF BAC

3 Compréhension de l'écrit • *The end of the American dream?*

45 min

L'immigration mexicaine est la plus importante et l'une des plus controversées aux États-Unis. Pourtant, depuis quelques années, certains migrants décident de quitter les États-Unis pour faire le chemin inverse...

LE SUJET

Rejecting the American dream, Mexicans reintegrate back home

Mexico City native Nelly Lozano lived what some might consider the American Dream. Lozano had a college education, a high-paying job at Boeing that paid for an "almost brand-new" car and a quiet, comfortable home in Renton[1]. Meanwhile, she actually dreamt of returning to Mexico.

"What are you doing here?" she asked herself. "Why do you live here if you're not happy – if you're not completely happy?" So in 2011, she left.

Thousands of other Mexicans, across classes and ages, education levels and legal statuses take the same plunge[2] each year, opting to return home from the U.S.

"People may think, 'What are you doing?' if you move back," Lozano said. "Like, 'you're stupid.You have a good job. You have school for your son.' All of these good things, right? All of these opportunities."

"But if you're not happy," she said, "and you're just fulfilling other people's points of view, then that's not good."

About 90 percent of the approximately 1.4 million Mexican immigrants who returned home from the U.S. between 2005 and 2010 did so voluntarily (rather than through deportation). Some found less economic prosperity in the U.S. than they imagined. Others experienced irreparable alienation. Some, like Lozano, say they just missed their families and culture.

She got a job as a sales assistant at Neuronix Medical. It paid less, but she could work less and spend more time with her son.

Alysa Hullett, March 26, 2015, from *www.seattleglobalist.com.*

1. Renton: a city near Seattle, Washington
2. to take the same plunge = to make the same decision

1. Fill in the blanks with the appropriate elements.

Nelly Lozano is a woman who was born in *(city)*............................ and emigrated to *(country)*........................ . Now she lives in *(country)*........................ .

2. Find three elements in the text to show that Nelly Lozano was successful in the country she emigrated to.

3. True or False? Justify by quoting from the text.
a. Nelly Lozano had a successful life in the United States.
b. Nelly was satisfied with the life she had.
c. Some immigrants preferred going back to Mexico.

4. In the following list, choose the three reasons why people go back to Mexico. Justify by quoting from the text.
a. They don't like American food.
b. They feel isolated.
c. They miss the weather.
d. They don't see their families.
e. They haven't become rich.

5. Focus on the last two lines of the text and say whether Nelly is satisfied with her new situation.

4 Expression écrite

45 min

Nelly Lozano is being interviewed on CBS Radio News. She speaks about her experience and gives her reasons for leaving. Write the interview.
(min. 120 words)

Méthode

Écrire une interview (*Writing an interview*)

- Respectez les **caractères** et le **niveau de langue** propres aux personnages.
- Structurez votre dialogue en choisissant des **questions pertinentes qui font avancer l'interview** : le/la journaliste introduit le sujet et pose une première question, puis réagit en prenant en compte la réponse de la personne interviewée.
- Employez des expressions **propres à l'oral**, notamment des expressions exprimant l'hésitation (*Well, I guess*...).

LA FEUILLE DE ROUTE

- Le/la journaliste présente d'abord brièvement la situation de Nelly : une Américaine d'origine mexicaine qui semblait vivre le rêve américain mais n'était pas heureuse pour autant.
- Le/la journaliste peut commencer par l'interroger sur son expérience d'immigrée aux USA, avant d'en venir aux raisons de son départ. Il/elle peut enfin élargir le propos en lui demandant si elle croit encore au rêve américain.

CORRIGÉS

SE TESTER QUIZ

1 Emblematic fictitious heroes and the shaping of British identity

a. a film = a movie • b. a novel ≠ a short story • c. inspired by = based on • d. bold = daring • e. fictitious = imaginary • f. riveting = fascinating • g. riveting ≠ boring • h. to influence = to impact on

2 The American Dream: fiction or reality?

a. la richesse, l'aisance matérielle • b. partir de rien • c. se faire des illusions • d. des épreuves

OBJECTIF BAC

3 Compréhension de l'écrit

1. Nelly Lozano is a woman who was born in Mexico City and emigrated to the USA. Now she lives in Mexico.

2. She had "a high-paying job", "an "almost brand-new" car and a quiet, comfortable home".

3. a. True: "a high-paying job at Boeing that paid for an "almost brand-new" car and a quiet, comfortable home in Renton." (l. 3-5)
b. False: "What are you doing here?" she asked herself. "Why do you live here if you're not happy—if you're not completely happy?" (l. 6-7)
c. True: "Thousands of other Mexicans [...] opting to return home from the U.S." (l. 8-10) / "About 90 percent of the approximately 1.4 million Mexican immigrants who returned home from the U.S. [...] did so voluntarily." (l. 16-17)

4. People go back to Mexico because:
b. They feel isolated ("experienced irreparable alienation", l. 19);
d. They don't see their families ("they just missed their families", l. 20);
e. They haven't become rich ("found less economic prosperity in the U.S. than they imagined", l. 18-19).

5. She is satisfied with her situation because although she doesn't earn as much, she has more free time for herself and her son.

4 Expression écrite

Journalist: "Nelly Lozano, you were born and raised in Mexico City and you dreamt of living the American dream, which you eventually did. When you had it all, a well-paid job, a house, an expensive car, you realised one thing was missing in your life and that thing was happiness. Would you say that is correct?"

Nelly Lozano: "Indeed, that is quite true. While growing up in Mexico, like many Mexicans, I thought that across the border I would find wealth and therefore happiness."

J.: "Well, I guess that fulfilling a lot of Mexican people's dream must have made you very proud, am I right?"

NL: "Yes, I must admit I was proud. The truth is I was so **eager** to live the dream that succeeding in my studies and in my professional career was all I thought about. While working hard to reach my goal, I was kind of **blinded** and never questioned the meaning of it all."

J.: "In a way, you wanted to prove to yourself and to American people that you could do as well as an American citizen?"

NL: "Well, I guess I did. And then one day, I came to the realisation that although I had it all, as you said, I simply wasn't happy."

J.: "Would you say that the American dream is still **worth** fighting for?"

NL: "I won't deny that my experience in the US was an enriching one. However, it also made me realise that money and comfort can't replace the **warmth** and happiness you feel with the ones you love dearly and that you left behind."
(267 words)

VOCABULARY
to be eager to: *avoir très envie de* • blinded: *aveuglé* • to be worth + V-ing: *valoir la peine de* • warmth: *chaleur*

11 Can genetics really rhyme with ethics?

En bref *Reproductive science can help people to become parents in spite of infertility, disease or age. However, these medical innovations have raised many ethical issues. How far can medicine go?*

I When reproductive medicine means hope

Reproductive techniques have given hope to parents who can't conceive a child naturally.

1 | In vitro fertilization (IVF)

- In vitro fertilisation is a medical treatment for infertility. It consists in combining a woman's mature egg with a man's sperm in a laboratory before implanting the resulting embryo into the woman's **womb**. When necessary, this procedure can be **implemented** with donor eggs and sperm.
- Louise Brown, the world's first test-tube baby, was born in Britain in 1978. Since then, IVF has enabled many people, including same-sex couples, to become parents. Eight million IVF babies have been born in the world so far.

VOCABULARY
- the womb: *l'utérus*
- to implement: *mettre en œuvre, exécuter*

2 | Pre-implantation genetic diagnosis (PGD)

- PGD is a more advanced technique used to identify genetic disorders on embryos before they are implanted, which prevents these disorders from being passed on to the child.
- The world's first PGD was performed in 1989 in London with two couples at risk of transmitting a chromosomal disease. It enabled both mothers to get pregnant and give birth to healthy babies in 1990.
- Since then, PGD has become increasingly popular. Thousands of children have been born following PGD treatment at hundreds of clinics all over the world.

3 | Egg-freezing

- Egg-freezing enables women to freeze their eggs while they are young and healthy. The eggs are stored until they want to start a family. This "fertility insurance" is getting more and more popular: there were 564 egg-freezing cycles in the USA in 2009 and 8,892 in 2016.
- This technique was first used for cancer patients whose eggs are damaged by chemotherapy and radiation. It is now also used for women who are not ready to be mothers yet or who want to focus on their career before having children.

II Ethical dilemmas and responsibility

These medical advances can be seen as a positive development of science but aren't they going too far?

> **VOCABULARY**
> - a perk: *un avantage en nature*
> - designer babies: *des bébés sur mesure*
> - eugenics: *eugénisme*

1 Social questions

- More and more American companies offer egg freezing to their female employees as a perk. They argue they want to help them balance their family life and career. However, are they trying to bridge the gender gap or taking control of women's lives?
- Another concern is the cost of these innovating techniques. In the USA, some people spend more than $25,000 for a full cycle of egg-freezing or PGD. And when the implementation of the eggs doesn't result in pregnancy, it can be even more expensive. Should people's wealth have anything to do with parenthood?

2 Ethical issues

- Today, many American fertility clinics offer the possibility to have "designer babies": parents can resort to PGD to choose their child's gender or its eye or hair colour. This selecting procedure has raised conflicting opinions and ethical concerns. Indeed, many people fear the risks of eugenics.
- In the USA, PGD and egg-freezing aren't regulated whereas it is the case in most European countries, where PGD is only allowed when it can prevent genetic diseases. Are state regulations the solution?
- Or should we trust the scientists' sense of ethics? In 2018, the Chinese geneticist He Jiankui claimed to have created genetically modified humans, which caused a general outcry from scientists around the world. When science makes babies, who should decide what can or cannot be done?

zoOm

More on this topic

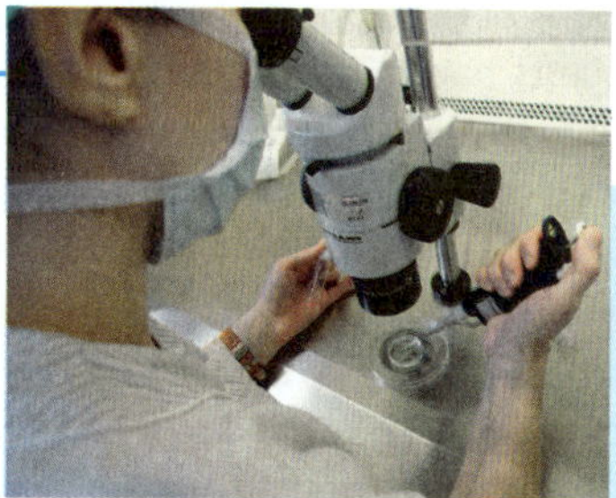

- NBC News examines the growing popularity of **PGD gender selection** and the reasons why more and more Americans are seeking "designer babies". Dr. Jeffrey Steinberg from the Fertility Institutes confronts his view with Anita Allen, a law professor and the author of a book entitled *The New Ethics*.

→ Watch the debate: bit.ly/PbacAng_11a

- Big American companies such as Facebook or Apple are helping female employees put off motherhood by **offering egg freezing as a benefit**. Some British companies are now following the lead. But is it a fair deal?

→ Read the article in *The Guardian*: bit.ly/PbacAng_11b

12 Can we change climate change?

En bref *Scientific and technological innovations have revolutionised our lives but have also brought about many environmental problems. Climate change is the most urgent issue to tackle. But is it too late to* ***reverse the trend****?*

I The causes and effects of climate change

1 What is climate change?

- The Earth's global climate is changing and the planet is warming up. The Earth's average temperature has risen about 1 °C since the end of the 19th century and the phenomenon is accelerating: 2016 and 2020 are the two hottest years on record and there have been five particularly hot years in a row (2015-2020).

- This global warming is due to human activities such as farming, deforestation and industrialisation. Indeed, over the past 150 years, industrialised countries have been burning fossil fuels, which has released **harmful** gases in the atmosphere and produced the greenhouse effect. In the same time, forests (which absorb carbon dioxide and release oxygen) have been cut down to serve human purposes.

2 The effects of global warming

- The effects of global warming can be seen everywhere: the polar ice caps are **shrinking**, the mountain glaciers and snow are **melting**, the oceans are warming and the sea level is rising.

- The outcomes are disastrous: the weather has become unpredictable, the complex ecosystems of the different regions of the world are endangered, and a lot of animals and plants have difficulty adapting to the change. Humans are impacted too, especially in developing countries: they have to face record high temperatures, intense rainfalls, floods and droughts and all their consequences.

VOCABULARY
- to reverse the trend: *inverser la tendance*
- harmful: *nocif*
- to shrink: *rétrécir, réduire*
- to melt: *fondre*

- In 2018, the Intergovernmental Panel on Climate Change (IPCC) issued a new warning: if nothing is done now, there will be a 3 °C temperature increase by 2030, which would be a catastrophe. The report explains that it is vital for the future of the planet to maintain the rise below 1.5 °C. It means we only have a few years left to save the world!

II Finding solutions and taking responsibility

Climate change has been caused by humans but humans are also the ones who can take action: it is their responsibility to fight against it now.

1 Solutions

- The notion of sustainable development appeared in a 1987 report defining it as "development that meets the needs of the present without compromising the ability of future generations to meet their own needs". It means we should seek ways of living and working that enable all the people in the world to lead healthy, fulfilling and economically secure lives while protecting the environment. This implies many changes at various levels.
- At an individual scale, we can choose a clean energy and green products (for example free of toxic compounds or biodegradable). We can change our eating habits, buy fair trade items, reduce waste and recycle more.
- Besides, the main step forward to achieve sustainability is to cut carbon dioxide pollution and invest in renewable energy—solar panels or biomass for example. States and governments have to invest and contribute to innovations.

2 Individual vs collective responsibility

- Most nations hesitate to take firm action. Many countries fear that reducing greenhouse gas emissions may harm their economic growth.
- The 2015 international Climate Conference in Paris (COP 21) was the first one of its kind to lead to a general agreement: all 195 countries decided to act together to keep the global temperature rise below 2°C. But three years later, COP 24 was still about discussing how to put the Paris agreement into practice...

zoOm
More on this topic

- On its website, NASA provides lots of scientific data and information to understand climate change and its impact. It also proposes a list of possible solutions to try and reduce the problem at various scales.

→ Visit the website: bit.ly/PbacAng_12a

- Climate scientists say global warming has been rising dangerously in the last decades. **BBC Science reporter Laura Foster** explains why urgent steps must be taken now to limit the rise to 1.5°C by 2030... and to change the world.

→ Watch the video: bit.ly/PbacAng_12b

OBJECTIF BAC

1 Compréhension de l'écrit • *Taking action*

45 min

Pour protéger l'environnement, nous pouvons tous agir et faire changer les choses. Et ce n'est pas une question d'âge !

LE SUJET

Alex Lin, Teenage Activist

He's Alex Lin and he's just 16 years old.

[...] Lin's catalytic moment came in 2004 when he chanced upon a Wall Street Journal article. "It first alerted me to the e-waste problem, and warned of an e-waste tsunami to come."

E-waste, or electronics garbage, is the fastest growing section of the U.S. trash stream. In 2007, Americans discarded more than 112,000 computers daily. [...] Even worse, just 18 percent of discarded televisions and computer products were collected for recycling.

Almost all electronic devices contain varying amounts of hazardous chemicals and heavy metals – lead, mercury, and cadmium being among the most deadly to the human body.

"When improperly disposed of [...] these chemicals can seep into the surrounding environment, harming humans, crops, and ecosystems," says Lin. "With the advent of the computer in the 1970s, electronics use has increased exponentially, bringing with it ever-increasing amounts of waste. In the majority of the world, this waste is improperly disposed of, resulting in untold damage to the environment."

Reduce, reuse, and recycle. These are the so-called 3Rs of eco-friendly behavior. To start, Lin and his student-led community service team, Westerly Innovations Network (WIN), concentrated their efforts on recycling.

"We worked with Metech International to hold an e-waste recycling drive that collected over 21,000 pounds of electronics," says Lin. With assistance from a private recycling company and the municipal government, they established a permanent receptacle that collects up to 5,000 pounds of e-waste per month, and more than 300,000 pounds to date.

However, once Lin and his team discovered that reusing computers was much more efficient than recycling, they decided to create a computer-refurbishing program.

More than 300 refurbished computers were donated to low-income students without home computer access. "It was an eye-opening experience," says Jeff Brodie, 16, of the moment when he, Lin, and other WIN teammates walked into one Westerly residence to set up a computer. "The kids were running around very excited." Lin and his WIN Team sent out thousands of fliers, made radio announcements, wrote articles for local newspapers, and made presentations in front of both students and town council audiences.

Bill H7789 passed on July 6, 2006. It is now illegal to dump electronics in Rhode Island.

Adapted from *www.takepart.com*, April 5, 2010.

1. Tick the correct answer.

a. Alex Lin is actively involved in the reduction of:

☐ water waste ☐ e-waste ☐ food waste

b. Alex became an activist after:

☐ watching a documentary on TV ☐ surfing the Internet ☐ reading a newspaper

2. Are the following statements true or false? Justify by quoting the text.

a. People have been throwing away more and more electronic devices.

b. A majority of electronic devices are being recycled.

c. Dumping electronic devices can be dangerous.

d. Lin believes in repairing computers rather than recycling them.

3. Focus on the passage from "We worked with..." to "... 300,000 pounds to date" (l. 22-26) and give three examples of Lin and his team's actions.

4. Explain in your own words who benefited from their refurbishing initiative and how they felt about it (20 words +/- 10%).

5. Pick out the sentence that shows the concrete consequence of Lin and his team's actions.

2 Expression écrite

45 min

Would you be ready to take action for the environment? (min. 120 words)

Méthode

Exprimer une opinion personnelle (*Expressing a personal opinion*)

- Décidez d'abord clairement de **votre position** en réponse à la question.
- Trouvez des **arguments** pour étayer votre réponse, qu'elle soit positive ou négative, et illustrez-les d'**exemples**. Vous pouvez inventer des éléments, à condition de rester crédible.
- Exprimez votre **opinion** en variant les formules utilisées : *I think, I believe, in my opinion, as far as I'm concerned, for my part...*
- **Nuancez** votre opinion en utilisant des adverbes, par exemple : *I don't* ***really*** *believe that..., I* ***definitely*** *think that..., X is* ***absolutely*** *right to say..., I couldn't agree* ***more****, I* ***quite*** *agree with..., I* ***totally*** *disagree with...*

▶▶▶ LA FEUILLE DE ROUTE

- Dans l'introduction, expliquez en quoi la question est importante aujourd'hui et pourquoi il est légitime que chacun se la pose. Puis indiquez quelle est votre position personnelle.
- Si vous répondez oui, expliquez d'abord pourquoi vous êtes prêt·e à vous engager (premier paragraphe) puis quelles actions vous souhaiteriez mener (deuxième paragraphe).
- Si vous répondez non, vous pouvez expliquer pourquoi l'action d'un seul individu vous semble inutile (premier paragraphe) puis dire qui, selon vous, devrait agir – les pouvoirs publics, les gouvernements des pays qui polluent le plus,... (deuxième paragraphe).
- Quelle que soit votre réponse, concluez en nuançant votre position : par exemple, vous vous sentez prêt·e à vous engager mais quelque chose vous en empêche, ou vous ne souhaitez pas le faire mais vous reconnaissez que l'action citoyenne peut parfois porter ses fruits.

CORRIGÉS

OBJECTIF BAC

1 Compréhension de l'écrit

1. a. Alex Lin is actively involved in the reduction of e-waste.
b. Alex became an activist after reading a newspaper.

2. a. True. "E-waste or electronics garbage, is the fastest growing section of the U.S trash stream" (l. 6).
b. False. "Even worse, just 18 percent of discarded televisions and computer products were collected for recycling" (l. 8-9).
c. True. "These chemicals can seep into the surrounding environment, harming humans, crops and ecosystems" (l. 13-14).
d. True. "Lin and his team discovered that reusing computers was much more efficient than recycling" (l. 27-28).

3. Lin and his team:
• created an e-waste recycling drive;
• established a permanent receptacle that collects e-waste;
• donated more than 300 refurbished computers to low-income students without home computer access.
Autres réponses possibles : they sent out flyers, made radio announcements, wrote articles, and made presentations in front of students and town council audiences.

4. Low-income students, who could not afford a home computer, benefited from Alex Lin and his WIN team initiative. They were very enthusiastic about it.

5. "It is now illegal to dump electronics in Rhode Island" (l. 38-39).

2 Expression écrite

> **VOCABULARY**
> a phenomenon → phenomena (pl.) [*phenomenons* est aussi accepté]

Climate scientists all agree that our planet is in danger; indeed, if nothing is done to protect the environment and limit climate change, future generations will be confronted to the shortage of natural resources and extreme climate **phenomena**. But are we all ready to take action? **As far as I am concerned**, **I believe** we should all act now and I am ready to contribute.

I am ready to take action at a personal scale, because **in my opinion**, every effort we make—however small and insignificant it may seem—is a step forward. If we only wait for other people or heads of states to do something about the environment, nothing will ever change. **I think** everyone of us can act at our own level or in our own sphere and thus make a difference.

That is why I am the one in my family who has insisted on having different recycle bins to sort out our everyday waste. At the moment, I am building a compost bin in the garden with old wooden planks. **Besides**, in my high school, I have taken part in different actions to improve our recycling habits: we have implemented a recycling programme of school material. My friends and I have decided to visit other schools in the area to promote and generalise the initiative.

To conclude, I am ready to act and am already acting for the environment and I'd like to convince more and more people that they should act too. **I hope** that if more and more individuals like me join the fight, governements and big companies will feel they should be responsible and act too.

(276 words)

13 Living with disabilities in today's society

En bref *In today's world, where appearances seem to matter more than ever and conformity seems to be the rule, it can be difficult to be different. The social inclusion of disabled people in particular is an issue and a concern everywhere in the world, even in a developed country like Britain.*

I Disabled people and governments' policies

1 Everyday difficulties and challenges

- Handicapped people are regularly denied the rights that non-disabled people **take for granted**. They find it difficult or sometimes even impossible to access what everybody else does: public transports, restaurants, theatres, housing, administration buildings or jobs.

- In London underground, for example, only one quarter of the stations are wheelchair accessible. In the UK, the employment gap between the disabled and the non-disabled stands at 30% and hasn't changed for a decade. That's why Britain's Equality and Human Rights Commission says disabled people are still treated as second-class citizens.

2 Governments' efforts

- However, laws have changed and in Britain and many other countries, improvements have been made for physical access to public places for the handicapped. "Diversity Confident" campaigns, for instance, were launched in 2013 in Britain and in 2016 in New Zealand to encourage employers to hire disabled people and thus try to bridge the employment gap.

- The Global Disability Summit, which took place in July 2018 in Britain, shows the world leaders' attempts **to tackle the problem**. British Prime Minister Theresa May then insisted on Britain's commitment in ending disability discrimination. There is a general willingness to include disabled people in society… but its effects aren't always visible enough in their life.

VOCABULARY
- to take sth. for granted: *considérer qqch. comme acquis*
- to tackle the problem: *s'attaquer au problème*
- a stare: *un regard fixe*

II Other people's perceptions of disability

1 Prejudice and mockery

- Many disabled people suffer from other people's **stares** and the way they are considered by non-disabled people. Getting rid of prejudices is probably the main problem to solve. If people don't see them as their equals, how can disabled people ever feel included in society?

■ In 2017, the British newspaper *The Guardian* asked his disabled readers to write **diaries about their everyday life**. In one of them, Nina Grant, a 31 year-old wheelchair user, remembers how ill at ease she felt on the day a woman with a **baby buggy** got off the bus for her to get in: she couldn't ignore the accusing looks of all the other passengers. Such moments in handicapped people's daily lives may suggest their social inclusion is still out of reach.

→ Read the diaries: bit.ly/PbacAng_13a

2 | Changing views

■ However, in the UK in particular, the **London 2012 Paralympic Games** had a real impact on attitudes to disabled people. This was highlighted in **a survey** carried out in 2014, a year after the launching of the Disability Confident campaign: 68% of the people answered these attitudes had improved and 56% of handicapped people agreed.

VOCABULARY
- a diary: *un journal intime*
- a baby buggy: *une poussette*
- a survey: *une enquête, un sondage*

■ But **things are slow to change**. Christopher Reardon wrote in *The Guardian* he sees reasons to be optimistic about people's humanity and progress: every time an architect designs a stylish building with handicapped access, or a couple decide to raise and love a disabled child, it is **a step forward to disabled people's inclusion**.

zoOm
More on this topic

■ In 2013, the **"Disability Confident Campaign"** was launched in Britain to encourage companies to employ disabled people and recognise their talent for the benefit of both disabled employees and the whole workforce.

→ Watch the report: bit.ly/PbacAng_13b

■ In its editorial dated 3rd December 2018, *The Guardian* reflects on people's view on disability, especially in the arts. The article focuses on the disabled comedian **Lost Voice Guy** who won *Britain's got talent* and has thus done more for the social inclusion of handicapped people than Britain's cultural organisations.

→ Read the article: bit.ly/PbacAng_13c

→ Watch Lost Voice Guy's performance: bit.ly/PbacAng_13d

FRANÇAIS
HISTOIRE GÉOGRAPHIE
ENS. SCIENTIFIQUE & MATHÉMATIQUE
ANGLAIS

14 Language and social inclusion

En bref *Language is closely linked to social inclusion or exclusion. Indeed, the languages people speak (or do not speak) influence which education or which jobs they can get, which information they can have access to and who they can socialise with.*

I How does language reproduce social inequality?

In some cases, the use of language is representative of social differences, thus making inclusion complicated.

1 Language registers

- We generally use different language registers so as to communicate properly in various circumstances. Indeed, we don't speak to our family or friends the way we talk to our boss or our school's headmaster. The register we use depends on the audience and the context: it can be formal, consultative (or professional) or casual (or informal).

- Language registers are also related to social background. People living in an underprivileged environment are more likely to use mainly the casual register, thus they may have difficulty mastering the consultative or formal registers. This may prevent them from getting a higher education and **climbing the social ladder**.

VOCABULARY
- to climb the social ladder: *grimper dans l'échelle sociale*
- to widen: *élargir*

2 Language and social gap

Language can also **widen** the social gap between different communities.

- Some communities who speak minority languages can suffer from exclusion, especially when their languages aren't recognised as official languages. In India, for instance, 400 languages and 3,000 dialects are spoken but the federal government's policy favours English and the major Indian languages (Hindi, Bengali, Marathi, Tamil, Telugu...). That's why millions of people who can't have access to education and public matters in their own language feel they are discriminated against.

- Spanglish is another example of the social impact of languages. Indeed, Spanglish is a mix of Spanish and English which is spoken in Hispanic communities living in the USA. Although it is a very creative language Latinos are proud of, it often proves an obstacle to their integration in the American society: in the USA, proficiency in English is necessary to social assimilation.

II The effect of globalisation

In a more and more global world, multilingualism and the use of English are spreading, which may enable better integration and social inclusion.

1 Speaking several languages

- In many countries, a lot of people speak different languages every day. In Mauritius for example, most people usually speak a French-based creole language at home, English at school or at work, and both French and English in daily life. This multilingualism is increasing as the island becomes an attractive destination for international tourists.
- Young people all over the world are encouraged to learn at least another language, so as to be fully part of a global world. In the European Union, half of the people can speak at least two languages and EU policies aim at developing the trend to make its citizens capable of speaking three languages in a near future.

2 English, a new global language

- In this context, English has become a global language. It is the language of business in multinational companies, of trade and tourism, and more generally the language of communication between people from different countries.
- For all these reasons, English is the fastest spreading language in human history and it will most probably keep spreading as a global lingua franca in the future. Though some people wonder about the consequences of such a growth on its cultural aspects, English can be considered the language of inclusion in our global world.

INFO
A *lingua franca* is a language used for communication between groups of people who speak different languages.

zoOm

More on this topic

- Athambile Masola is a teacher in Johannesburg. She reflects upon **the language problem in South Africa** where English is always used at school but rarely at home. Is English the language of inclusion or the language of exclusion?

→ Read the article: bit.ly/PbacAng_14a

- In a TED conference, Harvard Business School professor Tsedal Neeley explains **how language can unite people** in a more and more global workplace, if we admit that language and culture should be treated separately.

→ Listen to the conference: bit.ly/PbacAng_14b

SE TESTER QUIZ

1 Being disabled in today's society

→ FICHE 13

Dites si ces mots sont équivalents (=) ou différents (≠).

a. disabled ...... handicapped
b. an access ramp ...... a wheelchair ramp
c. biased ...... prejudiced
d. to empower ...... to exclude
e. to assimilate ...... to integrate
f. included ...... excluded

2 Language and social inclusion

→ FICHE 14

Cochez les pays dans lesquels l'anglais est une langue officielle.

☐ a. Egypt
☐ b. Haiti
☐ c. Jamaica
☐ d. Malta
☐ e. Mauritius
☐ f. Nigeria
☐ g. Singapore
☐ h. Democratic Republic of the Congo
☐ i. South Africa

OBJECTIF BAC

3 Compréhension de l'écrit • *The Paralympics*

45 min

Pour faire changer le regard des gens sur les handicapés, il faut souvent bien plus que des lois. Les jeux paralympiques sont l'occasion de rapprocher les athlètes handicapés et les fans de sport du monde entier.

LE SUJET

London 2012: How the world saw the Paralympics

As the final day of the Paralympic Games unfolded across London, media commentators from around the world have reflected on its achievements.

China's Xinhua news agency said: "London has pushed the Paralympics to a new height after taking over the legacy of the Beijing Paralympics."

It added that a better understanding of disability had become "one of the core parts of the 'Paralympic story'". It said it was struck by the spirit of "increasingly fierce competition at the Paralympics".

Bahrain's *Gulf Daily* went as far as to say that the abiding legacy of London 2012 may not be the victories of the likes of Mo Farah or Bradley Wiggins, but the "fundamental change in the way much of the world looks at disability". It said the Paralympics "have swiftly taught us to look beyond disability towards achievement".

Nigeria's *Vanguard* newspaper said the games "have given humanity an opportunity to push the limits of human capacity to adapt as evident in the stunning performances of disabled athletes".

Germany's *Zeit* daily said: "The British can not only organise, they can celebrate. With seemingly boundless enthusiasm they cheered in the packed stadiums every last runner to finish the Paralympics."

Australia's *Canberra Times* said: "Those who admire, respect and are inspired by the magnificent feats of athletes with a disability might reflect on folk who show as much courage, determination and perseverance in their daily personal and professional lives."

During the games, Russian tabloid *Komsomolskaya Pravda* said "Russians are not used to encountering disabled people in the street... Yet for the first time, they discovered a previously unknown sporting world and its courageous fighters". Moscow famously refused to stage the Paralympic games in 1980.

Writing for the Australian newspaper, disabled journalist Melanie Reid marvelled at the unique sights of Paralympic events: "80,000 people falling silent so that a blind long-jumper can sprint into her darkness towards the sound of someone clapping."

"The sight of a young woman, her body frantic with cerebral palsy, achieving serenity on the back of a horse. The potency of men with no legs turned into gods by the menace of their 30 running blades."

She concluded that the games had somehow made disability "cool".

BBC News, 10 September 2012.

1. This document is:
☐ **a.** a newspaper article.
☐ **b.** a collection of newspaper clips.
☐ **c.** an extract from the Guinness Book of World Records.

2. Are the following statements true or false? Justify by quoting from the text.
a. The Paralympics help people understand what it is like to be disabled.
b. London 2012 has enabled people to see disability in a new light.
c. The stadiums were almost empty during the London Paralympics.
d. The 1980 Paralympics took place in Moscow.
e. Melanie Reid was amazed and touched by some of the events that took place during the 2012 Paralympics.

3. Look at the following expressions: "increasingly fierce competition" (l. 9); "stunning performances" (l. 17); "boundless enthusiasm" (l. 19). Explain in your own words what they show about the general opinion expressed by all media.

4. How have the London Paralympics changed the perception of disabled people among the public?

VOCABULARY
to unfold across: *se dérouler (dans un lieu)* • swiftly: *rapidement* • a feat: *une prouesse* • a palsy: *une paralysie*

FRANÇAIS | HISTOIRE GÉOGRAPHIE | ENS. SCIENTIFIQUE & MATHÉMATIQUE | ANGLAIS

4 Expression écrite

45 min

Write an article about the Paralympics and their effects on society. (min. 120 words)

Méthode

Écrire un article (*Writing an article*)

- Définissez d'abord le **but** de votre article : informer, critiquer, dénoncer ?
- Trouvez un **gros titre** *(headline)* qui suggère ou annonce le sujet et accroche le lecteur et inventez une date de parution de l'article.
- Structurez efficacement votre article :
  - en **introduction**, présentez le sujet général de l'article ;
  - développez le sujet en au moins **deux paragraphes** ;
  - en **conclusion**, résumez l'article et efforcez-vous de terminer par un commentaire percutant ou une question qui ouvre le débat.

LA FEUILLE DE ROUTE

- Le but de votre article est de rendre compte de l'impact des jeux paralympiques sur la société : il s'agit donc principalement d'**informer** le lecteur.
- Déterminez quelle sera l'**idée clé** de l'article et résumez-la en un titre efficace.
- Partez d'un **évènement particulier** : vous pouvez bien entendu vous inspirer du texte, faire référence aux jeux paralympiques de Londres. Décrivez ce que vous avez vu (en tant que journaliste) et l'effet que cela a eu sur vous et sur le public.
- Élargissez ensuite le propos : il ne s'agit pas de raconter les jeux paralympiques mais d'évoquer de façon plus générale **en quoi ils ont changé la société** et le regard que l'on porte sur le handicap.
- Vous pouvez conclure en vous interrogeant sur **l'évolution des mentalités** : n'est-elle qu'une conséquence ponctuelle des jeux ou peut-on penser qu'elle va s'inscrire dans la durée ?

CORRIGÉS

SE TESTER QUIZ

1 Being disabled in today's society

a. disabled = handicapped • b. an access ramp = a wheelchair ramp • c. biased = prejudiced • d. to empower ≠ to exclude • e. to assimilate = to integrate • f. included ≠ excluded

2 Language and social inclusion

Réponses : c, d, e, f, g et i.

OBJECTIF BAC

3 Compréhension de l'écrit

1. The document is a collection of newspaper clips.

2. a. True. "a better understanding of disability had become "one of the core parts of the 'Paralympic story'" (l. 7-8).
b. True. "the "fundamental change in the way much of the world looks at disability" (l. 12).
c. False. " in the packed stadiums" (l. 19-20).
d. False. "Moscow famously refused to stage the Paralympic games in 1980" (l. 28).
e. True. "Melanie Reid marvelled at the unique sights of Paralympic events" (l. 30-31).

3. These expressions show how positive the general opinion is. The public is impressed by the fighting spirit of the disabled sportsmen and women and the high level of the results, and the audiences are enthusiastic about the events.

4. As a result of the London Paralympics, people are no longer embarrassed by disability. They are supportive and admiring. According to Melanie Reid, disability has become "cool".

4 Expression écrite

WHO IS DISABLED?

London, 10th September 2012

Yesterday, the closing ceremony of the 2012 Summer Paralympic Games was held in the Olympic Stadium. Both the public and the media were left with a sense that these so-called disabled athletes we followed and cheered for a few days were anything but disabled.

Indeed, the Paralympic events we witnessed were not about handicapped people but about true challenges, fierce competition, remarkable achievements and incredible victories. When we saw a blind long-jumper sprint in her darkness, a sportsman with no leg run at such speed, a swimmer with no arm cross the Olympic swimming pool in a few seconds, we didn't see disabled people but courageous, powerful and admirable athletes.

These 2012 Paralympics, which attracted more spectators than ever before, may be the starting point of some change and inclusion in our society. The performers who made us dream yesterday can never be considered second-class citizens again. The whole society must benefit from their courage, skills and what we should now call their obvious abilities.

Now that we understand what the Paralympics are really about and how they have managed to change our perception of disability, we can wonder: weren't we the disabled ones? We can hope the effects of these Paralympics will last long enough to keep people's mind open and to make society's view on handicapped people change for ever.

(230 words)

15 How have Aboriginal cultures and heritage survived colonisation?

En bref *Britain was once the biggest colonial power in the world. Unfortunately, colonisation often had some disastrous consequences on the native populations, for instance on the Aborigines in Australia. However, Aboriginal cultures and heritage are still alive: how have they managed to survive the colonising process?*

I Understanding Aboriginal cultures and lifestyles

- Within indigenous communities, **kinship** systems, that is to say relationships in the extended family, are central to the way culture is passed on. Children and education are the concern of the whole community.
- Education focuses on the relationship between children and their social and natural **surroundings**. The most important traditions are taught by the Elders; they pass on their knowledge, experiences and beliefs through storytelling.
- Dreamtime stories, in particular, are about ancestral beings and places. They explain how the world was created, how their ancestors came to Australia and migrated across the country.

VOCABULARY
- kinship: *(liens de) parenté*
- surroundings: *environnement, cadre*

II The effects of colonisation on Aboriginal cultures

1 Taking Aboriginal land away

- In 1770, James Cook declared Australia was "terra nullius" (no one's land). And yet, in 1788, when colonisation began, there were actually about 400 Aboriginal clans living there. The British settlers gradually dispossessed them of their land. For the Aborigines, losing their land meant losing their beliefs and culture, in fact losing their real identity.

2 The government's assimilation policies

- The white settlers and then their Australian descendants made it difficult or even impossible for many indigenous communities to keep passing on their culture and knowledge from one generation to the other. For example, the colonists tried to stop them speaking their own Aboriginal language: there were about 700 indigenous languages and dialects in the 18th century, there are about 250 left nowadays.
- Between 1901 and 1969, 100,000 Aboriginal children were forcibly taken away from their families to be educated in government-run institutions so that they could be assimilated. They are referred to as "the stolen generations". Aboriginal heritage, which is about creating and maintaining continuous links between the people and the land, was thus strongly affected.

III Reconciliation and its impact

■ In 1992, the High Court of Australia recognised Aboriginals' rights over their lands. On 26th May 1998, the first **"Sorry Day"** was held in memory of the stolen generations and is now commemorated nationally every year. A **"National Reconciliation Week"** is now held at the end of May.

■ In 2008, Australian Prime Minister Kevin Rudd presented national apologies to the Aboriginal peoples for the harm done.

■ In 1985, **Uluru** **was returned to the Anagu people**, its traditional owners. Since then, they have jointly run Uluru national park with the Australian government. In 1994, the World Heritage site was relisted to include its Aboriginal values.

INFO

Uluru is a natural red rock in the Australian Outback. It is both a significant place in Aboriginal spirituality and a major touristic attraction in Australia. → p. 504

■ Nowadays, Aboriginals still have to work hard to **keep their culture and heritage alive**. However, they do speak and teach their languages, pass on their knowledge through stories, rituals and artwork; they also protect their cultural property and sacred sites.

zoOm

More on this topic

■ The Australian Museum in Sydney is the oldest museum in Australia. It displays millions of **scientific specimens and indigenous cultural objects** but is also involved in Aboriginal studies and community programmes.

→ Visit the museum online: bit.ly/PbacAng_15a

■ At the beginning of the 20th century, **remains of dead Aboriginals** were taken for scientific study and display in different museums. They have recently been given back to their original people and buried in the land they belonged to.

→ Watch a video about this event: bit.ly/PbacAng_15b

16 Can South Africa overcome the legacy of apartheid?

En bref *There are 57 million inhabitants in South Africa, 80% of which are black. Yet, for more than 300 years, the country was ruled by a white minority, first through colonisation and then through apartheid. Apartheid ended in the 1990s but has deeply affected the country. Can South Africa recover from the wounds of its past?*

I What was apartheid?

- Apartheid was a segregationist policy voted in 1948 by the **Afrikaner** nationalist party government. It is an Afrikaans word meaning "being apart".
- Apartheid was a system of legal racial segregation which forced the different racial groups to live and develop separately. Whites and non-whites were treated differently in all aspects of life: education, employment, health care and housing. Apartheid guaranteed the dominance of the white minority and regarded black people as inferior.
- The territory bore the mark of that division: whites lived in the cities and non-whites out of them. Black people had to live either in townships (underdeveloped areas outside the cities) or in Bantustans (rural territories set aside for Black inhabitants).

INFO
Afrikaners are white South Africans, mostly the descendants of Dutch settlers. They speak Afrikaans.

II A black leader's fight for justice

- Nelson Mandela witnessed the prejudice and injustice that black South Africans had to face while he was at school. He became involved in politics at university in the 1940s.
- In 1944, he joined the ANC (African National Congress), a black liberation movement. From 1948, he began to take part in boycotts, strikes and defiance campaigns against apartheid. In 1952, Mandela was arrested and faced the first of many accusations. In 1962, he was **convicted of** sabotage and treason.
- He was released in February 1990 after 27 years in jail; he and President FW de Klerk then worked together to enable the transition from apartheid to a multiracial democracy. In 1993, they were jointly awarded the Nobel Peace Prize.
- In 1994, Nelson Mandela became the first democratically elected president of South Africa. He believed peace and forgiveness (and not anger) should motivate new laws and actions and could unite his country. After **leaving office** in 1999, he went on **advocating for** reconciliation and social justice in South Africa and all over the world.

VOCABULARY
- to be convicted of: *être reconnu coupable de*
- to leave office: *quitter ses fonctions*
- to advocate for stg: *défendre qqch., militer pour qqch.*

III A new South Africa?

- Mandela wanted South Africa to be "**a rainbow nation** at peace with itself and the world" where people of different skin colours could live next to one another in a rich multicultural country.

- **Soweto** (South Western Township) is an interesting illustration of today's rainbow nation. Johannesburg's black **township** quickly changed after the end of apartheid and has become a symbol of the country's energy and hope. There, you can now see fancy shopping malls and restaurants where the younger generations **mingle** more easily.

INFO
In South Africa, **townships** are underdeveloped urban areas where non-whites lived until the end of apartheid.

- However, Soweto is also a place of contrasts where many black people still live in poverty. The gap between whites and non-whites hasn't been bridged yet. The whole country still has to deal with the **issues** of poverty and racism as well as crime and AIDS. Although there are many signs of progress, apartheid has left **scars** on today's South Africa...

VOCABULARY
- to mingle: *se mélanger*
- a scar: *une cicatrice*

zoOm
More on this topic

- ***Invictus***, a film directed by Clint Eastwood and released in 2009, is about President Mandela's efforts to change South Africa's image and to reconcile and unite his nation. Nelson Mandela saw in the 1995 rugby world cup the opportunity to bring all South Africans together around the national team (the Springboks).

→ Watch the trailer: bit.ly/PbacAng_16a

- Today's **South African national anthem**, adopted in 1997, is a symbol of the country's efforts to reunite all South Africans. It is a mix of two former anthems and its lyrics are in the five most widely spoken languages in the country: Xhosa, Zulu, Sesotho, Afrikaans and English. Its message is about freedom and unity:

Sounds the call to come together,
And united we shall stand,
Let us live and strive for freedom,
In South Africa our land.

→ Listen to the anthem and read its lyrics: bit.ly/PbacAng_16b

OBJECTIF BAC

1 Compréhension de l'écrit • *The Stolen Generations*

45 min

Les histoires des « générations volées » sont nombreuses et poignantes. Au nom de l'assimilation, des milliers d'enfants aborigènes ont été arrachés à leurs parents. Certains ont été envoyés à l'autre bout du pays pour travailler au service de familles blanches dont ils ne connaissaient rien.

LE SUJET

The story is set in Australia. The main character is an Aborigine.

"You are a lucky girl, Elizabeth. You have been given a chance, a chance for a better life". The train clicked on. Mrs Carlyle stared out the window again for a moment before returning to stare at the teenage girl whose head was bent down towards her shiny new shoes.

"*Look* at me when I speak to you, Elizabeth." Garibooli lifted her face and looked across into the blue eyes. She had been taught to look away when an older person addressed her. But then, she realised, Mrs Carlyle was not Eualeyai or Kamillaroi so it must be different for her. [...]

"You must do exactly as you are told in the house and do everything that the housekeeper tells you. Without complaint. And as best as you can. The Howards are very kind to let you stay with them and earn your keep so you *must* do everything you're asked. Do you understand? And from now on, your name is *Elizabeth*, and Elizabeth *only*."

Elizabeth – once Garibooli, now Elizabeth, and Elizabeth only – nodded, too fearful to ask the one question, the only question, that mattered to her: when was she going home? It was mid-morning when Elizabeth arrived in the country town whose trees were bursting with pink and white blossoms. The name was written on the station building, in big black letters: PARKES.

They were met by a warm-looking, fleshy young woman in a brown felt hat. Elizabeth felt a surge of relief at the sight of the butter-coloured woman, a contrast to the steeliness of Mrs Carlyle. This was Miss Grainger, the housekeeper.

Mrs Carlyle peered sternly into the young girl's face, "Remember what we spoke about on the train, about you behaving and doing your best. Miss Grainger will look after you but you must be obedient and respectful to both Miss Grainger and Mrs Howard. Do you *understand*, Elizabeth?"

Elizabeth nodded, even though there was very little she understood about why she was here, sent so far away, to be with Miss Grainger in the home of Mr and Mrs Howard. [...]

Elizabeth and Miss Grainger entered [the house] through the back door and Elizabeth was shown to her room, just off from the kitchen. [...]

Elizabeth had cried so much she didn't think she could cry again. She lay on the bed and tried to get comfortable. She looked at the sloping ceiling and thought about everything that had just happened to her. It was only two nights since she listened to old Kooradgie's stories and looked up at Mea-Mei, her head in her mother's lap. She closed her eyes and tears slid down her face. [...] She heard her brother calling her name. She saw his face, getting smaller and smaller as she was carried faster and faster, further and further away.

Larissa Behrendt, *Behind the Front Fence* (*30 modern Australian short stories*), 2004.

VOCABULARY

a complaint: *une plainte, une récrimination* • to earn one's keep: *gagner sa vie* • fleshy: *bien en chair, grassouillet* • felt: *le feutre* • steeliness: *la dureté, le caractère inflexible* (steel: *l'acier*) • in sb's lap: *sur les genoux de qn*

1. Fill in the gaps with the name of a character from the text.
The main character, whose real name is .... but who is called .... by ...., the person with whom she is travelling, is on her way to ....'s house. On arrival, she meets ...., their housekeeper.

2. Find information about the main character.

Origin	
Age group	
Situation	☐ She does not know who her parents are. ☐ She has been taken away from her parents. ☐ She has come to meet her parents.
What she is expected to do now	☐ Go and live with Mrs Carlyle. ☐ Spend her holiday with Miss Grainger. ☐ Work for Mr and Mrs Howard as a servant.

3. Choose 4 adjectives in the list below to describe the main character's feelings throughout the text. Justify each of them with a quote from the text:
aggressive • confused • delighted • frightened • hopeful • indifferent • reassured • miserable (very sad)

4. a. To what extent will the character's new life be different from her former life? Give examples.
b. Why does Mrs Carlyle say it will be "a better life" (l. 3)?

2 Expression écrite

45 min

The next morning, Elizabeth asks Miss Grainger the only question that matters to her ("when [is] she going home?"). Imagine the conversation. (min. 120 words)

Méthode

Écrire un dialogue narratif (*Writing a narrative dialogue*)

- Commencez par quelques phrases de narration pour **faire le lien avec le texte** et introduire le dialogue de manière naturelle. Soyez **cohérent·e** avec le texte de départ (temps, cadre, personnages...)
- Respectez les **règles de présentation** et la ponctuation du dialogue. Enrichissez votre dialogue en variant les **verbes introducteurs** → FICHE 19.
- Les propos des personnages peuvent comporter des **marques d'oralité** (contractions, *tags*...), mais sans termes familiers.

LA FEUILLE DE ROUTE

- Utilisez les éléments du contexte que vous connaissez pour introduire le dialogue : Elizabeth sort de sa chambre, elle a mal dormi, elle est inquiète mais est rassurée par la gentillesse de Miss Grainger...
- Attribuez à vos personnages des répliques cohérentes avec ce que vous savez d'eux : Elizabeth est une jeune fille timide et triste ; Miss Grainger semble gentille et douce. Elles se parlent sur un ton calme et utilisent un vocabulaire correct.
- Prévoyez l'issue du dialogue : que répond Miss Grainger à la question posée ? Comment réagit Elizabeth lorsqu'elle comprend qu'elle ne rentrera pas chez elle ?

CORRIGÉS

OBJECTIF BAC

1 Compréhension de l'écrit

1. The main character, whose real name is Gariboolі but who is called Elizabeth by Mrs Carlyle, the person with whom she is travelling, is on her way to Mr and Mrs Howard's house. On arrival, she meets Miss Grainger, their housekeeper.

2.

Origin	Aborigine
Age group	teenager
Situation	She has been taken away from her parents.
What she is expected to do now	Work for Mr and Mrs Howard as a servant.

3. Elizabeth is:
• confused: "there was very little she understood about why she was here, sent so far away..." (l. 29-30)
• frightened: "Elizabeth [...] nodded, too fearful to ask the one question, the only question, that mattered to her" (l. 16-17)
• reassured: "Elizabeth felt a surge of relief at the sight of the butter-coloured woman, a contrast to the steeliness of Mrs Carlyle" (l. 22-23)
• miserable: "Elizabeth had cried so much she didn't think she could cry again" (l. 34) / "tears slid down her face" (l. 38-39).

4. a. The character's new life will be completely different from her former life. Her education, culture and traditions contrast with the ones she is now confronted with. For example, she is not used to wearing shoes (l. 5), she was taught not to look an older person in the eyes but is asked to look at Mrs Carlyle while she speaks (l. 7-10), she was used to listening to the elders' stories at night in the open air with her family and the people from her clan (l. 37) whereas she will now spend her nights alone in her small room... Now she will have to work for Mr and Mrs Howard (white Australians she has never heard of) and obey them.
b. Mrs Carlyle has a very different point of view. She is a white Australian and doesn't understand anything about the Aborigines' way of life. She probably believes Elizabeth lived in terrible conditions with her clan and family, too far away from the modern world and "civilisation". She thinks it is better for Elizabeth to join the "civilised" world...

2 Expression écrite

The next morning, Elizabeth heard some noise in the kitchen and decided to get up. She had not managed to sleep at all; she had spent the whole night crying and wondering about the situation she was in. Now she needed answers to her questions... and she needed help.
"Good morning, Elizabeth", Miss Grainger said in a cheerful voice, "did you sleep well?"
The young girl just whispered "Morning, Miss Grainger" and stopped. She didn't know how to ask her first question, the question that really mattered to her. But Miss Grainger looked at her and smiled, so she breathed in and came closer to her.
"Do you know when I am going home?"
"What do you mean, going home? This is your home now", Miss Grainger answered. She looked surprised. "I thought Mrs Carlyle had told you."
"She told me I had to behave and listen to you and the Howards... If I do, will I go home, then? Please, Miss, will I go home then?"
"Elizabeth", the housekeeper started.
"Garibooli, my name's Garibooli."
"Elizabeth", Miss Grainger repeated, "you are going to like it here. I'm sure the house's much nicer than the place you lived in. You won't even remember the place you come from in a couple of years..."
"A couple of years?", she heard herself say in a loud voice.
And tears started falling across her face again, silently, slowly as she realised she may never go back home and see her family again. *(248 words)*

17 Comprendre un texte globalement

En bref *Des devoirs communs au cours de l'année permettront d'évaluer votre compréhension de l'anglais écrit. En général, l'exercice porte sur un texte (parfois sur deux).*

I Découvrir le sujet

1 Lire le paratexte

- Les textes peuvent être des extraits d'œuvre de fiction, d'article de presse ou de page de site internet. Dans tous les cas, il est nécessaire de prendre connaissance du titre ainsi que des références figurant sous le texte (auteur, source, date de publication...).
- Pour un extrait de fiction, la date de parution doit être interprétée avec prudence : un roman publié en 2008 peut raconter une histoire qui se passe en 1940 ou même au Moyen Âge !
- Pour un article de presse, la source vous renseigne sur le type de périodique (journal ou magazine) et son origine géographique (anglaise, américaine...).
- Pour une page internet, le nom du site donne souvent des indications sur le thème général du texte.

2 Premières étapes

- Lisez le texte intégralement et concentrez-vous sur ce que vous comprenez. Pas de panique si certains éléments vous échappent : aidez-vous des mots transparents et déduisez toujours le sens des mots en respectant le contexte.
- Prenez ensuite connaissance des questions : elles orienteront votre lecture vers les points les plus importants à repérer.
- Relisez le texte dans son intégralité. Vous pouvez surligner les points essentiels.

II Les quatre questions en *wh-*

Quel que soit le type de texte, vous devez être capable de répondre aux questions de compréhension générale : *who? where? when? what (happens)?* Dans le cas d'un article de presse, les réponses à ces questions sont souvent fournies de manière explicite (auteur, pays et date de publication, sujet traité). Dans le cas d'un texte de fiction en revanche, c'est à vous de les déduire.

1 *Who?*

- Dans le cas d'un texte de fiction, identifiez les personnages et le narrateur. Pour un article, déterminez qui sont les personnes mentionnées et dans quelle mesure l'auteur s'implique dans son texte.

- Notez qu'un même personnage peut être désigné de plusieurs façons : avec des pronoms, mais aussi des prénoms, des diminutifs, des surnoms.
- Identifiez le sexe des personnages. Aidez-vous des pronoms personnels et des déterminants possessifs. Si cela est possible, repérez leur âge et les liens qui les unissent : se connaissent-ils ? S'agit-il de parents, d'amis, de collègues ? etc.

2 | *Where and when?*

- Repérez **le lieu** où se passe la scène. Les faits relatés peuvent se dérouler en plusieurs endroits, réels ou fictifs. Relevez tous les noms communs et les noms propres qui peuvent renvoyer à un lieu : *city, park, Aberdeen, Scotland*, etc.
- Identifiez **l'époque** et **le moment** de l'action.
- **Combien de temps** les événements durent-ils ? Dans quel ordre sont-ils racontés ? Soyez attentif aux temps et aux formes des verbes et aux indications de temps, de chronologie, de durée et de fréquence

> **À NOTER**
> Il peut arriver qu'un texte de fiction ne fournisse aucune information sur le lieu ou le moment de l'action.

3 | *What (happens)?*

- Repérez **les principaux événements** : que se passe-t-il ? S'agit-il de faits réels ou d'une histoire fictive ? Quelles hypothèses peut-on formuler sur la suite ?
- Si vous avez le sentiment qu'il ne se passe pas grand-chose, demandez-vous, par exemple, ce que l'extrait vous apprend sur le·s personnage·s, sur un événement qui a déjà eu lieu, ou qui va se produire, etc.

zoOm

Comprendre les consignes

In what city is the scene **set**?	Dans quelle ville se passe la scène ?
When does the scene **take place**?	Quand la scène a-t-elle lieu ?
How are the characters **related**?	Quels sont les liens entre les personnages ?
Pick out information about…	Relevez des informations sur…
Copy out the following events in chronological order.	Recopiez les événements suivants dans l'ordre chronologique.
Match each place with one action.	Associez chaque endroit avec une action.
In your own words, **explain**…	En utilisant vos propres mots, expliquez…
Copy the text and **fill in** the blanks.	Recopiez le texte et remplissez les trous.
Justify with a quote from the text.	Justifiez en citant le texte.

18 Comprendre un texte de manière approfondie

En bref *Après le repérage factuel, les questions finales portent souvent sur l'implicite du texte, sur l'intention ou le message de l'auteur : elles servent notamment à préciser les caractéristiques des personnages ou les causes et conséquences des événements. Une compréhension fine du texte est requise.*

I Analyser les réactions des personnages

Cela concerne surtout les extraits de fiction. Voici quelques consignes correspondant à cette tâche :

Choose the adjective that best corresponds to his personality.
Choisissez l'adjectif qui correspond le mieux à sa personnalité.
Comment on the narrator's state of mind.
Commentez l'état d'esprit du narrateur.
Compare the women's opinions.
Comparez les opinions des femmes.

CONSEIL
Utilisez un code couleur pour repérer dans le texte les éléments permettant de répondre à chaque question.

1 Commenter ou décrire un personnage, un comportement

- Vous pouvez vous demander si l'on entrevoit les **qualités** ou les **défauts** des personnages, leurs **sentiments**, leurs **intentions**.
- Les **actions** et **réactions** des personnages peuvent être suggérées par des adjectifs, des adverbes ou des structures du type :

He shot him dead. Il le tua d'un coup de feu.
She kicked the door shut. Elle ferma la porte d'un coup de pied.

- Relevez les auxiliaires de modalité pour comprendre **le point de vue du locuteur** sur une situation.

> But what human language **can** adequately portray that astonishment, that horror which possessed me?
>
> *William Wilson*, E. A. Poe (1839).

L'emploi du modal *can* traduit un questionnement sur la capacité du langage à traduire les sentiments du narrateur. Il renforce l'impuissance de ce dernier alors qu'il est pris d'une hallucination.

2 Comparer deux personnages, deux situations

Les dernières questions de compréhension portent souvent sur des comparaisons. Repérez dans le texte les mots exprimant le **contraste** et l'**opposition** :

whereas, while tandis que	unlike contrairement à
either...or... soit...soit...	neither... nor... ni... ni...

II Déchiffrer l'intention de l'auteur

- Voici quelques consignes correspondant à cet objectif :
  What is the author's aim / goal / purpose? Quel est le but de l'auteur ?
  How is the message conveyed? Comment le message est-il exprimé ?
  Is the author critical of...? L'auteur critique-t-il... ?

- Dans un article de presse, le message de l'auteur est généralement formulé de manière **explicite**. Dans un texte de fiction, il faut plutôt se concentrer sur l'**implicite** pour rendre compte de l'intention de l'écrivain.

> LADY H.: I am afraid in England we have too many artificial social barriers. We don't see as much as we should of the middle and lower classes.
> HESTER: In America we have no lower classes.
> LADY H.: Really? What a very strange arrangement!
> *A Woman of No Importance*, Oscar Wilde (1893).

CONSEIL
Veillez à ne jamais donner votre opinion ni porter un jugement : les réponses sont dans le texte et doivent être reformulées.

Dans ce dialogue, l'auteur se moque de l'aristocratie anglaise et de ses préjugés sociaux.

- Appuyez-vous sur les mots de liaison pour comprendre **la logique du propos** :

as comme
since puisque
considering that étant donné que
because of, owing to, due to à cause de
thanks to grâce à
as a result par conséquent
therefore donc
so that si bien que

zoOm

Utiliser un vocabulaire approprié

Décrire les personnages → The character is depicted as...
Le personnage est décrit, dépeint comme...
Her behaviour shows her true motives.
Son comportement révèle ses motivations réelles.

Décrire l'action → a twist (un rebondissement)
An unexpected event occurs.
Un événement imprévu se produit.

Commenter le style, les procédés utilisés → The tone is serious/sad/depressing/funny/light...
to highlight (souligner), to refer to (renvoyer à)

Interpréter le but de l'auteur → The author's purpose is/must be/may be to show that...
to raise an issue (soulever un problème)
imply, suggest, convey (suggérer)
criticise (critiquer)

OBJECTIF BAC

Compréhension de l'écrit • *Michaela DePrince*

45 min

Le sujet suivant s'inscrit dans l'axe « Diversité et inclusion ». Vous pouvez vous chronométrer pour vous mettre dans les conditions de l'évaluation commune.

LE SUJET

Michaela DePrince was appearing here in the third act of Balanchine's *Jewels* with the Dutch National Ballet on a recent evening. There were about a dozen ballerinas in bejeweled white tutus arrayed across the stage, and there she was all the way stage right in the front line.

This 20-year-old American ballerina, who joined the Dutch National Ballet's main company in August, is in some respects the equivalent of a chorus girl in a Broadway musical. But night after night, people show up just to see her dance.

Ms. DePrince, who was an orphan in war-torn Sierra Leone and became a professional ballerina against staggering odds, has become a celebrity here since the publication late last year of her best-selling young-adult memoir, published in the United States as *Taking Flight: From War Orphan to Star Ballerina* and internationally as *Hope in a Ballet Shoe*.

This is a very different kind of life than anyone might have imagined for Ms. DePrince, born Mabinty Bangura in 1995, during an 11-year civil war that killed 50,000 people. Her father was the victim of a rebel-led massacre of workers in the diamond mines, killed when she was 3. She and her mother moved into the home of an uncle, who gave them so little food that her mother died of starvation[1]. That same uncle then deposited the child in an orphanage.

Mabinty, too, was twice cursed by her complexion: her chocolate-brown skin has white patches around her neck and chest caused by vitiligo, a skin disease. In the orphanage she was nicknamed "devil's child" and told that she was "too ugly" to be adopted.

But one day, the West African trade winds blew a magazine through the orphanage gates. On its cover was a ballerina in a pink tutu, her leg bent in an elegant passé. Four-year old Mabinty was immediately captivated, and vowed[2] that she would one day become just like that girl. At the time, she didn't even know what ballet was.

This account comes from her memoir, which she wrote with her mother, Elaine DePrince, who adopted Mabinty soon after the trade winds blew through the gate. In 2012, she was one of several ballet dancers featured in Bess Kargman's documentary "First Position," about contestants in the Youth America Grand Prix, a ballet competition that landed Ms. DePrince a scholarship to American Ballet Theater School.

She told her own story in a TEDx Amsterdam talk in November that has been viewed about 25,000 times. Consequently, she has become a celebrity in the Netherlands, where she has been profiled in newspaper articles and appeared on television talk shows, and has become an inspiration to girls worldwide.

"I've always wanted to prove people wrong, and that's what drives me," Ms. DePrince said. "I've been like that since Sierra Leone, when everyone said, 'Nobody is ever going to want you; no one is ever going to adopt you.' I've just kept trying to prove them wrong."

Nina Siegal, "For Michaela DePrince, a Dream Comes True at the Dutch National Ballet", *The New York Times*, March 14th 2015 (adaptation).

1. Starvation: hunger. 2. vowed: promised herself.

1. Choose the correct answer each time.

a. Michaela DePrince is...

☐ a chorus girl ☐ a journalist ☐ a dancer

b. She currently lives and works in...

☐ the USA ☐ the Netherlands ☐ Sierra Leone

2. Put these events in the chronological order.

a. Michaela was adopted.
b. Michaela's biological mother died.
c. Michaela found a magazine which fascinated her.
d. Michaela's biological father was killed.
e. Michaela joined the Dutch National Ballet.
f. Michaela featured in a documentary film.
g. Michaela lived with her uncle.
h. Michaela was taken to an orphanage.

3. Say if the following statements are true or false and justify your answer with a quote.

a. Michaela DePrince stood out in *Jewels*.
b. She knew what she wanted to become after watching "First Position".
c. She has become a celebrity thanks to her looks.

4. Choose the most appropriate adjectives to describe Michaela DePrince's personality and justify with a quote from the text.

hardworking – carefree – selfish – determined – pessimistic

5. Explain the quote-marks in "too ugly" (l. 24).

6. How did Michaela become known to the general public? *(3 quotes)*

7. To what extent do Michaela DePrince's life story and career illustrate the topic "Diversity and Inclusion"?

Méthode

Répondre aux questions de compréhension

- Déterminez le **genre** du document grâce au paratexte.
- Lisez le texte une première fois pour en identifier le **thème** et en comprendre la **structure**. Repérez les connecteurs (logiques ou temporels) ainsi que les noms propres et les mots qui reviennent plusieurs fois.
- Lisez attentivement toutes les **questions**, puis relisez le texte.
- Répondez aux questions en respectant la **consigne** donnée. Quand une question ne porte pas sur un passage précis du texte, effectuez une nouvelle lecture intégrale pour ne pas oublier un élément de réponse.

▶▶▶ LA FEUILLE DE ROUTE

Comprendre le texte

- Il s'agit d'un article de presse (adapté du *New York Times*).
- L'auteur retrace le parcours de Michaela DePrince : les deux premiers paragraphes évoquent sa situation actuelle, puis l'auteur résume l'histoire de son enfance (l. 9-29) à son accession à la célébrité (l. 32-40).

Comprendre les consignes

1. Choisir la bonne réponse.
Attention, une seule réponse possible puisque *answer* est au singulier.

2. Mettre les événements dans l'ordre chronologique.
Relisez le texte en vous concentrant surtout sur les paragraphes consacrés à l'enfance de Michaela (l. 9-29).

3. Dire si les affirmations sont vraies ou fausses et justifier la réponse par une citation du texte.
Si plusieurs citations sont possibles, il suffit d'en donner une.

4. Choisir les adjectifs les plus pertinents pour décrire la personnalité de Michaela De Prince et justifier son choix par une citation du texte. Attention, *adjectives* est au pluriel : il faut donc en choisir deux ou plus.

5. Expliquer l'usage des guillemets autour de "too ugly" (l. 24).
Servent-ils à citer, à ironiser, à mettre à distance ?

6. Comment Michaela s'est-elle fait connaître du grand public ? (3 citations)
Il n'est pas nécessaire de rédiger une phrase introductive : les citations suffisent.

7. Dans quelle mesure la vie et la carrière de Michaela DePrince illustrent-elles le thème « Diversité et inclusion » ?
Cette question appelle une réponse un peu plus étoffée que les précédentes (3-4 lignes).

CORRIGÉS

OBJECTIF BAC

Compréhension de l'écrit

1. a. Michaela DePrince is a dancer.
b. She currently lives and works in the Netherlands.

2. The correct order is: d – g – b – h – c – a – f – e.

3. a. False. "There were about a dozen ballerinas in bejeweled white tutus arrayed across the stage, and there she was all the way stage right in the front line." (l. 2-4)
b. False. "But one day, the West African trade winds blew a magazine through the orphanage gates. On its cover was a ballerina in a pink tutu, her leg bent in an elegant passé. Four-year old Mabinty was immediately captivated, and vowed that she would one day become just like that girl." (l. 25-28)
c. False. "She told her own story in a TEDx Amsterdam talk in November that has been viewed about 25,000 times. Consequently, she has become a celebrity in the Netherlands..." (l. 36-38) / "Ms. DePrince... has become a celebrity here since the publication late last year of her best-selling young-adult memoir" (l. 9-11)

4. Michaela De Prince is:
• hardworking: "Ms. DePrince... became a professional ballerina against all odds." (l. 9-10) ; "a ballet competition which landed Ms. DePrince a scholarship to American Ballet Theater School." (l. 34-35) ; "I've always wanted to prove people wrong, and that's what drives me" (l. 41)
• determined: "I've just kept trying to prove them wrong." (l. 44)

5. She is quoting/repeating what people (other orphans and maybe even teachers) told her at the orphanage. She is physically different because of her skin condition and people considered it a curse and a hindrance to her getting adopted.

6. "Ms. DePrince... has become a celebrity here since the publication last year of her best-selling young adult memoir" (l. 9-11)
"She told her own story in a TEDx Amsterdam talk in November that has been viewed about 25,000 times. Consequently, she has become a celebrity in the Netherlands, where she has been profiled in newspaper articles and appeared on television talk shows" (l. 36-39)
"In 2012, she was one of several ballet dancers featured in Bess Kargman's documentary "First Position" (l. 32-33)

7. Michaela DePrince's life story and career aptly illustrate "Diversity and Inclusion" insofar as she had to struggle to find her place in an antagonistic world, first as a child who felt different because of her skin condition, and then as a young girl determined to be part of the exclusive world of ballet.

19 Traiter un sujet d'invention

En bref *Un sujet d'invention peut être de différentes natures : selon le cas, il peut vous être demandé d'écrire la suite d'un récit, un dialogue, un discours, une lettre ou un courriel.*

I Méthode générale

- Une lecture attentive du sujet est essentielle : identifiez le **type de travail** attendu et repérez les **mots clés** qui donnent des précisions sur le thème, le cadre spatio-temporel, les personnages...
- Votre production doit être **cohérente avec le texte de départ**.
  - Respectez les traits psychologiques et physiques des personnages.
  - Attention aux anachronismes : n'introduisez pas un téléphone portable dans le monde des années 1920 par exemple.
- Élaborez un **plan** pour ne pas vous éparpiller : quelle que soit sa nature (dialogue, suite de texte, lettre...), votre écrit doit suivre une progression et aboutir à une conclusion en harmonie avec le texte support.
- Gardez toujours du temps pour vous **relire**.

CONSEIL
Comptez régulièrement le nombre de mots et n'oubliez pas de l'indiquer entre parenthèses à la fin de votre travail.

II Les types de texte

1 La suite d'un récit (*sequel*)

- Poursuivez le récit en respectant ses **caractéristiques** : type de narration, point de vue du narrateur, niveau de langue. Si un mot ou plusieurs mots reviennent souvent dans le texte-support, réutilisez-les à votre tour.
- Faites preuve d'**imagination** et d'originalité sans tomber dans l'incohérence. Évitez les clichés.
- La **progression de la narration** doit être visible. Utilisez des marqueurs temporels et faites des paragraphes bien distincts. Vous pouvez insérer ponctuellement un court **dialogue** entre les personnages.

2 Le dialogue

- Respectez les **caractères** et le **niveau de langue** propres à chaque personnage.
- **Ponctuez « à l'anglaise »** : guillemets en aspostrophes et aucun tiret.

  "This is my favorite dress!" said Sally.
  "It looks nice on you," said Mark.
- Utilisez des **verbes** introducteurs variés → ZOOM et des adverbes précisant le ton ou l'intention des personnages.

- Privilégiez les **formes réduites des auxiliaires** *(don't, isn't, wouldn't*, etc.*)*. N'utilisez la forme pleine *not* que si vous souhaitez créer un effet d'insistance.
- Utilisez des **réponses brèves** et des ***question tags***, mais avec modération, sinon le résultat risque d'être très artificiel.

3 La lettre ou le courriel

- Mettez-vous **dans la peau du personnage** qui rédige la lettre (vous ne devez jamais signer en votre nom propre).
- Une lettre **privée** est destinée à des amis, des parents ou même parfois à son journal intime *(diary)*. Une lettre **formelle** peut être une lettre de motivation *(cover letter)*, une lettre à une administration, une demande de renseignements…
- Indiquez **l'adresse de l'expéditeur**, puis **la date**, en haut à droite. Dans le cas d'une lettre formelle, ajoutez les coordonnées du destinataire à gauche.
- Les **formules d'introduction** et de **conclusion** sont indispensables pour donner un caractère authentique à la lettre. Elles dépendent du destinataire.

À NOTER
Si vous devez rédiger un courriel, inventez des adresses pour l'expéditeur et le destinataire, et n'oubliez pas l'objet (*Subject*).

zoOm

Quelques verbes introducteurs utiles

Voici quelques verbes qui peuvent enrichir vos dialogues.

Verbes introducteurs

Indiquer l'enchaînement des répliques
- add : ajouter
- ask : demander
- answer : répondre
- reply : répliquer

Décrire le ton de voix
- choke : s'étrangler
- mutter : marmonner
- scream : crier, hurler (cri perçant)
- shout : crier (voix forte)
- whisper : chuchoter

Traduire l'intention du locuteur
- admit : admettre, avouer
- confess : avouer
- implore : implorer, supplier
- inquire : se renseigner
- suggest : suggérer, proposer

Exprimer l'incertitude ou la timidité
- hesitate : hésiter
- stammer : balbutier
- stutter : bégayer
- falter : bredouiller
- venture : se hasarder à dire

20 Traiter un sujet d'argumentation

En bref *Le sujet d'argumentation vous invite le plus souvent à donner votre opinion personnelle, que vous devez présenter de manière nuancée et organisée, en vous appuyant sur des exemples pertinents.*

I Comprendre le sujet

1 Les types de sujets

■ Le sujet peut porter sur le thème principal du ou des **document(s) de départ**, ou sur un élément plus ciblé de ceux-ci. Il peut aussi prendre appui sur un document iconographique.

■ Il peut vous être demandé de rédiger un essai mais aussi un discours, une lettre d'opinion adressée au site d'un journal, ou une prise de position sur un blog, etc. Vous devez donc maîtriser **les codes propres à chaque type d'écrit**.

2 Quelques exemples

Pour éviter le hors-sujet, **lisez** attentivement l'énoncé et **soulignez les mots clés**. Voici quelques décodages de sujets :

- "Have a little ambition, Buddy. You'll never get anywhere in this world unless you've got ambition." To what extent do you agree with Buddy's mother?

To what extent signifie « dans quelle mesure », « jusqu'à quel point ». Vous devrez par conséquent traiter deux points :
1. **En quoi la mère de Buddy a raison** : sans ambition on ne va pas très loin, l'ambition est un « moteur » dans la vie…
2. **Les limites de ce point de vue** : l'importance d'autres facteurs tels que la situation économique, la chance, les relations, la personnalité…

- What does the American Dream mean to you today? Illustrate with examples.

Vous devez donner votre propre définition du rêve américain, en vous appuyant sur des exemples: personnalités qui incarnent, selon vous, le rêve américain, films ou séries télévisées qui l'illustrent, événements qui en suggèrent les limites…

II Bâtir le plan de votre texte

1 L'introduction

■ Rédigez l'introduction au brouillon après avoir élaboré votre **plan**. Elle doit être courte. Vous pouvez **utiliser le texte** : une courte citation ou une reformulation bien choisie peuvent vous aider à « démarrer ».

■ En revanche, gardez-vous de donner votre réponse finale dès l'introduction : réservez-la pour la conclusion.

2 Le développement

- Organisez votre développement en **deux parties** : consacrez la première partie à la défense d'un point de vue (**thèse**) et la deuxième à l'**antithèse**.
- Appuyez-vous toujours sur des **exemples précis** puisés dans le texte et dans votre culture générale. Une bonne connaissance du monde anglophone peut être précieuse.

> **À NOTER**
> Contrairement à la dissertation française, l'essai anglais admet l'emploi de la première personne du singulier tout au long de votre argumentation.

- Mettez en valeur **chaque étape de votre raisonnement** en allant à la ligne et en utilisant des conjonctions et des mots de liaison appropriés (pas trop nombreux et aussi naturels que possible).
- Enfin, **variez le lexique** et efforcez-vous de bannir les mots passe-partout (*good, bad, important, big, do, get, a problem*, etc.).

The weather was good. → It was warm and sunny.
an important decision → a crucial decision
a big problem → a major issue

3 La conclusion

La conclusion doit être plus qu'un simple **résumé** de l'argumentation. **Répondez à la question posée**, puis **ouvrez** sur une question ou un sujet plus vaste.

zoOm

Quelques connecteurs logiques

Adverbes

however : cependant
Still / Yet (en début de phrase) : pourtant
nevertheless : néanmoins
conversely : en revanche
consequently : par conséquent
therefore : donc
thus : ainsi
besides : en outre
similarly : de même
finally : enfin

Conjonctions de subordination

even though : même si
although : bien que
as : comme
considering that : étant donné que
since : puisque
so that : pour que
once : une fois que
as though : comme si
unless : à moins que
whether (or not) : si (ou non)

SE TESTER

1 Respecter les règles de ponctuation

→ FICHE 19

Rétablissez la ponctuation du dialogue dans cet extrait.

This time the young man bowed, and said in a low voice:
Will you forgive me?
I forgive you, she said gravely. But I must get back to the children; it's they who are giving orders today. Good-bye.

Alain-Fournier, *Le Grand Meaulnes* (1913), traduit par Frank Davison (1959).

2 Utiliser un vocabulaire varié

→ FICHE 20

Réécrivez les phrases en remplaçant les mots en couleur par des synonymes plus précis.

a. This is indeed a big problem.

....

b. When women got the right to vote, it was an important move towards empowerment.

....

c. Criminals are often viewed as bad people.

....

d. He did his duty to the best of his ability.

....

OBJECTIF BAC

3 Expression écrite • *CCTV cameras in Britain*

45 min

Ce sujet argumentatif porte sur les caméras de surveillance et s'inscrit dans l'axe « Citoyenneté et mondes virtuels ». Il s'agit de réfléchir au bien-fondé de la présence de ces caméras.

LE SUJET

In Britain, there is one CCTV camera for every fourteen people. In your view, are these cameras a blessing or a curse? (300 words)

Méthode

Rédiger un essai

Étape 1 Comprendre le sujet

- **Reformulez la question** de plusieurs manières pour vous l'approprier. Si des mots de vocabulaire vous manquent, essayez de les déduire du contexte.
- Précisez les termes et les limites du sujet aussi précisément que possible afin d'**éviter le hors-sujet**.

Étape 2 Trouver des arguments et des exemples

- Les sujets de réflexion vous invitent le plus souvent à donner **votre opinion personnelle** : commencez donc par déterminer quelle est votre position.
- Quelle que soit votre opinion, vous devez la présenter de manière construite et nuancée : trouvez des **arguments pour et contre** afin de les mettre en balance dans votre essai.
- Illustrez vos arguments par des **exemples** concrets provenant du travail effectué en classe ou de votre culture personnelle ou des documents de l'épreuve de compréhension.

Étape 3 Rédiger l'essai

- Dans l'introduction, **reformulez le sujet**.
- Organisez votre développement en **deux paragraphes** :
  - présentez d'abord la position que vous ne défendez pas,
  - puis défendez votre propre point de vue.
- En conclusion, **répondez à la question** et élargissez le problème.

LA FEUILLE DE ROUTE

Étape 1 Comprendre le sujet

Le sujet porte sur les caméras de surveillance (*CCTV cameras*) : sont-elles une bénédiction (*blessing*) ou une malédiction (*curse*) ?

Étape 2 Trouver des arguments et des exemples

- En quoi les caméras de surveillance sont-elles utiles et bénéfiques ? Exposez les raisons qui poussent les autorités à utiliser ce moyen de surveillance : prévention du terrorisme et de la criminalité, volonté de rassurer la population…
- Réfléchissez également aux limites et aux dérives possibles : les caméras peuvent servir à espionner les gens et limitent leur liberté. Se savoir observé revêt un aspect extrêmement dérangeant.

Étape 3 Rédiger l'essai → CORRIGÉS

CORRIGÉS

SE TESTER

1 Respecter les règles de ponctuation

This time the young man bowed, and said in a low voice:
"Will you forgive me?"
"I forgive you," she said gravely. "But I must get back to the children; it's they who are giving orders today. Good-bye."

2 Utiliser un vocabulaire varié

a. This is indeed a major issue.
b. When women obtained the right to vote, it was a significant / crucial move towards empowerment.
c. Criminals are often viewed as dangerous / cruel people.
d. He performed his duty to the best of his ability.

OBJECTIF BAC

3 Expression écrite

[Introduction]
People my age, whether in Britain or France, have grown with CCTV cameras and few of us complain about them. A lot of older people, who have witnessed the emergence and the multiplication of those cameras, argue that they are a threat to individual freedom. Today, western governments are obsessed with security and in this context, the question is whether CCTV cameras do more harm than good.

I. CCTV cameras are useful
CCTV cameras are often said to be useful. They enable the authorities to fight terrorism and crime. Governments also want to take precautions to prevent criticism in case something nasty happens. On the whole, they want insecure people to feel safer. For example, the perpetrators of the 2005 terrorist attacks in London were soon identified thanks to CCTV cameras. Therefore these tools might well prevent other attacks.

II. CCTV cameras are a threat to individual freedom
On the other hand, these cameras can also be seen as a threat to individual freedom. Surveillance is one of the consequences of scientific progress which makes it more and more easy to spy on people and locate them (credit cards, mobile phones, the Internet, Oyster cards in public transport...). Some people feel that someone is constantly keeping an eye on them and even if they have nothing to hide, this can be unpleasant. In Britain, there is one CCTV camera for every

fourteen people. This is often criticised in the British press. CCTV cameras can be viewed as the warning of worse things to come.

[Conclusion] *(au choix, selon votre point de vue)*

[CCTV cameras are a blessing] I do not mind CCTV cameras at all, I am not afraid of them, quite the opposite. I think CCTV cameras are innocuous *(inoffensives)* and that they are indispensable in the dangerous world we live in. Besides, those who claim that their freedom is being threatened should try to understand that there is no freedom if there is no security.

[CCTV cameras are a curse] CCTV cameras make me feel uncomfortable and I think they are utterly useless. Nothing will ever stop the determination of thieves, murderers or terrorists. Moreover, CCTV cameras are not just about safety and freedom. They are also about money. They are costly and the money that is spent on most of them had better be spent on more pressing issues.

(301 words)

21 S'entraîner à la compréhension orale

En bref *Exercez-vous régulièrement en cours de langue à la compréhension de documents audio ou vidéo authentiques. Progressivement, vous apprendrez à identifier les différents accents et à mieux comprendre la phonologie de la langue anglaise.*

I Aborder l'écoute d'un document audio

1 Comprendre le sens général

- La compréhension orale repose sur deux phases clés : le recueil d'indices et leur traitement. Il faut s'aider des **éléments identifiés** pour comprendre au moins les idées principales du propos et pour tenter de reconstruire le **message**.
- Ne paniquez pas si un mot vous a échappé : vous pourrez sans doute reconstruire le sens du message à partir de ce que vous avez compris.

2 S'aider de l'accent tonique et de l'intonation

- L'anglais est une **langue accentuelle** : les mots importants sont fortement accentués, ce sont eux qui portent le message (noms, adjectifs, adverbes, verbes).
- L'**accentuation** peut varier selon le terme que le locuteur cherche à mettre en avant et le sens qu'il cherche à donner à sa phrase.

Jane! How could you do this to me?
Jane ! Mais comment as-tu bien pu me faire ça ?
Jane! How could you do this to me?
Jane ! Comment toi, tu as pu me faire ça ?
Jane! How could you do this to me?
Jane ! Comment as-tu pu me faire une chose pareille ?

3 Repérer les différents accents

- La **source du document** peut vous donner des indications sur l'accent que vous allez entendre. S'il s'agit d'un reportage, la voix off correspond à la nationalité du média. En revanche, les personnes interrogées peuvent avoir différents accents.
- L'accent le plus courant est bien sûr l'américain. Les différences principales entre anglais **britannique** et **américain** sont à connaître :
  - le /aː/ britannique devient /æ/ en américain : can't → [kaːnt] / [kænt]
  - le /juː/ devient /uː/ : new → [njuː] / [nu]
  - le /r/ en fin de syllabe n'est généralement pas prononcé en anglais britannique : paper → [ˈpeɪpə] / [ˈpeɪpər].

CONSEIL
L'usage de certains mots peut également vous renseigner sur la **nationalité** du locuteur : un Américain parlera de *fries* et de *elevator* tandis qu'un Anglais dira *chips* et *lift*.

II Exercer son oreille

L'oreille peut et doit être entraînée à l'écoute de l'anglais ; pour cela, il y a bien entendu vos cours. Mais saisissez aussi toutes les occasions d'améliorer votre compréhension de l'oral.

- Regardez des films en **V.O. sous-titrée en anglais** : cet exercice vous permet d'associer prononciation et orthographe.
- Allez sur des **sites d'information anglophones** → ZOOM. Certains vous permettent d'écouter de courts sujets d'actualité que vous pouvez télécharger avec leur script.

CONSEIL
Notez dans un carnet de vocabulaire les mots nouveaux que vous apprenez par vous-même.

- Habituez-vous à utiliser la **transcription phonétique**. Elle vous aide à mieux reconnaître ce que vous entendez. Utilisez les dictionnaires en ligne pour écouter la prononciation des mots que vous apprenez.

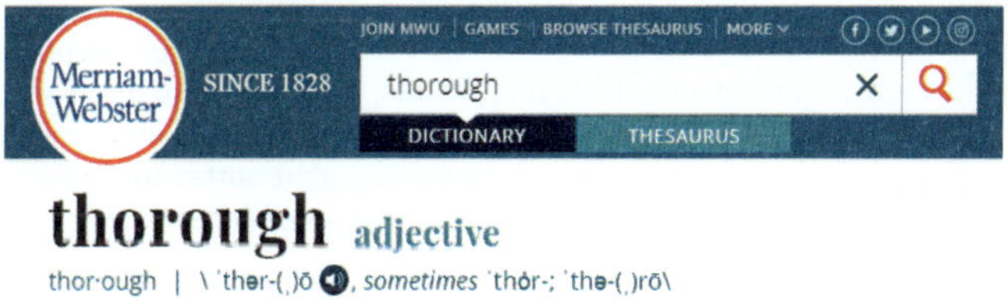

www.merriam-webster.com

zoOm — Quelques ressources en ligne

Grâce à Internet, de très nombreuses ressources sont à votre disposition pour vous entraîner à la compréhension orale. Voici quelques sites de qualité.

Ressources britanniques

→ **bbc.com** : site généraliste qui propose de nombreuses vidéos sur des sujets variés.

L'application *BBC News* propose en plus une section intitulée « Videos of the Day » : des reportages de quelques minutes sous-titrés en anglais.

→ **bbc.co.uk/sounds** : site qui permet d'écouter les radios de la BBC en direct ou en podcast. Écoutez notamment *Radio 4*, de grande qualité.

→ **bbc.co.uk/learningenglish** : site extrêmement riche pour s'entraîner à la compréhension orale avec des activités interactives.

À noter : la rubrique « 6-minute English ».

Ressources américaines

→ **learningenglish.voanews.com** : pour écouter des documents audio sur des sujets variés, lus à un rythme assez lent et assortis de transcriptions.

→ **npr.org** : radio publique de qualité qui s'écoute en direct ou en podcasts.

22 Maîtriser la méthodologie de l'écoute

En bref *L'évaluation de la compréhension orale peut porter sur un document audio ou vidéo. Il n'est pas nécessaire de comprendre chaque mot : vous devez être capable d'en restituer le sens global, de manière aussi détaillée que possible.*

I Première écoute

La première écoute vous permet de comprendre le sens général du document. Vous pouvez prendre quelques notes, mais ne perdez pas le fil du propos.

1 Comprendre la situation d'énonciation

■ Identifiez en premier lieu la nature du document : discours, entretien, reportage, débat, conversation quotidienne... Aidez-vous des bruits de fond, de la musique ou des **images** s'il y en a : ils peuvent parfois vous fournir des indices.

> **À NOTER**
> S'il s'agit d'un document vidéo, les images constituent une aide mais le compte rendu doit porter sur ce que vous avez entendu.

■ Intéressez-vous également au·x locuteur·s :

- combien sont-ils ?
- que pouvez-vous déduire de leur voix (âge, sexe, nationalité...) ?
- qu'apprenez-vous sur eux (profession, caractère...) ?
- quelles sont leurs relations (parents, amis, voisins, collègues...) ?

■ Déterminez le thème de l'enregistrement : le titre du document, qui vous est donné avant l'écoute, vous permet déjà de formuler des hypothèses.

■ Identifiez les temps grammaticaux utilisés : les locuteurs font-ils référence au présent, au passé ou à l'avenir ? Les repères temporels et les indications de lieux sont de précieux indices pour comprendre le contexte de l'échange et la chronologie de ce qui est raconté.

2 Identifier les mots clés

■ Relevez les mots accentués et les mots récurrents. Vous pouvez éventuellement les classer dans un tableau où chaque colonne rassemblera les paroles d'un locuteur.

■ Au terme de cette écoute, essayez de mettre en relation les éléments notés.

Vous entendez les mots : *pub, London, national heritage, homely atmosphere, wood in the decor, open fire, 14th century...*
→ Vous pouvez en déduire que l'on vous parle des pubs à Londres, de leur histoire, de leur aspect et de l'ambiance qui y règne.

II Deuxième écoute

Il s'agit maintenant d'affiner les informations relevées.

- Ajoutez autant de **détails** que possible. Prêtez une attention particulière aux informations précises : noms propres, dates, chiffres…
- Déterminez si les locuteurs expriment leur point de vue ou s'ils racontent une expérience. **Hiérarchisez les informations** et essayez de reconstituer la chronologie des événements ou la logique de l'argumentation.
- Soyez attentif·ve au **ton** du locuteur : les changements de débit et d'intonation vous permettront d'affiner votre compréhension, et notamment de percevoir l'implicite du propos. Il faut parvenir à déterminer l'**état d'esprit du locuteur**, voire son évolution dans le document (joie, tristesse, soulagement, indifférence, préoccupation…).

III Troisième écoute

- La troisième écoute est l'occasion de **vérifier vos hypothèses** : relisez vos notes en même temps afin de confirmer ou corriger ce que vous avez écrit.
- Ajoutez éventuellement des **précisions** qui vous auraient échappé jusque-là.

zoOm

Rédiger un compte rendu en français

- Après avoir écouté trois fois le document en prenant des notes, vous devez en rendre compte en français. Comment procéder ?

Rédiger un compte rendu
1. Indiquer la **nature** du document.
2. Préciser le **thème** général.
3. Résumer le **propos**, de préférence en suivant l'ordre dans lequel les idées sont formulées.

- Le compte rendu n'est pas une retranscription : désignez les locuteurs à la troisième personne et ne mentionnez chaque idée qu'une seule fois, même si elle est répétée dans le document.
- Le « franglais » n'est pas autorisé. Certains mots, comme *kidnapper* ou *week-end*, sont entrés dans la langue française, mais d'autres sont des anglicismes :

On ne dit pas	✘ un challenge	mais ✔ un défi
	✘ supporter *(to support)*	mais ✔ soutenir

SE TESTER QUIZ

Écoutez l'enregistrement et répondez aux questions des **exercices 1 à 3**.

AUDIO : *Jessica talks about sororities in US universities*, à télécharger sur www.editions-hatier.fr.

1 Anticiper le contenu à partir d'un titre

→ FICHES 21 ET 22

À partir du titre, cochez les thèmes dont il va probablement être question.

☐ a. Guidance *(aide, conseils)* in US universities
☐ b. Religious studies in US universities
☐ c. Bullying on US campus
☐ d. Club membership
☐ e. Integration into a US campus

2 Repérer les mots accentués

→ FICHES 21 ET 22

Écoutez l'enregistrement et cochez les mots entendus.

a. ☐ feeling	☐ filling	g. ☐ ride	☐ guide
b. ☐ part	☐ port	h. ☐ share	☐ chair
c. ☐ preferred	☐ referred	i. ☐ pushing	☐ rushing
d. ☐ found	☐ founded	j. ☐ big	☐ beg
e. ☐ except	☐ accept	k. ☐ rats	☐ frats
f. ☐ lit	☐ little	l. ☐ shoes	☐ choose

3 Affiner la compréhension

→ FICHE 22

Cochez les affirmations vraies.

☐ a. Sororities are meant to group like-minded individuals.
☐ b. Sororities help you feel at home at university.
☐ c. Sororities are founded on merit.
☐ d. Philanthropy involves volunteering and fund-raising.
☐ e. Sororities also organise parties or share activities with other students.
☐ f. Your mentor guides you.
☐ g. Your mentor must be your brother or your sister.
☐ h. To be a member of a sorority you have to take part in a kind of competition.
☐ i. New members are chosen according to their interests and personality.
☐ j. You can be a part of several sororities.

4 Anticiper le contenu à partir du titre

→ FICHES 21 ET 22

De quoi va-t-il être question dans chaque document ? Reliez les titres proposés au thème correspondant.

1. *Emma Watson presents her "He for She" campaign at the UN* •
2. *Latinos in Aurora, US* •
3. *The Queen's 2014 Christmas Speech on reconciliation* •
4. *Barack Obama's tribute to Nelson Mandela* •
5. *Idris Elba on the lack of diverse black roles on British TV* •
6. *The UK telephone box* •
7. *Cow boys and US Presidents* •

- • a. éloge de la paix et de l'unité
- • b. préjugés raciaux dans l'industrie du divertissement
- • c. culture et politique américaines
- • d. symbole en voie de disparition
- • e. immigration
- • f. féminisme
- • g. hommage et transmission

OBJECTIF BAC

5 Compréhension de l'oral • *Harriet talks about the Royal Family*

20 min

Cet exercice vous permet de vous mettre dans les conditions d'une évaluation de compréhension orale : essayez de respecter le temps imparti !

LE SUJET

Écoutez trois fois l'enregistrement, en laissant une minute de pause entre deux écoutes, puis rédigez-en un compte rendu en français.

AUDIO : *Harriet talks about the Royal Family*, à télécharger sur www.editions-hatier.fr.

LA FEUILLE DE ROUTE

Étape 1 Anticiper le contenu d'après le titre

Le titre est très explicite : il s'agit d'un monologue explicatif au sujet de la famille royale. On s'attend à ce que le locuteur ait un accent britannique.

Étape 2 Comprendre le sens général

Le monologue comprend deux parties : Harriet présente d'abord son opinion sur la famille royale (jusqu'à 0'56) puis raconte le mariage de Harry et Meghan.

Étape 3 Affiner la compréhension

- Dans la première partie, les noms et les adjectifs liés à la description de la famille royale sont nombreux : que révèlent-ils ?
- Dans la deuxième partie, quelle personnalité est au centre de l'histoire ? Comment l'avis d'Harriet a-t-il évolué à son sujet ?

Étape 4 Écrire un compte rendu en français → CORRIGÉS

CORRIGÉS

SE TESTER QUIZ

1 Anticiper le contenu à partir d'un titre

Réponses a, d et e.

Le document porte sur les « sororités », sortes de clubs d'étudiantes dans les universités américaines. On s'attend donc à ce qu'il soit question d'entraide et d'intégration.

2 Repérer les mots accentués

a. feeling
b. part
c. referred
d. founded
e. accept
f. little
g. guide
h. share
i. rushing
j. big
k. frats
l. choose

3 Affiner la compréhension

Réponses a, b, d, e, f, h et i.

La réponse c est fausse : "Sororities are founded on philanthropy".

La réponse g est fausse : "This mentor/mentee relationship is supposed to resemble the relationship between a big sister and a little sister".

La réponse j est fausse : "You can choose to be a part of only one of them".

4 Formuler des hypothèses à partir du titre

1. f • 2. e • 3. a • 4. g • 5. b • 6. d • 7. c

OBJECTIF BAC

5 *Harriet talks about the Royal Family*

■ Harriet, qui est britannique, parle de la famille royale. Elle n'a pas particulièrement d'affection pour ses membres mais elle reconnaît qu'ils contribuent à l'unité du pays lorsque des problèmes surviennent, et aussi à la renommée du Royaume-Uni à travers le monde. En effet, beaucoup de gens admirent la famille royale, surtout ses plus jeunes représentants, plus modernes et plus chic.

CONSEIL
Faites des paragraphes afin de matérialiser les différents moments du document dont vous rendez compte.

■ Elle explique ensuite qu'elle a regardé avec beaucoup de plaisir le mariage de Harry et Meghan, malgré l'attitude un peu offensante de Harry à l'égard du prêtre. Elle a trouvé la mariée éblouissante. Au début, elle était un peu sceptique à l'égard de Meghan. Mais maintenant qu'elle en sait un peu plus sur elle, elle la trouve formidable : elle est très cultivée, féministe, et fait preuve d'une grande détermination. Elle est également proche des gens. Harriet conclut en disant que Meghan ne peut que faire du bien à l'image de la famille royale.

Voici le script du document.

Well, I'm not particularly fond of the Royal Family as such but I think they're a very important structure of the British system. They bring unity and sovereignty. I think they're glamorous, and people in the world love them. I don't think personally that the Monarchy is outdated or a thing of the past at all, because, as I said, they're a uniting factor and there are a lot of people that look up to the Royal Family. When there are problems, they unite the country and the younger ones bring more up-to-date living and fashion and... chic to the Royal Family that would definitely be missing without them.

I watched Harry and Meghan's wedding and I absolutely loved it. I thought Meghan was stunning and so did Harry. He was a bit outrageous with the priest but I still loved it. I think Meghan is a fantastic lady. I was a bit skeptic at first but I got to know a little bit about her: she's a very well-educated woman, she's a feminist, she's very determined and she's a people's person. So I think, yeah, good for the Royal Family, and why not?

23 S'exprimer dans un anglais fluide et correct

En bref *L'évaluation de l'expression orale se prépare dès la 1re. Saisissez chaque occasion de prendre la parole pour améliorer votre prononciation et être à l'aise le jour J.*

I Exercer sa prononciation

1 L'accent de mot

■ En anglais, la place de l'accent tonique influe sur la prononciation du mot : les voyelles non accentuées ne sont presque pas prononcées (→ ZOOM).

■ Il est placé par défaut sur la première syllabe du mot, mais la présence d'un préfixe ou d'un suffixe peut changer sa place. Retenez notamment :
- suffixes forts (*-ial*, *-ion*, *-ious*, *-ic(s)*, *-ity*...) : accent sur la syllabe qui précède ;
- suffixes faibles (*-al*, *-ous*, *-ly*, *-ist*, *-ing*, *-hood*...) : pas d'influence sur l'accent ;
- suffixes *-ee*, *-eer*, *-ese*, *-ette* : accent sur le suffixe.

■ La connaissance de l'alphabet phonétique est utile pour prononcer un mot que l'on cherche dans le dictionnaire. Vous pouvez également écouter la prononciation **sur Internet**.

À NOTER
De nombreux sites permettent d'écouter la prononciation d'un mot : *macmillandictionary.com*, *merriam-webster.com*.

2 L'accent de phrase et l'intonation

■ Les mots lexicaux sont d'autant plus accentués qu'ils apportent une information importante. Les mots grammaticaux sont accentués en fin de phrase ou pour exprimer une emphase ou un contraste.

■ Une intonation correcte est essentielle pour se faire comprendre. Elle est montante dans les *Yes/No questions* et descendante dans les questions en *wh-*.

3 Les sons difficiles

■ Certains sons anglais sont difficiles à reproduire pour un·e francophone et doivent faire l'objet d'un entraînement régulier.

Voyelles	Consonnes
• /ə/ (schwa), le son inaccentué act**or**, particul**ar**, strong**er**, fam**ou**s, t**o**morrow, s**u**pport • /ɪ/, proche du « é » français b**i**g, bu**i**ld, imag**e**, privat**e** • /ʌ/, proche du « a » français l**u**ck, s**u**n, d**u**ll, m**u**ch	• /ʧ/, correspond à la graphie *ch* mais se prononce « tch ». impea**ch**, ri**ch**, spee**ch** • /ð/ et /θ/ correspondent à la graphie *th*. Ils ne se prononcent ni /s/ ni /z/ : votre langue doit se placer entre vos dents. **th**in, **th**ere, sympa**th**y

- Le *h* initial est toujours aspiré en début de mot sauf dans ***hour***, ***honest*** (et ses dérivés), ***honour*** (et ses dérivés) et ***heir(ess)***. Attention à ne pas en rajouter un lorsqu'il n'y en a pas !

II S'entraîner pendant l'année

1 À la maison

Joignez l'utile à l'agréable ! Lorsque vous regardez une série ou un film, faites-le en version originale et de manière active. Essayez de repérer les expressions idiomatiques caractéristiques du dialogue (donner son opinion, son accord, son désaccord, hésiter, insister, répéter les paroles de l'interlocuteur…).

2 En classe

- Efforcez-vous, dès l'année de 1re, de participer de manière active en classe et de réagir à la parole des autres, élèves comme professeur. Cela vous permettra d'acquérir de l'authenticité et de **prendre confiance en vous**.

CONSEIL
N'oubliez pas que « *Practice makes perfect* ». Il est essentiel d'oser prendre la parole même si l'accent et la formulation ne sont pas parfaits : c'est en essayant que l'on apprend !

- Soyez très attentif·ve à tout ce qui se dit pendant le cours et prenez l'habitude de noter les expressions nouvelles dans votre carnet personnel. Essayez ensuite de les réutiliser lors d'une prise de parole ultérieure.

zoOm

Ressources numériques pour s'entraîner

- Les dictionnaires en ligne (également disponibles en applications) vous permettent d'écouter la prononciation d'un mot :

- avec l'accent britannique, **macmillandictionary.com** ;

- avec l'accent américain, **merriam-webster.com**.

- Le site de la BBC (**bbc.co.uk/learningenglish**) comporte de nombreuses ressources utiles : consultez notamment les pages *Learning English* et la rubrique *Pronunciation / The Sounds of English*.

→ Visionnez par exemple cette vidéo sur le schwa : bit.ly/PbacAng_41.

- Les applications pour apprendre les langues, comme **Duolingo** ou **Memrise**, permettent de revoir les bases de la grammaire et du vocabulaire et comportent des exercices de compréhension et d'expression orales.

24 Réussir l'évaluation finale de l'expression orale

En bref *À la fin de l'année de Terminale, votre enseignant ou votre établissement pourra mettre en place une épreuve permettant d'évaluer votre expression orale – épreuve dont vous devez connaître le déroulé pour vous y préparer au mieux.*

I Les modalités de l'évaluation

1 La présentation individuelle (5 min)

- L'examinateur vous demande d'abord **choisir un des trois axes** (*topics*) culturels du programme qu'il vous propose.
- Selon l'axe choisi, il vous présente **deux documents** : deux documents iconographiques (*visual documents*) ou deux citations (*quotes*) ou encore un document iconographique et une citation.
- Vous devez alors expliquer **quel document vous semble illustrer le mieux l'axe choisi**. Cette présentation s'effectue sans préparation : une bonne connaissance du travail effectué sur chaque axe vous sera donc précieuse.

2 L'entretien (5 min)

- L'examinateur vous pose ensuite **quelques questions** pour prolonger votre présentation ou pour que vous puissiez rendre compte de votre travail sur cet axe au cours de l'année.
- Même si votre prise de parole est guidée dans cette partie, il faut néanmoins savoir **développer vos réponses** et ne pas vous limiter aux réponses courtes.
- N'hésitez pas à affirmer votre point de vue.

III Quelques conseils pour réussir

1 La langue

- Vous devez bien sûr vous exprimer dans un **anglais de qualité** : employez un **lexique varié** et des **structures grammaticales correctes**. Par exemple, quand vous comparez deux documents, utilisez le comparatif et non le superlatif :

  Document A is the more striking of the two.

CONSEIL
Il est normal de faire de petites erreurs lorsqu'on s'exprime dans une langue étrangère : n'hésitez pas à vous corriger si vous vous rendez compte que vous avez fait une faute.

- Même si votre expression doit être spontanée, soyez conscient·e du **registre de langue** utilisé (comme à l'écrit). Par exemple, préférez *rather* à *kind of* :

  It's ~~kind of~~ rather shocking to show an athlete injecting himself.

- Évitez de répondre uniquement par *yes* ou *no* lorsqu'on vous pose une question.
  Do you think English should be the official language in the USA?
  – Yes, I think so. / Yes, I do. / Indeed!
  Do you believe robots will take over one day?
  – I suppose not. / I hope not. / I don't think so.
- Reformulez différemment votre propos si vous n'êtes pas sûr·e d'avoir été bien compris·e. Si ce n'est pas le cas, l'examinateur pourra vous demander des éclaircissements pendant l'entretien.

2 L'attitude

- Soyez **naturel·le** et **dynamique**. Vous pouvez utiliser le « langage du corps » et appuyer votre propos par des gestes (attention toutefois aux gestes « parasites », liés au stress, qui brouillent votre discours). Parlez distinctement en ayant soin de regarder votre interlocuteur.
- En cas d'**hésitation**, mieux vaut prendre le temps de réfléchir et de formuler une réponse correcte plutôt que de se précipiter. Employez aussi des ***gap fillers***, ces petits mots ou expressions qui vous donnent le temps de réfléchir.
- En cas d'**incompréhension**, vous pouvez demander à l'examinateur de répéter ou de reformuler sa question, à condition de le faire en anglais.
  Could you repeat/rephrase the question, please?

VOCABULARY
Quelques gap fillers : *well..., actually..., but um..., what I'm trying to say is..., I mean...*

zoom

Justifier un choix

It **conveys** a strong/powerful message. Il transmet un message fort/puissant.	It draws the viewer's **attention** to.... Il attire l'attention du spectateur sur...
It **highlights** a paradox. Il met en valeur un paradoxe.	It gives **food for thought**. Il donne matière à réfléchir.
It **alludes to** a topical issue. Il fait allusion à un problème d'actualité.	I find this document **effective**. Je trouve que ce document est efficace.
The pun is particularly **witty**. Le jeu de mots est particulièrement spirituel.	It aptly **illustrates** this aspect. Il illustre cet aspect de façon pertinente.
The message of this image is more **forceful/striking/uplifting** than... Le message de cette image est plus percutant/frappant/inspirant que...	It **raises** people's **awareness** of this problem. Il fait prendre conscience aux gens de ce problème.

345	©	mareandmare / iStock / Getty-Images
346-h	ph ©	BruceBlock / iStock / Getty-Images
346-b	ph ©	Dirk Wiersma / SPL / Biosphoto
347-hg	ph ©	Hervé Conge
347-hd	ph ©	Hervé Conge
347-bg	ph ©	Hervé Conge
347-bd	ph ©	John Cancalosi / Biosphoto
349-g	ph ©	Yves Nys / INRA
349-d	ph ©	Scientifica / Visuals Unlimited / SPL / Biosphoto
352-g	ph ©	SPL / Dr Jeremy Burgess / Biosphoto
352-d	ph ©	SPL / Royal Institution Of Great Britain / Biosphoto
353	©	SPL / Susumu Nishinaga / Biosphoto
354-g	ph ©	SPL / Scientifica / Visuals Unlimited / Biosphoto
354-d	ph ©	SPL / Steve Gschmeissner / Biosphoto
357-hg	ph ©	SPL / Steve Gschmeissner / Biosphototo
357-hd	ph ©	SPL / CNRI / Biosphoto
357-b	ph ©	SPL / Dennis Kunkel Microscopy / Biosphoto
375	ph ©	Image by Reto Stöckli, based on data provided by the MODIS Science Team
389	ph ©	CRBMS-Brainware
394	ph ©	Ali Ihsan Ozturk / Anadolu Agency / AFP Photo
395	©	Nasa
407	ph ©	Veneranda Biblioteca Ambrosiana / Mondadori Portfolio / Leemage
411-hg	ph ©	Library Of Congress / SPL / Akg-Images
411-hd	ph ©	Museo Galileo, Firenze
411-bg	ph ©	Aisa / Leemage
411-bd	ph ©	SPL / Akg-Images
419	ph ©	Den / Adobe Stock
425	ph ©	Granger Coll NY / Aurimages
427	ph ©	Luisa Ricciarini / Leemage
431	ph ©	Nano Calvo / Alamy / hemis.fr
437	ph ©	Inserm / U229
439	ph ©	Sovereign / ISM
440-g	ph ©	Inserm / Marc Lenoir
440-d	ph ©	Inserm / Marc Lenoir
441-h	ph ©	fotomarekka / iStock / Getty-Images
441-b	ph ©	Inserm / Anne Guilhaume
443	ph ©	image par Pablo Gil-Loyzaga, extraite du site «Voyage au Centre de l'Audition» www.cochlea.eu, par R. Pujol et al., NeurOreille, Montpellier
445	ph ©	franckreporter/ Getty Images/ iStockphoto
449	©	Erasmus+
451	Coll.	The immigrant/ 2013/ Real James Gray / Collection Christophel / Worldview Entertainment / Wild bunch distribution
457	Coll.	Les Suffragettes (Suffragette) / 2015/ Real Sarah Gavron / Collection Christophel / Ruby films
459	©	Alice Springs School of the Air
465	ph ©	Pictorial Press Ltd / Alamy Stock Photo
467	ph ©	Daniel Libeskind / Bregman/ Hamann Architects / Nikreates / Alamy Stock Photo
473	ph ©	Social Media Data Privacy Awareness/ Technology Services at Illinois/ https://www.youtube.com/ IllinoisCITES
475	ph ©	National Oceanic and Atmospheric Administration (NOAA)/ breakyou-rownnews.com
481	ph ©	The Metropolitan Museum of Art, Dist. RMN-Grand Palais / image of the MMA
483	ph ©	Mirisch-7 Ats / United Artists – The Kobal Collection / Aurimages
489	ph ©	Chassenet / BSIP
491	©	NASA Earth Observatory
497	©	Disability Confident / GOV.UK / Department for Work and Pensions
499	©	www.finglobal.com
505	©	Abram Powell / Australian Museum Pacific Collection
507	©	Invictus / 2010 / Real Clint Eastwood / Collection Chritophel / Malpaso Productions / Liberty Pictures
537	©	Tim's Pronunciation Workshop/ BBC Learning English/ BBC
540	©	Clay Jones / claytoonz.com

DR : Malgré nos efforts, il nous a été impossible de joindre certains auteurs ou leurs ayants-droit pour solliciter l'autorisation de reproduction, aussi nous avons réservé en notre comptabilité les droits usuels

Iconographie : Hatier illustration

PAPIER À BASE DE FIBRES CERTIFIÉES

Hatier s'engage pour l'environnement en réduisant l'empreinte carbone de ses livres. Celle de cet exemplaire est de :
2.1 kg éq. CO_2
Rendez-vous sur www.hatier-durable.fr

Achevé d'imprimer en Italie
par La Tipografica Varese Srl, Varese
Dépôt légal : 08676-0/01 - Juin 2022

CRÉDITS ICONOGRAPHIQUES

Plat 2

Couv. 9	©	Édition Livre de Poche, *Sido*, suivi de *Les Vrilles de la vigne*, de Colette
Couv. 12	©	Les solitaires intempestifs, *Juste la fin du monde*, de J.-L. Lagarce
3-h	ph ©	Bridgeman images
3-mh	ph ©	Gary Yeowell / Getty Images
3-mb	ph ©	SPL / Susumu Nishinaga / Biosphoto
3-b	ph ©	franckreporter/ Getty Images/ iStockphoto
5	ph ©	Bridgeman images
11	ph ©	Archives Alinari, Florence, Dist. RMN-Grand Palais / Fratelli Alinari
13	ph ©	Hervé Lewandowski / RMN-Grand Palais (musée d'Orsay)
15	ph ©	Nimatallah / Akg-images
17	ph ©	Akg-images
22	ph ©	Bridgeman images
25	ph ©	Mathieu Rabeau / RMN-Grand Palais (musée du Louvre)
27	ph ©	Agence photographique du musée Rodin
29	ph ©	Bridgeman Images © Adagp, Paris, 2022
35	ph ©	Eric Vandeville / Akg-images
37	ph ©	Bridgeman Images
39	©	Droits réservés
45	©	Lison Daniel - Instagram @les. caracteres
49	Coll.	Archives Hatier
53	©	2015 Ruby Films
59	ph ©	Le Rapport de Brodeck, Manu Larcenet d'après Philippe Claudel © DARGAUD, 2021
61	ph ©	BnF
63	ph ©	Bridgeman images
65	ph ©	Prod DB © Films Armorial - Sunchild productions / DR
68		Les Liaisons dangereuses, Laclos, Coll. Classiques & Cie Lycée © Editions Hatier
69	ph ©	Stéphane Maréchalle / RMN-Grand Palais (musée du Louvre)
75	Coll.	Christophel ©1962 Tatira-Hiller
77	ph ©	Luisa Ricciarini / Bridgeman Images
79	Coll.	Christophel ©1997 TF1 / ALYA
81 hg	ph ©	Francois Boizot - stock.adobe.com
81 hd	ph ©	akg-images / ullstein bild
81 bg	ph ©	akg-images
81 bd	ph ©	Roger-Viollet
83	ph ©	Bridgeman Images
89	ph ©	Michèle Laurent
93	ph ©	Roger-Viollet
95	ph ©	Marc Enguerand / CDDS
99	ph ©	Photo Josse/Leemage/Bridgeman Images
103	ph ©	Marie Clauzade
105	ph ©	Mario Del Curto
107	ph ©	Josse / Bridgeman Images
117	ph ©	https://www.marc chagall.net/ the-concert.jsp- © Adagp, Paris 2022
165	ph ©	Gary Yeowell / Getty Images
171	ph ©	Leemage / Bridgeman Images
174-g	ph ©	Josse / Leemage
174-d	ph ©	Josse / Leemage
175	ph ©	Leemage / Bridgeman Images
177	ph ©	Bridgeman Images
179	ph ©	Josse / Leemage
187	ph ©	Leemage / Bridgeman Images
189	ph ©	BnF / RMN-GP
195	ph ©	Petit Palais / Roger-Viollet
197	Coll.	Archives Hatier
201	ph ©	Bridgeman Images
205	ph ©	Bridgeman Images
207	ph ©	Bridgeman Images
213	ph ©	Bridgeman Images
215	ph ©	Bridgeman Images
217	ph ©	Liszt Collection / Leemage
219	Coll.	Kharbine-Tapabor
224	Coll.	Archives Hatier
225	Coll.	Kharbine-Tapabor
227	Coll.	Kharbine-Tapabor
229	Coll.	Archives Hatier
239	ph ©	Agence Meurisse / Bibliothèque Nationale de France
245	ph ©	Dutourdumonde - stock.adobe.com
251	ph ©	Gary Yeowell / Getty Images
257	ph ©	B A Raju / The Times of India / AFP
263	©	Géoportail IGN 2021
273	ph ©	Ralf Hirschberger / DPA / AFP
275	ph ©	Steve Proehl / Corbis Unreleased / Getty Images
277	ph ©	Walter Bibikow / Hemis.fr
291	©	Jeremy Barande / Collections Ecole polytechnique
319	©	Phoenix Island, Sanya Bay – 02 ; Anna Frodesiak, design by MAD Studio. - Own | Creative Commons Zero, Public Domain Dedication / Wikipédia
327	©	SPL / Susumu Nishinaga / Biosphoto
337	©	Akg-Images / SPL / Universal History Archive / UIG
338	©	Stephane Compoint / Onlyfrance.fr
343	©	Eric Asselborn - Photo « Louis-Dominique Bayle - Revue : Le Règne Minéral »

CORRIGÉS

SE TESTER

1 Prononcer des sons difficiles

1. a. truth • b. although • c. choose • d. live • e. author • f. cellular

CONSEIL
Écoutez la prononciation des mots en utilisant un dictionnaire en ligne.

OBJECTIF BAC

3 Expression orale

À NOTER
Vous pouvez écouter un exemple de corrigé sur www.editions-hatier.fr.

1. This is **a quote by** British actor Idris Elba. In January 2016 he delivered a major speech before the House of Commons about the lack of diversity in the British media. **Unlike** the cartoon, it does not limit the definition of diversity to the colour of skin but considers many categories of people who might not feel included in society, such as women, the elderly, disabled people, LGBT people and the poor. **Last but not least,** he insists on the necessity to be open-minded and to accept different ways of thinking and views than ours. He also reminds people that it takes all kinds to make a world and that tolerance is a key value. Everybody should have their share in society.

2. This is **a cartoon by** Clay Jones, which must have been published a few days after the royal wedding of Prince Harry with African-American actress Meghan Markle in May 2018.

It shows the ceremony as the viewer can easily recognise the couple who are standing before a priest and look happy. **However,** among the congregation, a woman wearing sunglasses is calling the police on her mobile phone to tell them to come quickly because she considers the presence of a black person in the church a threat. This person being the bride, **the cartoonist must have wanted to denounce** the racial prejudice of some British people as they voiced their disapproval when the news of this marriage was announced. Indeed, they wanted the Royal Family to remain "traditional". **Therefore,** through this spectator's silly intervention, the cartoonist makes this view seem ludicrous.

Through the smiling figures of Prince Harry and Meghan Markle, the Royal Family **appears to be** open-minded and inclusive, unlike the representatives of British society in this cartoon.

To conclude, I would say that in my opinion this union helps the image of the Royal Family as it is no longer an exclusively white institution, which will consequently make black Britons feel included.

Méthode

Justifier un choix à l'oral

Étape 1 Présenter l'image ou la citation choisie

- S'il s'agit d'une **image**, présentez-la (nature, date, titre, auteur, contexte…) et décrivez-la brièvement.
- S'il s'agit d'une **citation**, présentez-la (auteur, source, contexte…) et reformulez-la avec vos propres mots.

Étape 2 Faire le lien avec l'axe

- Proposez **une interprétation** de l'image ou de la citation en lien avec l'axe : quel est le message de l'artiste ou de l'auteur ?
- Justifiez votre choix en expliquant sur quoi repose **l'efficacité** de l'image ou de la citation.

▶▶▶ LA FEUILLE DE ROUTE

Étape 1 Présenter l'image ou la citation choisie

- L'image

Il s'agit d'un dessin humoristique du dessinateur américain Clay Jones, qui représente le mariage du Prince Harry et de Meghan Markle le 19 mai 2018. Dans l'assistance, un personnage semble mécontent et parle fort dans son téléphone : il appelle la police pour signaler la présence d'une personne noire au mariage royal…

- La citation

Il s'agit d'une phrase extraite d'un discours prononcé par l'acteur britannique Idris Elba devant la Chambre des Communes pour dénoncer l'absence de diversité dans les médias anglais.

Étape 2 Faire le lien avec l'axe

- L'image

Le dessin fait écho à la polémique qu'avait suscitée le mariage en raison de l'origine et de la couleur de peau de Meghan Markle. Le dessinateur veut ainsi dénoncer le racisme dans la société britannique. Il est bien question de diversité et d'inclusion. L'efficacité de l'image repose notamment sur son caractère humoristique : l'absurdité de la réplique du personnage raciste, qui semble avoir peur de la mariée, fait sourire le lecteur.

- La citation

Elle suggère une définition large du mot « diversité » : il ne s'agit pas simplement de couleur de peau, mais de genre, d'âge, de handicap, d'orientation sexuelle, de milieu social et de façon de penser. Le ton visiblement sérieux donne à réfléchir.